Marie Ulfers

Windiger Siel

Roman

Förderkreis Deutsches Sielhafenmuseum in Carolinensiel e.V.

Zum Geleit

Vor fast 60 Jahren erschien die Erstausgabe von Marie Ulfers Roman Windiger Siel, mit dem die Schriftstellerin allen der See verbundenen Familien Ostfrieslands ein Denkmal setzte. Bald vergriffen, wurde das Buch 1978 wieder aufgelegt. Wenn heute durch den Förderkreis des Deutschen Sielhafenmuseums in Carolinensiel die dritte Auflage in neuem Gewand erscheint, so zeugt dieses von dem nicht nachlassenden Interesse, das Einwohner wie Besucher der ostfriesischen Küste der alten Seefahrt und ihren Menschen entgegenbringen.
Das Deutsche Sielhafenmuseum hat am Standort der von Marie Ulfers eindringlich geschilderten Carolinensieler Seefahrerfamilien dem literarischen Denkmal eine greifbare und erlebbare Wirklichkeit zur Seite gestellt. Das lebendige und interaktive Museum folgt in vielfältiger Weise den Spuren des großen Heimatromans, der längst über die deutschen Grenzen hinaus bekannt geworden ist.

Möge dieses Buch erneut die Liebe zur historischen Seefahrt und die Achtung vor der Lebensleistung vergangener Generationen bewahren. Möge es über alle Grenzen hinweg interessierte Menschen im Sielhafenmuseum zusammenführen, so wie damals die Küste nicht das Ende der Welt, sondern der Ausgangspunkt von Weltoffenheit und wirtschaftlicher Entwicklung war.

Herbert Fischer
für den Förderkreis Deutsches Sielhafenmuseum in Carolinensiel e.V.
Carolinensiel im August 2008

Vorwort zur 4. Auflage

Der Förderkreis des Deutschen Sielhafenmuseums in Carolinensiel hat das große Interesse an dem Roman und den 125. Geburtstag der Schriftstellerin Marie Ulfers am 31.10.2013 zum Anlass genommen, eine neue Auflage herauszugeben.
Möge „Windiger Siel“ erneut das Interesse vieler Leser finden.

Friedhelm Klattenberg
für den Förderkreis Deutsches Sielhafenmuseum in Carolinensiel e.V.
Carolinensiel im März 2014

ISBN 978-3-938172-09-4
Zweiter Nachdruck der zweiten Ausgabe Leer 1978 mit einer biografischen Notiz von Gert Schlechtriem
Carolinensiel 2014

Umschlaggestaltung: verb. Agentur für Kommunikationsdesign GmbH, Essen,
Schoner „ANNA von Carolinensiel“ mit freundlicher Genehmigung des Deutschen Schiffahrtsmuseums in Bremerhaven
Gesamtherstellung: Druckkontor Emden
Printed in Germany

1. Kapitel

Anderes Wetter

Wie von sicherer Hand in einem Zuge hingezeichnet läuft in kühnem Schwung der hohe Außendeich vom Jadebusen bis zur Ems.

Vor ihm erstreckt sich bis zur Inselkette am Horizont das ewig wechselnde Gesicht des Watts, und hinter seinem schirmenden Rücken das immer gleiche großlinige Antlitz der fruchtbaren Marsch.

In seine Umarmung hinein gebettet aber liegen an den Mündungen schiffbarer Wasserläufe die reizvollen Sielorte. Den Hafen säumt ein Deich, und auf diesem reihen sich dicht an dicht Giebelhäuser, meist klein und niedrig, um dem ewigen Wind wenig Angriffsfläche zu bieten. Kaufläden sind dazwischen und auch so manches Wirtshaus.

„Und weiln an diese Siele allerhand Leute häufig ankommen, so unterschiedlicher Natur und Sitten sind, sonderlich die Schiffsleute, die insgemein, wenn sie der Seegefahr entgangen sind, freier leben, wie andere Leute, so geschieht das dahero, daß die Einwohner dieser Sielen mit den Freien zu Zeiten freier leben und also mehr Gelegenheit haben zu sündigen wie ihre Benachbarten“, berichtet schon der Chronist Balthasar Arends.

Auf dem Siel nun, den man den „windigen“ nennt — teils, weil der Wind hier sein Wesen besonders stark treibt, teils aber auch, weil es heißt, daß nichts als Wind hinter der Großspurigkeit und Lebensfreude seiner Bewohner stecke — haben diese ein stattliches Haus nach dem andern gebaut, und die große hochgetreppte Apotheke gereicht dem Ort noch zur besonderen Zierde.

Heute starren all die vielscheibigen Fenster wie blinde Augen auf den Hafen, der schon seit Wochen völlig vereist liegt. Dicht an dicht liegen die Schiffe in Winterquartier, abgetakelt und wie tot.

Etta Hinrichs hält die Teste mit glühenden Kohlen in Augenhöhe näher an die langsam abtauende Fensterscheibe. Wie öde es draußen ist! Kurze, scharfe Windstöße wirbeln den alten, feinkörnigen Schnee auf, der sich hier und da in den Winkeln und auf der Brücke häuft. Die Luft ist dunkel und lauernd, und auf den Schwickstellen der hohen Mühlen arbeiten die Müller mit ihren Gesellen schon den ganzen Tag.

Aber das kann das junge Mädchen, dessen lichtes, krausendes Blondhaar sich wie ein feiner Schimmer durch das schwarze Netz drängt, nicht sehen. Ihre Blicke folgen der schmalen Jungensgestalt, die sich als einziges Lebewesen auf der schmalen Fahrrinne zwischen den Schiffen tummelt. Natürlich ihr Vetter Heiko Hillerns, immer sucht der Schlingel die gefährlichsten Stellen. Sie glaubt das Knistern des brüchigen, gelben Rotteises bis hierher zu hören, das die Kinder „Eier" nennen und das sich überall bildet, wo das Wasser in steter Bewegung bleibt, wie an den Kanten und unter der Brücke — um Gotteswillen! Da verschwindet er gerade unter der Brücke, sie sieht noch, wie er seinen alten Widersachern Harm Bloodhüdel und Jürn Pläsier eine lange Nase macht. Die herumlungernden Hafenarbeiter drohen ihm mit der Faust und mögen wenig salonfähig auf den frechen Bengel schimpfen!

Aus dem „Goldenen Anker“ neben der Apotheke kommen einige Männer und blicken in die Luft, sie sprechen lebhaft, gehen wieder hinein und machen anderen Platz, die gleichfalls nach dem Wetter sehn. Jetzt tritt ein gutgebauter einzelner Mann heraus, das blonde Kraushaar ist unbedeckt — ihr Vetter Eimo! Also ist er nicht zum Mittagessen nach Haus gegangen — wie wartet seine Dina wohl! Heute bei der Jahresversammlung ihres Kompakts sind die Schiffer natürlich alle außer Rand und Band, das ist jedesmal so. Und dabei fehlt Eimo natürlich nicht!

Selbstvergessen hängen ihre Blicke an ihm, aber das eben noch lächelnde Gesicht des jungen Mädchen umdüstert sich jäh, als sich jetzt ein gedrungener Mann zu ihm gesellt, neben dem schlanken Eimo wirkt er fast plump. Er hat bräunliches Haar und einen gleichen Schifferbart; auch trägt er kleine, goldene Ohrringe und hält die kurzen Arme stets etwas von sich — das ist Taak Taaks, ihr anverlobter Bräutigam, den sie in Kürze heiraten wird —.

Vergleichend gehen ihre Blicke von einem zum andern, das schmale Gesicht wird hart und verschlossen, sie preßt den vollen weichen Mund fest zusammen. Die Männer sprechen anscheinend vom Wetter, sie zeigen nach den Mühlen, und dann gehn sie wieder hinein, Etta hört beim Öffnen der Haustür die lärmenden Männer bis hierher.

„Etta! — — Etta! — — woor bliefst du doch?!“

„Ik kam all!“ Sie schrickt zusammen, ihre Antwort klingt unwirrsch, einen letzten Blick wirft sie noch über den Hafen — — was, kommt da hinten am Tief nicht die „Queen“ an? Wenn die gefürchtete Rineldtant um diese ungewohnte Zeit zum Siel geht, muß etwas ganz Besonderes vorliegen. Hoffentlich kommt sie nicht zu ihnen — prüfend mustert sie das Zimmer mit den niedrigen, blaugrau gestrichenen Deckenbalken und den gleichfarbigen Alkoventüren, das durch den Beilegeofen nur schwach erwärmt ist und seltsam leer wirkt. Hinter dem runden Tisch mit der Häkeldecke steht ein schwarzes Roßhaarsofa, dem sich gleiche Stühle gesellen, und unter den beiden zum Hafen gehenden Fenstern ein ovales Tischchen. Über dem Sofa hängt an der gekalkten Wand das grellfarbige, ungeschickt gezeichnete Bild eines stattlichen Zweimasters, und auf dem Eckschrank stehen die unvermeidlichen Majolikahunde — sie zieht rasch den dunkelgestreiften Holländerteppich gerade, während sie die Teste mit den Kohlen wieder ins Stövchen setzt, rückt auch an dem blankgeputzten Spucknapf — so, daran wenigstens kann die Gestrenge nichts auszusetzen haben! Mit leicht spöttischem Lächeln wendet das schlanke Mädchen sich zur Tür; sie zieht beim Gehen fast unmerklich das linke Bein nach, was ihr einen eigenartig schwebenden Gang gibt.

„Etta! — — — nu kumm doch ok!“ schrillt die Frauenstimme draußen.

„Ik kam doch all!“ Sie wirft den Kopf in den Nacken, ihre ganze Haltung drückt Protest aus — was mag es nun schon wieder geben?

Unbeirrbar verfolgt inzwischen die stattliche, schwerleibige Frau Rineld Röben ihren Weg, Schritt für Schritt geht sie den schmalen Steinpfad, der am Tief entlang zum Siel führt. Der Wind streicht hier so unbarmherzig über das weite

Grodenland zu beiden Seiten, daß sie fröstelnd den Longschal fester um sich zieht und die langen Enden ihres grauen Baschliks zurückwirft, den sie der Kälte wegen um den Kopf wand. Sonst trägt sie immer die große neumodische Haube mit den breiten Seidenbändern — aber kann sie sich nicht kleiden, wie sie will, wen müßte sie wohl darum fragen, bitte?!

Sie sieht unternehmend um sich, obwohl kein Mensch zu sehn ist, und drückt den unvermeidlichen Strickkorb fester an sich — sie kann auch ihre Besorgungen machen, wann sie will, nicht wahr? Sie will jedenfalls nachsehn, was ihr Röbke Heeren macht, ihm wird doch nichts passiert sein? Ihr guter Alter verträgt diese Feierei nun einmal nicht so wie die jungen Kerle. Es wird weiß Gott höchste Zeit, daß es wieder nach See geht! Gebieterisch schweifen ihre Blicke über den Hafen, als suchten sie dort den Schuldigen. Und da sie den Hauptverbrecher, den langen Winter, nicht zur Rede stellen kann, wird ihre Laune zusehends schlechter.

Frau Rineld beherrscht uneingeschränkt die ganze Verwandtschaft und wird deshalb von den Schiffern „de Queen" genannt, weil sie ebenso regentig ist wie die Königin von England, von der sie dort soviel hören. Sie biegt jetzt in rechter Kampfesstimmung um Jakob Gerkens Laden an der Hafeneinfahrt. Auch Gerken ist tief verstimmt — da hat er nun eine große Anzeige im Amtsblatt, daß eine große Sendung von Umschlagetüchern, von Callicos, schwarzen und farbigen Seidenstoffen, sächsischen Thibets, Lüster und Orleans in allen Farben bei ihm eingegangen sind, dazu Seidenbänder und künstliche Blumen, und nun kommt kein Mensch und sieht sie sich an! Sonst wühlen die Schifferfrauen doch so gern zum Zeitvertreib darin — Gott mag wissen, wie das zusammenhängt! Selbst Taak Taaks, sein treuer Kunde, hat den Hochzeitsanzug bei der Konkurrenz gekauft und ihm nicht einmal das Hochzeitsgeschenk gegönnt!

Der Gehilfe mißt mit schläfriger Miene Stoffe nach und wartet sehnsüchtig auf seinen Tee, obwohl er nur den Aufguß bekommt. Gerken, die dampfende Tasse in der Hand, steckt seine lange Nase aus der Tür und versucht an den Wimpeln der scheinbar übereinander fallenden Schiffe auszumachen, ob sich der Wind gedreht hat. Es mag wohl niemals Frühling werden! und eher, so weiß er, wird es auch nichts mit dem Geschäft.

Jetzt reißt er plötzlich die Tür vollends auf, dienert so tief, daß der Löffel klirrend auf die Sandsteinfluren fällt und der Tee überschwappt: „Gondag ok, Fro Röben!" Bei der Kälte unterwegs? und so früh! — ja, ja, wer kann wohl besser gegen Wind und Wetter als sie! Will sie nicht eben hereinkommen? Seine Frau hat den Tee gerade fertig, sie kann dann gleich als erste die neue Sendung besehn — — — „'t is wat Seltens!" beteuert er. „Margareta!" ruft er ins Haus: „Tee vör Fro Röben!"

Die aber bleibt nur stehen und blitzt ihn durchdringend über die Brille an: „Dat laten's man!" Wenn er sie nicht besser bedient als neulich, dankt sie bestens! — — So! — das hat sie ihm längst zugedacht! Hat Gerken die Prachthaube, die sie sich aussuchte, nicht der Frau vom Amtsvogt gegeben? — „Ik will hüm woll kriegen!"

Ganz benommen sieht Jakob Gerken der stolz Abdrehenden nach, die auf der Straße vor den Deichhäusern hier und dort wie in kritischer Betrachtung innehält und dann bei Bäcker Willms verschwindet.

Hier taucht die rundliche Frau Brechtje aus der Tiefe der Backstube auf, umwölkt von köstlichem Duft nach frischem Brot und würzigen Honigkuchen — was, Frau Röben? so früh? man kann sonst wohl die Uhr nach ihrem Kommen stellen, he? Nun hat sie gewiß warten müssen — es ist doch nichts Besonderes? — Nein, Weißbrot gibt es heute nicht, aber morgen. Und während die kleine Holländerin die großen mürben Zwiebäcke einpackt, erfährt Frau Rineld alles, was sie wissen will. Die Versammlung ist noch immer nicht aus: „Zy zyn vandage alle kantmall, hoor?“ Bis in ihre Küche hörte sie die Männer singen: „He toch, zoo Mannen!“

„Na, denn erst Gondag!“

Das massige Kinn auf die Brust gedrückt, geht sie strengen Blicks vorsichtig an den Häusern entlang. Im „Anker“ geht es noch hoch her! Die beiden alten Bummelanten drüben sollen nur nicht so harmlos tun und plötzlich zur Kaje abdrehen, wo sie Siebelt Siebels „Venus“ so angelegentlich betrachten, als sei etwas ganz Besonderes daran. Die warten doch nur darauf, ob die Schiffer nach Hause gehn. Dann sitzt den Männern das Geld meist lose in der Tasche, und für die beiden fallen dann die ersehnten Schnapsgroschen ab — wie sehn sie nur wieder aus! Zerlumpt, mit leuchtend roter Nase und wüstem Stoppelbart, schlagen sie sich jetzt zur Erwärmung die Hände um die Rippen, wobei die Augen verlangend nach den Wirtshausfenstern gehn — die sind doch auch unverbesserlich!

„Gondag ok!“ Wie — schon unterwegs? Ein blonder Bart weht, ein Kneifer baumelt blitzend am Schnürchen — dann ist die Erscheinung schon im „Anker“ verschwunden — Habbo Harms, Schiffshändler, Makler und wer weiß was alles. Der hat gerade noch gefehlt! Er hat wohl Angst, daß er zu spät kommt? als ob er gekniffen würde, so rannte er, sie hört noch, wie er mit lautem Hallo empfangen wird.

Der eigentliche geschäftliche Teil der Versammlung ist längst beendet. Peter J. Peters, Kornhändler und Reeder, hat als Geschäftsführer des Kompakts den Jahresbericht verlesen, die Stimme des nicht mehr jungen, hageren Mannes ist leicht belegt.

Von den im Kompakt versicherten Schiffen gingen diesmal wenig mehr als der gewohnte Durchschnitt verloren. Die Versicherungssummen sind laut Beleg ordnungsgemäß ausgezahlt, der Beitrag zur Deckung der Schäden vom Hundert des versicherten Quanti auf fünfeinhalb Prozent festgesetzt. Es empfiehlt sich, die noch zu versichernden Schiffe bereits jetzt anzumelden, da sonst bei eintretender Havarie leicht Schwierigkeiten entstehen.

Röbke Heeren Röben hat als Beisitzer Kaufmann Peters für die von ihm geleistete korrekte Arbeit gedankt, sein gebräuntes Gesicht über der grauen Bartkrause strahlt vor Zufriedenheit. Bei ihnen klappt es immer, nie haben sie Schwierigkeiten irgendwelcher Art, und auch die übrigen Mitglieder bekräftigen das nachdrücklich. P. J. Peters dankt für das ihm geschenkte Vertrauen; seine schlanken, geäderten Hände zittern leicht, als er seine Papiere zusammenfaltet.

Onno Gerds muß daraufhin noch eine Runde Grog bringen — nicht die erste heute, ach du liebe Zeit! — und auch bestimmt nicht die letzte, das ist so gewiß wie das Amen in der Kirche. Er ist ein großer grobknochiger Mann mit langem, grauen Gesicht und dicken Tränenbeuteln unter den halbgeschlossenen Augen, die trotzdem alles sehn.

Nur über die „Aurora" können sie sich nicht einig werden. Das läuft nun schon ein Jahr, als bei dem schweren Wetter die Verluste an Schiffen und Mannschaft das Dreifache betrugen. Das Schiff wurde in der Nordsee von der Besatzung verlassen, trieb später in Grimsby als Wrack an und muß als total verloren gelten. Dem Besitzer Remmer Remmers ist die Versicherungssumme zuerkannt, aber ebenso den Bergern eine Entschädigung, die den Wert des Schiffes übersteigt.

„Dat kann 'n sik doch nich gefallen laten!" Der hitzige Occo Occen schlägt mit der Faust auf den Tisch, daß die Gläser klirren: „Wat segst du, Eimo?" Der gilt für besonders sachverständig, aber seine klaren Ausführungen werden von den andern überschrieen: „Bedregers sünd dat, un wieder niks!" Hillern Hillrichs hat Taak Taaks bei den Rockschößen zu fassen und ruft ihn immer wieder zum Zeugen der Wahrheit an. Und da Hillern schon einen bedenklichen Schuß durch die Flügel hat und in diesem Zustand jedes Wort übel nimmt, sucht Taak sich mit vorsichtigem „dat mag woll" und „dat kann woll wesen" von ihm zu lösen. Er ginge am liebsten fort und zu seiner Braut, die gewiß sehr wartet. Aber er wagt es nicht, die andern würden ihn zu sehr necken.

Die Debatte wird immer erregter. Nervös streift P. J. Peters den Jahresbericht wieder glatt und birgt ihn schließlich mit einer endgültigen Bewegung im Umschlag. Folgt er der Auseinandersetzung nicht? Wie abwesend sitzt er in dem Trubel, ein wenig ineinander gesunken, ab und zu wirft er eine Bemerkung in den lebhaften Meinungsaustausch. Niemand achtet darauf; nur als Röbke Heeren auf eine Frage eine verkehrte Antwort bekommt, sieht er seinen Nachbarn über die Brille untersuchend an — P. J. Peters verträgt gewiß den vielen Grog nicht, dünkt ihn. Ach, was ist das sonst doch ein prächtiger Mensch, und was sind die andern alle großartige Kerle! Sein Wohlwollen für die ganze Menschheit steigt mit jedem Glas, er möchte jeden einzelnen umarmen.

Röbke Heerens strahlendes Gesicht wirkt beschwichtigend auf die übrigen, bei denen der Alkohol durchweg die umgekehrte Wirkung ausübt. So kommt es auch zu allerhand Reibungen mit den vollzählig erschienenen Schiffern aus den Nachbarsielen. Sie haben sich gleich anfangs in den, wie Onno Gerds in einer Geschäftsanzeige prahlerisch verkündete, „neuzeitlich eingerichteten Räumen" mißtrauisch umgesehn, sie zeigten mit den Daumen auf den eisernen Ofen, der an die Stelle des vertrauten Herdfeuers getreten ist: „Niks as Wind!" Und sie sagten es keineswegs leise. Das gibt den schönsten Anlaß, allerhand alten Ärger abzuladen, und beeinflußt auch die Auseinandersetzung. Die Luft ist zum Schneiden, kaum erkennt einer noch den andern vor Rauch und Dunst.

Es ist unmöglich, sie jetzt unter einen Hut zu bekommen, und so schlägt Eimo Eimen vor, den verfluchten Schietkram zu vertagen.

„Meine Herren!“ Groß und breit steht plötzlich Habbo Harms in der Tür, der Kneifer fällt ihm schon wieder von der Nase: „Onno Gerds, ’n Runn!“

In dem entstehenden Trubel stiehlt Taak sich hinaus und starrt nach dem Haus seiner Schwiegermutter — was denkt Etta wohl von ihm! Immer fühlt er sich den andern gegenüber unsicher, die ihn einen Geizkragen nennen, einen Pint — könnte er nur einen Schatten von Etta sehn! Aber das Fenster bleibt leer; bedrückt wendet er sich wieder ins Haus, wo er fast mit P. J. Peters zusammenstößt.

Nun geht der hagere Mann über den Siel, etwas steifbeinig, obwohl er dem Grog nur mäßig zusprach. Sein faltiges Gesicht unter der runden Pelzmütze ist blaß, und er atmet auf, als sei eine schwere Last von ihm gefallen. Zuweilen bleibt er stehen und sieht durch die Lücken zwischen den Häusern nach den Mühlen — die Flügel stehen auf Süd —, sollte der Wind tatsächlich umspringen? Auch die Häuser zeigen Wasserflecken — wahrhaftig! — Wie soll das werden, wenn der Frost noch länger anhält und die Schiffe nicht auslaufen können? Die Getreidepreise sind im Fallen, und Heiko Janssen ist ein unbequemer Gläubiger —.

Müde geht er die Treppen zu seinem großen Haus hinauf. Madam kommt ihm in dem großen, kalten Flur schon festlich geschmückt entgegen: Wo bleibt er nur? Er weiß doch, daß sie heute zu Amtsvogts auf Kramvisite geht? Bis nachher dann! Sie wickelt sich in ihren prächtigen Longschal, alles an ihr raschelt und rauscht. P. J. Peters horcht ihr nach, bis ihre Schritte draußen verklungen sind.

Die Queen hat inzwischen bei Eimens hereingeschaut, die an der jenseitigen Hafeneinfahrt auf dem Deich wohnen. Die hübsche Frau Dina sieht blaß und erregt aus, sie hantiert am Herdfeuer, wo das Essen noch immer auf Eimo wartet. Zwar zittert ihre Stimme, aber sie beklagt sich mit keinem Wort. Die Frauen sprechen Gleichgültiges. Dann steht die Queen, die den „Anker“ nicht aus den Augen läßt, auf: „Denk derüm, mien Kind — mit duhn Lü moot 'n nett wesen!“ sagt sie im Hinausgehn zu Dina und klopft ihr auf die Schulter.

Dann macht sie sich auf den Weg zu Hinrichs. Im Vorbeigehn mustert sie die Fenster im „Anker“ so scharf, als wolle sie jeden nachdrücklich zum Nachhausegehn mahnen, obwohl sie infolge ihrer Kurzsichtigkeit keinen erkennt. Der lange rothaarige Jabk, der hier ortsfremd ist, starrt sie wie eine Erscheinung aus einer anderen Welt an: „Wat — wat is dat vör'n Frominsch?“ will er wissen: das könnte ja wohl die Queen von England sein! „Is se ja! — — is se ja!“ Ein brausendes Gelächter steigt auf, und ihr eigener Mann, Röbke Heeren, der nicht weiß, um was es sich handelt und sich nur freut, daß die Jungens so fröhlich sind, lacht behaglich mit. Der alte Junggeselle Siebelt Siebels gibt Jabk einen Rippenstoß: Wenn er eine Frau braucht, soll er sich nur an die Queen wenden, die versteht das einzufädeln! Pfiffig wandert sein Blick dabei zu Taak, kichernd verlangt er noch einen Toddy. Er für sein Teil wird sich eine gelbe Braut mitbringen — natürlich fährt er wieder aufs Schwarze Meer, dort hauen die Russen und Franzosen sich wie arme Juden — Junge, ja, da ist noch Geld zu verdienen! Und damit ist aufs neue ein unerschöpfliches Gesprächsthema gefunden.

Die Besprochene wird unterdessen von Gedrut Hinrichs, einer hageren, etwas vornübergeneigten Frau mit einem schrillen, immer wie anklagend klingenden Wortschwall begrüßt. Wie schön, daß Rineldtant sich einmal sehn läßt, sie weiß wirklich nicht mehr, wie sie mit allem zurecht kommen soll. An Etta hat sie so gar keine Hilfe, und Taak Janssen ist soweit wohl ein guter Mensch, aber ein Mannsmensch ist nun eben ein Mannsmensch und versteht nichts von Frauensachen. Gedrut pflegt die gekerbten Lippen beim Sprechen vorzuwölben, wobei die leicht vorstehenden Augen unruhig hin und her schießen, als suchten sie einen Ausweg. Während sie Rineld nötigt, doch näherzutreten und die Tür zu dem schon halbdunkeln Zimmer öffnet, versteckt sie mit der andern Hand einen Kaffeezwieback zwischen den Falten ihres weiten Kleides, was Rineld keineswegs entgeht. Immer kann sie sich über Gedruts verstecktes Wesen ärgern!

Im Zimmer ist es so kühl, daß sie zusammenschauert — Gedrut sollte lieber mehr ans Feuer legen und weniger naschen, denkt sie ärgerlich. Sie weiß sich nun einmal nicht einzurichten, gut, daß in der Tochter eine andere Art steckt. „Is Etta der nich?“ fragt sie. Gewiß sieht sie aus, ob der Bräutigam noch nicht kommt — aber die Männer haben heute gutes Sitzfleisch. „Etta! — — Etta!“ Gedrut ruft es eilfertig in den Flur. Zurückkommend beugt sie sich über Rineld und raunt — das Mädchen ist ja so merkwürdig in letzter Zeit, es ist nichts mit ihr anzufangen. Nun ja, Mädchen sind so kurz vor der Hochzeit ja manchmal etwas sonderbar — nun, sie hat ihr nicht zugeraten — verlegen weicht sie Rinelds scharfem Blick aus. Aber wie will sie es nun wohl besser treffen als mit Taak Janssen? — und überhaupt — — —

„Oh, Rineldtant— —" Etta begrüßt den Besuch mit einiger Zurückhaltung — Frau Rineld ist so sehr Respektsperson, daß man sie nicht wie die anderen verheirateten Frauen „Mö", sondern „Tante" nennt. Das länglich herbe Gesicht des Mädchens scheint blaß, und der rote weiche Mund schließt sich fest über die regelmäßigen kleinen Zähne, als sie im Halbdunkel der Februardämmerung, die mit dem Widerschein der weißen Kalkwand verschmilzt, den kritischen Blicken der Queen standhält.

„Na, mien Kind?" Rineld hält ihre Hand fest — ja, sie kommt hier gerade vorbei und will bei der Gelegenheit eben fragen, wie es mit dem Aufgebot steht. Taak Janssen hat sich länger nicht sehn lassen — natürlich, der hat jetzt Besseres zu tun als alte Leute zu besuchen, der sitzt gewiß immer bei der Braut — —

Ehe Etta antworten kann, schrillt Gedrut schon wieder: Ja, das ist in allerbester Ordnung! Sonntag läßt der Pastor das Brautpaar zum erstenmal von der Kanzel fallen, dann sind sie doch getraut, wenn es wieder nach See gehn kann — lieber Himmel, was wird das dieses Jahr doch auch alles spät. Nun, Taak Janssen kann es aushalten, aber sonst —.

Ach Gott, es kann ihr so leid tun, Sonntag werden nun gerade die Jungens konfirmiert, die mit nach See gehn — der kleine Galt, ihr Patenkind, ist auch dabei, er kommt ja zu Taak an Bord. Aber sie kann nun doch wegen des Aufgebots nicht zur

Kirche gehn, es gehört sich doch nun einmal nicht, daß die nächste Familie dabei ist. Oh — nun hat sie Rineldtant noch gar keinen Tee angeboten — gewiß hat sie auch schon getrunken? Sie kann das Teewasser heute leider gar nicht ins Kochen kriegen, der Torf scheint naß zu sein —.

Rineld wehrt ab, obwohl sie ihren gewohnten Labetrunk recht entbehrt, aber er scheint ihr heute nicht gegönnt zu sein, denkt sie mit Galgenhumor. Sie weiß nur zu gut, wie schmal es bei Gedrut Hinrichs zugeht, seit Hinrich mit den beiden Jungens blieb. Die Versicherung deckte gerade die Unkosten, und Vermögen war nicht vorhanden. Hinrich hatte wohl immer gut verdient, aber auch viel für sich verbraucht, und Gedrut war immer ein tiefgehendes Schiff, so daß jetzt oft das Geld zum Allernötigsten fehlt, selbst zum Tee. Seit Etta wieder hier ist, die längere Zeit bei den reichen Verwandten in Amsterdam war, steht aber jeden Nachmittag die feine Teetasse leer auf dem Fensterbrett, in der sie zum Schein mit dem silbernen Löffel rührt.

Das Mädchen hat sich zu den Frauen gesetzt, ihr helles Gesicht ist so verschlossen und ablehnend, als ginge das Ganze sie nichts an. Trotz dem Halbdunkel hantiert sie die Nadeln so eifrig, als müßte die feine weiße Strickerei noch heute fertig, und sie tut, als merke sie den untersuchenden Blick der Tante nicht.

Gedrut kommt mit einem schweren dunkelroten Seidenkleid angeschleppt — es ist, wie Rineldtant weiß, ihr eigenes Traukleid, sie hat es ja kaum getragen, nun hat sie es Etta zugedacht — ob sie es wohl so anziehn kann? Es paßt, sie hat es schon anprobiert — sie hält das Kleid ins Licht, zupft an der Taille, Etta wirft kaum einen Blick darauf. Die Queen fühlt den Stoff zwischen Daumen und Finger, setzt prüfend die Brille fester — gewiß, das Kleid ist schön, aber das muß modernisiert werden, so kann sie es auf keinen Fall anziehn. Sie will wohl mit „de Deerns" sprechen, den Schwestern Janssen, auch Schiffertöchter, die nie anders genannt werden, obwohl sie an die Sechzig sind. Sie sind sehr wählerisch und nehmen längst nicht alles an, und so ist Gedrut froh, daß Rineld ihr die Verhandlungen abnimmt.

„Door kamt se!" Die Queen erhebt sich schwerfällig, während über das Gesicht des Mädchens Schatten geheimer Angst gehn. Röbke Heeren kommt gerade mit seinem heftig schlingernden Schwager Hillern angekreuzt, sein gutherziges Gesicht strahlt, als er seine Rineld sieht.

Gleich darauf folgt Taak Janssen. Der sonst so mäßige Mann ist zwar noch fest auf den Beinen, redet aber laut und aufgeregt mit Gedrut, die ihn im Flur empfängt. Wo ist Etta? Er konnte sich wirklich nicht eher freimachen, hoffentlich hat sie nicht gewartet. Und wie der aus einfachen Verhältnissen stammende sich unter den anderen Kapitänen leicht unfrei und befangen fühlt, so geht es ihm jetzt auch unter den abweisenden Blicken seiner Braut, die am Ofen lehnt und ihm nicht einen Schritt entgegenkommt. Der Grog hat ihm Mut gemacht, er legt die kurzen Arme um sein Mädchen und küßt es, was er sonst kaum wagt — sind sie nicht bald Mann und Frau? — Etta duldet seine Liebkosungen, reißt sich aber los, als sie wärmer werden, trotz der zunehmenden Dunkelheit sieht er deutlich die Abwehr in ihrem Blick und geht wie ein geschlagener Hund still hinaus. Bei der alten Hinrika Eden, die ihn bislang betreute, wirft er sich in sein Wandbett und verflucht alle Kompaktsversammlungen.

Rinelds Gedanken sind noch bei den Frauen, als sie mit den Männern weitergeht. Etta soll Gott danken, daß Taak sie nimmt — was will das Mädchen denn? Der wird sie den Kopf noch ordentlich waschen müssen. Sie hat doch keinen andern im Sinn? — aber dann hätte sie doch bestimmt einmal davon gehört. Das Mädchen tat doch immer so kalt und erhaben und sah keinen an —.

Ihr Mann hat ihr die Zwiebacktüte abgenommen, er strahlt vor heimlichem Stolz — das hat seine Rineld wieder einmal großartig gemacht! Wäre sie nicht gewesen, wie hätte man Schwager Hillern wohl nach Hause kriegen sollen, der den ganzen Tag gequengelt und gequest und mit allen Streit gemacht hat? Rineld ist die einzige, von der er sich etwas sagen läßt. Ihre Schwester Antje, seine Frau, weint sofort, wenn etwas ist, und dann läuft er gleich wieder ins Wirtshaus.

Inzwischen ist es vollends dunkel geworden; nur im Westen steht jetzt ein schwacher gelblicher Schein am Himmel, der plötzlich verlischt. Trotzdem brennt noch fast nirgends Licht, hier und da sieht man aber den Widerschein eines Herdfeuers durch die Fenster glimmen — ja, was ist denn, laufen die Fenster ab?

„Ji — Ji willt mi bloß wat wiesmaken, willt Ji!" Hillern ist noch immer in Kriegsstimmung. Wenn die Häuser auch hundertmal bunt ausschlagen — er — er glaubt keinem mehr, das bleibt ja doch bis in den ewigen Tag Frost, bleibt das ja — Schietkram ist das! Und wenn ihm einer was anders sagte — dem — dem will er aber Bescheid sagen

— das — das soll er nicht umsonst gewahr werden — —

Er geht mit starker Schlagseite, gleitet plötzlich auf dem knorplich gefrorenen Boden aus, so daß die beiden Mühe haben, ihn hoch zu ziehn — verdammt! wie kann das bloß angehn? — — Der — der ganze Schnee backt ja, die reine Bosheit ist das — — —

Unwillkürlich bleiben sie stehen — ist es nicht merklich milder geworden? Es ist, als verdichte der feine Nebel sich zusehends, und: „Dat kummt ja fuchtig daal!“ rufen sie fast gleichzeitig, selbst Hillern, der plötzlich zu Verstand gekommen ist. Wahrhaftig! beglückt fühlen sie die Feuchtigkeit auf Gesicht und Händen — das Wetter schlägt um!

Eine Haustür knarrt, Schritte schlurfen vorsichtig über die Straße zur Hecke: „Is door wel? — Hebt Ji mien Hillern nich sehn?“ Oh, oh, wenn dem armen Mann nur nichts passiert ist! Und wer ist da überhaupt? es ist so dunkel heute abend, Antje Hillrichs weint laut auf.

„Is't all weer so wied!“

Rineld hält Hillern wie von ungefähr am Ärmel fest, ja, sie sind da, allzusammen. Und es fängt an zu regnen, was sagt Antje nun!? — — Hillern hat immer gesagt, daß das Wetter umschlagen wird, und nun ist es schon so weit! Sie kommen noch eben mit herein, wo ist die Zeitung wohl?

Sie läßt die Männer vorgehn; Hillern, noch unsicher auf den Beinen, tut sich groß, daß er dies mit dem andern Wetter ja immer vorausgesagt hat, aber das wollte ihm nur keiner glauben, obwohl niemand soviel davon versteht wie er. Antje bekommt einen Rippenstoß von Rineld — sie soll Hillern ruhig zureden lassen. Und dann ihm ordentlich zu essen geben — sie hat doch noch von dem Pökelfleisch? — und gleich ins Bett!

Dann tasten Röbke Heeren und seine Rineld sich durch das tiefe Dunkel an der kahlen Weißdornhecke entlang bis zu ihrem nahen Haus. Wie immer sehen sie auch heute nach dem Nachthimmel, den jetzt kein Stern erhellt. Schweigend und undurchdringlich liegt die Dunkelheit über dem weiten Land, über dem der ewige Wind den Atem verhält. Doch während sie noch stehen, dringt plötzlich aus dem Süden ein Erdgeruch von solcher Süße und Kraft zu ihnen, daß er sie wie ein Strom von Hoffnung und neuem Leben überflutet.

„Anner Weer!" Davon hängt ihrer aller Dasein ab, und wunderlich beglückt stehen sie einen Augenblick in der zunehmenden Feuchte. Dann gehen sie vorsichtig Schritt für Schritt über die schon glatt werdende Straße ihrem schützenden Dach und dem steigenden Jahr entgegen, das Glück und Erfolg, aber auch Tod und Verderben bringen kann.

Als die letzten Nachzügler sich nach Hause tasten, fluchend über die Glätte, bei der man sich nicht auf den Beinen halten, und über die Dunkelheit, in der man seine Knochen nicht wieder zusammenfinden kann, setzt richtiger Regen ein. Erst langsam, dann heftiger und mit Stoßwinden, die durch die kahlen Schattenlinden fahren und an den grünen Fensterläden rütteln, daß die Schläfer mit befreitem: „Anner Weer!" erwachen. Die Nässe rinnt vom Dach in Tonnen und Regenbacken, es gluckst und trommelt, und wo der Sturm die Dachziegel lockert, tropft es manchem Schläfer plötzlich auf die Nase. Es wird eine unruhige Nacht, in fast jedem Haus muß man Gefäße unter die Leckstellen setzen oder Wasser schöpfen, und auch die Gedanken an das, was die nächste Zeit unweigerlich an Arbeit und Veränderung bringen wird, raubt manchem den Schlaf.

Auch Etta Hinrichs liegt mit offenen Augen neben ihrer Mutter im Wandbett, sie kehrt ihr den Rücken zu und schaudert bei jedem Windstoß zusammen. Klagend hört sie in der Ferne Tjaldmaleen, die man eine Hexe nennt, ihren geliebten Kater Napoleon rufen, der andere Gesellschaft heute der ihren vorzieht.

2. Kapitel

Segel gespannt, den Kompaß gerichtet!

Schwere Frühlingsstürme peitschen das weite Grodenland zwischen den Deichen. Wer zu den an diesen entlangliegenden „Plaatsen“ will — den großen Bauernhöfen —, die dort, jeder ein Königreich für sich, in herber Abgeschlossenheit liegen, muß vor allem für festes Schuhzeug sorgen. Die Fahrwege sind von dem immer erneut striemenden Regen so unergründlich geworden, daß der Wanderer fürchtet, dort Wurzel zu schlagen, so fest saugen die Füße sich in den schweren, von tiefen Wagenspuren durchfurchten Klei.

Im Ort selbst sieht es nicht viel besser aus, denn hier verwehrt der Deich dem trocknenden Wind den Zugang zu den ungepflasterten Wegen. Er versucht es sonst aus allen Richtungen — er springt von Nord nach Süd, von Süd nach West und manchmal sogar geht er durch den Norden nach dem Osten, es wird doch nicht wieder frieren wollen? Die Augen der Schiffer gehen immer wieder zu den Mühlen, auf denen die Müller den ganzen Tag an den Flügeln hantieren, und die Mutmaßungen über das Wetter beherrschen jedes Gespräch.

Abends steigt der noch tief im Boden sitzende Frost von neuem hoch, dann werden die Wege einigermaßen gangbar. Kommt der Mond auf, so beruhigt sich das Wetter zusehends, und aus dem Norden klingt wohl ein übermächtiges Rauschen, der Widerklang der erregten See, den man weit ins Land hinein hört; der Strand rast, heißt es dann.

Im Hafen und im Tief, das zur nahen Seeschleuse führt, beginnt das Eis zu bersten und zu schmelzen. Der Hafenmeister läßt die Schleusentüren freikappen und täglich Seewasser einströmen das im Außentief schon bald das mürbe Eis zerriß. Laut poltert das Wasser durch die Schleusenkammern, den meisten Ohren ein tröstliches Geräusch, und die weißen Schaumflocken fliegen bis auf den Fahrweg. Das in langen Frostwochen mächtig gewordene Eis beginnt sich von den Kanten zu lösen, es nagt und sägt an der Böschung, und der kleine scharfe Deichrichter ist schon im voraus ungehalten über die zu erwartenden kostspieligen Ausbesserungen.

Die jungen Schiffer, von denen der eine und andere noch nach bestandenem Examen das goldene Band der Schifferschule um die Mütze trägt, helfen mit wahrer Wonne, von einem starken Boot aus die morschen Eisschollen mit langen Haken zu zertrümmern; ihr ausgelassenes Lachen und Rufen klingt bis weithin. Eben kommen sie um die Biegung bei Jacobs Werft, vor Röbens' gleich danebenliegendem Haus fegt die junge Tomma, eine elternlose Verwandte der Queen, gerade die Straße. Der schneidende Wind weht ihr die Beiderwandschürze eng um die Beine, und die roten, klammen Hände können den schweren Besen kaum halten. Das runde Gesichtchen unter dem braunen Kraushaar glüht vor Kälte und Anstrengung, aber sie wagt unter den strengen Augen von Rineldtant nicht, ihre Arbeit zu unterbrechen, obwohl sie die großen dreisten Jungen richtig fürchtet. Da geht es auch schon los: „To, Tomma, kannst uns fein helpen!" — — „To, kumm doch! — — anners haal ik di!" — — „Ja, to man! — kannst hier up mien Schoot sitten!"

Sie überbieten sich in harmlosen Neckereien, denen sie ganz verwirrt und mit Tränen in den Augen standhält. Als aber Gerd Harms tut, als wolle er an Land springen und sie packen, wirft sie doch den Besen hin und läuft ins Haus, die frechen Jungens wollen sich totlachen. Im Zurückblicken sieht sie, wie Tyark Heyen ihr beruhigend zuwinkt — er ist doch immer der Allerbeste!

Die Queen hat vom Fenster aus alles beobachtet und schüttelt den Kopf über das scheue Kind, das sich so gar nicht zu wehren weiß. Nun ist sie schon bald siebzehn und weiß noch immer nicht, daß es zweierlei Menschen gibt und junge Leute auch einmal Spaß miteinander machen müssen. Deshalb haben die jungen Kerle es auch immer auf sie abgesehn! Na, sie will wohl dafür sorgen, daß die zeitig einen guten Mann kriegt! allein wird die ja nie fertig!

Im Hafen herrscht fieberhaftes Leben. Auf den

Schiffswerften reißt das Hämmern und Klopfen nicht ab, und auch bei den Schmieden ist der Hammer den ganzen Tag in Tätigkeit, das Feuer lodert bis in den späten Abend hinein. Im letzten Augenblick stellen sich noch allerhand kleine Schäden heraus, die unbedingt vor der Abreise behoben werden müssen, und alle Handwerker haben die Hände voll zu tun.

Der kurzbeinige Seiler trippelt den ganzen Tag zwischen Hafen und Werkstätte hin und her, um das letzte Tauwerk abzuliefern. Seine scharfzüngige Johanna zetert, daß dies doch Sache des Lehrjungen ist — muß der Meister nicht selbst die Reepe schlagen, auf die es so sehr ankommt? Am liebsten würde sie ihn an die Leine nehmen und den ganzen Tag auf seinem Werkplatz hin und her jagen, nach dem die Kinder so gern durch die Hecke lugen. Sie erzählen sich dabei mit Wonnegruseln, der kleine dicke Mann zöge sich den Werg aus seinem Bauch! Das tut er zwar nicht, sondern aus seiner Schürze, die er eben mit wichtigem: „Moot ik sülfst dohn, Moder! moot ik sülfst dohn!" abbindet und dann mit einem Schein des Rechts seiner Gestrengen entwischt.

Wo geht es auch wohl lustiger und unterhaltender her als am Hafen, wo zudem die Schiffer eine stets offene Hand haben! Nach der langen Winterruhe sind die hartgewohnten Männer wie berauscht von Tatendrang, und der ganze Ort ist davon angesteckt. Im Höft vor dem Anwesen von P. J. Peters liegt Hillern Hillrichs mit seiner „Fortuna" und nimmt Weizen ein; ein Sack nach dem andern wird von den vollen Kornböden getakelt und durch den Kornweher gejagt. Harm Bloothüdel — so heißt er, weil Blutballen sein vielgerühmtes

Leibgericht sind — steht den ganzen Tag und dreht das Rad des Wehers, dessen eintönigem Knarren sein Tonfall sich im Lauf der Jahre angepaßt hat, und Jürn schleppt Säcke. Staub und Granen fliegen umher und machen durstig, sehr durstig! Ihre geliebte Schnapsflasche muß fleißig Trost spenden, und abends sinkt wohl der eine oder andere irgendwo auf die nasse Erde und schläft dort ein.

Hillern ist wie besessen, nichts kann ihm schnell genug gehn. Es wird Zeit, daß es wieder nach draußen geht, verdammt noch mal! Der Weizen ist Zwischenfracht für Rotterdam, dann geht es ohne Aufenthalt zum Mittelmeer.

Eimo Eimen liegt mit seiner „Frau Dina" vor dem neuen großen Packhaus am Hafen und nimmt Rapssaat über. Auch er will zunächst nach Amsterdam, und seine Dina wird ihn so weit begleiten. Die Mütze hinten auf dem blonden Kraushaar steht er an Deck und überwacht die Ladung. Gerade kommt Schlachter Cohn und bringt das bestellte Salzfleisch, kriechend unterwürfig gegen den wegen seiner Spottlust gefürchteten Kapitän.

Da geht es auch schon los: „Wenn deine Kuh diesmal auch wieder achtzehn Beine hat wie letztesmal, dann nehm ich dich mit zur Doggerbank und werf dich dort über Bord! — — dann kannst du nach Palästina schwimmen!" Mit dem Juden sprechen sie immer hochdeutsch, sie wissen selbst nicht, weshalb. Es ist wohl, weil sie ihn unbewußt als Fremden empfinden, obwohl man sonst gut miteinander auskommt. Graublaß vor Angst, Kapitän Eimen kann man nämlich einiges zutrauen, jammert er: „Ik sall doot henfallen, Kaptein, wenn dit nich prima Ware is!" Ist dies nicht Fleisch von dem fetten Ochsen, der auf Heiko Janssens

Außenweide lief und dann noch den ganzen Winter mit Mehl gefüttert wurde? „Dusend Pund het he wagen! Gott sall mi strafen, wenn't anners is!"

Die schweren Fässer rollen an Bord, es heißt sich gut vorsehn für diese Reisen, deren Länge sich nie genau vorbestimmen läßt. Und steht nicht auch jedem Mann der Besatzung täglich ein volles Pfund Fleisch zu?

Der Jude hat die Fässer heimlich gezeichnet und weiß seinen besten Kunden geschickt die besten Stücke zuzuwenden. Reent Reents aber, der in den letzten Jahren viel Havarie hatte und tief bei ihm in der Kreide sitzt, will später wirklich scheinen, als habe die so gerühmte fette Kuh tatsächlich ganz naturwidrig nur aus Beinen bestanden!

Habbo Harms allerdings, genannt Grootkoopmann, ist, wenn man seinen Worten Glauben schenken kann, die wichtigste Person des Tages. Meine Herren! Muß er nicht all die Schiffe verproviantieren? — oder doch wenigstens den größten Teil davon, großer Gott, die Konkurrenz will auch leben — kleine Leute übrigens, nicht der Rede wert. Wer liefert auch wohl so gute Erbsen und Bohnen wie er, prima Ware, im Außengroden gewachsen, ja ja, man hat so seine Beziehungen! Und dann all das Mehl für den sonntäglichen Mehlkloß, den „Sackkook", Ia Qualität, nicht zu vergessen Hartbrot, und was sonst alles gebraucht wird auf den langen Reisen. Schnaps allerdings ist ja nur Nebensache, nur eine kleine Herzstärkung ab und an. Auf hoher See braucht der Schiffer einen klaren Kopf, ja ja! Nur Bangbüxen suchen sich mit Räuschen über gefahrvolle Stunden hinwegzuhelfen, und deshalb werden sie auch meist nicht damit fertig. — Dafür genießen die Männer diese Freuden aber noch doppelt, solange sie an Land sind. Ihre Frauen müssen viel seufzen: „De oll Mannslüd!“ schelten sie, und sie sind sich darüber einig, daß die auf See am besten aufgehoben sind.

Sonst leben auch sie in rechter Erregung. Manche von ihnen wird ihren Mann begleiten, und so gibt es viel zu bedenken. Kaufmann Gerkens neue Sendung wird recht in Anspruch genommen, er und sein Gehilfe kommen den ganzen Tag nicht von den Beinen, und Frau Margareta steht mit halbgeschlossenen Augen selbst hinter dem Ladentisch und preist mit schläfriger Stimme die Neuerscheinungen an. Sie ist dabei aber so langsam und umständlich, daß ihrem Mann oft die Geduld reißt und er sich selbst seiner Kundinnen annimmt, die man nicht grundlos windig nennt. „'t is wat Seltens, Fro Occen!“ Mit diesem Stoff nach neuester Mode kann sie sich überall sehen lassen. In England bekommt sie bestimmt nichts Besseres, ganz zu schweigen von Rußland! Und mancher blanke Taler, der unter dem Leinenzeug ein geruhiges und beruhigendes Dasein führte, klimpert in Gerkens eiserne Geldkassette.

„De Deerns“ wissen gleichfalls vor Arbeit nicht ein noch aus. Und nun müssen sie auch noch das Traukleid für Etta Hinrichs fertig machen. Der Queen durften sie es nicht abschlagen, sie hätten zuviel Schaden dadurch gehabt, seufzend sitzen sie über der großen Änderung.

Alle Kundinnen befühlen die schwere Seide — also Taak hat ihr kein neues Kleid geschenkt! Nun, wie pintig genau der ist, weiß ja jeder. Er merkt eben, daß es hilft. Etta mit ihrer Großartigkeit wird sich auch noch manchmal umsehn — Ehstand, Wehstand! ach du lieber Gott! — — Die

Queen hat das natürlich vermittelt, das ist ja klar. Nun, was wollte Etta auch? wie es in dem Haushalt einer Schifferwitwe aussieht, wissen sie alle nur zu gut. Das geht natürlich keinen etwas an, aber sie aus dem Schifferstand dürfen untereinander wohl einmal davon sprechen.

Vor der Werft von Jacobs liegt der neue Schoner von Taak Taaks. Der glückliche Besitzer steht — nicht anders, als sei er noch Matrose — in seinem braunen Flanellhemd und sieht Maler Behrens zu, der gerade mit seinen schönsten Buchstaben auf das weiße Namenbrett setzt: „Etta", denn natürlich heißt es nach seiner zukünftigen Frau. Taak gibt genaue Anweisungen, hat auch noch dies und jenes auszusetzen. Aber es muß sofort gemacht werden, der Meister weiß, jede Stunde ist kostbar.

„Das woll sowat!" Meister Behrens muß sich fast zerreißen, auf seine Anzeige im Amtsblatt um drei Gesellen hat sich erst einer gemeldet — er zieht bedenklich die Augenbrauen hoch und die Unterlippe über die Oberlippe, dabei betrachtet er selbstgefällig das Werk seiner Hände. Er will dem Schiffer die Sache gerade auseinandersetzen, als er merkt, daß dieser längst weitergegangen ist.

Kopfschüttelnd sieht er, wie Taak Janssen ganz verloren am Tief steht und vor sich hinblickt, der scharfe Wind wühlt in seinem dicken Braunhaar, die kurzen Arme hält er wie in Gedanken von sich. Er sieht doch auch nach nichts aus, denkt der Maler, garnicht wie ein Großschiffskapitän. Dem kann es wohl in den Kopf schlagen, soviel wie der vor sich gebracht hat — ein Arbeiterjunge, der sich ein solches Schiff bauen lassen kann, und jetzt heiratet er auch noch „mooi Etta" und kommt in eine der ersten Schifferfamilien —. Seine eigenen

Jungen sollen auch zur See gehn, dafür will er sorgen — da können sie wenigstens weiter kommen!

Der Sturm lebt erneut auf, und das Sausen der Mühlenflügel durchschneidet die einfallende Dämmrung, in der das Leben im Hafen verebbt. Eine Hagelbö geht nieder, und jeder sieht zu, daß er sich unter ein schützendes Dach rettet.

Trotzdem zögert Taak Janssen vor Gedrut Hinrichs Haus — er ist in seinem Arbeitszeug, die Stiefel bis obenhin dreckig, so mag er sich vor seiner Braut nicht sehen lassen. Aber der Sturm drückt gegen die Haustür, daß sie grell klingelnd sperrangelweit auffliegt. In dem Lichtschein, der aus der rasch geöffneten Küchentür dringt, steht Etta, die blonden Löckchen wehen in der Zugluft. „Oh, du büst dat!“ Wohl schwingt keine bräutliche Freude in dem Ausruf mit, aber der Mann ist schon beglückt, als er sie nur sieht, als das helle, ernste Gesicht ihn freundlich anblickt.

Gedrut nötigt ihn ans Herdfeuer, sie will rasch Tee machen — ach ja, das sind schwere Tage, aber es muß jetzt ja gehen. Wenn das Wetter sich doch endlich besinnen wollte — ihre Stimme klingt etwas belegt, sie lutscht gerade an einem Brocken Kandis, was Taak nicht merken soll. Der hat aber nur Augen für „mooi Etta“, die sich auf Gedruts Geheiß mit dem Strickzeug zu ihm setzt, ruhig und sachlich fragt sie nach Schiff und Ladung.

Der Wind heult im Schornstein, das Herdfeuer spiegelt sich in den großen Glasscheiben der Buddelei. Gedruts Tee ist dünn, doch achtet Taak nicht darauf. In dem plötzlichen Halbschlaf, der ihn in der Wärme überfallen will, ist ihm — Ettas Hand in der seinen —, als habe er endlich ein wirkliches Zuhause gefunden.

3. Kapitel

Gerdohm sleiht mit Bunk in't Klock —

„Gerdohm sleiht mit Bunk in't Klock, bummbummbummbumm bummbummbumm, Gerdohm sleiht mit Bunk in't Klock — — —"

Das und nichts anderes hören die Kirchgänger aus dem kurzen, knappen Beiern heraus, mit dem der Kuhlengräber sie darauf aufmerksam macht, daß sie sich beeilen müssen! Weshalb soll der Alte dazu auch nicht die Knochen nehmen? er pflegt doch mit dem, was von dem Menschen als Letztes bleibt, recht großzügig umzugehn. Alle wissen, daß dies auch ihnen nicht erspart bleibt, und finden gar nichts dabei.

Dann erst setzt das richtige Läuten ein, das der Wind von dem niedrigen freistehenden Glockenturm herrisch in seine Richtung reißt. Kommt er aus dem Süden, schlägt er es den Schiffern auf dem Watt mahnend um die Ohren. Sitzt er aber wie heute im Nordwesten, wirft er es in unwirschen Stößen über das seltsam helle Land zwischen den Deichen, auf dem zwischen der frischgrünen Wintersaat noch hier und da Schneehäufchen schimmern. Bis zum Rand voll Wasser stehen die vielen Gräben, die es dem sich in weiten Bogen durch das Land schlängelnden Tief zuleiten, der einzigen Verbindung mit der im Hinterland liegenden Kreisstadt. Auch in den Ackerfurchen steht an niedrigen Stellen noch Wasser, und plötzliche Sonnenstrahlen lassen die überall verstreut liegenden roten Dächer grell aufleuchten. Das Wetter hat sich aufgeklärt, und zwischen den grauweißen und sich fortwährend verändernden durchscheinenden Wolken sieht man hin und wieder ein Stückchen blauen Himmel.

Über dem Kirchhof auf dem Deich stößt der Wind so heftig, daß die Kirchgängerinnen ihre langen, schweren Röcke vor dem Aufwehen schützen müssen, was ja zu unanständig wäre. Die Bauernfrauen haben sich nach dem schweren Weg durch den zähen Klei — man kann ihn den Pferden unmöglich zumuten — in dem Wirtshaus neben der Kirche äußerlich durch ein warmes Stövchen und innerlich durch einen Likör gewärmt. Dann vertauschen sie die alte Mütze mit der Staatshaube, die sie im Beutel mit sich führen, worauf sie mit ihren auf ähnliche Weise gekräftigten und verschönten Männern Gerdohms dringenden Rufen folgen. Auch das schlechteste Wetter kann sie nicht vom Kirchgang zurückhalten — der bringt doch Abwechslung in ihr einsames Leben, man erfährt gewöhnlich allerhand Neuigkeiten. Und diese Konfirmation der Schifferjungen, einige Wochen vor der eigentlichen, ist denn ja auch etwas ganz Besonderes und gibt noch für eine Weile Gesprächsstoff, obwohl, sie zumeist nicht viel mit „de Schipperee" im Sinn haben.

Auch die Schiffer finden sich mit ihren Frauen noch einmal vor der Ausreise fast vollzählig ein, man erkennt sie schon von weitem an ihrem wiegenden Gang und den blauen Anzügen. Vor der Kirchentür verhalten sie kurz den Schritt und sehen nach der Luft, und die Queen wirft die breiten Mützenbänder zurück, ehe sie ins Gotteshaus treten.

So ist denn die schmucklose Kirche mit den Schiffsmodellen rechts und links vom Altar recht gefüllt, obwohl die Gemeinde als wenig kirchlich gilt. Strenge Eiferer sprechen sogar vom Siel als Sodom und Gomorrha! Das wissen sie alle, aber es tut ihnen nichts. Das kann jeder halten wie er will, sagen sie. Und geben sie nicht ebenso gut wie die andern und gewöhnlich noch viel mehr Gott, was Gottes ist, oder doch wenigstens seinem Diener? Aber sie können nun einmal nicht über diese Dinge reden, die muß der Mensch mit sich selbst abmachen. Daß sie nun einmal etwas weltlich sind, ist nicht ihre Schuld, sie haben sich nicht selbst gemacht.

Die Schritte knirschen auf dem sandbestreuten Gang, familienweise nimmt man in den engen Bänken Platz. Kleider rascheln, ein leiser Dunst aus den mitgebrachten wärmenden Stövchen zieht durch die eiskalte, weißgekalkte Kirche. Die Männer sehen in den Hut, die Frauen tuscheln nach vorsichtiger Umschau wohl leise miteinander, und alles wartet auf Pastor Garrels, der wieder einmal auf sich warten läßt. Daß der doch nicht pünktlich sein kann! das ist dort ja auch kein Haushalt. — Kaufmann Peters und Madam kommen heute etwas später und müssen zu ihrem Sitz unter der Kanzel förmlich Spießruten laufen. Alle Frauen hätten gern einen Longschal wie Madam, die Farben sind gar zu schön.

Da setzt die Orgel ein, und der Erwartete erscheint, ein rundlicher Mann in mittleren Jahren mit gutmütigem, leicht erregten Gesicht und melierter Bartfräse. Natürlich sitzt das Bäffchen wieder schief, und schlecht geplättet ist es auch. Vorm Altar sieht er sich noch kurz nach seiner kleinen Herde um, die ihm folgt, zehn Jungen, die nun auf den Bänken vor dem Altar Platz nehmen. Sie fühlen sich in ihren neuen Anzügen und unter den Augen der ganzen Gemeinde, vor allem der ihnen gegenüber sitzenden Kirchenvorsteher, recht behindert. Sonst rechte Helden, suchen sie sich jetzt so klein wie möglich zu machen, die Blondköpfe mit den vor Aufregung geröteten Ohren verkriechen sich schließlich ganz zwischen den Schultern.

Mester Albers führt den Gesang mit seinem abgrundtiefen Baß, kann aber nicht verhindern, daß immer wieder einige Schäflein ausbrechen und vor- oder nachsingen. Maler Behrens geht mit ebensoviel Gefühl wie Kraft seiner eigenen Melodie nach, während Wübkmagret dem Gesang einige selbst erfundene gellende Verzierungen hinzufügt — bis Grootkoopmann vom Orgelboden herab mit schmetterndem Tenor alles zu einem befriedigenden Ende führt.

Die Prüflinge machen ihre Sache besser, als man von den Schlingeln erwartete — der Pastor hat sie gut in Zucht, das muß man sagen. — Aber weshalb spricht er nun bloß so mitleidig und macht den Jungens das Herz schwer? Schließlich sind es doch fast alles Schifferkinder, denen die Seefahrt im Blut liegt und die wissen, daß sie an Bord kein Herrenleben erwartet. Alle sind sie wieder an Bord gegangen, die von übervorsorglichen Eltern in einen andern Beruf gesteckt wurden; der Ruf der See war übermächtig. Zustoßen kann ihnen auch etwas an Land. Keiner entging je dem Schicksal, das für ihn bereit lag.

Der scharfe Blick der Queen geht über die Jungen. Einige kennt sie nicht, die kommen wohl von der Geest. Alles, was vorwärtsstrebt, geht heute zur See. Der Kleine dort mit dem runden treuherzigen Gesicht ist Gerd Backer, der kommt zu ihrem Mann an Bord. Nun, dort wird er es nicht am schlechtesten haben, obwohl ein Schiffsjunge nie zu lachen hat — heimlich nickt sie ihrem Röbke Heeren auf der Kirchenvorsteherbank zu, der gerade herüberblickt. Wie gläubig sieht der Mann wieder aus! Der weiß nun heute Mittag noch jedes Wort, das der Pastor sagt, er hat immer Andacht für zwei, und das ist nur gut. Ihr gehen immer zuviel andere Gedanken durch den Sinn. — — Oh Gott, der Pastor predigt ja noch immer, sie hat gar nicht mehr darauf geachtet. Die andern werden auch schon unruhig, Bauer Heiko Janssen vom Außengroden vor ihr schnarcht hörbar, und ein allgemeines Hüsteln und Füßescharren mischt sich in diese wenig kirchlichen Töne.

„Aa — — — men!" Alles atmet erleichtert und auch befriedigt auf — ihr Pastor kann doch zu schön „Amen" sagen, das ist noch das beste an seiner Predigt. Sie halten auch sonst viel von ihm, er ist ein ordentlicher Mensch. Und das ist das höchste Lob, das man einem Höhergestellten spenden kann.

„Bleibe fromm und halte dich recht, denn solchen wird es zuletzt wohlergehen!" Den Spruch bekommt der vaterlose Galt, Gedruts Patenkind, ein kräftiger Junge mit flachem Gesicht und verschmitzten Augen unter dem borstigen Blondhaar.

„Wenn dich die bösen Buben locken, so folge ihnen nicht!" In ernster Ermahnung liegt seine Hand einen Augenblick länger als gewöhnlich auf Heiko Hillrichs wildem Schopf — der begabte Junge ist nicht schlecht, aber der haltlosen Mutter, die dort hemmungslos vor sich hinschluchzt, völlig über den Kopf gewachsen. — Die Queen wirft ihr einen finsteren Blick zu und hätte sie am liebsten ordentlich gepufft — wie kann sie sich nur so gehen lassen! Sie sollte den Bengel lieber zur rechten Zeit verprügelt haben und ihm nicht immer die Hand hinten vorhalten, wenn Hillern, der mit verschlossener Miene neben ihr sitzt, ein längst fälliges Strafgericht ausüben will. Na, der wird an Bord manches nachholen, da heißt es parieren! — — Und wie sieht Antje wieder aus, selbst unter dem Longschal konnte man noch die Flecken im schwarzen Kleid sehn, die von dem Kleinsten stammen. Und dieses schlappe Menschenkind ist nun ihre leibliche Schwester! Laß Hillern nur erst fort sein, die wird sie sich aber ordentlich vornehmen! Glaubt sie, daß sie einen Mann wie den mit ihrer Heulerei hält? der will ganz anders angefaßt werden! sie nickt heftig vor sich hin. Das müßte ihrer sein — —!

Für einen Augenblick liegt ein blasser Sonnenstrahl auf den Schiffsmodellen. Dann wird es plötzlich dunkel, und gleich darauf prasselt unter heftigen Windstößen ein Hagelschauer gegen die erklirrenden Nordfenster. — Unruhig bewegen sich die zum Gebet geneigten Köpfe — kommt das schlechte Wetter zurück? — — kann es noch immer nicht gehn? nicht in See? — — nicht aufs Feld? — Es ist alles so spät in diesem Jahr, wie soll das werden?

„— — — und werden aufgeboten zum erstenmal und der Fürbitte der Gemeinde empfohlen —“ die Köpfe drehen sich in wacher Aufmerksamkeit der Kanzel zu: „— — die Haustochter Etta Maria Hinrichs, eheliche Tochter des verstorbenen Kapitäns auf großer Fahrt Hinrich Tjarks Hinrichs und seiner noch lebenden Ehefrau Gedrut Maria, geborenen Hillrichs, und der Kapitän auf großer Fahrt Taak Janssen Taaks, ehelicher Sohn der verstorbenen Eheleute Arbeiter Jan Gerdes Taaks und Frau Geeske, geborene Janssen. — Der Herr gebe den Verlobten seinen Segen zu ihrem Vorhaben!"

Es ist den undurchdringlichen Gesichtern nicht anzusehn, ob alle diesem Segensspruch zustimmen. Mancher — und vor allem manche — gönnen der hochmütigen Etta, die sich immer für sich hält, die gute Heirat und dem Arbeiterjungen nicht die in eine der angesehensten Familien. Die Älteren sehen auch wohl wieder den zitternden Jungen vor sich, der bei der furchtbaren Februarflut Anno 25 von den tapferen Schiffersöhnen mit gerettet wurde. Rineld Röbens Vater, der großmächtige Uvo Uken, nahm ihn damals ins Haus und dann später an Bord — ach, sie wissen es noch zu gut, Taak ist ja so richtig von Armenwegen groß geworden. Die vielen Gerechten in jedem Stand finden das sehr entehrend und können ihm nicht verzeihen, daß er es trotzdem zu etwas gebracht hat.

Steuermann Hero Heerens Gedanken gehen inzwischen wesentlich andere Wege. Er hat sich sträflich gelangweilt und deshalb zur Abwechslung viel nach der jenseitigen Bank geschielt, wo er neben der Tür Liessi Occen entdeckte. Die ist mit ihrem dicken aufgesteckten Blondzopf und dem frischen Gesicht ja schon ein rechtes Fräulein, er hat sie länger nicht recht gesehn. Den Winter war er auf der Schifferschule und erhielt dieser Tage laut Amtsblatt sein Steuermannspatent mit Auszeichnung! Jetzt hat er bei Liessis Vater angeheuert. Heimlich steckt er den starken Nagel weg, mit dem er seine Anfangsbuchstaben in die Banklehne ritzte — H. B. H. steht da jetzt — schön gleichmäßig groß sind die Buchstaben geworden! ja, er hat ein gutes Augenmaß. Er langt nach seiner Mütze, dabei fällt sein Gesangbuch mit solchem Gepolter hin, daß sich viele mit gemessener Entrüstung nach ihm umsehn. Als er wieder mit hochrotem Kopf aus der Tiefe taucht, blickt er gerade in Liessis spottlustige Grauaugen — sein scharfgeschnittenes Gesicht mit der großen Nase sieht zu hilflos aus, am liebsten prustete sie los. Einen Herzschlag lang hängen ihre Blicke ineinander — dann senkt ihr ein wenig derbes Gesicht sich dunkel errötend über das Gesangbuch; die Gemeinde stimmt das Ausgangslied an.

Jeder mit Gedanken beschäftigt, die meist wenig mit dem Gottesdienst zu tun haben, schieben sich die Menschen aus der Kirche. Kalt stößt noch immer der Wind über den Deich und die jetzt so kahl und trostlos liegenden Gräber. Jeder ist froh, unter Dach zu kommen, die Männer in den „Anker", die Frauen in ihre Häuslichkeit, wo der heiße Tee auf sie wartet.

Die Leute vom Lande nehmen unverzagt wieder die unergründlichen Wege unter die Füße—schlechtes Wetter oder nicht, nach Hause muß man. Sie werfen nur einen flüchtigen Blick auf den Hafen — aber das ist nichts für sie. Für die Seefahrt muß der Mensch geboren sein, obwohl augenblicklich viel Geld damit zu verdienen ist. Kein Fernweh tastet sie beim Anblick der zum Auslaufen bereiten Schiffe an, deren Masten nun bei Hochwasser die roten Dächer der Deichhäuser überragen. Bräunlich strömt das Wasser herein und reißt die letzten Eisschollen von den Kanten, und die herbe Frühlingsluft ist voll Unruhe und geheimer Hoffnung.

Doch wie ihre Füße in den grundlosen Wegen, so ist auch ihr ganzes Denken in dem Inhalt ihres Lebens verhaftet, in Land und Vieh. Dort ist mehr Sicherheit als bei dem schwankenden, ihnen feindlichem Wasser, das sie schon so oft bedrohte und von dem sie viel Böses erfuhren.

So stoßen hier zwei Welten aufeinander — nüchterne, erdgebundene Tatsachenmenschen die Bauern, weltläufig, der Ferne näher als dem Leben daheim die Schiffer, kühne Männer, die mit ihren verhältnismäßig kleinen Schiffen Unerhörtes wagen.

Alle aber sind unumschränkte Herren in ihrem eigenen Reich, auf ihren Höfen wie auf ihren Schiffen, alle gleich bodenständig und noch kaum mit anderm Blut vermischt.

4. Kapitel

Schifferhochzeit

„Man Taak Janssen, door steihst du noch to sinnensammeln? — nu man to! ik bün all kloor, dat wurdt Tied!“

Seine alte Betreuerin lehnt über der grünen halben Tür und winkt eifrig mit ihren langen Armen. Sorglich streicht sie dabei die Bänder ihrer schon grünlich schimmernden Mütze zurück, hinter die der Wind faßt, hier auf dem Kirchendeich bekommt man ihn aus erster Hand.

Der Mann steht an der Hecke, schon im guten Anzug, an den Füßen aber noch die Pantoffeln. Unter der vorgehaltenen Hand sieht er nach der

Luft und den Mühlen; die wenigen blassen Sonnenstrahlen blenden trotz des diesigen Wetters. „Ik kam!“ Er wendet der Alten mit hilfloser Bewegung das derbe Gesicht zu, seine kleinen goldenen Ohrringe blitzen dabei auf: „Gah du man to! — — ik kam glieks!“

Hinrika macht einige Schritte auf ihn zu: „Kann ik denn alleen gahn, un de Brügam blifft tohus?“

Sie ist ganz entrüstet. Diese Hochzeit ist ein großes Ereignis in ihrem arm gewordenen Leben, sie kann die Zeit kaum erwarten. Ihr altes schwarzes Seidenkleid bauscht sich im Wind, sie trägt heute die Reste ihres reichen Goldschmucks, den sie in Gedanken schon Taaks Kindern zudenkt. Das graue Haar ist sorglich mit Klettenwurzelöl geglättet und in kleinen Zöpfchen um die Ohren geleitet, hier hat der Wind sein Spiel gründlich verloren. Verdrießlich scheltend auf „de oll Mannslüd“ geht sie ins Haus — das fängt ja gut an!

Der untersetzte Mann verhält den Schritt und starrt erneut nach den Mühlen — der Wind ging durch den Süden nach dem Osten, hoffentlich hält das Wetter sich; wenn sie es gegen den Wind haben und womöglich noch viel kreuzen müssen, ist das nicht so einfach für eine junge Frau, die ihre erste Reise macht. Er hofft deshalb vor allem Ettas wegen auf gutes Wetter. — — Seine Frau! — er schauert ein wenig, es kommt ihm ganz unglaublich vor — seine, seine Etta!

Wieder sieht er sie vor sich, wie sie damals vor ihm zur Kirche ging, so fein und stolz mit dem leicht schleppenden Gang, das war bald nachdem sie von Amsterdam zurück kam. Er saß dann hinter ihr; das helle Kraushaar glänzte über dem sanften Nacken wie Gold, kaum konnte er seine

Blicke abwenden, er schämte sich richtig. Und wie klein und hübsch waren ihre Ohren — so etwas hatte er noch nie gesehn. Immer wieder mußte er an sie denken. Das machte ihn ganz unruhig und unzufrieden, er wußte selbst nicht, was mit ihm war. Hinrika, die auch zu alt wurde, konnte ihm nichts mehr nach dem Sinn machen. Ganz gegen seine Gewohnheit saß er oft im Wirtshaus; es war allgemein aufgefallen. Aber er hatte dies einsame Leben auf einmal gründlich satt.

Bis die Queen ihn einmal tüchtig ins Gebet nahm: „Du mußt 'n Fro hebben" bestimmte sie kurz und bündig, er war ganz verlegen geworden — daran hatte er noch gar nicht gedacht!

Aber die Queen ruhte nicht, bis sie das Nötigste wußte, und nahm dann die Angelegenheit tatkräftig in die Hand, er war verlobt, ehe er es selbst begriff. — Es will noch heute nicht recht zu ihm durchdringen, daß dies feine stolze Mädchen seine Braut und daß heute sein Hochzeitstag ist. Er sieht sich um — Hinrika steht in der Tür und winkt ungestüm — es ist also kein Traum! Er, Taak Janssen Taaks, der elternlose Arbeiterjunge, bekommt heute das schönste Mädchen vom Siel zur Frau —.

Während er hineingeht, huschen die furchtbaren Erlebnisse seiner Kinderjahre an ihm vorbei — er sieht die Eltern vor seinen Augen ertrinken, die Wiege mit dem kleinen Bruder treibt schon draußen, der rote Unterrock der Mutter dreht sich im Strudel, ihn selbst tragen die Wellen ins Ungewisse. Als er erwacht, ist er in Uvo Ukens Haus. Der hat ihm später auch geholfen, daß er die Schule besuchen konnte, und durch Fleiß und Sparsamkeit — ach, er weiß sehr wohl, daß die andern ihn einen Geizhals schelten — ist er schon früh zu einem eigenen Schiff gekommen. Und heute hat er eins der größten!

Aber so kommt es, daß er nicht so bedenkenlos fröhlich sein kann wie die andern, er hat sich an Bord immer am wohlsten gefühlt. Und nun wird alles anders werden — er wird auch ein Zuhause haben, Familie — —. Weshalb Etta ihn neulich nur zurückstieß? — so viel hatte er doch nicht getrunken. Komm, komm, Mädchenlaunen! An ihm soll es nicht liegen, sie soll es gut bei ihm haben.

Und doch ist ihm unbehaglich zumute, als er sich in Hinrikas Gesellschaft auf den Weg macht. Unterhalb der Kirche ist der Weg noch immer unergründlich, und so tasten sie sich vorsichtig auf dem Fußpfad weiter, neben dem Graben, an den Häusern entlang. Bei Tjaldmaleens efeuumsponnenem Häuschen ist der Dreck am tiefsten, und so müssen sie es zu Hinrikas Ärger über sich ergehen lassen, daß die Alte sie anhält. Sie lehnt über die Haustür und winkt den Bräutigam zu sich heran: „Door sünd de Hochtiedlüd ja!“ sie hat schon auf ihn gewartet. Er hat viel Gutes an ihr getan: „Gottes Segen över di, Taak Janssen!“ Feierlich überreicht sie ihm dabei ein Sträußchen Schneeglöckchen, die ersten aus ihrem Garten: „Vör dien Brud!“ — — — „Napoleon! — — mien Jung! — woor hest du denn so lang seeten! — — nu kumm doch man!“

Sie hat ihren großen schwarzweißen Kater tagelang vermißt und ist nun ganz erfüllt von Wiedersehnsfreude. So entgeht ihr, daß Hinrika mit dem Stiefelabsatz heimlich ein Kreuz ritzt, Taak steht in tödlicher Verlegenheit dabei und hält die Blumen steif vor sich hin. „Niks to danken!“ ruft er der beglückt mit ihrem Kater abziehenden Alten nach. Hinrika reißt ihm rasch die Blumen aus der Hand: „Door kunn woll wat na kamen!" Weg damit! man kann sich gar nicht genug mit der alten Hexe vorsehn! Sie schleudert das Sträußchen in den Straßengraben, wo es an einem Grasbüschel hängen bleibt.

Dort entdeckt es kurz darauf die Spenderin, die nach dem Hochzeitszug Ausschau hält. Oh, oh, oh! — wer hat ihr das angetan? — — „Aber die Rache ist mein! — ich will vergelten, spricht der Herr!" — — Oh, oh! es ist zu bitter, alt, arm und von allen verfehmt zu sein. Sie eine Hexe? — oft und oft wünscht sie eine zu sein, um den vielen Gerechten, die sie kränken, Gleiches mit Gleichem vergelten zu können. — Auch Taak kommt nicht mehr zu ihr, seit er verlobt ist. Er hat auch kein gutes Wort mehr für sie, das ihr doch mehr gilt als Gaben. Jetzt gehen seine Gedanken andere Wege —.

Haßvoll starren die grünen Augen über der Hakennase auf den kleinen Zug, der sich über den Kirchendeich zur Pastorei bewegt — das Brautpaar, Röbke Heeren Röben und Bernd Eilers Behrens, gleichfalls ein naher Verwandter, als Trauzeugen. Deutlich sieht sie Ettas rotes Atlaskleid und den Myrtenkranz im Blondhaar, aus dem der Wind Löckchen löst. Sie geht langsam und so grade, daß man ihren Gehfehler kaum bemerkt, Taak Janssen erscheint daneben fast klein. Die junge Frau wird auch noch lernen, ihren Kopf zu beugen, noch ist nicht aller Tage Abend! Murmelnd schlurft die Alte in ihr düsteres Haus zurück.

Pastor Garrels faßt sich ganz gegen seine Gewohnheit kurz, obwohl es ihm gerade bei diesem

Brautpaar nicht an Stoff gefehlt hätte, irgend etwas in dem verschlossenen Gesicht der Braut hält ihn davon zurück. Keine Miene darin verrät, wie das Gefühl der Geborgenheit in wildem Streit liegt mit der fast an Abneigung grenzenden kühlen Hochachtung vor dem Mann neben ihr, und ihre angeborene, durch ihren Fehler noch gesteigerte Zurückhaltung sich windet in unklaren Ängsten, daß plötzlich Eimos lachender Krauskopf fast greifbar deutlich vor ihr steht —.

Mit sicherer Hand unterzeichnet sie ihren neuen Namen, als hätte sie nie anders gehießen, und nun sind die jungen Leute Mann und Frau. Die Braut bleibt auch tränenlos, während dem von seinem unfaßbaren Glück tiefbewegten Mann das Wasser in den Augen steht — ja. Er, der Einsame, Heimatlose, wird fortan ein Heim haben, eine Familie —.

Aus Freundschaft für Röbke Heeren begleitet der Pastor das junge Paar bis zur Haustür — es ist rechtes Märzwetter, gerade senkt sich ein schwerer Wolkenschatten über den Deich, Ettas rotes Kleid wirkt fast schwarz. Gedankenvoll sieht er ihnen nach — es ist doch schwer, in diese Menschen hineinzusehn und ihre eigenartigen Gedankengänge zu erfassen. So sieht man hier in dem angeheirateten Ehepartner keinen Verwandten, als solche gilt nur das eigene Blut. Sonderbar, höchst sonderbar! — Sein Vater stammte zwar aus hiesiger Gegend, aber er lebte in einer mitteldeutschen Stadt, der Heimat seiner Frau, wo auch er aufwuchs. — Aber man tat gut daran, sich diese Einstellung vor Augen zu halten, das erklärte manches. — Empfand vielleicht auch die junge Frau so? sie gehörte leider auch zu den Menschen, mit denen man so schwer Fühlung bekam, es tut ihm herzlich leid. Sie macht sonst solch intelligenten Eindruck —.

Mit zögernden Schritten geht der Pastor durch den langen und breiten Sandsteinflur, von dem halbgeöffnete Türen auf seltsam kahle Räume gehn, in sein kaltes und unwirtliches Studierzimmer und seufzt: all seine teuren Bücher gehen in dem feuchten Klima aus dem Leim und bekommen Stockflecke.

Als der aus allen Fenstern beobachtete Hochzeitszug zurückkommt, flattert im Hafen das hannöversche Weißgelb vermischt mit dem Bunt der Hausflaggen lustig im herben Märzwind und der wieder durchbrechenden Sonne, alle Schiffe haben über die Toppen geflaggt. Vor Hinrichs Tür liegen noch Scherben vom Polterabend, obwohl Wübkmagret die Straße mit ihren dicken, blauroten Armen kräftig schrubbte. Diesmal haben die Kinder auch anscheinend die Scherben vom ganzen Siel zusammengeholt, so polterten sie, unterstützt von den Halbwüchsigen. Und geschrieen haben sie! man hörte bis weit über den Deich ihr: „Buddel mal her! Buddel mal her! — ik heb so lang keen had, ochheer!" Wübkmagret, ohne die man sich ein solches Fest gar nicht denken kann, mußte ihnen immer wieder aus der Likörflasche einschenken und Kuchenstücke geben. Diesmal hat Taak sich nicht lumpen lassen, es hat ihm richtig Spaß gemacht.

Nun sitzt er mit seiner jungen Frau auf dem steifen Roßhaarsofa hinter dem runden Tisch. Rechts davon haben Röbke Heeren und seine Rineld, stattlich wie nur je im guten Schwarzseidenen und der Staatshaube, Platz genommen, links der alte Bernd Eilers und seine Harmina, deren Kleid mit dem breiten Samtbesatz richtig Falten schlägt, so klein und mager ist sie. Dann ist noch Gedruts Schwägerin Bora da, eine jüngere, stattliche Frau. Sie hat ihren Mann im vorigen Jahr bei dem schweren Sturm um Allerheiligen verloren und trägt noch Trauer. Hinrika hat ganz unten Platz genommen und macht sich so klein wie möglich, sie fühlt sich recht unbehaglich. Einige Stühle sind noch freigeblieben, Eimo und Dina kommen etwas später. Die Nacht geht es in See, der Wind ist günstig. Auch die „Etta" läuft statt morgen schon diese Nacht aus. Antje Hillerns und Katharina Occen kommen gleichfalls erst nachher, ihre Männer sind schon fort, es ist in diesen Tagen soviel Unruhe in den Haushaltungen. Auch der Pastor hat sein Erscheinen für später zugesagt.

Liessie Occen geht Gedrut zur Hand, ein wenig befangen unter den strengen Augen der Queen. Die gehen untersuchend über den Tisch — nein, es ist alles, wie es sich gehört. Gute Tischwäsche hat Gedrut noch genug, und mit silbernen Teelöffeln hat Bora wohl ausgeholfen, die sind wohl schon meist zu Geld gemacht. Wübkmagret kommt mit der dampfenden und verlockend duftenden Kaffeekanne, die Trägerin sieht trotz ihrer weißen Schürze genau so dreist und robust aus, wie hinter der Waschballje. Liessie schenkt ein, zunächst dem Brautpaar, das auch ganz durchgefroren ist; sie atmet auf, als ihr kein Fehler unterläuft. Dann reicht sie den Butterkuchen herum — recht mit Zucker und Kaneel darüber und Korinthen darin, wie es ihn sonst auch bei Beerdigungen gibt, denen die Hochzeit in ihrem tödlichen Ernst nicht unähnlich ist. Aber das ist hier immer so, seitdem die Pietisten alle Hochzeitsbelustigungen abgeschafft haben. Und ist eine Heirat nicht auch eine ernste

Angelegenheit? Wenn es bei einem Begräbnis zum Schluß auch oft recht lustig hergeht, weil das schwere Leben nun überstanden ist, so fängt dieses mit einer Ehe ja erst an!

So ruft Eimo denn auch, als er mit seiner Dina ein wenig außer Atem ankommt: „Harrijeses — wel is hier doot?"

Es ist, als sei mit dem stattlichen Paar ein frischer Wind ins Zimmer gekommen. Die Ankömmlinge gratulieren dem jungen Paar — Eimo klopft Taak auf die Schulter und drückt seiner Kusine kräftig die Hand: „Na, junge Frau?" Dina küßt sie herzlich — wie blaß Etta ist, das Rot steht ihr gar nicht. Aber ein solcher Tag ist nun ja auch aufregend, sie braucht nur an ihre eigene Hochzeit zu denken. Sie wissen alle so wenig von der Ehe, es gehört sich nicht, daß man davon spricht. Was hat sie davon gewußt! Aber heute — ihre Augen treffen sich mit denen ihres Mannes — gibt es ein größeres Glück, als sich so von Herzen lieb zu haben, wie sie es tun?

Eimo ist in Taaks Alter, mit lebensprühenden Augen und blondem Kraushaar, er und seine braunhaarige Dina sind noch immer wie ein Brautpaar. Die junge Frau hat es sonst nicht leicht neben dem von Lebenskraft überschäumenden Mann, und die Reisen, auf denen sie ihn oft begleitet, sind selten ein reiner Genuß für Dina, sie hat ihm oft viel zu verzeihen. Einer der tüchtigsten Schiffer, hat er mit seinem Schoner „Frau Dina" schon manche große Fahrt gemacht und Geld verdient, wie er schwer ist. Aber ebensoviel hat er auch ausgegeben. Das ängstliche Sparen und Zusammenhalten liegt diesen Männern eben nicht, die sich seit Menschengedenken mit dem Tod katzbalgen. Ihnen ist deshalb auch nicht der Besitz an sich alles, wie den Bauern. An Bord kennen sie es nicht besser, da ist rauhes Leben und Gefahr, deren Überwindung immer neuen Antrieb gibt. Doch an Land wollen sie wissen, wofür sie gearbeitet haben, da wollen sie einmal ein Herrenleben führen. Und deshalb verachten sie im Grunde alle ein wenig Taak, der so sehr am Geld hängt.

Und so spricht auch Eimo etwas überlegen über das Reiseziel mit Taak, womit ihn sonst herzliche Freundschaft verbindet. Natürlich, Taak will bei der Ostseefahrt bleiben, das ist sicherer. Petersburg ist schön, Etta wird noch Augen machen. War sie nicht schon mit ihrem Vater da? nun, Kinder sehen noch nicht viel, da wird alles wieder neu sein. — Er, Eimo, geht selbstverständlich auf die Schwarzmeerfahrt — Junge, da ist augenblicklich Geld zu verdienen! Gewiß, es geht da manchmal hoch her — aber wer nicht wagt, auch nicht gewinnt. Nein, nein, Dina braucht keine Angst zu haben, er kommt schon wieder! Sie fährt diesmal nur bis Rotterdam mit, solche Konterbandefahrt ist nichts für eine Frau. Und überhaupt jetzt! — Dina sieht errötend vor sich nieder, da ihr Zustand erwähnt wird. Die Frauen stellen insgeheim fest, daß man ihr diesen in dem schweren, roten Tuchkleid kaum ansieht — das hat Eimo ihr gewiß aus England mitgebracht, wieviel Geld mag er dafür ausgegeben haben! — — Sonderbar, daß die Dina dann immer hübscher wird, bei den ersten drei Kindern war es auch so.

Taak hat seine Rührung überwunden und erzählt munterer, als es sonst seine Gewohnheit ist. Etta spricht wenig, sie kennen sie nicht anders, und außerdem gehört sich das auch so für eine Braut.

Die Männer haben sich eine Zigarre angezündet, ihre Blicke gehen sehnsüchtig nach dem blitzblank geputzten, heute zur Untätigkeit verdammten Spucknapf, sie vermissen ihr gewohntes Slaatje. Wübkmagret räumt ab, sie wird häufiger ins Gespräch gezogen und beginnt jede Antwort mit „— — fää — — llig?“. Liessie kann das Kichern nicht unterdrücken, es ist sonst auch so langweilig!

So überhört man die Haustür, und alles ist überrascht, als gellende Kinderstimmen im Flur anstimmen: „Tränen habe ich viele, viele vergossen, daß ich scheiden muß von dir — —“. Alle sind ganz gerührt, die Kinder machen ihre Sache auch wunderschön. Liessie muß die kleinen Nachbarmädchen hereinholen, blankgewaschen, mit reinen Schürzen und steifgeflochtenen Zöpfen stehen sie halb im Flur und wagen sich nicht herein, obwohl sie die Onkel und Tanten alle kennen. Gedrut schenkt ihnen aus der Glasflasche mit goldenen Sternchen in ebensolche Gläser Likör, den sie kichernd mit viel Genuß verzehren. Dann ziehen sie ab, ein Stück Kuchen in der Hand, wobei Gedrut schon wieder einige auf der Platte vermißt, gewiß hat Wübkmagret die in den Schatten gebracht — die müßte man nicht kennen!

Dann sieht man sich die Geschenke an. Harmina Behrens' solide Wolldecke sieht neben dem prächtigen Teeservice von Röbens nach nichts aus — die Queen wollte wohl wieder zeigen, daß es bei ihnen nicht darauf ankommt. Eimens stiften Bilder von dem feuerspeienden Berg „Fesuff“, mit einer dicken Rauchsäule bei Tag und Nacht mit mächtiger Feuerlohe, im Golf liegen, schön ordentlich ausgerichtet, zahlreiche Schiffe.

Harmina hält nichts „van de oll Fesuffen". Wer dachte früher wohl an sowas? Aber seit so viele Schiffer die Mittelmeerfahrt aufgenommen haben, müssen sie in allen Häusern hängen. Die Welt wird immer windiger! Sie stammt aus einem andern Ort und reibt den Sielleuten ihre Windigkeit gern einmal unter die Nase.

Etta war als halbwüchsiges Kind mit ihrem Vater in Neapel und freut sich deshalb aufrichtig darüber. Ein warmer Blick trifft ihren Vetter — ja, daran hat er auch gedacht. Nun, sie kommt vielleicht noch wieder hin! Sonst können er und Taak ja einmal mit den Frauen wechseln, wenn der sich nicht von der Ostsee trennen kann! — zu gern neckt er den drögen Freund, auf den er große Stücke hält und der auch jetzt nur verlegen lächelt. Etta ärgert sich — Taak sollte den spottlustigen Eimo einmal ordentlich übertrumpfen, dann würde er schon schweigen. Ihr Blick geht über die so verschiedenen Freunde, er bleibt in leiser Abwehr an den gutmütigen Zügen ihres jungen Ehemanns hängen.

Später erscheinen Antje Hillerns und Katharina Occen, und zum Abendessen auch der Pastor, für den der Lehnstuhl längst bereitsteht. Alle lassen es sich schmecken, und der Pastor führt mit seinem alten Freund Röbke Heeren manch erbauliches Gespräch. Später kommt der von Hinrich Hinrichs noch selbst mitgebrachte Portwein auf den Tisch; Eimo schenkt ein, und auch Wübkmagret in der Küche wird keineswegs vergessen, worauf sie auch großen Wert legt. Der schwere Wein funkelt in den Gläsern, und es wird in dem niedrigen Raum, in dem die Stövchen der Frauen Kohlendunst verbreiten, so beengend warm, daß Bora, ehe sie recht weiß, was ihr geschieht, ohnmächtig umsinkt.

Aber das kennt man hier bei solchen Zusammenkünften. Das ist mit ordentlich kalt Wasser und Hoffmannstropfen bald wieder behoben. Nur gut, daß Dina schon früher eine Weile aus dem Zimmer ging!

Bernd Eilers fragt, ob Bora schon einen Setzschiffer für die „Debora“ hat? Ja, es ist ihr einer empfohlen, ein Auswärtiger. Er soll recht gut sein, hier hat sie ja leider keinen bekommen. — Nun, wenn es nicht anders ist, geht sie eben selbst mit an Bord —.

„Dat weet'k nich!“

Bernd Eilers schüttelt bedenklich den Kopf, Röbke Heeren setzt sein Glas hin und sieht die frische dunkelblonde Frau von unten herauf an: „Dat weet'k nich!“

Der Pastor blickt von einem zum andern und weiß nicht, was er zu diesem noch nicht erlebten Fall sagen soll. Die beiden jüngeren Männer zucken die Achseln — das muß sie selber wissen. Aber das ist natürlich solche Sache; wenn es noch ein Hiesiger wäre — aber ein Fremder?

Auch die Frauen sagen eine nach der andern bedenklich: „Dat weet'k nich!“ „Dat bedenk di man erst good!“ Die Queen blitzt sie scharf und streng durch die Brillengläser an — eine Witwe hat eine lange Schleppe, da tritt jeder darauf: „— — un't Woord geiht wieder as de Mann!“

Bora, noch stets ein wenig befangen von der Ohnmacht, spürt die Abwehr gegen ihren Plan, der bislang nur ein Wunsch war, und diese Abwehr bestärkt sie nur in dem Gedanken. Man weiß doch, was dabei herauskommt, wenn Fremde regieren. — Und sie hält dies stille Leben auch einfach nicht mehr aus! Kinder hat sie nicht, was soll sie denn den ganzen Tag anfangen? Sie hat doch schon manche Reise mitgemacht! So heftig wirft sie den Kopf zurück, daß die großen goldenen Ohrräder leise klirren.

Es will keine rechte Stimmung mehr aufkommen. Man trinkt noch ein Glas und bricht dann auf. Es heißt zeitig an Bord sein, um drei Uhr ist Flut. Die alte Hinrika bliebe noch gerne, heimlich fühlt sie nach dem Strickbeutel, in dem sie einige gute Dinge unterbringen konnte — das wird ihr morgen aber schmecken, so etwas bekommt sie nicht jeden Tag!

Dann nimmt man sehr herzlich Abschied, weiß man doch nie, ob man sich wiedersieht. Eimo küßt sämtliche Frauen, die ja auch alle seine nahen Verwandten sind, nur Hinrika mit ihrer ewig tröpfelnden Nasenspitze übergeht er. So bekommt auch die Braut unversehens einen Kuß auf ihren sehr weichen und warmen Mund, und dieser jähe Kuß verschlägt ihr fast den Atem, wie eine glühende Woge geht es über sie hin. Taak sieht sie wanken und nimmt sie rasch in den Arm. Aber sie steht schon wieder — ach, Eimo hat immer solche Küren, er kennt ihn ja.

Auch Liessie bekommt einen Kuß: sie soll auch bald 'nen Bräutigam haben — wenn man achtzehn Jahre ist! Das stämmige Mädchen, dessen Wangen der Wein noch dunkler rötete und das wie das Leben selbst aussieht, kichert verlegen. Dieser Onkel Eimo! sie schämt sich tot! — Oh, wenn sie erst als junge Frau im Sofa sitzt, ob sie dann auch wohl so ernst aussieht wie Etta? — Wie rot Hero Heeren neulich in der Kirche wurde! — von Rechts wegen hätte er mit auf die Hochzeit gehört, er ist mit Hinrichs verwandt. Aber wo ist die „Fortuna“ jetzt wohl schon? — und dann hätte er hier den Mund doch wohl nicht aufgemacht.

Röbke Heeren küßt sein Patenkind herzlich, und die Queen hält Ettas Hand noch ein wenig. Sie sucht ihre Augen, aber die entweichen ihr und sehen kühl über die gefürchtete Frau hin.

Und jetzt ist das junge Ehepaar einen Augenblick allein, Taak weiß nicht recht, was er zu seiner jungen Frau sagen muß, die ihm so nahe ist und doch so unerreichbar scheint. — — Gedrut wirtschaftet nebenan mit Wübkmagret: „— — fää — — llig?" klingt es fortwährend. — — „Etta! — — mien Fro! — — magst du mi ok lieden?" Er hat sie an sich gezogen und küßt den warmen roten Mund, der kühl sagt: „Worüm denn nich?"

Gedrut kommt und mahnt, es wird Zeit, Etta muß sich noch umziehn, die andern sind schon an Bord. Und dann nimmt sie Abschied von ihrem Kind, das ihr als letztes geblieben ist, beruhigt in dem Gedanken, daß sie in Taak einen guten Mann bekam und sie selbst in Zukunft versorgt ist. Das Beste, Kinder! sie küßt auch Taak, dem diese mütterliche Gebärde unbewußt wohltut.

„Büst du kold?" Taak zieht Ettas Arm fester an sich und nimmt ihre Hand in seine derbe, sie fühlt ihre Wärme durch den Strickhandschuh. Der gelbe Halbmond hängt zum Greifen nahe über dem Deich vor ihnen. Gespenstisch mischt sich sein Licht mit dem allerersten Morgengrau, in dem das Gerüst der Klappbrücke schwarz und drohend aufragt. Vorsichtig folgen sie den schmalen Steinpfad am Tief entlang; von dem frischgeackerten Land zu beiden Seiten steigt herber Erdgeruch auf, und das welke Wintergras an der Böschung raschelt im auflebenden Morgenwind. In unerwarteten Stößen, von denen man nicht weiß, woher sie kommen, reißt er an Taaks Wollschal und Ettas

Umschlagetuch, orgelt dann wieder in den oberen Luftschichten. Polternd drängt sich das eindringende Wasser durch die Schleusentüren, doppelt laut in der nächtlichen Stille, durch die sie schweigend gehn, vernehmlich hallen ihre Schritte.

Der Mann ist ganz erfüllt von seiner großen und starken Liebe, die doch im Augenblick von der Verantwortung der nächsten Stunden überschattet wird. Dem von Natur und Erziehung schamhaften und zurückhaltenden Mädchen aber hilft kein großes und herzliches Gefühl über die Furcht vor dem Kommenden hinweg, von dem sie nur weiß, daß sie es von ihrem Ernährer erdulden muß.

Geht nicht auch jemand an der anderen Tiefseite? — — da, dies Lachen! „Eimo und Dina!" sagt Taak erfreut. — Auch sie gehen jetzt an Bord, die Schiffe liegen längsseits im Höft zum Auslaufen bereit. — Etta muß plötzlich den Korb in die andere Hand nehmen; sie gibt Taak frei, nebeneinander ersteigen sie die Treppe neben der Brücke, das andere Ehepaar ist schon an Bord.

Fremd und unheimlich liegt der so vertraute Außenhafen in dem ungewissen Licht. Die Fahrzeuge starren wie traurige Gerippe in das sich unmerklich lichtende Morgengrau und den Mondschein, der zusehends verblaßt. Auf beiden Schiffen werden die Segel gesetzt. Sie schwanken wie mächtige Flügel — das Klatschen der Leinwand, das Knarren der Taue, die halblauten Zurufe der Schiffer — schattenhaft unwirklich und doch überdeutlich nimmt die junge Frau die vertrauten Geräusche wahr.

„Dat wurdt Tied!" Taak hat große Eile, das Wasser fällt heute ungewöhnlich rasch, Etta kann kaum mit ihm Schritt halten. So kommen sie nacheinander an Bord der „Etta“, von deren Seite sich die „Dina“ bereits löst.

„Haal een! — — haal twee! — — haal — — dree!“ schon klappern die Stiefelholzschuhe der Schauerleute auf der Klampe des Wasserzuges, das Hochwasser hat den Strohdamm, der neben dem Tief herläuft, stellenweise so aufgeweicht, daß die im Seil gehenden Männer die Füße kaum aus dem schnalzenden Schlick lösen können. Nun ist die „Frau Dina“ in Fahrt, der von Land kommende Wind füllt die noch schlaff hängenden Segel. Eimo steht neben seiner Frau, mit fröhlichem Zuruf grüßen sie das junge Paar.

An Bord der „Etta“ herrscht rege Tätigkeit, um so rasch als möglich auszulaufen; Taak gibt kurze, scharfe Befehle. Etta steht in der Kajüte, undeutlich nur erkennt sie die Gegenstände. Mit hängenden Armen starrt sie unbeweglich in das seltsame Licht, in dem das vorausfahrende Schiff wie ein Spuk entschwindet, wie Irrlichter glühen die Positionslaternen.

Dann kommt Bewegung in das schöne, neue Schiff, der Anker wird eingeholt, wieder klingt das Rufen der Schauerleute, die jetzt die „Etta“ ins freie Fahrwasser schleppen. Stolz gleitet das Fahrzeug mit dem stärkeren Morgenwind in das immer unwirklicher werdende Grau des nahenden Tages — eine andere Braut, und dem Herzen des Mannes nicht minder nahe als sein junges Weib.

Schemenhaft taucht vor ihnen die „Frau Dina“ auf, bis sie Kurs nach Westen nimmt, während die „Etta“ auf Osten hält. Erst jetzt kommt Bewegung in die junge Frau. Mit steinernem Gesicht beginnt sie ihre Habseligkeiten einzuräumen, lauschend auf den Schritt ihres jungen Gatten.

5. Kapitel

Von Gestern und Morgen

Grell und ohne Wärme wirft die Maisonne ihre Strahlen in den stets zugigen Raum über der Einfahrt des Mittelhauses, welches das Peters'sche Wohnhaus mit der Kornscheune verbindet. Darin befindet sich ein Gestell mit Fächern, in denen Kornproben liegen und eine Anzahl vielbenutzter Bücher über Handel und Schiffahrt stehn, sowie ein einfacher Tisch aus Tannenholz und ein Binsenstuhl. Vom Südfenster blickt man auf Garten und Hafen und vom Nordfenster weithin über Außendeich und Watt. Vor der Mündung des Tiefs kreuzen schon seit geraumer Zeit einige Schiffe, ohne die Einfahrt gewinnen zu können — wenn sie nur nicht auf Grund geraten! Das wäre bei dem harten Ostwind nicht das erstemal, besonders wenn der Schiffer nicht mit dem schwierigen Fahrwasser vertraut ist. Und dies sind keine einheimischen Schiffe! — Nun, dann wird bei einer Havarie wenigstens der hiesige Kompakt nicht belastet —.

P. J. Peters schiebt sein Fernrohr ineinander und läßt seine schon weitsichtig werdenden Augen gewohnheitsmäßig über das frischgrüne Ackerland vor dem Deich gehn — die junge Wintersaat steht ausgezeichnet, aber es müßte nötig regnen. Hoffentlich gibt es einen guten Sommer! alles hängt davon ab, wie die Ernte ausfällt, die landwirtschaftlichen Erzeugnisse sind zudem augenblicklich so hoch im Preis.

Er läßt sich in Gedanken auf den Stuhl nieder und kritzelt Schiffe auf ein leeres Blatt, wie er zu tun pflegt, wenn ihn etwas stark beschäftigt. — Man muß es wirklich als Glück preisen, wie die ganzen Verhältnisse sich in den letzten Jahrzehnten zum Guten gewendet haben. Die schweren Zeiten kurz nach den Befreiungskriegen sind noch in aller Erinnerung, in denen die Landpreise zusehends sanken und Vieh und Korn wertlos war. Damals wurde mancher große Bauer ein Knecht!

Unvergessen waren auch die Jahre, wo hier im Ort Monate hintereinander bis zu fünf Subhastationen stattfanden. Das war kurz vor und nach der großen Flut. Es hatte Bauern, Bürger und Schiffer getroffen, die ihren Verpflichtungen nicht nachkommen konnten. Meist handelte es sich um rückständige Steuern oder Erbpachtsgefälle, und die Behörde hatte den Leuten das Bett unter dem Leibe weggepfändet.

Er legt den Bleistift hin und betrachtet kritisch einen Einbaum — die Menschen, die diese Fahrzeuge benutzten, lebten doch wesentlich einfacher und hatten solche Lasten nicht gekannt. Aber hatte nicht andererseits jede Zeit ihre besonderen Sorgen, woran der Mensch nicht minder schwer trug? Jedenfalls waren die Friesen — eifrig strichelt der Stift — ja, darunter verstand man in der Frühzeit nicht nur die Bewohner der Nordseeküste, sondern auch die des Rheindeltas — die damals einzigen Träger des deutschen Seewesens gewesen. Das aus dem Einbaum entstandene Friesenschiff — er setzt Mast und Segel auf das noch einigermaßen primitive Fahrzeug — hatten sie lange Jahrhunderte vor Karl d. Gr. gekannt. Sie galten überhaupt von jeher als tüchtige Seeleute. Sogar König Aelfred von England hatte sie mit Vorliebe auf seiner 897 gegen die Wikinger erbauten Flotte verwendet.

Er lacht leise vor sich hin— ja, sie haben gegen die Normannen gekämpft, aber mancher von ihnen hat sich auch zu den wilden Eroberern geschlagen, ebenso wie später zu den Vitalienbrüdern, die hier an der ganzen Küste in den Burgen der Häuptlinge ihre Zuflucht fanden, und zur Geusenzeit war es nicht anders — das Abenteuer lockte unwiderstehlich.

Inzwischen hatte sich dann das Friesenschiff zur Kogge entwickelt — er setzt bedachtsam einen kurzen, gedrungenen Schiffsrumpf auf das Papier, bei dem Bug und Heck im Querschnitt einen Halbkreis bilden. Der Boden ist nur leicht gerundet und fast flach — natürlich des seichten Wassers wegen, sagt er halblaut vor sich hin — nun, das ist zwar nicht elegant, aber solche Kogge war außerordentlich seetüchtig. Und wie weit konnte ein solches Schiff in die Flüsse hineinfahren, wie wenig Bemannung benötigte es!

Er lehnt sich zurück und läßt die Arme über die Stuhllehne hängen — all diese Vorzüge besaßen auch die jetzigen ostfriesischen Schiffstypen, ebenso den verhältnismäßig großen Laderaum, sie waren direkte Abkömmlinge der Kogge — — doch was machten die Kinder nur?

Er geht zum Südfenster, unten spielen die Kinder „Familie". Toni und Elise richten eifrig ein wunderbares Mahl aus Seesand und jungen Blättern, und Peterlein muß die große Puppe Amanda hüten. Er nimmt sie gerade aus dem Bettchen: „Dans naßdemacht!“ sagt er strafend; „Vater dans fubbar bös!“ Er legt sie übers Knie und verhaut sie gehörig, das Sägemehl rinnt bereits aus einer Wunde. „Aber Peterlein — wenn Vater das auch mit dir machte!“ Madam nimmt ihren kleinen Schelm mit klingendem Lachen in den Arm, ihre Blicke gehen aufwärts und treffen in die ihres Mannes, sie nicken sich zu —. Dann geht die jugendliche Frau mit ihrem raschen, knappen Gang durch das lichte Grün des jungen Gartens zu den Gemüseäckern, wohl um nachzusehn, was der alte Hinnerk macht. Oh, Madam ist eine tüchtige Hausfrau!

P. J. Peters geht an seinen Platz zurück und greift aufs neue zum Bleistift — ja, die Schiffer. Sie hatten sich auch diesmal wirtschaftlich am ehesten erholt. Kriege können die Schiffahrt eben nur vorübergehend lahmlegen, bald nach Friedensschluß pflegt sie doppelt lebhaft einzusetzen, das ist eine alte Erfahrung. Zur Zeit der Kontinentsperre hatte allerdings auch sie jahrelang schwer gelitten. Die Schiffer an der ganzen Küste hatten damals — teils unter dem Zwang der Verhältnisse, teils aus Abenteuerlust — verwegene Fahrten gemacht, wovon man sich noch manches Geschichtchen erzählte. Sie wußten sich eben anzupassen!

Sachverständig entsteht ein Steuer — so war es denn auch diesmal gewesen. Und gab die Heimat ihnen kein Brot, fanden sie es auch in der Fremde. So waren sie die Frachtfahrer der Meere geworden. Ihre nicht großen, aber sehr seetüchtigen Schiffe liefen von einem Auslandshafen zum andern und luden, was sich ihnen an Ladung bot. Da die meisten europäischen Mächte gezwungen waren, mit ihrer bisherigen Kolonialpolitik zu brechen, eröffnete sich nicht nur der deutschen, sondern auch der bedeutenden ostfriesischen Seefahrt ein weites Handelsgebiet. Die Eroberung von Algier 1830 befreite die deutsche Seefahrt von der Korsarenplage und erschloß ihnen gleichzeitig das Mittelmeer. Heute, wo der Krimkrieg tobte, fanden die neutralen Schiffe dort besonders lohnende Frachten. Ja, bis hierher an den fernen Heimatstrand schlug die goldene Woge, die der Waffenlärm im fernen Süden auslöste.

Eigenartig — kunstvoll zieht er die Takellage eines Schoners nach — hatte nicht schon der Dänische Krieg 48 eine rechte Belebung nicht nur der Schiffahrt, sondern auch des ganzen Wirtschaftslebens gebracht? Zwar lag der gesamte Ostseehandel durch die dänische Blockade still, aber da Ostfriesland nicht mehr zu dem kriegführenden Preußen, sondern jetzt zu dem neutralen Hannover gehörte, hatte seine Schiffahrt keine wesentliche Einbuße erlitten und die Ausfuhr an Landeserzeugnissen eher zu- als abgenommen. Des Einen Tod ist des Andern Brot —.

„Etta" — kunstvoll steht es jetzt am Heck des Schiffes — ja, Taak Janssen hat die Zeit zu nutzen gewußt und das Seine zusammengehalten, tüchtiger Kerl! — Was ihm fehlt, wird die junge Frau ihm schon beibringen — man glaubt vorher nicht, welche Macht eine Frau über den Mann hat! — Er hebt den Kopf — spricht seine Frau nicht mit den Kindern? — es wird wohl gleich Tischzeit sein, ihr Haushalt läuft wie am Schnürchen. Ein Aufleuchten geht über sein Gesicht, um sich gleich wieder zu beschatten. — Eine Frau aus gutem Hause erwartet auch einen standesgemäßen Haushalt — Taak Taaks wird wohl noch viel zulernen müssen, er kennt das —. Und der Kornhandel ist und bleibt ein Lotteriespiel, man müßte nicht allein darauf angewiesen sein.

Es gibt sonst ja soviel Möglichkeiten, man muß es nur recht anzufangen wissen. Er kramt in einer Schublade, die seine Geheimnisse birgt, ist hier doch sein eigenes Reich, in dem er nicht gestört werden darf. — — Da ist der Plan zu der Strohfabrik, worin das reichlich anfallende Stroh verwertet werden könne. Nun ja, das ist einstweilen noch Zukunftsmusik, die Bauern haben wenig Meinung für solche Neuerungen. Aber hier — er entfaltet den Plan eines kleinen Personendampfers — das ist eine vollendete Tatsache! Er hat ihn in Konstanz gekauft, auf dem Bodensee soll er sich sehr bewährt haben. Nun wird er den Personenverkehr nach der Kreisstadt übernehmen, den bislang die kleinen Binnenschiffe, die sogenannten „Bullen", besorgten, aber dem starken augenblicklichen Verkehr längst nicht mehr genügen. Er hat einen Vertrag mit der Post abgeschlossen, so ist keinerlei Risiko dabei. Wie behaglich werden diese mühsamen Reisen in der geschlossenen Kajüte statt im offenen Boot sein! Nun, man wird es ihm gewiß danken! — und — er lächelt — der Siel wird wieder in aller Mund sein!

Er blickt über den Hafen — ein erster Norwegenfahrer löscht seine Holzfracht in die Bullen, die sie zur weiteren Verarbeitung ins Binnenland befördern, Steine werden eingeladen. Grootkoopmann steht an der Kaje bei einem auslaufenden Schiff — dann geht er, die Hände in den Manteltaschen, zur Schleuse. Er stemmt sich gegen den Wind, sein Bart weht, gewiß will er zum Frühschoppen.

Im Hinausgehen sieht Peters von dem Nordfenster noch, wie Heiko Janssen von seinem Plaats geht und auf den nahen Deich steigt — nun, wenn die beiden sich auf der Schleuse treffen, das gibt eine lange Sitzung! Er schmunzelt — in dieser baumlosen Landschaft bleibt nichts verborgen!

Inzwischen ist es Hochwasser geworden. Der Hafenmeister ist dabei, die Klappbrücke hochzuziehn, er muß einige Schiffe durchschleusen. Die „Renske“ wartet, schwerbeladen mit Dachziegeln für die Ostsee, und die „Harmonie“ hat Leinkuchen für England an Bord. Im Außenhafen liegt die „Hoffnung“, die mit Ballast binnengekommen ist, um Hülsenfrüchte und Butter für England einzunehmen, sowie ein Torfschiff, und warten auf das Durchschleusen. Grootkoopmann steht an jener Seite der Brücke und winkt Bauer Heiko Janssen zu: er muß die „Hoffnung“ beladen und braucht noch zehn Faß Butter! er schreit gegen das Poltern und Rasseln an. Aber obwohl er mit lebhaften Armbewegungen nachhilft, ist auf der anderen Seite kein Wort zu verstehen. Heiko winkt zurück: gleich beim Hafenmeister! solange wird es noch wohl Zeit haben. — Es riecht nach Tang und Teer und See, nach frischgekochtem Granat, nach geackerter Erde und frischem Grün. Möwen schreien, Kiebitze rufen, und über den weiten Feldern zwischen den Deichen jubilieren Lerchen.

Die nach See auslaufenden Schiffe haben die Segel gesetzt. Der Wind ging weiter nach Süden und wird sie mit dem gekenterten Strom aus dem Tief bald ins offene Fahrwasser tragen. Schwer liegen die Schauerleute im Seil, die bloßen Füße klatschen auf dem harten Erdboden. Die Männer haben die Holschenstiefel über den Nacken gehängt, hörbar schlägt die Trinkflasche dagegen.

Dann kommen die einlaufenden Schiffe durch die Schleuse. Sie haben es gegen den Wind, und die Schauerleute deshalb doppelt harte Arbeit. Der kleine Junge des Torfschiffers hat sich zu den Männern gefügt, sie legen auch ihm eine Schlinge um den Leib und lassen ihn in dem Glauben, daß er die meiste Arbeit leistet; alle haben Spaß an dem muntern Kerlchen.

Schweigend beobachten die Männer an der Brücke die vertrauten Bilder. Über den Binnendeich, der zum Siel führt, kommen von Westen her hochbepackte Wagen mit Umzugsgut, deutlich in der klaren Luft erkennbar. Am 1. Mai ist nicht nur der traditionelle Dienstbotenwechsel, sondern auch der landesübliche Umzugstag.

Nun ist die Brücke wieder niedergelassen. Beim Hafenmeister redet Habbo Harms eifrig auf Heiko Janssen ein: er kann sich doch darauf verlassen, daß er morgen die Butter bekommt! Hat er auch gesehen, daß der Preis für Rapssaat schon wieder gestiegen ist: „Meine Herren! — Ji Buren kriegt van't Johr noch all'n golden Nöös!" er fingert an der Kneiferschnur, das unselige Ding fällt ihm vor Aufregung immer wieder von der knolligen Nase.

„Wat segst du, riek? — net so arm as Jobst!" Der Bauer legt die Zeitung hin und macht sich in dem schwarzen Wachstuchsofa breit. Da heißt es immer, die Bauern verdienen soviel — aber da soll man lieber erst die Kaufleute fragen und die Schiffer, die wissen fast nicht mehr, wo sie mit dem Geld hinsollen! — Aber dann bestellt er doch eine Runde. Es sind noch einige fremde Schiffer da, die hier im Hafen liegen, die Zimmerleute, die an der Brücke arbeiten, sowie einige Bauern aus dem Hinterland, die am heutigen halben Feiertag nach den Außenweiden sehen, die Stimmung belebt sich sichtlich.

Wissen sie das Neueste schon? Der Hafenmeister hat sich zu ihnen gesetzt, der kleine hagere Mann schmunzelt innerlich, er sieht schon, das wird heute ein guter Tag für ihn. Was sagen sie nun?! — — er macht eine Kunstpause: P. J. Peters hat einen Dampfer gekauft!

„Nu segg doch eener an!“ sie können alle nur den Kopf schütteln — sowas! „Meine Herren!“ aber das sollte er, Großkaufmann Harms, nicht gewußt haben? — — wo P. J. Peters sein bester Freund ist? — Nun sie schon so viel wissen, kann er ja gerne darüber sprechen, er wird es ihnen genau erzählen: „Hafnmester — 'n Runn!“

Sie rücken zusammen und erfahren nun kopfschüttelnd alles Nähere: „Is doch wolls Gotts nich wohr!“ Zimmermann Onnen kippt seinen Schnaps bis zur Neige herunter — wie kommt ein solches Unding denn bloß hierher? — — nein, er ist gar nicht für solch neumodische Dinge! — — Grootkoopmann fuchtelt immer lebhafter herum und vergißt ganz, daß er heute seinem Geschäft auf keinen Fall fernbleiben darf, es ist am Maitag, wo die Leute ihren Lohn bekommen, in allen Geschäften viel Betrieb. Wenn er am Klugschnacken ist, vergißt er eben alles, und eine Runde jagt bald die andere.

So wird den Anwesenden der Zusammenhang der Dinge nicht restlos klar. Sie begreifen nicht — wird der Dampfer nun den Landverkehr auf dem Binnentief nach dem Kreisort übernehmen, oder soll er auf dem Landweg von Konstanz kommen, wie Harms behauptet? — Jedenfalls steht für sie alle fest, daß der Siel wieder einmal allen anderen um ein gewaltiges Stück voraus ist, und an der ganzen Küste niemand so fortschrittlich wie seine Bewohner! Der Dampfer wird sogar eine Kajüte haben und Wirtschaft an Bord! — Alle fühlen sich stolz und gehoben und ihren Landsleuten weit überlegen.

Nur die Bauern aus dem Hinterland stoßen sich heimlich an, einer knurrt halblaut: „Door heb't wi dat all weer — niks as Wind!“ — Tief entrüstet steht der schlichte, sparsame Mann auf, dreht, nachdem er sorgfältig und genau seine Zeche aus dem Beutel mit den Schieberingen klaubte, dieser leichtsinnigen Gesellschaft den Rücken. Gleich darauf sieht man ihn mit seinen kurzen krummen Beinen über die Brücke stapfen.

Habbo Harms stolpert gegen Abend ohne Hut zum Siel, und es ist dunkel, als Heiko Janssen sich auf den Weg macht. Er wird sich erst bei Janna trösten, ehe er sich zu seiner bösen Altjen wagt. Unterwegs brummt er vor sich hin: „Ik — ik much doch woll — woll ins weeten — wo — wo dat Taak Janssen un sien jung Wief woll geiht!“

6. Kapitel

Reise nach Rußland

Die „Etta“ hat inzwischen schon manche Reise der Bewährung hinter sich. Nun liegt sie platt vor dem Wind in der Ostsee — ihr Kapitän hat alles Leinen setzen lassen, und das gute Schiff fliegt wie ein Vogel durch das blauleuchtende Wasser, das, leise rauschend, zuweilen Spritzer auf Deck schickt. Das Knattern der Segel klingt Taak wie Musik, die ihn in einen leichten Rausch versetzt — ein Rausch der Freude über das Gelingen, ein Rausch von Wagemut, das letzte aus dem Schiff herauszuholen, das, nach seinen eigenen Angaben gebaut, so ganz sein Geschöpf ist, mit dem er mehr und mehr verwächst.

Er bleibt hinter Etta stehen, die — noch blaß und angegriffen — auf der Ladeluke in der Sonne sitzt. Sie erholt sich erst jetzt langsam von der schweren Seekrankheit, unter der sie bei den Gewitterstürmen in der Nordsee so litt, und die damals kein Glied der Besatzung, auch ihn selbst nicht verschonte. Aber die „Etta" hat sich tapfer gehalten — und auch sein junges Weib sich gewehrt bis zuletzt. Wie ihre blonden Löckchen über dem sanften Nacken flimmern! Unwillkürlich hebt er liebkosend die Hand, als gerade der kleine Galt, Schiffsjunge und Koch, aus der Kombüse lugt. Mit offenem Mund starrt er auf seinen Herrn und Meister, den unumschränkten König dieser kleinen Welt — freit der am hellichten Tag mit der Frau? Teils erleichtert, teils ein wenig enttäuscht, sieht er schon dessen Krone ins Wasser rollen. Aber nein, der Kapitän zeigt seiner Frau nur etwas, er sagt auch was wie „Kopenhagen!"

Beruhigt zieht er sich zu seiner grünen Erbsensuppe zurück, die mit einem mächtigen Stück Salzfleisch auf dem Feuer brodelt — roch sie nicht angebrannt? Ja, das Kochen ist eine Kunst! Grüne Erbsen muß er montags und donnerstags kochen und dienstags graue und freitags braune Bohnen, damit wird er wohl fertig. Die sonnabendliche Grütze ist schon schwieriger, man weiß nie, ob man zuviel oder zu wenig davon nahm. Und erst der Sackkuchen für sonntags und mittwochs — er sieht ganz sorgenvoll aus. Wenn der nicht gut ist, oh weh! — — Der Weg vom Schiffsjungen zum Kapitän ist durchaus nicht mit Rosen besät, seine Mutter hat es ihm oft genug gesagt!

Etta kann die Blicke nicht von der schönen Stadt wenden, die wie ein Märchenschloß aus dem Wasser wächst. Diesmal laufen sie Kopenhagen nicht an. Die „Etta" hat Stückgüter für Petersburg an Bord und wird dort Getreide laden. Sie sieht flüchtig zu Taak auf, der, die Augen zusammengekniffen, kurze, scharfe Befehle gibt, hier bei dem starken Verkehr heißt es doppelt aufachten. Sie hätte ihn gern gefragt, wo das Schloß Frederiksborg liegt. Es soll ganz aus ostfriesischen Klinkern erbaut sein, welche die Schiffer seit uralten Zeiten als Ballast mitzunehmen pflegten. Hing dort nicht auch das Bild einer der letzten Herrinnen des längst ausgestorbenen einheimischen Fürstenhauses, einer Schwägerin des damaligen Königs? Es war die Patin des Siels, der, eine neuere Gründung, nach ihr genannt war. Die Schiffer pflegten es sich wohl anzusehn: „dat Frominsch mit de groot Oogen". Aber Taak könnte ihr kaum Auskunft geben, ihn kümmerten diese Dinge wenig. Da mußte man Eimo fragen, der wußte alles; was hatte der Dina auf ihren Reisen nicht alles gezeigt!

Ihr Herz ist ganz ruhig, wenn sie an Eimo denkt. In diesen Wochen des engen Zusammenlebens mit Taak, der ihr mit unerwarteter Zartheit begegnet, hat sie sich zu einer ihrer herben Art gemäßen Freundlichkeit durchgerungen, die ihm völlig zu genügen scheint. Jedenfalls kommt ihr nie der Gedanke, daß es anders sein könnte, so sehr schlummert das echte Weibempfinden noch in ihr. Darum nötigt ihr sein großes seemännisches Können, das sie wohl zu beurteilen vermag, die Art, wie er sein ihm noch nicht restlos vertrautes Schiff durch die furchtbaren Stürme bugsierte, größte Achtung ab.

Weiter, immer weiter segelt — nein fliegt die „Etta" bei dem beständigen Wetter und dem guten Wind nach Osten. Längst ist Bornholm passiert, und im Süden grüßen wie bläuliche Schatten die Wälder der preußischen Küste. Segel kommen ihnen entgegen, suchen sie zu überholen. Dann ist es immer wieder ein stolzes Erleben für die ganze Mannschaft, wenn das Schiff zeigt, was es kann. Weiter fliegt es, immer weiter, und auch das Herz der jungen Frau, die als Schifferkind keine Furcht auf dem Wasser kennt, bebt dann vor Freude, es kann ihr gar nicht zu wild hergehn. Sie erholt sich zusehends, und bald ist ihre helle Haut so gebräunt, daß sich das helle Haar reizvoll davon abhebt. Sie fühlt sich wohl an Bord und in der freundlichen bequemen Kajüte, die so viel wohnlicher ist als auf den alten Schiffen. Nur gegen das schwere, eintönige Essen hat sie oft eine fast unüberwindliche Abneigung. Gewiß, die Männer brauchen diese derbe Kost bei ihrer schweren Arbeit, und sie wußte ja auch, wie es an Bord hergeht. Aber sie hat doch oft rechtes Verlangen nach frischem Fleisch und jungem Gemüse, das es auf dem Siel um diese Zeit schon so herrlich gibt. Als Dina einmal im Kanal so seekrank war, ist Eimo extra Deal angelaufen, um für sie einzukaufen — ein Schatten geht über Ettas Gesicht. Taak merkt wohl gar nicht, wie wenig sie ißt; gut, daß die Mutter ihr die Zwiebacktrommel mitgab.

Weiter, immer weiter segeln sie, durch lichte, sternfunkelnde Nächte, in denen der helle Schein im Norden nicht erlischt. Leise rauscht die See in das eintönige Rufen der Wache, das Knattern der Segel.

Etta liegt, erregt von der fremden Helle, in seltsam schwebenden, schlafraubenden Gedanken. Sie kleidet sich an und geht an Deck, wo Taak die Wache hat. In der Ferne blinken die Positionslaternen eines Schiffes, das dann plötzlich verschwunden ist. Sonst tiefste Einsamkeit, rauschende, leuchtende Weite. Ein Ahnen der Unendlichkeit berührt sie, ihr eigenes Ich löst sich ins Wesenlose auf — wo ist der Halt, an dem es sich wiederfindet, der ihm sein Dasein beweist?

Erschüttert und von unbegreiflichen Gefühlen bedrängt steht die junge Frau, das tränenüberströmte Gesicht den Sternen zugewandt, die sich flimmernd aus den Fluten lösen. Und wie mancher Schiffer hat auch sie in des Meeres Einsamkeit schauernd gelesen, was sie nicht gedacht, da es noch fröhlicher Tag war —.

Ist Taak, dem nüchternen Taak, solches Empfinden nicht fremd?

Er ist plötzlich bei ihr und legt den Arm um sie: Heimweh? sagt er und wischt ihr mit seinem großen bunten, nach Tran und Teer riechenden Taschentuch behutsam die Tränen ab. Heimweh — ja Heimweh nach Unnennbarem, denkt die junge Frau aus ihren unklaren Gefühlen heraus. Trostsuchend und noch leise aufschluchzend lehnt sie sich an ihren Mann, über den eine Woge von Glück geht.

Am nächsten Abend passieren sie schon Reval. Der Himmel ist bedeckt und die Sicht schlecht. Es ist aber eine rechte Erleichterung beim Lavieren, erklärt Taak seiner Frau, daß seit einigen Jahren die Beleuchtung in dem nördlichen Katharinenthaler Feuerturm neu eingerichtet ist und das ständige Feuer nun auf die Mitte des Fahrwassers fällt.

Nun sind sie in dem mächtigen Strom, der sie nach Rußland tragen wird. Hier, auf dem Weg von Helsingfors, ist ihr Vater damals mit einer Ladung Holz geblieben — verschollen mit Mann und Maus, auch ihre beiden Brüder waren an Bord. Wahrscheinlich hat eine der hier so häufigen plötzlichen Böen die „Gedrut" auf die Seite gelegt. Oh, welch qualvolles Warten, schwankend zwischen Furcht und Hoffnung! Bis dann nach Monaten aus Rügen die jede Hoffnung auslöschende Nachricht kam, das Namenbrett der „Gedrut" sei dort angetrieben. Und nun segeln sie wohl über das nasse Grab von Vater und Brüdern, auf das sie keine anderen Kränze legen kann als die ihrer liebenden Gedanken. Es ist nun einmal Seemannslos, und jeder, der den Kampf mit dem schwankenden Element aufnimmt, muß bei jeder Ausfahrt damit rechnen, von ihm vernichtet zu werden. Dies Wissen machte die Männer hart und zwang die Frauen in Jahrhunderte alter Gewöhnung zu einer Beherrschung ihrer Gefühle, die sie herber erscheinen ließ, als sie es ihrer Veranlagung nach bereits waren.

Ernst und gefaßt blickt Etta über das hier so heimtückische Wasser, das bei einem jähen Witterungsumschlag auch sie verschlingen kann. Aber müssen wir nicht alle dahin, wenn unsere Zeit und Stunde gekommen ist? Wer weichmütigen Gedanken nachhing, der gehörte nicht auf See, und wer bange war, aus dem wurde noch nie ein guter Schiffer.

Sie sieht zu Taak herüber, der im braunen Flanellhemd und Lederpantoffeln, und doch jeder Zoll der Gebieter, seine Befehle ruft, er hat gar keine Zeit, sich um sie zu kümmern. Dunkelbewaldete Inseln von herzbeklemmender Einsamkeit tauchen auf, Leuchtfeuer blinken, und schon ahnt man das gewaltige fremde Land, das sie auf beiden Ufern umgibt. So stark greift schon hier die Fremde nach ihr, die dort im Süden auftaucht, die goldnen Türme leuchtend auf der Gewitterwand, daß ein unerklärliches Bangen die junge Frau beschleicht.

Prächtige Landhäuser gleiten an ihnen vorüber, Sommersitze der Reichen — sie passieren die Peter-Pauls-Feste mit ihren auf das Wasser gehenden Falltüren, aus denen man die politischen Häftlinge stieß — hatte Eimo das nicht erzählt? Etta kneift die Lippen zusammen — ja, Eimo, den braucht man nur zu fragen. Und doch — sie lächelt triumphierend in sich hinein — die schweren Aufgaben, die ihnen in der Steuermannsschule gestellt wurden, hat sie leichter gelöst als er und ihre Brüder, wenn sie in den Ferien nach Haus kamen. Wie manchmal saß sie auf Eimos Schoß — die großen Jungen hatten rechten Spaß an ihrer schnellen Auffassungsgabe und neckten sie: Etta Weisheit! Sie war noch ein Schulkind, als Eimo sich mit Dina verlobte, aber es gab ihr damals einen richtigen Stoß. Sie fühlt noch die glühende Eifersucht auf die andere, die ihr nun alles fortnahm, was ihr bislang gehörte —. Sie fährt sich über die Augen — wohin haben ihre Gedanken sich verirrt? — das ist doch alles längst abgetan!

Und nun liegen sie in dem Hafen der großen, bunten Stadt, die sich beängstigend nahe schiebt. Kaum ist das Schiff vertäut, als Taak schon an Land muß, um Verklarung abzulegen. Etta sieht dem von eigenen Leuten geruderten Boot nach, das bald ihren Blicken entschwunden ist, sie will früh schlafen gehen, so ermüdet ist sie von all den fremden Eindrücken. Doch ehe es dazu kommt, bricht das längst drohende Gewitter mit einer Macht los, als sollte die Welt vergehen. Durch die bleierne Dunkelheit zucken Blitze, brüllender Donner rollt, der Sturm heult im knarrenden Tauwerk, und die „Etta“ stampft an ihren Ketten, als wolle sie sich jeden Augenblick losreißen. Dazwischen klingen von den benachbarten Schiffen fremde Rufe, Ankergeschirr klirrt, und die junge Frau fühlt sich so einsam und verlassen wie nie zuvor. Niemand ist sonst an Bord als Tore, der sture Norweger, den sie in London für den erkrankten Gerd Janssen an Bord nehmen mußten, und Galt, der kleine Koch.

Es ist so dumpfig in der Kajüte, daß sie zu ersticken glaubt, aber sie kann die Tür jetzt nicht öffnen, so prasselt der Regen nieder. Wo mag Taak sein? kam er noch vorher an Land? Der Sturm peitscht das Wasser zu gewaltigen Schaumkronen, ein Boot wäre unfehlbar verloren. — Und wenn er nicht wiederkommt, was dann? — — Vag kommt ihr der Gedanke, sie stößt ihn von sich, doch überfällt er sie bei jedem Windstoß aufs neue. Soll sie allein bleiben, hier in dieser herzabschnürenden Fremde? — das Schiff zurückführen mit dem zwar tüchtigen, aber noch recht jungen Steuermann, wie Hyma Weers, deren Mann an Skorbut starb, wie Peta Wilts, die den ihren am gelben Fieber verlor? Sie haben ihren Mann gestanden und mit großer Umsicht und Tapferkeit Schiff und Ladung an ihren Bestimmungsort gebracht. Aber das waren Frauen in reifem Alter, die jahrzehntelang mit zur See fuhren, Frauen von den Fehnen, gewohnt, hart zuzupacken —.

In ihr toben die Gedanken wie draußen die Elemente. Wohl ist Taak voll Zurückhaltung und fast scheu ihr gegenüber. Und doch spürt sie das Übermaß seiner Liebe, das Verlangen seines vereinsamten Herzens nach ein wenig Entgegenkommen, das Unvermögen, sein tiefes Empfinden in Worte zu kleiden. Die Erkenntnis, daß es an ihr liegen wird, ob ihr gemeinsames Lebensschiff einen glücklichen Strand erreicht, daß sie selbst das Steuer in Händen hält, durchfährt sie wie ein jäher Blitz.

Beunruhigt in dem Bewußtsein, Taaks Liebe nicht so erwidern zu können, geschüttelt von trostloser Verlassenheit und der nagenden Angst vor drohendem Unheil wirft sie sich laut aufschluchzend über den Tisch — Taak soll, er muß wiederkommen! — Lieber Gott, hilf doch! — — hilf doch! — — Ach, sie weiß ja selbst, wieviel besser sie es neben ihm hat als manche andere Schifferfrau, sie will alles für ihn tun, was in ihren Kräften steht —. Sie gehören doch zusammen! — — Ihr guter Wille ist so wachgeschüttelt, daß sie ihn schon für die Tat selber nimmt.

Ein greller Blitz gefolgt von rollendem Donner läßt sie mit einem Angstschrei hochfahren — schrie nicht auch draußen jemand? und drückt sich da nicht ein schreckensbleiches Gesicht an die Scheiben — großer Gott, wer kann das nur sein? — In dem Flammenschein, der jetzt an Land hochschießt, erkennt sie Galt — der kleine Koch sucht in den Schrecknissen auch wohl Trost. In dem Unwetter und der Einsamkeit kam dem Kleinen seine neue Männerwürde so abhanden, daß er, wie ihr ein neuer Blitz zeigt, bitterlich weint. Er gebraucht gerade sein natürliches Taschentuch und schleudert den Nasentropfen über Bord, als Etta an die Scheibe klopft und ihm bedeutet, hereinzukommen — sie, die große Kapitänsfrau diesem kleinen Nichts von einem heulenden Schiffsjungen, den die ganze Besatzung bis aufs Blut peinigen würde, wüßte sie von seiner Schwäche. Der Sturm drückt gegen die Kajütentür, und Etta muß von innen kräftig ziehen und Galt hereinhelfen, ehe sie ihren vereinten Kräften nachgibt.

Mit Galt schießt ein dicker Wasserstrahl in das Heiligste des Kapitäns, das der Junge nur betreten darf, wenn er dort reinmacht oder das Essen bringt. Er will rasch zurücklaufen und den Dweil holen, aber das neu auflebende Gewitter macht seine gute Absicht unmöglich. Er steht in die Ecke gedrückt: „Ik will na Moder to!“ entringt es sich ihm bei jedem Donnerschlag, der das Schiff erbeben läßt. Die erneut fließenden Tränen ziehen helle Furchen in sein lange nicht gewaschenes Gesicht, und die Nase rinnt unaufhörlich: „Ik will na Moder to!“ In Ettas Gegenwart bricht der ganze solange unterdrückte Jammer aus dem kleinen Kerl, der sich das fröhliche Seemannsleben so ganz anders vorstellte als die rauhe Wirklichkeit.

Und doch geht in solchen Angststunden auch von einem so kläglichen und selbst des Beistandes bedürftigen Wesen ein so starker Trost aus, daß Etta zusehends ruhiger wird. „Wees man still!“ sagt sie und streicht ihm über den struppigen Blondkopf: „'t wurdt all weer beter!“

Doch noch stundenlang tobt das Unwetter auf und ab. Galt ist schließlich eingeschlummert, und auch Etta will der Schlaf überwältigen. Ihre Erregung ist in Gleichgültigkeit umgeschlagen. Will das Schicksal sie hier treffen — nur zu! Einen Tod sind wir nur schuldig, man muß ihn hinnehmen, wo er uns findet.

Gegen Morgen wird es ruhiger, doch bleibt es verhangen und regnerisch. Sie geht nach draußen und späht nach der Richtung, in der Taak verschwand — taucht nicht drüben ein Boot auf? Mein Gott, wenn Taak es wäre! eine Last fällt ihr vom Herzen, sie will hier warten, bis sie Gewißheit hat. Aber da fällt ihr Galt ein — keiner darf erfahren, daß er Trost bei ihr suchte, es würde ihm sein lebelang anhängen. — Und so kommt es, daß die Frau des Kapitäns und der kleine Schiffsjunge ein Geheimnis miteinander haben, das sie bis ins hohe Alter sorgsam hüten. — — Ja — das Boot hält auf die „Etta" an!

Kaum ist Galt verschwunden, als Taak schon an Bord klettert — wo ist seine Frau? — — in der Kajüte? — — Oh, wie hat er sich gesorgt!

„Taak!" es klingt wie ein Erlösungsschrei. Eine Glückswoge läuft dem Mann übers Herz, er nimmt sein junges Weib in den Arm: „Etta! — — Etta!" sie zittern beide vor tiefer Erregung. — Seine Worte überstürzen sich — er kam noch soeben vor Ausbruch des Unwetters an Land. Der Reeder hat ihn nicht fahren lassen, er ließ das Boot anschließen, als er nicht zu halten war. Die Fahrt wäre sein Tod gewesen. Wie gut, daß er wieder bei ihr ist!

Dankbar empfindet Etta seine Sorge, seine Zuverlässigkeit, und der schimmernde Goldreif der

Gemeinsamkeit umschließt sie an diesem kalten Regenmorgen beide warm und fest.

Andern Tags scheint die Sonne: schnell, wie es kam, ist das Unwetter verschwunden, und auch die nächtlichen Ängste versinken ins Unterbewußtsein. Längsseit der „Etta“ liegen andere ostfriesische Schiffe, auf denen auch Frauen an Bord sind — sieh mal an! Taak Janssen hat sich eine junge Frau mitgebracht? Das ist recht, es wurde Zeit für ihn — sonst wäre es ihm womöglich auch noch ergangen wie seinem Landsmann Siebelt Siebels, der je älter je maller (verrückter) wird.

Die Augen der soliden und resoluten Frauen gehen dabei prüfend über die junge Frau, man sollte es nicht für möglich halten, welch windiges Volk die vom Siel sind. Immer müssen die etwas anderes haben als andere Leute, und immer das Teuerste und Beste an, sie tun, als ob Geld keine gute Ware ist. Und sie, die mitfahren, wissen selbst am besten, wie schwer es verdient wird! Darum sind sie doch an Bord, damit es nicht unnütz ausgegeben wird — Männer! die kennt man doch! Sie sind gerade wie Kinder, immer müssen sie unter Aufsicht sein. — — Das muß nur keiner glauben, daß sie Haus und Heim so gerne verlassen und von einem fremden Land ins andere reisen. Was hat das Volk doch auch überall für sonderbare Moden, es ist kaum zu glauben. Bloß der Dreck, der ist allenthalben gleich. Wo in der Welt werden nun wohl sonnabends die Straßen geschrubbt, wie sich das nun doch einmal gehört?! — Ja, in Holland, das ist wahr, die verstehen das! da mögen sie auch wohl sein. Aber sonst? — — nein! Sie können sich nicht viel aus der Fremde machen. Man begreift gar nicht, daß die junge Frau Taaks so davon unter dem Eindruck ist und alles mögliche wissen will. — — Ach Gott — wenn hier die Kirchendächer aus Gold sind, so waren sie im Süden von Marmor — gebt uns nur unsere alte Backsteinkirche zuhause! Da können sie besser mit dem Herrn reden als in der Fremde, wo der Mensch vor lauter Prunk und Prahl seine Gedanken nicht sammeln kann.

So reden sie untereinander. Aber sonst nehmen sie sich der jungen Frau doch mütterlich an. Besonders Frau Bruns, die schon manche Reise mitmachte und deren Kinder fast alle an Bord zur Welt kamen, hilft Etta in ihrer resoluten Art mit manchem zurecht. Sie kauft auch so selbstverständlich frisches Fleisch und Gemüse für sie, daß Taak nichts zu sagen wagt, obwohl ihm das Geld eigentlich leid tut, denn er hat für die Besatzung schon eingekauft.

Aber sonst sind es gute Tage für sie alle. Es kommen Landsleute aus dem Mittelmeer, die Wein und Südfrüchte an Bord haben, und die meist jungen und lebensfrischen Kapitäne wetteifern, um „mooi Etta“ damit zu verwöhnen. Sie haben einen Heidenspaß, wenn Taak Janssen dann ein saures Gesicht zieht — der muß noch erst lernen, wie man eine junge Frau behandelt, der alte Pint! Wer wird so genau auf den Pfennig sehn? sie können es einfach nicht. Nach den harten, entbehrungsreichen Wochen werfen sie das Geld mit vollen Händen weg — einmal so recht aus dem Vollen leben ist besser als sein Lebtag in ängstlichem Rechnen!

Schon ist die Ladung gelöscht, und Korn wird übergenommen. Da kommen die Slißkys an Bord, Männer und Frauen, die das Korn einstampfen —

Menschen von unsäglicher Armut, Etta sieht sie mit Schaudern. Sie verzehren die Heringe so aus der Tonne, als sei es ein köstlicher Genuß — ja, die Schiffer behaupten, sie äßen sogar ihre Läuse, die sie sich mit bewunderswerter Gewandtheit abzusuchen pflegen. „Dat Swiengood!" sagt Frau Bruns in abgrundtiefer Verachtung. Als die Russen von Bord sind, hebt ein gewaltiges Deckschrubben an, als könnten damit die lebendigen Andenken von Bord gespült werden; aber trotzdem kratzt jeder sich heimlich.

Nach den Tagen der Arbeit und Pflichten haben die Schiffer jetzt Zeit, ihren Frauen Petersburg zu zeigen. Hey! hey! hey! — — Flinke kleine Pferdchen tragen sie in sausendem Galopp über die Pontonbrücke, geradeaus zu dem Standbild Peter des Großen, der gebieterisch auf sich bäumendem Roß verharrt — vorbei an den Schiffswerften und dem Senat und dem turmgekrönten und flaggengeschmückten Admiralitätsgebäude zurück zum Isaacsdom. Hier wollen sie aussteigen, den müssen die Frauen sich ansehn!

Zögernd folgen diese den Männern, die sie schon damit geneckt haben, daß nur sie das Allerheiligste des Doms — sein Modell aus purem Gold — sehen dürfen, während sein Anblick den Frauen verwehrt ist. Befangen stehen sie in der für ihre Begriffe überladenen Kirche — an den Wänden gleißen in dem Licht unzähliger Kerzen die bunten Ikone, eine Orgel rauscht auf, fremdartiger Gesang fällt ein, und in das Klingeln der Monstranz rauschen beim Niederknieen die Gewänder wie ferne Brandung.

Der ungewohnte Weihrauchduft bringt Etta einer Ohnmacht nahe; unwillkürlich sucht sie Halt bei

Frau Bruns, die sie sorglich ins Freie führt, wo ihr wieder besser wird. Die Gute lacht behaglich: ach Gott, das hat nichts auf sich, das gehört eben dazu bei jungen Frauen. Etta, noch ganz benommen, schweigt dazu — soll sie ihr erklären, daß sie nun einmal in geschlossenen Räumen leicht zu Ohnmachten neigt? Das gäbe nur Anlaß zu endlosen Redereien. Mögen sie immerhin glauben, was den andern selbstverständlich ist, denkt sie in leichter Verstimmung.

Dann steigt man wieder ein, und weiter geht es jetzt in sausender Eile zum Newsky-Prospekt, wo mitten auf der breiten Straße sich eine Holzbude mit allen möglichen Verkaufsgegenständen an die andere reiht. — — Wunderschöne buntbemalte Holzsachen gibt es dort, Etta ist ganz entzückt, sie wählt eine runde Holzschale, rotgrundig mit Gelb und Gold. — Gut zum Bohnenpflanzen! stellt die hagere kleine Frau Albers nüchtern fest. Etta lächelt — kommen sie denn niemals von ihrem häuslichen Kleinkram los? Nicht einmal hier, wo die fremdartige Sonne scheint, wo das bunte Leben des Ostens sie umflutet, daß sie ganz benommen davon ist —.

Frau Bruns handelt mit einem alten Juden in Kaftan und Korkzieherlocken um eine reizende kleine Tasse in Blau und Gold — solche schöne Teetasse läßt sie sich auf keinen Fall entgehen! Sie versteht das so meisterlich, daß der Alte, der zuerst „niks daitsch" verstand, sich geschlagen geben muß. Etta hätte gern noch das ineinandergeschachtelte bunte Ei gehabt, es wäre ein solch schönes Geschenk für Dinas Kleinen. Aber als die andern necken, das wäre recht was für junge Frauen, sie würde wohl bald genug Verwendung dafür haben, legt sie es hin und geht stillschweigend weiter. Taak hat ihren bescheidenen Einkauf bezahlt, aber nicht gefragt, ob sie sich noch etwas wünscht. Eigenes Geld besitzt sie nicht, und ihn fragen? das kann sie nicht. An Bord tritt das nach Lage der Dinge ja nicht an sie heran — aber heißt es nicht immer, er sei so genau? Obwohl sie sich nach Kräften dagegen wehrt, wächst ihre Verstimmung.

Und nun sind sie in ihrem Stammlokal, bei der dicken Deutschrussin Frau Sonja: „Erbarm, die Herren Kapitäne! — — und ist sich diesmal auch junges Frauchen dabei? — schau an!“ sie schüttelt allen die Hand, und man fühlt sich bei ihr gleich Zuhaus, auch Etta. Bald wird der Samowar mit dem „Tschei“ gebracht, den man aus dicken Gläsern trinkt. Die Männer wissen Bescheid — man nimmt dabei ein Stück von dem ungebleichten, gehobelten Zucker in den Mund und läßt den heißen Trank darüberrinnen. Frau Bruns, die schon mehrfach hier war, schenkt ein, sie bedenkt vor allem auch die Männer, von denen jeder schon ein großes Glas Wodka vor sich stehn hat. Ah! — der starke, duftende Tee erquickt recht nach dem ungewohnten Gewühl und Staub der sommerheißen Straßen.

Und dann steht ein gutes, reichliches Essen auf dem Tisch, das auch Etta mit Genuß verzehrt. Es gibt ein großes Hallo, als sich noch weitere Bekannte einstellen — als hätte jeder Hafen seinen Vertreter zu diesem Stelldichein gesandt — aus Emden und Leer, aus Norden, aus den Sielorten und von den Fehnen. Sie kennen sich alle von mancher Fahrt und aus manchem Hafen, und so wird eifrig Wiedersehn gefeiert. Kein Wunder, daß der Wodka bald zu wirken beginnt! Die Frauen sind zusammengerückt. Waren auch sie anfangs recht erfreut über manches unerwartete Treffen, so bilden sie mit der Zeit einen stummen Protestblock gegen die sich immer lauter gebärdenden Männer. Eine Runde jagt die andere, und auch Taak kann sich dem nicht entziehen.

Seine Blicke gehen zu Etta, die zwischen Frau Bruns und Frau Albers sitzt und abwesend in das Getriebe starrt. Er gießt sein Glas unter dem Tisch aus, nicht zum erstenmal heute abend, er kann das nicht so mitmachen. — Warum sieht Etta nicht einmal zu ihm herüber? verlangend geht sein Blick zu ihr, die sich jetzt Gerriet Janssen zuwendet. Anscheinend erzählt er ihr etwas Drolliges — sie lächelt belustigt, wie schön ist sie dann! — — Sprachen die andern nicht eben von Eimo Eimen? Er wendet sich zu der Gruppe — ja, Hinrich Onken hat ihn in Riga getroffen, wenn der Wind so bleibt, kann er spätestens morgen hier sein, wer weiß, vielleicht noch heute — Junge, ist das ein Kerl! ladet Stückgüter für die Russen fürs Schwarze Meer — ein netter Umweg!

Auch Etta hat es gehört, und ihr ist, als versänke der Fußboden unter ihr, und mit ihm die ganze Gegenwart — — Eimo! — — ja, Eimo. — — Glühend steigt es in ihr auf — ja, er soll, er m u ß noch heute kommen, hier, unter ihnen soll sein vertrautes Gesicht sein. Ein seltsames, quälendes Verlangen nach seiner Gegenwart überfällt sie, und ihr Blick haftet so hungrig auf der Tür, durch die er kommen muß, daß es Frau Bruns auffällt. Sie stößt Frau Albers an: was hat die junge Frau? will sie ihnen wieder ohnmächtig werden? Mißbilligend blickt sie nach den lärmenden Männern — ja, ja, solch junges Menschenkind muß noch viel lernen! „Kiek miens erst an!“ — — „Un miens! — — de het van dag 't mall Fell weer ut!“ Frau Albers sieht mit einem wenig Gutes verheißenden Blick auf „groot Klaas“, der eben heftig mit einem Hamburger aneinandergerät.

Nur Gerriet Janssen, der junge, schneidige Gerriet, wird immer liebenswürdiger. Er hat sehr früh ein eigenes Schiff bekommen, mit ungewöhnlich viel Glück gefahren und schon sehr viel Geld verdient. Längst könnte er eine Familie ernähren, aber er begnügt sich damit, alle Mädchen glauben zu machen, daß er nur sie meint. Heute abend nun legt er Etta Taaks seine Verehrung zu Füßen, und er tut es auf solch hübsche Art, daß es sie gewiß freute, wäre sie mit ihren Gedanken dabei.

So beachtet sie ihn kaum, was seine Eitelkeit recht kränkt. In einem drolligen Anfall von Katzenjammer sitzt er rittlings auf einem Stuhl und legt los:

„Ha! wer bin ich! und was soll ich hier
Unter Tigern oder Affen? — —“

„Oh, fein! — — Kotzebues Verzweiflung!“ — — „To, Gerriet, wieder!“ Die rollenden Tiraden hören sie für ihr Leben gern, und so beginnt er nochmals:

„Ha! wer bin ich! und was soll ich hier
Unter Tigern oder Affen!
Welchen Plan hat Gott mit mir?
Und warum ward ich geschaffen? —“

„Dat — dat wull ik ok woll weeten!“ lallt Evert Everts und klopft mit dem Glas auf den Tisch zum Zeichen, daß es gefüllt werden soll.

„To, still wesen! — —“ — „Holl dien Snut!“ der leicht sentimentale große Bruns ist schon jetzt gerührt. Gerriet setzt mit großen Gebärden fort:

„Ist das Stöhnen dieser Brust
Lobgesang in seinen Ohren?
Ist mein Elend seine Lust?
Oh, warum ward ich geboren!"

„Ffein!" — — — „Dat — dat seg ik altied!" Evert bekommt das heulende Elend so sehr, daß Gerriet ganz aus dem Konzept gerät und alles durcheinanderwirft:

„Kaum geboren hüpfet schon
Jedes Lamm um seine Mutter,
Kaum geboren findet schon
Jedes Huhn sein bißchen Futter — —"

„Dat kummt ja noch gansnich!" — was redet er da für Unsinn? da kommt erst noch was vom Wind —

Gerriet fährt sich durchs Haar, als ob das Vergessene sich dort versteckt halte, nun hat er's:

„Tobe, rase, wilder Sturm!
Lodre Flamme, die mich brennet!
Wie! Ist dem zertretnen Wurm
Auch das Krümmen nicht vergönnet? — —"

Jetzt ist er in Fahrt und stürzt die ganze Verzweiflung über seine Zuhörer aus, die sie in diesem Stadium besonderen Wohlbehagens so recht von Herzen genießen. Er überschlägt ganze Absätze und weiß den Inhalt des langen Gedichts auch keineswegs der Reihe nach. Aber das stört keinen, wenn sie nur die besonders beliebten Stellen zu hören bekommen. Gerade donnert er mit Schwung:

„Fort in meine stille Kammer!
Mich verzehret diese Glut!
Fluch der Welt und ihrem Jammer!
Fluch der ganzen Menschenbrut! — — —
Heute mordet — — —"

„Nu holl der aber mit up!" Ortgies Daniels schlägt heftig mit der Faust auf den Tisch: was ist das für ein Kram, will er sie hier verfluchen? oder was soll das heißen? bei ihnen kennt man solches Gepiller nicht, er verbittet sich das! Evert pflichtet ihm bei, Gerriet soll sich nur nicht so aufspielen: „Door sitt ja doch niks as Wind achter!"

„Wat wullt du?"

Das lassen die vom Siel sich nicht zweimal bieten. Es entsteht ein Lärm, daß die nebenan sitzenden Deutschrussen um Ruhe bitten lassen. Das bringt Gerriet, der hastig getrunken hat, derart in Harnisch, daß er wütend schreit: „Was wollt ihr Kerle mit euern langen Bärten und leeren Beuteln! Ihr solltet lieber eure Schulden bezahlen!" Dabei schlägt er auf seine Jackentaschen, in die er übriggebliebene weiche Eier gestopft hat, daß das Gelb durch das gute blaue Tuch dringt.

„Erbarm!" jammert Frau Sonja: „Erbarm! — — werden der Herr Kapitän das gute Stück ganz verderben! — — Denken Sie an junge Frau Ihriges!" fügt sie beschwichtigend hinzu und zeigt auf Etta, die blaß und zitternd in dem Trubel sitzt.

„Das ist m e i n e Frau!"

Taak steht plötzlich vor ihr — sein Auftreten ist so bestimmt, und er sieht Gerriet so feindselig an, daß eine plötzliche Stille entsteht.

Etta fühlt aller Blicke auf sich gerichtet. Doch obwohl die Scheu vor allem Aufsehn ihr das Blut ins Gesicht treibt, überkommt sie doch ein solches Gefühl der Geborgenheit, daß sie aufsteht und Taak leise am Ärmel zupft: „Laat uns gahn!" flüstert sie ihm zu. Dem Mann wird es dunkel vor den Augen, er kann kein Wort hervorbringen und drückt ihr nur kurz und heftig die Hand.

Unter den Männern ist ein Grollen wie vor einem neuen Sturm, das Bruns mit: „To! — — noch 'n Runn!“ beschwichtigt, was ihm einen strafenden Blick seiner Frau einträgt. Doch der Bann ist gebrochen, das Gespräch lebt wieder auf, aber es kommt eine gewisse Ernüchterung über die eben noch so lauten Männer.

„To, Gerd, dat wurdt Tied!“ Die kleine Frau Albers winkt mit dem knochigen Zeigefinger, und ihr Bär steht unter dem heimlichen Lächeln der andern auch gehorsam auf, was den allgemeinen Aufbruch zur Folge hat. Die Männer werfen die Zeche hin, ohne weiter nachzuzählen. Nur Taak läßt sie sich genau vorrechnen und zahlt das Geld auf den Pfennig hin, Etta sieht es mit uneingestandener Verachtung. Wer kann nur so kleinlich sein? Die geheime Enttäuschung des Abends macht sie bitter und ungerecht gegen Taak, ihre Verstimmung wächst und überschattet alles, was gut war an diesem Tag. Gerriet ist ein wenig verlegen, als er sich von ihr verabschiedet, er wischt sich mit der Hand übers Haar, das nun voll Eigelb sitzt, Etta behandelt ihn voll eisiger Kühle.

Die „Frau Dina“ ist noch nicht in Petersburg eingelaufen, als die deutschen Schiffe am nächsten Tag fluchtartig den Hafen verlassen, denn in der Stadt ist Cholera ausgebrochen. Nur Melcher Becker kommt nicht früh genug fort; später erfahren sie, daß er der bösen Seuche erlegen ist. — Eimo begegnet ihnen auch nicht auf der Newa, wo mag er nur geblieben sein? Vielleicht erfuhr er von der Cholera und setzte sich nicht der Quarantäne aus, vermutet Taak, was sich später auch bestätigt.

Mit einem Gefühl der Leere tritt Etta die Rückreise an, die unter einem sehr viel ungünstigeren Stern steht als die Hinfahrt. Das Wetter bleibt unsicher und regnerisch, auch müssen sie bei dem starken Gegenwind fortwährend lavieren. Der Seegang ist manchmal so stark, daß Galts mühsam gekochte Suppe aus dem Topf schwabbt, und er hat wenig zu lachen. Sein einziger Trost ist Etta, obwohl er nur zuweilen einen Zipfel ihres Kleides sieht; denn die Frau ist aufs neue so seekrank, daß sie die meiste Zeit in der Koje liegt. Es erfüllt ihn mit tiefer Dankbarkeit, daß sie damals geschwiegen hat, er könnte sich wohl für sie umbringen lassen. Aber da ihr damit wenig gedient ist, hat er ihr lieber — so gut er es versteht — einen kleinen Kuchen gebacken, den er ihr mit dem Tee bringt, den der Kapitän für sie befahl. Er ist ganz stolz und glücklich, als sie ihn wirklich verzehrt, und Etta empfindet das als Trost in ihrer Einsamkeit.

Taak hat wenig Zeit, sich um Etta zu bekümmern, seine Arbeit nimmt all seine Gedanken so in Anspruch, daß alles andere daneben versinkt. Sein junges Weib muß selber sehn, wie sie zurechtkommt, er hat andere Aufgaben. Auch sein gutes Schiff, ihre Namenschwester, kämpft mit Wind und Wellen. An ihm ist es, beide gut hindurchzuleiten in den sicheren Hafen!

7. Kapitel

Die Queen regiert

Die Queen hält ihren Mittagsschlaf. Die graublonden Flechten an den grämlichen Kreuzstichhund gelehnt, füllt sie den großen Lehnstuhl völlig aus. Die Arme ruhen auf den Lehnen, von denen sie bisweilen heruntergleiten; leise prustend schnarcht sie, kraust genießerisch die Nase, als der Duft des frischgesetzten Tees aufsteigt, den die kleine Tomma mit Sahnekümmchen und Zuckertopf sorglich bereitstellte, ehe sie zur Nähstunde ging. Durch die handbreit hochgeschobenen Fenster dringt das Rauschen der binnendrängenden Flut, die warme Sommerluft trägt das Poltern und Toben von den Schleusenkammern bis hierher. Sonst ist es still, bis auf das Ticken der großen Kastenuhr mit dem hin und her segelnden Schiff in der nach dem Tief gelegenen freundlichen Wohnküche.

Mit leisem Brummen nähert sich jetzt eine Fliege dem Zweimaster auf den blauweißen Fliesen über der Herdstelle. Eilig gleitet sie hin und her, als wolle sie inspizieren, um dann nach einem Schwung durch den ganzen Raum plötzlich auf der Nase der Schläferin zu landen. Die schlägt mit der Hand nach ihr, so daß der ungebetene Gast sich genötigt sieht, sich auf die Brille zu retten, die ganz auf die Nasenspitze gerutscht ist. Aber kaum hat sie es sich dort zu einem Nickerchen bequem gemacht, als die Queen aufschrickt — klangen dort nicht Schritte auf der Straße?

Verschlafen zwinkernd rückt sie mechanisch den falschen Scheitel zurecht, der sich verschoben hat, sitzt aber dann kerzengerade hinter ihrer Teetasse: „Oh, du büst dat, Gerd Ba!"

Der Postbote wischt mit dem großen bunten Taschentuch den Schweiß von der Stirn: „Dat is warm vandag!" Dann kramt er umständlich in seiner Tasche, wobei er begehrlich nach dem Tee schielt: „Ut Narwa, of wo dat door günnert heet!"

„Süh, dat is ja mooi!" Frau Rineld legt den Brief ihres Mannes neben die Tasse — das könnte Gerd wohl passen, daß sie ihn gleich in seiner Gegenwart liest, dann hat er gleich etwas zu erzählen. Sie denkt gar nicht daran! Aber sie schenkt ihm Tee ein und legt ein Trinkgeld daneben, das ist natürlich sein gutes Recht. Der Alte schmunzelt — ja, die Schiffer sind immer reell; augenblicklich lohnt es sich, es kommt so mancher Brief aus der Ferne. — Sie sprechen über gleichgültige Dinge, wozu man allerdings das nahe Schützenfest kaum rechnen kann, das aller Gedanken beschäftigt. Es sind schon verschiedene Buden da, weiß er zu berichten, dieses Jahr soll es besonders großartig werden, wie es heißt. Ja, ja, man weiß, wo man sein Geld los werden kann!

„Ja, ja — —" die Queen beherrscht sich mühsam — daß der Mensch doch kein Gefühl dafür hat, wie sie danach verlangt, endlich den Brief zu lesen, immer sind die Männer in Gefahr, da kann Gott weiß was darin stehn — —

„Schall't wer gahn?" fragt sie überm Herzen hin, als er endlich geht. Ja, er hat noch mehr Briefe, auch für Hillerns — er wagt nicht zu sagen „vör Hillern sien Antje", wie Rinelds jüngere Schwester allgemein genannt wird, die es so gar nicht versteht, sich Respekt zu verschaffen. — „Na, denn man erst Gondag!"

Aufatmend sieht die Queen dem Alten nach, der, die Mütze hinten auf den mageren Vogelkopf, gemächlich weiterschiebt. Stehend liest sie den Brief — Gott sei Dank! ihr guter Röbke Heeren hat eine glückliche Reise hinter sich. Jetzt hat er Fracht für Newcastle, und, so Gott will, wird er dann mit Kohlen und Steinzeug nach dem Siel kommen, er hofft von Herzen, dann seine Hyma und die Kleinen hier anzutreffen, „— — — und weil der Herr mich recht gesegnet, habe ich belobet für Tjaldmaleen 1 Thaler und auch für Jantken Wick 1 Thaler. — — —"

Sie wirft den Brief zornig hin — alles ist nun so gut, aber hierüber kann sie sich ärgern. Das ist wieder echt Röbke Heeren — wenn die Leute nur viel zur Kirche gehn, so wie Jantken, dann sind es für ihn auch gute Menschen. Sie will nun keineswegs sagen, daß die nichts taugt — aber nötig hat sie es nicht, das weiß sie bestimmt! — Was die mit ihrem Kartenlegen verdient! Und ihr Simon Johanna läßt seine Mutter auch nicht hungern, Gerd Ba hat ihr neulich erst erzählt, welche Summen die Alte von ihm erhält. — Nein, die bekommt nichts, da gibt es wohl größere Not! — Tjaldmaleen, das ist etwas anderes, die kann es bestimmt besser gebrauchen — woher soll sie etwas haben? Solange sie ihren kleinen Kramladen hatte und Almut nähte, halfen sie sich wohl. Aber als das gute Kind starb und Tjaldmaleen so taub und wunderlich wurde, war es aus. Wer mag denn auch zu der Alten gehn mit ihrer Katzenherde? Sie sitzen auf dem Tisch, sie liegen beim Herdfeuer, sie krabbeln aus dem Wandbett, nein, man fällt weiß Gott über diese Tiere mit ihren sonderbaren Namen. Und wenn es nur das wäre — hat die kleine schwarze

Katze, die sie Almut nennt, nicht ebensolch schwarzes Haar und grüne Augen wie Tjaldmaleen? Nein, nein, irgend etwas ist da nicht in Ordnung, das ist sicher. — — Aber abgesehen davon benötigt sie das Geld bestimmt dringend, und deshalb soll sie es auch haben.

Mit diesem Entschluß hat die Queen ihre gute Laune zurückgewonnen, und so macht sie sich, den unvermeidlichen Strickkorb am Arm, im silbergrauen Lüsterkleid auf ihren gewohnten Rundgang. Sie blinzelt nach dem hohen, strahlendblauen Himmel, über den durchscheinend weiße Wolken vergleiten, und atmet tief den wunderbaren Wohlgeruch ein, den der salzige Seewind von den verblühenden Rapsfeldern, den frischgemähten Wiesen und eben aufbrechenden Erbsen- und Bohnenbreiten mit sich führt.

Vorsichtig geht sie weiter. Das braune Wasser hat nicht nur alle Ausbuchtungen am Ufer gefüllt, die der ständige Ärger des Deichrichters sind, sondern steht schon bis über den schmalen Steinpfad. Bei Springtide steigt das Wasser oft ganz unvermittelt, aber bei diesem schönen Wetter hat das nichts zu sagen. Die Flut ist heute so hoch, daß die Fahrzeuge im Außenhafen auf dem Deich zu sitzen scheinen und es von fern aussieht, als führen die Schiffe über Land. Es ist eine Landschaft ohne spielerische Anmut, und doch reich und blühend wie ein gesunder Mensch in der Vollkraft seines Lebens.

Denkt die Queen daran? — „Wat mooi!" sagt sie so recht von Herzensgrund — nein, unser Herr, der die Welt so schön machte, kann nicht wollen, daß wir unser Leben nur in Jammern und Zittern hinbringen. Wem hilft man denn durch das fortwährende Klagen? das ist früh genug, wenn es einen von unseren Lieben trifft. Nein, jeden guten Tag und jede gute Stunde auskosten und genießen — das muß man können! — Und das will sie, und das tut sie auch.

Sie wirft den Kopf in den Nacken und kommt so richtig unternehmend zu Antje, die trotz der Wärme vor dem Herdfeuer sitzt und zum Erbarmen schluchzt. „Oh, oh, oh! — ik bün doch bloß to mien Unglück geboren!"

„Ja, man wat nu denn? — is der wat mit Hillern of de Jung?"

„Dat nich! — Man — man nu kiek di dat ins an!" laut aufweinend reicht sie der Schwester ein Briefblatt: „Lees man eben!"

Die Queen sucht im Strickkorb umständlich nach der Brille — wo hat sie das alte Ding doch? -- Sie dreht dabei den Brief hin und her, man kann gar nicht sehen, daß überhaupt etwas darauf steht. Endlich hat sie die Brille gefunden, und, den Bogen weit von sich haltend, liest sie laut und mit Nachdruck: „Piräus, den 2. Juni 1854. — — Hier — ist nichts — und da ist nichts — aus Nichts — hat Gott die Welt gemacht!"

Kopfschüttelnd läßt sie den Brief sinken — du liebe Zeit, was soll das nun heißen? — keine Anrede, kein Wort von sich und Heiko, nichts über die doch immerhin recht gefährlichen Reisen ins Kampfgebiet und über die Frachten, Hillern kann es doch sonst gut zu Papier bringen —. Sollte Antje etwa — — —

Sie funkelt die Schwester an: „Hest du di ok versehn?" — hat sie Hillern vielleicht ein leeres Blatt hingeschickt?

„Oh nä! — — wat meenst du woll — — —" sie weiß es bestimmt, sie hat den Brief noch in die Bibel gelegt — die Tränen fließen aufs neue, die Nase rinnt, Antje kann das Taschentuch nicht finden und nimmt die Schürze zur Hilfe, es ist ein klägliches Bild.

„Denn kiek door ins to!" die Queen herrscht die jüngere Schwester an, daß sie nur so rennt — wahrhaftig, da liegt der Brief noch wohlverwahrt in der Bibel, bei den Klageliedern Jeremiae, Antje wird schamrot.

„Door hört he ok hen! — — denn paß 'n annermal doch bäter up!" Frau Rineld ist ehrlich aufgebracht: was, zum Unglück geboren? mit solchem Unsinn muß sie ihr nicht kommen, diesen Ärger hat sie einzig sich selbst zuzuschreiben. Hillern mag schön getobt haben, als er anstatt der erhofften Nachrichten von Zuhaus das leere Blatt fand! — — und das teure Porto ist nun auch unnötig ausgegeben — — Hillern sien Antje erhält eine Standrede, woran sie noch lange schlucken muß. Die Kinder sehen scheu um die Ecke und flüchten verschüchtert in den Garten.

Zornrot im Gesicht, doch im Grunde befriedigt und erleichtert setzt die Queen ihren Weg fort, es ist ihr eine unbewußte Wohltat, wenn sie einmal so recht regieren und Verfahrenes in Ordnung bringen kann. In ihrem kleinen Haushalt fehlt ihr dazu jede Gelegenheit, und so sucht ihre kraftvolle Natur sich einen Ausweg — nicht immer zur reinen Freude ihrer Mitmenschen.

Kaum ist sie um Gerkens Ecke gebogen, als sich die Seitenpforte von Peters' Garten vorsichtig öffnet und Toni und Elise heimlich und mit scheuem Umherblicken zum Siel schleichen. Selbst in ihr wohlbehütetes Dasein ist die Kunde gedrungen, daß zum Schützenfest ein Karussell erwartet wird — „een Mallmöhlen" — sagen die Mädchen beim Abwaschen, und sie wollen und müssen darin fahren, und wenn alles verkehrt geht, erklärt die dralle Geeske. Die kleinen Mädchen haben schon die Lockenwickel im Blondhaar, Madam ist sehr darauf bedacht, daß ihre Kinder gepflegt aussehen. Klein Peter rennt ihnen nach, er fällt vor Eifer hin und weint laut. Die Schwestern wollen ihn eigentlich nicht mithaben, nehmen ihn dann aber doch lieber zwischen sich, er könnte sie sonst wohl verraten!

Auf dem Siel gibt eine Drehorgel einige rostige Töne von sich, es fährt den Kindern ordentlich in die Beine — oh, es ist zu fein! Man muß ganz tief atmen, so wunderbar ist alles, was sie hier oben auf der Treppe von der Apotheke sehen können. Auf dem Deich stehen Wohnwagen, in denen Frauen hantieren, oder sie sitzen auf den Treppchen davor und putzen Gemüse — oh, alles ist so ganz anders als Zuhaus, zu gern möchten sie auch einmal Budenkinder sein! Einige Buden sind schon fertig, und nun gehen die Männer mit den Angeln zum Tief, gefolgt von einem Schwarm Jungens — man glaubt nicht, wieviel die fremden Leute fangen, gewiß sagen sie was dabei. Man müßte herauskriegen, wie sie es anfangen, aber die Völker, die sind ja viel zu schlau!

Der Siel wimmelt von blonden Kindern. Die ganz Kleinen stehen mit dem Finger im Mund, die Mädchen etwas scheu beiseite, doch die Jungens haben ihren ganz großen Tag. Selbst die Schiffer im Hafen haben nicht die rechte Andacht bei ihrer Arbeit, sie müssen immer wieder ins Wirtshaus laufen und einen Blick auf diese bunte Welt werfen. Wenn der Wind so bleibt — und bliebe er es nur! — — werden sie am Sonntag noch mitfeiern können, hoffen die jungen Kerle, die es kaum noch vor Tanzlust aushalten. Alles quirlt durcheinander, jeden Augenblick kann das Karussell in Sicht kommen — wie ein Lauffeuer geht es jetzt von Mund zu Mund: „He kummt!"

Wie die Kinder rennen! Peters' Toni und Elise sind mitten dazwischen, Klein-Peter stolpert mit, alles drängt zur Brücke, über die das Wunderding kommen muß. Tiefe Enttäuschung — was ankommt, ist ein Ackerwagen, der jetzt holpernd räderknarrend über die Brücke rumpelt. — Wenn man sich hinwirft und das Ohr an die Erde legt, kann man die Wagen schon von weitem ankommen hören, weiß der altkluge kleine Kobus, ein Hinweis, dem die Kinder begeistert folgen. Auch Toni und Elise werfen sich hin, und Peterlein, der nichts begreift, plumpst so hart in eine Pfütze, daß er mit der Nase auf einen Stein schlägt, er brüllt, als würde er erstochen. Die Schwestern suchen ihn in Eile mit ihren rosa Schürzen zu säubern, sein weißblauer Leinenanzug ist naß und dreckig, die Nase blutet. Wübkmagret, die nebenan Straßen schrubbt, ruft kopfschüttelnd: „Oh Kinner, oh Kinner, wenn Jo Mama dat seeg!" — — „Unsere Mama? — — die is der nich!" Freudestrahlend rennen die drei dem heißersehnten Karussell entgegen, das dort unter dem Jubel der Kinder rasselnd und polternd den ganzen bunten Zauber herbeiführt, dem alle großen und kleinen Kinder rettungslos verfallen sind.

Nur die kleinen Mädchen von Eimo Eimen merken nichts von dem großen Geschehen. Wie verzaubert sitzen sie in der winzigen Holzhütte, die für die Schützen neben ihrem Haus auf dem Deich aufgestellt wurde. Sie ist nach einer Seite offen, und man kann herrlich Kaufmannsladen darin spielen. Die Kinder haben große Bullerblätter gepflückt und garnieren sie mit Grashalmen und Blumen, die mit Dornen befestigt werden — ja, ihre Hüte sind nicht weniger schön als die in Gerkens Auslage! Wenn die achtjährige Hanni den Schwestern diese wunderbaren Gebilde aufprobiert, sagt sie in Gerkens Tonfall: „'t is wat Seltens!" und sie paßt wie ein Schießhund auf, daß das kleinste Schwesterchen ihre Kunstwerke nicht mit ihren tolpatschigen Händchen zerstört.

Später sehen sie auf der anderen Hafenseite mit verwunderten Augen das Karussell entstehen — sie lehnen sich an ihre Mutter, die vor dem Haus sitzt und die herrliche Luft genießt, das Gehen fällt ihr so schwer. Ach, hätte sie doch erst ihr Kind im Arm! Das erstemal geht man leicht darauf los, da macht man sich weiter keine Sorgen. Aber beim vierten Kind ist das etwas anderes, da weiß man, was auf dem Spiel steht. Sie hat alles im Haus geordnet, jede Schublade nachgesehn, es geht nun einmal jedesmal um Leben und Tod. — — — Doch tutet da nicht drüben der Dampfer?

Abgelenkt sieht Frau Dina nach der Brücke, wo sich wie zufällig alle Honoratioren zusammenfinden — der Pastor, der gerade einen Krankenbesuch machte, der Doktor, der unbedingt um diese Zeit zur Apotheke muß, der Amtsvorsteher, den ein Dienstweg vorbeiführt, der Apotheker, der Besuch erwartet — jetzt kommt auch eilends Kaufmann Harms angestürzt, er trifft auf der Brücke mit P. J. Peters zusammen, der wohl Madam abholt, sie sah sie heute morgen zum Dampfer gehn.

Die junge Frau beugt sich etwas vor — kommt nicht auf der andern Seite auch die Queen aus Gedrut Hinrichs Haustür? Sie lächelt vor sich hin — nun, da mag Gedrut wieder Ängste ausgestanden haben! Gewiß hat Frau Rineld erneut geharkt, wie es mit Etta steht und ob dort schon etwas unterwegs ist — als ob Etta das eher sagte, als bis es nicht mehr zu verbergen ist! die kennt sie besser! — — Aber es ist doch auch gut zu wissen, daß die Queen sich ihrer Kleinen annähme, wenn sie einmal wegfallen sollte. Sehnend gehen ihre Gedanken zu Eimo — wo mag er sein? Wenn es soweit ist, soll man ihm nach Lissabon Nachricht geben — ach, wäre es doch diesmal ein Junge! Nicht, daß ihre Mädchen ihr nicht lieb sind. Aber alle Männer wünschen sich nun einmal einen Stammhalter, damit der Name weiterlebt. — Immer war sie allein, wenn die Kinder zur Welt kamen, so gern hätte sie einmal seine Freude gesehen. Aber das ist nun einmal nicht anders bei Schifferfrauen. Die müssen selber mit allem fertig werden, sonst taugen sie eben nicht dazu.

Sonntagmittag steht Hero Heeren vor Occo Occens Haus und sieht zu, wie die festlich geschmückten Schützen unter Vorantritt der Musikkapelle über den Siel ziehn. Er kommt gerade vom Bartschrabber — gestern ist die „Fortuna" mit einer Ladung Holz binnen gekommen, so hat Steuermann Hero das Glück, Schützenfest mit feiern zu können. Hinter ihm wird hastig die Haustür aufgerissen — Liessie! Sie nestelt noch an ihrem Sonntagsstaat, so eilig ist sie vom Anziehn nach draußen gestürzt, um den Zug nicht zu versäumen. „O!" — vor Schrecken wird sie dunkelrot. „Oh!" sagt auch

Hero, eine Flamme läuft dabei über sein schmales Gesicht bis in die dicken, blonden Krullen.

Dann stehen die beiden, die sich von jeher kennen und noch ein wenig miteinander verwandt sind, voreinander und wissen nichts zu sagen. Verlegen streicht Liessie über ihr graues Baregekleid und zupft an den silbernen Manschettenknöpfen — wie breit Hero geworden ist, und wie braun! Und wie gut steht ihm der blonde Vollbart, die große Nase fällt gar nicht mehr auf — scheu blickt sie von unten herauf in graue Augen, in denen viel Wohlgefallen und auch ein rechter Schalk steht. Die Blicke hängen ineinander, trennen sich zögernd — Liessie spürt einen kräftigen Händedruck: „Denn man to mörgen abend! — Du kummst doch?"

Liessie kann nur bejahend nicken, so beglückt ist sie. Dann reißt sie sich los und rennt ins Haus zurück, wo ihre Mutter schon ungeduldig nach ihr ruft — will sie denn nicht Tee einschenken? Und Gretjemö, Occos unverheiratete Schwester, ergeht sich in spitzigen Bemerkungen über das Jungvolk, das wohl die Tanzerei nicht abwarten kann, und zu ihrer Zeit hätte man an sowas nicht gedacht, sondern in der Bibel gelesen.

Da aber kommt Occo, der noch halbverschlafen nach den Fliegen schlägt, seinem Liebling zur Hilfe: „Wenn di man een wullt har! — — man door keem nüms üm di!"

Heute sieht man sich wohl alles an und freut sich an dem bunten Treiben, aber sonst gehört der erste Tag ganz und gar den Dienstleuten, die von weit und breit herbeigeströmt kommen. Aber Hero ist in solch glücklich erregter Stimmung, daß es ihn nicht im Haus hält. Er weiß, Liessie wird er heute nicht mehr sehn, alle andern Jungens sind auf See, aber austoben muß er sich! So mischt er sich in harmloser Lebensfreude unter die Tanzenden, zwischen denen hier und da Schlägereien entstehen und wieder abebben. In der „Heimkehr" spielen zwei alte Weiblein zum Tanz auf, das Gekratze ihrer Geigen wird von dem Singen und Stampfen des Jungvolks übertönt, das im Tanz seine überschüssigen Kräfte austobt — was brauchen sie Violen? Mit rauher Kraft singen sie ihre altgewohnten Tanzlieder, angefangen von „Jabk stah still" bis zu dem geliebten „Jan, kumm kiddel mi!", sie klatschen dabei auf die Schenkel und in die hartgearbeiteten Hände, daß es nur so knallt. Sind alle übrigen Tänze erschöpft, kommt ihr Liebling an die Reihe, und sie singen — nein, brüllen ihn mit wahrer Wonne. Heute abend sind sie ihre eigenen Herren, keiner hat ihnen etwas zu sagen! So dürfen sie heute auch spotten:

„As ik bie de Bur deen,
Kreeg ik ok wat to.
Hemd un keen Schlippen deran,
Bur is keen Edelmann,
Bur is een Bur, Schelm van Natur!"

Selig umschlungen ziehen die Pärchen heim, die teils stundenweite Wege vor sich haben. Aber das sind Fahrten des Lebens, die im Tode nicht mehr vorkommen, sagt Groot Jan, der bei Heiko Janssen dient und dessen Trintje am weitesten wohnt. Einen Honigkuchen in der einen, einen geräucherten Aaal in der anderen Hand brüllt er auf der mondbestrahlten Brücke lauthals:

„Bur is keen Edelmann,
Bur is een Bur, Schelm van Natur —
Door—üm deen ik bie de Bur!"

Am zweiten Tag tanzt man nicht nach dem Gekratze der alten Weiblein, sondern hat sich großartig Musikanten bestellt. Die Bauern aus der ganzen Umgegend sind mit ihren Familien gekommen und alle Bürger vom Siel, sie wetteifern miteinander in Putz und Goldsachen. Hero dreht sich selig mit Liessie, er läßt das blühende Mädchen kaum aus den Armen, obwohl sämtliche Tanten mit engem Mund und strafenden Augen dabeisitzen. Wenn sie Katharina wären, würden sie ihrer Tochter nicht erlauben, mit einem Jungen zu tanzen, der sich gestern unter das Dienstvolk mischte. In dem kann ja kein guter Kern stecken! Sie haben ein Glas Wein vor sich stehn und wollen nicht lange bleiben. Ohne Männer ist es doch nichts, obwohl es mit diesen auch nicht immer ein reines Vergnügen ist.

Bei zunehmender Stimmung rückt man zusammen. Habbo Harms schlägt auf den Tisch und läßt Sekt und Burgunder kommen — Türkenblut wollen sie trinken, sagt er, das gibt Feuer! Eine Runde jagt die andere, auch Heiko Janssen läßt sich nicht lumpen, seine gefürchtete Altjen trinkt, ohne eine Miene zu verziehen, tapfer mit. Und doch könnten ihre Blicke wohl den jungen Mann töten, der dort schon wieder mit ihrer Inse tanzt — ein Kerl, der nichts hat und nichts ist! Dem wird sie ein Ende machen, darauf kann er Gift nehmen. Inse nimmt Klaas Behrens, der auf dem großen eigenen Plaats bei der Schleuse sitzt und schon um sie fragte. Und wenn sie die beiden miteinander in die Kammer sperren soll!

Draußen stehen Liessie und Hero zwischen den Weißdornhecken. Es ist dort geschützt, auch gegen den kalten Nordwind, der über den Deich stößt. Er führt das leise Rauschen der Flut mit sich und den Duft der weiten Erbsen- und Bohnenfelder. Das Karussell dudelt noch immer, und das Fest ist wohl noch lange nicht aus. Obwohl sie den ganzen Abend miteinander tanzten, wissen sie vor Verlegenheit nichts zu sagen. Schließlich lacht Hero verlegen, seufzt tief und nimmt dann Liessie, die kräftige und nun doch zitternde Liessie, in den Arm, ein junger Mund sucht den andern. Dann wird es ganz still, den unverdorbenen jungen Menschen fehlen in dem großen reinen Glück des ersten Sichfindens die Worte.

„Wullt du mien Fro nu wurden of nich?" Hero stößt es nach männlichem Räuspern hervor. Das muß geklärt werden, findet er, mit der Tochter seines Kapitäns kann er nur auf ehrlicher Grundlage Zärtlichkeiten tauschen. Er ist zwar erst einundzwanzig, auch muß er sein großes Examen noch machen. Aber seine Mutter steht sich gut, und er hat Aussicht, schon frühzeitig ein eigenes Schiff zu bekommen.

Liessie kann nichts sagen, sie findet es so über alle Begriffe schön und aufregend — man denke, erst achtzehn Jahr und schon heimlich verlobt! — was die andern wohl sagen werden! Und was hat Hero für einen hübschen krausen Bart — —

„Wullt du nu of wullt du nich?!"

Er findet es angebracht, gleich energisch aufzutreten — weshalb antwortet Liessie nicht?

„Un of ok!" sie fällt ihm vor Freude um den Hals, und die beiden sind glücklich — so glücklich, daß sie das Nachhausegehn darüber vergessen.

„Mörgen abend weer?" fragt Hero, als sie endlich aufbrechen. Sie kennt ja ihren Vater, sobald er fertig ist, geht es wieder nach See. Nun müssen sie die Zeit doch noch ausnutzen — zärtlich zieht er sie erneut an sich. — —

„Dat is upstünns so hell — —" Liessie sagt es ganz ängstlich — wo, ja wo sollen sie sich jetzt mitten im Sommer treffen, daß es nicht jeder sieht? In dieser baumarmen Gegend gibt es kaum einen Versteck. Hier, unter den alten Weiden ist es noch am besten — —

Dann gehen sie Hand in Hand nach Haus, vorbei an dem Häuschen von Jantken Wick, wo ein Licht von einem Fenster zum andern wandert, gewiß versteckt sie wieder ihren Steintopf mit Geld. Hero hat große Lust, ihr einen Streich zu spielen, aber Liessie will es durchaus nicht, man kann nie wissen! — Bei Tjaldmaleen ist alles dunkel. Aber in dem hellen Mondlicht sehen sie gerade die schwarze Katze aus dem Fenster schlüpfen, es ist richtig gruselig, und sie beeilen sich, weiter zu kommen.

Fluchend und scheltend kommt ihnen ein Mann entgegen — es ist der holländische Kapitän, sieht Hero, der wohl nach seinem spurlos verschwundenen Bestmann sucht. Die Katze läuft ihm fast über die Füße: „Verrek!" flucht er und stößt mit dem Fuß nach ihr. Hero und sein Mädchen sehen es: „De schull sien Nöös ok lewer hier hollen!" flüstert Hero ihr zu.

Als er jedoch nach schlafloser Nacht frühmorgens an Bord geht, sieht er, daß die „Verwachting" den Anker einholt, obwohl außer dem Schiffer nur der Junge an Bord ist.

Auch Wübkmagret sieht es, als sie endlich nach Hause torkelt. Als der letzte Gast heimfand, kratzte die Wirtin noch die großen Bratpfannen leer, damit nichts umkomme. Und deshalb auch leert

Wübkmagret, die wie üblich bediente, mit Genuß die Neigen aus den Gläsern, worauf sie noch kichernd einen Solotanz wagt. Als prächtige Begleitung klirrt dabei das Geld in ihrer Schürzentasche — hihihi! die Männer sahen ja nicht mehr, was sie herausgab!

Dann steigt im Osten gelb und trocken ein neuer Tag auf, ein wenig verwundert, aber nicht weiter überrascht über die Körbe mit leeren Weinflaschen, die im „Goldenen Anker" vor die Tür gesetzt werden. Und der Ewige, der sich an jedem Morgen erneut in niemals wiederholter Gestalt aus den Armen der Nacht löst, zwinkert belustigt durch aufkommende Windstreifen über die handfesten Sünder, die so gar keinen Hehl aus ihrer Neigung zum Sündigen machen. Seine blasse Sonne scheint auch heute über Gerechte und Ungerechte, und der Nordwind durchkältet die ersten nicht minder als die letzten, die unausgeschlafen und gähnend an ihre Arbeit gehn.

8. Kapitel

Kramvisite

Mit den alteingesessenen Familien geht es wie mit den bunten Steinchen in einem Kaleidoskop: es sind zwar immer die gleichen, aber schüttelt man sie ein wenig, so hat man immer wieder ein anderes farbiges Bild.

Ganz besonders gilt das für die Schifferfamilien. Sie sind so ineinander verzahnt, daß sie eine große

Sippe bilden — eine Schicksalsgemeinschaft in Freud und Leid, in der alles seit Generationen Geschehene treulich durch mündliche Überlieferung bewahrt wird, und jeder Lebensweg ist aufs engste mit allen andern verflochten. Wehe dem, der die ungeschriebenen Gesetze dieser Gemeinschaft übertritt! seiner Sünden wird unerbittlich noch im dritten und vierten Glied gedacht. Namentlich die zahlreichen Tanten verstehen sich besonders aufs Schütteln und sorgen dafür, daß nichts vergessen wird.

Am Tag nach dem Schützenfest haben sie kaum Zeit zum Essenkochen, so viel gibt es über die Weißdornhecken hin zu erzählen. Es ist sonst so kalt geworden, daß man ein Tuch umschlagen muß, und der graue Himmel hängt so tief, als ob er fallen will, eigentlich ist es am besten auf dem warmen Stövchen.

Ja, ja — das ist immer so um diese Zeit — dann haben wir eben die Schafkälte, die armen Tiere sind dann gerade geschoren und zittern nun in ihrer Kahlheit. Daran ist nun einmal nichts zu machen.

„Man dat bie Eimo siens 'n dicken Jung upstahn is!"

„Nu denk di doch ins an!"

Ja! — Arendine, die Dina pflegt, hat es gleich heute morgen angesagt — solche Freude auch! denen läuft wirklich alles mit! Nun, das wird Eimo ein schönes Stück Geld kosten, der wird nach den drei Mädchen ja außer sich vor Freude sein. Sie ziehen das Umschlagetuch fester um sich und halten den Zipfel vor den Mund, man kann bei dem Wind wahrhaftig sein eigenes Wort nicht verstehn — ja, Dina hat hart heran müssen. Da kann man doch wieder sehn, Jungens bringen gleich Unruhe mit sich! Aber das wird auch wieder vergessen — du liebe Zeit, sonst stürbe die Welt ja aus!

Haben sie wohl schon einen Namen für den Kleinen? — Ja — Arendine hat gesagt, diesmal wäre Eimo an der Reihe, und der hätte gesagt, wenn es ein Junge würde, sollte er Ulfert Heeren Eimen heißen — — „nu du!“ Ist das nicht wieder ein richtiger Streich von Eimo? Ausgerechnet nach dem Bruder, der nicht gut tat und verschollen ist! wie kann er dem Kleinen das wohl antun! das erbt doch nach! „Dat slegt na d' Naam!“ Sie sind eifrig am Schütteln — Ulfert Heeren, so hieß doch auch der Großvater von Eimo, der auf der Doggerbank blieb und dem man nicht viel Gutes nachsagte — war der nicht als Witwer immer zu Antje Behrens gegangen, als ihr Hinrich hier auf dem Watt blieb und sie mit ihren fünf kleinen Kindern dasaß? „De!“ sie sagen es mit abgrundtiefer Verachtung — nannten die alten Leute ihn nicht den Witwen- und Waisenrat? Ja, richtig, das war der Urgroßvater von Hero Heeren — nun, der hat sich ja auch gut beschrieben auf dem Schützenfest, wer hätte das gedacht! Aber man sieht wieder, das hat er von keinem Fremden! Daß Liessie sich nicht für zu gut hielt, mit ihm zu feiern, darüber müssen sie sich wirklich totwundern, sagen sie und machen einen engen Mund.

Sie sehen aus wie die Nornen, bereit, jedem den Faden seiner moralischen Existenz abzuschneiden, der es wagt, auch nur einen Schritt aus der Reihe zu tanzen. Daß die Männer ins Wirtshaus gehn — gut, das gehört nun einmal zu ihnen. Großer Gott, wie sollte das wohl werden, wenn die den ganzen

Winter beim Herd säßen und ihre Nase in alles steckten? ein Mann will nun einmal Männergespräch haben, es ist ja auch nichts dabei, wenn alles in Grenzen bleibt. Und schlagen sie über die Stränge wie gestern abend Occo, nun, dann muß die Frau das eben hinnehmen, wie es kommt. Ehstand, Wehstand! das wissen sie ja alle. Aber mit andern Dingen müssen sie ihnen nun einmal nicht kommen, das gibt es bei ihnen nicht. Was die andern tun, geht sie nichts an. Aber in ihren Reihen verlangen sie Ordnung!

Dina Eimen läßt den hänfenen Leichter los und gleitet müde in die Kissen zurück — nein, ihre kleinen Mädchen werden bei diesem scharfen Wind kaum kommen, es ist so kalt, daß es nicht einmal regnet. Sie tastet neben sich, ihr festgebündelter Kleiner läßt sich hören, unendlich liebevoll streicht sie ihm über das blonde, schiere Köpfchen. Niemand kann glücklicher sein als eine Mutter, die ihr Kindchen im Arm hat, denkt sie — ach, wie hat das all ihre ausgestandenen Qualen versüßt! Eimo hing so sehr an dem verschollenen Bruder, deshalb sollte der Kleine seinen Namen haben, ihr kleiner Ulfert Heeren! — — Ulfert hatte sich mit dem sehr harten Vater entzweit und war nicht wiedergekommen. Landsleute wollten ihn auf dem Feuerland getroffen haben. Er habe dort eine Farm, sagten sie, und eine Indianerin geheiratet. — — Muß ihren Kleinen nun das gleiche Schicksal treffen? — — Ob Eimo wohl schon von seinem Jungen weiß?

Sie streicht die dunklen Löckchen aus dem schmal gewordenen Gesicht — Gottlob, Fieber hat sie nicht, es wird schon wieder in Ordnung kommen. Nur einsam fühlt sie sich, sehr einsam. Vorsichtig legt sie das ruhig gewordene Kind neben sich und langt nach ihrem besten Trost — ihr Poesiealbum aus der Mädchenzeit, das sie den andern unerreichbar hinten im Bett versteckt hält. Und obwohl sie die Worte längst auswendig kennt, sucht sie wie so oft wieder nach dem, was Eimo ihr nach dem ersten Sichfinden hineinschrieb:

„Wenn ich ins große Weltmeer seh',
so denke ich an dich,
und wenn ich dir ins Auge seh,
ans Weltmeer denke ich.

Ich hab' mein ganzes Lebensglück
dir und dem Meer vertraut,
weil dort wie hier auf erstem Blick
man nur den Himmel schaut.

Oh, bleib mir treu! oh bleib mir gut!
und denke an das Weh
der armen Schiffer in der Flut
der wankelmüt'gen See.

Wie manch ein Herz ging dazu Grund,
und doch weißt du, mein Kind,
daß Mut, Vertrauen noch zur Stund
dem Seemann eigen sind.

Mut und Vertrauen hab' ich auch;
darf hier so sichrer sein:
der Himmel strahlt aus deinem Aug',
er strahlt nur mir allein!

Wenn ich auch fern von Dir, geliebte Dina, auf dem wilden Meer bin, so denke oft und gern an Deinen getreuen Eimo."

Ach, wie oft denkt sie an ihn! Unwillkürlich kommen ihr Tränen — Tränen, die nicht weh tun, sondern sie in ihrer glücklichen Schwäche entspannen und beruhigen. Sorgsam faltet sie ihren Schatz zusammen, Blatt um Blatt mit den vertrauten Namen — ach, wie konnte doch Dirk Albers auch wohl so etwas schreiben!

„Man sieht sich, man lernt sich kennen,
Man liebt sich und muß sich trennen!“

Das klingt, als hätten sie etwas miteinander gehabt! Dabei hat sie nur einmal Schützenfest mit ihm gefeiert, was der wohl dachte! Ein schelmisches Lächeln gleitet über ihr mattes Gesicht — geliebt hat *sie* ihn nicht! Er dachte anscheinend doch anders darüber. Aber dann gleich so große Worte zu machen, wer hätte das dem steifen Jungen zugetraut! Seit kurzem ist er auch verheiratet, sie halten gute Freundschaft miteinander.

Im Hause ist es ganz still. Arendine macht Besorgungen und schnackt sich wohl irgendwo fest. Aber dies Alleinsein tut gut, es ist jetzt so viel Lauf. Die Nachbarn bringen Suppen, die Verwandten schauen herein, dann werden Torten gebracht. Jeder, bei dem es angesagt wurde, schickt eine, das ist in den letzten Jahren richtig Brauch geworden. Wo Arendine wohl damit geblieben ist? Hoffentlich halten sie sich bis zur Kramvisite, es wird gewiß noch einige Zeit dauern, bis sie frisch genug dafür ist. Und das Branntweinköpken ist auch schon wieder leer, die Alte nascht gewiß heimlich davon, es ist eben zu verführerisch.

Die Queen sieht zwar nach dem Rechten, aber sie ist zu herrisch und zankt mit Arendine und auch mit der Hebamme, sie erträgt es augenblicklich einfach nicht.

Es war auch keineswegs leicht für sie gewesen, als sie nach dem frühen Tod ihrer Mutter, der einzigen Schwester von dem guten Röbkeheeren-ohm dort ins Haus kam, Eimo hat sie dort weg gefreit. Er und Taak fuhren bei ihrem Vater als Steuerleute. Als dieser in Jaffee von einer Seuche dahingerafft wurden, haben die beiden die „Amor" trotz ihrer Jugend gut in den Heimathafen zurückgebracht und seit dieser Zeit immer treue Freundschaft gehalten. Taak ist ein prächtiger Mensch, er verdient, daß er glücklich wird — ja, und daß er bald einen kleinen Jungen im Arm hält —.

Wie es ihm und Etta wohl geht? Gedrut, die vorhin hier war, wußte auch wenig, Etta schreibt selten und kurz, obwohl sie wohl mit der Feder umzugehn versteht. Nun ja, man muß sich erst aneinander gewöhnen, das erste Ehejahr ist das schwerste, das weiß sie — obwohl sie und Eimo sich doch von ihren Kindertagen an kannten. Und Etta und Taak kannten sich so wenig — aber darum? Etta fehlt ihr, sie ist die einzige, die ihr nahesteht, obwohl sie jünger ist und ihr herbes Wesen gar nicht zu Vertraulichkeiten neigt.

Hat sie ein wenig geschlummert? Plötzlich stehen ihre kleinen Mädchen vorm Bett, und aus der Küche klingt die befehlende Stimme der Queen: „Dat makst du nich recht, Arendine!" Weiß sie denn noch nicht, wie sie das Köpken ansetzen muß? Erst die gewaschenen Rosinen einzuckern — ja, und dann Würfelzucker dazu und darauf den Branntwein darüber — so! und dann in den Keller bringen, damit das Ganze durchzieht! Bei der Kramvisite müssen natürlich noch Mandeln hinzu, daß sie das auf keinen Fall vergißt! Für gewöhnlich genügt es so, und bis dahin reicht diese Menge wohl. Und wo hat sie die Torten gelassen? — — wieviel sind es?

Dann kommt sie ins Schlafzimmer gefegt, sie hat für jedes Kind ein Stück Torte, die doch sonst verdirbt. Draußen schlägt Arendine mit den Türen, Dina seufzt innerlich. Die Queen sollte die Alte nun doch gewähren lassen, sie sorgt sonst gut und hat es Zuhaus so knapp.

Die kleinen Mädchen schmausen strahlend, sie möchten wohl recht bald wieder ein Brüderchen haben, sagt Hanni. „Lewer nich —" lächelt Dina.

„So is't erst good west!" entscheidet die Queen und läßt sich ein großes Stück Torte schmecken: „Nu kummt erst uns Etta!"

Als die Sonne endlich nach dem kalten Wind wieder scheint, sieht man erst, was er angerichtet hat. Das junge Grün ist ganz schwarz, als sei der Frost darüber gegangen. Die rechte Wärme will sich aber noch immer nicht einstellen, es muß erst regnen, sagen die alten Leute. Der Wunsch geht in Erfüllung, aber gewiß haben sie ihn zu stark betont, denn jetzt regnet es unaufhörlich. Die schweren Tropfen werfen dicke Blasen in dem braunen Wasser des Hafens, in dem trübselig Steine und Holz gelöscht werden, und auf den tiefen Wasserlachen des unergründlich gewordenen Fahrwegs unter dem Deich. Eben quält sich ein mit Steinen vollbeladener Wagen zur Brücke. Das Wasser rinnt von dem dazwischengepackten Stroh, und der Kutscher schwingt fluchend seine Peitsche über die Pferde, die den schweren Wagen nicht von der Stelle bekommen. „Schamst du di nich?" herrscht die Queen ihn an, die gerade auf dem Weg zu Dina ist. Der Mann murmelt etwas von nicht ziehen wollen, steigt aber gehorsam ab, als die Queen ihm zuruft: „Denn faat sülfst mit an!“ Nun legen auch die andern Arbeiter, die gerade ins Wirtshaus wollen, Hand mit an und schieben mit, bis der Wagen die Brücke gewonnen hat. Dann gehen sie, einer nach dem andern, in die „Einkehr“, das Wasser rinnt aus ihren Röcken. Harm Bloodhütel und Jürn trotten hinterher, es wird auch für sie wohl etwas abfallen. „Wa, wa, wa? — het uns niks to seggen!“ knurrt Harm, als die Gefürchtete außer Hörweite ist.

Auf der Kramvisite bei Eimens ist alles ganz, wie es sich gehört. In dem Vorderzimmer, dessen Fenster auf den Hafen gehn, spürt man bei geselligem Gespräch und dem reichlichen Genuß von Tee und Torte den Regentag kaum. Dina, noch angegriffen und blaß, sitzt im Lehnstuhl, und die Queen neben der gewaltigen Madam Harms im Roßhaarsofa, umringt von ihren gehorsamen Untertaninnen. Nur Hieliet, die Hebamme, der das Teeeinschenken obliegt, findet es nicht nötig, besonders untertänig gegen Frau Röben zu sein, ist sie doch auch ohne diese in jedem Haus unmißbar, viermal wird sie doch mindestens gebraucht. Nein, sie weiß, was sie wert ist!

So, was Dina nicht sagt! Eimo hat also die Nachricht wirklich in Lissabon erhalten? Und alle deutschen Schiffe haben geflaggt? nun, die Männer mögen gut gefeiert haben! Ein Schatten läuft über Dinas bewegliches Gesicht, sie weiß nur zu gut, daß es hoch herging. Ja, sagt sie — Eimo lag schon seeklar, als der Konsul, dem er Bescheid sagte, noch die Nachricht schickte. „He weer doch so blied!“

Einen Augenblick ist es so still, daß man das Glucksen in der Regengosse hört. Ach ja, Ähnliches haben sie alle wohl erlebt. Aber es ist doch merkwürdig, daß Eimo und Dina immer etwas Besonderes haben müssen. Andere Leute haben auch Kinder gekriegt, wer macht nun wohl solches Wesen davon?

„Wo geiht dien Etta dat denn? — door hört'n ja ganzniks van!" Die spinnige alte Harmina Behrens sieht Gedrut herausfordernd an. Die verschluckt sich fast, sie wölbt die Lippen krampfhaft vor: „So — so as ik nich anners weet, van good!" bringt sie schließlich hervor. Was soll das Gefrage nur heißen? Aber sie läßt sich nichts gefallen, das müssen sie nur nicht denken! Und so sitzt sie denn mit gleich entschlossener Miene da wie die andern, von denen keine mit Sanftmut gesegnet ist. „Och, ik meen man —" sagt die Alte mit fatalem Lächeln. Darf sie sich etwa nicht erkundigen, wo sie selbst mit auf der Hochzeit war? Aber was sie sagen will, geht in dem Gespräch über das Wetter unter.

Ja, aber die Bauern, sagt Hieliet und steht mit erhobenem Teetopf — die können ihr Heu so nicht hereinkriegen, das verkommt alles. Überhaupt, dies Wetter hat schon zuviel angerichtet — sie haben doch gewiß gehört, daß der Holländer, der um Schützenfest im Hafen lag, bei Norderney geblieben ist? — Ja! — das wissen sie. Wie konnte der Mensch nun auch allein nach See gehn, hätte der nicht warten müssen, bis sein Bestmann wieder auftauchte? „Door kunn he lang up luren! —" wen Janna einmal in Händen hat — das weiß man wohl, wie das geht! — „Ja, solang as he noch'n Groschen in sien Taschen het!"

Hieliet schwingt den Teetopf, als hielte sie eine Trophäe — haben sie das Neueste denn auch schon gehört? — Nun, da erzählt man sich beim

Hafenmeister gerade von dem Malör — der Holländer ist gerettet, aber das Schiff ist verloren und der Junge über Bord geschlagen — als der Pieter, der Bestmann hereinkommt. Der Mensch sieht total verwildert aus, er steht erst wie unklug, gießt dann einige Schnäpse herunter und stürzt heraus, ohne zu bezahlen, der Hafenmeister hat nicht schlecht geschimpft.

„Ja — un wat wieder?"

Hieliet muß jetzt den Teetopf hinstellen, ihre engstehenden Augen über dem zahnlosen Mund funkeln vor Triumph über die zu verkündende Neuigkeit: sie kennen doch alle Groot Jan bei Heiko Janssen? Der kommt kurz danach auf die Dreschdiele und findet dort den Holländer am Ständer baumeln, er war richtig wütend, der hatte sein gutes Tau genommen. Nun, er schneidet ihn natürlich gleich ab und kriegt ihn auch wieder bei, er hing wohl erst eben. Und dann hat der Pieter gesessen und geheult, und dies mit seinem Schiffer wäre seine Schuld. Aber da kam er bei Groot Jan an die rechte Adresse: „Ah wat!" sagt er und schüttelt den jungen Kerl gehörig: „Uphangen kann sik jedereen! — man weer beter maken, dat is de Künst!"

Die Zuhörerinnen nicken beifällig, das ist ganz in ihrem Sinn. „Bitte!" Katharina Occen hält Hieliet ihre Tasse hin — der Schiffer hätte auch nicht seinen Kopf durchsetzen und fahren sollen, wo ihm Tjaldmaleens Katze vor die Füße lief.

„Woor weetst du dat denn so genau van?" Sie beißt sich auf die Lippen — Liessie hat es ihr erzählt, das fehlte gerade noch, daß die weiter harkten! Sie nimmt ihren Kuchenteller und sieht zu der Queen herüber, die überlegen und etwas gelangweilt hinwirft: „Gott — so'n Frömder!" Hieliet will sich wieder einmal wichtig machen, die müßte man nicht kennen! Die ist weißglühend vor Wut, was glaubt die Queen wohl, andere Leute sind auch nicht unter der Gans ausgebrütet! So spielt sie ihren zweiten Trumpf aus, den sie eigentlich für später aufgespart hat.

„Tja — de Dag weren der bienah twee Doden up Heiko Janssen sien Plaats west!" sie tut, als wolle sie in die Küche gehn — nicht wahr, sowas steckt anscheinend an!

„Wat? — twee Doden?" Nun sieht sie voll Stolz in sehr neugierige Gesichter, selbst die Gefürchtete ist ganz Ohr.

Ja — wissen sie denn noch nicht? — Kunstpause. — — Heiko Janssen seine Inse — ja, die nette blonde Inse, man muß sich immer wundern, wie die in die Familie kommt — wollte in die Regenbacke springen, ihr Vater hat sie noch gerade am Haar gegriffen.

„Dat is doch wolls Gott nich wohr!"

Ja! das ist wahr. Sie liegt jetzt und hat Zufälle, der Doktor ist geholt worden. Aber der wird ihr wohl nicht helfen können. So wie sie Frau Altjen kennt, muß das arme Kind doch den alten Klaas Backer heiraten: „Door helpt hör keen Gott van!"

„Den ollen Hundekerl! — harrijarses!" Hillerns Antje, die für ihr Leben gern Liebesromane liest, ist ganz entsetzt. Und der junge Oltmann Willms denn? mit dem tanzte sie doch Schützenfest so viel, es hieß, die beiden freiten miteinander.

„Ja, dat is't ja man!" Alle sind ganz empört: „De oll quade Foelke!" Altjen Janssen treibt es genau wie diese alte Häuptlingsfrau, die hat ihre

Tochter auch gegen deren Willen und mit Zwang verheiratet; oh, sie wissen Bescheid, es ist nicht viel Gutes dabei herausgekommen.

„Dat geiht door noch akerat so!“ Aber was sagt Heiko denn, der weiß sein Teil sonst doch auch? „Door weer all niks an to dohn —“, Klaas Backer — „süh, de het ja erbarmtlich völ Geld“ — — hätte sein Wort.

Jetzt rütteln sie wieder an den bunten Steinchen, und Heiko und Altjen samt Klaas Backer müssen es sich gefallen lassen, daß man ihre Vorfahren recht unsanft zum Leben erweckt und forscht, welchem von diesen sie ihre Eigenschaften verdanken. Nur bei dem jungen Liebhaber begnügt man sich mit der Feststellung, daß er ein ganz kompleter Mensch ist. Weiter weiß man nicht viel von ihm, er ist nämlich aus einem einige Stunden entfernten Dorf — oder wie ist es noch, ist er nicht verwandt mit Gralf Gralfs?

Dann wird der Kleine herumgereicht. „Wat 'n mooi, fix Kind!“ die Frauen sind des Lobes voll über den prächtigen Jungen. Und solch schönes perlengesticktes Häubchen hat er auf! Ja, das hat schon sein Vater getragen, Meetmö — sie wissen, Eimos Großtante, die so schön handarbeiten konnte — hat es gemacht. Dina ist ganz stolz, strahlend glücklich hält sie ihr Kindchen. Es ist Eimo wie aus dem Gesicht geschnitten, stellen alle fest. „Bloßig, dat he keen Boort het!“ sagt Lene Janssen dröge.

Dann geht das Köpken mit Branntwein und Rosinen herum, und alle löffeln herzhaft aus dem schön geformten Zinngefäß auf das Wohl des Kleinen, wobei Dina noch zu hören bekommt, daß man die Namenwahl nicht richtig findet. Aber es ist nun einmal so, was der Mann will, muß die Frau tun — wobei man ihren entschiedenen Mienen ansieht, daß sie sehr wohl ihren eigenen Willen haben.

Nachdem Hieliet noch mit einem Stück Süßmilchkäse die Runde gemacht, in den jede ein Geldstück hineinsteckt, wird es Zeit zum Aufbruch. Der Regen hat aufgehört, aber es ist noch naßkalt und trübe, rechtes angenehmes Winterwetter, kann man man wohl sagen. Dina sieht müde aus, Gott sei Dank, daß es vorbei ist, und zum Glück ohne Meinungsverschiedenheiten. — Aber was ist das? „Door wull ik di doch all immer üm fragen —" Harmina Behrens zupft an ihrem verschossenen Longschal, den sie sparsamkeitshalber bei dem Regenwetter umtat — ja, wie sie hörte, will Gedruts Schwägerin Bora ihren Setzschiffer heiraten? Von unten herauf schielt sie nach Gedrut, die sie nicht ausstehn kann, sie weiß, daß dieser Hieb treffen wird.

Gedrut wird blaß bis in die Lippen: „Door is mi niks van bewußt!" schrillt sie: „door mußt du hör man sülfst üm fragen!" Wenn sie es nicht gleich gesagt hätte, Bora bringt sich nur ins Gerede. Ach du großer Gott! „Na, denn man'n annermal bi di!" gibt sie das Gift weiter an Lene Janssen, die kinderlos ist: sie weiß, wie oft die zu Jantken Wick läuft, ob ihr kein Kleines zuliegt. „Of bi Etta!" gibt die zurück. Gedrut ärgert sich, daß sie keinen Trumpf zurück hat, denn ist das bei einer jungverheirateten Frau nicht ganz natürlich?

Ja, es war eine schöne Kramvisite, und um sie dreht sich noch lange manches Schwätzchen, wofür die vielbeneideten Schifferfrauen reichlich Zeit haben. Sie haben ihre hübschen, zuweilen für zwei

Wohnungen eingerichteten Häuser, was sehr gesellig ist, mit dem Hausgarten für den täglichen Bedarf werden sie leicht fertig, und zur Wäsche kommt Wübkmagret. Und dann keinen Mann im Haus, sie können tun und lassen, was sie wollen — und vor allem, Geld genug! Nein, die leben wie die Perle im Gold, so möchten andere Leute es auch wohl einmal haben! — Und die großen Mädchen können den ganzen Nachmittag an ihrer Aussteuer nähen, die haben es gut! Manche von ihnen haben sogar noch Stunden bei Mester Behrens, wo sie Gedichte und solch unnützes Zeug lernen oder sogar Mandoline spielen! Die passen ja gar nicht für einen Mann, bei dem sie tüchtig zugreifen müssen. Aber die wollen ja auch gar keinen als einen Schiffer, der ihnen auch solch gutes Leben bieten kann. Höchstens noch einen Kaufmann oder einen Beamten, die sehen ja alle so hoch! — Der alte Berndohm soll seinen Töchtern einmal zornig zugerufen haben: „Ji willt woll all'n Baron hebben! — man de kummt nich üm Jo!"

Na, wenn's nicht anders ist, nehmen sie aber doch einen Arbeiterjungen, das hat man ja an Etta Hinrichs gesehn — Hochmut kommt vor dem Fall! Nun ja, daß die Schifferfrauen oft Sorgen um ihre Männer haben, ist natürlich weniger angenehm — man överall is wat bie! Die können es sonst wohl aushalten!

Gut genug, um auf Ostindien zu fahren

Durch die Straßen Amsterdams fegt der Frühherbstwind. Regenschauer wechseln mit grellem Sonnenschein, und der graue, zerrissene Himmel ist durchsetzt mit starkblauen Flecken. Welke, wie versengt aussehende Blätter fallen von den Bäumen an den Grachten, sie treiben auf dem trüben Wasser zwischen Kohlblättern und fauligen Äpfeln. Von der Münt hallt das Glockenspiel, und über die Brücke, die von der Kloveniersgracht zum Judenviertel führt, drängen sich armselige und wunderliche Gestalten: es ist ein buntes, fremdes Bild. Schiffe liegen an der Kade, Kisten und Fässer werden ausgeladen, Taak nimmt es aufmerksam wahr.

Ist es eigentlich bei reichen Leuten Sitte, daß man den Besuch so lange warten läßt? Er steht nun schon eine Weile mit Etta auf der blauen Sandsteintreppe — de Stoep — vor dem Hause ihrer Verwandten, bei denen sie einige Jahre verlebte. Es ist eines jener schmalen und doch so stattlichen, dunkelgraubraun gestrichenen vornehmen Herrenhäuser. Taak fühlt sich äußerst unbehaglich in seinem guten, blauen Anzug, Etta hat gewünscht, daß er sich recht fein macht. Auch sie ist gut, aber dunkel und unauffällig gekleidet — sie kennt Tante zu genau!

Endlich wird die hohe, schmale Tür von innen geöffnet, aus unsichtbarer Höhe gellt eine Kinderstimme: „Wie is daar?" Dann ruft nach Getuschel eine Frauenstimme: „Komt binne!"

Mit rechtem Unbehagen erklimmt das Ehepaar die enge, steile Treppe. Das halbwüchsige Mädchen in Urkscher Tracht führt sie ins Wohnzimmer, wo Tante Visser, angetan mit engem dunkelgrauen Kleid, schwerer Seidenschürze und weißer Tüllhaube sie empfängt — sonderbar, wie geizig die stattliche Frau trotzdem wirkt, fährt es Taak vag durch den Sinn. „Kindlief! — wat aarderg!" sie küßt Etta. Ihr Blick geht dabei kühl über Taak hinweg, der befangen neben seiner Frau steht und eine recht unglückliche Figur macht. „Een echte Knüll", denkt sie, ein Mann aus dem Volk, zum Mittagessen wird sie die beiden keineswegs einladen. Sie hat auch schon alles für sich und Mannlief abgewogen und eingeteilt, es reicht gerade. Für das Mädchen, dessen Arbeit sie damals Etta verrichten ließ — was auf dem Siel niemand weiß — genügt ein Rest von gestern.

Das Zimmer ist so schmal, daß unter den beiden Fenstern gerade je ein Sessel stehen kann und dazwischen ein schmales Tischchen. Über dem Marmorkamin hängt ein Spiegel mit dünnem Goldrahmen, und auf der kalten Feuerstelle steht der sehr blankgeputzte Kohlentopf. Bis auf den blankpolierten, ovalen Tisch und zwei hochlehnige Roßhaarstühle befinden sich keine Möbel im Zimmer. Auf den dunklen, großblumigen Tapeten hängen ein paar stockfleckige Bilder aus der biblischen Geschichte, und die Türen der Wandschränke rechts und links vom Eingang zum Nebenzimmer sind reichgeschnitzt. Dort steht allerdings noch ein mit einer Tülldecke verhangener Teetisch, der Taak besonderen Eindruck macht.

Alles hier ist so blank und so ordentlich, daß er sich nicht zu rühren wagt. Er sitzt, die derben

Hände auf den auseinandergespreizten Knien, recht unbeholfen bei den Frauen, deren Gespräch über ihm fernliegende Haushalts- und Familienangelegenheiten er nicht folgen kann, obwohl er gut Holländisch spricht. Er fühlt sich sehr unbehaglich in dem engen Raum, in dem es zudem noch so eigenartig riecht — wenn er wenigstens sein Slaatje loswerden könnte, das er vorhin noch rasch hinter die Zähne steckte! Aber er kann nirgends einen Spucknapf entdecken.

Die reichen Verwandten von Etta hat er sich auch anders vorgestellt. Sie mögen ja viel Geld haben, aber die Alte scheint ein rechter Drache zu sein. Bei der mag Etta auch nicht viel Süßes gehabt haben! Er möchte das Weib einmal ordentlich schütteln — wie überfreundlich sie nur spricht, es wird einem richtig übel dabei! Ganz in Gedanken spuckt er seinen Priem auf die weißgescheuerten Dielen. Etta wird rot und blaß, sie möchte in die Erde sinken — was denkt Tante nur! Sie hat sich schon die ganze Zeit darüber geärgert, daß Taak so plump und unbeholfen dasitzt, es kränkt ihren Stolz, daß Tante ihn so herablassend behandelt. Dies spöttische Gesicht kann sie rasend machen!

Gleich darauf kommt Oom Hendrik. Er ist ein großer, behäbiger Mann mit einem Schädel wie ein Edamer Käse und legt den größten Wert darauf, das Essen auf die Minute pünktlich auf dem Tisch zu sehn. Ah! Zie daar! die Verwandten vom Sìel! „Beste Maid!" Flüchtige Umarmung. Und das ist ihr Ehemann? „Wel gefeliciteerd!" Das muß eben begossen werden! Während er für sich und Taak ein Borreltje einschenkt und Etta einen Eierlikör, „een Advokaatje" — genau so geschmeidig und doch scharf wie ein solcher —, wirft er Tante mahnende Blicke zu — sie wird die beiden doch nicht zum Essen einladen? Die verschwindet gehorsam in der Küche, und man unterhält sich über Frachten und Reiseziele — Oom „doet in Koffie“ — bis sie wieder auftaucht. Etta steht schon, sie kennt die Gewohnheiten dieses Hauses nur zu genau.

Dann stehen sie wieder auf der Straße, beide von Herzen verstimmt, wenngleich aus ganz verschiedenen Gründen. Ein feiner Regenschauer versprüht, leicht umdunstet steht unter leuchtendem Regenbogen die „Waag“ mitten im regen Markttreiben. Alle möglichen Dinge sind dort zu kaufen, gerne hätte Etta ein wenig gewühlt. Aber Taak geht unbeirrt weiter, er kennt eben keine Frauen und weiß nichts von ihren kleinen, bunten Wünschen. Etta will ihn nicht fragen, nein, sie tut es nun einmal nicht, sie beißt sich lieber die Zunge ab, als daß sie versucht, ihm etwas abzuschmeicheln. — In einem Milchsalon liegt belegtes Brot im Fenster, auch herrliches Pökelfleisch. Sie verspürt plötzlich heftigen Hunger — Taak hat heute morgen erst gehörig gefrühstückt, er merkte gar nicht, wie wenig sie aß. Er denkt gar nicht daran, einzukehren, es ist ihm natürlich leid ums Geld.

„Ik doch, wi haren bi dien riek Verwandten eeten!“ sagt er, als hätte er ihre Gedanken erraten, und nimmt einen neuen Priem. Etta beißt sich auf die Lippen — seine Kleinlichkeit bringt sie bei jedem Landaufenthalt zur Verzweiflung. An Bord spürt sie das nicht so. Aber soll das nun wirklich ein ganzes Leben so weitergehn? Heftig reißt sie sich von ihm los, als er ihr über eine schmale Brücke helfen will. Über sie hin dröhnt das Glockenspiel des Montelbaanstorens, das Wasser unter ihr will nach ihr greifen, einer Ohnmacht nahe taumelt sie an Land.

Taak sieht hilflos und unglücklich auf seine totblasse junge Frau, die seine Hand zurückstößt und auf wankenden Knieen allein weiter geht — was hat er nun wieder verkehrt gemacht? Sie ist oft so reizbar, daß es ihm seine Ruhe nimmt.

Vom Hafen kommt ein solcher Windstoß, daß sie sich ducken. Ja, es wird Herbst und der Aufenthalt an Bord bei kleinem recht ungemütlich für eine junge Frau. Er hat Fracht nach Petersburg, es wird bestimmt eine lange, schwierige Reise. Sie haben deshalb abgemacht, daß Etta von hier nach Hause fährt — er sieht von der Seite nach ihr, die mit ablehnendem Gesicht neben ihm geht. Wie blaß sie ist, wie schmal! sollte sie krank sein? oder — ach, er sehnt sich so sehr nach einem Kind. Er beißt sich auf die Lippen — wie wird er sie entbehren!

Oom Piet, der Hafenmeister im Schreyerstoren, bereitet ihnen einen anderen Empfang: „Komt binnen, Kinderen, komt binnen!" poltert er und nimmt Etta in den Arm: „Zie daar, het Ettje van de Siel!" Und ihren Mann hat sie mitgebracht, das ist recht, sie sind ja alte Bekannte, er war schon mit Neef Eimo bei ihnen. „Gek, he?" daß sie nun Verwandte sind, wer hätte das gedacht! Der joviale Mann mit dem braunroten Gesicht strahlt vor Vergnügen, er küßt Etta und schlägt Taak auf die Schulter — nun müssen sie erst zu Tante Saartje gehn, er hat noch zu tun und kommt gleich nach.

Wieder steigen sie eine dunkle, steile Treppe hinauf. Dann rollt ihnen ein rotbackiges, weißhaariges Frauchen entgegen: „Wat aarderg!" nein, wie reizend, das junge Paar vom Siel! Das muß gefeiert werden: „Komt binnen, Kinderen!“ sie küßt Etta voll Herzlichkeit.

Und schon sitzen sie in dem lichten, freundlichen Raum, aus dessen halbwegs vergitterten Fenstern der Blick nicht nur über die ganze Stadt, sondern auch über den gedrängt voller Schiffe liegenden Hafen und „het Jy“ ganz bis zur Zuiderzee geht, die leicht umdunstet unter dem wechselnden Licht liegen. Ehe sie es sich versehn, hat Tante Saar ihnen ein prächtiges Essen aufgetischt — gebackene Seezunge, ganz frisch, und Reisbrei hat sie auch noch, von Fisch allein wird man doch nicht satt, he? — Sie müssen nur tüchtig zulangen, gleich hat sie noch een salig Kopje Koffie, he? das tut gut, wenn man von der Stadt kommt! — Dazwischen schwatzt sie von Koetjes en Kalfjes, und Etta hört mit Verwunderung, wie Taak sich mit ihr unterhält, als hätten sie sich immer gekannt. — Ach Gott, wie gut, daß das Kind solch guten Mann bekommen hat — bei dem braucht sie keine Angst zu haben, daß er Seitensprünge macht. Das ist etwas wert, das kann Ettje ihr glauben, sie hat schon vieles miterlebt — ajakkes! — Zie je wel? ganz rot ist der Mann geworden! aber sie darf das wohl in seiner Gegenwart sagen, sie ist ja eine alte Frau. Dabei lacht sie herzlich und mit einem kleinen Triller, alles an ihr schüttelt — ach, was hat sie die jungen Leute in Verlegenheit gebracht!

Obwohl es Etta herrlich schmeckt, hat sie doch ihren Hunger rasch gestillt. Es ist warm und dunstig in dem Raum, in dem noch der Geruch von Ooms Kanaster hängt. Draußen gleißt das bewegte Wasser in der jetzt grellen Sonne, daß ihr ganz schwindlig wird. Es sticht ihr heftig in den Schläfen, sie muß sich Mühe geben, um dem Gespräch zu folgen.

Jetzt poltert es die Treppe herauf, Oom Piet lacht dröhnend, eine Stimme — wem gehört sie doch? — antwortet, unwillkürlich sehen alle gespannt nach der Tür. „Wie heb ik daar?“ — Oom Piet strahlt — jawohl, Eimo Eimen! Vorhin eingelaufen — was sagen sie nun?

Taak springt erfreut auf, Tante rollt geschäftig umher. Nur um Etta gerät alles ins Schwanken — der Tisch steht auf einer schiefen Ebene, die Tassen kommen ihr entgegen und unter ihr öffnet sich der Fußboden, und sie sinkt — sinkt ins Bodenlose —.

Wo — wo ist sie doch? Verwirrt und noch ganz benommen richtet Etta sich im Alkoven auf, durch dessen halbgeöffnete Türen Stimmengemurmel zu ihr dringt. Tante Saar lacht, es klingt wie Elsternlaute: „Zoo een jong Vrouwtje, he?“ da kann man dem neuen Verwandten gratulieren: „Zonder Kind es het toch maar geen echt Gezin!“ Und Oom neckt Taak mit „Wittebroodsweeken“ und ob er auch weiß, was es alles gibt: „Wann je pas getrouwd bent —“ nämlich: „Lever op je Brood, Kinder op je Schoot — —“ Und nicht zu vergessen: „Koekjes by de Tee!“ vollendet Tante das alte Liedchen kichernd.

Was wollen sie doch alle! seekrank war sie, weiter nichts, sie verträgt nun einmal nicht, wenn die Sonne so auf dem Wasser liegt, auch hat sie zu hastig gegessen —. Dem Weinen nahe verbirgt sie ihr Gesicht im Kopfkissen — ach, es ist so hart und gibt nicht nach, heute ist alles gegen sie. Sie erträgt dies fortwährende Beobachtetsein fast nicht mehr, es ist abscheulich — trocken aufschluchzend sitzt sie wieder aufrecht, die Hände vors Gesicht geschlagen. Was war nur der Anlaß, daß die Ohnmacht plötzlich über sie kam?

„Ja, dat seg ik ok — de Kinner maakt erst de Familie!"

Etta ist, als wolle die Ohnmacht sie nochmals überwältigen — Eimo! — Ja. — Jetzt weiß sie wieder alles.

Schon ist sie aus dem Bett und knöpft hastig ihr Kleid zu, mit zitternden Fingern streicht sie die Löckchen streng unter das schwarze Haarnetz. Sie sollen nicht so von ihr reden! Totenblaß, noch ein wenig schwankend steht sie unerwartet bei den andern, sie sieht Taak gar nicht an und gibt Eimo nur flüchtig die Hand: „Ok mal hier?" Ihr herbes Gesicht ist so ablehnend, daß alle das Gespräch fallen lassen. Oom schenkt ihr einen tüchtigen Borrel ein — so, damit sie wieder beikommt! Sie setzt sich zu Tante, die starken Kaffee für sie hat, ach, es wird schon vorübergehn, das ist nun einmal so bei jungen Frauen, scherzt sie. Vergeblich sucht Taak einen Blick der graugrünen Augen zu erhaschen, er möchte ihr so gerne zeigen, wie glücklich er ist. Ach, was könnte er nicht alles für sie tun, nichts soll ihm zu groß und zu schwer sein — wie es den Männern immer geht. Lieber holen sie die Sterne vom Himmel als daß sie der geliebten Frau in kleinen Dingen Rechnung tragen —.

Die Männer wenden den Blick nicht von dem belebten Hafenbild, die Frauen sitzen ihnen gegenüber, ihre Gesichter liegen im Schatten. Rührt es daher, daß Etta so blaß und fremd aussieht? ihre Augen glänzen fiebrig, auf den Backenknochen liegt eine ungewohnte Röte — untersuchend sieht

Eimo auf seine ihm sonst so liebe Verwandte. Wie hat sie sich verändert! Er ließe sich an Taaks Stelle nicht so schroff behandeln, das sollte Dina einmal versuchen! Merkwürdig, Etta erinnert ihn heute so an ihre verstorbene Tante, die in der ganzen Familie nur „Scharp Hilke" hieß. Schade, das hätte er nie gedacht. Sie war wohl immer still, aber so anhänglich und klug. — Nun ja, mit dem Kind mag es sich wohl wieder geben.

Eimo ist tiefgebräunt, aber stark abgemagert. Diese Konterbandefahrten sind eben keine Spaziergänge, er hat vorläufig auch genug davon. Junge, Junge, die Russen hätten ihn neulich auf ein Haar mit einer Ladung für die Franzosen erwischt! es ging noch so eben gut. Und was man dort so alles erlebt! Die Juden dort: „De oll Biedreegers!" — verschieben die Ladungen von einem Platz zum andern und lassen sie sich jedesmal von einer der streitenden Parteien bezahlen. Nun ja, wenn die Schiffer ihre Fracht bekommen, was geht es sie weiter an? da sollen die Verantwortlichen mal selber aufpassen!

Hillern kann nun einmal nicht genug davon kriegen, der fühlt sich am wohlsten, wenn es recht hoch hergeht. Und ob Siebelt heil wiederkommt, ist noch keineswegs gesagt, er ist zu wagehalsig. Aber der hat auch keine Familie. — Die Männer sind sich darüber einig, daß der Krieg dort noch lange nicht zu Ende ist. Korn und Raps steigen auch noch fortwährend im Preis, an lohnenden Frachten wird es kaum fehlen.

Taak hört diese auch ihn so nahe angehenden Dinge wie aus weiter Ferne. Er kann kaum einen rechten Gedanken fassen, das Herz kehrt sich ihm um vor Glück — er wird Familie haben, glücklich sein wie Eimo —. Ach, dann wird Etta auch wohl nicht mehr so kalt und fremd zu ihm sein —. Im Unterbewußtsein aber spürt er eine geheime, unerklärliche Angst, und vor Aufregung trinkt er stärker als sonst, Etta sieht es mit Verwunderung und geheimem Groll. Ihr Inneres ist so zerrissen, daß sie sich mit eisiger Abwehr wie mit einem Panzer umgibt. Sie geht auch nicht auf Eimos Scherze ein und unterhält sich so ausschließlich mit Tante, daß die Männer sich zuletzt nicht mehr um sie bekümmern. Es ist richtig ungemütlich in ihrer Nähe, fährt es Eimo durch den Sinn. Gott sei Dank, daß seine Dina ein herzlicheres Wesen hat! — Schade um Taak!

Der Tabakrauch steht wie eine blaue Wolke über dem Tisch, und die Männer haben rote Köpfe und laute Stimmen. Daran haben aber nicht allein die zahlreichen Borreltjes schuld, sondern vor allem die Geschichte von dem Vizekönig von Indien — „is het niet, he?“ — der sich als ihr naher Verwandter entpuppte. Oom Piet schenkt dazu von dem schweren Portwein ein, der für besondere Fälle verwahrt wird. „Je zou het haast niet geloven“ sagt Tante, aber Neef Coen, der auf Ostindien fährt — sie wissen, von der „Boerhave“ — hat es ihnen selbst erzählt: Unter Madoera wurden sie von chinesischen Seeräubern überfallen, es gab auf beiden Seiten Verwundete und auch Tote. So haben sie Soerabaya lieber nicht angelaufen — is het niet? — wenn die Behörden Wind davon kriegen, gibt es nichts als Schererei. Aber als sie an ihrem Bestimmungsort ankommen — komm, wie heißt die Insel gleich? nun, es ist auch einerlei. Jedenfalls wird Coen dort zum Gouverneur befohlen, er kriegt einen rechten Schrecken — was mochte das bedeuten? Aber dort wird er sehr freundlich empfangen. Er braucht auch nicht zu warten, nein, er wird gleich hineingeführt. Der Gouverneur sitzt im Sessel: Een reuzachtig dikke Mann!" wirft Tante ein — hinter ihm stehen zwei Malaien mit großen Fächern und neben ihm zwei Wächter mit blankem Kris: „Wat eng!" schleudert Tante dazwischen, obwohl sie die Geschichte genau kennt. — Nun, Coen ist natürlich nicht ganz wohl zumute, obwohl er nicht weiß, was er verbrochen haben kann, aber in der Fremde, he? — man kann nie wissen!

Aber nein, der Resident fragt ganz freundlich nach Woher und Wohin, ja sogar noch seinen Eltern, und ob die noch leben. Und was meinen sie — — mit einemmal steht er von seinem Thron auf, fällt Coen um den Hals: „Kerel, je bent myn Broer!"

Ja, das ist tatsächlich wahr! „Verbeeldt je —" sagt Tante: „die Dikkert de Haring van een Coen!" — daß der nicht umgefallen ist! Aber nun sollen sie hören — es war sein Bruder Willem, der als Schiffsjunge nach Ostindien anheuerte und seitdem verschollen war! Tante Stien ist immer gegen eine Todeserklärung gewesen, das hat sie nicht zugelassen. Sein Schiff ist gleich bei der Hinreise in einen Taifun geraten und ging verloren, Willem wurde durch glückliche Umstände an Land gespült; es ist eine lange Geschichte, wie er zu seinem jetzigen Posten kam. Geld hat er heute — wie Heu!

Nein, getraut ist er nicht — jedenfalls nicht gesetzlich. „Een Koffieboontje" wird er natürlich haben — die Männer lachen dröhnend, sie wissen Bescheid, wie es drüben hergeht. Die Frauen blicken streng vor sich hin und verraten mit keiner Miene, daß auch sie im Bilde sind.

Ja, Tante Stien, seine Mutter, hat die Freude noch erlebt. Coen hat ihr einen großen Beutel voll Goldstücke mitgebracht, aber sie hat sich kaum etwas davon gegönnt und ist bald gestorben.

Jetzt scheint Willem doch Heimweh zu haben. Er hat Botschaft geschickt, sie möchten ihm einen fixen Jungen schicken, den er an Kindes Statt annehmen will. Und es ist gut, daß sie das gleich mit den Verwandten besprechen können — hier in der Familie ist keiner, der dafür in Frage kommt, aber wie steht es damit auf dem Siel? „Wat zielig, zoo een oude Vrygezel!" Tante zerdrückt sentimental eine Träne, so ein einsamer Junggeselle ist doch zu bemitleiden. Aber solche Leute muß man sich zu Freunden halten!

Der Besuch sieht vor sich hin — das ist solche Sache. Wer möchte sein Kind fortgeben, und das so weit und in Verhältnisse, die man von hier aus gar nicht beurteilen kann? Eimo freut sich im Herzen, daß sein Junge noch zu klein ist, und Taak, der genaue Taak, gäbe sein Kind um kein Geld in der Welt her. Etta hat die Hände in den Schoß gelegt, so verkrampft, daß der Ehering tief einschneidet. Sie hört nur Eimos warme Stimme und muß sich zwingen, nicht immer nach ihm zu sehn. In dem Zwiespalt ihres Fühlens überkommt sie eine grausame Lust, sie alle zu verletzen: „Dat weer ja een Kans vör Hillern sien Heiko! — dat is doch son ollen Undöög!" wirft sie mit spröder Stimme ein, sie weiß, Heiko ist Eimos Patenkind.

Überrascht und fast unwillig blickt der auf die junge Frau — wie kann sie, die selbst bald Mutter sein wird, so herzlos reden? Brächte sie es wirklich fertig, ihr Kind in unerreichbare Weiten zu schicken? Gewiß, eine Seemannsfrau muß sich jedesmal erneut von ihrem Mann, ihrem Sohn lösen. Aber jedesmal neu ist auch die Hoffnung auf ein Wiedersehn, die Freude, teilzuhaben an seinem Leben, das mit der Gemeinschaft der Sippe und Freunde unlöslich verflochten ist. Er unterdrückt eine heftige Antwort, als unter seinem Blick für Sekunden die Maske vom Gesicht der jungen Frau fällt — ihre Unterlippe zittert, und in die sonst so kühlen Augen kommt ein so hilfloser Blick, daß es ihn ganz seltsam anrührt. Nun ja, denkt er, junge Frauen, man muß ihnen etwas zugute halten.

Nur eines Herzschlags Länge hat sie die Gewalt über sich verloren, dann liegt die Maske wieder über den herben Zügen. Wenn Eimo zugegen ist, kann sie Taaks Anwesenheit fast nicht ertragen, immer muß sie Vergleiche ziehn. Nie hat sie das so empfunden wie heute. Sie findet keinen Ausweg — ja, sie weiß, die andern haben recht, wenn sie Taak loben, er ist auch ein guter, tüchtiger Mensch. Aber fragt das Gefühl nach Tüchtigkeit? solche Männer achtet man, aber man liebt sie nicht, und seine goldenen Ohrringe kann sie nicht mehr vor ihren Augen sehn. Eimo trägt doch auch keine — unklar wirbeln ihre Gedanken durcheinander, ein Haß steigt in ihr auf, den sie doch selbst sogleich als ungerecht verurteilt. Hastig steht sie auf und hilft Tante, die weiß, was die Männer nötig haben, das Essen auf den Tisch bringen — oh, es ist gut und reichlich, langt nur zu, Jungens!

Schon senkt sich die Dämmerung über das bewegte Hafenbild — Lichter tauchen auf, gleiten vorbei, begegnen sich, man kann die Augen nicht abwenden. Gerade kommt mit viel Geräusch ein Dampfer binnen, vor dem kalten, grünlichgelben Abendhimmel steht lang und dunkel die Rauchfahne. „Een Stoomboot!“ zeigt Oom Piet — nun, nun, es kommen immer mehr, sie werden auf die Dauer den Segelschiffen böse Konkurrenz machen. Aber Eimo und Taak lachen belustigt — da sind sie ganz unbesorgt! der Betrieb wird ja viel zu teuer. Wie will solch schwarzer plumper und rauchender Kasten wohl gegen ihre schneidigen Schiffe ankommen? Gibt es überhaupt etwas Schöneres als ein Vollschiff, das alles Leinen gesetzt hat?

Ihre Augen leuchten, wenn sie an ihre guten Schiffe denken. Selbst Taak wird lebhaft, nun er die Vorzüge seiner „Etta“ preist, seiner anderen Liebsten, die ihm bei jeder Reise mehr ans Herz wächst und sich ihm freudiger gibt als das junge Weib ihm gegenüber. — Etta! — Etta! will sie ihn denn heute gar nicht ansehn?

Er trinkt viel und hastig von dem schweren Wein, er redet Unsinn und lacht immerzu, ja, er singt sogar einen Shanti, wie sie an Bord beim Segelreffen gesungen werden:

„Door fohr van Hamburg mal son ollen Kasten,
mit Namen het de Magelhan,
door weer bi Daag keen Tied to brassen
dat leet man all bit abends stehn!
Rolling home, Rolling home — — —“

Etta erkennt ihn nicht wieder, befremdet und hochmütig gleiten ihre Augen über ihn hinweg, und sie ahnt nicht, daß auch seine Gedanken in die Irre gehn. Mit allen Sinnen lauscht sie Eimo, der noch bei den Dampfschiffen ist, vielleicht quält ihn ein geheimes Vorgefühl von der tragischen

Entwicklung, in deren Verlauf die jetzt so blühende Segelschiffahrt erbarmungslos den häßlichen schwarzen Kästen unterliegen wird. Ja, die Dampfer sind Eigentum der Reedereien, dazu hat ein Privatmann kein Geld. Es wundert ihn, daß sich Mannschaften dazu finden, vor allem, daß ein Kapitän sich dafür hergibt. Was ist er dort denn? „'n grooten Knecht!" Verächtlich spuckt er sein Slaatje aus und stürzt ein Glas Wein herunter. Wer wollte doch wohl seine Freiheit aufgeben?

Etta sieht ihm voll in das glühende Gesicht, seine Augen blitzen — oh, sie versteht ihn nur zu gut! In ihrer gemeinsamen Familie hat es seit jeher nur Selbständige gegeben, fast ausschließlich Schiffer, die an Bord ihrer eigenen Fahrzeuge unumschränkte Gebieter waren. Sie kennen keine Abhängigkeit und lieben ihre Freiheit über alles: „Lever 'n lüttken Heer as 'n grooten Knecht!" ist ihr Wahlspruch. Ihr starkes Selbstgefühl duldet nun einmal keine Untertänigkeit, die schon ihrer ganzen Stammesart fremd ist.

„Das — das woll sowat!" sagt auch Taak mit liegender Zunge — oh nein, er, dessen Familie vor der Weihnachtsflut 1717 großen Landbesitz hatte, denkt nicht anders darüber. Wenn auch in den langen Jahren der Not manches verschüttet und begraben ist, im Unterbewußtsein lebt es fort, um so mehr, als er jetzt selbst völlig sein eigner Herr ist. Er fühlt etwas Fremdes in sich aufsteigen und weiß nicht, daß es das alte Herrengefühl ist, das sich Bahn bricht, er kennt sich selbst nicht mehr.

Die Männer erhitzen sich mehr und mehr im Gespräch. Die Frauen sind schließlich froh, als ziemlich unvermittelt der Aufbruch erfolgt, Eimo hat noch eine Verabredung mit einem Bekannten. Will Taak nicht mit? Aber der kann sich gewiß nicht von seiner jungen Frau trennen, neckt Oom Piet.

In seiner Weinlaune nimmt Eimo Etta beim Abschied in den Arm und küßt sie herzhaft, er muß sie necken, und wenn sie ihm die Augen auskratzt. Taak steht hilflos lachend dabei — daß doch Eimo den Unsinn nicht lassen kann, Etta mag das nun einmal nicht. — Wirklich nicht? — Der Mann spürt in seinem leichten Rausch mit jäher Klarheit, wie willig die herben und doch so weichen Lippen sich ihm bieten, es ist nur für einen Augenblick. Dann reißt Etta, totenblaß geworden, sich so schroff von ihm los, daß Tante begütigend dazwischenkommt — es ist doch nur ein Scherz zwischen Verwandten, he?

Kühl zieht es über das Wasser, als das Ehepaar sich nach der „Etta" übersetzen läßt. Es ist böig geworden, und so wird es eine unruhige Fahrt über „het Jy", sie können kaum miteinander sprechen. Taak sitzt neben Etta, er hat den Arm um sie geschlungen, der Weindunst seines Atems geht über ihr Gesicht. Warum hat sie das bei Eimo nicht gestört? Im Innersten aufgewühlt, zittert sie am ganzen Leib, ach, kenterte das Boot, dann wäre alles vorüber —.

Sie ist so mit sich selbst zerfallen, daß sie an diesem Abend Taak ins Gesicht schlägt, als er sich ihr nähern will, sie ist wie von Sinnen. Zum erstenmal geht der sonst so verständige Mann von Bord und kommt erst am nächsten Morgen wieder.

Taak ist in den nächsten Tagen ganz von seinen Pflichten in Anspruch genommen, und da Etta sich viel bei Oom und Tante im Schreyerstoren aufhält, sehen sie sich wenig. Das ist auch nur gut. Keiner gewinnt es über sich, dem andern ein gutes Wort zu geben. Und doch hungert Taak schmerzlich nach einem Blick, nach einem freundlichen Wort von Etta — was hat er ihr getan, daß sie so häßlich zu ihm ist? Es ist nicht der Schatten eines Mißtrauens gegen den Freund in ihm, das ihm auch gegen Etta ganz ferne liegt. Und weshalb sagt sie ihm nicht, was er doch so sehr erhofft? Er gewinnt es nicht über sich, sie danach zu fragen, sie könnte ihn wohl ansehn, als wollte sie sagen: was geht dich das an? Er fühlt sich totunglücklich, gut, daß es bald wieder nach See geht. Tante Saar sagt ja, junge Frauen sind manchmal wunderlich.

Von Eimo sehen sie wenig. Wie er beabsichtigte, hat er Fracht für den Siel bekommen und nun große Eile, fertig zu werden; er kann kaum erwarten, seinen Jungen zu sehn. Einmal treffen sie ihn noch bei den Verwandten. Er macht wie gewöhnlich seine übermütigen Späße — Etta kann mit ihm fahren, er wird sie für seine Frau ausgeben, was meint Taak dazu? Das wäre aber ein Fund für die Tanten! da können sie ihre Zungen wieder einmal gehörig rühren. Doch er findet wenig Gegenliebe bei der jungen Frau, die doch recht langweilig geworden ist. Dies neulich muß er sich eingebildet haben, nun ja, das will in solcher Stimmung wohl. Also, wenn sie dann nicht mit will, wird er sie wenigstens anmelden, sie wird sehen, er ist mit der „Dina“ eher da als sie über Land!

Wenige Tage später liegt auch die „Etta“ fertig zum Auslaufen. Tante Saar hat die Verstimmung zwischen den jungen Leuten wohl gespürt. So ganz beiläufig spricht sie davon, welches Glück es für eine Frau ist, einen soliden und aufpassenden Mann zu haben. Ettje soll ihr nur glauben, so ein Windhund, der den Frauen in die Augen sticht, ist noch längst nicht alles, hoor! Die Ehe hat viele Alltage, da ist es gut, wenn man weiß, woran man sich halten kann, und daß ordentlich Cente da sind, wenn einmal was passiert. Und damit muß eine Schifferfrau doch immer rechnen, he? Geben und nehmen, sagt sie, das ist nun einmal nicht anders im Ehestand, und das Geben muß vor allem von der Frau kommen.

In ihrem geheimen Schuldbewußtsein sucht Etta die letzten Tage so freundlich wie möglich zu gestalten. Doch da aller gute Wille kein wirkliches Gefühl zu ersetzen vermag, bleibt Taaks hungriges Herz ungesättigt, das soviel unverbrauchte Liebe birgt.

Sie haben Abschied von den freundlichen Verwandten genommen, die ihnen den Pflegesohn für den Verwandten in Indien: „Het is een hooggeplaatste Mynheer, heusch waar!" noch dringend ans Herz legen. Schweigend gehen die beiden zum Schiff, das jenseits vor Anker liegt. Taaks Herz brennt vor Pein und Enttäuschung — will sie ihm nicht einmal jetzt anvertrauen, worauf er so sehnsüchtig wartet?

Sie kommen an einem großen Ostindienfahrer vorbei, der klar zum Auslaufen liegt. Gerade klettert ein Matrose an Bord, ein krummnackiger, schiefbeiniger Mensch mit langen Armen und Riesenhänden. Unten steht eine derbe Frau, er winkt ihr noch kurz zu und verschwindet dann. Eine andere Frau gesellt sich zu ihr: „He, Mie!" begrüßt sie die erste. „He, Ka!" sagt diese. „Zeg,

Mie — was dat jouw Knül?“ es klingt aufreizend verächtlich. „He!“ Mie stemmt die Arme in die Seite, das rosa Mieder über der gestreiften Schürze und die großen Haubenflügel zittern drohend: „He? !— wel is dat myn Knül! — Is hy niet goed genoeg um op Ostindieé te varen?!“

Bis ins Mark trifft die beiden die kleine Szene, deren Zeuge sie ungewollt wurden. — Der Mann, dem sonst kein freundlicher Gedanke gelten mag, ist also gut genug, um auf der schweren Ostindienfahrt die hohe Heuer zu verdienen —. Das ist ehrlich, denkt Taak, mehr gilt er seiner jungen Frau am Ende auch nicht. Gut genug, um das Geld zu verdienen —.

Die sehr hellblauen, gutherzigen Augen sehen Etta so tottraurig an, daß ihr Blick tiefbeschämt entweicht. Ach, sie weiß doch, was sie an ihm hat! In der Verwirrung ihrer Gefühle findet sie jedoch auch in diesem Augenblick kein herzliches und gutes Wort für ihren Mann: „Denn laat di dat man good gahn!“ sagt sie leise und drängt aufsteigendes Schluchzen zurück: „Good Reis!“ Sie gibt ihm die Hand, die er fast zerbricht. Dann geht sie mit ihrem wiegenden Schritt über die schmale Laufplanke, in der Hand die buntgestickte Reisetasche mit ihren letzten Habseligkeiten, die Galt, der Schiffsjunge, ihr diensteifrig brachte, sie blickt sich nicht um.

Ungesehen von seinem Herrn und Gebieter sieht auch er der blonden Frau nach, bis sie verschwunden ist, und ihnen ist zumute, als senke sich ein dichter Nebel über den sonnigen Tag.

Schweren Herzens tritt Taak die gefahrvolle Herbstreise an, bangend und hoffend um die Zukunft.

10. Kapitel

Weg im Nebel

Schon verglitten die letzten schönen Herbsttage, voll Klarheit und stiller Freudigkeit wie der Lebensherbst eines innerlich reichen Menschen — Tage, an denen unter der hohen, schimmernden Himmelsglocke alle Farben tiefer leuchten und zarte Dunstschleier alles Unschöne verhüllen.

Jetzt lastet der niedrige Himmel dunkel und verhangen über dem abgeernteten Land zwischen den Deichen, das nicht mehr von weidendem Vieh belebt ist und auf dem nur hier und da ein Pflüger mit schwerem Schritt hinter seinen Pferden geht. Möwenschwärme folgen ihm, sie sitzen reihenweise in den Furchen und stecken die Köpfe in den Wind, um dann in plötzlicher Unruhe schreiend ins Binnenland zu fliehen. Das bedeutet schlechtes Wetter, weiß jeder und sieht sorgenvoll nach den Mühlenflügeln, ob man dort schon die Segel kürzt.

Im Hafen ist ein fortwährendes Gehn und Kommen, es wird fieberhaft gearbeitet, heißt es doch jede Stunde nutzen, ehe der strenge Winter kommt. Wieder rollt Kornwagen um Kornwagen über die Brücke und leert seine goldene Fracht in die Bäuche der Schiffe oder auf die Kornböden. Harm und Jürn werden nicht mehr nüchtern, sie legen ihren guten Verdienst in Schnaps an, der leider eine wenig sichere Bank ist. Schon werden die Reisen härter und gefahrvoller, und Pastor Garrels predigt sonntags mit besonderer Inbrunst für „alle, so zur See ihrem Beruf nachgehen!“ Dann neigen sich die Köpfe der Schifferfrauen tiefer, und mit Bangen denken sie an ihre Lieben auf See. Schon sind trübe Nachrichten gekommen — Ahlrich Janssens Gerd ist bei schwerem Wetter vor der Elbmündung über Bord geschlagen, Simon Peters konnte noch soeben mit Havarie Delfzyl binnenlaufen, auf ein Haar wäre er auf Borkumriff, diesem Schifferkirchhof, festgeraten. Katharina Occen beißt die Zähne zusammen — Occo ist unterwegs von Narwa, wäre er nur erst glücklich im Hafen, das Wetterglas ist so gefallen. Ach, jetzt um Allerseelen ist immer solch gefährliche Zeit, man kommt nicht aus der Angst heraus.

Prasselnd schlägt eine Regenbö gegen die hohen Nordfenster der Kirche — also ist der Wind schon nach Norden umgesprungen: der Herr bewahre die Schiffer auf hoher See! Auch die Queen fühlt einen Knäuel im Hals aufsteigen. Hätte ihr guter Alter diese letzten schweren Reisen erst überstanden, er soll bald an Land bleiben, sie will das nicht länger. Er muß jetzt unterwegs von Narvik sein, auf der Hinreise hatte er guten Wind, hoffentlich kommt er gut heim!

Etta Taaks ist tief erblaßt, sie sitzt einige Bänke hinter der Queen. Taak muß in der Nordsee sein, er hatte Fracht von Königsberg für Emden, wie er schrieb. Und noch immer hat er keine Post von ihr — wie geht das nur zu? Dabei hat sie ihm nach jedem angegebenen Hafen geschrieben — nach Petersburg, nach Helsinki und nach Riga, zuletzt noch nach Königsberg, es hat wahrscheinlich nicht geklappt. Das tut ihr wirklich recht leid. Die Wochen der Trennung zeigten ihr manches ihr fast unerträglich scheinende in einem andern Licht, und zu tief ist ihr Pflichtbewußtsein verankert, als daß sie nicht redlich bemüht wäre, ihre Neigung zu Eimo zu unterdrücken.

Sie sieht nach Dina Eimen, die mit gelassenem Ernst vor sich hinblickt — ach, Eimo ist weit, wer weiß, wie dort das Wetter ist. Die Sorge ist für sie nicht so unmittelbar, als wenn man seine Angehörigen unter der Küste weiß und selber die Stürme miterlebt.

Antje Hillerns weint trotzdem herzzerbrechend, obwohl Hillern noch immer am Schwarzen Meer ist. Mißbilligend sehen sich die Frauen mit halber Kopfdrehung nach ihr um — was will sie doch! Sie hat erst dieser Tage gute Nachricht von Mann und Sohn erhalten, Hillern hat anscheinend ja endlich einen richtigen Brief von ihr gekriegt. Sie ändert nichts mit ihrem Weinen und macht dem Mann nur das Herz schwer. Dann hätte sie eben keinen Schiffer heiraten dürfen, sie wußte ja, was das hieß! Sie sehen streng und strafend ins Gesangbuch. Man muß auch gegen sich selbst hart sein und sich in der Gewalt haben. Wer wollte auch wohl anderen Menschen zeigen, wie einem zumute ist, das geht keinen etwas an.

Die Queen läßt ihre haltlose Schwester vorausgehn, sie könnte sie wohl mitten in der Kirche ohrfeigen, wie kann sie sich wohl so gehen lassen! — von wem hat sie das nur geerbt? „Door bün ik düll van!"

Sie nickt Etta freundlich zu — nun, gute Nachricht von Taak? So, er kommt nach Emden? wie schön, da wird Etta ihn doch gewiß besuchen? ja, ja, so junge Eheleute! Sie nimmt ihr gewiß ein Paket für ihre Hyma mit. Die wird sich recht zu dem Besuch freuen, in ihrem großen Haus ist Platz genug. Etta gibt ausweichende Antwort —

bei diesem schlechten Wetter reisen? der Gedanke ist ihr noch gar nicht gekommen, nein, das wird Taak auch kaum erwarten, er erwähnt es jedenfalls mit keinem Wort. Und doch hätte ein liebendes Herz die flehentliche Bitte zwischen den Zeilen vernommen, für die ihr Pflichtgefühl taub bleibt. Diese Reise wäre ja Geldverschwendung und gewiß nicht in Taaks Sinn, denkt sie mit leiser Bitterkeit, und ist böse auf Rineldtant, die immer regieren will.

Als die „Etta" in Emden einläuft, sieht man ihr an, daß sie eine schwere Reise hinter sich hat. Das Großsegel ist zerrissen, der Besanfock gebrochen, ja, das will seine Zeit haben, bis das wieder in Ordnung ist. Auf seiner Werft ist jetzt nach dem Sturm so viel zu tun, nicht zu glauben, sagt der Werftbesitzer, und dabei keine Leute. Aber die „Etta" hat sich gut gehalten, das muß man sagen.

Brechter Govers nimmt sich einen neuen Priem. Seine Frau will zwar, daß er sich das abgewöhnt, nun er seinen Betrieb vergrößert hat, aber so ein Slaatje hat es in sich und ist auch das beste Mittel gegen Zahnweh, an dem er so viel leidet. Er ist ein großer rundrückiger Mann in mittleren Jahren, der früher selbst tüchtig mitgearbeitet hat. Sie stehen an der Kaje, Taaks Augen gehen liebevoll über sein gutes Schiff — ja, es hat schwer kämpfen müssen, unter Land wäre es wohl kaum gut gegangen. Sie sind wirklich noch gut davongekommen, obwohl der Schaden wohl allerhand kosten wird. Aber wie mancher Seemann hat wieder seinen Kopf spülen müssen! — — Doch was ist das drüben für ein Landsmann? dort an Bord scheint ja alles aus und tot zu sein.

Das ist eine französische Brigg, weiß Govers,

man hat ihr schuldenhalber die Kette um den Mast gelegt, in den nächsten Tagen wird sie zwangsversteigert. Sie gehört einer Reederei in Bordeaux, der Kapitän ist verschwunden. Nun, das hätte er wohl kaum getan, wenn das Schiff ihm gehörte. Aber die Ausländer haben da oft so eine andere Auffassung. Käpten Taaks hat Harm Aden doch auch gekannt? — ja, den vom Fehn. Als es dem so erging, wollte er sich was antun, obwohl er wirklich nichts dazu konnte. Wie das so geht — viel Havarie, Krankheit und Todesfälle, es ist Schicksal. Nein, nein, das ist ein hartes Los, das geht dem Menschen durchs Herz, wenn er sich von seinem Schiff trennen muß.

„Da's woll sowat!" Taak hört nur mit halbem Ohr zu, seine Gedanken sind bei Etta. Er hat solange nichts von ihr gehört und begreift gar nicht, wie das möglich ist. Der Gedanke daran peinigt und quält ihn, ach, er möchte doch so gerne wissen, wie es mit ihr steht. Vielleicht, er wagt es kaum zu hoffen, wird sie bei Hyma Röben sein? Das Blut steigt ihm zu Kopfe, wenn er daran denkt. Er hat ein solches Sausen in den Ohren, daß er Govers eine ganz verkehrte Antwort gibt, der Mann sieht ihn kopfschüttelnd an.

Der Tag will kein Ende nehmen. Er hat Verklarung abzulegen und soviel anderes zu erledigen, daß es dunkelt, als er sich endlich auf den Weg machen kann. Im Westen steht noch ein gelblicher Schein, feine Nebel steigen aus den Kanälen auf und legen sich liebevoll um die alten Giebelhäuser und das Rathaus, unter dessen Torbogen sein Schritt hallend verklingt. Aus einem Bäckerladen kommt süßer Brotgeruch. Überall flammen hinter den Fenstern Lichter auf, und Taak überkommt nach den so schweren Wochen ein heftiges Verlangen nach Familie, nach Häuslichkeit — ach, wäre Etta doch hier!

Als er die Klingel an Hymas hübschem, einstöckigem Haus zieht, klopft sein Herz so laut, daß er die Schritte überhört, die über die Sandsteinfluren des langen Ganges näherkommen. Er schrickt zusammen, als sich die Haustür öffnet, eine Frauengestalt steht vor ihm: „Etta!" sagt er fassungslos: „Etta!"

„Sieh mal an, Taak! — hest du Etta verwacht? door is een Breef vör di!" Hyma geht ihm voran ins Wohnzimmer, sie hat die gleiche schlanke Gestalt wie Etta, nur hat ihr rundes, leicht vergrämtes Gesicht viel weichere Züge als das seiner Frau.

Die Öllampe brennt, und der neue Ofen, auf den ihn Hyma voll Stolz aufmerksam macht, verbreitet angenehme Wärme, es ist draußen schon recht frisch. Während Hyma Tee macht, öffnet Taak tief enttäuscht zögernd den Brief mit Ettas sicherer Handschrift, die er immer wieder bewundert, seine Hand zittert so, daß er den Umschlag zerreißt. Er liest so lange an den wenigen Zeilen, daß die junge Frau verwundert fragt: „Is der wat?"

Er schüttelt den Kopf und sieht wieder in seinen Brief, mit dessen kühl-freundlichem Inhalt er erst fertig werden muß. Kein Wort, ob sich seine Hoffnung erfüllen wird. Es würgt ihn so, daß er nicht sprechen kann, gedankenlos streicht er Hymas Kleinstem, der zutraulich an seine Kniee lehnt, über die blonden Löckchen. Klein-Röbke lacht und will mit dem fremden Onkel spielen, er faßt nach seiner Uhrkette. In plötzlicher Aufwallung nimmt Taak den Kleinen auf den Schoß und drückt das liebe Kerlchen so zärtlich an sich, daß Hyma ihn untersuchend ansieht: „Du mußt ok bold een hebben!“ sagt sie.

Die andern Kinder sind recht enttäuscht, der Onkel hat nichts mitgebracht. Er hat gar nicht daran gedacht, er kennt eben keine Kinder. Rineld und Maria kümmern sich denn auch nicht viel um ihn. Aber der zwölfjährige Bernd — wie groß der Junge geworden ist! — kann nicht genug von Taakohms letzter Reise hören. Und sein Vater wird in Kürze von Ostindien zurück erwartet, sie werden mit der ganzen Familie nach Amsterdam fahren!

„So Gott will!“ sagt Hyma still. Man weiß nicht, was dazwischen kommen kann, es ist Wintertag. Die Sorge um ihren Mann bedrückt sie sehr, sie hängen so aneinander. Hier hat sie sich nie recht eingewöhnen können, und immer Heimweh nach dem Siel.

„Hest du door noch wat to bestellen? — ik will mörgen hen!“ Er beißt sich auf die Lippen, das hat er gar nicht sagen wollen. Aber der Gedanke an Etta quält ihn so sehr, daß der Entschluß zu dieser Reise ihn richtig überfällt.

Es ist bereits später Abend, als er in der Kreisstadt ankommt, todmüde und zerschlagen. Die Schuite hatte in Aurich den Anschluß an die Post nicht mehr erreicht, da der Treckfahrtskanal infolge der anhaltenden schweren Regenfälle über die Ufer getreten war. Das braune Moorwasser hatte den Leitdamm fast unpassierbar gemacht, so kamen die Pferde nur mühsam vorwärts. Mit Mühe hatte er ein Gefährt ausfindig gemacht, einen Bauernwagen, der ihn streckenweise mitnahm und ihn gegen gutes Trinkgeld an einen anderen weiter gab. Es war eine abscheuliche

Fahrt durch das öde Moorland, viel zu langsam für sein Verlangen, obwohl der Tag still und verhalten ist.

Hastig trinkt er seinen Grog, den ihm der Wirt bringt — Harm Eenohr, wie er allgemein genannt wird, seit er als junger Mensch das eine Ohr bei einer Schützenfestschlägerei verlor. „Süh—ok ins na Hus?" Der schwere Mann hat ein rundes, rötliches Gesicht mit welken Hängebacken, in die eine spitzige Nase und verschmitzte Augen gebettet sind. Bei Bedenken irgendwelcher Art rollt er die Zipfel seiner dicken Düffeljacke auf, sie sieht vorn denn auch ganz abgegriffen aus.

Taak sitzt bei dem hellbrennenden Herdfeuer, er hat die Füße auf die Platte gestellt, das tut weiß Gott gut! Harm Eenohr bringt den bestellten Imbiß, seine Füße schlurfen so laut über den weißen Sand, daß Taak erschrocken auffährt — mit Gewalt rafft er sich hoch, der Schlummer wollte ihn in der Wärme überwältigen. — So, es ist also keine Gelegenheit mehr, um nach dem Siel zu kommen? Harm, der ihm andächtig beim Essen zusieht, setzt ihm auseinander, daß der Dampfer schon um Mittag gefahren ist. Die Bullen fahren nun bei Wintertag natürlich auch so zeitig, daß sie noch bei Tage auf dem Siel sind. Was? — Dann will Käptn Taaks man zu Fuß hin? Er schleudert seinen Priem genau in die Öffnung des Spucknapfs, rollt die Jackenzipfel: „Dat weet'k nich!" sagt er bedenklich — „so in't hollst van d' Nacht?"

„Worüm nich?" Taak hört nur halb hin, seine Gedanken sind schon auf dem Siel, es kommt ihm gar nicht in den Sinn, hier etwa zu übernachten. Das Wetter ist gut und ruhig, außerdem ist Vollmond, solange will er warten. Am Nebentisch sitzt eine Runde Kartenspieler, sie sehen zu ihm herüber: „Van d' Siel?" fragen sie Harm mit halber Kopfbewegung. „Dat old windig Volk!" hört Taak noch, als es ihn treibt, nach dem Wetter zu sehn — Gott sei Dank, der Mond kommt, gleich kann er gehn.

„Mi kreegen keen tein Peer door bi dat olle Deep langs!" hört er, als er wieder hereinkommt. „Nä, nä, nä! — — door schall dat 's Nachts spöken! — — Piekaß!" Der Schneider wirft seine Karten hin: „Wiß wohr, door löpt de Keerl ahn Kopp!" Ja, ja, es ist da am Tief nicht recht geheuer, sagt Bäcker Behrens, den er von Ansehn kennt; das hat er selbst mal erlebt, als er vom Markt kam. „Door harst du woll'n gooden Seiras!" sagt der stämmige Schmied Ihnken trocken und gibt die Karten: „Glöft doch nich, dat Flöh in d' Höll sünd!"

Taak achtet nicht weiter auf die Unterhaltung, in seinem Verlangen, heimzukommen, dringt das Gesagte gar nicht recht zu ihm durch. Unsinn, denkt er vag, wie können vernünftige Männer wohl wieder diese alten Märchen aufwärmen. „Gonabend mitnanner!"

„Good Reis! — — kamt man good hen!"

Harm Eenohr hat ihm seinen Handstock geliehen, dann geht es sich sicherer bei der Glätte, sagt er. Wie verdreht der Schiffer den Stock hält! „De het die'n Noot, dat he weg kummt!"

Er folgt ihm mit den Blicken, bis er bei dem großen dunklen Garten im Norden verschwindet, der leicht verschleierte Vollmond über dem Kirchturm gibt Licht genug. „Oorig Weer!" brummt er und rollt die Rockzipfel. Hastig wirft er die Tür ins Schloß und flieht eilends in die Geborgenheit der Gaststube.

Der einsame Mann hört in der Ferne noch deutlich das Zuschlagen der Tür. Dann ist es so still, daß man deutlich die Tropfen von den kahlen Zweigen rinnen hört. Irgendwo in der Ferne bellt ein Hund, und aus den Häusern an der Warf, um die sein Weg am Tief entlang führt, klingt das Rasseln der Ketten, Stroh raschelt, Pferde schnauben, und verschlafen kräht ein Hahn, der den Mond wohl für die Morgensonne hält. Nirgends brennt mehr Licht. Von den überschwemmten Niederungen und dem sich in weitem Bogen durchs Land schlängelnden Tief, das viel Wasser führt, steigen wallende Nebel auf. Sie sind aber so leicht, daß Mond und Sterne sich mit dem Uferschilf und den schwankenden Zweigen vereinzelter Wasserweiden in der dunklen Flut spiegeln. Klagend ruft ein Nachtvogel, und vernehmlich sickert das Wasser aus den Abzugsgräben ins Tief. Der kleine Damm, auf dem der Weg entlang führt, ist stellenweise so glatt und schlüpfrig, daß der stetig vorwärts eilende Mann alle Aufmerksamkeit nötig hat, um nicht auszugleiten — wie gut, daß Harm ihm den Stock mitgab!

Gestützt darauf, bleibt er stehen und wischt sich den Schweiß von der Stirne — verdammt noch mal! was ist das für ein schlechter Weg! Wenn er ihn nicht Ettas wegen machte — Etta! Etta! Er hört sein Herz laut schlagen — wie wunderlich ist es hier! wie beklemmend still! — Trotz des Nebels ist es ziemlich sichtig. In dem unsicheren Zwielicht taucht ganz fern, wie schwebend, das Massiv eines Bauernhauses auf, geisterhaft ein Mühlenkreuz. Sonst ist weit und breit in dem weiten Land keine Behausung zu spüren.

Taak sieht nach der Uhr, er hält sie ganz nahe an die Augen — was, es geht schon auf zwölf? Noch kann er längst nicht die Hälfte des Weges hinter sich haben — wo mag er jetzt eigentlich sein? Wie verwandelt so bei Nacht alles aussieht, er erkennt die Gegend kaum wieder. — Was Etta nur sagen wird, wenn er so mitten in der Nacht ankommt? er wird aus ihr nicht klug —. Etta! — Etta! Wohl nagt die Enttäuschung noch an ihm, aber er hat ein unsagbares Verlangen, still bei ihr am Herd zu sitzen, nur sie ansehn dürfen, ein gutes Wort von ihr zu hören — fühlen, daß er wirklich zuhaus ist. Und doch ist ihm, als sei sie ihm völlig entrückt, unerreichbar all seinen Wünschen, als zerflösse auch sie im Nebel ins Wesenlose —.

Ungewohnte und quälende Gedanken steigen in ihm auf in diesem lastenden Schweigen, das ihn einhüllt wie eine Glocke. Sie sind wie der dünne Nebel um ihn — verzerrt und verschleiert und doch mit jäher Klarheit überfallen sie ihn mit solcher Gewalt, daß sie ihn trennen von allem, was bislang seine Welt war. Ihm ist, als schwände der Boden ihm unter den Füßen, als schwebe er verloren und verlassen in trostloser Einsamkeit. Zerbrochen, geknickt die Sicherheit seines Daseins, zerstört das beglückende Einssein mit Schiff und Arbeit — — sich selbst entglitten bleibt er stehen: wer, wer ist er? — ein Lebewesen, das zufällig Taak Janssen Taaks heißt, ein Wurm, eine Pflanze, ein Nichts, hineingestellt in eine unbegreifliche Welt?! — — Nein, er weiß es nicht, er weiß es nicht — gibt es vor diesen Fragen kein Entrinnen?

Wie gejagt stürzt er vorwärts, stolpert, gleitet, sieht plötzlich in dem unbewegten Wasserspiegel einen verwildert aussehenden Mann, die Mütze hinten auf dem Kopf — das, das ist er? — — oder ist es ein anderer, den er nicht kennt?

In namenlosem Entsetzen stürmt er vorwärts: „Etta! — — Etta!“ — in fast tierhaften Lauten brüllt er in das Schweigen hinein: „Etta!“ — nur eine Stimme hören, eine Menschenstimme: „Etta!“

Antwortet nicht leis ein klagender Ruf? — — hört er nicht hinter sich Schritte? — — ein Mensch naht, ein Mensch!

Er bleibt stehn, er horcht — nein. Es ist nichts zu hören noch zu sehn. Wieder stolpert er weiter, hält sich noch eben mit dem Stock im Schilf fest, das knackend bricht. Ein Erdbrocken rutscht in das spiegelnde Wasser, er zieht weite Wellenkreise, ganz bis zu der Kopfweide, die einsam am Ufer steht.

Der einsame Mann erschrickt bis ins tiefste Herz — verunglückte hier nicht Gerriet Gerdes? keiner weiß, wie es geschehen konnte. Der fröhliche, lebensvolle Mann hat sich damals gleich ihm auf den Weg gemacht und ist niemals zuhaus angekommen. Hier lag er, mit dem Gesicht nach unten, als hätte ihn jemand hineingestoßen. Er hat ihn selbst mit gefunden, sie konnten alle nicht darüber zurechtkommen.

„Dit verdammte, doodsche Weer!“ Taak sieht sich scheu um — noch immer wallen und weichen die dünnen Nebel, sie ballen sich zusammen, lösen sich wieder auf, alles hat seine feste Form verloren. Kein Luftzug rührt sich über diesen sturmgewohnten Weiten, dem Tummelplatz von Land- und Seewind. „Lever bie fleegend Störm över d’ Klippen!“ Er hat doch weiß Gott schon manche schwere Reise mitgemacht. Noch das letztemal hat er selbst nicht gedacht, daß es gut gehn würde. Aber dies hier — nein! das hält er bald nicht mehr aus!

Wenn er nur wüßte, wer hinter ihm geht? — da ist doch etwas, er weiß es ganz bestimmt! — Ist es der — der andere, von dem er bislang nichts wußte und der Dinge tut, die er nicht will?

Ein Frösteln läuft ihm über den Rücken, wehrlos fühlt der sonst so nüchterne Mann sich unbekannten Mächten preisgegeben. Sie überfallen ihn aus diesem schwebenden Schweigen, sie greifen nach ihm aus den weiten, blinkenden Wasserflächen, sie verfolgen ihn mit dem unmerklich strömenden Wasser im Tief, auf dem die Sterne treiben. — Weiter! — weiter! — Kein schützendes Dach, kein Baum, kein Strauch. Allein ist er in dieser grauenhaften Stille, in der doch tausend Stimmen raunen und von unsagbaren Dingen wispern — allein, allein! — Etta! — Etta! — hört sie ihn nicht? — Bei ihr sein, sie sehn, sie spüren, durch die er erst ein Mensch ist — Etta! — — Ihm ist, als sei er noch keinen Schritt weiter gekommen, als klebten seine Füße auf der gleichen Stelle. Und doch hört er seine Schritte im Dreck schmatzen, das Plätschern der Pfützen — und immer noch ist der Schritt hinter ihm, sein Haar sträubt sich vor Entsetzen: „Etta!" es klingt wie ein Schrei in Todesnot. Das Herz pocht ihm bis in die Schläfen — weiter! weiter!

Wieder gleitet er, schlägt lang hin, steht dann, wie erwachend, auf seinen Stock gestützt, sein Zeug klebt ihm am Leibe — steht dort drüben nicht jemand? Aber beim Näherkommen löst sich der Nebel auf, ballt sich in dem unwirklichen Licht aufs neue zusammen. „Is door wel?" ruft er.

Keine Antwort. Zorn packt den einsamen Wanderer, er schlägt mit dem Stock danach — verdammt noch mal, was soll das! — Der Schlag trifft ins Leere. Der Schritt aber bleibt, und wie sehr er sich auch beeilt, er kann seinem Verfolger nicht entrinnen. Keuchend eilt er weiter, einem fernen Grollen entgegen, das wie einsames Rufen zu ihm dringt, in seinen Schrecknissen erkennt er nicht das Rauschen der kommenden Flut.

Weiter, weiter! Er jagt vorbei an Häusern, die sich aus dem Nebel lösen, über eine Brücke, die er nicht erkennt, wie gefangen zwischen unfaßlichen Gefahren, die ihn zu überwältigen drohen. — Etta! Etta! schmerzlich verhallt der sehnsüchtige Ruf über die stille Weite.

Ein Hund bellt, Häuser tauchen auf, das Gewirr der Schiffe im Hafen, der Kirchturm auf dem Deich, wie schwebend in der fremden Helle. Schon steht er von Gedruts Tür, sucht sich aufatmend zu sammeln, während er auf das Öffnen der Tür wartet.

Über den Sandsteinflur nähern sich Schritte, dann steht Gedrut vor ihm in rotem Unterrock und kleingepunkteter Nachtjacke, das enggeflochtene Zöpfchen ringelt sich unter der Nachtmütze hervor. Ehe sie etwas sagen kann, ist plötzlich auch Etta da, der Kerzenschein fällt auf die blonden Löckchen und das schlafgerötete Gesicht: „Woor kummst du denn her?"

Ein solch kühler Luftzug streicht über den Aufgewühlten, daß die Flamme seiner Sehnsucht scheu und frierend in sich zusammensinkt.

Er läßt sich schwer in den Lehnstuhl fallen, sitzt dann schweratmend und totenblaß mit geschlossenen Augen. Gedrut zieht ihm die Schuhe aus, sie bedauert ihn wortreich und schilt auf den schlechten Weg, Etta steht unschlüssig und verständnislos daneben.

Dann sagt er zusammenhanglos: „Ja! — — — Nu bün ik hier!“

11. Kapitel

Im Winterquartier

Grau und diesig hängt die frühe Dämmerung über dem Hafen, in dem schon allerhand Schiffe ihr Winterquartier bezogen haben. Sie sehen leblos und verlassen aus, so richtig ruhebedürftig nach den langen, schweren Reisen, denkt Dina Eimen, die mit den Kindern vorm Wohnstubenfenster sitzt. Sie hat die Blumentöpfe zur Seite geschoben, um besser sehen zu können, hier im Herzen des Ortes ist immer Leben und Bewegung. Ein Schiff ist noch am Löschen, Stückgüter, sieht sie wohl. Das Wasser steigt noch; es ist ein Schiff gesichtet, die Männer gingen schon zeitig zur Schleuse, um es in Empfang zu nehmen. Da haben sie wieder einen Grund zum Feiern, denkt sie lächelnd. Sie können natürlich nicht immer zuhause sitzen. Anfangs ist das wohl alles gut und schön, aber dann meldet sich bei den arbeit- und tatgewohnten Männern bald die Langeweile. Sollte Occo es sein? Die „Amor“ ist fällig, allerdings auch die „Etta“ und einige andere. Die Letzten sind auf der Heimreise, sie hat Post von Eimo aus Bordeaux, er muß auch bald eintreffen. Das Wetter wurde nach den schweren Stürmen noch wieder leidlich, so hat jeder nach Möglichkeit noch Frachten herausgeholt, die letzten bringen erst den rechten Verdienst. Wie wird er sich zu seinem Jungen freuen! Sie drückt den kleinen Ulfert an sich: „E—güüh!“ macht der und greift nach Hannis Hand, er lacht übers ganze runde Gesicht. Er wird schon so niedlich, die Schwestern sind ganz vernarrt in ihn. Aber nun muß er schlafen! Mutter wird ihn in sein Bettchen legen!

Kleine, hastige Wellen schlagen gegen die Kaje und die Schiffswände, der auflebende Wind ging nach Osten. Es friert zwar noch nicht, aber die Luft ist so durchdringend feuchtkalt, daß die Menschen alle gebückt und eilig gehen. Hanni schiebt den Topf mit Frauenhaar noch weiter fort, Klein Rineld klettert auf Mutters Stuhl und Emmi aufs Stövchen — oh! nun hat sie die Teste umgeworfen! altklug scheltend trägt Hanni die glühenden Kohlen vorsichtig zum Feuer.

Bäcker Willms hat schon Licht an. Eben kommt Jantken Wick aus der Tür, sie erkennen sie deutlich an den hochstehenden Kopftuchzipfeln. Ob sie wohl Zwieback für Kater Tom geholt hat? Die kriegt er zu fressen, erzählen die Kinder in der Schule, richtig mit Butter und Zucker und warmer Milch darüber, wie die kleinen Kinder. Vielleicht hat sie sogar Christkindtengood (Spekulatius) für ihn gekauft? Bäcker Willms bäckt es schon jeden Tag, sie riechen es bis hierher, jedesmal, wenn die Tür aufgeht, quillt eine große Dunstwolke heraus. Und da ist Wübkmagret, die ißt das große Schwarzbrot, das sie unterm Arm hat, an einem Tag auf, weiß Hanni. — — Und da kommt Rineldtant heraus! sie hat eine große Tüte in der Hand, gewiß voll Christkindtengood. Eigentlich müßten sie morgen dem lieben Röbkeheerenohm guten Tag sagen, der vor einigen Tagen einlief, machen sie untereinander aus. Wie eilig Rineldtant ist! — eben biegt sie ihnen gegenüber um Gerkens Ecke und geht hastig am Tief weiter. Sie sieht nicht einmal herüber, obwohl sie ans Fenster klopfen und „Rineldtant!" rufen. Nicht einmal bei P. J. Peters bleibt sie stehen, der ihr entgegenkommt, sie rufen sich nur etwas zu, was sie nicht verstehen können. Dann strebt er eilends, die Hände mit den Postsachen auf dem Rücken, mit seinen kurzen, hastigen Schritten weiter zum Siel, der Dampfer hat auch schon getutet. Beim Buchbinder wird soeben das Licht angezündet, dort kommt jetzt der Pastor heraus und geht mit Peters weiter, sie verschwinden in der zunehmenden Dunkelheit.

„Moder!" wo bleibt sie denn? Sie müssen doch noch die Kohlblätter für das Pferd von Sünderklas auf die Fensterbank legen, er könnte sonst wohl eher kommen. Sie sind wohl immer artig gewesen — oder doch beinahe immer — aber ihm begegnen? nein, das möchten sie lieber nicht. Dina sieht eilig um die Ecke, der Kleine will nicht schlafen: „Gaht man los!" Aber nun weinen die beiden Kleinen und wollen nicht mit und Hanni muß klopfenden Herzens alleine gehn.

Als sie ganz stolz über ihre wohlgelungene Mission wieder hereinkommt — gesehen hat sie ihn wohl nicht, aber gehört — sitzt Dina schon im Lehnstuhl, die beiden Kleinen lehnen sich an ihre Knie. Aber, aber — wer wird so ängstlich sein? kennen sie das Verschen vom guten Sünnerklas denn gar nicht mehr? Und ob Hanni es kennt! Stolz stimmt sie es mit ihrer gellenden Kinderstimme an, die beiden Kleinen fallen ein, Klein

Rineld kann die Weise nicht recht halten und schleppt immer ein wenig nach:

„Sünnerklas, du goode Bloot,
Bring mi'n bäten Zuckergood,
Nich to völ un nich to minn
Smiet mi't man tot Schösteen rin!"

Dina summt leise mit, und die Kinder fassen sich in ihrer Vorfreude an den Händen und tanzen herum. Der weiße Streusand knirscht unter ihren raschen Füßen, das Herdfeuer wirft seinen Schein durch den schlicht möblierten Raum, und es ist dort mit den vielen blühenden Topfblumen warm und gut. Hör! — da kommt ein Schiff herein! Die Kinder drücken ihre Nasen ans Fenster — ob das wohl Occoohm ist? gewiß hat er gesalzene Makrelen mitgebracht, die mögen sie zu gerne. Doch auch Dina kann nicht mehr erkennen, wessen Schiff da einläuft, gleich, wenn sie die Fenstenläden vorlegt, wird sie nachsehen. Sie nimmt Klein Rinelds Händchen, führt sie taktmäßig auf und ab, und dann singen sie allzusammen das alte Schifferkinderlied:

„Duppridupp, mien Mann is kamen,
Duppridupp, wat het he brocht?
Duppridupp, een Schipp vull Spellen,
Duppridupp, wat schöölt de gellen?
Duppridupp, woll en—twee Groot —
Duppridupp, dat is gutkoop!"

Sie schlagen die Hände ineinander, und Dinas warmes Lachen füllt mit dem jauchzenden der Kinder den traulichen Raum.

Dina bleibt in der Haustür stehn — nach der Takelung ist es Occo nicht, auch nicht Taak. Aber es werden ja noch mehr Schiffe erwartet. In den Geschäften ist jetzt überall Licht, auch im „Goldenen Anker", in der „Heimkehr" und in der Apotheke, der Schein fällt aus dem hochgetreppten Haus bis weit über den Hafen, wo er sich mit dem der Schiffslaternen vermischt. Schattenhaft arbeiten die Männer in dem ungewissen Licht, ihr Rufen klingt über den ganzen Hafen, Segel werden niedergeholt, der Anker fällt.

Dina steht noch fröstelnd, sie kann sich nicht trennen von dem altvertrauten und doch immer wieder neuen Bild — sieh, kommt dort nicht Etta? das ist schön, solchen Besuch in der Dämmerstunde hat sie gern.

„Wel is woll binnenkamen?"

„Jakob Janssen!" sie hat noch kurz mit ihm gesprochen, aber die Männer hatten es recht eilig, nach Gerd Onken zu kommen.

„Is't all weer so wied!" Dina seufzt, das fängt gut an. Da wartet nun die Frau, aber was fragen die Männer danach?

„Wenn de Mannslüd erst weer hier sünd, wurdt all anners in Hus!" sagt sie aus ihren Gedanken heraus. „Ja!" sagt Etta nur mit spröder Stimme und flicht sorgfältig Hannis aufgegangenen Zopf.

Sünnerklas hat die Bitten der Kinder erhört, sie fanden morgens Süßigkeiten und jedes ein winziges Badepüppchen, Hanni wird ihnen schöne warme Kleider häkeln. Auch Tante Etta hat er etwas gebracht, erzählt Dina ihnen, Onkel Taak ist abends vorher eingelaufen. — Und mehr nicht? die Kinderaugen werden rund vor Staunen. Das weiß Mutter nun auch nicht so genau, aber sie denkt es wohl. Aber nein — Taak hat gar nicht daran gedacht, Etta eine Kleinigkeit zu ihrem Vergnügen mitzubringen. Er hat nichts für sie, als sein ganzes Mannesherz; aber dies Geschenk weiß seine junge

Frau noch nicht nach seinem vollen Wert zu würdigen.

Auch die Queen findet das nicht genug oder doch zu selbstverständlich, um es überhaupt als Wert anzuerkennen. Als Taak am nächsten Abend zu ihnen kommt, examiniert sie ihn scharf: „Denn gah wenigstens eben na de Backer!" befiehlt sie ihm. „De Minsch weet doch nich, wat der tohört" sagt sie nach seinem Fortgehn zu ihrem Alten. Der muß noch vieles lernen! Frau Brechtje zeigt ihre leeren Kuchentrommeln, als Taak für einen Groschen Spekulatius verlangt — nun soviel mag sie noch wohl zusammenkratzen, gewiß für die Nachbarkinder, he? Aber hier hat sie noch ein schönes großes „E" aus Bankett, das paßt gut für seine Frau. Es war bestellt und wurde nicht abgeholt, da hat er aber Glück! Sie wickelt es ihm schon ein und gibt es ihm mit den Kuchen in die Hand, ein wenig ärgerlich klaubt Taak das Geld aus dem Beutel. Soviel wollte er doch nicht ausgeben, es ist in seinen Augen Verschwendung, er macht sich gar nichts aus dem Zeug.

Als er heimkommt, sitzen die beiden Frauen lustlos am Herdfeuer. Sünnerklas ohne jede kleine Freude? das haben sie auch in ihren ärmsten Zeiten nicht gekannt. Gedrut wickelt Garn ab, und Etta strickt an einer Unterjacke für Taak, kleine Wollflusen wirbeln durch die Herdwärme auf und setzen sich an die Tassen. Sie sprechen Gleichgültiges — Gedrut hat Mitleid mit Etta, und diese mit der Mutter, die so gern Süßes ißt. Dann ist auch Taak wieder da, befangen und ungeschickt steht er in der Tür, der kalte Luftzug läßt die Frauen erschauern. „Mußt de Dööր ja dichtmaken, mien Jung" sagt Gedrut. Das rührt ihn so heimatlich an, daß er seine Verlegenheit überwindet und seine Schätze vor Etta hinlegt. „Door" sagt er nur. Dann macht er sich im Hintergrund zu schaffen, wobei er den Frauen den Rücken dreht. So sieht er nicht den freudigen Schein, der über Ettas schmales Gesicht läuft, er hört nur Gedruts überschwengliches: „Nu denk di doch ins an! — — wat büst du good!" was ihn irgendwie hindert. Aber dann wird es doch ein so freundliches Zusammensein, daß ihn sein Geld nicht mehr reut.

Bei Bäcker Willms haben sich in der großen Stube hinter dem Laden inzwischen die jungen Schiffer eingefunden, soweit sie nicht verlobt sind oder die Schule besuchen. Heute abend wird nämlich geknobelt, das ist jedes Jahr ein Hauptvergnügen. Auch Liessie Occen ist da, sie wird viel mit Hero geneckt, dessen Eintreffen sich verspätet und der nun nicht dabei sein kann. Wiltert Wilters, der schon sein Kapitänsexamen hat, sagt, er will wohl Heros Stellvertreter sein, besonders beim Nachhausebringen, und schiebt ihr seine gewonnenen „oll Wieven" (zähes Honiggebäck) zu.

„De holl man sülfst! — ik heb woll bäter Bohnen up Böhn as schimmelg grau Arfken!" sagt Liessie schnippisch. Was der sich wohl einbildet! solch alter Kerl, der ist doch bestimmt schon dreißig. Solch alten Mann nimmt sie doch nicht! Und dann hat er noch ein gebrochenes Nasenbein!

Die jungen Leute sind harmlos fröhlich. Sie würfeln mit kleinem Einsatz um Stutenkerle und Reiter, um „oll Wief" und Honigkuchen, um die so beliebten Pflaumentörtchen und Bankett, die Jungens verschenken ihre Gewinne meist großartig an ihre Flammen. Hielta Becker, ein stilles altjüngferliches Mädchen, wird von einem richtigen

Spielfieber gepackt. Sie geht fast über Tische und Bänke, wenn sie nicht gewinnt, die Jungens haben einen Heidenspaß und mogeln nach Kräften, um sie wild zu machen. Auch die kleine Tomma hat ganz rote Bäckchen bekommen und ist mit den andern fröhlich, obwohl die Queen ein Machtwort sprechen mußte, ehe sich das scheue Kind zum Hingehn entschloß. Tjark muß immer wieder zu ihr hinblicken — das feinkrause bräunliche Haar steht wie ein Heiligenschein um das runde, ernsthafte Gesichtchen. Er hält sich immer in ihrer Nähe, unauffällig packt er ihr seine besten Gewinne ins Körbchen. Sie haben als Kinder immer miteinander gespielt, ihre Mütter, beide Schifferwitwen, hielten treue Freundschaft. Seine Mutter hat einen Kramladen, aber das konnte die kranke Frau Bonker nicht mehr. Sie hat sich nie wieder erholt, seit ihr Mann mit dem Ältesten blieb, Tomma war noch klein. Er hat Tomma ein hübsches Kästchen mitgebracht, das will er ihr auf dem Heimweg geben, er hat es ihr schon gesagt.

Gerriet Janssen sieht auch einmal um die Ecke, aber aus dem Grünzeug hier kann er sich nicht viel machen. Er knobelt einmal lässig und gewinnt ein Stutenweib, das er Heinke Heinen schenkt, der nicht zu einer Frau kommen kann: „Kiek! door hest 'n feinen Brud!“ was alle aufjuchzen läßt. Er will die hübsche Theda küssen und schlägt die sittsame Hielta auf die Schulter: „Mien Kind — du schast mien Fro noch ins wurden!“ was sie dunkel erröten läßt. Liessie findet das doch zu komisch — das glaubt Hielta nun wirklich, man sieht es ihr an, und dabei sagt Gerriet das doch zu jeder! Obwohl er ihnen mit großartiger Handbewegung eine ganze Knüppeltorte spendiert — schade, daß sie schon alt schmeckt — sind alle doch froh, als er wieder fort ist. Ehe man es sich versieht, schlägt es auch schon zehn — oh, was werden die Mütter sagen!, nur rasch nach Haus! Die Mädchen nehmen ihre Körbchen mit den Gewinnen und tun, als wollten sie alleine gehn — ach, sie wohnen ja alle so nahe, sie können gut hinfinden, dankenswert! Die Jungens sollen sich nur gar nicht bemühen! Die nehmen diese Mühe jedoch nur zu gern auf sich, winkt ihnen doch als Lohn ein Abschiedskuß — wer wollte sich den wohl entgehen lassen!

Es gibt ein Gekicher und Geflüster, und die Mütter hinter den Fenstern sagen: door kamt se! Das geht aber nicht immer so rasch, denn die jungen Leute machen trotz des giftigen Winds gern noch einen Umweg.

Tjark wartet auf Tomma, er freut sich auf den Weg, sie haben sich noch gar nichts erzählen können. Doch da muß es dem langen Wiltert mit der gebrochenen Nase einfallen, Hielta zu necken: „To!" sagt er: „Ik bring di na Hus! — — kriegst ok'n Küß!" seine Augen funkeln vor Spaß. Die wird zusehends länger, ihr Rücken bricht fast vor Abwehr: „Nä!" sagt sie nachdrücklich, ihre Stimme bekommt einen tragischen Klang: „Nä! — — sowat do ik nich! — — Kumm, Tomma! — wi gaht tosamen!"

Sie preßt deren Arm so heftig an sich, als sei das unschuldige Kind der beste Schutz für ihre gar nicht gefährdete Tugend, und geht todernst mit langen Schritten fort, die Jungens wollen sich ausschütten vor Lachen. Nur Tjark sieht den beiden mit so verlorenem Gesicht nach, daß es selbst Frau Brechtje auffällt, die abschließt und dabei rasch den Verdienst überschlägt; alle alten Backwaren sind bei dieser Gelegenheit an den Mann gebracht. „He toch!“ sagt sie halblaut — „zoo een Joggie —“ und denkt schon an Freien! wie verdorben die heutige Jugend doch ist!

Die Wochen vor Weihnachten sind erfüllt von fröhlicher Unruhe: da kommen die letzten Mittelmeerfahrer zurück, die Taschen voll Geld, das muß begossen werden! Hillern, der nie genug Reisen machen kann, mußte schließlich noch in Hamburg auflegen, ein plötzlicher heftiger Frost vereiste das Fahrwasser. Eimo kommt am ersten zurück, er hat die Fahrt trotz dem starken Sturm aus Westen gewagt, und so hat der Draufgänger eine ungewöhnlich rasche Reise gemacht. Auch Siebelt hat seine alte „Fenuß“ heil zurückgebracht, ja, ja, sagt er, wenn's Herz nur gut ist!

Für die Schweine beginnt eine gefahrvolle Zeit. Jeden Morgen hört man irgendwo eins angstvoll gillen, und ehe es sich versieht, hängt es mit geschlitztem Bauch an der Leiter. Dann sehen Männer mit dicken Düffeljacken und blauen Mützen schamlos in sein Inneres und taxieren es auf Fett und Gewicht. Das Schlimmste dabei ist, daß sie nicht viel davon verstehen, was ein Schwein, das auf sich hält, noch im Tode kränkt. Abends, wenn es hereingeholt wird, sind sie schon wieder da und wollen helfen, aber die Hauptsache ist der Grog, den sie als Dank für ihre tatkräftige Hilfe erwarten.

Die Mütter müssen viel mit ihren heranwachsenden Töchtern schelten — teils, weil sie sich über die Männer ärgern, teils, weil die Mädchen so gar nicht kapieren, wie die Därme gereinigt werden — nein, nicht so! Was denken sie denn, wer das machen soll, wenn sie einmal verheiratet sind? wenn ein Mann ihr Ungeschick sähe, würde er sich bestens für sie bedanken! — So steht auch Liessie mit hochrotem Kopf im zugigen Hinterhaus, in dem Gretjemö murrend herumfuhrwerkt — pah! als ob Hero danach fragt! gut nur, daß er nicht hört, wie man sie behandelt. Als Unverneirateter gehört er noch nicht zu den Schweineprüfern, denen Katharina mit düster zornigem Gesicht auf Occos Befehl schon wieder ein neues Glas Grog machen muß. „Dat Schietgood!“ Die Männer können doch nicht nach Hause finden! man kommt so ja gar nicht weiter!

Und doch gibt es noch soviel vorzubereiten, denn wenn Harm Wilken kommt, der Hausschlachter, muß alles fertig sein, so sehr ist er jetzt in Anspruch genommen. Er schneidet das Tier mit langen Messern auseinander, und es ist namentlich für die jüngeren Kinder ein rechtes Fest, wenn er ihnen die Maus aus dem Schinken schneidet — das innerste Fleisch — und sie es sich auf der Zange braten dürfen. Und wie aufregend ist es, wenn Harm das Wurstfleisch mit langen Messern auf dem Brett feinwiegt! Hat die Mutter es dann gewürzt und durchgearbeitet, muß Harm probieren. Dabei zieht er das faltige Gesicht in die Länge, die Augenbrauen gehen hoch, die Brille sinkt auf die Nasenspitze und er verdreht die wasserhellen Augen auf solch merkwürdige Art, daß die Kinder laut lachen müssen. Das nimmt er aber recht übel, denn Arbeit ist Arbeit, heißt sein Wahlspruch, die kann man nicht ernst genug nehmen, und was er einsalzt, verdirbt auch niemals.

In den Familien der nächsten Verwandten taucht die Queen auf und überwacht das Wurstmachen. Dagegen wagt keiner sich zu versetzen, obwohl sie meist schärfer pfeffert und salzt, als man es liebt. Sie läßt es sich auch nicht nehmen, die Butterbrotswürste selbst zu stopfen. Auch dabei sehen die Kinder wie gebannt zu — zuerst wird die Flomenhaut zusammengenäht und dann der helle Wurstteig mit dem Daumen durchs Wursthorn hineingedrückt, wobei sie mit einem Dorn in die Fetthaut sticht, damit die Luft entweicht. Für die Männer ist das lange entbehrte frische Fleisch ein Genuß, dem sie sich ausgiebig hingeben. Die Hausfrau muß gut einteilen und haushalten, sonst verschwindet das Schwein wie Schnee vor der Sonne.

Auch Taak hat ein Schwein schlachten lassen, und alles verläuft nach gewohnter Weise. Nur läßt er gleich fast alles Fleisch einsalzen, Harm verdreht diesmal die Augen, weil er so wenig Wurstfleisch zu schneiden hat, da haben die Frauen es aber bequem! Wie es in den Schifferhaushaltungen üblich ist, hat auch Taak ein Rinderviertel gekauft. Aber auch dies Fleisch wird gleich eingesalzen, er will davon mit an Bord nehmen. So können die Frauen nur einmal frische Suppe kochen, es blieb nicht einmal ein Braten. Taak macht sich nicht viel aus dem neumodischen Essen; ihm ist derbe Kost am liebsten, wie er sie an Bord gewöhnt ist, und nimmt das als selbstverständlich auch von den Frauen an. Ebenso schafft er nach altem Brauch eine Anzahl der guten Bauernkümmelkäse an und kauft ein Faß Butter. Es war etwas beschädigt, er bekam es deshalb billiger. Dafür schmeckt die Butter denn auch bald ranzig, was ihm nichts ausmacht. Etta jedoch kann sie kaum herunterwürgen, Gedrut sieht es kopfschüttelnd. „Seg man niks, mien Kind!“ Taak ist es nun einmal so frugal gewohnt. Daß es nur niemand erfährt! Über diese Haushaltsdinge spricht man nun einmal nicht, die gehen keinen etwas an.

Und sonst ist Ettas Mann ja auch gut und zum Glück gar kein Wirtshausläufer. Im Gegenteil! Den ganzen Tag klütert er im Haus herum und färbt und hämmert. Man muß die Sachen richtig in Sicherheit bringen, sonst sitzt Farbe darauf, ehe man es sich versieht. Sogar den Mahagoni-Eckschrank in der Vorderstube hat er gestrichen, an dem eine Ecke beschädigt war. Etta wird ganz kribbelig dabei — sie redet ihr immer gut zu: sieh, so ein Mann muß etwas zu tun haben, das ist nun einmal so, da muß Etta ihm etwas zugeben. Sie kann nun doch sorgenlos leben, das ist auch etwas wert. Und haben sie nicht reichlich von allem im Haus? Etta schiebt unlustig ihr derbes Schwarzbrot zurück: hat sie sich etwa beklagt? Es klingt so abweisend, daß ihre Mutter nichts mehr zu sagen wagt.

Des Abends im Dunkeln kommt die Queen. Sie findet die Frauen am Herdfeuer, der Feuerschein spielt über ihre Gesichter und die blauweißen Kacheln — sieht Etta nicht blaß und unfroh aus? Gedrut nimmt den Kessel von der Kette und macht Tee — sie ist innerlich etwas beklommen, das Viertel geht schon wieder zu Ende, sie wagt es Taak nicht zu sagen, der selber einkauft. Dabei rühmt sie ihn so laut, daß die Queen aufhorcht — ja, Rineldtant glaubt nicht, wie fleißig der Mann ist, gar nicht zu sagen! Mit dem Färben ist er schon fertig, und die Nägel hat er auch alle eingeschlagen. Sie schnippt einige kleine Holzspäne fort — ja, die setzen sich überall hinein, Taak hat sich jetzt ans Schnitzen gemacht. Das Kinderspielzeug müßte sie eigentlich sehn, was er heute gemacht hat, richtig Trog und Leiter zum Schweineschlachten — nein, es ist nicht hier, er hat es wohl zum Färben mit auf den Boden genommen. Sie glaubt nicht, wie nett das geworden ist! Und dabei ist's noch gar nicht so weit — bedauernd wiegt sie hinter Ettas Rücken den Kopf, die Queen nickt ihr heimlich zu und denkt ihr Teil.

Beim Fortgehn faßt sie im Flur Gedrut beim Ärmel und fragt sie geradezu, wie sie es eigentlich mit dem Haushalt halten, gibt Taak Wirtschaftsgeld? Gedrut kann nichts anders, sie muß es sich einmal vom Herzen reden, vergebens sucht sie ihre schrille Stimme zu dämpfen, als sie unter den fordernden Blicken der Queen erzählt: „He is anners ja'n gooden Minsch!" betont sie immer wieder. Sie hat die Hände über der Brust gefaltet und tritt vor Furcht und Hoffen, die Gestrenge könnte eingreifen, von einem Fuß auf den andern.

Inzwischen kommt Taak von Eimo zurück. Durch das unverhangene Fenster sieht er Etta vor dem Feuer sitzen, blaß und ernst und doch so lieb mit dem hellen Löckchen unter dem verschobenen Haarnetz — so lieb! das Herz krampft sich ihm zusammen vor Schmerz und Verlangen. Wohl verblaßten das nächtliche Erleben und seine große Enttäuschung in dem Strom der rinnenden Tage. Aber stärker denn je ist die Sehnsucht nach dem Kind in ihm, das ihm so ganz allein gehören wird —.

Bei nächster Gelegenheit nimmt die Queen Taak ernstlich ins Gebet. Sie erteilt ihm genaue Instruktionen, wie ein Kapitänshaushalt geführt werden muß, und daß darin Brötchen und Weißbrot keineswegs fehlen dürfen. Und wie steht es mit einem Weihnachtsgeschenk für Etta? Der Plünnenrieter hat sehr schöne Longschals bekommen, das wäre gerade das Richtige, sie will wohl einen mit aussuchen. Taak wird klein wie ein Schuljunge und tut alles, was die Gestrenge will. Bei dem Einkauf wählt sie mit wahrer Wollust solange, bis Etta halb ohnmächtig ist, Gerken aufatmend über der schweren Arbeit seine Perücke lüften muß und Taak im geheimen findet, das standesgemäße Leben sei doch eine recht kostspielige Sache.

Weihnachten verläuft still und schmucklos. Nur in dem großen Haus von P. J. Peters brennt ein Weihnachtsbaum, den der Dampfer extra mitbrachte, es klappte gerade zwischen dem ersten Frost, dem starkes Tauwetter folgte und dem jetzt einsetzenden, der die Verbindung erneut stört. Madam ist sehr stolz auf diese Neuerung und auch ihre Familie sonnt sich im Glanz des ungewohnten Lichterbaums.

Sonst brennt — jedenfalls in den Schifferhäusern — eine Pyramide vor dem Fenster, die befrorenen Scheiben glitzern in dem Kerzenschein. Die Sterne tanzen auf den kleinen hüpfenden Wellen im Hafen, über die der Frost ein Eishäutchen warf, das sich zusehends verstärkt und die ewig bewegten zur Ruhe bringt. Es ist erfreulich, daß der Frost zur rechten Zeit kommt, um so eher wird es Frühling! Man ist allenthalben in bester Stimmung, denn es wurde viel Geld verdient und der ganze Ort hat davon profitiert. Und vor großen Verlusten an Fahrzeugen und Mannschaft blieb der Siel dies Jahr bewahrt — weshalb also sollte man nicht fröhlich sein?

So herrscht beim Weihnachtsball des Schifferklubs eine recht aufgeräumte Stimmung. Zwar vereint sie alle auch um die zwei Wochen ein geselliges Zusammensein wie eine große Familie, und das Jungvolk tanzt dann ein wenig nach den Klängen einer Ziehharmonika, die einer von ihnen spielt. Aber ein richtiger Ball mit Musikanten ist doch das größte Ereignis des Winters, von dem die jungen Mädchen schon lange vorher träumen. Für die jüngsten von ihnen ist es ihr erster Ausgang, Bekka Tjarks bringt dafür mit vieler Mühe Thedas Konfirmationskleid in Ordnung, sie als Witwe kann ihr mit dem besten Willen kein neues Kleid kaufen. Das Kind ist auch so groß geworden, nichts paßt ihr mehr. Sie wird es ein wenig erweitern und verlängern und rosa Schleifen darauf setzen, dann ist das Kind auch fein.

Dies seltsame Ballkleid verringert denn auch in keiner Weise das Vergnügen von Theda — die Jungens sagen, sie kann wohl an der Luft hängen, so schlank ist sie, und an ihren Augen kann man wohl ein Streichholz anzünden. Doch das ist ihr noch gar nicht bewußt. Sie genießt nur in harmloser Freude, daß sie bei keinem Tanz sitzt, selbst die Tanten haben nichts an ihr auszusetzen. Die sitzen streng getrennt von den Männern an langen Tischen unter dem Vorsitz der Queen hinter dem Tee, unter dem die Kohlen glühen. Wübkmagret läuft eilfertig mit den unentbehrlichen Stövchen, ohne die es in diesem ewig fußkalten Klima nicht auszuhalten ist. Wie gewöhnlich kam Antje Hillerns zu spät, sie setzt sich zu Dina Eimen und Gedrut, die oben bei der Queen Platz genommen haben, ebenso Etta, die in ihrem roten Traukleid doch recht blaß ist, wie man allgemein feststellt. Katharina Occen hat sich lieber unter die andern Frauen gemischt, sonst darf man wieder kein Wort sagen. Alle sind sie da, auch die Mutter von Hero und die von Theda und ihrem Bruder Tjark, Bekka Tjarks, und die fleißigen Schwestern Janssen fehlen gleichfalls nicht, „de Deerns", die vorher so manche Nacht nähend durchwachten. Und ohne Gretje Occen, Liessies Tante, wäre die Runde ja nicht vollzählig!

Die Männer sitzen hinter dem Grog und rauchen zur Feier des Tages, sie halten ihre Zigarren ungeschickt und legen sie auch wohl halb angeraucht achtlos fort. Man sang erst einige Weihnachtslieder, dann wurden kleine Geschenke verlost, was viel Heiterkeit auslöst, besonders als der drollige Siebelt eine Kinderklapper gewinnt. Dann kommt das Jungvoik zu seinem Recht — kaum setzt die Posaune ein, als Hero schon als erster aufspringt und seine strahlende Liessie holt, sie kümmern sich nicht um die strengen Blicke der Tanten. Bald dreht sich alles, sogar Tjark wagt die kleine Tomma zu holen, die so brav in dem hochgeschlossenen dunkelbraunen Kleid dasitzt, das feine Kraushaar fest an den Scheitel geklebt, es sieht sonst zu unordentlich aus, sagt die Queen. Junge Mädchen brauchen nicht soviel Putz, das kommt erst, wenn man älter wird, dann muß man etwas für sich tun! Und zur Bestätigung setzt sie zu ihrem weiten schwarzen Seidenkleid mit Krinoline, Fabeln und weißen Krägelchen ihre Prunkhaube auf, dieselbe, deretwegen sie sich damals mit Gerken erzürnte.

Die neuen Öfen, Gerd Onkens ganzer Stolz, glühen, die frischgekalkten Mauern dunsten und der reichlich genossene Tee und Alkohol erhitzen die Köpfe, das Stimmengewirr wird immer lebhafter. Hielta Becker späht vergebens nach Gerriet Janssen — hat er nicht gesagt, sie soll seine Frau werden, und nun holt er sie nicht einmal zum

Tanz? Das ist einerlei drum, dann muß Röbkeheerenohm als ihr Vormund das in Ordnung bringen, das ist ihr gutes Recht. Ihr Gesicht wird immer länger und strenger, sie breitet ihr hellgraues Kleid mit den schwarzen Samtstreifen wie einen Pfauenschweif um sich. Wiltert mit der gebrochenen Nase macht sich den Spaß und holt sie, sie tanzt so gerade, als hätte sie einen Ellstock verschluckt, fast hätte sie Tomma und Tjark umgerissen, die unbeholfen und selig miteinander herumhopsen.

Die Tanten stecken die Köpfe zusammen: wer mag der rotblonde Hagere nur sein, mit dem Taak so angelegentlich spricht? ein Fremder? wie kommt der hier herein? das wundert sie doch recht von Taak! Aber da sieht Katharina, das ist ja Jantken Wick ihr Simon Johanna, es hieß neulich schon, daß sie ihn erwartete. Er hat auf der Ostindienfahrt abgemustert und wird, wie es heißt, die „Perle" von Gerd Dirks übernehmen, der an Land bleiben will. Also ein Heiratskandidat, und jede Mutter mit heiratsfähigen Töchtern findet, daß er gut ist für die Töchter der andern. Denn ihre eigenen und der Sohn von Jantken Wick? — nein! Wenn auch jede zu ihr rennt, um sich Rat und Erleuchtung zu holen, so verachten sie sie doch im stillen, obwohl sie niemand ein Leid zufügt.

Simon Janssen Siemens, den seine Mutter Simon Johanna nennt, und dem die Kinder spottend ihr „Simon Johanna, hast du mich lieb?" nachrufen, sitzt in zäh fließendem Gespräch bei Taak, zu dem er sich noch am meisten hingezogen fühlt. Zwar lassen ihn die andern als ihresgleichen gelten, doch fühlt er ihren Hochmut doppelt, wenn er an seine wunderliche Mutter denkt. Taak, der nicht tanzen kann, hat längst seine Zigarre fortgelegt und starrt zu Etta hinüber, die mit fernem Lächeln in das Gewühl sieht. Jetzt holt Eimo sie zum Tanz — sieh mal an! das scheint sie doch zu freuen. Vielleicht möchte sie überhaupt gern häufiger tanzen; er denkt nie an dergleichen.

Eimo, der schon recht in Stimmung ist, erkennt seine herbe Kusine nicht wieder: „Dat wuß ik gans nich, dat du so danzen kannst!" Er zieht sie dabei fester an sich — schmiegt sie sich willig an ihn? nein, nein, das bildet er sich ein, gerade wie damals in Amsterdam, geht ihm vag durch den Sinn. Das kommt, wenn man einen sitzen hat, denkt er in weiser Selbsterkenntnis und verabschiedet sich lachend mit einem tiefen Kratzfuß, seine Dina wartet schon lächelnd. — Auch Gerriet Janssen ist im Vorübertanzen das belebte Gesicht der jungen Frau aufgefallen — Donnerwetter, der Taak ist doch wirklich ein Glückspilz! Ihm hätte Etta auch gefallen können, leider war er damals anders gebunden. Nun, gleich wird er sie holen, Taak hat kaum etwas dagegen. Er tanzt gerade mit Liessie, die er Hero ausgespannt hat, sie stehen Etta und Eimo beim „Jabk, stah still!" gegenüber. „De anner Danz för mi!" ruft er Etta zu, die lächelnd zusagt. Es geht wie ein Rausch durch sie hin, auch sie ist jung und lebensfreudig, sie kann gar nicht genug vom Tanzen bekommen.

Gerd Onken steht mit seinem langen grauen Gesicht hinter dem Tresen und weiß schon zeitig, daß er einen sehr guten Abend haben wird. Auch Wübkmagret weiß es; mit dunkel gerötetem Gesicht, in dem die Augen immer plieriger werden, schiebt sie mit dem gefüllten Tablett durch die Menge, sie trinkt dabei rasch alle Neigen aus, deren sie beim

Gläserwechseln habhaft werden kann. Ihr Weizen blüht heute Abend — die Männer sehen ja gar nicht mehr, was sie zurückgibt, und ihre Extratasche unter der Schürze rundet sich zusehend. „Fä — — ällig?“ sie darf die Damen nicht vernachlässigen, obwohl diese meist recht genau mit dem Trinkgeld sind. Doch es sind fast alles Kundinnen, sie könnte sonst wohl zuviel Schaden dabei haben!

Der Abend verläuft in bester Stimmung. Hillern hat wie stets mit irgend jemand Krakehl gemacht und Antje wie üblich dazu geweint. Das hat Siebelt nicht von allem möglichen Unfug abgehalten — er hat sogar zum allgemeinen Gaudium Gretjemö, seine alte Flamme, aufgefordert. „Ik dans nich!“ sagt sie steif und streng und sieht durch ihn hin, als sei er Luft. Tief beleidigt steht sie auf und rauscht hinaus.

„Ik will di oll Zeeg gansnich!“ ruft er ihr nach. „Büst mi völ to old! hest ja niks as Krüsen un Follen!“

Eine Junge will er haben, am liebsten gleich zwei, das soll sie sehn! Dann holt er Tomma und auch Theda, sie müssen einen Likör mit ihm trinken und bekommen noch Kuchen, sie finden Siebeltohm zu nett. Darauf holt er Hielta und bestellt ohne ihr Wissen einen Solotanz. Der kleine bewegliche Mann legt mit dem langen, steifen, aber vorzüglich tanzenden Mädchen einen Tanz hin, daß alles Beifall klatscht: „Hier stell ich meine Braut euch vor, Susanna Knickebein!“ ruft er. Dann führt er sie mit gravitätisch erhobener Hand zu ihrem Platz und bestellt eine Flasche Portwein, von dem sie tapfer mittrinkt. Nun muß er sie aber auch nach Hause bringen, necken die andern. „Wat woll anners!“ in seinem übermütigen Rausch erkennt er keine Gefahr — er will sie wohl heil abliefern: „Ik do di niks, du!“

Taak kann sich nichts aus der Springerei machen und sitzt gelangweilt bei Simon Johanna, der sich keinem Korb aussetzen will und schweigsam zusieht. Ernüchtert wacht Etta auf, als Taak mahnt: „Dat wurdt Tied!“ Ihr ist, als sei sie aus aller Freude ausgestoßen, als sie als erste aufbrechen — es kostet ihm zuviel, denkt sie voll Bitterkeit.

Kalt funkeln die Sterne am Nachthimmel, als die letzten Ehepaare nach Hause finden. Die älteren Leute liegen schon längst in ihren Betten und hören das Lachen der jungen Paare, die der scharfe Ostwind nicht stört. Der Mond spiegelt sich in dem noch blanken Eis, das jetzt wie eine Glasplatte über dem Hafen liegt, leise knirscht der dünne, feinkörnige Schnee unter den Füßen. In wenigen Tagen wird das Eis fest sein, dann wollen sie das Schlittschuhlaufen aber genießen!

Und während Dina beglückt ihre schlafenden Kinder betrachtet, die die alte Arendine inzwischen betreute, und sich freut, daß Eimos Neckereien heute niemand verletzten, sitzen Gerriet Janssen und Wiltert mit der Nase noch bei Gerd Onken. Sie haben ihre Mädchen nach Hause gebracht und leeren nun eine Flasche nach der andern, obwohl Gerd Onken dauernd zu hören bekommt, welch jämmerliches Gesöff er ihnen vorsetzt. Schiet ist das ja gegen den letzten aus Oporto, den Gerriet mitbrachte. Kinner un Minschen! Er hat wohl beschädigten von Habbo Harms aus der letzten Strandung gekauft? man schmeckt das Seewasser richtig heraus! Dieser ist gerade gut genug für Wübkmagret, die dort im verlassenen Saal noch heftig kichernd einen Solotanz wagt. Die kommt der Aufforderung nur zu gern nach und hat schon genießerisch einige Gläser heruntergestürzt, als die sehr gestrenge und gewichtige Frau Onken plötzlich in der Gaststubentür steht. Sie sagt nichts, sie sieht nur von einem zum andern.

„Fierabend!“ sagt Gerd Onken mit Grabesstimme.

12. Kapitel

Prost Neejohr!

Am andern Morgen hängt dicker, kalter Nebel. Gegen Mittag jedoch bricht die Sonne durch den Dunst und oh Wunder! alle Masten, alles Tauwerk der Schiffe ist mit einem dicken Rauhreifpelz verziert, selbst die Bordwände sind weiß überzogen. Wie Gebilde aus reinem Silber stehen sie vor dem blaßblauen Winterhimmel.

Trotz des wenig einladenden Wetters tummeln sich die Jungens den ganzen Morgen auf dem Hafen, sie müssen doch probieren, ob das Eis schon hält. Hier, wo es stets unter Ebbe und Flut zu leiden hat, kracht es zwar bedenklich, und unter der Brücke ist es erst schwach übersetzt. Dafür ist auf dem Binnentief eine wunderbar ebene Eisbahn, das wird ein Spaß werden!

Gleich nach Mittag erscheinen auch schon die ersten Mädchen, voran Hielta, die eine vorzügliche Läuferin ist. Wartet sie auf Gerriet? aber nein, sie gleitet mit erhabenem Lächeln in elegantem Schwung an ihm vorbei, als er als Letzter angeschlendert kommt. Das kümmert ihn wenig, er hilft mit überlegener Geste Tomma bei ihren Schlittschuhen, sie bekommt sie in der Eile nicht fest. Sie darf natürlich mit, bestimmt Rineldtant, aber zuerst muß die Arbeit fertig sein! Und jetzt ist es die höchste Zeit, denn es hat sich schon eine Kette gebildet. Die schwächsten Läufer werden in die Mitte genommen, die besten — in diesem Fall Gerriet und Wiltert mit der Nase — führen an und machen den Beschluß. Hierfür war eigentlich Hero in Aussicht genommen, der auch ausgezeichnet läuft, aber der will lieber mit Liessie zusammen bleiben, die ihm sonst bestimmt ausgespannt wird, und die andern machen sich ein Vergnügen daraus, ihm das durch tausend Neckereien zu erschweren.

Kaum sind sie ordentlich in Fahrt, als Siebelt aus seinem am Tief gelegenen Haus stürzt — schon ist er die Böschung herunter, bindet die Schlittschuhe unter und nun gleitet er in langen Strichen stolz an der ganzen Kette vorbei. Die Hände auf dem Rücken, fährt er in einigem Abstand der fröhlichen Schar voraus, und so sehr Gerriet seine Nachfolger auch mit lustigen Zurufen anfeuert, sein flatternder Wollschal ist nicht einzuholen. Lachen und Juchzen mischt sich mit dem Krachen der hohlen Eisränder und dem eigentümlich dumpfen Geräusch der gleitenden Schlittschuhe, es klingt weit über das winterkahle Land, das grau und tot unter dem endlosen Himmel liegt.

Mit feinem Glitzern bricht sich die Wintersonne in dem streckenweise noch unberührten Eis, in den rauhreifgeschmückten Gräsern und Schilfhalmen am Ufer, auch das kleinste Saathälmchen bleibt nicht ungeziert. Selbst die sich im Luftzug lösenden Löckchen der Mädchen, Bart und Haar der

Männer und die ganze Kleidung sind bald weiß überpudert. Ein Hase schreckt auf, krächzend setzt sich ein Rabe auf einen Pfahl. In sattem Rot glühen die mächtigen Dächer der Plaatsen an den Binnendeichen, ganz fern am Horizont taucht ein Kirchturm auf. Silbrige Mühlen, wie emporgehoben, drehen sich überall in der Weite und die strenge Landschaft, die Taak nächtlich so erschreckte, erscheint heute licht und fröhlich. Gerade als Gerriet beim Bäcker an der Brücke stoppt, kommt dort ein Schwarm junger Menschen heraus, sie wollen nach der andern Richtung. Es sind frische, derbe und ländlich gekleidete Gestalten, mißtrauisch sehen sie auf die Ankömmlinge: „Dat windig Volk!" sie stoßen sich an. Die Männer können sich ein paar Bosheiten nicht versagen — ja, rufen sie, das Eis nach dem Norden hin muß ja längst fest sein, wo es da so kalt ist — „Un so windig!" ruft ein langer Kerl, er ist mit weit ausholenden Strichen verschwunden, ehe die Jungens etwas erwidern können. Die Mädchen werfen ihnen neugierige Blicke zu, beim Zubinden der Schlittschuhe schielen sie halb verächtlich, halb neidisch nach den gut und städtisch gekleideten Schiffertöchtern, die eben im Krug verschwinden.

Solche Gäste hat Klas Klassen gern, die vom Siel, die lassen noch mal was springen! Die jungen Schiffer reißen ihm seine dicken, braunen Pfeffernüsse fast unter den Händen weg, und Moder kann beinahe nicht dagegen kommen, so viel Eierbier ist bestellt, das süße, warme Getränk mundet herrlich nach der frischen Fahrt. Siebelt geht mit einer großen Tüte umher und beschenkt alle Mädchen mit Pfeffernüssen. Von Hielta, die stocksteif und streng auf das Getriebe der anderen sieht, verlangt er dafür einen Kuß — will sie ihn nicht heiraten? aber er bringt seine gelbe Braut mit, das will er ihr nur gleich sagen, damit muß sie einverstanden sein! Sie lächelt jetzt verschämt, doch ehe sie antworten kann, ist er schon wieder im Laden und holt neuen Vorrat. Die Gesichter glühen wie die Herzen, die sich von ungefähr zusammen finden. Gerriet hat sich zwischen Tomma und Theda gesetzt, im Scherz will er beide an sich ziehen. Er will sie beide heiraten, sagt er, sie gefallen ihm zu gut! Tomma rückt scheu von ihm fort und sieht sich hilfesuchend nach Tjark um, der sich bald wie selbstverständlich zu ihr setzt. Theda aber, die gestern noch so kindliche, hört heute schon gern die Schmeicheleien des vielbegehrten Gerriet, ganz dunkel stehen ihre Augen in dem hellen Gesicht. Sie hat eine Haut wie Milch und Blut und einen weichen, begehrenswerten Mund: „Melksnut!" neckt er das Kind und spielt mit ihren langen, ährenblonden Zöpfen. Liessie sieht strafend zu ihr herüber — das wird sie ihr aber sagen, vor Gerriet muß sie sich in acht nehmen. Man muß es ihrer Mutter eigentlich sagen, dies gehört sich nicht!

Heiko Hillerns, der im letzten Jahr hoch aufgeschossen ist, hat sich auch in die Stube gewagt, in der die jungen Leute sitzen. Er und einige Altersgenossen bestellen sich gleichfalls großmächtig Eierbier. Genuß haben sie aber keineswegs davon, denn für die andern sind sie einfach Luft. Und sagt Siebeltohm nicht sogar: „Ji Kinnergood!" und schenkt ihnen Pfeffernüsse?

Heiko will tief entrüstet nach draußen stürmen, aber dann besinnt er sich. Er trinkt sein teures Eierbier aus und geht dann mit männlich festen Schritten stolz nach draußen, obwohl er vor Wut am liebsten die Tür mit einem lauten Knall zuschlüge. Aber drinnen sitzen lauter Steuerleute und Kapitäne, die es ihm wohl einmal eintränken könnten, und dann — ja, dann hat er doch noch schnell seine Pfeffernüsse eingesteckt, er kaut schon mit vollen Backen. Mißmutig fährt er allein in lang ausholendem Bogen zurück, erfüllt von abgrundtiefer Verachtung gegen eine Welt, in der man nicht von heute auf morgen erwachsen sein kann. Und dabei war er schon am Schwarzen Meer und in Marokko, was längst nicht jeder der dummen Jungen drinnen von sich sagen kann.

Er kommt in solcher Fahrt angesaust, daß er auf ein Haar über die Strauchbesen fällt, die Harm und Jürn ihm Trinkgeld heischend hinhalten, ihr gutes Recht als Bahnfeger. „Maakt, dat Ji d' Draai kriegt!" Düster fährt er um die beiden herum, er ist jetzt ein Mann, dem der Sinn nicht nach Späßen mit den alten Hallunken steht. Nur fällt ihm zufällig etwas aus der Hand, Harm gleitet vor Eifer aus und hält, die Beine in die Luft, einen Hosenknopf in der Hand. „Wa, wa, wa? — ik will die Düwel woll kriegen!"

Mehr Glück haben sie, als die jungen Leute zurückkommen, deren Kette hinten in der tiefer werdenden Dämmerung auftaucht und bald an ihnen vorübersaust, Siebelt stolz voran, diesmal mit Hielta, sie haben die Hände gekreuzt. Die jungen Schiffer sehen nicht auf einen Groschen, und Harm und Jürn sind gegen ihre Neckereien abgebrüht, wenn sie nur ihre Schnapsgroschen kriegen! Das ist das A und O ihres Daseins und durch nichts zu teuer erkauft.

In einigem Abstand folgt Simon Johanna. Er ist dem ganzen Leben hier so fremd geworden. So war er nicht mit den andern zusammen und lief allein noch eine Strecke weiter. Mit gesenktem Kopf geht er zu dem niedrigen Haus seiner Mutter, in dem es nach Torf und Seesand riecht und wo Kater Tom Jagd auf die langsam kriechenden Mauerschaben macht. Hastig birgt Jantken die Karten weg, noch ganz benommen von dem, was sie darin las, stochert sie jetzt im Herdfeuer. Ein Kind lag ihrem Simon Johanna zu, immer wieder das Kind, und ein tiefes Wasser zwischen ihm und der Frau: „Gott mag uns bewohren!" sagt sie halblaut und streicht ihrem verwunderten Sohn über sein sich lichtendes Haar.

Das Wetter hält sich in den nächsten Tagen, und von Herzen genießt die Jugend diese herrliche Zeit. Nur Theda hat Hausarrest, ihre Mutter sagt kurz und streng, sie ist noch zu jung und muß ihr nicht wieder davon anfangen. Und nun sitzt das arme Kind mit dem Strickzeug am Fenster, sie kann gerade die Köpfe der Schlittschuhläufer seh'n — das, das muß Gerriet sein, die andern haben ihr nur nicht gegönnt, daß er bei ihr saß — bittere Tränen fallen auf den grauen Strumpf. Ihre Mutter, die dort mit fest geschlossenem Mund vor dem anderen Fenster sitzt, kam schon heute Morgen so verstimmt von Bäcker Willms zurück. Später kam dann Tante Katharina und hatte eine Unterredung mit ihr, sie wurde aus der Küche geschickt. Aber sie hörte noch, wie ihre Mutter zornig sagte: „Över mien eegen Kind schnack ik nich mit anner Lüd!" Was hat sie denn für Unrechtes getan? Über die weichen Wangen rollen erneut heiße Tränen, sie fallen auf das klebrige Garn, das noch von dem billigen Strandgut von Gerken stammt, Theda wagt sie nicht weg zu wischen.

Von den Verheirateten wagt sich ebenfalls der eine und andere aufs Eis und selbst Taak, der ein guter Läufer ist, bindet die Schlittschuhe unter. Etta bedauert aufrichtig, nicht laufen zu können. Als Trost reißt ihr Mann sich eine Tüte Pfeffernüsse vom Herzen, zwar nicht ganz freiwillig und erst auf Siebelts anfeuerndem Zuruf, aber die Frauen rechnen es ihm hoch an. Madam Peters hat hohe Stahlschlittschuhe untergeschraubt und übt vor ihrem Haus in Reifrock und pelzbesetztem grünen Kleid Bogen. Die Männer jagen mit einem Tick an der Mütze und halb abgewandten Augen vorbei, sie empfinden ihr Tun als etwas Ungehöriges. Aber Madam nimmt sich das eben heraus, worüber man sich recht wundern muß, denn sie ist doch auch ein Kind vom Siel. Ihr Vater, der reiche Getreidehändler Mammen, ließ der einzigen Tochter immer zuviel Willen, sie ist sogar eine Zeitlang in England gewesen. Als er sich später verspekulierte, war sie froh, daß P. J. Peters sie nahm und sie im elterlichen Haus bleiben konnte. So nicht, er ist von gutem Herkommen, sie haben noch seinen Urgroßvater gekannt, aber er ist doch doppelt so alt wie sie.

Den Halbwüchsigen allerdings liegen solche Erwägungen fern, sie geben sich im Gegenteil alle Mühe, von Madams Künsten zu profitieren. Heiko Hillerns kann mit seinen niedrigen Holländern bald fast ebenso elegante Bogen schlagen, und er hält die rechte Hand dabei so zierlich, als stäke sie auch im Muff, was ihm manchen Hohn seiner Freunde einträgt. Doch darüber fühlt er sich weit erhaben, denn Madam hat sehr freundlich mit ihm gesprochen und ihm gezeigt, wie er es machen muß. Sein Jungensherz schlägt seitdem in so heißer Verehrung für sie, daß er nur noch vor ihrem Haus übt, in der steten Hoffnung, sie könnte auftauchen.

Doch Madam hat jetzt ebenso wenig Zeit an ihr Vergnügen zu denken, wie die übrigen Hausfrauen auf dem Siel, die alle mit wichtigen und sorgenvollen Mienen nach uralten Rezepten die traditionellen Neujahrskuchen anrühren. Selbst die Kinder stehen unter dem Bann der Ereignisse. Sie schälen mit gleich wichtiger Miene die Kardamomkörner aus den eckigen Hülsen, sie dürfen sie auch im Messingmörser zerstoßen, das ganze Haus duftet köstlich danach.

Bei den Schiffern ist das Backen Aufgabe der Männer, die sich diese für sie fast heilige Handlung denn auch nie nehmen lassen. In irdenen Schüsseln steht der leicht flüssige Teig neben dem Herdfeuer, und vorsichtig legt der Hausherr einen wohlbemessenen Löffel der duftenden Masse in das erhitzte Eisen, das den Namenszug der Familie trägt und meist viel, viel älter ist als sein Besitzer. Man muß es im Gefühl haben, wann das zangenartige schwere Eisen gewendet, wann es aus dem Feuer gezogen und geöffnet werden kann, nachdem das Messer ringsum die angekohlten Ränder abschnitt. Sehnsüchtig hängen die Augen der Kinder daran in der Hoffnung, es möchte ein Kuchen verunglücken, der dann ihnen gehört. Aber stolz präsentiert Vater die zartbräunliche Fläche der Mutter oder großen Tochter, die die dünne, zerbrechliche Scheibe mit flinken Fingern aufrollt und in die bereitstehende Kuchentrommel legt.

Das geht über lange Stunden, ja, Tage, denn es gilt einen großen Vorrat für die zahlreichen Gratulanten schaffen. Frauen müßten bei den benötigten

Mengen bald erlahmen, darum nehmen die gestählten Männerarme ihnen diese Last ab. So sitzen denn die rauhen und befehlsgewohnten Männer wie gezähmte Bären am Herdfeuer und schwingen das friedliche Eisen.

Antje Hillerns hat den Tisch ans Feuer gerückt, die Kinder leisten ihr Handreichungen; selbst Heiko hält es nicht unter seiner Würde, die Kuchen einzupacken, wobei so leicht einer zerbricht, nicht wahr? Es ist bei ihnen so friedlich wie lange nicht und Antje in ihrem Herzen dankbar, daß sie ihren Hillern einmal so recht für sich hat. Nein, wie schön egal seine Kuchen werden, einer wie der andere! Dies Lob tut ihm sichtlich gut. Antje hält auch nach trüben Erfahrungen an sich, als er die ganze Herdplatte großzügig mit Teig bekleckert, sie weiß: er wirft ihr sonst die ganze Sache hin und läuft davon.

Taak backt zum erstenmal. So mißlingt ihm trotz Gedruts eingehender Ratschläge mancher Kuchen, was ihn selbst am meisten ärgert. Er findet diese ganze Bäckerei recht überflüssig, aber die Queen hat ihm ausdrücklich gesagt, daß dies sein muß. So wagt er auch nicht, Einhalt zu gebieten, als Gedrut den Hefenteig für das übliche Altjahrsabendgebäck anrührt — was, so viel Eier und Butter? und noch Korinthen und Rosinen und sogar Sukkade dazu? Er muß sich Gewalt antun, ihr nicht in den Arm zu fallen, als sie Schmalz zum Ausbacken aus dem irdenen Topf nimmt — diese Menge hätte bei seinen Eltern mindestens einen Monat reichen müssen.

Er beißt sich auf die Lippen und sieht nach draußen, wo sich vom verhangenen Himmel einzelne Flocken lösen und taumelnd niedersinken.

Das Wetter scheint umzuschlagen, mit dem Schlittschuhlaufen ist es so vorbei. Nebenan hört er Etta rascheln, sie macht sich fertig für den Kirchgang, es wird auch bei kleinem Zeit. Er starrt in die dichter fallenden Flocken, man sieht die Schiffe nur noch wie durch einen Schleier, allein seine „Etta“ ist deutlich zu erkennen. Ihm ist, als sei dort seine eigentliche Heimat, als gehöre er gar nicht in dieses Haus, in dem er sich noch stets wie ein Eindringling vorkommt, zwischen Gedruts Sachen und den feststehenden und ihm oft so unbegreiflichen Gewohnheiten. — Etta! Etta! Ein Gefühl der Einsamkeit überwältigt ihn so stark, daß er den Kopf an die Fensterscheibe legt und die Hände in den Taschen verkrampft — Etta! — ist er ihr wirklich nur gut genug, „om op Oostindieé te varen?“

Er sieht sich plötzlich als halbwüchsigen Jungen mit dem Bettelkorb gehen, das war auch an einem Altjahrsabend, wenige Jahre vor der großen Flut, als alles so daniederlag. Der Winter war ungewöhnlich früh gekommen, und Heiko Janssen hatte schon seit Wochen keine Arbeit mehr für seinen Vater gehabt. Es fehlte am Notwendigsten, und so griff seine Mutter schweren Herzens zu dieser damals üblichen Selbsthilfe, sie weinte bitterlich, als sie ihr Kind fortschickte. Zufällig war er zuerst zu Röbens gekommen, zitternd, mit niedergeschlagenen Augen stand er vor der Queen, die damals eine junge Frau war. Er mußte die Tränen herunterwürgen, kaum konnte er sein Anliegen vorbringen. „Arm Kind!“ sie strich ihm über den Kopf, ja, es war eine böse Zeit. Sie kannte seine Eltern, das waren brave Leute, denen mußte man helfen. Er bekam süßen Kaffee und Zwieback mit dicker Butter, den es zuhaus kaum an Festtagen gab. Die kleine Hyma wollte in seinen Korb sehen, den die Queen ihm hinsetzte, sie bekam einen Klaps: „Dat is niks vör Kinner!"

Kaum hatte er seine Fracht schleppen können, aber sie war ihm leicht geworden in dem Gedanken, nirgends mehr anklopfen zu müssen. Am andern Tag schlug das Wetter um, und so blieben ihm weitere demütigende Wege erspart. Nie, nie würde er der Queen vergessen, was sie für ihn getan —.

Ach, wenn Etta doch begreifen wollte, daß er nur aus Angst vor neuer Not so ängstlich spart. Aber diese Schande darf sie nie erfahren —.

Und er ahnt nicht, wie Etta aus gleicher Scham ihm nicht zu gestehen wagt, welche Magddienste sie den reichen Verwandten in Amsterdam leisten mußte, wie sie aus Stolz das Spiel des silbernen Löffels in der leeren Teetasse erfand, um andere über die bittere Alltagsnot hinwegzutäuschen. Der Kreis ihres Vertrauens hat soviel Risse und Sprünge, daß ihre Nöte kalt und zitternd in Einsamkeit entweichen, anstatt sich in seiner Geborgenheit die Hände zu reichen und in eins zu verschmelzen .

Schon beiert Gerdohm, und jeder, der nicht durch Krankheit oder Pflichten ans Haus gefesselt ist, macht sich auf zur festlichen Lichterkirche, es ist für die Kinder ein rechtes Erlebnis, wenn sie mit dabei sein dürfen.

„Das Jahr geht still zu Ende,
Nun sei auch still, mein Herz,
In Gottes treue Hände
Leg ich nun Freud und Schmerz.

Und was dies Jahr umschlossen,
Was Gott der Herr nur weiß,
Die Tränen, die geflossen,
Die Wunden, brennend heiß.“

Andächtig singt die Gemeinde das schöne, alte Lied. Der milde Glanz der zahlreichen Kerzen macht die oft so starren und trotzigen Herzen weicher und verklärt Gewesenes und Zukünftiges, unhörbar geht ein Seufzen durch die Kirche. Ernst sehen auch die Schiffer vor sich hin — keiner weiß, was das kommende Jahr bringen mag, und jeder von ihnen muß damit rechnen, daß die See diesmal auch seinen Kopf spülen wird. Ihr Beruf birgt nun einmal viel Gefahren in sich und erlegt auch den Daheimgebliebenen manche bange Sorge auf. Aber sie alle nehmen dies als das einmal Gegebene, vor dem es kein Ausweichen gibt und worüber man deshalb auch keine Worte verliert.

Taak hat ein brennendes Verlangen, Ettas Hände, die das Gesangbuch umklammern, fest zwischen seine kurzen, starken zu nehmen, die gefaltet auf seinen Knieen liegen. Sein Blick streift ihr verschlossenes Gesicht, senkt sich dann verschattet. Ettas Augen hängen an dem Dreimaster über der Kanzel, gleiten ab, bleiben an Eimos blondem Krauskopf hängen. Wie in plötzlichem Erschrecken sieht sie wieder auf ihr Gesangbuch, von dem sie dann während der ganzen Predigt nicht aufsieht.

Pastor Garrels macht es lang, stellenweise ist die Predigt recht trocken, dann hört man Füßescharren und Hüsteln. Zwischendurch findet er aber zu Herzen gehende Worte, besonders wenn er von denen spricht, so zur See ihrem Beruf nachgehen, was alle Beteiligten dankbar empfinden. Doch atmen alle auf, als er endlich sein berühmtes

„A—a—men!" spricht, und Mester Albers greift jetzt so mächtig in die Tasten, daß das schlichte Gotteshaus erdröhnt.

„Wie mit grimmigem Unverstand
Wellen sich bewegen,
Nirgends Rettung, nirgends Land,
Vor des Sturmwinds Schlägen — —"

Siegreich führt Habbo Harms das schöne alte Schifferlied über alle Klippen und Untiefen rauher und ungeübter Stimmen:

„Christ, Kyrie! Ja, dir gehorcht die See!"

Beschwörend hallt es in die Winternacht, leise flackern die Kerzen —.

Gläubig, versunken in Andacht sieht Röbke Heeren in das Licht, sein Dank gilt aus vollem Herzen dem da droben, der ihn auch in diesem Jahr so wunderbar führte und ihn und alles, was ihm lieb, vor schwerem Leid bewahrte. Sein Gebet für das kommende Jahr umschließt sie alle.

Unruhig aber bewegen sich die Mützenbänder der Queen, die sich mehr mit dem Irdischen befaßt — wie mag es ihrem Hefenteig ergehn, den sie zum Aufgehn nach altem Brauch ins Bett steckte? Der Pastor macht es wieder viel zu lange, der Mann nimmt doch auch keine Vernunft an. Sie konnte das Backen unmöglich Tomma anvertrauen, die wieder so abwesend neben ihr sitzt. Was daraus noch einmal werden muß, sie weiß es nicht. Ihr Blick fällt zufällig auf Simon Johanna, der in seiner gewohnten nachlässigen Haltung, die Schultern vorgebogen, nicht weit von ihr sitzt. Das wäre eigentlich ein guter Mann für das Kind, geht ihr durch den Sinn — nein! das wäre nicht verkehrt! Röbke Heeren, bei dem er als Steuermann fuhr, hält große Stücke auf ihn. Die kleine Tomma mit ihrem runden Kindergesicht ahnt nicht, welche Pläne Rineldtant schmiedet; all ihre Gedanken drehen sich um Tjark und seine Familie, denen sie morgen zuerst gratulieren will. Sie hat ein rechtes Verlangen nach Bekka Tjarks mütterlicher Wärme und Anteilnahme.

Dina hantiert inzwischen mit hochroten Backen am Herdfeuer. Die erste Portion Schwemmer ist schon fertig, das ganze Haus duftet nach dem leckeren, knusprigen Gebäck, von dem die beglückt zusehenden Kinder schon probieren durften. Hanni und Rineld dürfen den Alten und Kranken in der Nachbarschaft nach alter Sitte eine Kostprobe bringen. Das ist für die Kinder eine rechte Ehre, sie werden überall sehnsüchtig erwartet und sehr herzlich aufgenommen.

Dina langt inzwischen rasch dem alten Eilertöhm seinen Anteil herein. Der über Neunzigjährige sitzt in seinem elenden Kämmerchen schon wartend am Fenster; er versucht die Scheiben mit seinem Atem aufzutauen, es greift ihr richtig ans Herz. „Och, Eilertöhm," entfährt es ihr: „Nehm uns lewen Heer Jo doch man to sik!"

„Nä, nä!" gierig beißt er in einen Kuchen: „Doot kann 'n noch lang wesen!"

Von dieser lebensbejahenden Weisheit sind auch die meisten anderen Sielbewohner tief durchdrungen. Nach dem Ernst der Kirche triumphiert jetzt wieder das lachende Leben mit Schwemmeressen und Grogtrinken, und in den Wirtshäusern geht es hoch her. Schon lassen die Nachtwächter ihr: „Hört ihr Herrn und laßt euch sagen:

Unsre Glock hat zehn ge—schlaggen!
Zehn. das sind die zehn Ge—bo—hot,
Die uns Gott gegeben hat!"

vernehmen, sie entwickeln dabei eine erstaunliche Gabe, unerhörte Schleifen anzubringen. Es ist ein großartiger Spaß für die Halbwüchsigen, die lachend und johlend mitlaufen. Besonders Heikos Übermut kennt keine Grenzen, vor allem, als er auf seine Widersacher Harm und Jürn stößt, die auch noch in der Hoffnung auf Wohltäter unterwegs sind.

Es ist dunkel, der Mond kommt erst später, und dichter fällt der Schnee. Erstickt klingt der Lärm an das Ohr der Menschen, die in ihren Wandbetten auf den Stundenschlag der Uhr horchen. Stetig segeln die Schiffe über das Zifferblatt, sie kann, wie das Schicksal, nichts in ihrem Lauf aufhalten. Mit einem Ruck fällt jetzt das Gewicht herunter, und zwölf silberne Schläge verkünden den Beginn eines neuen Jahres, unerforschlich wie der verhangene Himmel über ihnen.

Schon zeitig stellen sich am andern Morgen die ersten Gratulanten ein; mit Handkörben bewaffnete Arme, Alte und Kinder, sie rufen ihr: „Völ Glück un Segen in't Neejohr“, was man ihnen mit einer kleinen Gabe dankt. Sie wünschen den jungen Mädchen auch wohl: „'n Brügam mit geelkrus Hoor“ — Liessie wird jedesmal schamrot; ihre Gabe fällt dann meist reichlicher aus, womit Gretjemö wenig einverstanden ist — sie wird jetzt selbst zur Tür gehn, das ist ja Verschwendung. Alle Nachbarn haben sich schon aus den Haustüren und über die Hecken hin „Prost Nejohr!“ zugerufen, die richtigen Gratulationen kommen erst im Laufe des Tages.

Die Kinder sind nicht zu halten und ganz früh auf den Beinen, sie werden sonst nicht fertig, wenn sie zu allen Verwandten wollen. Knapp gerechnet, sind es doch mindestens ein Dutzend Tanten, die man unbedingt besuchen muß, und überall wird man mit Neujahrskuchen und Likör bewirtet — fein! Hanni Eimen führt denn auch bei Rineldtant einen Tanz nach eigener Melodie auf, worüber der gute Röbkeheerenohm so herzlich lachen muß, daß die beiden Kleinen auf seinen Knieen schaukeln und lachend in seinen Bart greifen, sie kichern auch fortwährend. Rineldtant sagt streng, sie sollen nicht so albern sein, sie schenkt ihnen dabei nochmals von dem selbstgemachten Likör ein.

Heiko hat wieder seinen schwarzen Tag. Rineldtant hat ihm zwar Grog gemacht, wie er das mit Fug und Recht erwarten konnte, sie weiß, was einem Mann zukommt. Aber schon Gedrutmö hat ihm einen Likör vorgesetzt: „Büst ja noch'n Kind!" sagte sie, Taakohm hat ihm nicht einmal beigestanden. Und so ging es auch bei den andern. Nun verzichtet er auf weitere Besuche und damit männlich auch auf die so sehr geschätzten Kuchen, er hat diese Kränkungen gründlich satt. Mißmutig schlendert er zum Hafen, wo er seine Spießgesellen beim Schneeballen trifft. Sie haben ein wunderbares neues Spiel ausgefunden, „Bombardement auf Sewastopol", von dem sie durch die Mittelmeerfahrer soviel hörten. Macht er mit? — Ha, und ob auch! Aber was sie jetzt machen, ist Schiet, sie haben ja keine Ahnung, wie es da hergeht. Jetzt will er ihnen einmal vormachen, wie das klingt — er ist mit dabei gewesen, was meinen sie wohl! da können sie was erleben!

Und schon stürmt er ihnen voran zu der großen Kornscheune von P. J. Peters, die harten Schneeklumpen donnern gegen das große, hintere Scheunentor — das klingt aber anders, als wenn sie mit

Dreckklumpen gegen die Mauer werfen! „Bumm! bumm! — — — bumm, bumm, bumm — bummm!" „To, geeft hüm gehörig!" — Die trübe schwere Luft verschluckt das Kriegsgeschrei, Fenster gehen entzwei, Hosen werden zerrissen, und die Mütter stellen abends seufzend fest, daß das neue Jahr schlecht anfängt. Von ihren Männern haben sie noch nicht viel gesehn, so gründlich begießen die das neue Jahr, und selbst das große Stück Pökelfleisch, das heute überall auf dem Tisch steht, lockt sie nicht nach Haus.

Anderntags kommen die Nachtwächter und holen sich eine Extravergütung für ihren schönen Gesang und dafür, daß sie im vergangenen Jahr den Siel so treu bewachten, allerdings zumeist in der warmen Backstube von Bäcker Willms. Es kam auch wohl vor, daß sie einen Brand für den aufgehenden Mond und diesen für einen Brand hielten, doch könnte das auch anderen schlaftrunkenen Leuten passieren. Deshalb bekommen sie doch überall ihren Grog, und es ist deshalb kein Wunder, daß sie des Abends recht unsicher auf den Füßen sind und ihr Horn, das sie zum Zeichen ihrer Treue immer mit sich führen, noch schauerlicher klingt.

Auch Wübkmagret wünscht all ihren Kundinnen viel Glück im neuen Jahr, wovon sie auch selbst zu profitieren hofft. Außer einem großen Teller mit Kuchen, von denen jedesmal einige in ihren Spankorb wandern, bekommt sie natürlich auch überall einen Likör, aber einen schärferen als die Kinder. „Fä—ällig?" ja, sie nimmt noch gern einen zweiten, dankenswert. Sie sitzt dann so brav, und ihre stechenden Augen blicken so scheinheilig, auch weiß sie soviel Neuigkeiten, daß außer dem obligaten Trinkgeld oft auch noch ein Stück Fleisch oder Wurst für sie abfällt.

Nach einigen Tagen stellen sich dann die Handwerker mit ihren Jahresrechnungen ein, und meist ist es viel mehr, als man veranschlagt hat. Die Hausfrauen seufzen viel, während die Männer meist mit großer Geste und ohne viel nachzuprüfen alles anstandslos bezahlen. Nur Taak rechnet alles genau nach. Hier und da findet er einen Posten doppelt aufgeführt und steht nicht an, das auch zu bemängeln, was Etta immer sehr peinlich ist. Eimo hingegen macht es Spaß, wenn die Rechnungen recht hoch sind, er kann nun einmal das Geld nicht so ängstlich festhalten. Wird er nicht bald reichlich neues verdienen?

Das sagt er auch oft lachend auf den zahlreichen Neujahrsvisiten, die jetzt bei Verwandten und Freunden reihum gehn. Wenn die Queen erwartet wird, hat die Hausfrau meist einen sorgenvollen Tag, pflegt sie doch unumwunden ihre Meinung zu sagen, wenn sie etwas Tadelnswertes entdeckt. An solchen Abenden gehören die Kinder natürlich zeitig ins Bett, aber deshalb ist es keineswegs gesagt, daß sie auch schlafen. Weshalb lachen die Großen nur so? Ihno Occen hält es nicht mehr aus, er schlüpft aus dem Alkoven und horcht an der Tür — was erzählt Onkel Eimo? Mit bloßen Füßen kauert er vor dem Schlüsselloch auf den Sandsteinfluren, die Kälte dringt durch sein Nachtzeug —.

Ja, sagt Eimo — als er bei Evert Siebels fuhr — ja, der Vater von Siebelt — nun, er war noch ganz jung, es war seine erste Reise als Steuermann mit der „Maria“, Evert verlor sie dann ja bei Skagen. Auf der Doggerbank kamen sie in sehr schweres Wetter, fliegender Sturm aus Nordwest, sie dachten alle, daß es in den Keller ging. Evert biß die Pfeife fast kaputt: „'t geiht verkehrt! — 't geiht verkehrt!" Sie haben ihn ja noch alle gekannt, ihm ging sonst so leicht keine See zu hoch. Aber nun sah er es doch so schlecht ein, daß er sie alle in die Kajüte beorderte, dort aus seiner Seekiste die sonst als Heiligtum bewahrten Würste riß: „To, Jungs, alls upeeten! — — alls upeeten! — de schöölt nich mit in de Keller!"

Das ließen sie sich natürlich nicht zweimal sagen, du liebe Zeit, wenn man jung ist! Was haben sie eingehauen! solche Scheiben haben sie sich abgesäbelt: „Dat schmeckt mi noch!" Sie waren so vertieft, daß sie darüber das Unwetter ganz vergaßen. Tja — und als die Würste nun alle verzehrt waren, geht Evert nach oben und sieht nach, wie es wohl steht. Und was meinen sie? das Unwetter war vorbei! „De Evert het sik di argert!" Ja, Siebelt hat seine Küren von keinem Fremden! — — Ihno seufzt vor Wonne tief auf und sehnt glühend den Tag herbei, an dem auch er an Bord kommt und solch herrliche Abenteuer erleben wird.

Drinnen sagt seine Mutter etwas von Grog machen, und dann kommt sie auch schon mit dem Teegeschirr, aus der Stube fällt Licht: „Is door wel?" fragt sie ins Dunkel hinein. Ihr ist doch, als hörte sie etwas! Ihno zieht sich vorsichtig hinter den Besenvorhang zurück, bis sie wieder hineingeht.

Dann ist wieder alles dunkel. Drinnen stoßen sie mit den Gläsern an, der Grogduft dringt durch die Tür. Aber dann wird es langweilig. Sie sprechen von Bernd Peters, dem man wohl bald die Kette um den Mast legen wird. Die Familie kann nicht mehr helfen, es ist weggeworfenes Geld, er paßt nun einmal nicht auf. Gewiß, seine Frau und Kinder wird man nicht treiben lassen, das ist selbstverständlich — mehr hört Ihno nicht, frostzitternd zieht er sich rasch in sein warmes Bett zurück.

Auch Taak und Etta haben eingeladen, zum erstenmal ist Taak Gastgeber im eigenen Heim, eine Rolle, in die er noch nicht ganz hineingewachsen ist. Die „Fesuffen" hängen jetzt und werden recht bewundert, und alles ist ganz, wie es sich gehört. Selbst die Queen findet nichts zu tadeln, nun, die Frauen wissen doch auch Bescheid! Nur bleibt ihr Blick manchmal forschend auf Gedrut hängen, die gelb und müde aussieht, die Augen stehen matt in dem heute ganz zerknitterten Gesicht. Aber ihre Stimme schrillt wie sonst und sie spricht so viel, daß Etta kaum zu Worte kommt. Die junge Frau hat auch so viel mit der Bewirtung der Gäste zu tun, daß ihr kaum Zeit zur Unterhaltung bleibt. Es fehlt an nichts, der Grog ist prima und die Zigarren ebenfalls. — Hat er es richtig gemacht?

Immer wieder fragen Taaks Blicke Etta, und ein dankbares Aufleuchten geht über sein Gesicht, wenn sie ihm fern und freundlich zunickt. Und doch empfindet sie qualvoll, daß ihr Herz nichts von dem demütigen Mann neben ihr weiß —.

Ihre Blicke hängen wieder selbstvergessen an Eimo — haben sie schon gehört, daß die Komödianten kommen? Gerd Onken hat es ihm erzählt, sie werden ein feines Stück von Kotzebue spielen. „Herr, was hast du mich erschaffen, unter Tieren, unter Affen — —" zitiert er, ja, Kotzebues Verzweiflung ist großartig! seine Augen glänzen. Da wollen sie hin — was, Dina? Die nickt strahlend Bejahung, und auch die andern freuen sich schon auf die Abwechslung. Etta schießt vor Vorfreude das Blut in die Wangen, sie sieht erwartungsvoll nach Taak.

Doch der sagt gerade zu Occo, er kann sich nun einmal nichts aus solchem Unsinn machen; dafür kann er kein Geld ausgeben. Was ist das nun denn? nichts als Lügerei, womit man nichts anfangen kann. Er begreift nicht, wie ein Mensch sich dazu hergeben kann, und sagt und tut da vor andern Dinge, woran ein vernünftiger Mensch nicht einmal denkt!

Etta ist der Abend völlig verdorben. Natürlich ist das wieder einmal sein Geiz — wenn er nur sein Geld behält! Und sie würde doch so gern hingehn! Aber ihn darum fragen? — Nein, sie denkt nicht daran! Soweit wird sie sich nicht demütigen, dann lieber verzichten.

Gedrut ist die Verstimmung der jungen Frau nicht entgangen. Du liebe Zeit, so ein Mann ist doch auch zu einseitig, solch junges Geschöpf will doch auch einmal unter Menschen und einmal etwas anderes hören und sehn. — Unter vier Augen bringt sie beiläufig an, daß die andern alle hingehn. Dina hat Etta schon sagen lassen, sie soll sich nur recht fein machen, es wird wohl sehr voll werden. Aber sieh, Etta hat ja noch keine Karte — sie sieht ihren Schwiegersohn von der Seite an, nervös wölbt sie die gekerbten Lippen vor, ach, sie gönnte Etta das Vergnügen doch so gerne!

Taak blickt überrascht von den Schiffsnachrichten auf, die er eingehend studiert — so? möchte Etta denn gern hin? Das hätte sie nur sagen sollen, seinetwegen gern!

Er legt die Zeitung zusammen und blickt verdrießlich vor sich hin — daß er doch auch nie an solche Dinge denkt! aber Etta könnte ihn auch einmal daran erinnern, dafür sind sie doch Mann und Frau. Er hat nie mit solchen Dingen zu tun gehabt. Darum weiß er auch nie, was sie eigentlich von ihm erwartet. Wenn sie es ihm doch sagen wollte! Nach den langen Jahren, worin er völlig auf sich gestellt war, ist auch für ihn das Einleben zu Zweien nicht so einfach, wie er einmal glaubte.

Etta kommt von ihren Besorgungen zurück, durchnäßt und fröstelnd — ja, der Regen ist eisig, sie war deshalb auch nicht zu Dina. Sie verschweigt, daß sie nicht hinging, weil sie sich schämt eingestehen zu müssen, daß sie keine Karte hat. Taak verfolgt gespannt jede Regung des so geliebten, heute wieder so abweisenden Gesichts — wird sie es ihm sagen? weshalb nun nicht? Aber der junge, herbe Mund spricht nur von Nebensächlichem, die Komödie wird nicht erwähnt. Nach dem Essen sitzen die Frauen mit ihren Strickzeugen, Taak schnitzelt an einem Modell der „Etta". Aber nur Gedrut spricht; weitschweifig erzählt sie eine Geschichte aus der Franzosenzeit, während die Gedanken des Ehepaares ihre eigenen Wege gehn, die sich nur kreuzen, aber nicht miteinander eins werden.

Am andern Morgen kommt Taak schon frühzeitig mit einer Karte: „Door!" verlegen gibt er sie seiner überraschten Frau. „Dat weer ja nich nödig west!" wehrt sie kühl ab. Aber sie kann nicht verhindern, daß ein Freudenschein über ihr Gesicht läuft, der Taak ganz verwirrt und unruhig macht. Und das um eine alberne Komödie? denkt er verzagt — wenn sie mich einmal so ansehn würde!

Aber als sie abends fertig steht, das lichte Kraushaar zierlich in Locken geordnet, auf der veilchenfarbenen Samttaille den reichen alten Goldfiligranschmuck, das Gesicht freudig belebt, da tut es ihm bitter leid, daß er nicht neben ihr sitzen wird, und gern hätte er dafür das dümmste Zeug und die größte Geldausgabe in Kauf genommen. Der ihn selbst befremdende Wunsch, sich mit den andern zu freuen und auch einmal in eine andere Welt zu sehn, verleidet ihm das Kartenspiel mit Gedrut, obwohl sie ihn gewinnen läßt, und er kann den Augenblick kaum erwarten, da sein schönes Weib wieder bei ihm sein wird.

13. Kapitel

Langeweile, das Ungeheuer

Man kann nicht jeden Abend auf Visite gehn und ebenso wenig dauernd auf dem Deich stehn, besonders, wenn der Mist tagelang über dem Watt liegt und selbst die Küstenfahrt bei dem unsicheren Wetter fast zum Erliegen kommt. Auch kann man nicht die ganzen Tage am Herdfeuer sitzen und Schiffsmodelle schnitzen. Man gerät zudem so leicht mit den Frauensleuten aneinander, die sich über die vielen winzigen Späne ärgern, überall setzen sich die hinein, sagen sie, und stören die geheiligte Ordnung! Nein, nein, stillsitzen und sinnensammeln ist nichts für tatkräftige Männer, und Langweile springt sie oft an wie ein Ungeheuer. Sie schnauzen die Kinder an und werden zornig, wenn die Hausfrau ihrer Arbeit nachgeht. Wenn Antje ihn immer allein lassen will, hätte er auch an Bord bleiben können, schilt Hillern, und überhaupt! dies ist der letzte Winter, in dem er zuhaus bleibt. Will sie ihm aber etwas von ihren Interessen erzählen, so hört er nur mit halbem Ohr zu, denn daß die Hühner noch immer nicht legen, läßt ihn eiskalt.

Und so geht es in fast jedem Haus.

Wenn es dunkelt, legen die Männer wohl die Eisenstange — das Schwert — vor die grünen Fensterläden und sehen nach dem Wind. Aber einstweilen ist es doch gleich, woher er kommt, es kann doch noch lange nicht wieder gehn. Hat der Nachbar jenseits der Hecke die gleiche Feststellung gemacht, gehen sie wieder herein. Sie klopfen den Tabak aus den Bartkrausen, der Wollschal wird um den Hals gewickelt, die Mütze hinten aufs Ohr gesetzt, und will die Frau noch sorglich an ihnen herumzupfen, wird sie ungeduldig angefaucht. Und dann gehen sie einzeln oder zusammen ins Wirtshaus, und man weiß nicht, wann sie wiederkommen.

Kaum sind ihre Schritte verklungen, holt die Frau auch schon ihr Umschlagetuch. Aber da sieht die Nachbarin schon um die Ecke: „Is diens weg? — — Gottdank! — — miens ok!"

Dann sitzen die Frauen am Herdfeuer, unter den ewig kalten Füßen das warme Stövchen, und schütten sich ihr Herz aus über die Mannsleute, die doch „son mall Good" sind, und bei denen eine Frau weiß Gott nichts zu lachen hat. Und die Töchter, ob sie nun klein und brav mit ihren Schularbeiten oder groß handarbeitend daneben sitzen, werden in der Überzeugung groß, Ehstand sei nun einmal Wehstand und ein notwendiges Übel.

Am wohlsten fühlt sich der muntere Siebelt. Kaum war er zurück, starb seine alte Haushälterin, die sein nettes Haus jenseits der Brücke bisher schlecht und recht betreute. Nun macht er alles selbst, und man muß zugeben, er versteht seinen Kram. Selbst die Geranien auf den Fensterbrettern blühen zum Erstaunen, und seine Hühner bekommen soviel Futter, daß sie vor Fettsucht das Legen vergessen. Aber sie würden auch sonst kaum noch daran denken, denn sie sind so alt, daß sie in Wirklichkeit längst das Gnadenbrot fressen. Und er versichert ihnen täglich, daß sie nicht geschlachtet werden, sondern eines natürlichen Todes sterben sollen!

Nur sein Äußeres bleibt recht unwirsch. Sein Wollschal ist so zerschlissen, daß sich schon allerhand fleißige Hände für ihn regen. Trotz aller Wunderlichkeiten ist er allenthalben beliebt, und auch noch nicht so alt, um nicht noch eine gute Partie zu sein.

Die Kinder haben ihn besonders gern. Wenn die kleinen rothaarigen Zwillinge von Menno Harms ihn sehn, sind sie nicht mehr zu halten — in ihren feuerroten, schwarzgepunkteten Parchendkleidchen laufen sie ihm mit aufgehobenen Händchen entgegen und schreien: „Mna! — — pta!“ Nicht einmal die Mutter weiß, was das bedeutet. Sie beruhigen sich erst, wenn Siebelt sie bei der Hand nimmt und mit ihnen zur „Eintracht“ geht. Dort setzt er Eti und Stieni auf seine Knie und ruft: „Een Söten!“ Dann kommt Hinnerk Janssen angeschlurft und setzt den Kleinen ein Glas Rosenlikör hin. Die wippen schon vor Freuden, stecken die Fingerchen in das Glas und lecken die köstliche Süßigkeit mit Genuß ab — vor lauter Seligkeit verdrehen sie dabei die weit auseinanderstehenden hellblauen Äuglein, es ist zu drollig. Sie ruhen nicht, bis der letzte Tropfen aus dem Glas ist, die festgeflochtenen roten Zöpfchen starren dabei wie Hörner zur Seite. Jeder hat rechten Spaß an Siebelt und seinen „Feuerschiffen", wie er sie nennt, und es fällt keinem ein, daß Alkohol etwa schädlich für die Kleinen sein könnte.

Sonst muß Siebelt aber manche Neckerei wegen seiner gelben Braut erdulden, die er nun doch nicht mitbrachte — ist sie ihm etwa untreu geworden? „Weer mi vööl to schidderg!" Er überläßt sie den Andern gerne — wenn sie sich nichts aus dem Dreck machen? Wie gewöhnlich hat er die Lacher auf seiner Seite.

Eine allerdings lacht nicht bei Siebelts Streichen, und das ist die lange Hielta. Wäre es nicht seine Pflicht und Schuldigkeit, nachdem er sie sowohl auf dem Weihnachtsball als auch beim Schlittschuhlaufen sichtlich ausgezeichnet hat, ihr endlich einen Antrag zu machen? Nach der Enttäuschung mit Gerriet ist sie eisern entschlossen, einen weiteren Freier festzuhalten, koste es, was es wolle. Denn Tante werden? — — nein!! — — Und ist Siebelt trotz all seiner Dummheiten, die sie ihm schon gründlich abgewöhnen würde, etwa kein annehmbarer Freier?

Dieser Ansicht ist auch die Queen, und sie überlegt ernstlich, was sie für ihn tun kann. Dazu bietet ihr sich eher als sie denkt Gelegenheit — eines Abends im Dunkeln kommt nämlich Hieltas Mutter: „Ik wull di man eben fragen, wo dat nu mit Hielta un Siebelt moot — —" sieh — er hat das Mädchen nun so in aller Leute Mund gebracht —. Die Queen horcht auf, das ist ihr weiter nicht bekannt, denn jeder kennt Siebelt und seine Art. Aber da: „Wenn du — — —“ die lange hagere Frau setzt vor Nervosität die Brille ab, die nackten Augen in dem langen Gesicht sehen die Mächtige hilfesuchend an. Dieser Gang wird ihr weiß Gott nicht leicht; aber wie liegt das Mädchen ihr in den Ohren, und Jan wird es natürlich auch lieber sein, wenn die Schwester sich verheiratet. Was tut eine Mutter nicht für ihre Kinder!

Nichtsahnend sitzt Siebelt in der Dämmerung vorm Feuer, recht mit sich und der Welt zufrieden, die Stummelpfeife zwischen den Zähnen. Er hat die Füße auf die warme Herdplatte gestellt und spricht so eifrig mit seinem ältesten Huhn, das im Korb neben ihm steht, daß er die Haustür überhört. „Ik har ehrder an mien Doot docht!“ sagt er, als zu seiner Überraschung die Queen neben ihm steht.

„Door har ik doch ehrder an mien Doot docht!“ sagt er auch, als er ihr ganz erschüttert nachsieht — heiraten soll er, verlangt sie, und dies saure Geschöpf, die Hielta — heiraten, wo er es jetzt so nach seinem Sinn hat! Oh du gerechter Gott, wie mag es ihm ergehn! Weigern kann er sich nicht, wenn die Queen es befiehlt, daran ist nicht zu denken — Schietkram!

In den nächsten Tagen zieht er weder mit seinen kleinen Feuerschiffen los, noch geht er zur Lügenbörse auf der Brücke, wo die Kameraden in geselligem Gespräch auf und ab eisbären, und auch im Krug ist er nicht zu sehen, was allgemein auffällt.

Erst nach Tagen wagt er sich abends mit bleiernen Füßen zu seiner zukünftigen Braut — jetzt wird bitterer Ernst, was er so manchmal im Scherz sagte!

„Süh! Siebelt! — dat is recht!“ — er wird so freundlich empfangen und bekommt in der ihm zu Ehren seit Tagen geheizten Wohnstube einen so vorzüglichen Grog, daß ihm diese so beunruhigende Angelegenheit in einem bedeutend freundlicheren Licht erscheint. Alle, auch Hieltas ebenso langer und steifer Bruder Jan, tun so selbstverständlich, daß er die so sehr gefürchtete Frage nicht einmal zu stellen braucht. Das Roßhaarsofa, in dem er neben Hielta sitzen muß, ist so glatt, daß er immer wieder ins Rutschen kommt, so lebhaft unterhält er sich mit Jan über die letzten schweren Reisen. Er vergißt darüber ganz den Grund seines Besuchs und erschrickt förmlich, als Hieltas Mutter ihn fragt, wie er darüber denkt, wann und wo die Ringe gekauft werden sollen.

„Ganz nicht nödig! — ganz nich nödig!“ er hat noch zwei aus Messing, die tun es auch! Und dann ist er schon wieder mit Jan unterwegs, ja, ja, die Reede von Dünkirchen, die hat es in sich —. Hieltas Gesicht wird immer länger — meint Siebelt das nun wirklich so, oder zieht er nach seiner Gewohnheit auch diesen wichtigen Schritt ins Lächerliche?

Todernst beugt sie sich beim Abschied zu ihm nieder, er hat ihr noch keinen Verlobungskuß gegeben, der nun doch einmal dazu gehört — aber sie stößt nur gegen seine Nase, dann rennt er eilig davon. Er rühmt sich zwar gern, daß er keine Romane zu lesen braucht, denn Lie—be kennt er auswendig — aber wer weiß, vielleicht hat er seine Lektion doch nicht gut genug gelernt!

Trotzdem muß er manche Runde ausgeben, und die Queen sonnt sich in ihrem neuen Erfolg.

Sie gibt auch der bösen Sache mit Bora und dem

Setzschiffer, über die den Winter soviel gemunkelt wurde, eine entscheidende Wendung.

Eines Morgens liest ihr Röbke Heeren nach seiner Gewohnheit laut und andächtig in der Postille; seine Augen gehen dabei ab und zu über das Tief nach dem bewölkten Osthimmel, der sich im Süden aufklärt. Windstreifen laufen dort über das Blau — der Wind wird wohl bald dort ausschießen, geht es ihm durch den Sinn. Diese Gedanken lenken ihn weit weniger ab als das laute Geraschel der Zeitung, mit dem seine Rineld diese morgendliche Lesung zu begleiten pflegt. Sie bringt einfach nicht die Geduld dafür auf. Außerdem ist sie der Ansicht, daß der liebe Gott gar keine Zeit hat, solch langen Gebete anzuhören, und es ihm viel lieber ist, wenn man ihm kurz und bündig seine Wünsche vorträgt, wie sie es macht. Er kann schließlich ja nicht mehr alles auseinander halten, jeder will nun einmal etwas anderes. Sonst — so nicht! wenn es ihrem Alten Freude macht, sie gönnt sie ihm gern.

Ihr scharfer Blick streift die ganz versunken sitzende Tomma — wo ist das Kind nur wieder mit seinen Gedanken? „To, Tomma! — inschenken!" Hastig springt das junge Ding auf, ein helles Rot färbt ihre sehr zarte Haut bis tief in den Nacken. Sie dachte gerade an Tjark, der bei Taak angeheuert hat, seine Mutter erzählte es ihr, als sie gestern dort einholte; ihn hat sie nicht gesehn. — Rineldtant hat immer solch scharfen Ton, sie fürchtet sie richtig. Eilig füllt sie zunächst deren Tasse mit dem duftenden Kaffee, der auf dem blanken Messingstövchen steht. Dann erst kommt der gute Röbke Heerenohm an die Reihe, der liebevoll ihre Hand streichelt; sie wirft ihm einen dankbaren Blick zu, er ist ihr ganzer Trost. Sie sehnt sich oft so sehr nach ihrer Mutter, die so ganz anders war als Rineldtant, die manchmal auf die Verstorbene schilt und sagt, sie habe das Kind viel zu sehr verwöhnt.

Gedankenverloren sieht sie zu, wie die Queen zuerst sich die dicke Sahne auf den Kaffee legt und dann erst ihrem Mann den Milchtopf zuschiebt. Sie erlaubt sich auch, was sonst ganz unziemlich ist, den Käse tief auszuhöhlen. Die andern bekommen die Kanten. Der Hausherr behauptet allerdings, daß ihm diese am besten schmecken, aber das dürfte — seine große Wahrheitsliebe in Ehren — wohl mehr höflich als richtig sein. Dann bestreicht sie einen der großen Doppelzwiebäcke, wovon sie jedem einen aus der neben ihr stehenden Trommel hinlegt, dick mit Butter, worauf sie sich behaglich gesättigt zurücklehnt. — Das Wasser auf dem Herdfeuer kocht zischend über — wenn Tomma fertig ist, soll sie draußen gleich den Grünkohl brühen!

Röbke Heeren läßt die Brille auf die Nasenspitze sinken und sieht erwartungsvoll zu seiner Frau herüber, sie scheint etwas auf dem Herzen zu haben, was das Kind nicht hören soll. Und richtig! kaum hat Tomma die Tür hinter sich zugezogen, als sie schon loslegt: „Wat segst du nu van Bora?" — — Ist es nicht unerhört, wie über sie gesprochen wird? sie konnte doch nicht davon anfangen, solange das Kind dabei war, das ist nichts für junge Ohren! — Sie sieht ihren guten Alten dabei so scharf über die Brillengläser hin an, als sei es seine Schuld, daß Gedruts junge Schwägerin an Bord ging und nun in allen Häfen ins Gerede kam. „Moot 'n sik ja so rein doot schamen!"

„Och Moder — de Minschen snakt sovöl!“ Man muß nicht alles für bare Münze nehmen, was so geredet wird, obwohl auch er meint, sie hätte lieber hier bleiben sollen. So kennen sie Bora doch nicht!

„Ah wat!“ Sie ist ganz entrüstet — er will natürlich wieder alles beschönigen, sie müßte ihn nicht kennen. „Meidet allen bösen Schein!“ sie klopft dabei mit der Hand auf den Tisch. Dann sollten sie heiraten, das würde die Mäuler schon stopfen. „Wenn't ok'n Frömden is!“ setzt sie geringschätzend hinzu.

Röbke Heeren trinkt umständlich seine Tasse leer und stülpt sie dann um als Zeichen, daß er dankt. Dann steht er schwerfällig auf, holt seinen Tabakskasten und stopft mit Hingabe seine kurze Pfeife. So umschifft er die Klippen einer Antwort, weiß er doch viel mehr von der Sache, als seine Rineld ahnt. Der erste Schiffer, ein ganz ordentlicher Mensch, ist schon nach der ersten Reise davongelaufen, er wollte nicht unter dem Regiment einer Frau stehn. Bora hat Kenntnisse genug, um das Schiff allein zu führen, doch darf das nach dem Gesetz nur ein Schiffer mit dem Patent für große Fahrt. So war denn in London Jens Petersen, der sein eigenes Schiff auf die Klippen setzte und keine Frau in Ruhe ließ, an Bord gekommen. Er hat die beiden noch im Herbst in Königsberg zusammen gesehen. Der Mann schäkerte mit einer Hafendirne, und Bora machte Augen, als könnte sie beide ermorden. — — Heiraten! — was seine gute Rineld sich wohl dachte! so einfach war das nicht! Und in seinem Herzen spricht er ein Gebet für die Frau, die vom rechten Weg gewichen ist.

Die Queen kennt ihren Alten aber zu genau. Sie spürt, daß er ihr etwas verbirgt und harkt solange, bis sie alles erfährt, was sie nicht milder stimmt. Als die Rede wieder einmal auf Bora kommt, sagt sie mit energischer Handbewegung: „Door spreekt wi beter nich van!“ und damit ist der Stab über die Unglückliche gebrochen. Die Frauen wissen jetzt, wie sie sich zu verhalten haben, dies schändet das Ansehn des Standes.

Man würde deshalb auch nie bei Gerken im Laden davon sprechen, wo man immer die eine oder andere trifft. Frau Margareta, die nach ihrer Gewohnheit mit halbgeschlossenen Augen hinter dem Ladentisch steht und mit den Frauen klöhnt, fragt Katharina, ob ihr Mann morgen zu dem Verkauf von Strandgut geht, es soll viel Beteiligung sein. Gerken will auch hin, es wird ein Posten Textilwaren verkauft — es ist meist nicht viel damit los, man weiß ja, wenn es Salzwasser abbekommen hat —: „Margareta!“ sagt Gerken: „Margareta!“ seine Blicke durchbohren sie fast: hat man jemals solch dumme Frau gesehn?

„Geiht dien Taak mörgen ok mit?“ Katharina fragt es die hereinkommende Etta, die ebenfalls Flanell kaufen will. Nein, sie glaubt es nicht, Taak hat nichts damit im Sinn. Er wollte auf dem Boden klütern, davon kann er sich nun einmal nicht trennen, es klingt ein wenig spöttisch. Katharina denkt in ihrem Sinn, ihr wäre es lieb, wenn Occo mehr von Taaks häuslichem Sinn hätte. Aber natürlich, es ist auch nicht alles, wenn man den Mann den ganzen Tag auf der Nase hat. Sonntagmorgen — Taak war mit Occo zur Schleuse gegangen — bekam sie gerade zu sehn, wie Gedrut mit einem brennenden Lappen durchs Haus lief. Natürlich hatte sie einen Kuchen in der Pfanne gebacken und vertrieb nun den Geruch. Es hatte ihr doch solchen Spaß gemacht — die Männer wollten nun einmal betrogen werden! Wenn sie auf ihre Art nur recht behielten, dann waren sie schon zufrieden.

Mit gemischten Gefühlen sehen die Frauen anderntags den Männern nach, die sich gleich nach dem Mittagessen auf den Weg zum Nachbarsiel machen, wo der Verkauf des Strandguts stattfindet. Es sind durchweg Schiffer, doch auch Grootkoopmann und der Plünnenrieter lassen sich die Gelegenheit nicht entgehn; es gibt dabei gewöhnlich Brauchbares zu billigem Preis, das man mit gutem Profit wieder losschlagen kann.

Das Wetter hat sich womöglich noch verschlechtert. Der feine Morgennebel ging in einen heulenden Nordwest über, er peitscht heftige Regenböen über das trostlos kahle Land, dem nur die verstreut liegenden roten Dächer eine Spur von Farbigkeit verleihen. Kaum können die Wanderer sich auf dem von Wagenspuren durchfurchten Binnendeich halten, das Wasser der tiefen Pfützen spritzt ihnen dabei um die Ohren, vorgebeugt kämpfen sie gegen den Sturm, der ihnen das Wort vom Munde reißt. Durch den starken Gegenwind brauchen sie für den Weg bedeutend mehr Zeit als vorgesehn, sie sind völlig durchnäßt und bis obenhin dreckbespritzt, als sie schließlich das Ziel erreichen. Es bleibt ihnen kaum Zeit, einen Blick auf den Hafen und die wachsende Flut zu werfen, denn in dem Wirtshaus an der Brücke sind die Käufer schon versammelt, und auch der Wagen des Auktionators steht schon da.

In dem gekachelten Raum brennt ein lustiges Herdfeuer, es riecht nach Torf und Grog, und der Wirt begrüßt recht aufgeräumt die neuen Gäste, die er als wackere Zecher kennt. In dem Nebenraum, der großartig Saal heißt und in dem auch getanzt wird, liegen die Strandungssachen zur Besichtigung. Das Schiff schlug unterhalb der Insel leck, bei günstigem Wetter konnte ein großer Teil der Ladung von hier aus geborgen werden. Sie scheinen nicht sehr beschädigt zu sein! Gerken entscheidet sich für die Wolle und die Fertigwaren, Männersachen, er befühlt sie zwischen Daumen und Zeigefinger: „'t is wat Seltens!" stellt er fest, jawohl, beste englische Ware. Nein, für den großen Posten Twist hat er keine Verwendung, er geht für einen Spottpreis an einen rotgesichtigen Aufkäufer.

Grootkoopmann versteift sich auf das Nägeleisen. Außerdem haben es ihm die beiden 75 Faden langen Ketten und vier wenig beschädigte Anker mit Ketten angetan, obwohl man sie ihm hoch aufbietet und er wenig Aussicht hat, sie wieder loszuwerden. Sein blondes Kraushaar sträubt sich, die Brillengläser funkeln, er ist so richtig in Fahrt. „Well bütt der wat vör?" „Ton ersten, ton tweeden, ton darden — nüms mehr?" Der Hammer des Ausrufers fällt wieder und wieder. Die Männer haben eine wahre Kaufwut, und so werden teils recht gute Preise erzielt; trotzdem ist jeder überzeugt, daß er besonders vorteilhaft kaufte!

Habbo Harms hat das große Wort, er sitzt nach dem Verkauf noch mit dem Auktionator zusammen — was, er hat noch einen durch Seewasser beschädigten Posten Tee an der Hand? „Meine Herren!" er hat für alles Verwendung — diesen Tee wird er reißend los, das ist ja eine Wohltat für die minderbemittelte Bevölkerung! Oh, das Jahr 48 liegt noch nicht so weit zurück, er hat doch die Artikel der Herren Miquel und Genossen gelesen und ein Herz im Leibe! — Wie war es noch, lassen die Erben des Plaatsbesitzers Siebo Otten nicht fünfhundert Pfund Speck und Fett verkaufen? — her damit! Und natürlich hat er großes Interesse — sehr großes sogar! für die sechshundert Pfund Tee, die bei der Erbauseinandersetzung von Großkaufmann Janssen verkauft werden sollen — ach Gott, es kommt ihm gar nicht darauf an: „'t is ja man 'n Klatteree!" was machen ihm diese Kleinigkeiten schon aus! Wahrscheinlich nimmt er auch noch die dreitausendfünfhundert Pfund Rohkaffee, mal sehn: „Du wurst der noch krus bie, Aukschonater!"

Der lächelt undurchsichtig. Er ist ein großer, kräftiger Mann mit rundem Gesicht, dem man großen Reichtum nachsagt, und der die Verhältnisse in weitem Umkreis genau kennt. Mit seinem seidenen Taschentuch putzt er die Brille, seine nackten Augen gehen über die Käufer, die der Tabaksdampf fast verhüllt, obwohl die meisten priemen. Nun ja, soweit sind sie alle solvent, bis auf den Langen dort — ach so, Bernd Peters heißt er, dem gehört doch die „Aurora", die von Amts wegen versteigert werden soll, wie er unter der Hand erfuhr. Eben hat er noch Segel gekauft, als ob es ihm nicht darauf ankommt — so echter Wind vom Siel, da sah man es wieder! Er macht sich ein Zeichen ins Notizbuch, nun, mitnehmen kann man die Sachen jetzt doch nicht.

Die Schiffer haben sich mit den Hiesigen zusammen gesetzt. So wird manche Runde ausgegeben. Occo hat einige Segel gekauft, für die er im Grunde keine Verwendung hat, und Hillern ein Beiboot, während Eimo an einem Posten Tauwerk hängen blieb. Sie sind recht befriedigt von ihren Käufen und der Meinung, sie besonders preiswert erstanden zu haben. „Niks as old Schiet!“ sagen die Hiesigen hänselnd — haben sie die Sachen nicht selbst mit von Bord geholt? Nein, daß sie für den Kram doch nicht ihr gutes Geld ausgeben! so dumm sind sie lange nicht! Aber die vom Siel mußten natürlich wieder mal zeigen, wo das Geld saß: „Niks as Wind, du!“ sagen sie zueinander, damit die vom Siel es hören sollen.

Sie haben alle schon reichlich getrunken und himmelhoher Krach scheint unvermeidlich, der Wirtsmann rettet schon eilig seine Gläser. Die Einheimischen tragen bei der Gelegenheit noch manchen geheimen Groll aus, es schallt über den Hafen. Der eine geht, ein anderer kommt wieder — die Haustür ist in fortwährender Bewegung. Der Wind drückt dagegen und wirbelt den weißen Streusand stäubend auf, wenn die Männer aus- und eingehn. Auch der lange Jabk Janssen ist hinausgegangen, der sich den ganzen Abend mit Dirk Dirks gerieben hat. Es ist da eine alte Liebschaft im Spiel, die Jabk ihm weggeschnappt hat, und Dirk sitzt nun mit seiner alten Xanthippe. Die andern merken ihr Fehlen erst, als Grootkoopmann eine Runde bestellt und zwei Gläser übrigbleiben. Nun ja, die beiden sind wohl nach Haus gegangen. Es wird bei kleinem auch Zeit, die vom Siel haben noch einen tüchtigen Weg vor sich. Es ist sehr dunkel, als sie ins Freie treten, der Sturm heult und hinter dem Deich tobt die Flut gefährlich laut. Im Osten steht wie ein Stern das Leuchtfeuer der nahen Insel. Es ist ein mühsames Gehn in der Dunkelheit, und das Sprachwasser wird dabei zusehends ruhiger und der Kopf wieder klar.

Und das ist nur gut, denn am nächsten Tag müssen sie die alte Frau Janssen, die Mutter der „Deerns", zu Grabe geleiten. Vor jedes Haus, an dem der Leichenzug vorbeikommt, ist weißer Seesand und feingeschnittenes Buchsbaumgrün gestreut, und alle Schiffe haben zu Ehren der Schifferwitwe halbmast geflaggt. Dem Sarg folgen nicht nur die meisten Schiffer, sondern auch ihre Frauen, voran die Queen, und die Töchter fühlen sich trotz ihrer großen Trauer durch den stattlichen Leichenzug recht geehrt. —

Wenige Tage nachher macht ein Gerücht die Runde, daß den Teilnehmern an der neulichen Expedition das Grausen über den Rücken jagt — Jabk Janssen ist seitdem spurlos verschwunden und trotz allem Suchen nicht aufzufinden. Ist er in der Dunkelheit in den Hafen gefallen? steckt etwas anderes dahinter? Die Kommission erfährt nur, daß keiner etwas weiß, und muß unverrichteter Sache wieder abziehn. Auch die Teilnehmer vom Siel werden verhört, und wenn sie auch nichts auszusagen wissen, so ist es doch eine peinliche Sache, über die viel getuschelt wird. Nach einigen Wochen treibt die Leiche auf dem Heller nicht weit vom Ort an. Es gibt ein großes Begräbnis, an dem alle, auch die vom Siel, teilnehmen. Nur Dirk, der einen Küstenfahrer fährt, ist unterwegs.

„Wat is dat good, dat Taak der nich bie weer!" sagt Gedrut. Auch Etta denkt es mit leisem Schuldgefühl, das sie weicher und freundlicher gegen ihn macht. Taak glaubt, daß dies mit dem veränderten häuslichen Leben zusammenhängt, denn gleichfalls aus einem Schuldgefühl hat er die guten Lehren der Queen beherzigt. Unter ihrer Assistenz hat er Etta sogar Stoff zu einem neuen Kleid geschenkt; Gerken hat sein Geld allerdings nicht leicht verdient, so ließ sie ihn springen!

Und da Gedrut ihn wirklich mütterlich betreut, ist das Zusammenleben für sie alle erträglich geworden. Nur wenn Etta Eimos Stimme hört, wenn er lachend und voller Grappen zu ihnen kommt, wenn er lebensvoll und anschaulich von seinen Fahrten erzählt und Taak schwerfällig und schweigsam daneben sitzt, die kurzen Arme auf den Knien — dann überfällt sie erneut dies sausende Herzklopfen; ihr ganzes Herz zieht sie zu dem übermütigen und verwegenen Vetter.

Deshalb weicht sie ihm aus, soviel sie kann und geht auch selten zu Dina, deren ein und alles Eimo noch immer ist. Die beiden sind noch stets wie ein Brautpaar, es tut ihr weh, sie zusammen zu sehn.

Und Etta, deren Weibtum erst jetzt langsam erwacht, wird schmerzhaft klar, daß kein noch so guter Wille die Liebe ersetzen kann, die alles glaubt und alles trägt und duldet.

14. Kapitel

Briefe, die sie nicht erreichten

Das Frühjahr kommt so zeitig, daß die ersten Schiffe bereits Anfang Februar auslaufen. Weshalb sollen sie nicht davon profitieren, daß die Russen und Franzosen sich da hinten am Schwarzen Meer noch immer schlagen und kein Ende finden können? Es liegt nicht der geringste Grund dafür vor, daß sie noch länger faul auf dem Siel herumlungern. Die Kompaktsversammlung hat stattgefunden, wobei P. J. Peters auch in diesem Jahr ein besonderes Lob erhielt, die Schiffsjungen sind konfirmiert und diese und jene Ehe wurde geschlossen. Außer Siebelt, der recht schwer an seinem Brautstand trägt, begrüßen besonders Gerriet Janssen und Wiltert mit der schiefen Nase, daß es wieder nach See geht. Sie haben sich sträflich gelangweilt — mit den jungen Mädchen darf man nur in allen Ehren und bei ernsten Absichten schöntun, und die vielen Tanten passen auf wie Schießhunde. So kommt man vor lauter Nichtstun auf Dummheiten, von denen man nichts hat und die schließlich noch viel kosten.

Eines Tages kurz nach Neujahr sitzen sie beim Hafenmeister, als der kleine Schneider Hinnerk Harms hereinkommt, er war mit Neujahrsrechnungen über Land und nicht mehr ganz fest auf den Beinen. Da kann man wieder sehn — so ein Schneider kann doch auch nichts vertragen. Aber wie soll er auch, der ärmste hat ja nur einen Darm, sagen sie und necken und hänseln ihn, was sie können. Der kleine Flickschneider läßt sich das gern gefallen, geben die beiden Schiffer doch eine Lage nach der andern aus, er bekommt satt Sprit, was er sich sonst nie erlauben kann. Sie stülpen ihm einen Helm aus Zeitungspapier auf und geben ihm einen Handstock als Gewehr und dann muß er exerzieren: „Heins, schwei! — heins, schwei!" zählt er und weint, weil Gerriet sagt, nun ist er ein fertiger Soldat. Sie werden ihn mitnehmen „na door günnert" in den Krieg, da kann er viel Geld verdienen, aber dann wird er auch totgeschossen. Plötzlich sackt er um und bleibt besinnungslos liegen. Die beiden, die das Spiel längst satt haben, kümmern sich nicht weiter um ihn und gehen fort.

Es ist schon spät und der Hafenmeister gerade bei den Schleusentüren, als der Schneider wieder zu sich kommt und sich darauf besinnt, daß er nach Hause muß, der Gedanke an seine handfeste Taalke ernüchtert ihn erschreckend. Draußen ist es recht dunkel, nur ab und zu lugt der Mond hinter den dunklen Wolken hervor. Hinnerk Harms stolpert über die Brücke und den Deich herunter und sucht dann auf dem schmalen Steinpfad zu bleiben, der am Tief entlang läuft. Das ist aber selbst für einen nüchternen Menschen nicht so einfach in der Dunkelheit. Hier und dort fehlt nämlich ein Stein, der Regen hat die Erde an den Seiten weggewaschen und der Wind fegt so über das kahle Land, daß er bald das Gleichgewicht verliert. Der Hafenmeister ist mit seiner Arbeit fertig und will ins Haus gehn, als er vom Tief her klägliches Geschrei vernimmt — sollte jemand hineingeraten sein? Geistesgegenwärtig nimmt er den langen Haken und eilt zur Unglücksstelle — eben kommt der Mond, und so kann er den Schneider sehn und herausfischen, der noch soeben mit dem Leben davonkommt. Doch es ist ihm bei seinen Abenteuern, die ihn innerlich und äußerlich vollkommen durchnäßten, etwas Furchtbares passiert — sein Beutel mit dem sauer verdienten Geld, der Verdienst eines ganzen Jahres, ist dabei ins Wasser gefallen! „Dat is weg!" sagt der Hafenmeister: „Door schöölt de Fisch nu woll Fastnacht van fieren!" Er bringt dem Unglücksvogel trockene Kleider, und nun hockt der Ärmste in den viel zu weiten Sachen am Herdfeuer und wagt sich nicht nach Hause.

Als Röbke Heeren von dem Vorfall erfährt, veranlaßt er die beiden Hauptschuldigen, dem Schneider ein Schmerzensgeld zu zahlen, wobei sie nach Taalkes Aufstellung sehr tief in den Beutel greifen müssen. Damit ist das geldliche Defizit zwar ausgeglichen. Aber Hinnerks moralisches ist dafür in den Augen seiner Taalke ins ungemessene angewachsen, und der Arme hat wenig Aussicht, es jemals zu verringern.

Noch steht das Wasser in den Furchen des unter dem Meeresspiegel gelegenen Landes. Aber schon leuchtet auf dem grauen Boden die frischgrüne Wintersaat, und überall an den Grabenrändern und unter den Hecken zeigen sich als erste Frühlingsboten die zartgefiederten Hingstweetblätter. Und dabei ist noch lange nicht Ostern, wo man sie unbedingt zum Eierfärben braucht. Die Kiebitze rufen auf den Weiden, und der verhangene Himmel ist höher geworden, zuweilen bricht die noch blasse Sonne durch das lichte Grau. Dann schimmert wohl das Watt in silbernem Schein und wird eins mit dem Horizont, vor dem schattenhaft die Inseln vergehen. Doch schon mit der nächsten Tide stehen sie gelb und klar umrissen vor dem Horizont, der wie ein scharfer Strich den starkblauen, wolkenzerrissenen Himmel von dem mit weißen Schaumköpfen nahenden, im scharfen Licht durchscheinend glasgrünen Wasser trennt.

Immer wieder hängen die Augen der Schiffer an ihrem so veränderlichen, und ihnen doch durch lange Geschlechterreihen vertrauten Antlitz, um aus seinem wechselnden Mienenspiel Gewähr für eine gute Ausfahrt zu erforschen. Sie alle kennen „Jan Raßmus“ und seine Launen nur zu gut und wissen, daß er sie gern einmal mit freundlichen Mienen betrügt.

Dina bleibt in diesem Jahr zu Haus, sie kann der

Kinder wegen schlecht fort. Etta geht auch diesmal mit an Bord, Taak möchte es so gern, und im Grunde fährt sie auch gern mit, wenigstens für einige Reisen. Andererseits bliebe sie lieber hier, denn Gedrut kränkelt seit einiger Zeit; man weiß nicht recht, was ihr fehlt. Vom Doktor will sie nichts wissen: „De weet der doch niks van!" sagt sie; „Ik hebt van't Quad!" Wenn Tjaldmaleen ihr nur nichts angetan hat! sie sah sie neulich so falsch an, als sie vorbei ging, sie weiß schon lange, daß sie etwas gegen sie hat. Taak wagt die Alte nicht in Schutz zu nehmen, der er zuweilen heimlich etwas zusteckt, obwohl ihre Katzenwirtschaft ihm auch nicht paßt.

Neulich traf er sie vor der Haustür, und so ging er mit hinein. In der niedrigen Küche mit der Lehmdiele war es dunkel und kalt, nur auf dem Herd brannte ein winziges Feuer, bei dem laut röchelnd ein bunter Kater saß. Die Alte kam dicht an ihn heran und raunte — sah er den dort wohl? Das war der dicke Bäcker Reiners, der damals sein Haus angezündet hatte. Nun büßte er hier für seine Sünden, denn der Mensch muß nach seinem Tod zur Strafe in den Leib eines Tieres kriechen. Aber dieser da war immer gut zu ihr gewesen, als sie ein verstoßenes Kind war. Deshalb suchte sie ihm jetzt seine Leiden zu erleichtern. Dabei drückte sie ihre schwarze Katze zärtlich an sich, die leise maunzend so plötzlich beim Feuer auftauchte, daß Taak ihr auf den Fuß trat. Sie fauchte ihn an und schlug mit der Pfote nach ihm, es war ihm richtig unheimlich geworden. Er hatte rasch gemacht, daß er wieder fortkam, aber die ganze Sache bedrückte ihn doch.

Solange Simon Johanna daheim war, mieden die

Frauen Jantken Wick. Nun war er als einer der ersten ausgelaufen, und jetzt machten sich alle so klein und so groß, um doch noch etwas von der Zukunft zu erfahren. Selbst Etta schleicht noch am letzten Tag heimlich im Dunkeln zu ihr, Hillern sien Antje verschwindet gerade aus der Hintertür. Jantken sitzt an dem wurmzerfressenen Tisch und hält noch die Karten in der Hand, Bootsmann, der Papagei, schreit laut: „Door is wel!"

Voll Unbehagen hockt Etta auf dem Binsenstühl, während die Alte die Kerze anzündet und einen Sack vor das Fenster hängt. Mauerschaben kriechen an den Wänden, es riecht dumpfig, und auf der sandbestreuten Diele liegen Abfälle der ganzen Woche. Nur die schöne alte Buddelei ist sauber und blank und angefüllt mit feinem Geschirr. Jantken ist von gutem Herkommen und erst wunderlich geworden, seit ihr Mann mit seinem Sandschiff bei einem Gewittersturm hier auf dem Watt blieb. Etta sieht ihr gespannt zu, wie sie die Karten mischt, sie fühlt sich eigenartig erregt — was wird sie zu hören bekommen?

Die Alte sagt ihr erst allgemeines — ja, das Schiff liegt recht gut. Dann zeigt sie ihr die Herzsieben — weiß sie auch, was das für eine junge Frau bedeutet? damit fängt für sie das Leben erst richtig an! Plötzlich wirft sie die Karten hin: „Ik weet niks!" und sie will auch kein Geld haben. Und dabei hat Etta doch die Streitkarten gesehn, und auch das Pikaß, das auf dem Kopf lag! wem der Todesfall zulag, konnte sie allerdings nicht sehn. Nun ja, in einer Schifferfamilie muß man eben immer mit allem rechnen! Sie legt ihr doch ein Geldstück hin, daß sie sich von Janken doch nichts schenken läßt! mit hochmütigem Nicken geht sie fort, Jantken sieht ihr über die halbe grüne Tür hin nach, wie sie mit ihrem leise wiegenden Gang in der Dunkelheit verschwindet. Dann schlurft sie langsam ins Haus zurück und starrt mit hängenden Armen in das glimmende Herdfeuer — ach, wie schwer war das Wissen zu tragen, das der Herr ihr verlieh!

Nun sind die Frauen wieder unter sich und darüber nicht böse, obwohl kaum eine Ehe wirklich unglücklich ist und die Familien sehr aneinander hängen. Aber jetzt kann man wieder machen, was man will, und dazu gehört in erster Linie, daß das ganze Haus vom Boden bis zum Keller und wenn vorhanden auch der Stall einer so gründlichen Reinigung unterzogen wird, daß kein Gegenstand an seinem Platz bleibt. Überall hängen die roten Betten in dem scharfen Ostwind, Ströme von Seifenwasser ergießen sich, und Wübkmagret ist eine vielbegehrte Persönlichkeit. Auch die Maler sind mit Kalken und Färben stark beschäftigt, und die Hausfrau stürzt sich außerdem noch mit Leidenschaft auf den Firnis, mit dem alles dick überzogen wird, sie hat kaum noch Zeit für ein Schwätzchen. Die Stare singen, der Deich ist weiß und goldgesternt, und Weiden und Grabenränder strahlen grüngolden von Löwenzahn und Butterblumen. Überall springen in diesem zeitigen Frühjahr die Lämmer auf ihren stakigen Beinen, und die Kälber hopsen so unbeholfen in dem jungen Grün, daß sie leicht einmal das Bein brechen. Mattleuchtend spannt sich der hohe, an den Kimmen fast weißliche Himmel über lichtes, baumloses Land und rote Dächer, über die täglich neue See und weiße Segel, von denen ein unbezwingliches Verlangen nach der Ferne ausgeht.

Über den Scheitel der Binnendeiche ziehen sich die Äcker wie lange Brote, und an der Südseite wagen sich schon die ersten Kartoffeln heraus. Überall in den Gärten regen sich fleißige Hände, und auch in dem Petersschen wird eifrig gearbeitet. Wenn der Besitzer in seinem heimlichen Reich im Mittelhaus weilt, geht sein Blick liebevoll über seinen neuen Garten, der zusehends grüner wird, zartrötlich hebt sich das junge Laub der Rotbuche von dem Blaßblau des Himmels. Nur die Syringen an der Vorderseite wollen gar nicht gedeihen, er hat sie schon einigemal nachpflanzen lassen, es ist ihm unbegreiflich. Um so besser weiß es Edzard Edens Maria, die in dem nächsten Haus am Tief wohnt. Die kommt nämlich im Dunkeln heimlich mit dem Teekessel und gießt kochendes Wasser daran — will sie sich von den unnützen Sträuchern, von denen der Nachbar nicht einmal ernten kann, die Aussicht wegnehmen lassen?

Es schlägt schon Feierabend, als die Queen von einer der hierzulande so häufigen Auktionen zurückkommt, für die sie eine wahre Leidenschaft hat. Sie ist hochbefriedigt — diesmal wurde ein ganzes Warenlager versteigert; der Inhaber hatte sich verspekuliert, es ist auch manches von dem guten Haushalt mitverkauft. Dies Silberkästchen hat sie wirklich preiswert bekommen, es eignet sich vorzüglich als Knopfkasten. Sie geht langsam über die Brücke, es ist solch müdes Wetter. Hier und dort kommen Leute von den Äckern, sie haben ihre Spaten geschultert und gehen mit müden Schritten. Oben auf der Apotheke flötet eine Amsel — unerwartet fallen einige Regentropfen, es duftet berauschend nach jungem Grün und nach Erde. Überall werden die Kinder ins Haus gerufen —

kommt, es ist Schlafenszeit! Aber sie sind nirgends zu sehn. Auch Dina steht mit dem kleinen Ulfert auf dem Deich und sucht wohl die ihren, sie winkt Rineldtant zu. Die winkt zurück — nein, heute nicht, sie will zu Gedrut, das liegt mehr am Weg, da kommt sie gerade zum Teetrinken zurecht.

Aber Gedrut hat keinen Tee gemacht, müde und hinfällig sitzt sie im Lehnstuhl. Sie hat auch nicht aufgeräumt, das schmutzige Geschirr steht gewiß schon mehrere Tage; sie kann einfach nicht, sagt sie, und man sieht es ihr an, daß dem so ist. Es ist seit Tagen niemand mehr bei ihr gewesen, sie sind wohl alle am Reinmachen, so beim Schummeln hat keiner Zeit, das kennt man wohl. Etta fehlt ihr doch so, sie kann gar nicht sagen, wie sehr. So ganz allein zu sein, wenn man sich gar nicht wohl fühlt — ihre Stimme schwankt. Aber Taak wollte doch so gerne, daß Etta mit an Bord ging, und sie weiß, wie gern die mitfährt, ach, sie gönnt es ihnen ja gern. Junge Leute, das kennt man wohl, Hinrich hätte sie früher am liebsten auf jeder Reise mitgenommen. Aber es ist nicht so leicht für sie — ihre sonst so schrille Stimme ist matt und leise, sie sucht vergeblich nach dem Taschentuch und führt dann hilflos den Schürzenzipfel an die Augen. Der Queen will das nicht gefallen — was ist doch mit Gedrut? der Zuckertopf ist auch voll dicker Kandisstücke, und dabei mag sie so gern etwas Süßes. Das geht so nicht weiter. — Sie verspricht der Kranken, daß Tomma fortan täglich einige Stunden kommen soll, sie haben das Haus rein, das läßt sich ermöglichen. Auch beschließt sie, Etta zu schreiben, damit sie baldmöglichst zurückkommt, man weiß nicht, was dahinter steckt.

Der Brief geht nach Narwa. Aber als er dort ankommt, ist die „Etta" längst bei günstigem Wind mit Stückgütern unterwegs nach Stockholm und wird so bald nicht wieder Narwa anlaufen. Tomma geht treu zu Gedrut, obwohl sie sich insgeheim vor der Kranken fürchtet, die manchmal tagelang jammernd im Bett liegt. Dann sitzt sie wieder matt im Lehnstuhl, um plötzlich heißhungrig von den reichlich gespendeten Krankensuppen zu essen. Doch nach einigen Happen legt sie den Löffel lustlos hin, obwohl jede sich bemüht, ihr etwas recht Schmackhaftes vorzusetzen. Selbst Jantken bringt ihr Weinsuppe mit Sago und Rosinen und einem dicken Stück Fleisch darin, und Gedrut will viel guten Rat von ihr haben, den sie aber nicht weiß. Tomma kann das seltsame Essen nicht herunterwürgen und gibt es heimlich den Hühnern, die auffallend munter danach werden und sich recht merkwürdig benehmen.

„Dat harst mi doch man geben schullt!" schilt Wübkmagret, die für die groben Arbeiten kommt, die Queen sagt, sie will es wohl vor Taak verantworten. Wie kann Tomma nur solch gutes Essen wegtun! Sie verzehrt denn mit bestem Appetit auch alle weiteren Reste, sie schluckt darin, als ob sie hängen soll, besonders scharf ist sie auf Weinsuppe. Ach Gott, Tomma brauchte eigentlich gar nicht kommen, sie täte das doch so gern für die gute Frau Hinrichs! das hätten sie ihr nur früher sagen sollen. Sie tut so fromm und scheinheilig, daß man ihr glauben möchte, trotzdem jeder weiß, wie sie bei solchen Gelegenheiten für sich sorgt.

Von Etta kommt zwar Nachricht, aber der Brief von der Erkrankung ihrer Mutter hat sie noch nicht erreicht. So schreibt die Queen aufs neue an die angegebene Adresse. Zeitweise geht es Gedrut so schlecht, daß bei ihr gewacht werden muß. Die Frauen wechseln sich darin ab, Tomma kommt dann an Stelle der Queen. Auch Dina läßt sich diesen Ehrendienst nicht nehmen, obwohl sie eigentlich nicht von Hause fort kann. Sie kommt zeitig, um Tomma abzulösen, die schon den ganzen Tag hier war, Wübkmagret hatte große Wäsche und schrubbt eben die Küche. Gedrut liegt in unruhigem Schlummer. Dina rückt den Lehnstuhl an die Alkoventür und schließt die Augen, sie fühlt erst jetzt, wie müde sie ist. Ihre kleinen Trabanten lassen ihr Tag und Nacht keine Ruhe, besonders Klein Ulfert ist ein ungewöhnlich lebhaftes Kind, das sie ganz in Atem hält. Der kalte Juniwind, der seit einigen Tagen über das Land fegt, rüttelt an die Fenster, der kalte Luftzug bewegt die Spitzen des grünen Frauenhaars. Dina schauert zusammen — das warme Stövchen, das Tomma ihr sorglich hinsetzte, ist doch eine rechte Wohltat. Wo der scharfe Nordwest über das junge Laub hinstreicht, ist es wie verbrannt, er dörrt die Erde so aus, daß die Pflanzen in den Gärten umfallen.

Der Gedanke daran vermischt sich im Halbschlaf mit dem an Eimo — wo mag er jetzt sein? sie hat länger keine Nachricht. Ach, das ganze Leben der Seemannsfrauen besteht eigentlich nur aus Warten —.

Sie schrickt auf: „Bora!“ stöhnt die Kranke: „Bora!“

Dina ist, als erhielte sie einen Schlag — Bora! — quält Gedrut sich mit dem Schicksal der Schwägerin? — weiß sie Näheres? — Eimo hat ihr nichts erzählt. Männer haben in solchen Fällen natürlich immer Entschuldigungen! Aber wie kann eine Frau sich nur so wegwerfen, es ist ja unerhört, was erzählt wird. Auch Dina, die ein so reiches und mitfühlendes Herz hat, verurteilt mit dem Hochmut der unerprobt gebliebenen die in die Irre gegangene Geschlechtsgenossin. Mit verachtendem Lippenzucken zieht sie Gedrut das Kissen zurecht — mein Gott, wenn das hier bekannt wird, muß man sich totschämen, daß man mit Bora verwandt ist.

Gedrut sitzt plötzlich aufrecht: „Etta?“ sagt sie, und Dina fällt es schwer aufs Herz, daß Etta wahrscheinlich gar nicht weiß, wie krank ihre Mutter ist. Die Queen schrieb nochmals nach Königsberg, aber ob sie den Brief erhielt? „Nä, dat is Dina ja!“ Die Kranke lächelt ihr matt zu, wie konnte sie sich nur so versehn! Ihr ist sonst wirklich besser geworden nach dem Schlaf, sie fühlt sich viel frischer. Jetzt möchte sie wohl Tee!

Dina ruft nach Tomma, die schon vorhin mit dem Teegeschirr klapperte. Wübkmagret steckt den Kopf durch die Tür. „Fä — ällig?“ Tomma kommt gleich zurück, sie will es ihr sagen, wenn sie von der Apotheke zurück kommt, sie ist schon zum zweitenmal hin, es dauert so lange. Sie läßt dabei die Tür wie von ungefähr anstehn und macht sich in der Nähe zu schaffen, man hört dann so beiläufig, was gesprochen wird.

Trotz Gedruts Sträubens hat die Queen dafür gesorgt, daß der Arzt nach ihr sieht. Der schmalbrüstige Mensch untersuchte die Kranke gründlich, sagte aber weiter nichts und schrieb nur ein Rezept, worüber alle, besonders Gedrut, sehr enttäuscht sind. Dazu brauchen sie keinen Arzt! Und nun kann man die Medizin auch noch nicht einmal bekommen, weil soviel in der Apotheke zu tun ist. Der Apotheker Borchers hat nämlich ein neues Mittel gegen das Wechselfieber — de Dardendagskoll — entdeckt, die Krankheit tritt in diesem Jahr besonders heftig auf. Die armen Kranken werden von allen Seiten herbeigebracht, zu Wagen und mit den Binnenschiffen, bebend vor Kälteschauern liegen sie dann in Decken gehüllt an dem Deichabhang vor der Apotheke und warten auf die heilende Medizin, es ist ein klägliches Bild.

„Nä, nä!" wie aufgeregt Gedrut spricht — sie will den Doktor auch nicht wieder haben. Das hieße ja Taak unnötig Unkosten machen —.

Hat sie es nicht gesagt? „Den ollen Gnieshoor!" Den alten Geizkragen hat sie Neujahr gut kennengelernt! Die ganze Zeit saß er steif dabei, damit die Frauen ihr nur ja nichts extra zusteckten, wie es solch armer Waschfrau wie ihr doch von Rechts wegen zugekommen wäre. — Nun sah man es wieder — die eigene Schwiegermutter wagte nicht einmal den Arzt zu holen, das ist allerhand.

Gedrut schiebt die Tasse angeekelt zurück: es ist ein schlechtes Blatt im Tee; sagt sie. Dina hat er herrlich geschmeckt. Es muß Gedrut wirklich sehr schlecht gehen, denkt sie beunruhigt, sonst könnte sie nicht so sprechen. Sie nimmt ihr die Tasse ab: ach, es kann doch gar keine Rede davon sein, daß Taak etwas von den Unkosten sagt, den kennt sie viel zu gut. Und dazu hält er auch zuviel von ihr! liebevoll streicht sie ihr über das abgezehrte Gesicht —.

„Och, so meen ik dat ok nich —" Gedruts Stimme schrillt plötzlich auf: aber sie weiß doch, daß ihr niemand helfen kann — trocken schluchzt sie auf, um gleich darauf ganz ruhig zu sagen: „Door is all niks an to dohn! — een Doot is'n man schüllig!" — Und sie kann ja auch gut gemißt werden. Etta hat einen guten Mann, den soll sie immer hoch in Ehren halten. Das muß Dina ihr sagen, wenn sie vorher wegfallen sollte, sie muß ihr die Hand darauf geben. — — Aber unter Umständen kann es ja auch noch eine Weile mit ihr dauern. Sie wüßte vorher doch auch noch zu gern: „of door woll wat Lütts queem!"

Dina nimmt sich vor, noch am gleichen Abend Etta zu schreiben. Aber zuhaus hat sie soviel zu tun, daß der Brief diesen Abend ungeschrieben bleibt und die „Etta" Riga längst passiert hat, als er dort eintrifft.

An einem dunklen, verhangenen Juniabend ist die Kranke besonders unruhig, Tomma muß sie immer wieder zudecken und beruhigen. „Door is hier wel in de Kamer!" sagt Gedrut und wirft sich herum — nein, Tomma soll nicht sagen, daß es nicht so ist, sie weiß es doch ganz genau. Da ist jemand auf ihrem Bett und will ihr das Herz abdrücken, sie weiß wohl, wer das ist — weg! — weg! Sie weint bitterlich und kann keine Luft bekommen, Tomma fürchtet sich sehr und ist erlöst, als Katharina ans Fenster klopft und ihren Platz einnimmt. Als sie ihr die Tür öffnet, huscht ein Schatten an ihnen vorbei: „Tjaldmaleen hör swart Katt!" sagt Katharina entrüstet: das Tier kriegt ja wohl nicht satt, daß es ganz hierher kommt, um zu räubern. Ihr hat sie auch kürzlich ein Stück Fleisch abgeholt.

Tomma sagt nichts. Mit einem Grauen im Herzen geht sie durch die licht gewordene sehr kühle

Nacht. Schattenlos stehen die kahlen Häuser in der nördlichen Helle, im Tief schlägt das Wasser mit leisem Klatschen gegen die Kanten. Trocken aufschluchzend zuckt das Kind bei jedem unerwarteten Windstoß zusammen — ihr weiches Gemüt wird mit all dem Leiden und dem Unbegreiflichen nicht fertig, und das junge Ding hat ein schmerzhaftes Verlangen nach einem Menschen, bei dem es sich ausweinen kann.

Es kommen Tage, an denen Gedrut sich soviel wohler fühlt, daß man geneigt ist, an eine Besserung zu glauben. Sie sitzt am Fenster und nimmt an allem Anteil, geht im Haus herum und ißt mit Behagen alle süßen Sachen. Immer spricht sie davon, daß Etta nun bald zurückkommt, spätestens zu Schützenfest wird sie wieder hier sein, hat sie ihr versprochen. Dann verschlechtert sich ihr Zustand erneut, und nach qualvollen Tagen schläft sie in den Armen von Katharina ein, die am nächsten wohnt und mit der großen Tochter im Haus am meisten für sie tun konnte.

Obwohl Gedrut sich in keiner Weise hervorgetan hat, ist die Trauer über ihr einsames Hinscheiden doch allgemein. Liebevoll versorgen die Nachbarn die Leiche, und die Queen nimmt alles übrige in die Hand, vor allem, daß Etta Nachricht bekommt. Es ist aber zweifelhaft, ob diese sie noch antrifft, und alle bedrückt der Gedanke, daß sie vielleicht eines Tages unvorbereitet zurückkommt.

„Kumpelment van Taak Janssen Taaks und sien Fro, und hör Moder weer sanft inslapen" — ordnungsgemäß sagt Meppe Meppen die ihm von der Queen aufgetragene Botschaft mit seinem üblichen Trauergesicht in jedem Haus an. Überall aber wird er auch gefragt: „Weet de dat denn all?" was er verneinen muß. „Wat is dat doch trurig!“ heißt es jedesmal, voll Mitgefühl nimmt man Anteil an diesem nicht alltäglichen Fall. Und jedesmal taucht dabei die Frage nach ihrer Schwägerin Bora auf, von der man so gar nichts hört. Das enge Zusammenleben auf dem Land bindet, daß Freud und Leid wie das eigene empfunden werden, und die Beschäftigung mit dem lieben Nächsten geschieht keineswegs nur aus Neugierde.

Alle Frauen folgen Gedruts Sarg, und die wenigen Schiffe haben alle halbmast geflaggt, es ist ein würdiges Begräbnis. Einzig die Marktleute, die wieder ihren bunten Zauber aufbauen, nehmen nur mäßigen Anteil daran. Es ist dunstig und gewitterig; der Wind läßt auf dem Kirchhof die Trauerschleier aufflattern und peitscht das lange grüne Gras, er zerrt an den in voller Blüte stehenden gelben Moosrosen und rosa Federnelken, daß die Blütenblätter taumelnd in das frische Grab sinken. Pastor Garrels findet heute herzlichere Worte als an manchem Grab, das die ganze Familie umsteht, und es bleibt kein Auge trocken.

Als der Sarg hinabgelassen wird, entlädt sich das Gewitter, das die steigende Flut gegen das Festland drückt, und es weicht mit Unterbrechungen nicht eher, bis Ebbe einsetzt. Das ist immer so in Seemannsfamilien, erzählt man sich, die kommen fast alle mit Blitz und Donner unter die Erde, das gehört wohl zu ihrem Beruf.

Polternd fallen die Schollen, und trotz des heftigen Regens stehen die Frauen noch eben mit feuchten Augen am offenen Grab. Dann wendet sich fast jede noch kurz dem eigenen Familiengrab zu, um denen dort unten wenigstens im Geist Mitteilung von dem Geschehenen zu machen.

Durchnäßt und windzerzaust kommen die Trauergäste zurück ins leere Haus. Es sind fast die gleichen, die auch auf Ettas Hochzeit waren, nur daß außer dem alten Bernd Eilers keiner der Männer dabei ist. Auch die Bewirtung ist die gleiche. Die Queen hat Sorge getragen, daß die Verstorbene doch einen guten Heimgang hat, obwohl von einem eigentlichen Leichenschmaus — dem Tröstelbeer — bei dem Fehlen aller nahen Angehörigen Abstand genommen werden mußte. Wübkmagret bedient, aber da die scharfen Augen der Queen überall sind, kann sie wenig Gewinn für sich daraus ziehn.

Es will kein rechtes Gespräch aufkommen. Gedrut hat einen schönen Tod gehabt, das ist wahr. Aber sie ist viel zu früh abgerufen worden. „Niks an to dohn!" sagt Bernd Eilers und beißt mit Genuß in seinen Kuchen: „Wi kamt hör all na, wenn Tied un Stünden der her is!" Gewiß, für Etta ist es traurig; auch für Taak ist es bedauerlich, die beiden konnten immer so gut zusammen. Aber daran ist nun einmal nichts zu ändern. „Man woor Bora woll sitt?" Die resolute Katharina wagt die heikle Frage anzuschneiden, doch da gerade Wübkmagret mit frischem Kaffee hereinkommt, sehen die Frauen sich nur vielsagend an und zucken die Achseln.

Doch weil das Leben stets Recht behält, bleiben sie beim Nachhausegehn noch eben vor der Tür stehn und überwägen die Aussichten für das Schützenfest — eben wird das Karussell mit Hallo eingeholt, selbst die großen Mädchen vom Apotheker laufen hinterher, was alle wundert. Und mit dem Provisor und Brunhilde Harms scheint es doch nicht buttern zu wollen.

Dann schließt Katharina das leere Haus hinter Wübkmagret ab und nimmt den Schlüssel mit.

15. Kapitel

Gewitterwolken

Als die „Etta" auslief, war es heller Mittag. Wenn die junge Frau nach Hause zurückdenkt, sieht sie immer die sich im auflebenden Wind rasch drehenden Mühlen, Heiko Janssen kommt über den Deich und steht groß und steil vor dem lichten Vorfrühlingshimmel — auf dem Flügeldeich geht Janna zu ihrem von munteren Lämmern umspielten Schaf, sie winkt dem Schiff, kleiner und kleiner wird die Schleuse mit der hohen Zugbrücke —. Schwer liegen die Schauerleute im Seil, auf dem bakenbesteckten Leitdamm umspülen kleine Wellen ihre nackten Füße.

Dann werden die Leinen eingezogen, ein letztes „Good Reis!" der Männer. — Und jetzt segelt die „Etta", getragen vom einsetzenden Ebbstrom und dem stärker werdenden Süd aus eigener Kraft, sie gleitet und schwebt über das unruhiger werdende, blaugraue Wasser. Nahe, umdunstet liegen die Inseln und die weiße Brandung im Seegatt. Möwen wiegen sich auf langen, flachen Wellen, Segel knattern, leise rauscht die Bugwelle. Der Seewind umstreicht sie salzig herb, und der Landwind trägt den guten Duft frischgeackerter Erde zu ihnen.

Schiffe sind hinter ihnen, neben ihnen, sie kommen, gegen den Wind kreuzend, ihnen entgegen. Vor der Wesermündung taucht ein Dampfschiff mit langer Rauchfahne auf, es nimmt Kurs nach Westen, anscheinend können ihm weder der stärker werdende Gegenwind noch der mahlende Strom etwas anhaben.

„Hest sehn?“ Taak ist zu Etta getreten, die — warm vermummt — nicht von Bord weicht. Sie ist wie berauscht von dieser raschen Fahrt — Taak hat alles Leinen setzen lassen, wie ein Vogel fliegt das Schiff jetzt über die weite, offene See, es tanzt auf den höher werdenden Wellen und überwindet Höhe und Tiefe wie im Spiel. Dem Mann zittert das Herz vor Stolz und Glück — oh, sein gutes Schiff, seine „Etta“, seinem Herzen nahe wie sein junges Weib, das, den Kopf leicht zurückgeworfen, wie verwandelt neben ihm steht. Verschwunden der ablehnende, herbe Zug, der ihm so oft weh getan, gelöst, voll Hingabe sieht sie über die See, auf der sie keine Furcht kennt, wo sie sich glücklich fühlt wie sonst nirgends. „Wat mooi!“ sagt sie wie erwachend.

„Wat, de oll Damper?“

„Nä —“ sie lächelt ihm selbstvergessen zu: „Dat wi der so lanks gaht!“

Hier, wo er so ganz in seinem Element ist, wo sie keine Vergleiche ziehen kann, wo er als unbeschränkter Gebieter sich auch der Besatzung gegenüber sehr wohl durchzusetzen weiß — sagte er nicht noch gestern dem Matrosen, der ihn beim Vornamen zu nennen wagte, streng: „Hier sünd ik Kaptein!“ — ja — hier sieht sie weder seine kurzen Arme noch die verhaßten Ohrringe, sie spürt sein ungelenkes Wesen nicht und fühlt sich in seiner Zuverlässigkeit geborgen.

Taak wird es dunkel vor den Augen — „wi —“ hat sie gesagt, wir — nicht das ihn stets so kränkende: „dien Schipp“ —. Gehört ihr Ebenbild, das ihm lieb ist wie sie selbst, denn nicht ihnen gemeinsam? — — „Wi —“ sagt sie — „wi — — —“ Etta! — — Etta! — — nein, kein ich mehr und kein du, sondern endlich, endlich „wir —".

Sterne leuchten auf, und weit am Horizont grüßt durch die verhangene Luft ein Leuchtfeuer. Auf und ab gleitet die „Etta" durch die Dünung, heute freudvoll bei ruhiger Fahrt und doch morgen vielleicht schon bei ausbrechendem Sturm ins Verderben gerissen von Grundseen, unberechenbar wie das Menschenherz und unergründlich wie dieses.

Nun gehen die beiden über die Kongsgade in Kopenhagen. Die Sonne liegt auf der blauenden See, die Sommerluft flimmert und leuchtet, und über die Menschen geht eine Welle berauschender Lebensfreude. Es ist, als atme jeder nach den schweren Kriegsjahren auf, als wage er wieder zu hoffen und zu leben. Die freudige Heiterkeit dieser schönen Stadt wirkt ansteckend, und Etta fühlt sich so wohl und heiter wie seit langem nicht. — Zunächst wollen sie fragen, ob Post für sie gekommen ist. Sie haben lange nichts vom Siel gehört und auch keine Bekannten von dort getroffen, was sonst selten vorkommt. Ettas Mutter fühlte sich bei ihrer Abreise wenig wohl. Aber das hat man häufig im Frühjahr und ist gewiß längst behoben.

Die Aufmerksamkeit der jungen Frau ist so von den zahlreichen hübschen und sommerlich reizvoll gekleideten Frauen gefesselt, so daß sie gar nicht auf den großen, ungeschlachtenen Mann — offensichtlich ein Schiffer — achtet, der ihnen entgegenkommt. Er hat ein krummes Bein und eine große, brandrote Nase, richtig gewalttätig sieht er aus. Schon steuert er auf die beiden zu, als Taak in eine Seitenstraße einbiegt und unentwegt weitergeht, Etta weiß gar nicht, was das zu bedeuten hat. „Groff Eilert!“ raunt Taak und verschwindet mit ihr im ersten besten Kaffeehaus. Er will nichts mit dem übelberüchtigten Kerl zu tun haben, der überall das Ansehen der einheimischen Schiffer schädigt. In Antwerpen ist er ausgerissen, ohne das Hafengeld zu bezahlen, in Marokko hat man ihn festgenommen, weil er in eine üble Schmuggelgeschichte verwickelt war — nein, mit einem solchen Menschen hat er nichts zu schaffen, Etta weiß ja, wie der sich überall aufführt.

„Züh — treff ik Jo hier? — Gondag, junge Fro!“

Der Besprochene schlägt Taak derb auf die Schulter, er begrüßt Etta so jovial, als seien sie nahe Verwandte, obwohl sie stets einen Abscheu vor ihm hatte. Sie hat ihn selten einmal nüchtern gesehn. Ohne zu fragen, setzt er sich zu ihnen, die haarigen Hände auf dem Tisch, er beugt sich weit vor — ja, er hat sie vorhin schon gesehn, es ist doch rein ein glücklicher Zufall, daß man sich hier trifft. Taak gibt einsilbige Antworten, man darf es mit dem brutalen Menschen auch nicht verderben. Etta beteiligt sich nicht an dem Gespräch und löffelt in schweigender Abwehr in ihrer Schokolade, was Eilert anscheinend gar nicht merkt. Er schwatzt laut und ungeniert, als ob ihm das Lokal allein gehört und prahlt mit seinen Reisen: „Oh, Mann, dat schull mi ins wel namaken!“ — Und dann sagt er unvermittelt: „Tja — nu is't Ollske ok ja doot!“

Die beiden sehen ihn verständnislos an — was sagt er da? — — wen meint er nur? — — Tja, redet er weiter, wer hätte das gedacht, daß Hinrich seine Gedrut so bald aus der Zeit mußte, nun ja, die Zeit kommt nun ja einmal für jeden, daran ist nichts zu machen — — —

Lautlos sinkt die junge Frau vom Stuhl, Taak kann sie nicht mehr rechtzeitig halten. Im Lokal entsteht rechte Bestürzung, zum Glück ist ein Arzt zugegen, der Etta aus sehr schwerer Ohnmacht zurückruft. Taak muß sie mit einem Wagen an Bord bringen. Sie ist wie versteint, er bekommt kein Wort aus ihr heraus, mit geschlossenen Augen liegt sie wie eine Tote in der Koje. Schweren Herzens läßt Taak sie schließlich allein, er hat noch wichtige Wege an Land.

Bei seiner Rückkehr erwacht Etta gerade aus schwerem Halbschlaf. Sie muß sich das Geschehene erst zurückrufen, sie kann es noch immer nicht fassen. Die Briefe vom Siel, die Taak vorfand, lassen leider keinen Zweifel. Sie erfahren erst jetzt, wie alles kam, und wie die Ärmste noch hat leiden müssen. Taak ist aufrichtig betrübt und will Etta auf seine unbeholfene Art trösten, aber er stößt bei ihr auf solche Gegenwehr, daß er erschrocken innehält. Sie ist wie von Sinnen, daß ihre Mutter hat sterben müssen, ohne daß sie bei ihr sein konnte, und anstatt den Verhältnissen die Schuld zu geben, schiebt sie sie allein auf Taak. Hat er nicht darauf bestanden, daß sie mit an Bord ging, obwohl die arme Frau schon so krank war? Sie wollte doch auch nur einige Reisen mitmachen, und nun hat er sie solange festgehalten, oh, sie weiß wohl, er wollte nur das Reisegeld sparen! So außer sich ist sie, daß sie ihm die sinnlosesten Anklagen ins Gesicht schleudert, sie stößt ihn von sich — nein, sie will abreisen, sofort, sie bleibt keinen Tag mehr an Bord. Sie will, sie muß nach dem Siel — — —.

Taak ist völlig ratlos und in tiefster Seele verletzt. Noch weiß er nicht, daß sein sehnlichster

Wunsch in Erfüllung gehn wird und Ettas Zustand viel schuld an ihrem Verhalten trägt. So findet er bei aller Liebe nicht den rechten Weg zu ihrem Vertrauen, und der schmerzliche Verlust, der sie beide tief erschüttert, bringt sie einander nicht näher, sondern reißt die kaum überbrückte Kluft nur noch tiefer auf. Dabei hat er diesmal in seiner Geradheit, in der Unkenntnis aller Winkelzüge selber viel Schuld daran.

Er hat nämlich Fracht für Emden. Deshalb, sagt er, wäre es ja Unsinn, wenn sie wegen der wenigen Tage, die sie im günstigsten Fall früher da sein kann, die teure Reise über Land macht. Sie ändert doch nichts mehr, und Zuhaus wissen sie alles gut verwahrt. Nun leider alles so gekommen ist, wäre es doch viel besser, wenn sie den Sommer über an Bord bleibt, der doppelte Haushalt kostet nur unnütz Geld — er sagt es ein wenig überm Herzen hin, denn er wagt Etta nicht zu sagen, daß es ihm ein unerträglicher Gedanke ist, sie allein im leeren Haus zu wissen.

Etta trifft das wie ein Schlag — —oh! — so steht es also? — — — er begrüßt es, daß diese unnütze Ausgabe nun durch den Tod der Mutter wegfällt? — — — oh! — — — so!!! — — — also wieder einmal sein Geiz. — — Und sie hat doch ein so unbezwingliches Verlangen nach Haus! — — Sie würde ohne seine Zustimmung abreisen, hätte sie nur Geld zur Verfügung. — Aber ihn darum bitten?! — — das kommt nicht in Frage, das mag gehn, wie es will. — Schweigend, mit eiskalter Verachtung sieht sie ihn an, die graugrünen Augen schießen Blitze, fest pressen sich die herben Lippen zusammen. Es wird nicht wieder von der Angelegenheit gesprochen, die Taak nicht arm gemacht, dem aus den Fugen geratenen Inneren der jungen Frau aber wohlgetan und die sie ihm herzlich gedankt hätte.

Es werden ungute Tage, zumal sich die Ausreise länger als vorgesehen hinzögert. Einmal kommt er zu ihr: die „Debora“ ist eingelaufen, sie liegt nahebei, er sprach schon mit Bora — soll sie nicht eben zu ihr kommen? — — — schließlich ist sie doch ihre Tante — — —

„De?! — — — ik denk der nich an!“ — — so hohnvoll verachtend kommt es aus dem jungen Mund, daß Taak stillschweigend aus der Kajüte geht.

Bei Skagen geraten sie in heftigen Sturm und das Schiff in größte Gefahr, so daß selbst Taak das Schlimmste befürchtet. Wie eine Nußschale wird die „Etta“ auf- und abgeschleudert, und die junge Frau liegt schwer seekrank mehr tot als lebendig in der Koje. Doch ihr ist alles einerlei. Nun hat Taak seinen Willen ja! wenn er nur einige Taler sparen kann, was kümmert ihn das übrige! Ihretwegen kann das Schiff vergehen, dann bleibt ihr vieles erspart — das leere Haus, das Zusammenleben mit dem ungeliebten Mann, von dem sie nun auch noch ein Kind erwartet — nein, sie will, sie will es nicht!

Kaum kann sie sich auf den Beinen halten, als sie an Land geht, sie muß sich erst einige Tage bei Hyma ausruhen, ehe sie weiter fährt. In tiefer Verstimmung gehen die Eheleute auseinander. Lange starrt Taak der Treckschuite nach, die ihm seine Frau entführt. Ein bitteres, wehes Gefühl kriecht über sein Herz und eine Ahnung, daß das gesparte Reisegeld ihm teuer zu stehn kommen wird.

Und dann ist Etta in dem verlassenen Haus, in dem die Schritte so sonderbar hallen. Sie holte den

Schlüssel von Katharina, deren herzlich gemeintes Beileid sie kränkend kühl abwehrt, sie hungert nach Alleinsein. Alles sieht sie jetzt so fremd an — in den unbewohnten Räumen hängt ein dumpfer, muffiger Geruch, Mäuse haben ihre Spuren hinterlassen und das sonst unentwegt segelnde Schiff in der Wanduhr steht still — still wie das Herz, das nun nicht mehr auf Etta wartet. Ach, wäre sie hier geblieben! Welcher Trost wäre es heute für sie, hätte sie die Mutter selbst pflegen und betreuen können. Wohl hatte zwischen ihnen keine innige Vertrautheit bestanden, dazu waren sie zu verschiedener Art. Aber ein Platz ist leer geworden, der für sie der Inbegriff der Heimat war —, ihr eben jetzt Heimat sein müßte.

Herb streicht der Abendwind über sie hin, als sie vor dem Grab mit den verwelkten Kränzen steht, vor dem ihr Herz stumm bleibt. Geschwister besitzt sie nicht mehr und ihre Tante Bora, an der sie einst sehr hing, hat sie aus ihrem Leben gelöscht. Ihr ist, als umschlösse dies Grab ihr ganzes früheres Leben, als warteten ihrer jetzt nur noch Mühsal und Plage. Trostlos starrt sie über das im Dämmerlicht schlafende Land zwischen den Deichen, hinter dem ganz im Norden ein heller Schein steht. Ungewiß liegt das Mondlicht auf den Grabsteinen mit den segelnden Schiffen, und raschelnd bewegt der Wind das lange Gras.

Etta schauert zusammen. Mit schweren Füßen geht sie in ihr Haus, das einsam und trostlos ist wie ihr Herz.

Vergeblich warten die Tanten auf ihren Antrittsbesuch. Nach und nach kommen sie nun selbst, um Etta ihr Beileid auszusprechen — nicht wahr, man muß „dat jung Minsch", von deren

Zustand sie mit Befriedigung Kenntnis nehmen, etwas zugute halten.

Das sagt auch Dina zu Taak, als sie ihn unvermutet in London trifft, wo sie Eimo besucht. Das wird wieder besser, wenn sie erst ihr Kindchen im Arm hat! — sie klopft ihm ermutigend auf die Schulter.

Der Mann fühlt sich von einer ungeheuren Woge in Sphären ungeahnten Glücks gehoben, um gleich darauf in das eisige Tal tiefster Enttäuschung zu versinken — und davon weiß er nichts? Mit keinem Wort hat Etta von dieser sie beide angehenden Hoffnung in ihren spärlichen, kurzen Briefen erwähnt —.

Ungeleert setzt er sein Ginglas wieder hin, ein so hilfloser Blick trifft Dina, daß sie beruhigend meint: „Och, dat schall woll all good gahn! — — wi sünd ja all bie hör!"

Ja — ja — alles wird gut werden —. Ganz deutlich sieht er Etta vor sich, sie hält ihm ein kleines Bündel entgegen — ihr — sein liebes, kleines Kind, und sie lächelt — ein Glücksschauer überrieselt den aufgewühlten Mann.

Die Queen spricht unumwunden aus, daß es nicht taugt, wenn Etta immer allein zu Haus sitzt und Sinnen sammelt, sie muß auch weiter denken! So traurig dies mit ihrer Mutter ist — tot ist nun einmal tot, daran ist nichts zu machen, und wer noch hier ist, muß zusehen, daß er aus seinem Leben etwas Rechtes macht. Hat sie nicht einen guten Mann und ihr reichliches Brot? wird sie nicht bald die Freude haben und ein Kindchen im Arm halten?

Etta lächelt fern und fragt, ob sie Rineldtant noch ein Glas Wein einschenken soll? Tee kann sie leider nicht machen, das Wasser ist auch bei ihr jetzt so knapp, daß sie Katharina heute kein Kännchen voll geben konnte. Und damit sind sie bei dem Thema angelangt, daß jedes Gespräch beherrscht, seit die große Hitze mit kurzen Unterbrechungen über dem baumlosen Land brütet und das Trinkwasser versiegt.

Die Frauen sehen dabei über den Hafen, in den langsam die Flut einströmt, bräunlich glänzend mit schmutzigen Schaumrändern, es sieht, wie die Schiffe, trocken und müde aus. Nun ist man rings von Wasser umgeben, zweimal täglich steigt und fällt die Flut, und doch ist man nichts reicher darum! Es taugt leider höchstens zum Straßenschrubben, und das Püttwasser in den Brunnen ist auch nicht viel besser, denn hier in der Nähe des Deiches ist es hart und kalkhaltig. Und doch ist jeder froh, der einen Brunnen beim Haus hat, sagt die Queen, man hilft sich doch damit. Seit das zum Kochen und Teemachen so unentbehrliche Regenwasser bis auf den letzten Tropfen verbraucht ist, kommen alle Nachbarn und holen sich davon. Abends ist ihr Pütt gänzlich leer, erzählt sie, es steht nur noch etwas grauer Schlamm darin, aber am Morgen hat die Quelle dann wieder etwas Wasser aufgeworfen. Antje hat sich schon Wasser aus dem Kolk von der Weide hinter dem Haus geholt, aus dem das Vieh trinkt — nun ja, es ist ja nicht so appetitlich, ganz grün von Wasserlinsen und Frösche sind auch darin.

Aber was soll man machen? Ohne Wasser geht es nun einmal nicht. Wie soll man kochen? — —

Sie wischt sich dabei den Schweiß von der Stirn und nimmt schweratmend die Mütze ab — seit die Hitze durch den schmalen Spalt der Schiebefenster in die Häuser kroch, ist es kaum noch darin auszuhalten. Neugierig beugt sie sich vor — wo Habbo Harms seine Agneta bei der Hitze wohl hin will? — zur Apotheke? und das im besten Staat?

Die große schwere Frau Harms, der die Kinder „Tante Kugel" nachrufen, bleibt aufatmend auf der hohen Treppe stehen. Der Schweiß rinnt in großen Perlen über das dicke, rote Gesicht, sie muß erst etwas zu sich kommen, ehe sie den so lange geplanten Besuch bei der Apothekerin macht. Die Klingel scheppert, der Provisor beugt sich vor — ah, Madam Harms! sehr erfreut, sehr erfreut! Gewiß, Madam ist daheim! — — Sie nickt ihm liebenswürdig, aber mit gewisser Zurückhaltung zu. Erst muß sie wissen, und deshalb ist sie hier, ob etwas Wahres an dem Gerücht ist, daß er auswärts eine Braut hat. Und dabei macht er ihrer Brunhilde jeden Abend Fensterpromenaden und bringt sie ins Gerede?

Selbst in dem hohen Zimmer ist es drückend heiß, und die Unterhaltung verläuft erst schleppend. Madam Harms, die auf dem Sofa thront, nimmt schließlich den Silberbügel des Pompadours fester in ihre Wurstfinger und fragt so ganz beiläufig, der Provisor geht fort, wie man hört? Er wird eine Apotheke übernehmen und heiraten? Sie wirft die Bänder ihrer Staatshaube mit einem Ruck über die rundliche Schulter, ihre leicht vorstehenden wasserblauen Augen starren dabei so intensiv auf den goldgerahmten Spiegel über der Marmorkonsole, daß die Apothekerin ihrem Blick folgt — um Gotteswillen! Nun haben wirklich die Fliegen eine ganze Milchstraße von Eiern darauf gelegt! Auch die Damastserviette und die Sofaschoner haben diese ekelhaften Geschöpfe beschmutzt, was muß Madam Harms nur denken, sie ist bekannt penibel! — Der ältlichen, hageren Frau steigen die Tränen hoch, dieser Wassermangel bringt sie noch zur Verzweiflung. Der ganze Haushalt leidet darunter, sie weiß kaum, wie sie morgen das Essen für all die Menschen fertig bekommen soll.

Sie redet krampfhaft und ahnt nicht, daß ihr Besuch in dem sehr festgeschnürten Korsett zu ersticken droht, und in der eingeschlossenen Luft einer Ohnmacht nahe ist. Davor bewahrt Madam Harms einzig die tröstliche Gewißheit, daß die in Aussicht genommene Partie des Provisors sich zerschlug, weil das Vermögen der Erwählten nicht reichte — ja, allerdings auch der Gedanke, daß in diesem Haus an Hoffmannstropfen kein Mangel ist!

Sie geht mit solch hoffnungsgeschwellten Segeln zurück, daß sie ganz vergißt, die auf der Brücke beschäftigten Leute zu grüßen, was diese als ihr gutes Recht erwarten. Das ist ein rechter Fehler: so, sie sind Madam wohl keinen Gruß wert? rufen sie ihr nach. Aber wenn Grootkoopmann ihnen seinen schlechten Tee anschmieren kann, dann sind sie ihm gut genug! Bildet er sich vielleicht ein, daß sie den salzigen Tee mögen? „Laat de Keerl sien Schiet sülfst upsupen!" Das Zeug ist geschenkt noch zu teuer, sie werfen es ihm bei nächster Gelegenheit an den Kopf! — Und so sieht man wieder, daß geschäftstüchtige Nächstenliebe doch nicht immer zum Ziel führt, und ihre Opfer abschreckt wie den Kenner ein schlechtes Blatt im Tee.

Schon senkt sich der Abend, dem heute die Flut labende Kühlung bringt. Über dem Hafen hängt Harzgeruch von dem Holz, das ein Norwegenfahrer löscht. Vor den Häusern sitzen die Menschen und genießen die Kühle, und die Mädchen stimmen die alten Lieder an — von dem Schiff, das durch die Wellen streicht, und von dem an der Garonne Strand: „Und flüstert ein stilles Ade, Ade, und flüstert ein stilles Ade!" singt Liessie Occen mit ihrer hellen, ein wenig schrillen Stimme. Es klingt weit über den Hafen, und alle jungen Herzen werden weit und sehnsüchtig.

Längst sind die Lieder verklungen und auch die Menschen vor den Türen ins Haus gegangen, als die letzten Gäste im „Goldenen Anker" aufbrechen — es wird Zeit, sagt Heiko Janssen, morgen beim Saatdreschen heißt es zeitig auf dem Posten sein! sie wissen ja alle, was daran hängt. Sie bleiben kurz auf der Brücke stehen und werfen einen Blick ins Binnentief, das zu einem dünnen Rinnsal geworden ist — meine Herren! Wie lange sind die Gräben auch schon ausgetrocknet, man kann die Fische nur so mit der Hand greifen. Der Aal, den man ihm heute morgen brachte, war mindestens anderthalb Meter lang und wog seine zwei bis drei Pfund — Grootkoopmann fuchtelt mit seinem Kneifer herum, er kann das Prahlen nun einmal nicht lassen. „De kunnst du doch licht över satt up!" stichelt Heiko Janssen — er würde für kein Geld in der Welt etwas von solchem Untier essen! „Wat de Bur nich kennt, dat frett he nich!" erklärt Grootkoopmann gekränkt, und der Plünnenrieter, der gewohnheitsmäßig nach seiner Perücke faßt, obwohl heute kein Lüftchen weht, schiebt besänftigend das Histörchen dazwischen, das heute im Laden erzählt wurde: Menno Mennen drüben vom Plaats am Tief hat am Sonntag Tisch und Stühle ins Tief schaffen lassen und dort mit seinem Besuch Karten gespielt — „'t is wat Seltens!"

Tja — erzählt Habbo Harms im Weitergehn — wie lange kann der Dampfer schon nicht mehr fahren! dem brät jetzt der Teer aus allen Spanten. Das wird P. J. Peters ein teures Vergnügen — meine Herren! er hat einen Vertrag mit der Post, und muß nun alle Postsachen auf eigene Rechnung hinbefördern lassen. Sonst — bei seinem Kornhandel ist er noch wohl mit einem blauen Auge davon gekommen. Wie es heißt, geht der Krieg lustig weiter. „Heb ik dat nich segt? — Ji Buren kriegt der noch all 'n golden Nöös bie!" er schlägt Heiko Janssen derb auf die Schulter. Das Korn hat ja so geladen, es gibt in diesem Jahr eine Ernte wie noch nie! Und erst der Raps! da kann er morgen wohl extra traktieren.

Ihre Schritte hallen bis zu den Schläfern, die sich unruhig in den brütend heißen Alkoven wälzen. Durstig brüllt hier und da auf den Weiden eine Kuh, irgendwo klappt noch eine Tür. Kaum wahrnehmbar rauscht die See, und hinter ihr taucht der letzte Schein des Abendrots in die nördliche Helle, der die Sonne nach wenigen Stunden wieder entsteigt.

Kaum verkündet erste Morgenröte ihr Kommen, als Heiko Janssen auch schon draußen ist und nach dem Wetter sieht — ja, die Mühlen stehen noch auf Ost, das Wetter wird sich also halten. Besseres Wetter kann man sich fürs Saatdreschen nicht wünschen, das gleich auf dem Land vor sich gehen muß. Zum Zeichen, daß es heute stattfindet, zieht Groot Jan die weiße Fahne hoch, aber sie hängt noch nicht, als schon von allen Seiten die Helfer auftauchen, die wie von einem Magnet angezogen dem Plaats am Deich zustreben. Das Saatsegel wird auf den Wagen geladen, die Wannen und das übrige benötigte Gerät hinzugepackt und dann geht jeder in gehobener Stimmung an seine ihm anvertraute Arbeit. So ein Saatdreschen hat es in sich, es ist mit seinen uralten, feststehenden Gebräuchen für sie alle ein rechtes Fest.

Doch schon bald wird die Morgenkühle aufgesogen von der mitleidlos brennenden Sonne, die über dem baumlosen Land ihre ganze Kraft einsetzen kann. Wie verbrannt der Deich, die Viehweiden — kein Luftzug rührt sich in der flimmernden Hitze, in der die schwanken Zweige der Kopfweiden leise zittern. Jetzt während der Ebbe scheint selbst das Watt ausgetrocknet, und nur unter den kaum erkennbaren Inseln deutet ein fernes Blinken die nahe See an.

Über den steinharten Binnendeich rasselt in Richtung auf den Siel ein Ackerwagen, beladen mit Wannen und Fässern. Herihben, der Milchmann, kam auf den klugen Gedanken, Trinkwasser herbeizuschaffen, er holt es aus dem etwa eine Stunde entfernt liegenden Kolk, der noch vom letzten Deichbruch stammt. Auch dort trinkt das Vieh daraus, und Frösche und Schnecken gibt es reichlich darin. Aber das ist gesund, sagen die Leute, und das Grün, das nun bei der Hitze darüber liegt, schadet gar nicht. Der Staub fliegt hoch, er liegt wie ein Häutchen auf dem durch den langen Weg lauwarm gewordenen Wasser.

Zu beiden Seiten des Weges dehnen sich weite Getreidefelder. Schon beugen sich die gilbenden Halme unter der Last der Ähren, die tausendfältige Frucht verheißen. Nur der Weizen steht kerzengrade. Wie ein sorglich geglättetes, kostbares Tuch bedeckt sein lichtes Goldgrün den schweren Boden, der unter steinharter Kruste die segenspendende Feuchtigkeit aufspeichert und sich dankbar der Wärme hingibt. Von weitem schon sieht man das Getriebe auf dem Rapsfeld und hört das Klappern der Dreschflegel.

Herihben schmunzelt: da hat der Bauer doch wahrhaft neben der weißgelben hannöverschen auch die alte preußische Fahne ausgesteckt! Nun, er selbst hat auch nicht viel mit den Hannoveranern im Sinn. Als er neulich auf dem Amt zu tun hatte, konnte der Schreibersknecht nicht mit den Namen fertig werden und sagte, das ginge so nicht weiter, in Zukunft müßten sie hier ebensolche Namen bekommen wie andere Leute auch. Ja, das sagte er! Erst hatte der Napoleon, dieser Spektakelmacher, ihnen befohlen, einen festen Familiennamen anzunehmen, und nun fingen die Hannöverschen auch noch an? Dabei hieß er Hero Ihben Janssen, sein Vater Ihbe Janssen Heeren und sein Großvater Jan Heeren Ihben — war das etwa nicht deutlich genug? Jeder wußte doch, daß sie zusammen gehörten!

Er nickte mit dem knochigen Schädel noch heftig vor sich hin, als er schon bei den Mühlen ist und denkt gar nicht an seine Klingel. Aber das ist nicht schlimm, denn überall stehen die Frauen schon mit Kannen und Eimern und warten auf ihn. Nä, nä — nun man nicht so viel, was meinen sie wohl! andere Leute wollen auch etwas abhaben, er hat es so vielen versprochen. Tjaldmaleen überginge er am liebsten, die vor ihrem Haus wartet. Aber oh Gott, was macht sie für Augen! und ihre schwarze Katze springt auf den Wagen und leckt gierig jedes Wassertröpfchen — lieber nicht, wer weiß, was danach kommen könnte! — Matt und müde schleichen die Frauen in ihre heißen Häuser, kaum, daß sie miteinander noch kurz von den Bohnen sprechen, die vor Trockenheit umfallen, und daß die Raupen den Kohl fast aufhaben.

Herihben geht mit langen Schritten dem Rapsfeld zu. Er hat seine Hilfe zugesagt und muß nun auch Wort halten. Natürlich hätte er gleich heute Morgen anfangen müssen, aber das Wasserholen geht vor, das hat er den Bauern gleich gesagt. Sein blaurot gestreiftes Hemd steht am Hals offen, man sieht die dicke Wollunterjacke, die keiner in der größten Hitze ablegt. Das Wetter kann sich stündlich ändern und besonders mit dem Seenebel, der manchmal plötzlich herüber kommt, ist nicht zu spaßen. Er hat rechte Eile, er möchte doch ungern das gute Essen versäumen! — — — Aber zunächst einmal zum Krug, der am Grabenrand aufgebaut ist — ein Faß Bier, eine Kruke mit Genever, ein Kessel Kaffee — jeder kann sich nehmen, so oft und soviel er mag. Und Herihben mag sehr viel! Besonders das kühle Weißbier ist ein wahres Labsal — ah! Aber da: „Uns Saatbur schall leben, Vivat Hurra!“ ruft einer der Helfer — da kommt er gerade zur rechten Zeit! Nun wird der Bauer mit dem Tragsegel bedeckt, mit dem die empfindlichen Rapsgarben zum Dreschsegel gebracht werden. Jeder packt mit an, es ist ein Spaß, daß es über das ganze Land schallt.

Nun liegen alle Helfer in langer Reihe am Grabenrand und lassen sich schmecken, was Frau Altjen und ihre Mägde in großen Körben herschleppen: Hüdels — Hefenklöße — mit Butter und Sirup, dazu große Scheiben gekochten Schinken

— das ist wohl ein Festtagsessen! Frau Altjen trägt selbst Sorge, daß jeder zu seinem Recht kommt, und sie ist wahrlich nicht knauserig. Ihr strenges Gesicht wird merklich milder bei der schweigenden, aber eindringlichen Würdigung ihrer Klöße, in deren Herstellung sie Meisterin ist. Groot Jan bringt es sogar auf vier, dick wie Kindsköpfe. Als dieser Tage alle andern vor Hitze nicht essen konnten, hat er seelenruhig eine enorme Portion fetter grauer Erbsen mit einem Stück Speck, dick wie ein Gesangbuch, verzehrt — wer tüchtig arbeitet, muß auch tüchtig essen, sagt er, und die andern sind richtige Schlappschwänze. Und da das Maß seiner Arbeit seinem Appetit mindestens die Waage hält, tragen sie nicht schwer an seiner Verachtung. Heute schmeckt es auch ihnen bei der Hitze — es schmeckt! das kriegen sie nicht jeden Tag! Und sie werden alle satt. Zum Dank wird die Bäuerin nach altem Brauch gleichfalls mit dem Tragsegel bedeckt, sie zuckt nicht mit der Wimper. Auch allen Vorübergehenden wird die gleiche Ehre zuteil — und es sind heute nicht wenige — und sie müssen sich mit einem Trinkgeld lösen, was jedesmal ein rechtes Hallo gibt.

Pastor Garrels allerdings zieht vor, auf dem Deich zu bleiben. Er muß zur alten Trintjemö, die recht elend liegt; gewiß ist es jetzt zur Flutzeit auf dem Außendeich recht erquickend. Aber kein kühlender Luftzug ist zu verspüren — unmerklich nur kriecht das glänzende Band vor den Inseln näher, auf dem die Sonne gleißt und blinkt. Sie brennt auf seinem Scheitel, und die blendende Helle der ihn umringenden ungeheuren Weite schmerzt seine Augen so sehr, daß er den Hut tief in die Stirn zieht. Es ist, als gehe er durch eine Hölle von Licht, in der ihn der auflebende leichte Ost wie Feueratem umstreicht. — Wie hielten es die Menschen nur bei der Landarbeit aus? uralte Gewöhnung härtete sie wohl gegen mancherlei Beschwerden durch Hitze und Kälte ab. —

Er wischt sich den in Strömen rinnenden Schweiß von der Stirn — eigentlich müßte er heute noch zu der jungen Frau Taaks, es heißt, daß sie sich den einsamen Tod der Mutter so zu Herzen nimmt. Wenn er sie besuchte, sprach die Verstorbene auch immer so voll Verlangen von ihrem einzigen Kind, und daß es ihr solcher Trost sei, sie bei ihrem Mann gut aufgehoben zu wissen. Ob etwas an dem Gerücht ist, daß dieser die Arztkosten nicht hätte bezahlen wollen? Den Eindruck hat er keineswegs, er scheint ein sehr redlicher Mann zu sein, der heimlich manches Gute tut — mehr als mancher der Bauern, die doch augenblicklich im Geld schwimmen. Er blickt unwillkürlich nach dem Saatdreschen zurück, von dem Gelärm und Singen herüberschallt — ob wieder ein Zuschauer gekommen ist?

Grootkoopmann stellt sich erst ein, als die Träger dem Bauern die letzten Rapsgarben auf dem Tragsegel präsentieren, die er ihnen für ein gutes Trinkgeld abkaufen muß: „Meine Herren! —— to, Heik', door kann woll'n gooden up stahn!" Was da in den Säcken steht, ist ja pures Gold, so hoch wie die Preise augenblicklich sind! — Tja — er fuchtelt mit dem Kneifer — er konnte sich leider nicht eher freimachen — nicht wahr, das Geschäft? — er hat wirklich reichlich um die Ohren. Da kam heute auch noch ein Herr aus Bremen und hat ihm die Vertretung einer Auswandererlinie in den Magen gedrückt. Wer soll es sonst auch machen? die Leute sind wie gekniffen, daß sie nach drüben kommen, man kann das natürlich mitnehmen. — „Man wat is't nu?" — — — Ehe er sich versieht, hat man ihn zugleich mit dem Bauern mit dem großen Dreschsegel bedeckt, es ist ein rechtes Hallo, das noch zunimmt, als er sich mit großer Geste durch ein ansehnliches Lösegeld loskauft.

In bester Laune läßt er sich auf der Dreschdiele, wo für alle gedeckt ist, den guten Reisbrei schmekken, den es zur Feier des Tages gibt, und über den man einen goldgelben See geschmolzener Butter füllt, der mit lieblichen Inseln von bräunlichem Zucker belebt wird. Auch den selbstgebackenen Weizenstuten und Frau Altjens berühmten Süßmilchkäse tut er alle Ehre an, nicht minder als alle übrigen Teilnehmer dieses Festes, und man muß der strengen Hausfrau nachsagen, daß sie es ihnen gerne gönnt. Während sich der Hausherr mit seinem Besuch bei einem guten Tropfen in die Kellerstube zurückzieht, jagen sich die Mägde ab, um auch zu ihrem Anteil an dem fröhlichen Zusammensein der Helfer zu kommen.

Nun sammeln sie alle Hüte und Mützen und schmücken sie mit lustigen Sträußen, welche die Kleinmagd schon im Keller fertig liegen hat. Herihben bekommt tränende Herzen: „Wat segst du, Hilkmö — moot he sik nich weer befreen?"

„Door is noch nüms to laat kamen!" Die Alte, die bei solchen Anlässen immer Hilfe leistet, hat sich zu den älteren Helfern gefügt, die es sich wohl sein lassen, während das Jungvolk trotz Müdigkeit und Hitze unermüdlich nach den Klängen der

Handharmonika tanzt, die der Kleinknecht recht geschickt handhabt:

„As ik bie de Bur deen, kreeg ik ok wat to —
Alle Johr'n Poor Schoh —
Schoh un keen Sahlen der an,
Bur is keen Edelmann,
Bur is'n Bur, Schelm van Natur!"

„Nu kiek Groot Jan ins an!"

Der schwenkt, die geschmückte Mütze hinten im Nacken, laut singend die stämmige Großmagd im Takt — er hat einen ziemlichen Seiras, nicht nur von der ausgiebig genossenen geistigen Stärkung, sondern auch in dem Bewußtsein, der Held des Tages zu sein. Seine gewaltigen Leistungen sowohl im Arbeiten als auch im Essen macht ihm in weiter Runde so leicht keiner nach. Er weiß schon jetzt, daß noch lange überall auf allen Plaatsen davon die Rede sein wird:

„Mag't wesen as't will, ik deen bie de Bur!
Wenn't ok keen Edelmann is,
He is 'n Bur, un'n Schelm van Natur——
Dor — üm blief ik bie de Bur!"

„De is di in Fohrt!"

Herihben legt die Arme um sein Glas und beugt sich über den Tisch: dies ist nun ja alles gut und schön, aber sie sollen an seine Worte denken, jetzt kommt erst die schwere Zeit! Mit dem Pflügen, das wird noch was. Die Schmiede wissen jetzt schon nicht mehr, wie sie fertig werden sollen, so viel Pflugscharen werden ihnen zum schärfen gebracht, man kommt einfach nicht durch den schweren Boden. Wenn er noch daran denkt, Anno, komm, wann war es noch — nun, da war auch solch trockenes Jahr, er diente hier auf dem

Plaats — sechs Pferde bekamen den Pflug damals nicht durch die harte Erde. Wer davon einen Kluten auf den Fuß kriegte, der hatte lange was dran; es wurde beinahe Weihnachten, ehe es gehn konnte. — Seine Augen folgen Edo und Reent, den Haussöhnen, die sich unter die Tanzenden gemischt haben. Es sind lange, schlaksige Jungens mit der langen Nase und den vorstehenden Augen der Mutter.

„De Edo wull dat an Bord ok woll nich gefallen?" Wie er hörte, hatte der nach einer Reise schon genug von der Seefahrt, ja, ja, das ist kein Vergnügen, und Occo Occen hat ihn wohl tüchtig herangekriegt. „Man woor is uns Inse vandag doch? door heb ik ja niks van sehn?" Hat sie heute denn nicht geholfen? sie wohnt doch so nahe?

Hilke steht schon, sie rollt ihre Beiderwandschürze zusammen: „Geihst du mit na Hus, Herihben?"

Nun gehen die beiden über den steinharten, unebenen Fahrweg zum Siel, die rundliche Hilke mit ihrem schaukelnden Gang, Herihben mit schwerem Pflugschritt und nicht mehr ganz sicher auf den Beinen. Über den Deich kommt vom Wasser wohltuende Kühlung, Schwalben schießen hin und her, und auf den Weiden brüllt hier und da das durstige Vieh. Am Wegrand huschen Mäuse, sie bleiben ruhig vor ihren Löchern sitzen und machen Männchen: „Dat Schietgood!" sagt Herihben: „Dat wurdt van't Johr noch wat!"

Nun bricht auch Hilke das müde Schweigen: „Du frogst na Inse —" entfällt ihr unvermittelt — weiß er denn nicht, daß die gar nicht mehr zum Plaats kommt? Die ist seit ihrer Heirat nicht mehr bei ihren Eltern gewesen: „Süh — dat ging ja mit

Dwang —" ach, sie hat alles miterlebt, das arme Kind —: „De kamt sik nich mehr!"

Sie bleiben stehen und sehen nach den beiden Plaatsen zurück, die sich so nahe liegen, und die doch eine Welt trennt. Und Herihben, der wenig Land und nur eine Kuh besitzt, der sein Brot schwer verdienen muß, aber Freude an seinen vielen Kindern hat, sagt aus Herzensgrund: „Ik tuusch mit keen grooten Bur!"

16. Kapitel

Ein Kind ist uns geboren!

„'t steiht der noch nich in!"

Die Queen faltet das Amtsblatt zusammen — wie, sollte Taak nicht einmal die Geburt seines ersten Kindes bekannt geben? Nun, sie wird ihm gleich Bescheid sagen, sie will doch nach Etta sehn, die bei der Geburt sehr gelitten hat. Auch das Kind ist sehr zart, man weiß nicht, ob es durchkommt.

„Wullt du di ok Brannwien un Rosinen bi Taak halen, Rineldtant?" Occo und Siebelt wollen gerade zur Schleuse: „Door gah man lewer gansnich hen, de het niks kloor. — De spöölt Kinnermaid!" ruft Siebelt im Weitergehn, die beiden wollen sich ausschütten vor Lachen. Das sieht Taak wieder so recht ähnlich! Da wollen sie ihm nun gratulieren und nach altem Brauch das freudige Ereignis begießen, und nun hat er in keiner Weise vorgesorgt! er ist und bleibt nun einmal ein Pint! Siebelt sieht wieder verboten aus, den Rock voller Flecke, die Bartkrause zerzaust: „Harrijeses, wenn dien Brud di so to sehn kriegt!" die Queen ist recht ungehalten; sie kann nur sehn, daß die beiden bald heiraten. „De mi so nich mag lieden, kann mi anners nich kriegen!" Siebelt winkt übermütig mit dem zerfransten Schal, von dem er sich nicht trennen will. Aber seine Heiterkeit ist nicht so ganz echt.

Taak steht in der halbdunklen Küche und bündelt das Kleine, ein mageres dunkelhaariges Kind mit altem Gesichtchen und erschreckten Grauaugen. Obwohl die derben Hände merkwürdig zart mit ihm umgehn, quäkt es leise vor sich hin, mit sorgenvoller Zärtlichkeit blickt er auf das kleine Wesen. Sein Gesicht erhellt sich, als er die Queen erkennt — ach, gewiß kann sie ihm bei dem Bänderkram helfen, damit wird er nun einmal nicht fertig.

Kopfschüttelnd macht Frau Rineld das Bündel vollends fertig, während Taak das halberloschene Herdfeuer anfacht. Auf dem Tisch stehen zwischen gebrauchtem Geschirr Töpfe mit Milchsuppen, auf einem Stuhl achtlos hingestellt eine Torte —.

„Man du lewe Tied —" sie legt das festverschnürte Bündel in den Wagen, den sie beruhigend rüttelt — hat er denn niemand zur Hilfe? — und vor allem, wie geht es Etta, wie sie hört, steht es nicht gut mit ihr? Sie sieht drohend auf den Mann, der jetzt mit bemerkenswerter Geschicklichkeit Ordnung schafft. Das Feuer brennt, das Teewasser saust bereits, und der Tisch ist abgeräumt.

Taak hält in seiner Tätigkeit inne. Den Teetopf in der Hand, setzt er ihr entschlossen auseinander, daß er den Haushalt sehr wohl alleine verwahren kann. Die alte Arendine, die Etta pflegen sollte, hat sich den Fuß verstaucht. Und Wübkmagret kommt ihm nicht ins Haus, von deren Klatschereien hat er genug. Etta schläft jetzt, sie kann gleich nach ihr sehn. Gefahr besteht nicht, sagt Hieliet, sie ist nur noch sehr schwach. Dies mit dem Kind lernt er wohl — solch ein kleiner Engel! Er strahlt vor Vaterstolz und probiert sorglich die Milchflasche auf ihre Wärme, ehe er sie der Kleinen gibt. Etta hat keine Nahrung für das Kind. Und es soll Gedrut heißen, nach Ettas Mutter. Das war eine gute Frau; ein Jammer, daß sie die Freude nicht mehr erlebt. — — Ja, und wenn Rineldtant Pate sein will, auch Rineld.

„Rineldtant?" kommt es klagend aus dem Alkoven im Nebenzimmer, und die Queen eilt so rasch es ihre Schwerleibigkeit erlaubt zu der jungen Frau. So herzbeklemmend einsam liegt Etta dort in den Kissen, daß es selbst Frau Rineld ans Herz greift. Die junge Frau versucht sich an dem Hanfleichter aufzurichten, fällt aber kraftlos zurück: „Ik kann nich!" Schneeweiß liegt das schmale Gesicht auf den Kissen mit Brabanter Spitze, die ihre Mutter einmal aus Belgien mitbrachte. Aber die langen Strohhalme stecken aus dem Bettstroh und liegen auf dem Fußboden, Bettmachen ist Taaks Stärke nicht.

Etta folgt den Blicken der älteren Frau, die gut und mütterlich auf sie einredet. Was soll sie ihr viel antworten? Daß sie sich noch zu elend fühlt, um sich über ihr Kind zu freuen? daß sie gerade jetzt ihre Mutter schmerzlich vermißt und ihr davor graut, jede Handreichung von ihrem Mann annehmen zu müssen, auf den sie nach seinem Willen jetzt völlig angewiesen ist? Oh, sie weiß, daß es auch bei Dinas erstem Kind so war, und auch Eimo all die Frauen kurzerhand vor die Tür setzte. Dina hat ihr oft lachend erzählt, wie Eimo damals auch kochte und gleich eine halbe Gans in den Kohl steckte, und wie sie trotz seiner Ungeschicklichkeit doch so glücklich waren — wie es eben ist, wenn zwei Menschen sich von Herzen lieben. Ja — seit sie selbst wirklich Frau geworden ist, weiß sie das nur zu gut —.

Aber all dies kommt nicht über ihre Lippen, und so geht die Queen recht unbefriedigt fort. Wenn die zwei nicht anders wollen, müssen sie eben sehn, wie sie miteinander fertig werden. Auf dem Rückweg geht sie über den Kirchhof und steht an Gedruts Grab. Trübe und schwer hängt der Himmel über den kahlen Gräbern, über die der Herbstwind saust — ja, nun wäre Gedrut Großmutter, wie sie es sich so sehr wünschte. Ach, es wäre für alle Teile besser gewesen, wenn sie noch nicht hätte fortmüssen! aber das steht nun einmal nicht in unserem Willen.

Diesmal gibt es keine Kramvisite. Etta kann sich gar nicht erholen, und als es ihr wieder einigermaßen geht, sind die Torten längst verzehrt oder verdorben. Taak hat sich recht über das viele Geld geärgert, das ganz unnütz dafür ausgegeben wurde. Von allen Seiten kamen welche, auch von den Geschäftsleuten. Die werden ihm natürlich alles zu der Rechnung schlagen, er müßte sie nicht kennen!

Natürlich schicken auch Eimo und Dina eine Torte, Bäcker Willms hat diesmal ein rechtes Meisterwerk geliefert. Die Kinder dürfen sie hinbringen, und Klein Rineld kann unterwegs kaum der Versuchung widerstehn, den Zuckerguß mit den vielen Krullen zu probieren — bloß so'n ganz klein bißchen! Hanni gibt ihr einen strafenden Klaps — will sie das wohl lassen! die Schachtel geht ja auf! Sie bleiben auf der Brücke stehen, Hanni macht altklug die Schnur wieder fest. Die

Vorübergehenden blicken sich flüchtig nach den Kindern um — ja, das ist nur gut, denn sonst hätten auch sie und Emmi wohl kaum der Versuchung widerstehen können!

Obwohl Onkel Taak nichts von der bestandenen Versuchung ahnt, belohnt er sie doch mit ganz dicken Tortenstücken; aber es ist sonderbar, der schöne Kuchen will ihnen gar nicht recht schmecken. Sie sitzen artig am runden Tisch in der Vorderstube, wo es bei dem trüben Wetter dämmrig ist, und fühlen sich recht unbehaglich. Tante Etta liegt noch im Bett, sie ist so blaß und still, und das Püppi in ihrem Arm weint, es nukkelt an seinen mageren Händchen. Nur den Branntwein mit Rosinen löffeln sie mit Genuß, ja, Klein Rineld leckt ihr Glas sogar mit dem Finger aus, obwohl die Mutter das streng verboten hat, Hanni muß ihr wieder einen Klaps geben — sie ist doch auch noch zu dumm!

Dann sehen sie nebenan mit rechter Anteilnahme zu, wie Onkel Taak das schreiende Kleine frisch bündelt, was doch sonst die Mütter tun. Er nimmt die Tücher von einem altmodischen Gestell aus Weidengeflecht, dem Bakerkorb, mit glühenden Kohlen darin, — Hanni fühlt sachverständig nach, ja, so sind sie schön warm — und dann gibt er dem Püppi sogar die Flasche, der Mund bleibt ihnen vor Erstaunen offen. Ist Klein Gedrut nicht ein wunderschönes Kind? „Nä!" sagt Klein Rineld ehrlich, gar nicht! ihr Brüderchen ist viel hübscher! Und ihr Vater ist gekommen, setzt sie nach Kinderart unvermittelt hinzu. Von dem Getränk belebt, erzählen die Kinder jetzt durcheinander — heute morgen stand er plötzlich vor ihnen, er liegt mit dem Schiff auf der Schleuse. Er hat sie alle geküßt, und Mutter hat geweint: „Se har ja so'n Sörg!" sagt Hanni altklug. Ja, und nun ist er schon wieder an Bord, mit Hochwasser kommt er in den Hafen.

Ist Etta eingeschlafen? sie liegt mit geschlossenen Augen, die Wangen leise gerötet. Taak schickt die Kinder fort, die von selbst nicht daran denken aufzubrechen. Klein Gedrut quäkt vor sich hin, sie bewegt die welken Händchen, das runzlige Gesichtchen greisenhaft verzogen. Taak rüttelt den Wagen leise — solch liebes kleines Ding, er glaubt bestimmt, es kennt ihn schon. Er hält ihm seine Hand hin, die unruhigen Fingerchen umklammern seinen derben Zeigefinger, ganz klar blickt es ihn mit Ettas Augen an — sein, sein eigenes Kind! Ein Brocken sitzt ihm in der Kehle, er wagt sich nicht zu rühren. Keiner, als er und die Mutter sollen das Kind berühren —. Wäre Etta nur erst wieder besser! sie sieht nicht einmal die Kleine an, die doch sein ganzes Glück ist, es muß ihr noch gar nicht gut gehn.

Das Kind hat das Köpfchen auf die Seite gelegt und atmet ruhig, wimmert aber sogleich, als er seine Hand zurückziehen will. So bleibt er über den Wagen gebückt stehen, der Rücken beginnt zu schmerzen; er richtet sich jedoch nicht eher auf, bis die Fingerchen sich von selber lösen.

Als er wieder nach Etta sieht, findet er sie zu seiner Überraschung im Lehnstuhl sitzen; sie ist totenblaß und kann sich kaum aufrecht halten. Taak ist ganz entsetzt — wie hat sie das nur fertiggebracht?

„Dat wull ik!" sagt sie kurz. Glaubt er, daß ihr das Stilliegen Freude macht? sie will auch einmal über den Hafen sehn!

Er wagt nichts zu sagen und holt ihr stillschweigend Decken und Kissen. Auch bringt er ihr ein warmes Stövchen, und seine Fürsorge müßte sie rühren, wäre ihr Herz nicht so verhärtet.

Dann steht er bei ihr am Fenster, und sie sehen gemeinsam zu, wie Eimo die „Frau Dina" hereinbugsiert. Es ist gar nicht so einfach, das große Fahrzeug in den schon vollen Hafen an seinen Platz zu bringen. Bis zu ihnen klingt seine frische, befehlende Stimme, und vor allen Türen stehen Menschen und sehen dem Schauspiel zu. Selbst der Apotheker und sein Provisor stehen oben auf der Treppe, der junge Mann dienert von fern Brunhilde Harms zu, die jenseits vor ihre Haustür tritt. Die Schauerleute werfen die Leinen los, Segel fallen, Tauwerk knarrt, und dann wird die „Dina" an den Pfosten neben der Kaje festgemacht, sie liegt längsseit der „Etta".

Nun klettern die Männer über die Schiffe. Eimo springt als Erster gewandt an Land, die andern folgen, und dann verschwinden sie hintereinander bei Gerd Onken im „Goldenen Anker". Die Haustüren klappen, jeder geht, fröstelnd von der feuchten Kälte, an seine Beschäftigung zurück, und alles ist wie zuvor. Nur Etta zittert das Herz, ihr ist, als sei ein Sonnenstrahl in ihr graues Leben gefallen.

Siebelt sieht Eimo und Hillern zu Taak gehn und eilt ihnen rasch nach — er muß doch dabei sein, wenn sie Taak den ganzen Branntwein mit Rosinen verzehren, wie sie sich vornahmen. Das wird ihn aber hart ankommen!

Etta hört die Männer in der Wohnküche lachen und sprechen, noch ganz erfüllt von ihren Fahrten. Sie bringen so oft das Wohl des jungen Vaters, daß diesem angst und bange wird — die können den Inhalt des Köpkens, der für alle Besucher reichen soll, wohl alleine auf! — Die andern spüren seine Verlegenheit und prahlen deshalb doppelt mit den großen Mengen, die sie beim ersten Kind gebraucht haben. Fünfzig Flaschen Branntwein sind damals mindestens draufgegangen, erzählt Eimo, und eine ganze Kiste Rosinen dabei gebraucht, Grootkoopmann hatte gerade einen großen Posten von einer Strandung übernommen. Hillern will damit bei Heikos Geburt noch gar nicht ausgekommen sein und gerät dabei in eine gefährlich streitsüchtige Stimmung, Etta wird ganz unruhig.

Wie gut, daß Taak von der kleinen Erbschaft anfängt, die der Familie durch das Ableben des alten Spiekerbernd auf der Nachbarinsel zugefallen ist — die Fahrt dorthin soll in diesen Tagen vor sich gehn? Etta gehört ja auch dazu, und er wäre gern mitgegangen.

Etta liegt mit geschlossenen Augen und hört durch die Tür jedes Wort, Eimos übermütiges Lachen, bei dem ihr das Herz bis in die Schläfen pocht. Sie ist ihm nichts als die Verwandte, an seinem Glückwunsch spürte sie es wie nie. Und doch! — und doch! — Die Lippen pressen sich fest zusammen, leise Verachtung liegt auf dem schmalen Gesicht — wie wird Taak wohl wieder wegen seiner Kleinlichkeit durch die Hechel gezogen! Nichts verachten die andern so sehr wie dies überängstliche Rechnen — nun, wer kennt ihn besser als sie?

Das Kleine läßt sich hören, sie zieht es näher heran und bindet das Mützchen fester — Taak kann nun einmal keine Schleifen binden, er sollte es doch ihr überlassen! Ach, könnte sie doch erst wieder, wie sie möchte. Sie sieht dem Kind in das sich leise rundende Gesichtchen — ihr, ihr Kind ganz allein! Ach, welcher Trost wird es ihr sein! sie will, sie muß bald besser werden, damit sie es ganz versorgen kann. Sie will es für sich haben, sie gönnt es Taak nicht!

Schon am übernächsten Tag geht die Fahrt zur Insel vonstatten, man muß die günstige Gelegenheit ausnutzen, obwohl das Wetter unruhig ist und bleibt. Aber der Winter steht nun einmal vor der Tür, man weiß nicht, was er bringen wird.

So segeln sie an einem Novembertag kurz nach Mittag ab. Die See ist sehr bewegt, auch dreht der Wind weiter nach Norden, und so müssen sie oft kreuzen. Das Boot nimmt viel Wasser über, und es dunkelt bereits, als sie anlegen können. Die Flut fällt sehr langsam, und es wird ein sehr mühsamer Weg durch das überspülte Vorland zum Dorf. Eimo und Hillern gehen zunächst zum Haus von Berndohm, dessen eine Hälfte der alten Stinamö gehört. In der Wohnung liegt noch alles, wie der Alte es verlassen hat, es riecht dort recht dumpfiig, nun, es ist höchste Zeit, daß jemand nach dem Rechten sieht. Für eine Nacht hilft es sich wohl, sie wollen nach Möglichkeit morgen wieder zurück. — Stinamö sieht bald neugierig um die Ecke, das strähnige weiße Haar hängt ihr ums faltige Gesicht, in dem unruhige Augen brennen. Sie bringt ihnen Feuer und macht Tee, und dann schlurft sie vor sich hinmurmelnd wieder fort. Ja, ja, der Herr hat es wohlgemacht mit Bernd. Dessen Augen werden viel Schreckliches nicht mehr sehn.

Die beiden Männer benutzen den Abend, um alte Freunde und die zahlreichen Verwandten zu begrüßen, denen jeder Besuch in ihrer Abgeschiedenheit hochwillkommen ist. Sie müssen viel Tee und noch mehr Grog trinken, und bekommen reichlich frisches Schaffleisch vorgesetzt, man hat gerade allenthalben für den Winter eingeschlachtet — langt nur zu! So wird es ein recht gemütlicher Abend. Als sie nach Hause gehn, ist es sehr dunkel. Der Wind ist viel stärker geworden, und die See brüllt beängstigend. Bei Stinamö brennt noch Licht, man hört sie unruhig umhergehn und laut mit sich selbst sprechen. Jetzt ist es, als schlüge sie heftig mit einem eisernen Gegenstand auf — was macht die Alte nur?

„Door moot 'n ja rein tokieken —" Eimo hat die Türklinke schon in der Hand, man weiß nicht, was so alten Leuten in den Sinn kommt, sie könnte wohl das Haus anzünden. „Wat maakst du door doch, Stinamö?"

Die hat ihn nicht kommen hören. Mit dem Feuerhaken schlägt sie immer wieder heftig auf die Herdplatte: „Wullt du woll! — — dat du mi still büst! — — wullt du dat woll nalaten!"

„Man wat hest du door denn?" Eimo lacht, belustigt von dem wunderlichen Gebaren der Alten.

„Mien oll Pastoor is weer so togang! — — wullt du dat woll nalaten!" sie schlägt wieder kräftig zu: „De moot good een up sien Kopp hebben! — oh, oh! — dat gifft noch wat! — — dat gifft noch wat!" Sie kommt ganz dicht an Eimo heran und raunt ihm zu: er muß nämlich wissen, hier hat die alte Kirche gestanden, und an der Herdstelle war der Altar, darunter liegt der Pastor begraben. Und wenn der sich bemerkbar macht, dann passiert was auf See, sie werden es sehn und erleben! Heute will er sich auch gar nicht beruhigen: „Nu holl aber up! — — wullt du woll!" sie läßt sich nicht in ihrem Tun stören.

Eigenartig berührt geht Eimo zurück. Hillern ist schon am Einschlafen und knurrt nur, ach, die Alte wird kindisch. Und dann liegen sie bald in tiefem Schlaf.

Dunkel und verhangen kriecht der Morgen über die Insel. Der Sturm donnert mit unverminderter Heftigkeit, er treibt Sandwolken vor sich her, die alle Sicht benehmen. Dem diensttuenden Grenzaufseher ist es kaum möglich, vorwärts zu kommen, mühsam kämpft er sich Schritt für Schritt zum Strand. Sein Weg führt nach Westen, gegen den atemberaubenden Wind, der ihm ganze Ladungen Sand ins Gesicht peitscht. Zwischen zwei Böen bleibt er stehen und hält Umschau — die Brandung tobt und schäumt, daß man vor Gischt kaum sehen kann, die ganze See ist in seltener Erregung. Unterhalb der nächsten Insel scheint ein Schiff in Seenot zu sein — man kann es nicht recht erkennen, anscheinend ein großer Dreimaster —. Mit Mühe erklettert er die nächste hohe Düne, von hier aus kann er das Schiff besser beobachten — ja! — — da ist es! Mein Gott, so nahe! — —

Da! — da! — ein Aufschrei: wie vom Nordweststurm gleichsam emporgepeitscht, treibt es jetzt mit rasender Schnelligkeit ihm entgegen, dem Strand zu, hinein in sein Verderben —. Es ist ein so schaurig schöner Anblick, daß der entsetzliche Ernst des Geschehens noch gar nicht zu dem Beobachter durchdringt. Ehe er das ganze recht begreift, ist das Schiff bereits aufgelaufen, es sitzt so hoch auf dem Westrand der Insel, wie hier selten ein Schiff strandete.

Der Mann erwacht aus seiner Erstarrung — wie von Furien gehetzt läuft er dem Dorf zu, er stolpert durch die Dünen, der Nordwest sitzt ihm im Nacken und treibt ihn vorwärts: „Schipp up Strand! — — — Schipp up Strand!" bis hinein ins Dorf, wo der Ruf schnell von Mund zu Mund geht und alles in Bewegung setzt.

Auch Eimo und Hillern hören den alarmierenden Ruf. Sie sind mitten beim Räumen, überall liegen die Sachen des Alten verstreut — rasch in die Stiefel und nach draußen! — Wo? — — wo sitzt das Schiff? Im Westen! klingt es verweht zu ihnen. Alle einsatzfähigen Männer sind auf den Beinen und schon unterwegs, und vereinzelt sieht man auch eine Frau. Auf der nächsten hohen Düne, dem „Utkiek", sucht man sich einen Überblick zu verschaffen — ja, dort! — zwischen den beiden weißen Dünen, im Nordwesten sieht man es überdeutlich! der mächtige Rumpf und die drei hohen Mastbäume überragen die Dünen, es ist ein überwältigendes Bild.

Doch keiner hält sich lange dabei auf, alles eilt, so schnell es geht, zum Strand. Man kann in dem unablässig tobenden Sturm kaum vorwärts kommen, der die Worte vom Mund reißt; den Kopf tief geneigt, die Schultern gegen den Wind stemmend, drängen die Menschen vorwärts, Schritt für Schritt kämpfen sie gegen den Sturm, der ihnen scharfkörnigen Sand ins Gesicht wirft. — Doch da ist das Schiff ja schon — man sieht jetzt deutlich, das Verdeck ist voll Menschen, Kopf an Kopf stehen sie dort auf dem von dem Anprall der gigantischen Wogen hin und her geworfenen Schiff, worüber Schaummassen hinwegspülen. Die Gefahr wächst zusehends, und das Jammern der

Unglücklichen übertönt das Gebrüll der Wellen: „Helft — — oh so helft uns doch!“ schreien sie den Männern am Strand zu.

Aber Hilfe irgendwelcher Art ist im Augenblick unmöglich. Zur Untätigkeit verdammt, stehen die Männer mit verbissenen Gesichtern stumm und achselzuckend, sie können nur durch Hutschwenken ein Zeichen geben, daß sie die Not der Schiffbrüchigen begreifen und fühlen. Wie es scheint, ist es ein Auswandererschiff. Es ist furchtbar, nicht helfen zu können — wenn man doch ein Rettungsboot hätte! Aber selbst damit käme man nicht durch eine Brandung wie diese. Und dabei wächst das Wasser noch fortwährend, noch ist es nicht Flut. Das ganze Dorf ist auf dem jetzt völlig überschwemmten Strand zusammengelaufen, das Wasser drängt die Menschen immer weiter den Dünen zu. Mein Gott, wäre es doch Ebbe, daß sich das Wasser verläuft und man näher heran könnte — hin und her schwankt das Schiff, es bäumt sich wie im Schmerz, und jede seiner Bewegungen erfüllt nicht nur die Herzen der Schiffbrüchigen mit neuer Todesangst, sondern erschüttert auch die Umstehenden und verstärkt das Gefühl ihrer völligen Machtlosigkeit. So nahe ist man nun, und doch wie durch Welten von den Ärmsten getrennt!

Ein Aufschrei geht durch die Menge: das Schiff neigt sich wohl infolge der gekappten und jetzt niederstürzenden Masten mit seiner ganzen Schwere nach der Seeseite und stürzt in die rasenden Wellen, es reißt Segel, Tauwerk und viel, viel Menschen mit sich — ein Anblick, der das Blut in den Adern erstarren läßt —.

Stumm, wie gelähmt stehen die Menschen, ihr schweres Atmen verschlingt das mörderische Rauschen —. Jetzt kommt Bewegung in die Menge — da! — treibt dort nicht etwas? — — Ja, es kommt näher — da! Einer geht ins Wasser, das ihm bis über die Hüften reicht, hilfreiche Hände nehmen ihm das Bündel ab — ein kleines Kind! Mitleidige Frauen nehmen es auf ihren Schoß, suchen es zu erwärmen. Doch das kleine Wesen in ihren Armen wird niemals wieder warm, es muß seine erste Seefahrt mit dem Tode bezahlen.

Und nun geht es Schlag auf Schlag, eine Erschütterung löst die andere ab, man kann sich der einzelnen gar nicht hingeben — eine Leiche nach der anderen tragen die aufgewühlten Wellen heran, schon bald liegt eine ganze Reihe Ertrunkener neben den Lebenden. — Und noch immer klammern sich die Übriggebliebenen an den gestürzten Riesen, sie erheben ein schmerzliches Jammergeschrei, wenn es den Anschein hat, als wollten die Helfer sich vom Strand entfernen. Man kann ihnen nur zuwinken: haltet aus! — — nur noch eine Weile haltet aus, bis das Wasser fällt!

Schon treiben auch Wrackstücke an, Proviant, tote Hühner, ein Schwein kommt angeschwommen und rennt dann munter am Strand herum, die Jungens fangen es mit Begeisterung ein. — — — Gegen zwei Uhr ist das Wasser so weit gefallen, daß ein Rettungsversuch gewagt werden kann. Bis unter die Arme kommen die Männer ins Wasser, aber es ist noch zu hoch, sie müssen mehrfach zurück. Endlich gelingt es ihnen, an Bord zu kommen. Es ist ein schwieriges Unternehmen, an dem sich jeder Einsatzfähige beteiligt, auch Eimo und Hillern — alle sind sie nur namenlose Helfer an dem gemeinsamen Werk der Hilfe. Oh, die stolze Genugtuung, als es gelingt, alle Überlebenden von

Bord zu holen! Viele muß man mit Leinen durch das Wasser ziehn, völlig durchnäßt und von allen Schrecknissen zu Tode ermattet stehen sie dann da, kaum begreifend, daß sie noch leben. Über zweihundert Personen sind an Bord gewesen, es ist keine Kleinigkeit, all die Menschen an Land zu schaffen.

Jetzt sind wohl die letzten von Bord, und das Rettungswerk soweit getan. Eimo und sein Vetter klettern sicherheitshalber noch einmal über das anscheinend ganz neue Schiff — das Herz tut einem weh beim Anblick von solcher Verwüstung! Es sieht wahrhaft unbeschreiblich aus: „Un nu kiek doch ins all dat Bloot —" die Männer zeigen sich die von den Verwundeten herrührenden Blutspuren, als die Tür der erhalten gebliebenen Kajüte sich öffnet und eine ängstliche Stimme fragt: „Ha — wer seids denn ihr? — — was wollt denn ihr hier?"

In der Kajüte klebt wie eine Traube Bienen mit verängstigten Augen ein Trüpplein Menschen — sind sie Seeräubern in die Hände gefallen? — — oder was ist nur geschehen? — — wo sind sie nur?

Ach was, nun nur keine Angst! — — sie sind Insulaner und wollen sie von Bord holen! — Doch wie geht es nur zu, daß sie hier sitzen und sich gar nicht gemeldet haben?

Ha — sie haben sich hier in die Kajüte verkrochen, als das Schiff so arg schaukelte, und da haben sie die Tür von innen ganz fest verriegelt, gell? — — Sitzen sie jetzt auf einer Klippe mitten im Meer? — — Die dreizehn Schicksalsgenossen können sich gar keine Vorstellung von ihrer augenblicklichen Lage machen. Sie trauen ihren Augen nicht, als man ihnen zeigt, daß das Schiff auf trockenem Sand sitzt und sie gerettet sind. Daß sie gestrandet sind, haben sie nicht einmal gemerkt! — — So haben denn ihre Leiden jetzt ein Ende? Vor Freude weinend fallen sie ihren Rettern um den Hals, was diese sich mit befangener Zurückhaltung gefallen lassen.

Wer gehen kann, muß zu Fuß ins Dorf, die übrigen werden mit Wüppen — Sturzkarren — dorthin befördert. Wie gut, daß fast in jedem Haus Schafschlachten war! so kann man den Ärmsten doch ordentlich zu essen geben. Und es schmeckt ihnen! es schmeckt ihnen nach all den ausgestandenen Ängsten doch so gut, sie sind wie ausgehungert. Das Brot wird im Handumdrehen knapp, und es ist ein Segen, daß gegen Abend der Sturm nachläßt und das Fährschiff Proviant holen kann.

Rechte Schwierigkeiten macht die Unterbringung all der Menschen. Aber auch das hilft sich, man macht Spreulager, auf dem die Armen besser schlafen als in der furchtbaren Sturmnacht an Bord. Der Pastor allein hat siebzehn Mann aufgenommen. Und dann erst die Kleidung! Die meisten haben ihre ganze Habe verloren, und das Wenige, das sie behielten, ist total durchnäßt. So müssen die Insulaner aushelfen, so gut es geht, und Berndohms Sachen, die die Erben gern hergeben, finden gleich die beste Verwendung. Aber wenn man die Fremden sieht, muß man trotz des Elends oft herzlich lachen, so drollig sehen sie in den Kleidern aus.

Die „Johanna" von Bremerhaven machte ihre erste Reise und hatte meist Süddeutsche an Bord, etwa zweihundert Mann, die nicht die geringste Vorstellung von einer Seereise hatten und nun gleich in solches Unglück gerieten. Alle Gespräche der Schiffer drehen sich darum, worin — neben dem schweren Wetter — wohl die Ursache des Schiffbruchs zu suchen sei. Als der völlig gebrochene Kapitän wieder ruhiger wird, erklärt er ihnen, daß infolge des heftigen Schlingerns sich die Masten aus ihrer Befestigung lösten. Dadurch ist das ganze stehende Gut — Masten und Segel — gesackt und das Schiff manövrierunfähig geworden.

Eimo und Hillern werden durch die traurigen Umstände länger festgehalten, als sie beabsichtigten — nur gut, daß sie keinen bestimmten Tag für die Rückreise ansetzten, ihre Angehörigen wären gewiß außer sich vor Sorge! Sie benutzen den nächsten günstigen Wind, um nach dem Siel zu kommen. Der Wind drehte nach Osten, wenn Frost eintritt, sitzen sie hier sonst fest. Sie sind noch ganz unter dem Eindruck des Geschehens — Stinamö ihr Pastor hat also doch recht gehabt! — Eimo sagt nur: „Dat Ollske — wat?" —

„Dat seg doch man —!"

Auf dem Siel hat man schon von dem Unglück erfahren, und alles ist gespannt auf ihre Berichte. Ja, nach allen Angaben müssen achtzig Mann umgekommen sein. Vierzig Leichen sind angetrieben, und, entsetzlich! sie waren alle ganz nackt. Die damit zu tun hatten, waren ganz benommen davon, so gruselig war es. Die Toten wurden in der kleinen Kirche aufgebahrt, aber sie können sich denken, daß noch mancher draußen stehen mußte. Sie sind dann gemeinsam auf dem schon längst dafür bestimmten Platz neben dem Kirchhof, der bei dieser Gelegenheit feierlich eingeweiht wurde, beigesetzt.

Tja, es ist wirklich eine ganz traurige Angelegenheit. Wo die Menschen geblieben sind? Ach, die sind jetzt wohl alle an Land. Dort konnten sie auf keinen Fall bleiben, es waren auch Kranke dabei, und dann ging es ja auch nicht wegen der Ernährung. — Ja, das sagte der Bremer Expert schon, er kam hier durch, Occo hat mit ihm gesprochen. — Ob die Insulaner ein hohes Bergegeld bekommen? — Ach, davon wollten sie gar nichts wissen, die haben sich diesmal so gut gemacht, das ist aller Ehren wert. Sie wollten sogar auf ihr gesetzmäßiges Drittel verzichten, wenn den Schiffbrüchigen daraus ein Nachteil entstünde. Der Expert sagte aber, daß sie auf jeden Fall eine Kostenvergütung bekommen, das ist auch nicht mehr als in der Ordnung. Für die Unglücklichen soll eine Sammlung veranstaltet werden, sie können alles gebrauchen, Kleidung und Geld. Wer möchte da zurückstehen?

Es ist ein Ereignis, das ihnen allen lange nachgeht. Da verläßt man sich nun auf ein gutes, neues Schiff, und dann geht es so. Der Kapitän ist doch bestimmt ein tüchtiger Mann, sonst hätte man ihm wohl kaum das große, neue Schiff anvertraut. Zum Fahren gehört nun einmal Glück — viel Glück sogar, und mit der Tüchtigkeit allein ist es nicht getan, das hat jeder von ihnen schon erfahren. — Die Männer sprechen darüber viel im Krug, und die Frauen, wenn sie im Dunkeln zusammensitzen, und das Herz will ihnen dabei oft schwer werden.

17. Kapitel

Graleer mi! – Verlobung is ut!

Der Wind bleibt nördlich. „Junge, Junge — door schall di wat andriewen!“ Die Schiffer sagen das ganz sachlich. Ist auch jeder von ihnen ohne Zögern bereit, sein Leben für in Not geratene Mitbrüder einzusetzen, so wissen sie andererseits doch zu genau, was es mit einem Schiffbruch auf sich hat. Die See nimmt, aber sie gibt auch wieder, und es ist ein altes, ungeschriebenes Gesetz, daß alle an ihren Gaben teilhaben sollen. Nimmt nicht selbst die jeweilige Landeshoheit ihren Anteil davon? — Die Insulaner haben es diesmal wirklich verdient, wenn ordentlich etwas für sie abfällt. Wer weiß, vielleicht findet man auch hier am Deich Strandgut, obwohl die Lage im allgemeinen wenig günstig dafür ist. Nachsehen kann man immerhin!

Am eifrigsten ist Siebelt am Strandjen, das er betreibt wie einen Sport. Immer wieder zieht er in seinem ältesten Zeug los, in dem er aussieht wie ein rechter Strandräuber. Zuweilen findet er auch eine Kleinigkeit — Wrackholz, ein leeres Faß, einige Hummerkisten, alles Dinge, die er so beglückt nach Hause schleppt, als hinge seine Existenz davon ab. Er ist recht wie ein großer Junge dabei und vergißt alles darüber — nicht zuletzt seine Braut!

Hielta wird dabei immer gerade und steiler. Oft ist sie der Verzweiflung nahe, wenn sie Siebelt dreckig und speckig mit einem Balken oder ähnlichen Schätzen an der anderen Tiefseite vorbeiziehn sieht. Nach seiner Rückkehr war er nur einmal flüchtig hier im Haus und ließ sich dann nicht wieder sehn. Was denken die Leute nur! So faßt sie sich eines Tages ein Herz und ruft ihm übers Tief zu: „Kummst du vanabend, Siebelt?“

„Wullt du'n Süßen hebben?“ schreit er zurück und rasselt mit einem rostigen Kettenende, das er gefunden hat. „Kiek ins, wat ik vör'n feinen Gördel vör di heb!“ Dabei lachen er und die jungen Steuerleute, die mit ihm sind, wie ungezogene Jungen, und ein Sprachwasser haben sie, man merkt gleich, daß sie zu lange beim Hafenmeister saßen.

Hielta rauscht tiefgekränkt ins Haus. In Gegenwart von anderen und dazu von diesen grünen Jungen von Küssen zu sprechen, ist eine Beleidigung, die sie nicht ohne weiteres hinnehmen kann. Dazu hat ihre Mutter ihn neulich gefragt, wann die Hochzeit sein soll, sie wären doch beide nicht mehr neu. Und was hat er ihr geantwortet? „Weet ik nich! — — weet ik nich!“ und ist weggerannt. Kann, darf sie sich das länger gefallen lassen? Tante zu werden ist bestimmt keine angenehme Aussicht. Aber was sie bei Siebelt erwartet, ist noch weniger verlockend.

„Amtsblatt!“ Trientjemö legt die Zeitung bei Siebelt ohne ein weiteres Wort draußen auf die Fensterbank und ist verschwunden, ehe er ihr etwas zurufen kann. Das ist ja völlig ungewohnt! Sie lesen nämlich das Amtsblatt gemeinsam, und die Alte pflegt ihn beim Bringen stets ausführlich auf die Neuigkeiten aufmerksam zu machen. Siebelt ist wieder einmal zum Außendeich gewesen, ohne mehr zu erbeuten als einige Stückchen Holz, und quält sich jetzt, die schlickigen Stiefel von den

Beinen zu bringen. Angetan mit einem Stiefel, läuft er nun neugierig über die regennasse Straße und holt die Zeitung herein, er blättert sie stehend am Fenster durch: Amtliche Bekanntmachungen, Subhastationen, Todeserklärung — sieh, wieder einer vom Fehn, es geht nicht anders, gewiß kommen die mit dem Erbteil nicht auseinander. Aber das kann es nicht sein — Verkäufe — oh, wieder 'ne Auktion, das ist was für die Queen, ganz genau liest er, was dort zum Verkauf kommt. Familiennachrichten — sieh mal an, aufgehobene Verlobung, das muß er sehn! „Meine Verlobung mit Herrn Siebelt J. Siebels erkläre ich hiermit meinerseits für gänzlich aufgehoben. Hielta B. Renken."

Er liest es einmal, er liest es ein zweites Mal — komm, was sind das noch für Leute, die kennt er doch — wart mal: Hielta — Siebelt — großer Gott, das ist er ja selber!

So schnell ihn seine Füße tragen rennt er — den einen noch im Stiefel, den andern im Hausschuh — zu seiner geliebten „Fenuß". Dort setzt er die leuchtend gelbweiße Flagge ganz in den Topp vom Großmast, er weiß sich vor Freude nicht zu lassen und tanzt von einem Bein aufs andere. Occo, der zur Schleuse will, bleibt kopfschüttelnd stehn: „Man, nu seg mi ins — wat is hier denn los?"

„Hest Blatt noch nicht sehn? — — — Verlobung is ut, du! — — Verlobung is ut!" So ein vernünftiges Mädchen! Die muß ja einen guten Mann haben, dafür will er sorgen, das hat sie verdient! Und nun wollen sie erst in den Anker gehn und auf Hieltas Wohl trinken, und das nicht zu knapp, das soll ihm wahrhaftig nicht auf 'ne Runde ankommen!

Alle Teilnehmer sind sich darüber einig, daß nicht nur v e r loben, sondern auch e n t loben recht viel Spaß macht. Es ist längst nach Mitternacht, als Wiltert mit der Nase Siebelt, der nicht mehr fest auf den Beinen und vor Rührung den Tränen nahe ist, nach Hause bringt. Hier muß er dem gewesenen Bräutigam in die Hand geloben, daß er Hielta zur Frau nimmt, eine bessere und verständigere wird er nirgends finden: „'t is wiß wohr, du! — man se wull mi ja nich!" schluchzt er.

Ein Gelächter läuft von einem Haus zum andern und setzt sich auch auf Hieltas Fensterbrett, es sieht sie dabei so verschmitzt an, daß sie dem Urheber nicht böse sein kann. Hat er nicht jetzt bewiesen, daß man nicht mit ihm leben und ihn nicht ernst nehmen kann? War sie nicht völlig in ihrem Recht, daß sie die Verlobung löste? So geht sie nach wie vor mit kerzengradem Rücken über den Siel, sicher davon, daß die Blamage einzig an Siebelt hängen bleiben wird.

Sonst läßt der Winter sich wenig fröhlich an. Wohl ist im Sommer viel Geld verdient worden, aber der Frost setzt so früh ein und so unvermittelt ein, daß er manchem einen rechten Strich durch die Rechnung macht. Gerade die letzten Reisen bringen sonst den eigentlichen Verdienst, doch müssen in diesem Jahr alle Schiffe früh auflegen.

Das Schlimmste ist aber, daß einige überfällig sind, was nach den schweren Herbststürmen recht beunruhigend ist. Frerich Frerichs war mit Kohlen von Newcastle nach Bremen unterwegs; Schiffer Buß aus Grossefehn, den Hillern kürzlich in Emden sprach, ist gleichzeitig mit ihm ausgefahren, er hat auch in einer stürmischen Nacht noch sein

Licht gesehn. Seitdem fehlt jede Nachricht von Schiff und Mannschaft, und es ist leider wenig Hoffnung, daß noch welche eintreffen wird. Fast die ganze Mannschaft stammt vom Siel. Nun ist Frerichs Maria, die zu Schwermut neigt, ganz menschenscheu geworden. Sie sitzt nur noch still beim Herdfeuer und beißt sich auf die Finger, es ist ein Elend. Sie und Frerich haben keine Kinder. Die beiden hingen so sehr aneinander, er ist das letztemal so schwer fortgegangen.

Und Redelf Redelfs hatte Ladung von Emden nach Antwerpen, seitdem ist er mit seiner „Bernhardine" verschollen. Bei seiner Gerdje kommt nun auch noch was Kleines, und drei Kinder sind schon da. Die Queen geht zu ihr und redet ihr gut zu, man kann nie wissen, wie es läuft. Aber sie glaubt selbst nicht recht daran. Ja, sagt die junge Frau und streicht dem kleinen Dirk über den Weißkopf, die Lippen zittern in dem stillen Gesicht — was einmal für uns bereitgelegt ist, dem können wir nicht entlaufen, und wenn unsere Zeit und Stunde gekommen ist, müssen wir dahin. Aber ihr ist, als sei es ihr zugetragen — sie glaubt bestimmt, Redelf lebt. Die Queen wagt ihr den Glauben nicht zu nehmen, obwohl es gegen jede Vernunft ist. Gewiß, sie sagte es ja schon, man kann nie wissen.

Noch ganz erfüllt von ihrem Erleben geht sie zu Etta — wie glücklich kann sie sein, daß ihr Mann bei ihr ist!

Aber die hört nur mit halbem Ohr zu. Sie reißt Taak das Kind fort, das er eben trocken legt: „Dat do ik vandag!" und sie drückt es so fest an sich, als wolle sie es nie wieder hergeben, Taak steht mit unglücklichem Gesicht dabei. Frau Rineld sieht von einem zum andern, sagt aber nichts; zwischen Eheleute soll man sich nicht mischen, auch sie nicht! Nun, wenn es Etta wieder besser geht, wird sie doch einmal ein ernstes Wort mit ihr sprechen.

Die Ungewißheit drückt schwer auf die Schifferfamilien, von denen manche unmittelbar betroffen ist, und von denen jede die Sorge und den Kummer der andern fühlt, der jederzeit auch sie selber heimsuchen kann. So sind auf Nicolas nur die jungen Menschen fröhlich bei ihrer Knobelei, und auch Weihnachten verläuft ohne festlichen Glanz.

Zwischen den Festtagen schleppt sich ein Mann am Stock mühsam über den Siel. Er trägt blaues Schifferzeug, eine fremdartige Mütze und an den Füßen Pantoffeln. Die wenigen Menschen, die bei der Kälte unterwegs sind, sehen ihm befremdet nach, aber so im Halbdunkel ist wenig zu erkennen. Man sieht ihn noch die Drift beim Kirchhof heruntergehn, und dann hat ihn die stärker werdende Dämmrung verschlungen.

Anderntags läuft das Gerücht über den Siel, und vor herzlicher Anteilnahme wird in keinem Haus das Essen rechtzeitig fertig: Redelf ist zurück! Hieliet, die noch in der Nacht geholt wurde, und Gerdje hat einen dicken Jungen, hat es bei Bäcker Willms erzählt. Die „Bernhardine“ wurde in einer Nebelnacht von einem Engländer gerammt, der sich dann überhaupt nicht um die Schiffbrüchigen kümmerte. Die ganze Mannschaft ist vor Redelfs Augen ertrunken, auch Wilm, seines verstorbenen Bruders Sohn, der ihm lieb war wie ein eigenes Kind. Er selbst verlor die Besinnung. Schließlich trieb er an der französischen Küste an, wo er schwer am Nervenfieber lag, so konnte er keine Nachricht geben. Ja — und nun ist er wieder hier. Aber es ist gerade, als hätte er einen Schlag mit dem Sack gehabt, sagt Hieliet, man kann überhaupt nicht mit ihm reden. Es gehört wohl was dazu, daß er wieder nach See kann, meint sie, sie sieht es noch nicht. Aber Hieliet weiß ja immer nur das Schlechte, das kennt man wohl.

Lange Wochen später treibt bei Terschelling das Namenbrett der „Drei Gebrüder" an, und nun muß Frerichs Maria die letzte, durch Redelfs Rückkehr neu genährte Hoffnung aufgeben. Man bekommt sie tagelang nicht zu sehen, nur der Herdrauch verrät, daß sie noch lebt. Eines Tages fehlt auch dieser. Im lichtenden Grau eines Märzmorgens sieht Groot Jan, der eben die Scheunentür öffnet, eine Frau an Heiko Janssens Plaats vorbei gehn. Ohne viel dabei zu denken, blickt er ihr nach, wie sie über den Deich steigt — wo mag die schon hin wollen?

Auf dem Deich verhält sie kurz den Schritt, doch sie schaut sich nicht um. Wie von unsichtbarer Hand gezogen findet sie den Eingang in das Ackerland. An dem wassergefüllten Graben entlang geht sie vorbei an der sprießenden Saat über den schmalen Steg, der über den breiten Rienschloot auf den Außendeich führt, weit durch den nassen Heller in das Watt, das die kommende Flut noch nicht erreicht hat. Tief versinken ihre Füße in dem weichen Schlick, aber unaufhaltsam, wie im Traum geht sie weiter, dem anrollenden Hochwasser entgegen, das sie bald eisig umspült. Die unwiderstehlich andrängenden glasgrünen Wellen reißen ihr bald den Boden unter den Füßen fort, sie spielen Fangball mit ihr, auf und nieder, auf und nieder, es ist ein furchtbarer Tod. Erst nach Tagen treibt sie an, weit vom Siel findet man sie am Deich.

Ernst sehen die Menschen auf die Erdkarre mit der Leiche. Sie ist mit einer Plane bedeckt, lange Strohhalme sehen darunter hervor. Auf dem Grab von Marias Mutter hat man einen frischen Kranz gefunden. So ging die Unglückliche also mit voller Überlegung in den Tod, und es kommt ihr kein christliches Begräbnis zu. Pastor Garrels darf sie nicht zu Grabe geleiten, aber er spricht doch ein Gebet an ihrem Sarg, dem alle Schiffer folgen. Röbke Heeren betet an ihrem Grab inbrünstig für die arme Seele, die jetzt ihre Ruhe fand: „Richtet nicht, auf daß ihr nicht gerichtet werdet!"

Viele Familien, vor allem die der Matrosen, sind in Not geraten. Es wird deshalb in den Haushaltungen reichlich gekocht, um wenigstens mit Mahlzeiten weiter zu helfen, die Queen nimmt die Sache tatkräftig in die Hand. Der Kompakt muß diesmal große Zahlungen leisten. Aber alles klappt. Keiner kommt auch nur um einen Pfennig zu kurz. Peters hat seine Sache wie immer tadellos in Ordnung.

In diesem Winter passiert soviel, daß man gar nicht zur Besinnung kommt. So finden verschiedene Verkäufe von Strandgut statt, die die Männer unmöglich übergehen können. Habbo Harms bleibt dabei einmal an einem Riesenposten beschädigter Ware hängen — zwanzig Fässer Smyrna-Rosinen von vierundzwanzigtausend und dreizehn Fässer Korinthen von achttausend Pfund — wie will er die je wieder los werden? Er wird mächtig damit aufgezogen — jetzt hat er wenigstens tüchtig Vorrat, wenn er Großvater wird, sie laden sich schon jetzt zum „Puppschluck" ein! Diesmal werden sie doch bestimmt satt kriegen, von der nächsten Strandung noch ein Faß Branntwein dazu! Das kann doch wohl darauf stehen, nun seine Brunhilde den Pillendreher heiratet. Der Provisor hat nämlich Weihnachten endlich ernst gemacht und sich mit dieser verlobt, obwohl sie bedenklich die imposanten Formen ihrer Mutter annimmt. Aber durch eine goldene Brille sieht eben alles golden aus, auch wenn es nur Messing ist. Böse Menschen wollen wissen, Grootkoopmanns Reichtum wäre größtenteils „Wind" und dahinter stecke nichts.

Auch haben die Franzosen endlich Sewastopol erobert, und wie es heißt, ist der Friede nicht mehr weit. Das wird im Wirtshaus sehr eingehend erörtert, man weiß nicht, wie sich die Verhältnisse dort weiter entwickeln. Nun, man wird es zum Frühjahr ruhig wieder versuchen, es wird schon etwas zum fahren geben, und noch ist es ja nicht so weit.

P. J. Peters faltet die Bremer Börsenzeitung zusammen, ganz in Gedanken streicht er sie fortwährend glatt. Dem kleinen Peter fährt er abwesend über den Kopf und Madam, die ihm von einer Einladung zu Brunhilde Harms nachträglicher Verlobungsfeier erzählt, bekommt verkehrte Antworten. Es ist kein Zweifel, der Friede ist nicht mehr weit, obwohl die Preise sich vorerst noch halten. Wenn man jetzt liefern könnte! Aber er hat langfristige Verträge mit den Bauern abgeschlossen, die noch längst nicht mit dem Dreschen fertig sind, obwohl Fortschrittliche bereits den Block benutzen, dem die Arbeiter anno achtundvierzig als Broträuber den Krieg ansagten. Tja — so hat jeder seine Sorgen. — Diesmal wird ihm kaum, wie im letzten Jahr, ein Zusammentreffen günstiger Umstände zur Hilfe kommen. — Eine tiefe Falte gräbt sich in seine Stirn, und wieder einmal flüchtet er aus dem Kreis seiner Familie in seinen eisigen Ausguck im Mittelhaus. Hier lehnt er den Kopf an die Scheiben und starrt solange über das verhangene leere Watt und das graue Land, bis die Leuchtfeuer am Horizont auftauchen.

Und dann die Sache mit Gerriet Janssen! Hier hat er alle Mädchen an der Nase herum geführt, jede glaubte, er meinte nur sie. Und nun ist er an der Weser einer hergelaufenen Person ins Netz gegangen! Selbst die Männer sagen, es ist ein Skandal und bestimmt sein Unglück, das kann niemals gut gehn. Seine Mutter spricht mit keinem Menschen darüber. Er ist auch nicht mit seiner jungen Frau hier gewesen. Aber wie es heißt, war es auch die höchste Zeit, daß sie heirateten.

Die junge Theda Tjarks, die sich hoffnungslos in den flotten Menschen verliebte, weint heimlich bittere Tränen. Sie trägt die weizenblonden Zöpfe jetzt aufgesteckt und im Netz und ist mit ihren Wangen wie Milch und Blut, ein Mädchen, nach dem die Männer sich umsehn. Leider geht ein Gerücht, daß sie es nicht so genau nimmt — wie hat sie sich damals mit Gerriet aufgeführt, das war ja unerhört! Ihre Mutter empfindet das als bittere Kränkung und hält deshalb das lebensvolle Mädchen, für das sie keine rechte Beschäftigung hat, so hart und streng, daß die Queen sich schließlich ins Mittel legt. Ah was, das ist die Jugend, die weiß noch nicht, was sie tut. Das verwächst sich bald! Das Kind braucht Arbeit, da werden ihr die Grillen schon vergehn! Ihre Hyma in Emden, die immer Heimweh hat, hätte gern ein junges Mädchen von hier, da wäre ihnen beiden geholfen. Da kann Theda viel lernen und hat auch noch eher Gelegenheit an den Mann zu kommen als hier.

Theda erzählt es freudestrahlend Tomma, das Mädchen ist außer sich vor Freude, der Enge zu entfliehn. Auch Tomma überkommt dabei ein plötzliches Fernweh und die Sehnsucht, dem strengen Regiment der Queen zu entkommen. Aber dann wäre sie auch ganz von Tjark getrennt — nein, sie will doch lieber hierbleiben. —

Taak nimmt wenig Anteil an dem allen. Er kommt selten ins Wirtshaus, und bei Eimo und Dina war er schon lange nicht mehr, auch nicht bei Röbke Heeren und seiner Rineld, worüber man sich recht wundern muß. Vielleicht muß er noch immer das Kind wiegen; wie es heißt, kann er das besser als manche Frau. Aber man sollte doch sagen, das Kindergeschrei würde ihm auch einmal zuviel, die Kleine soll so unruhig sein, Etta läßt sich auch nirgends sehn. Sonst wäre er doch wohl nicht so oft allein an Bord. Gott mag wissen, was er dort immer macht.

Aber Taak macht gar nichts. Er sitzt nur und starrt stundenlang vor sich hin, die Ellbogen auf die Knie gestützt, den Kopf zwischen den Händen. Zuweilen steht er auf und sucht sich ein Stückchen Holz, an dem er schnitzelt, es soll ein Seehund für die Kleine werden. Aber es geht nicht, die Hände stehen ihm hier in der Kälte nicht danach. Dann nimmt er wieder seine alte Stellung ein — Etta ist so gereizt, er kann ihr nichts recht machen. — Ja, ja. Gut genug, um auf Ostindien zu fahren. — Schwerfällig geht er zum Spind und schenkt sich einen Schnaps ein, es werden auch wohl mehrere —.

Die Jugend läßt sich in ihren harmlosen Freuden durch alles Geschehen wenig stören, und das ist auch gut. Hero und Liessie freuen sich ihrer jungen

Liebe und ihre größte Sorge ist, wann ihre Verlobung wohl veröffentlicht werden darf. Aber Katharina hat kurz und bündig erklärt, das passiert nicht, ehe Hero nicht etwas Eigenes hat, früher müssen sie ihr nicht damit kommen. Sind sie nicht noch halbe Kinder und in keiner Weise imstande, einen eigenen Haushalt zu führen?

„Nu kiek di dat doch ins an!" Sie zeigt Gretjemö einen silbernen Eßlöffel, den sie soeben Liessie aus der Hand gerissen hat, die ganze Spitze ist abgewetzt, und er ist scharf wie ein Messer — ist das nun eine Sache, daß das Mädchen den Kochtopf damit auskratzt? Tausendmal hat sie ihr schon gesagt, daß das nicht angeht, dafür genügt doch wohl ein eiserner Löffel. Aber so ein dummes Ding denkt wohl, das hört nicht auf, und mit jeder guten Ostseereise fliegt ein neuer schöner Prämienlöffel ins Haus. Das ist jetzt aus, nun ihr Vater auf der Mittelmeerfahrt ist, sie wird sich noch wundern!

Gretjemö, die wie besessen strickt, bestätigt mit nachdrücklichem Kopfnicken, daß sie das dem Mädchen schon immer gesagt hat, und die wird es noch gewahr werden, wenn sie erst verheiratet ist — oh Gott, nun hör einer an, da ist schon wieder das Nebelhorn! Gott bewahre die Schiffer auf See! Nein, nein, dieser Nebel heute, es ist kaum zum aushalten, man möchte aus dem Haus laufen! Die Stricknadeln klappern wie rasend, und das magere spinnige Gesicht ist wie beschattet von angstvoller, auswegloser Trauer.

Immer undurchdringlicher wird der milchweiße Nebel, der schon seit Tagen über der Küste liegt. Er schleicht sich in Häuser und Herzen, und die dichten feuchtkalten Schleier hüllen die Menschen in unbegriffene Einsamkeit, die sie unruhig und unduldsam gegeneinander macht, und kleine Plänkeleien ballen sich so zu riesengroßen Gegensätzen. Katharina schilt mit den Kindern, die aus und ein rennen, und die Haustür offen lassen, so daß die kalte Feuchtigkeit ungehinderten Zutritt hat, und Liessie wirtschaftet mit zornrotem Gesicht herum, überzeugt, daß man ihr bitteres Unrecht tut, nicht einmal ihr Vater nimmt sie heute in Schutz.

Seit heute morgen Redelfs Gerdje ihn gebeten hat, einen wichtigen Brief für sie zu schreiben, denn Redelf kann das jetzt nicht, sitzt er am Sekretär wie das Unwetter selbst, und jedes Wort ist verkehrt. Aber sie wird ihnen allen beweisen, wie gut sie einen Haushalt führen kann, das können sie ihr aber glauben! — wärs nur erst soweit! sie mag und sie will nicht mehr Zuhause sein! Sie schrubbt die Hinterküche mit solcher Energie, daß das Wasser ihr um die Ohren spritzt, und dabei ist nicht einmal Sonnabend. Aber irgendwo muß der Zorn hin!

Katharina sieht ein, daß es geraten ist, irgendeine Extraarbeit vorzunehmen, der Nebel macht so kribbelig, es ist kaum zum Aushalten. Sie will die silbernen Löffel einmal durchsehn, wie sie schon lange vorhatte, wer weiß, vielleicht hat das unbedachte Mädchen noch mehr verdorben. Sie scheidet sie voneinander, wie die Schafe von den Böcken — so, dort die runden, die noch von ihrer Mutter stammen, einer Bauerntochter, die haben die Bauern als Prämie bei der Ablieferung von Ölsaat bekommen. Dann die neuen von den Ostseereedern — sie wiegt diesen und jenen der glatten schweren Löffel mit den Firmeninschriften in der Hand, nein, sie fallen nicht alle gleich aus! Daneben die täglichen, denen man den langjährigen Gebrauch ansieht: „Dat is mienst!" schreit Harm, und er will nur mit dem essen, wo Gottlieb Eckerlein, Königsberg, drauf steht, und Ihno nimmt den mit Ernst Castell, Danzig, für sich in Anspruch, was ihnen einen Klaps von ihrer Mutter einträgt — dürfen sie ihren Vater stören? Der fährt auch schon auf: „Ruhe!" und nun marsch nach draußen und nicht geheult! Sehen sie denn nicht, daß er schreibt? fährt er die Frauen an: „Is mien Kopp een Almanak?" glauben sie vielleicht, daß er alles nur so aus dem Ärmel schüttelt?

So reiben sie sich in uneingestandenen Ängsten aneinander, die aus der weißen Undurchdringlichkeit immer näher kriechen. Es ist jetzt am frühen Nachmittag schon so dunkel, daß Gretjemö und Liessie ihr Strickzeug fallen lassen und Occo die Feder, schweigend sitzen sie beieinander. Die schaurigen Töne des Nebelhorns, das sich erneut vernehmen läßt, verstärken ihre Unruhe, Redelfs Unglück steht ihnen beklemmend vor Augen. Katharina reibt an den Löffeln, daß sie in ihren Händen glühen — nein, nein, sie will sich nicht mehr ärgern, obwohl das Mädchen lernen muß, besser nachzudenken. So ein Löffel ist schließlich nur irdisch Gut, es bleibt immerhin soviel Grund zum Danken. Wenn Occo nun bei diesem Nebel unterwegs wäre, nicht auszudenken, diese Angst! Die resolute Frau schluckt, ein zitternder Seufzer zerreißt das bedrückende Schweigen. Dann steht sie auf, zündet das Licht an und schließt draußen selbst die Fensterläden, als könnte sie damit alles Böse abwehren. Und im häuslichen Kreise, der unwillkürlich enger zusammenrückt, weichen die lähmenden Nebelgespinste und zerflattern im Rauch des hellbrennenden Herdfeuers, während der Einsame immer stärker von ihnen bedroht wird.

Tjaldmaleen tastet sich nach draußen, sie sucht ihre Katze, die spurlos in der weißen, gestaltlosen Masse verschwand. — — Ist dies hier nicht der Pütt? — — Oh, oh! — nie wird sie den Tag vergessen, da die weißen Schleier draußen sich immer dichter über ihr Herz senkten, bis sie wie eine, die nicht anders kann, zum Pütt ging, um endlich der Qual ein Ende zu machen. Für wen sollte sie leben, nun ihr Kind nicht mehr war? Doch da sandte ihr der Herr zum Zeichen, daß er sie nicht vergaß, ein Tier als Trost — ist es ihr nicht auch jetzt nahe? umstreicht seine Zärtlichkeit sie nicht? — — „Almut!" sagt sie wie erlöst: „Mien Deert!" und nimmt das Tier in ihren Arm. Murmelnd geht sie in ihr ödes Haus zurück, es ist nicht gut, wenn der Mensch allein ist, er braucht ein Wesen, das um ihn ist —.

Die bedrückende Lautlosigkeit legt sich lähmend über jede Lebensregung. Sie macht jedem sein Elend doppelt fühlbar, daß er es hinausschreien möchte in die weiche Wattewand, die es verschluckt, ohne es von ihm zu nehmen. Bei Bäcker Willms steht der Laden voller Menschen. Sie haben seltsam unruhige Augen und verweilen fast alle länger als nötig. Ja, ja, sagen sie wohl zu Leuten, die sie sonst kaum grüßen, sie haben es Zuhaus bei dem Nebel nicht ausgehalten, es ist, als suchten sie in der Gemeinsamkeit Trost gegen dies mordende Alleinsein.

Auch Etta fühlt sich gejagt und geängstigt. Es ist so still im Haus, das Kind schläft endlich, und wo Taak ist, weiß sie nicht, er murkste erst auf dem Boden herum. So bedrückend einsam ist es heute; man hört nur das Ticken der Uhr und das leise Knarren des Gehwerks. Alle niedergekämpften Gedanken stürmen wieder auf sie ein, sie schlägt die Hände vor das Gesicht und schluchzt vor sich hin — oh, einen Menschen bei sich haben, mit dem sie ein vertrautes Wort sprechen kann, nicht so bitter, bitter allein sein müssen! — — Eimo! — Eimo! — ach nein, er braucht sie nicht, kein wärmerer Gedanke geht von ihm zu ihr —. Taak? — sie schluchzt trocken auf — nein. — Nein! — Sich zu ihm flüchten, dessen bettelnder Blick ihr unerträglich ist, der sich behandeln läßt wie einen Hund und doch immer wieder zu ihr kommt? — Nein! — — oh nein!

Nur bittere und verächtliche Gedanken gehen zu dem Mann, der ihr doch die Hände unter die Füße breiten möchte. Stöhnend liegt er jetzt über den Tisch in der Kajüte — allein! allein —. Frau und Kind und doch kein Zuhaus —.

Schwerfällig erhebt er sich schließlich. Es ist völlig dunkel geworden, das Licht aus den Häusern auf dem Deich reicht kaum bis auf die Straße. Mühsam tastet er sich von Bord, er gleitet auf der Planke aus und wäre auf ein Haar ins Wasser gefallen. Schließlich hat er die Haustür gefunden, sorgfältig kratzt er die Füße ab und geht dann in die Küche. Das Kind wacht bei seinem Kommen auf, es weint laut — wo ist Etta nur? Kaum wagt er sich an den Wagen, wenn er sich mit dem Kind beschäftigt, ist es Etta wieder nicht recht — wo bleibt sie doch? Aber klein Gedrut weint immer heftiger, sie schluchzt so sehr, daß er sich schließlich über sie beugt: was ist denn nur? — tut es irgendwo weh?

Die Kleine schluchzt noch einigemal tief auf, dann geht ein Lächeln über ihr Gesichtchen, die Hände greifen in die Bartkrause — ja! nun haben sie die goldenen Ohrringe gefunden — ach, was hat das liebe kleine Ding doch für eine Freude daran! So vertieft ist er in dies beglückende Spiel, daß ihm alles andere entschwindet und er Etta gar nicht vermißt.

Die hat es zu Haus nicht mehr ausgehalten, sie will, sie muß einen Menschen sprechen, nur auf einen Sprung zu Dina, von der immer so viel Freudigkeit ausgeht. So tastet sie sich durch die undurchdringliche Dunkelheit an den Häusern entlang. Aber Dina sagt ihr nur hastig an der Tür, sie kommt besser nicht herein, die Kinder haben alle die Masern, es ist als sei es ihnen angeweht, sie soll ja vorsichtig sein, daß Gedrut nicht angesteckt wird, sie ist noch so zart. Nun tastet sie sich mit noch stärker beschwertem Herzen erneut an den engstehenden Häusern durch die milchige Stille. Auf der Brücke verliert sie die Richtung und weiß plötzlich nicht mehr, wo sie ist. Kein Lichtstrahl dringt durch die verschlossenen Fensterläden durch die schwere Dunkelheit, die alles Leben abzuschnüren scheint. Wo — wo ist sie nur? Ratlos irrt sie umher, getrieben von verzehrendem Verlangen nach ihrem Kind, ihrem Heim, das ihr nun wie das verlorene Paradies erscheint. Jetzt hört sie ganz nahe eiliges dunkles Rauschen, eisiger Schreck durchfährt sie — dann ist sie nahe am Tief? ja, es ist hier abschüssig, das welke Gras raschelt unter ihren Füßen, die Erde gibt nach: „Helpt! — helpt!“ ruft sie trocken aufschluchzend, sie ist verloren, wenn nicht jemand vorüber kommt. So nahe ist sie nun bei Haus und doch verirrt und verlassen —. Eine Angst sondergleichen überwältigt sie, und alle innere Qual ergießt sich in einem schüttelnden Weinkrampf.

„Is door wel?“ fragt es da aus dem Dunkel — wem, wem gehört die Stimme doch? „Ja!“ schluchzt sie: „Hier!“

„Nun man ganz ruhig! — — so! — — — hier man her!“

Ein schwacher Lichtschein taucht vor ihr auf, eine Hand wird sichtbar, ergreift die ihre, zieht sie ruhig und sicher nach oben, schon fühlt sie festen Grund unter den Füßen, eine Laterne leuchtet ihr ins Gesicht: P. J. Peters!

„Dat is noch net good gahn!“ sagt er, und legt ihre Hand in seinen Arm, er wird sie jetzt sicher nach Haus bringen. Man sollte bei diesem Wetter nicht aus dem Haus gehn, sagt er, dabei kann leicht einer zu Malör kommen. Aber er hatte noch zu tun, setzt er hinzu, als müßte er sein Hiersein rechtfertigen. Seufzt er? — — geht sein Atem erregt? — — Etta nimmt es nur im Unterbewußtsein wahr, sie ist zu sehr mit sich selbst beschäftigt, um viel darauf zu achten. „Ja, ja!“ Er streicht ihr wie tröstend leise über den Ärmel, als sie sich an der Haustür dankend von ihm verabschiedet und verschwindet dann mit gesenktem Kopf in der Dunkelheit. Etta blickt ihm noch nach, als das Lichtchen schon längst verschwunden ist.

Taak macht bei ihrem Kommen gerade die Kleine fertig, er sieht so verklärt aus, daß es ihr einen Stich durchs Herz gibt. Bei ihrem Anblick fährt er so heftig zusammen, daß das Kind laut aufweint: „Door hebt wi't all weer!“ Kann er auch mit Kindern umgehn? er wird die Kleine noch umbringen! Aus einem uneingestandenen Schuldgefühl überhäuft sie ihn mit ungerechten Vorwürfen, sie redet sich in einen Zorn, in dem alle in der Todesangst gefaßten guten Vorsätze zerflattern.

Dem Mann steigt das Blut zu Kopf, seine Fäuste ballen sich, die Augen flammen auf. Aber er fragt nicht einmal: weshalb ließest du das Kind allein? Schweigend nimmt er die Kinderwäsche und geht in die kalte, dunkle Hinterküche, aus der er nicht eher zum Vorschein kommt, bis Etta ihn zum Essen ruft.

Verlassen steht der Lehnstuhl Gedruts. Kein „mien Kind" und „mien Jung" schlägt mehr eine Brücke über das reißende Wasser eisigen Schweigens, in dem die Eheleute in Schmerz und Trotz verharren. Von jener Anpassung an den Mann, die ihre Mutter in so hohem Maß besaß, daß ihre herben Mitschwestern sie charakterlos nannten, erbte Etta nicht eine Spur, und in dem unbequemen Bewußtsein eigenen Unrechts pocht sie nur um so stärker auf ihr Recht. So entfernt das von beiden schmerzlich geliebte Kind die Frau immer weiter von dem in demütiger Liebe duldenden Mann, dem sie sich bei kraftvollem Aufbegehren wahrscheinlich in Pflichtgefühl gebeugt hätte.

18. Kapitel

Das Witwenkind

Als um Ostern die Kleinen ihre mit Zwiebelschale schön goldbraun gefärbten Eier auf den frichgrünen Weiden trüllten, und die großen Jungen die ihren miteinander bickten, wobei die Sieger die zerbrochenen, mochten es noch so viele sein, kurzerhand verspeisten, da hatte der Wind die Väter der Schifferkinder längst in alle Himmelsrichtungen zerstreut. Auch manche der Mütter war unterwegs. Dina Eimen ist nach London gefahren, Katharina Occen fährt in kürze nach Amsterdam und Antje hat Befehl von Hillern, sofort bei Abruf nach Hamburg zu kommen. Etta muß des Kindes wegen hierbleiben, sagt sie, es ist noch zu klein. Aber sie will auch nicht. Und doch beobachtet sie mit hungrigen Augen die Reisevorbereitungen der andern, und ertappt sich selbst bei dem Verlangen, auch in die Welt zu fahren und der Enge zu entfliehen. — Die Queen betreut inzwischen die zurückgebliebenen Familienglieder, und ist dabei so recht in ihrem Fahrwasser.

Nur Röbke Heeren wird allmählich müde und trägt sich schon länger mit dem Gedanken, an Land zu bleiben, wenn sich ein guter Käufer für die „Rineld“ findet. Eigentlich hatte er sie Hero zugedacht, der in Timmel sein Kapitänspatent holte, das ihn zur Führung eines Schiffes auf großer Fahrt berechtigt. In früheren Jahren wurde nicht so viel Gewicht darauf gelegt, und für die Binnenfahrt — zwischen Eider und Schelde — war es auch nicht erforderlich. Heute aber, wo die

Schiffe immer größer und die Reisen immer weiter werden, ist es für den, der vorwärts will, unbedingt erforderlich. Taak Janssen war einer der ersten, der sich darum bemühte, alle Hochachtung! Aber Hero ist noch reichlich jung, Liessies Eltern wollen deshalb auch keine öffentliche Verlobung. Jetzt hat er als erster Steuermann bei Eimo angeheuert, bei dem er viel lernen kann. Mit dem Geld käme das sonst wohl in Ordnung, Peta Heeren steht sich nicht schlecht, und es sind nur zwei Kinder da.

Diese Gedanken gehen Frau Rineld durch den Kopf, als sie Simon Johanna nachsieht, der sich eben wegen der „Rineld" erkundigte. Er liegt mit einer Ladung Holz im Hafen — die „Perle" ist ihm doch zu klein, er hat Gelegenheit, sie gut zu verkaufen. Die „Rineld" wäre gerade das Richtige für ihn, er könnte sie bar auszahlen. — Die Queen will es ihrem Mann sagen, er ist von Riga unterwegs. So, so! also Simon will sich verbessern? das ist aller Ehren wert! „Man, denn mußt du ok'n Fro hebben!" Sie klopft ihm auf die Schulter, eine verlegene Röte läuft über das hagere Gesicht des rotblonden eckigen Mannes. — Nun, sie kann doch einmal Spaß machen, nicht wahr? sie kennen sich ja lange genug. Was war er für ein kleines Kerlchen, als er damals bei ihrem Mann an Bord kam!

Jetzt geht er durch die Sonne am Tief entlang. Er hält sich schlecht und setzt die Füße nach innen — nein, für ein Mädchen ist nicht viel an ihm. Aber deshalb! von einer schönen Schüssel allein wird man auch nicht satt! auf jeden Fall ist er ein guter Mann fürs Brot.

Das Wasser braust durch die Schleuse, goldne Fünkchen tanzen auf den vorübertreibenden kleinen Wellen, und auf dem sanft umschleierten grünen Land liegt lachende Maiensonne. Frau Rineld steht noch ein wenig in Gedanken vor dem zum Tief gekehrten Giebel unter den streng verschnittenen Schattenlinden, die schon talergroße Blätter haben — wie gut wird es ihrem Alten tun, so die Sonne in Ruhe zu genießen, und nicht mehr an Frachten und das Wetter denken müssen. Und für wen soll er sich auch noch quälen? Hyma ist gut versorgt, und die Jungens — ja, die sind nicht mehr. Trauer überschattet ihr Gesicht, das bleibt ewig unvergessen. Aber das ist nun einmal Schifferlos, und deshalb darf man sich dem Schmerz nicht ganz und gar hingeben.

Sie zupft einige Unkrautspitzen aus dem schmalen Blumenstreifen, der am Haus entlang läuft — wie das Zeug bei der Wärme wächst! Primel und Goldlack sind schon wieder vom Heesch überwuchert, und zwischen den tränenden Herzen und den Vergißmeinnicht macht sich die Pferdeblume breit, es muß nötig gejätet werden. Und man sollte es nicht glauben — die Rosenlaube hat schon Blüte im Kopf, altrosa schimmert es durch die moosigen Kelche, man glaubt den süßen Duft zu spüren. Dort sitzt es sich im Sommer so gut, man kann alles wahrnehmen, ohne selbst gesehen zu werden. — Der junge Birnbaum hat schon abgeblüht, einige kleine Apfelbäume stehen in zartem Blütenschnee — die Regierung zwingt einen ja, das unnütze Zeug zu pflanzen, aber die da oben sollen nur nicht denken, daß man sich auch noch in große Unkosten stürzt! Jeder hat genommen, was gerade zur Hand war, man weiß doch, wo Bäume stehn, wächst nichts anderes. Nirgends steht es so schlecht wie auf dem letzten Acker —.

Jenseits der Hecke taucht Antje Hillerns auf — hat Schwester Rineld schon gesehn, wie groß die Kartoffeln sind? in diesem Jahr steht alles wirklich besonders gut, bei ihr sieht man kaum noch die Erde. — Sie will jetzt Bohnen pflanzen, das wird bei kleinem Zeit. — — Nein, von Hillern hat sie seit Hamburg keine Nachricht, aber das Wetter ist ja soweit gut. — Auch Heiko hat sich noch nicht hören lassen; sie hat oft solche Sorge, Occo ist ein solcher Draufgänger. — — Aber daß Simon schon wieder hier ist! sie hat sich rein totgewundert, als sie ihn eben auf Sonntags vorbeigehn sah —.

Aber die Queen hält dicht. Ihr fällt plötzlich ein, daß sie zum Siel muß, die Auktionen reißen in diesem Jahr gar nicht ab, weil so viele Leute auswandern. Bislang war es hier ja längst nicht so schlimm wie im Moor und auf der Geest, du liebe Zeit, die Menschen haben hier durchweg doch auch ihr Brot. Aber seit beim Buchbinder dies Buch über das Goldland Kalifornien ausliegt, meinen viele, sie müssen auch hin. Habbo Harms, der die Vertretung einer Auswanderungsgesellschaft hat, wird ihnen wohl ordentlich was vorschwatzen, den müßte man nicht kennen! — Na, denn man erst Gondag!

Wieder ist Schützenfest. Alle Schiffe haben geflaggt, und rings um den Hafen ist der Deich mit Buden besetzt, das Karussell steht am Hafen. Es riecht nach jungem Heu und nach See, nach Schmalzkuchen und geräuchertem Aal, und vom nahen Kirchhof senden Nelken und Rosen eine betäubende Duftwolke. Dazwischen knallt auf der Brücke der Lukas, an dem die Landjungens ihre rauhe Kraft erproben.

Zwischen den Buden wogt es hin und her. Verarbeitete Gestalten sind dabei, Männer, deren Rücken gekrümmt ist von schweren Säcken, zahnlose gebeugte Omas im Blaudruckkleid, mit unternehmenden Augen und langen goldenen Ohrringen, die im Sudeltelt — dem Trinkzelt — mit gleicher Wonne den windigen Staat bewundern und Pfeffernüsse in Likör stippen. Knarren rattern, mißtönig klingen Kindertrompeten, unentwegt läuft das Karussellpferd in die Runde und dudelt die Orgel — lautaufbrüllend nehmen die kleinen Landkinder Reißaus vor dem glitzernden Ungeheuer. Drall und rotbäckig sitzen Trintje und Jantken in den Plüschsesseln, sie haben ihr reiches Blondhaar so eingeölt, daß kein noch so rauher Luftzug es lösen kann. Und natürlich holten sie sich aus der den ganzen Tag geöffneten Apotheke zum Befremden des Provisors‘ „Vör'n Groschen Lockmifent“, was etwa bedeutet: komm, lieber Junge — ein starkduftendes Riechwasser, das den Stallgeruch übertäubt. Groot Jan, der mit Trintje freit, greift Partie, vor Übermut stampft er mit den Hacken auf, daß der Besitzer ernstlich um sein Karussell bangt.

Bei Etta steht die Tür nachmittags nicht still, man kann von ihren Fenstern aus alles so herrlich beobachten. Dina kommt mit dem kleinen Ulfert, der vor Müdigkeit laut weint. Er weckt die kleine Gedrut auf, die schon die ganze Zeit unruhig ist, es wird ein rechtes Heulkonzert. Dazwischen kreuzt die Queen auf — nein, nein, sie will nicht bleiben, es ist ihr hier viel zu unruhig. Die jungen Frauen verwöhnen die Kinder auch viel zu sehr! Zu ihrer Zeit — aber da kommen gerade Dinas Mädchen, die weißen Kleider zum Entsetzen ihrer Mutter ganz scheckig von der Lutschstange. Ja — sagt die Queen — sie sagt es immer, und sie bleibt auch dabei: Dina kann keine Kinder erziehn! Und sie geht jetzt zu Femia! Damit segelt sie aus der Tür, die andern sehen ihr erleichtert nach.

Über allen Lärm hinweg schallt die gewaltige Stimme der hochgeschätzten Bänkelsängerin mit den berühmt dicken Armen. Gerade stimmt sie das Lied von der Schlacht bei Tostedt an und der Niederlage der Dänen, sie schlägt dabei kräftig mit dem Stock gegen die bunte Leinwand. Andächtig lauscht die ganze bunte Gesellschaft, man sieht den Zuhörern an, sie leben richtig mit. Hillern, der zufällig an Land ist, steht breitbeinig und in Gedanken, er hatte gerade Fracht von Riga und hat damals die Sache von ferne gesehn, verdammt, das war was! Grootkoopmann streicht den blonden Vollbart — seine Tochter, die Brunhilde, die kokett gleichgültig neben ihm steht, ist doch ein solch kolossales Mädchen, die Queen findet das gar nicht schön. Aber man weiß ja, wo Geld sitzt, da ist das nicht so wichtig. Sie läßt ihre Augen von einem zum andern gehn — sieh an, auch die Schützen haben sich hinzugefunden, nun, die haben auch schon einen guten Schuß durch die Flügel! Und da steht doch auch wahrhaftig Janna! Das Frauenzimmer hat wirklich ein Brett vorm Kopf, stellt sich bei anständigen Leuten hin, als ob es ihr zukommt. Sollte sie es auf Heiko Janssen abgesehn haben, der dort groß und breit angeschlendert kommt? man munkelt darüber. Aber nein, sie kümmert sich gar nicht um ihn, ihr gelbrotes Haar leuchtet neben einem robusten jungen Kerl auf. „Old Klatt!" sagt die Queen verächtlich, die schlechte Person hat es wohl wieder einmal auf das Geld des jungen Mannes abgesehn. Richtig! — bei dem erhebenden Gesang von der Giftmischerin Geesche Gottfried aus Bremen sind die beiden verschwunden.

Etta ist froh, als sie abends endlich allein ist und die Kleine schläft, sie war heute so schwierig. Sie wirft noch einen letzten Blick auf das blasse Köpfchen und zieht sich leise auf ihren Fensterplatz zurück.

Der Himmel ist verhangen, frühzeitig fällt die Dämmerung, und es geht ein kalter Wind. Das Karussell dreht sich noch immerzu, seine Lichter spiegeln sich im Hafen und locken das Jungvolk von den Sälen, aus denen Tanzmusik bis zu der einsamen Frau dringt. Engumschlungene Pärchen gehen an ihrem Fenster vorbei, zuweilen bleibt eins liebkosend stehen, sie hört das Wispern bis hierher. Sie ist ganz empört — wie können diese Menschen sich nur so schamlos aufführen! das gehört sich doch einfach nicht! — — Was ist das? — „Magst mi ok noch lieden?" — — „Och du dumme Jung!" — ein jubelndes Lachen, das alle Zärtlichkeiten in sich birgt —.

Die junge Frau lehnt sich erblassend zurück — so — so ist das also? — — keine Pflicht, kein Zwang, sondern herzgründiges Geben? — — das hat sie nicht gewußt —. Eine quälende Unruhe überkommt sie und reißt und zerrt an der zur Schau getragenen kühlen Abwehr, in die sie sich aus Scham über ihre Verarmung und im Bewußtsein ihres Fehlers flüchtete. Schon den ganzen Nachmittag fühlte sie sich bei dem jahrelang vermißten fröhlichen Trubel so gejagt und gepeinigt, als versäume sie etwas, als ginge das Leben ungenutzt an ihr vorbei —. Ach, auch einmal so von

Herzen glücklich sein! — — Eimo! — Eimo! — — Laut schluchzend bricht es aus ihr heraus, es schüttelt sie wie ein Krampf — Eimo!

Sie kommt erst wieder zu sich, als das Kind unruhig wird. Wie eine Nachtwandlerin versorgt sie die Kleine, das Gesicht wie versteint von Scham und Herzweh.

Wenige Tage darauf kommt die Queen von einem Auktionsbesuch zu Dina. Es ist ein regnerischer, dunkler Tag, die Kinder spielen um die Mutter herum. Die Queen keucht, sie setzt sich gleich in den Lehnstuhl, anscheinend in rechter Erregung. Dina sieht sie fragend an und schickt dann auf ein Zeichen von ihr die Kinder ins Hinterhaus, ja, dort können sie mit Klein Ulfert spielen.

Kaum klappt die Tür hinter ihnen zu, als die Queen sich steil aufrichtet: „Wuß du dat?"

„Wo meenst du dat?" Dina sieht sie verständnislos an.

Da bricht es aus der alten Frau heraus: „Bora is der weer. — Mit lüttk Jung."

Sie lehnt sich erschöpft zurück, der falsche Scheitel hat sich unter der Mütze verschoben, große Schweißtropfen laufen ihr über das beängstigend gerötete Gesicht. Mit zitternden Händen wischt Dina es ihr mit stärkendem Branntwein ab, sie kann nichts sagen, so sehr nimmt die Nachricht sie mit. — Wie konnte Bora das wagen!

Frau Rineld ist wieder zu sich gekommen, sie fächelt sich mit ihrem Taschentuch Luft zu — nun soll Dina einmal hören, wie sie das erfahren hat! Die alte Hieliet — Dina weiß, daß sie die Hebamme nun einmal nicht leiden mag, diese leidige Person, die ihre Nachrichten von einem Haus ins andere trägt — ja, also die war auch auf der Auktion.

Als die besten Sachen weg waren — Gott, es war eigentlich nicht viel Besonderes dabei, auch nicht viel Volk da, Stutenliebet, die wohl auf rechte Geschäfte rechnete, mußte mit vollen Körben wieder abziehen — nun, da macht Hieliet sich an sie heran und fragt so recht scheinheilig, was sie denn zu Bora ihrem Kleinen sagt? — es ist wirklich ein prächtiges Kind und so groß für sein Alter, sie hat sich recht gewundert, er saß so lieb auf ihrem Arm. — — Ihr war, als rührte sie der Schlag, so hat es sie getroffen. Hieliet lauerte ihr ins Gesicht, ob sie sich wohl was merken ließ, aber den Gefallen hat sie ihr nicht getan. Sie sagte nur: „So!? —" und ist dann bald fortgegangen. — — Zuerst war sie bei Etta. Ja, sagte die, das ist so. Bora war zuerst bei ihr. Aber eine solche Person kommt ihr nicht über die Schwelle! Wo sie geblieben ist, weiß sie nicht. Nun, Dina kennt Etta ja wohl, die ist jetzt scharf wie Glas, man kriegt nichts aus ihr heraus. Sie hat ihr nicht einmal Platz angeboten. — — Nun, sie gleich zu Katharina Occen, die doch gewiß mehr von der Sache wußte. — Ja, der Kerl, der Johannsen, hat Bora verlassen, nun das Geld alle war, er hat alles durchgebracht. Aber nun noch das Allerschlimmste — die „Debora" liegt in Reval und hat die Kette um den Mast, weil das Hafengeld nicht bezahlt wurde!

Schneuzend beißt die Queen sich auf die Lippen, und auch Dina kämpft mit Tränen — wie ist es möglich, daß ein Mensch so herunterkommt! Dies gute Schiff! Die Familie hätte doch bestimmt Rat geschafft, schließlich wäre es doch auch gut für Hero gewesen, sagt Katharina. — — Bora ist nun in ihrer Wohnung. Gott mag wissen, wie das weiter mit ihr muß.

Sie sitzen trostlos beieinander, wie Menschen, denen ein großes Unglück widerfuhr. Als solches empfinden sie — und auch die anderen Frauen — die ihnen von Bora angetane Schande, die sich nicht mehr geheimhalten läßt, nun sie das Kind mit hierher brachte. Es ist in ihnen kein Hauch von Mitleid mit der Frau, die noch vor kurzem eine der ihren war, geehrt und geachtet, die geliebte Frau eines nahen Verwandten. Wußte sie denn gar nicht, was sie Mennos Andenken schuldig war?

Kein Mensch bekümmert sich um Bora, keiner fragt, wovon sie lebt, und bitterer Hunger ist bald ihr einziger Gast. Sie kann die Miete nicht bezahlen und muß die Möbel zum Pfand lassen, und hätte ihre alte Nachbarin Jantken Wick ihr nicht Obdach geboten, sie stände auf der Straße.

Man sollte es nicht für möglich halten, aber sie wohnt dort jetzt tatsächlich! so weit ist es also schon, daß sie Jantkens Wohltaten annehmen muß —. Die Frauen tuscheln wohl im Vertrauen über sie, aber sonst schweigt man sie tot. Sie ist ein für allemal aus ihrer Gemeinschaft gestoßen, als sie achtlos aus dem Ring trat, der wohl Selbstzucht fordert, aber auch Zuflucht gewährt und in dem keiner, der ihn je verließ, wieder Einlaß findet. Denn für die Hüterinnen dieses Ringes existiert nicht der lockende bunte Schimmer eines freieren Lebens, das fordernde Rauschen des Blutes — sie kennen nur das Schwarz und Weiß der Pflicht, der sie unerbittlich treu sind.

Doch das Leben steht niemals still, selbst nicht im kleinsten Ort, und das Weltgeschehen wirft seine Wellen bis an den fernsten Strand. In seinen Sog werden mehr hineingerissen, als mancher sich träumen läßt. So widersinnig es klingen mag — der

Pariser Frieden, der dem Krieg zwischen Frankreich und Rußland ein Ende machte, greift tief in das Leben des fruchtbaren Ländchens an der Nordsee ein. Die Preise für die Landesprodukte fallen zusehends und ziehen Land- und Viehpreise mit sich. Die Bauern, die das Geld in den letzten Jahren gescheffelt haben, sitzen auf ihren zum Teil noch erheblichen Erntevorräten, und die Getreidehändler erleiden gewaltige Verluste. Auch die Frachten fallen, aber da sich der Schiffahrt in den letzten Jahrzehnten große, neue Gebiete erschlossen haben, wird diese davon am wenigsten berührt. Ist es nicht das eine Land, dann ist es eben das andere!

Von all diesen Dingen sprechen die Frauen, wenn sie sich gegenseitig bei den Bohnen, der wichtigsten Arbeit des Sommers, helfen. Bei gutem Wetter sitzt es sich herrlich in den Rosenlauben, die ebenso säuberlich und unbarmherzig mit der Heckenschere gestutzt werden wie die Weißdornhecken, denn Ordnung muß sein, und man hat ein für allemal Auswüchsen aller Art unerbittlichen Kampf angesagt.

Antje Hillerns hilft heute ihrer Schwester Rineld, die strenge Aufsicht hält, daß auch die richtigen Bohnen genommen werden — Antje ist doch auch zu gleichgültig, die wird nicht anders! Das sieht sie doch, daß die zum Schnippeln zu dick ist, die kann sie aufreihen — aber doch nicht zu den reifen! Hier, diese, die in der Mitte aufgereiht sind, das sind die zum Kochen! — — Tomma zieht Bohnen ab, sie hört nur mit halbem Ohr, was die älteren Frauen sprechen, ihre Gedanken können bei der mechanischen Arbeit so wunderbar schweifen.

Hat Rineld das schon gehört von Heiko Janssen? — Wübkmagret erzählte es ihr, die hatte es von Janna — nun, die soll es wohl wissen! — Ja, der Bauer hat sich so entsetzlich darüber aufgeregt, daß jetzt Frieden ist, er liegt mit Dardendagskoll zu Bett und will niemand sehn. Es ist gerade, als sei es ihm durcheinandergelaufen, sie können ihn kaum bändigen. — — Schlimmeres hätte ihn nicht treffen können, sagt er — sowas ist doch Lästerung! Und dabei hat er doch wahrhaftig Kummer und Ärger genug, sollte man sagen. Der Edzard, sein Ältester, kommt beim Einfahren unter den Wagen und ist jetzt ein halber Krüppel; dann hat es im Frühjahr so bei ihm gebrannt, und wie es auf dem Plaats seiner Inse hergeht, weiß doch jeder. Wie konnten sie das arme Kind nun auch so verschachern! — Ja, die Bauern dachten wohl, das ginge immer so weiter mit dem Geldverdienen. Aber unser lieber Herr sorgt schon dafür, daß die Bäume nicht in den Himmel wachsen. „Tomma!" — Die Queen sieht das junge Mädchen streng an, das die Hände sinken ließ und den Schwalben nachstarrt, die über sie hinwegschießen in den blauen Sommerhimmel hinein —.

Was sie auch noch sagen wollte — die Queen legt einige reife Schoten zur Seite, wunderschön, nicht wahr? — ja, zum Pflanzen braucht man immer das Beste, das trägt auch am meisten — ja, P. J. Peters wird auch gewiß Verluste haben. Die Firma Meinen in der Kreisstadt ist schon kaputt. — Aber Peters, der kann was aushalten, da sitzt Geld, nein, nein, da ist keine Gefahr! — Sonst — der Getreidehandel ist ein gefährliches Geschäft, besonders in dieser unruhigen Zeit. — — Ach so — nun, man kann jetzt ja ruhig darüber sprechen, nun die Sache in Ordnung ist — Simon Johanna wird Röbke Heerens Schiff übernehmen. Der bleibt den Herbst endlich zuhaus, sie ist sehr froh darüber.

„Nun sieh mal einer an!" Antje weiß das längst, aber sie tut doch, als sei sie recht überrascht — der Simon muß ja viel verdient haben! Nun, der verbraucht ja auch nichts für sich, wie mancher andere Mann — sie sieht ganz neidisch aus, mancher ist ja auch ein ganz tiefgehendes Schiff. — — Aber sie möchte doch wohl wissen, was Simon zu Bora sagt — —

Die Queen läßt die Brille auf die Nasenspitze sinken und sieht die Schwester verweisend an — wie kann sie in Tommas Gegenwart nur von solchen Dingen sprechen! Ist das denn auch ein Gespräch für ein junges Kind? — Sie schickt sie unter einem Vorwand ins Haus, und dann kann sie gleich Besorgungen machen —.

„Wat wullst du seggen?"

„Och — ik meen man —" Antje hat gehört, der Kleine von Bora soll solch ganz besonderes Kind sein. Jantken ist ganz vernarrt darin, ja. Das sagen alle. Sie nennt ihn nur ihren lüttken Engel. Und Kater Tom und Bootsmann, der Papagei, bewachen den Kleinen — was man davon alles hört! es ist nicht zu glauben. — — Und er heißt Menno! — — Es ist wirklich wahr, sie hat selbst gehört, daß Jantken ihn so rief. — — Sie beißt sich auf die Lippen, Rineld braucht nicht zu wissen, daß sie kürzlich dort war, dann sagt sie wieder, sie soll das Geld lieber sparen.

Aber die Queen sagt diesmal nichts davon; sie hat die Hände müßig im Schoß liegen und sieht starr geradeaus. Antje fädelt einen neuen Bindfaden in die Stopfnadel und spießt die Bohnen auf, die Rineld ihr zuschob: wie es heißt, trägt Bora noch immer die großen goldenen Ohrräder, die Menno ihr noch im letzten Jahr schenkte. Aber sie soll ihre letzten silbernen Löffel schon verkauft haben —.

Durch die warme Sommerluft dringt das Klicken der Backsteine, die im Hafen gelöscht werden und von einer mit dem Segelhandschuh bekleideten Hand zur anderen wandern. An der andern Seite vom Tief rumpelt ein Ackerwagen über den steinhart gewordenen zerfurchten Fahrweg. Schritte nähern sich, über die Hecke sieht ein bärtiges Gesicht: „Granat gefällig?“ „Ik kam!“ Die Queen schnippt heftig mit den Fingern und nickt vor sich hin, als hätte sie einen Gedankengang abgeschlossen. Dann läßt sie den Abfall zur Erde gleiten, streicht die Schürze glatt und geht ins Haus.

Inzwischen sitzt Etta bei Dina unter den Schattenlinden auf dem Deich. Aber von ihrer Hilfe wird nicht viel, die kleine Gedrut ist so unruhig; sie weint, sobald Etta sie hinlegt, gewiß hat sie es mit den Zähnen. Gut, daß ihr Kleiner das überstanden hat! Dina reißt ihn zurück, er rennt schon wie ein Hase, fast wäre er den Deich heruntergerollt: „Schipp, Schipp!“ ruft er. Er ist schon jetzt nicht vom Hafen wegzuschlagen, sie muß so auf ihn achten. Sie setzt den blonden Krauskopf in den Sandhaufen, er ist noch feucht und riecht nach See, vorhin brachte Melcher Janssen frischen Sand. Der Kleine spielt bald zufrieden mit seinem alten Löffel — ja, wenn sie erst so weit sind, dann ist das schlimmste überstanden! — Dina streicht die braunen Löckchen zurück und nimmt die kleine Gedrut auf den Arm — wie leicht das Kind ist! Anfangs hatte es sich doch gut erholt, Etta hat es wohl zuviel in Händen. Und welch erschreckte Augen das Kind hat! und so mager und blaß ist es wie ein welker Kohlstrunk.

Laut sagt sie, daß es doch Taak immer ähnlicher wird, es bekommt auch sein bräunliches Haar. „Meenst dat?" Etta blickt über den Hafen — sieh, Pastor Garrels mit seinem Schwiegersohn, dem Doktor. Aber das junge Paar kann auch wohl noch nicht an Heiraten denken, er soll nicht viel zu tun haben. — Ihr gefällt er sonst wohl, sagt Dina, damals bei Ettas Mutter hat er sich rechte Mühe gegeben, das muß sie sagen. Leider war es schon zu spät, man hätte ihn früher befragen müssen. Aber Gedrut wollte es ja durchaus nicht.

„Ja!" — sagt Etta, so geht das dann. Ihre Augen sind ganz dunkel geworden, sie sieht aus, als könnte sie einen Mord begehen. — Oh — sie kennt das Gerede wohl, Wübkmagret wird schon richtig gehört haben. Wenn Taak nur kein Geld ausgeben muß, was kümmert ihn alles übrige! — Seit der Geburt des Kindes macht er auch wieder alle Einkäufe für den Haushalt —.

Aber so etwas behält man für sich. — Dina legt die ruhig gewordene Kleine hin, sie sieht von der Seite auf die junge Frau, die mit flinken Fingern Bohnen abzieht, sauber und adrett sitzt sie da in ihrem dunklen Sommerkleid, das sie sich selbst gearbeitet hat, wie Dina weiß. Woran es liegt, weiß sie nicht, aber so lieb Etta ihr auch ist, so hilfsbereit und wirklich freundschaftlich sie sich immer zeigte, man wird in ihrer Gegenwart nie so richtig froh —.

Unten am Hafen geht eine gewöhnlich aussehende Frau, sie trägt ihre Einkäufe in der

Schürze. Die Hafenarbeiter rufen ihr etwas zu, was man hier nicht versteht, sie lacht schallend auf und stapft dann auf ihren Säulenbeinen weiter. Die Frauen werfen flüchtig einen verachtenden Blick auf Janna und sehen dann auf ihre Arbeit, sie wünschen nicht von dieser Person gegrüßt zu werden. Die hat es wohl nicht nötig zu arbeiten, das merkt man, sonst könnte sie doch wohl inmitten der Erntezeit hier nicht so herumlaufen.

Vor dem Haus liegt ein holländisches Schiff an der Kaje. An Bord sind einige heranwachsende Mädchen am Werk — die armen Kinder haben ihre Mutter verloren, erzählt Dina, nun fährt der Schiffer, ein grober Mensch, allein mit den Kindern, er hat nicht einmal einen Matrosen an Bord. Sie tun ihr so leid, die Ärmsten dürfen nicht einmal mit ihren Kindern spielen — sie streicht Hanni, die abziehn hilft, übers Haar, — ja, sie soll nur mit den andern Kindern im Sand spielen!

Aber Hanni hat noch keine Eile, sie sieht neugierig übers Tief, wo eben Madam Peters mit ihren Töchtern um Gerkens Ecke biegt. Sie sind alle festlich gekleidet — Madam trägt ein bauschiges, hellgeblümtes Kleid und einen Schutenhut, Tini und Elise sind ganz in Weiß, sie haben Kreuzbänderschuhe an und gestickte Beinkleider bis auf die Knöchel, und auf den schön gewellten Lockenköpfen sitzen Kränze von Moosrosenknospen. Heute ist Abtanzball, die Mädchen vom Apotheker waren vorhin auch schon in ihrem Staat draußen! — Hanni erzählt eifrig, daß all die Mädchen schon seit Tagen mit Papilloten im Haar zur Schule kamen, Amtsvogts Agathe hatte so viele, daß die andern Mädchen zu ihr sagten, sie hätte wohl jedes Haar einzeln gewickelt! — — Nächstes Jahr kommt

Hanni auch zum Tanzkursus, jetzt ist sie noch zu klein. Darum jetzt nicht gemault, sie weiß gar nicht, wie gut sie es hat!

Der Plünnenrieter kommt herausgestürzt und dienert so tief vor Madam, daß er die Perücke festhalten muß — die Stoffe sind nämlich bei ihm gekauft, das ehrt ihn sehr. Auch Frau Margarete rollt neugierig auf den Deich und tut, als sähe sie nach der Wäsche, die neben dem Haus flattert, sie nickt den beiden Frauen über das Tief hin zu: so fleißig? — ja, das muß nun gehn.

Hanni steht noch bockig an der Hecke, als sie drüben bei Bäcker Willms dessen großen neuen Hund heraus kommen sieht — oh, fein! Gleich morgen wird sie sich Pfeffernüsse holen — vorsichtig fühlt sie in die Kleidtasche und vergewissert sich, ob das Zweipfennigstück noch da ist, das Tjaldmaleen ihr heute früh schenkte, als sie ihre niedliche kleine Katze vom Fahrweg holte, sie hat es ihrer Mutter lieber nicht gesagt. Vielleicht wird der Hund dann gerade nach draußen wollen und Frau Brechtje mit schöner holländischer Gegenständlichkeit rufen: „Make de Dööre op, de Hond — —" Und dann wird sie selbst das Wort hören, das man um keinen Preis in den Mund nehmen darf, demzuliebe auch die wohlerzogensten Kinder ihre sorglich behüteten Extrapfennige opfern und das sie sich heimlich mit wahrem Wonnegrausen zuraunen.

Träumerisch geht Hanni zum Sandhaufen und backt den Kleinen mit wahrer Hingabe Kuchen, wie sie selbst Bäcker Willms nicht besser gelingen.

Tutet dort nicht der Dampfer? Dina läßt die Arbeit eben sinken — ja, weiß Etta das schon mit

Redelf Redelfs? Wie es heißt, war P. J. Peters bei ihm, ob er den Dampfer fahren will, die Queen soll ihre Finger im Spiel haben. Der Schiffer hat solchen Rheumatismus, der muß es aufgeben. — Es wäre ein Segen, wenn Redelf solche geeignete Arbeit fände. Gerdje tut ihr oft so leid, es geht dort wirklich nicht mehr weiter. Sie verzehren so ihr letztes Geld. Ein Kramladen ist auch nicht das Rechte für sie, davon verstehen sie alle beide nichts, und dann mit vier kleinen Kindern. Und wenn hier nicht schon soviel Läden wären! Redelf kommt nun einmal nicht über das Unglück hinweg, der kann ja nicht wieder auf große Fahrt! — Aber was nützt das alles? — der Mensch ist nun einmal hohl, und das Leben geht weiter. — Es ist ein rechter Trost für die beiden, daß sie soviel voneinander halten. In jeder Ehe kommen wohl trübe Tage, aber wenn man sie gemeinsam trägt, kommt alles wieder zurecht.

Sie wirft einen Seitenblick auf Etta. Die arbeitet mit unbewegtem Gesicht weiter, die Bohnen fliegen nur so auf den Tisch: ja, sie hat auch schon davon gehört, es freut sie aufrichtig für die beiden. Vier Kinder, das ist keine Kleinigkeit, das merkt sie schon an ihrem einem. — — Und zwischen ihren Bohnen hat sie neulich einige rostige gefunden, das kommt wohl von dem vielen Regen im Vorsommer.

Das Schiff hat seine Steine gelöscht, die nun in säuberlichen Haufen an der Kaje stehn. Der Holländer hat Leinkuchen für Amsterdam geladen, beide wollen mit Hochwasser auslaufen. Noch ist tiefe Ebbe, grau liegt im Hafen der Schlick zu beiden Seiten des Rinnsals, zu dem das Tief zusammenschrumpfte. Doch schon beginnt das Wasser langsam zu steigen, es kühlt merklich ab, und leise beginnt es zu dunkeln. Da schlägt auch die Abendglocke! nun wird es aber Zeit für die Kleine!

Dina sieht mit Klein Ulfert an der Hand der jungen Frau nach, die kühl und ein wenig hochmütig die Grüße der Begegnenden erwidert. Sie weiß nicht, was sie hat, früher war sie ganz anders, es ist auch Eimo aufgefallen. Nachdenklich geht sie mit den Kindern ins Haus. Aber eine Mutter ist niemals reicher, als wenn ihre Kinder ihr noch ganz und gar gehören, und so versinkt in der steten und doch so beglückenden Arbeit für diese bald die ganze Außenwelt für sie.

Und ihr liebendes Herz erschüttert die Kunde doppelt, daß der Holländer mit seinen Mädchen damals auf der Ausreise unter Terschelling verunglückte und alle ertranken, und voll Dankbarkeit umfängt sie ihre kleine Schar.

Die hat in den Markttagen ein rechtes Erlebnis: der Septembersturm reißt eine Bude mit sich und schleudert sie in den Hafen. Es ist wohl Vormittag und niemand darin, aber all die köstlichen Süßigkeiten treiben nun am Haus vorbei —. Es ist ein Jammer!

Trotz der schlechten Zeit fehlt bei den Abendvergnügungen auch in diesem Jahr weder Bürger noch Bauer, und selbst Heiko Janssen hält es nicht daheim. Und der alte Ortgies, der die ganze Nacht den wandernden Aalen mit seiner Töötbell auflauert, scheppt beim Schein seiner Laterne nicht nur ein Gewimmel von wild sich krümmenden Fischleibern aus seinem Senknetz, sondern auch zahlreiche Mützen und Schirme, die der Sturm ihren Besitzern entführte, als sie auf unsicheren Beinen ihren Behausungen zustrebten.

An einem dieser dunklen, stürmischen Abende steht plötzlich die Queen in Jantken Wicks unwirtlicher Küche. Deren Bewohnerin ist nicht da, aber nebenan murmeln Frauenstimmen — Bora? Ihr Auge fällt auf ein hübsches, dunkeläugiges Kind, das bei dem hellbrennenden Herdfeuer sitzt, es lacht sie so zutraulich an, daß sie ihm unwillkürlich über den Lockenkopf streicht. Schon steckt Kater Tom den Buckel hoch, er knurrt wie ein Hund und der Papagei in seinem Käfig zetert: „Menno good! — — Menno lüttken Engel!"

Die Stimmen nebenan verstummen, und dann ist Jantken auch da, klein und demütig steht sie mit dem Kind auf dem Arm vor der Queen, gerade als verübte sie ein großes Unrecht. Die Mächtige sagt streng, das Kind darf nicht so nahe am Feuer sitzen, es könnte wohl hineinfallen. Und sie will nur eben fragen, ob Simon sich schon hören ließ, ihr Mann ist jetzt auf der Herreise.

Dann geht sie wieder fort. Jantken, noch ganz benommen von der Ehre dieses Besuchs, findet auf dem Tisch eine Tüte mit kleinen, weißen Pfeffernüssen, wie die Kinder sie so lieben, und unten darin findet sich später ein harter Taler, den Bora in ihrer bitteren Not mit schamdunklem Gesicht an sich nimmt.

Etta bekommt im Nachsommer Nachricht. Taak hat in diesem Jahr auffallend wenig Glück bei seinen Reisen, obwohl das Wetter durchweg günstig ist, er hätte gern, daß sie ihn in Hamburg besucht. Aber sie schreibt zurück, das Kind sei noch zu klein, und sie könne es niemand anvertrauen. So bleibt es denn dabei.

So verbringen die Frauen den Sommer beschaulich, aber auch ganz selbständig, zurückgezogen und doch stets mit der Ferne verbunden, und bei aller Enge ihres Daseins beweglicheren Geistes als ihre nur an die Scholle gebundenen Mitschwestern.

19. Kapitel

So leben wir!

Wübkmagret ist am Geschirrwaschen; jedenfalls war das ihre Absicht. Doch die eben erhaltene Botschaft hat sie so aus dem Konzept gebracht, daß die derben, fleischigen Hände untätig in dem heißen, fettigen Wasser ruhen und ihr Blick abwesend an dem bereiften Grünkohl vor ihren Fenstern hängt, der in ihrem Unterbewußtsein unlöslich mit der Vorstellung von fettem Speck verbunden ist — — Madam Kugel hat nach ihr geschickt!

Sie nickt triumphierend: nun kann selbst die Frau von Grootkoopmann nicht mehr ohne Wübkmagret fertig werden! — Ja, sie weiß, Diertje, die dort sonst bei besonderen Anlässen hilft, sitzt mit einem Hexenschuß, daß sie es ausschreit, Janna ist schon dabei gewesen. Nun soll sie gewiß die große Wäsche machen, und wenn die schwere Arbeit getan ist, kann sie gehen und Diertje setzt sich wieder ins warme Neste. Denn dies ist ein gutes Haus — ein sehr gutes Haus sogar, in dem es mancherlei zu erben gibt, wenn Madam Kugel auch sehr eigen ist und sogar die sauberen Geschirrtücher vor dem Gebrauch nochmals durchspülen läßt —. Sie hat sonst Häuser genug und verhungert nicht gleich, wenn einmal eins ausfällt, wie damals Bora Hinrichs — ob das wirklich wahr ist, daß die gestern abend in den Pütt sprang und Simon Johanna sie herausholte? — — Na, und bei Taak Taaks, dem alten Geizkragen, braucht sie auch nicht mehr zu kommen. Dem kann es ja nicht gut gehn, so schlecht wie der es mit ihr armen Matrosenwitwe gemacht hat —.

Tja — Witwe, das ist sie nun eigentlich auch nicht. Ihr Harm ist wohl verschollen — nun, sie weint ihm keine Träne nach, nie hat der getaugt, sie blieb damals an ihm hängen — aber Siebelt Siebels läßt ausgehn, er hätte ihn da hinten irgendwo gesehn. Und nun kann sie ihn nicht für tot erklären lassen, sie hatte es sonst schon zu Papier — sieh, das ist ja wegen Edo, der bei Eimo Eimen fährt, der hatte das auch aufgesetzt. Ach, so'n alleinstehender Mensch will auch mal Ansprache haben, nicht wahr? Sie hält ihm sein Zeug in Ordnung und so —. Da ist ja nichts dabei. — Aber wenn das jemand gewahr wird — sie kennt ihre Leute! — dann ist sie all ihre guten Häuser los — nachdenklich wringt sie das Schüsseltuch aus und wischt damit über ihr rotes, dickes Gesicht, ganz gewohnheitsmäßig nochmals und nochmals, daß die starken Backenknochen glänzen wie Spiegel —.

So sehr ist sie in ihre Gedanken vertieft, daß sie gar nicht bemerkt, wie ihr großer, schwarzer Hahn durch die Türspalte hereinspaziert. Er pickt zunächst auf der noch warmen Herdstelle herum, wo sich zuweilen einige Delikatessen herumtreiben, schüttelt aber mißbilligend die langen Kehllappen und sieht sich gebieterisch nach besseren Pfründen um. — Die Alkoventür steht offen —?! — — Schon hat er sie mit langen Schritten erreicht — ein Blick genügt, dann sieht er sich blitzenden Auges nach seinem ihm bescheiden folgenden Harem um, der sofort gehorsam dieser unmißverständlichen Aufforderung zur Teilnahme an einem besonderen Fund Folge leistet.

Ein Geräusch, als kratzten Gabeln auf eine irdene Schüssel, schreckt jäh Wübkmagret aus ihrem Gedankengang: „Och, du lewe Tied! — — mien lecker Hüdel!"

Das Schüsseltuch noch in der Hand, starrt sie wie versteint auf das Fragment ihres mittäglichen Mehlkloßes, der so wunderbar geraten war und von dem sie ein gutes Stück für den Abend unter der Bettstelle verwahrte: „Ji Schietgood! — — — willt ji woll!"

Laut gackernd fliegt die Hühnerschar auf. Der Hahn, im Schnabel noch das letzte Stück des köstlichen Leckerbissens, rennt, gefolgt von der erbosten Besitzerin nach draußen. Ein weißes Huhn fliegt vor Schreck auf die Borte in der Bettstelle, auf der Wübkmagret ihre Schätze aufbewahrt, stößt dabei das Sirupglas um, dessen Inhalt zähfließend auf das rotgewürfelte Bett tropft und fliegt dann mit angstvollem Gegacker auf den Tisch, wo es im Abwaschwasser zurecht kommt. Auffliegend zerbricht es eine Tasse und gewinnt unter Hinterlassung eines Präsents aufgeregt spektakelnd das Freie — über Wübkmagret hinweg, die gerade mit hochrotem Gesicht und dem schwer erkämpften Rest ihrer Lieblingsspeise hereinkommt.

„Och du lewe Tied!" — Ihr leckerer Sirup! — — Sie sucht den Rest zu retten, aber das meiste ist ausgelaufen. Das kann man doch auf keinen Fall umkommen lassen! Mit ihrem dicken Zeigefinger wischt sie die dunkle Süßigkeit von der Bettdecke, schmiert sie auf den nicht mehr so besonders einladenden Rest der Mehlspeise und verzehrt das Ganze mit wütendem Behagen. Das war ihr zwar nicht zugedacht, aber sie will es doch nur dafür nehmen!

„De oll Höhner!" Sie kann sich gar nicht über ihr Abenteuer beruhigen. Deshalb will ihr Haar auch wohl nicht so glatt sitzen, wie es sich gehört, obwohl sie doch reichlich Öl gebraucht. Dann bindet sie noch eine reine Beiderwandschürze vor und macht sich auf den Weg.

Es ist diesig, zwischen den Häusern hängt ein milchiger Nebel und über den Deich kommt ein harter Nordwest in scharfen Stößen. Sieh, Tjaldmaleen sitzt auch am Fenster, sie sieht wohl wieder nach dem Grab ihrer Tochter, seit die starb, ist sie ja so wunderlich. — Ach — andere Leute haben auch mal was. Das muß man hinnehmen, wie es kommt. Ihre Dini ist nur zwei Jahr geworden, es war ihr nun einmal nicht bestimmt, älter zu werden. Ihr Stielt ist nun schon Kleinknecht bei Heiko Janssen, der hilft sich schon selber. Und sie hat sich natürlich genug ausbedungen. — — Oh, da ist die schwarze Katze auf der Fensterbank und knabbert an den Geranien — sieh, guten Tag! — wie geht's noch? — Sie grüßt so freundlich, wie es nur geht, man kann nie wissen!

Sie macht einen Umweg bei Jantken Wick vorbei — wenn Simon nun nicht da wäre, ginge sie unter einem Vorwand hinein, dann erführe sie bestimmt Näheres. Sie drückt sich dicht an die

Hecke und geht ganz langsam — das Kind weint, aber sonst ist nichts zu hören noch zu sehn. — — Doch! — da, die ganze Leine hängt voll nasser Frauenkleider!

Tiefbefriedigt geht sie weiter, bleibt noch eben auf der Brücke stehen — nein, die „Frau Dina" ist noch nicht eingelaufen, sie wird wohl noch länger auf Edo warten müssen. — Aber da liegt ja die „Etta!" — na, Taak Taaks hat es ja recht eilig, zu seiner Frau zu kommen! ob die sich auch wohl freut? Nun, gut, daß es nicht ihrer ist — lieber gar keinen Kerl als solchen Geizhals!

Wübkmagret wartet draußen — ob es Madam Harms jetzt paßt — fragt Gebke, das Großmädchen ihrer Herrin in gedämpftem Ton. Die schwerleibige Frau mit den geröteten Hängebacken steht am Herd und sieht sorgenvoll in den brodelnden Fettopf, in dem ihre berühmten Hirschzweige sich in lauter einzelne Bröckchen auflösen — sollte sie zuviel Butter genommen aben? sie hat morgen Geburtstag, dann soll es immer etwas Besonderes sein — nein, es paßt ihr jetzt gar nicht! —Wenn jemand von diesem Mißgeschick erfährt, heißt es wieder, sie ist so verschwenderisch, und dabei ist sie solch sparsame Hausfrau! — Aber sie hat die Frau nun einmal bestellt, abkommen kann sie hier auch nicht — in Gottesnamen, aber nebenan in der Waschküche! Wübkmagret steht dort so brav mit ihrem glatten Scheitel und den über der Schürze gekreuzten Händen, daß Madam Harms sich ihrer leisen Abneigung schämt. — Och ja; sie wird Madam gern aushelfen — warum auch nicht? —Wann soll es sein — Montag? Das ist leider ihr fester Tag bei Frau Eimen, und Mittwoch muß sie zur Queen-Frau Röben meint sie. Aber Dienstag? Früher wusch sie dann immer alle drei Wochen bei Frau Hinrichs, Bora; aber das ist nun wohl für immer vorbei. — Wer hätte das früher wohl gedacht, daß die einmal in den Pütt spränge? — — Ja — das ist wirklich wahr. Gestern abend. — Und Simon hat sie herausgeholt — ja, der hatte wohl kein gutes Gewissen, der wollte sie aus dem Haus werfen, wurde gesagt — hat Madam noch nichts davon gehört? — Das wundert sie, daß das im Laden noch nicht erzählt wurde. — — Aber natürlich, von so was spricht keiner gern, was soll man auch davon sagen — —.

Sie sieht Madam dabei so treu und so bescheiden an, daß diese überzeugt ist, man tut der Frau bitteres Unrecht. Die soll gefährlich klatschen? — — bei ihr doch nicht, die weiß, wen sie vor sich hat! Und so holt sie als Anerkennung die mißratenen Kuchen — es ist ein ganzer Teller voll — und fragt Wübkmagret, ob sie sich diese mitnehmen will, und auch einen Knochen, an dem noch etwas sitzt — das ist eine solche Neuigkeit, die sie ihrem Besuch vorsetzen kann, wohl wert!

Abends dreht der immer stärker werdende Wind mehr nach Westen, schießt über Nacht nach dem Norden aus und wird zu einem Orkan, der Land und See mit striemenden Regenböen peitscht. Als der Hafenmeister um Mitternacht nach den Schleusentüren sieht, ist ihm, als stiegen hinter den Inseln Leuchtraketen auf — das sind Notsignale! Gott bewahre die Schiffer auf hoher See, und besonders hier unter dem Strand!

Überall in den Häusern horcht man nach dem Sturm, und angstvoll klopfen die Herzen — noch sind nicht alle Schiffe zurück, und irgendwie sind alle Schifferfamilien miteinander verwandt. Fensterläden klappern, Dachziegel fallen polternd, und es zieht durch alle Ritzen. Hinter den Fenstern flackert Licht auf, Haustüren schlagen, und dann gehen die Männer mit der Laterne durch die heulende, unergründliche Finsternis zum Hafen, um nach dem Rechten zu sehn. Sie klettern an Bord, rufen sich sorgenvolle Bemerkungen zu, wobei der Sturm ihnen die Worte vom Mund reißt, und sind ebenso froh, wieder in ihren Wandbetten zu liegen wie ihre Frauen, sie wohlbehalten zurück zu haben.

Selbst Etta fragt Taak, wie er alles vorgefunden hat. Als aber die kleine Gedrut wachgeworden nach ihrem geliebten Vaderke verlangt, bekommt sie einen Klaps: Kinder müssen jetzt schlafen, heißt es streng, und sie legt sie in ihren andern Arm, damit sie nicht die Händchen nach Taak ausstreckt.

Neben Frau und Kind, die doch seine ganze Welt sind, flieht der Schlaf noch lange den in bitterer Einsamkeit mit sich ringenden Mann. — Gut genug, um auf Ostindien zu fahren —.

Über der Geburtstagsvisite von Frau Harms hängt eine unsichtbare Wolke, und weder die aufgetischten guten Dinge noch die als Extrapläsier gedachte Neuigkeit vermögen sie ganz zu verscheuchen.

Rechts in dem grünen Ripssofa sitzt steif mit leicht gehetztem Gesichtsausdruck die Apothekerin in dunklem Seidenkleid mit weißem Krägelchen und Manschetten, rechts die Pastorin, wie gewöhnlich unmodern und etwas achtlos gekleidet und mit ergebenem Gesicht, dazwischen die noch junge Frau des neuen Amtsvogts in hellgrau, der man ansieht, daß sie sich vorläufig in diesem Kreis wenig wohl fühlt. Madam Peters hat in einem tiefen Sessel Platz genommen, dessen Grün ihr reich gerüschtes tabakfarbenes Seidenkleid mit den reichen Spitzenärmeln und Kragen vorteilhaft umrahmt. Sie trägt mit Eleganz eine sorgfältige Lokkenfrisur und erlaubt sich, auf die Staatshaube mit den breiten, hängenden Seidenbändern zu verzichten, worauf die übrigen Damen besonderen Wert legen. Nicht zuletzt die Gastgeberin, auf deren dunklem Seidenkleid mit der mächtigen Krinoline ein winziges Schürzchen schwebt. Rechts und links von sich hat sie Frau Altjen Janssen und die Frau vom Plünnenrieter plaziert, deren neues rotes Seidenkleid von allen insgeheim bemerkenswert unkleidsam gefunden wird; die hagere Frau Altjen ist in enggeknöpfter, starrer schwarzer Seide erschienen, wozu sie eine große, goldene Brosche und eine gleiche, wohl mehrere Meter lange schwere Goldkette trägt, und auch die knochigen Finger stecken voller Ringe.

Brunhilde hat die Damen mit feinstem Anstand begrüßt, wobei jede bei sich feststellt, daß bei ihr die Liebe bis jetzt noch nicht zehrte, aber sie hat sich dann, nachdem sie das Abräumen des Teegeschirrs überwacht hat, bald zurückgezogen.

Als die Weincreme auf dem Tisch und das Licht einladend auf den Gläsern mit dem weißen Portwein funkelt, lebt das unterbrochene Gespräch wieder auf. Es ist wirklich bedauerlich für die so geachtete Familie, daß Frau Hinrichs sich so vergessen hat. Man begreift kaum, daß sie sich nicht schämte, wieder nach hier zu kommen.

„Dat hört der nich to!" sagt Frau Janssen mit ihrer rauhen Stimme, mitleidlos starren die grünlichen, harten Augen über die lange Nase und die schmalen Lippen.

Die kleine Amtsvogtin, die sich auch einmal am Gespräch beteiligen möchte, was ihr Mann ihr dringend ans Herz legte, fragt freundlich, wie es ihrer Tochter geht? sie hat die junge Frau Backer neulich am Marktball kennen gelernt.

„So as ik nicht anners weet, good!“ sagt die Mutter. „De ganze Groden hört uns nu!“ setzt sie triumphierend hinzu, und richtet sich noch steiler auf.

In die entstandene Stille, in der den meisten das Bild der blassen Inse mit dem grobschlächtigen alten Klaas Backer vor Augen steht, sagt Frau Margareta Gerken mit wie stets halbgeschlossenen Augen: „Man dat se doch ok in't Pütt ging! — door hört doch all wat to!“ Peinliche Verlegenheit überfliegt die Gesichter der Anwesenden, die sich jedoch rasch erleichtert legt, als die schläfrige Stimme weiter spricht: bei ihnen im Laden ist auch erzählt, Simon Johanna hätte Bora Hinrics herausgeholt. — Und das Kind soll so ganz besonders hübsch und lieb sein — „wiß wohr, 't is was Seltens!“ setzt die Kinderlose kläglich mit dem Schlagwort ihres Mannes hinzu.

Alles stürzt sich lebhaft auf dies neutrale Thema — die Apothekerin nickt bestätigend, auch sie hat davon gehört, und Madam Peters meint, es soll Frau Hinrichs pekuniär sehr schlecht gehn.

Ach Gott ja, sagt die Gastgeberin, deren Gesicht beängstigend gerötet ist, Frau Hinrichs war immer so von sich eingenommen. Wer hoch stehe, der sehe wohl zu, daß er nicht falle! — — Und dann dies Sündenkind —.

Hier windet man keine beschönigenden Schleier um das Geschehen, und spricht nicht wie tolerante Menschen von einem Kind der Liebe, sondern man nennt die Dinge gegenständlich, wie man sie sieht.

„Wer Sünde tut, der ist der Sünde Knecht!" sagt denn auch die Pastorin harmlos und geläufig. Sie kommt aus einer Pastorenfamilie und sieht Nöte und Anfechtungen nur mit den Worten der Bibel. Ihr eigenes Kreuz sind ein herzensguter Mann, der ein gelehrtes Buch schreibt, und ein Schwiegersohn, der Verse macht, und die beide für das Altagsleben nicht zu gebrauchen sind. Das wissen die Hiesigen, so fest im Erdenleben wurzelnden nur zu gut, und haben darum weder zu ihrem geistlichen noch zu ihrem leiblichen Betreuer das rechte Vertrauen.

Ach ja, sagt die Apothekerin, das ist wohl so: der Geist ist willig, aber das Fleisch ist schwach! Sie denkt dabei an ihren Mann, der trotz aller Versprechungen immer wieder in die wilden Gelage hinein gerät.

„Der eine kommt herauf, und der andere herunter! — — denn man erst zum Wohle!" Frau Harms sagt es kurzatmig und ergreift mit ihren Wurstfingern das Glas.

„Auf das Wohl unseres lieben Geburtstagskindes!" Ernst und sachverständig nimmt jede einen guten Zug und nicht befriedigt — ausgezeichnet!

Frau Harms drückt stolz das mächtige Doppelkinn auf die Goldbrosche: ja! sie darf selbst wohl sagen, daß der Wein gut ist. Eimo Eimen brachte ihn selbst aus Oporto mit, ein Duro Porto, nicht wahr? — Gott ja, für die Schiffer gibt es ja immer so allerhand Möglichkeiten, etwas zu verdienen, wenn der Krieg drüben leider auch beendet ist —.

Die andern nicken ein wenig neidvoll, und so fällt das Wort von schlechten Zeiten, wobei man wie von ungefähr aus den Augenwinkeln nach Madam Peters blickt.

Über deren bewegliches Gesicht läuft kurz ein nervöses Zucken, die schlanken Hände zupfen an den Spitzenärmeln, aber sie beherrscht das Gespräch nach wie vor. Die Hände liegen jetzt festgefaltet im Schoß, und nur der kleine Finger ihrer rechten Hand schiebt rastlos den großen Brillantring am linken Ringfinger hin und her.

Nicht wahr? — die Strandung des englischen Schiffes hält doch alle Gemüter in Erregung. Heute morgen ganz früh kam schon Nachricht, daß ein großer Dreimaster am Ostende ganz hoch aufgelaufen ist, die Mannschaft ist gerettet und die Ladung zum größten Teil erhalten geblieben. Die Schiffer sind daraufhin gleich ausgelaufen, um bei der Bergung zu helfen. Als sie vorhin fortging, kam ihr Mann gerade von der Schleuse, das Schiff war schon mit einer Ladung zurück. Haben sie schon gehört? es sollen vor allem Öfen sein, ganz prächtige Stücke, sagt ihr Mann, vielleicht werden die hier verkauft!

Ja! — Frau Harms nickt, daß ihr ganzer Körper bebt — im Laden wird von nichts anderem gesprochen, sagt Harms. Die Schiffer werden aber einen großen Bergelohn bekommen! Sie leert ihr Glas in einem Zug und schenkt nochmals ein, was die Zungen recht löst, sogar bei Frau Gerken: bei ihnen wurde im Laden erzählt — sie nimmt mit der Zunge ein Weintröpfchen vom Unterkinn — man könnte auch von den Öfen kaufen!

Auch die Apothekerin hat davon gehört, ihr Mann — er ist stets so fortschrittlich — möchte zwei für das neue Haus haben.

Die Pastorin äußert sich nicht. Selbst können sie

sich keinen anschaffen, und die Gemeinde wird es auf keinen Fall tun.

Frau Altjen hat sich ein wenig am Gespräch beteiligt, ihre Augen wandern unbehaglich scharf von einem Gesicht zum andern: „Door kummt mi van dat neemodsch Schietkram niks in Hus!“ — Sie leert ihr Glas in einem Zug: „Dat wurdt Tied vör mi!“ was einen allgemeinen Aufbruch zur Folge hat.

Und dann stehen überall die heißersehnten und viel bewunderten Öfen und jede Hausfrau setzt ihren Stolz darin, ihnen jene glänzende Schwärze zu geben, die den mehrstöckigen Kunstwerken erst die rechte Schönheit verleiht. Aber sie mögen tagelang putzen und es anstellen, wie sie wollen — die Seewassertaufe hat solch nachhaltigen Eindruck auf diese edlen Gebilde gemacht, daß der Rost immer wieder durchschlägt, und so wird ihr Besitz keine reine Freude für die Besitzerinnen. Und ihre Kinder und sogar noch ihre Enkelkinder wachsen in dem Glauben auf, Öfen müssen so scheckig sein!

Um so schöner wird das Strandungsfest, das wochenlang alle Gemüter erfüllt, und herrlich die drohende Langeweile des Winters unterbricht. — — Ging es den Beteiligten bei der Bergung der Ladung weniger um den Gewinn als um das Abenteuer als solches, ließ die Freude darüber sie Sturm und Unwetter lachend ertragen — weshalb sollten sie ihren Anteil am Bergungslohn nicht nehmen, nun er ihnen ausbezahlt wird? Auf alle verteilt, kann sich keiner daran bereichern. Aber es genügt, um ein Fest davon zu feiern — ein Fest, von dem noch Kinder und Kindeskinder erzählen werden.

Schon die Vorbereitungen geben großartigen Anlaß zu immer neuen Zusammenkünften. Die Männer können sich erst gar nicht einigen, jeder bringt einen anderen Vorschlag ein. Siebelt meint, das beste wäre, jeder bekäme satt Toddy und Ipi (Schnaps), auch die Frauensleute, und auch die kleinen Feuerschiffe sollen dabei sein. Er wird einstimmig niedergeschrien: ist er nun ganz mall? damit würde man sich schön blamieren! — Nein, das muß etwas viel Besseres sein! Natürlich müssen die Frauen mit dabei sein, auch die Kinder sollen nicht leer ausgehen. — Eimo, dem die Leitung übertragen, hat einen großartigen Plan, aber der soll noch erst geheim bleiben. Also nichts verraten! es soll eine rechte Überraschung werden, für die Bäcker Willms als Sachverständiger zugezogen wird.

Dann beginnt ein geheimnisvolles Vorbereiten in seiner Backstube, und alle Beteiligten sind voll fieberhafter Spannung. Namentlich den kleinen, dicken Meister beginnt der Schlaf zu fliehen, wenn er die schwierigen technischen Fragen überlegt, die das Gelingen des geplanten Kunstwerks gefährden können. Immer auch lungert eine Schar Kinder ums Haus herum, man kann sie kaum wegschlagen. Jagt man sie weg, so sind sie gleich wieder da und tun harmlos, als spielten sie mit dem Hund. Sie wissen zwar nicht recht, um was es sich handelt, aber irgend was Großes ist im Werk, und deshalb wollen sie doch den rechten Zeitpunkt nicht verpassen. Könnte nicht etwas für sie abfallen?

Als die Nachtwächter in einer kalten, stürmischen Januarnacht nach ihrer Gewohnheit in die warme Backstube flüchten wollen, ist diese zu ihrer Überraschung verschlossen. Obwohl dort gesprochen wird und das Licht brennt, öffnet man auf ihr dringliches Pochen nicht — was soll das heißen? Jan Hinrich klettert auf die Fensterbank, um nachzusehn. Aber was er dort zu sehn bekommt, läßt ihn alles um sich her vergessen — das Wasser läuft einem ja im Mund zusammen! sollte das vielleicht — — —?

Da geht doch im Backtrog vor ihm ein mächtiger Klumpen von goldgelbem, fettig glänzendem Teig, dem man Eier und Butter richtig ansieht, über und über gesprenkelt mit Korinthen und Rosinen, sogar Succade und Mandeln scheinen reichlich darin. Und jetzt bewerken Meister und Gesellen diese herrliche, sich sichtlich in Weite und Breite dehnende Substanz — sie kneten sie mit harten Fäusten, bis es scheint, als sei alles Leben in ihr erloschen, sie schlagen sie heftig und mit finsterer Energie, als müßten sie ein grausiges Verbrechen rächen, sie heben sie mit aller Mühe hoch und lassen sie klatschend in den Backtrog zurückfallen, wieder und wieder, bis sie am Ende ihrer Kraft schwer atmend aufhören müssen. Nach kurzer Pause wird die Masse nun noch so lange gerollt und gewendet, bis ein riesengroßer Kringel entsteht, der oh Wunder! auf zwei Backbleche geschoben wird — vorsichtig! Meister Willms sitzt die Brille vor Eifer oben auf seinem spärlichen, grauen Haarbüschel.

Und während sein Kollege im windgeschützten Winkel schnarcht, erlebt Jan Hinrich herzklopfend mit, wie das köstliche Gebilde in der Wärme zusehends aufgeht, wie es mit Wasser bestrichen und schließlich in den Ofen geschoben wird, was leichter gesagt als getan ist. Es erfordert nämlich so viel hohe Kunst, daß der Lauscher sich nicht zu rühren wagt — vorsichtig schiebt der Meister in eigener Person ein Blech, auf dem ein Stück des anderen ruht, in den wohltemperierten Backofen, mit aller Sorgfalt gestützt von den beiden Gesellen, wie ein Feldherr steht der Meister daneben.

Hinter den angestrengt arbeitenden Männern öffnet sich spaltbreit die zum Wohnhaus führende Tür. Eine rundliche Hand und ein Stückchen gepolsterter Arm in lila gepunktetem Nachtjackenärmel wird sichtbar, über ein faltenloses, rosiges Gesicht und graue Löckchen fällt von hinten der Schein einer Kerze: „Mannlief! — — — paß op!" So durchdringend angstvoll ertönt es von der Treppe, daß der Meister auf ein Haar das Gleichgewicht verloren und das mit so viel Kunst und Liebe entstandene Prachtwerk ein schmähliches Ende gefunden hätte.

Der spärliche graue Haarschopf sträubt sich so zornig, daß er die Brille förmlich hochhebt, aber sein Besitzer übt Selbstbeherrschung, bis alle Gefahr überwunden ist. Dann aber — als sei er ein Alchimist, dessen Geheimnisse sie belauschte, wirft er ihr mit einer Vierteldrehung des Kopfes in kaltem Zorn über die Schulter hin zu: „Maak, dat du 't Draai kriegst!"

Jan Hinrich starrt in ungläubigem Staunen auf die nun völlig in Erscheinung getretene Frau Brechtje, die, in weiter Nachtjacke und rotem Unterrock, die eine Hand auf dem üppigen Busen, in der andern den hoch erhobenen Leuchter wie ein aus den Fugen geratener Engel in der Türfüllung verharrt, nach diesen harten und unmißverständlichen Worten aber gehorsam und ohne Widerrede verschwindet. Was — und die soll die Hosen anhaben? Da kann man wieder sehn —

nachts, da lernt man die Menschen kennen, das weiß er schon lange!

Aufatmend, obwohl ihnen der Schweiß von den Gesichtern rinnt, halten die Männer wieder zu dritt die schweren Platten, und harren auf den großen Augenblick, wo ihr Kunststück goldgelb und knusprig herausgenommen werden kann.

Fertig! gibt der Meister das Zeichen. Im Triumph werden nun die heißen Platten an den vorbestimmten Platz gebracht, wo die Künstler sich in wortlosem Entzücken an seinem Anblick weiden.

Nun kann Jan Hinrich sich nicht mehr halten — er schlägt wie wild ins Fenster: „Graleer ok!" ruft er immer wieder: „Graleer ok!"

Da wandelt sich die anfängliche Bestürzung des Meisters über einen Lauscher in milde Verzeihung, und der Alte darf sich jetzt nicht nur durchwärmen, sondern bekommt auch seinen Anteil an dem großzügig gespendeten Siegesschnaps. Denn gleicht nicht das Gelingen eines solchen Meisterwerks einer mit Glanz gewonnenen Schlacht?

Jan Hinrich muß versprechen, nichts zu verraten, aber es hat sich trotz aller Geheimtuerei herumgesprochen, daß am Frühnachmittag ein festlicher Umzug stattfindet.

Obwohl mancher der Nichtbeteiligten in uneingestandenem Neidgefühl das Fest mit „Unfug" abtun will, strömt doch beim ersten Trommelwirbel alles zum Siel, gerade wie beim Schützenfest, und ebenso drängen sich in jedem Haus neugierige Gesichter an die Fenster. Auch alle Haustüren sind besetzt, Grootkoopmann steht breitbeinig vor dem Haus, er winkt dem Apotheker und seinem Schwiegersohn zu, die auf der hohen Treppe Posten faßten, und Siebelt Gerken steht, die Hand an der Perücke in wichtigem Gespräch mit dem Buchbinder. Nur bei Bäcker Willms ist nicht einmal der Hund zu sehen. Das Geschäft ist heute geschlossen, der Meister und seine Gesellen sind feierlich eingeladen und werden, wie es heißt, dem Zug vorangehn —.

Bumm bumm trara, bumm bumm trara! Ja, wirklich, jetzt kommen sie dort aus dem Haus! Zuerst die Musikanten mit geblähten Backen und roten Köpfen, dann kommt Meister Willms ganz in Weiß, selbst die Mütze, die Brille sitzt ihm auf der Nasenspitze und gibt ihm ein richtig gelehrtes Ansehen. Dann folgen die beiden gleichfalls weißgekleideten Gesellen, sie tragen auf einer Leiter das Glanzstück des Tages, bei dessen Anblick den Zuschauern fast die Augen übergehen. Hinter ihnen gehen die Schiffer, die bei der Bergung mitgeholfen haben, wozu die meisten gehören, in ihrem blauen Zeug. Die sehen heute doch auch nach nichts aus, konstatiert Wübkmagret, die sich den Zug vom „Goldenen Anker" aus ansieht, wo man natürlich heute nicht ohne ihre Hilfe fertig wird, sie hat in jeder Hand ein warmes Stövchen — nein, mit den Bäckern sind sie gar nicht zu vergleichen! — Ha, es schmeckt ihr schon jetzt, sie wird schon sehn, daß sie nicht zu kurz kommt!

Jubelnd und schreiend umhüpfen die Kinder von beiden Seiten den Zug, sie tanzen vor Freude, sie kriegen auch etwas ab, gleich werden Pfeffernüsse verteilt! Alle Gesichter sind fröhlich, und jeder winkt dem Zug zu, der in feierlichem Schritt über die Brücke nach der Ostseite geht. Als es die Drift herauf geht, wäre es fast um das Kleinod geschehen — der wilde Hinni Janssen rennt in unbedachtem Übermut einem der Gesellen gegen das

Bein, die kostbare Last gerät ins Wanken — oh! Schon regen sich hilfsbereite Hände, doch da haben die Tapferen bereits kaltblütig auch diese letze Prüfung gemeistert. Unversehrt tragen sie das ihnen anvertraute Gut gelassenen Schritts über den Deich, vorbei an dem Geschäft von Harms, wo alles ruft und winkt, und an dem großen Packhaus bis vor Eimens Haus, wo sie kehrt machen, was Hanni als rechte Ehre empfindet. Hier biegen sie um die große Esche und gehen dann den gleichen Weg zurück zur Brücke, wo der Zug hält.

Die Kinder schreien vor Vergnügen laut auf. Da steht ja Siebelt Siebels mit einem großen Sack! voll Pfeffernüsse ist der, rufen sie sich zu. Da wirft er auch schon die erste Handvoll der begehrten süßen Nüsse unter die Jungens, die sich mit lautem Hallo darum balgen, und es spielt dabei keine Rolle, ob ihre Väter dabei waren oder nicht. Siebelt steckt inzwischen den Mädchen rasch Tüten zu, die ihn bald von allen Seiten umringen und schmeichelnd „leew Siebeltohm" sagen. Der Kinderfreund ist so recht in seinem Element, er strahlt übers ganze Gesicht. Alle haben ihre Freude daran, sogar die Musik gibt noch eine Zugabe. „Schier dreißig Jahre bis du alt", spielen sie, obwohl das hier nicht recht hergehört.

Taak läuft inzwischen rasch nach Haus und holt Klein Gedrut, die ihm so lieb vom Fenster zugewinkt hat. Ihre Mutter sieht es zwar nicht gern, aber diesmal setzt er seinen Willen durch, das Kind soll auch einmal fröhlich sein, es ist immer so ernst. Zuhause trippelt sie jetzt flink auf ihren kleinen Füßen herum und spricht schon niedlich, obwohl sie noch immer zart ist. „Vaderke!" sagt sie jetzt zärtlich und schlingt die

Ärmchen um seinen Hals. Auf der Brücke läßt er sie zur Erde gleiten — sieh, da ist der gute Siebeltohm, was der wohl für Schönes für sie hat!

Siebelt hat sich niedergehockt, flankiert von seinen geliebten Feuerschiffen, er hält ihr eine Tüte entgegen, es sind nur wenige Schritte bis zu ihm. Der stolze Vater steht vorgebeugt mit ausgebreiteten Armen hinter der Kleinen, die, befangen von den vielen Menschen, erst zögert. Jetzt macht sie einige Schritte, wobei sie sich ängstlich nach ihrem Vaderke umsieht. Dabei stolpert sie über eine Unebenheit und schlägt so unglücklich hin, daß das Blut von dem blassen Köpfchen rinnt.

Taak nimmt sein Kleines auf den Arm und sucht es zu beruhigen, er drückt das zuckende, schmächtige Körperchen liebevoll an sich und wischt mit seinem großen Taschentuch das Blut ab, so ungeschickt, daß das Gesichtchen grausam entstellt ist. Keiner achtet groß darauf, sie sind alle mit sich beschäftigt. So ein Kind hat leicht etwas, das kennt man, das wird auch wieder besser! — Und so geht er schließlich schweren Herzens mit seiner leichten Last in sein nahes Haus. Das Kind schmiegt sich an ihn: „Mien Vaderke!" sagt es mit einem letzten Aufschluchzen — ist es ohnmächtig?

Mit wahrer Todesangst öffnet er die Haustür, stößt dabei fast mit Etta zusammen, die, schon festlich gekleidet, nach dem Kind Ausschau halten will. Beim Anblick der wie leblos in Taaks Armen liegenden Kleinen wird sie blaß bis in die Lippen: „Door hest du dien Will ja!" beißt sie ihm, ohne auf seine Erklärungen zu achten, mit jenem verächtlichen Blick zu, der sein Blut stets zum Kochen bringt und der ihn bis zur Selbstverachtung peinigt. Das Kind kommt auf Ettas Schoß bald wieder zu sich. „Vaderke!“ Es strebt gleich wieder zu ihm, was seine Mutter ihm zornig wehrt. Da dreht Taak sich wortlos um und geht zu Gerd Onken, im Ohr noch das „Vaderke“, das Klein Gedrut ihm schmerzlich nachruft.

Nebenan rauscht die Festesfreude fröhlich auf. Eimo hat eine humorvolle kleine Rede gehalten und Meister Willms verdientes Lob gespendet, der auch mit einem Tusch gebührend geehrt wird. Und weil er und seine Gehilfen ebenso wie die Veranstalter des Festes alles getan haben, was in ihren Kräften steht, hat heute jeder ein Recht auf Fröhlichkeit, was sich keiner zweimal sagen läßt.

Es ist ein feierlicher Augenblick, als Meister Willms seine Schöpfung höchstpersönlich zerteilt. Auch Wübkmagret, welche die gefüllten Teetöpfe hereinbringt, bleibt neugierig mit begehrlichen Augen dabei stehen, sie läßt sich nicht einmal durch die bedrohliche Nähe der Queen dabei stören. Dann werden die appetitlichen Stücke von den verheirateten Frauen sachverständig mit dicker Butter bestrichen und darauf von den jungen Mädchen herumgereicht. Es gibt viel Nekkerei, wenn sie jemand dabei besonders bevorzugen, wie die kleine Tomma den blonden Tjark, der gleich drei Stücke auf seinem Teller liegen hat, oder wenn Hielta versehentlich ihren Entlobten reichlich bedenkt. „Nä du, nä du, dat giff Wiltert man lewer!“ sagt er und blinzelt sie schlau an, der hält mehr von Süßigkeiten! Dabei gibt er seinem Nachbar einen derben Rippenstoß und erinnert ihn an das gegebene Versprechen — eine bessere Frau als Hielta kann er nie bekommen! sieht er nicht, wie sorgsam sie ist! Die geht mit unbewegtem Gesicht weiter, aber die kleine Tomma errötet über das ganze runde Gesichtchen, das das widerspenstige Kraushaar wie ein Heiligenschein umgibt, über die netten kleinen Öhrchen bis in den Hals hinein. Sie wirft dabei angstvolle Blicke auf die Queen, die ihr morgen gewiß Vorhaltungen machen wird.

Aber die achtet gar nicht auf sie. Aufmerksam läßt sie ihre Blicke über den Tisch gehn, an dem Taak bei Hillern und Occo zurechtgekommen ist, bei denen bereits eine Runde die andere jagt, und der sonst so mäßige Mann steht den beiden andern nicht nach. Er sieht richtig verwildert aus den Augen, denkt sie befremdet. Wo Etta nur bleibt? als sie ihn vorhin danach fragte, sagte er nur kurz: „Weet ik dat?" und wandte sich brüsk ab. Was da vorgefallen ist —.

Ganz in Gedanken steckt sie den Teelöffel in die Tasse, obwohl sie noch gar nicht daran denkt, den Konsum des geschätzten Getränks schon zu beenden. Als Liessie Occen sie bei der nächsten Runde übergeht, bekommt sie denn auch einen gehörigen Anschnauzer, was sie tödlich kränkt — ist sie nicht ganz und gar in ihrem Recht? dann hätte Rineldtant nicht danken müssen! Trotzig geht sie weiter, sie ist so zornig, daß Dina Eimen einen großen Teespritzer auf ihre weißen Manschetten bekommt. Alle Frauen sind sich mit Kopfnicken und bekräftigenden Handbewegungen darüber einig, daß Liessie noch viel zulernen muß. Nun, so schnell wie Occens dachten, wird es doch wohl nicht mit dem Heiraten gehn, Hero hat ja noch gar kein Schiff. Aber das ficht die beiden wenig an, sie tanzen trotzdem selig nach den Weisen der alten und neuen Tänze, welche die

Musikanten unter mancherlei musikalischen Meinungsverschiedenheiten zum besten geben.

Spät, sehr spät gehen die Letzten heim, zu denen auch Taak gehört. Die Haustür ist nur eingeklinkt, aber die Kammertür ist verriegelt, und wie er auch rüttelt und pocht, Etta öffnet nicht. Polternd fällt ein Stuhl um, den sie wohl vor die Tür stellte, was ein erschrecktes Kinderweinen auslöst —.

Der Mann steht verlassen in dem dunklen Flur, er drückt die Fäuste in die Augenhöhlen. Seine Schritte hallen auf den Sandsteinfliesen, laut schlägt die Tür ins Schloß. Unsicheren Schritts geht er zum Hafen, über den jetzt ein schneidender Wind streicht, und versucht an Bord zu kommen. Aber sein Fuß verwickelt sich im Dunkeln in ein Tau, fast wäre er ins Wasser geglitten, das in kurzen, harten Stößen an die Bordwand schlägt.

Also auch diese Etta will nichts mehr von ihm wissen? — Den Kopf auf die Brust gesenkt, steht er unter dem sternlosen Himmel. — Ihm ist, als sei er nicht er selbst, als stehe ein anderer hier, mit dem er nichts gemein hat. Wo hat er den doch schon gesehen?

Dieser andere stolpert jetzt den Deich hinauf zu Gerd Onken, wo noch Licht hinter den Fenstern wandert. Er findet erst am dritten Tag in das Haus auf dem Deich zurück, das zwar seine Wohnung ist, ihm aber nicht Heimat wurde.

20. Kapitel

P. J. Peters ist ein Ehrenmann!

Der Riß auf Klein Gedruts Stirn verheilt bald. Wie ein feiner, roter Faden läuft er noch eine Weile über die sehr helle, zarte Haut des Kindes, dessen größte Freude ein Ausgang mit seinem Vaderke ist. Da ihre Mutter dies jedoch nach dem Unfall strengstens untersagt hat, muß Taak sich förmlich aus dem Haus stehlen, sein Fortgehn regt die Kleine sonst bis zu Schreikrämpfen auf.

Und er kann doch nicht immer zuhaus sein, wo Etta kaum mit ihm spricht. Der Riß zwischen den Eheleuten ist nicht verheilt, sondern wird täglich tiefer. Taak ist Stammgast bei Gerd Onken geworden und der Letzte, der abends nach Haus geht. Das will wohl etwas sagen, fällt aber trotzdem weiter nicht auf, denn seit dem Fest können die meisten Schiffer nicht wieder ins Alltagsleben zurückfinden, und die Frauen müssen viel seufzen. Sie atmen auf, als der Februar sich milde anläßt und alles zur Ausreise rüstet.

Als schon die Schneeglöckchen an den Häusern blühen und die Schiffe zum Auslaufen fertig liegen, kommt der Winter mit Macht zurück. Erst weht es tagelang so hart aus dem Norden, daß kein Schiff es wagen kann, in See zu gehn. Dann wird es ruhiger; bei leisem Frost taumeln ab und zu einzelne Schneeflocken durch die diesige Luft, die ersten des Winters Sie setzen sich in Haar und Bart der Schiffer, die auf dem Deich stehn und über das Wasser und nach der noch immer diesigen Luft sehen, die im Südosten einen sonderbar gelblichen Schein bekommt. Eimo schüttelt den Kopf, das will ihm nicht gefallen, wenn nur nicht etwas dahinter steckt! Es ist besser, man wartet ab, was daraus wird. Die andern zucken mit den Schultern — man kann doch nicht ewig und drei Tage warten, es brennt einem ja unter den Nägeln, daß dies faule Leben aufhört, verdammt noch mal! — — aber diese Luft — — —?! Und dann gehen sie noch einmal zum Hafenmeister oder zum „Goldenen Anker“ und besprechen die Lage. Jeder muß selbst wissen, was er tut, aber Occo Occen wird die Nacht auslaufen und wenn es junge Hunde regnet, das kann er ihnen sagen! — — er ist nicht bange! — Bange?! wer läßt sich das bieten! — — Wie gereizte Löwen fahren die mit Ungeduld und Tatendrang geladenen Männer aufeinander los, bis ein heulender Windstoß die Tür offenreißt und Taak, völlig weißverschneit, die Augenlider verklebt, hereinkommt. „Utloopen?“ sagt er, als er bei einem Glas Grog wieder zu sich kommt? „Kiekt ins na buten!“

Er hat noch nach dem Fährschiff gesehen, das unter der Insel kreuzte, als ein Schneesturm mit solcher Gewalt losbrach, daß er sich kaum auf den Beinen halten konnte, fast hätte der Wind ihn von der Brücke gedrückt. — Auslaufen! — das kann wohl noch wochenlang so weitergehen! Er sieht dabei so trostlos aus, daß es Eimo auffällt — was hat er nur? — In heulenden Stößen reißt der Wind an Dach und Fenstern, wirft prasselnd hartgefrorenen Schnee dagegen, der durch alle Ritzen und Fugen bis tief hinein in den Raum dringt. Mißmutig hängen die Männer auf ihren Stühlen, jeder mit seinen meist wenig heiteren Gedanken beschäftigt. Wieviel Schaden bringt dies Wetter ihnen! — welch elender Zustand auch, dies Landleben weiterführen zu müssen, das sie schon überwunden glaubten!

Der Hafenmeister legt gehörig Torf nach; auch er hat sich einen der neuen Öfen zugelegt, hinter dessen rostig gefleckter Außenseite jetzt bullernd das Feuer hochkommt und behagliche Wärme verbreitet.

„Niks an to dohn!" Er steht mit dem Rücken zum Ofen und hält die Hände hinter sich an die Glut: „All Gotts Wind un Weer!"

Das widrige Wetter hält an. Jeder leidet unter dieser unvorhergesehenen Zeit machtlosen Wartens.

Ganz in der Stille bereitet sich inzwischen ein Ereignis vor, das aller Gedanken mit einem Ruck in eine völlig andere Richtung reißt. Keiner weiß, wo das Gerücht zuerst aufkam, das in kürzester Zeit wie ein Lauffeuer über den Siel springt — hat der Amtsvogt nicht dicht gehalten? flog Heiko Janssen in seiner Bestürzung ein unbedachtes Wort heraus?

Eines Tages zur Dämmerstunde ist Etta mit der Kleinen bei Dina, als Eimo und Taak in tiefer Erregung zu ungewohnter Stunde nach Hause kommen. Die Männer sehen so verstört aus, daß Dina erschrocken fragt: „Is der wat passeert?"

„Se hebt P. J. Peters uphaalt!"

Totenblaß, schweratmend stößt Eimo es heraus. Taak steht verwirrt im Schatten, er hat nicht daran gedacht, Etta hier zu finden.

Den Frauen ist, als sänke der Stuhl unter ihnen fort: „Dat is doch wolls Gotts nich wohr! — — — Wo is dat mögelk!?"

Und nun erfahren sie die ganze, furchtbare Wahrheit: Peters hat die Kompaktsgelder, anstatt sie ordnungsgemäß sicherzustellen, in seinem Geschäft verbraucht. Und nun hat die Polizei ihn heute wegen erwiesenen Betrugs festgenommen und in die Kreisstadt gebracht — die Männer flüstern es wie in tiefer Scham, sie bringen die Schande kaum über die Lippen.

Alle sind so erschüttert, daß es ihnen die Sprache verschlägt, stumm wandern die Blicke von einem zum andern. Dina bedeutet den Kindern mit einer Handbewegung, in die Küche zu gehn, was sie verstört und ohne Widerworte befolgen. Ihr zittern die Knie so, daß sie sich kaum auf den Füßen hält.

Dann aber bricht es aus Eimo los, vor Zorn schlägt er mit der Faust auf den Tisch, Taak nickt beistimmend: ist es nicht unerhört, wie man mit ihnen umspringt? das kann man doch nicht ohne weiteres hinnehmen! Es ist eine Aufregung bei den Schiffern, die Frauen können es sich nicht vorstellen, besonders Hillern und Occo sind aus Rand und Band, sie gerieten sich schon in die Haare. Occo will gleich morgen zur Kreisstadt und mit dem Advokaten sprechen, damit der die Sache in die Hand nimmt. Siebelt will mit und gehörig auftrumpfen, und wenn sie ihn selber einsperren. Sein Recht will er haben! und das sagen alle. Aber das läßt sich ja nicht übers Knie brechen, das will überlegt sein, schließlich geht es doch sie alle an. Das Beste ist, sie berufen gleich eine Kompaktsversammlung ein. Sie wollen hernach noch mit Röbke Heerenohm sprechen — ob der wohl schon davon weiß? man wagt dem guten alten Mann gar nicht von soviel Schlechtigkeit zu erzählen – .

Denn es ist doch weiß Gott eine Schlechtigkeit, die man dem geachteten Mann angetan hat. — Betrug! — — wer hat wen betrogen? doch nicht etwa P. J. Peters die Schiffer?! Sind sie etwa je bei ihm nicht zu ihrem Recht gekommen? hat er nicht jeden Schaden auf Heller und Pfennig genau ausbezahlt? haben nicht immer alle Belege gestimmt? hat er nicht in jeder Weise ihre Interessen wahrgenommen? — — Nein, nein, das hat sich wieder einmal einer der geschniegelten und gebügelten Herren da oben ausgeklügelt, der will sich wohl damit wichtig machen! — Wenn sie mit Peters hier zufrieden sind, was geht die Regierung das übrige an? — — ist das nicht ihre eigene Angelegenheit? Und wenn er sich mit dem Kompaktsgeld über die schwere Zeit hinweggeholfen hat — sie wissen selbst nur zu gut, welch gefährliches Auf und Ab ein solcher Getreidehandel ist —. Er hat sie bestimmt nicht benachteiligen wollen, dafür kennen sie ihn zu gut. Wenn er sich jetzt über Wasser hielt, dann ist das auf die Dauer ihr eigener Vorteil, das eine ist sicher.

P. J. Peters ein Betrüger! Wer das sagt, beleidigt sie alle. Ihr angeborener starker Rechtssinn empört sich gegen den geschriebenen Buchstaben des Gesetzes, der keine Rücksicht auf die besonderen Verhältnisse nimmt.

Etta meint, es muß doch eine Anzeige vorliegen, sonst läßt sich das doch nicht erklären. Aber sie wissen alle nicht, wer das sein könnte, Feinde hatte er ihres Wissens nicht. Wenn sie das aber erfahren sollten, der Kerl mag sich in acht nehmen!

Selbst Taak gerät so in Fahrt, und er hat einen solch klaren Blick auf die ganzen Verhältnisse, daß Etta erstaunt aufhorcht — kennt sie ihren Mann überhaupt? Ihr Blick geht von diesem zu Eimo; der wirkt um Jahre jünger als der gleichaltrige Taak, der, gealtert und mit schweren Tränensäcken unter den Augen, zusammengesunken neben dem beweglichen Freund sitzt, bleibt an den goldenen Ohrringen hängen — nein, sie kennt ihn nicht und will ihn auch nicht kennenlernen, den Mörder ihrer Mutter — sie wiederholt es bei sich mit selbstquälerischem Behagen. Dort steht er, und hier steht sie; und weiter haben sie nichts miteinander gemein.

Hochmütig legt sie den Kopf zurück und wirft eine sachliche Frage ins Gespräch. Alle sind sich darüber eins, daß man dies nicht einfach so hinnehmen kann und etwas dazu getan werden muß, solange sie noch alle hier sind.

Am Morgen nach der Kompaktsversammlung zupft und bürstet die Queen lange an ihrem Röbke Heeren herum. Er muß seinen Sonntagsrock anziehn und den neuen Schal umbinden, und die kleine Tomma wird angewiesen, nochmals mit der Bürste über die Schuhe zu fahren, die noch immer nicht den richtigen Glanz haben.

Dann küßt sie ihn auf beide Backen und sagt: „Denn gah mit Gott!" Sie sieht ihm nach, wie er über den Steinpfad geht, auf dem noch eisbedeckte Pfützen stehn, die er vorsichtig meidet, der scharfe Wind faßt in die Schalenden und sein graues Haar.

Vor dem Haus von P. J. Peters bleibt er kurz, wie überlegend stehn, ersteigt dann aber wie in plötzlichem Entschluß die Sandsteintreppe zwischen den hohen Fenstern, vor denen kahl und frierend die verschnittenen Schattenlinden stehn. Er möchte Madam Peters sprechen, sagt er zu

Gebke, die erst nach langem Klingeln öffnet — sie weiß nicht, meint die, sie will eben fragen, und verschwindet dann nebenan.

Er steht dann in dem hohen, breiten Flur, auf den viele Türen münden. Links führt eine Treppe nach oben, und geradeaus öffnet er sich auf das Mittelhaus. Es ist der Raum unter dem Ausguck des Hausherrn, man blickt auf einen gemalten Säulengang, der ganz tief in das Gebäude hineinzuführen scheint, was dem Beschauer besonders gefällt. Jetzt gehen die Kinder am andern Ende über den Flur, Tini und Elise haben den kleinen Peter zwischen sich. Er bekommt einen Klaps, weil er nicht still sein will: „Und — und wir dürfen doch nicht laut sein!" ruft Tini halb weinend und putzt heimlich die rinnende Nase in der Schürze. — Nebenan murmeln Stimmen; dann kommt Gebke zurück: ob er hereinkommen will.

Das große Zimmer mit den Kirschbaummöbeln ist behaglich erwärmt, vor den spitzenverhangenen Fenstern blühen Blumen, und es duftet nach Hyazinthen. Aber Madam ist dunkel gekleidet und sehr blaß — sie hat überhaupt kein Gesicht mehr, denkt Röbke Heeren. Sie ist bis an den mächtigen weißen Kachelofen zurückgewichen, angstvoll forschen die großen, graugrünen Augen in dem Gesicht ihres Besuchers: was mag er von ihr wollen? „Ja?" fragt sie klein. Doch in dem guten derben Gesicht des alten Mannes ist nichts von Vorwürfen zu finden, brennend steigt es ihr in die Augen.

Ja, sagt Röbke Heeren — wie Madam wohl denken kann, kommt er in einer besonderen Angelegenheit. Der Kompakt hat ihn geschickt, um ihr zu sagen, daß alle Mitglieder der Meinung sind, Peters habe sich ihnen gegenüber nichts zuschulden kommen lassen, und daß sie nie zu kurz gekommen sind. Darum wollen sie sich einmütig für ihn einsetzen. Ein Advokat soll eine Eingabe aufsetzen, die sie alle unterschreiben wollen. — — Ja. — — Und wenn Madam einmal irgend einen Beistand nötig hat — —

Der Wechsel von trostloser Verzweiflung und nagendem Schuldbewußtsein zu der beglückenden Tatsache, daß gerade die zunächst Betroffenen sich schützend vor den ihretwegen angeklagten Mann stellen, ist so jäh, daß der stolzen Frau die Tränen über das Gesicht rinnen, lautloses Schluchzen schüttelt das schmale Figürchen.

Der alte Mann steht in rechter Verlegenheit. Schließlich klopft er ihr auf die Schulter — nun, nun, sie soll sich nur beruhigen, es wird schon alles wieder in Ordnung kommen. Das ist Unglück, aber keine Schlechtigkeit, da wird unser Herr schon einen Ausweg wissen. Als aber das Weinen noch immer anhält, faltet er schließlich sein schönes weißes Sonntagstaschentuch sorgfältig auseinander und putzt ihr väterlich die Nase, was doch ein schwaches Lächeln auslöst und die Tränen versiegen läßt.

Und dann haben die beiden so verschiedenen Menschen ein langes Gespräch miteinander, das der geprüften Frau eine Last von der Seele nimmt und sie mit neuem Mut erfüllt.

Die Queen wartet am Fenster, sie kann gar nicht begreifen, wo ihr Alter bleibt. Als er endlich kommt, möchte sie jedes Wort wissen, was gesprochen wurde: „Un wat sä Madam door?“

„De bitt sik dröör, Moder!“ sagt er nur und

klopft ihr auf die Schulter, die ist von gleichem Schlag wie sie, was sie zwar gern hört, ihre Neugier aber keineswegs restlos befriedigt.

Alle Gerechten beiderlei Geschlechts haben ihre große Zeit. Mit erhobenem Zeigefinger weisen sie im Hochgefühl ihrer eigenen Unfehlbarkeit auf sämtliche Fehler und Schwächen des sonst so hochgeachteten Mannes, und es erweist sich, daß deren so viele sind, daß das Gute wie eine Flaumfeder davonfliegt. Die Frauen allerdings geben vor allem Madam die größte Schuld — solch ein tiefgehendes Schiff, dagegen kann ein Mann wirklich nicht verdienen. Die hat doch auch nichts als Großartigkeiten im Kopf! Haben sie es nicht immer gesagt, daß das auf die Dauer nicht gut gehn kann? Auch in den Geschäften wird viel und ausführlich davon gesprochen. Frau Brechtje tuschelt mit vorgehaltener Hand mit Frau Margareta Gerken, sie schütteln die Köpfe und machen große Handbewegungen — das ist ja ein Abschlag für die Schiffer! Die mögen bei Peters wohl alles kurz und klein schlagen. Und die sind nun schon in so schlechter Laune — nun, da können sie alle noch was erleben!

Die alte Maria aber läßt sich nicht davon abbringen: einzig der neue Garten ist schuld, daß es P. J. Peters jetzt so gering geht. Pflanzt der Mensch doch in den guten, fruchtbaren Boden, von dem er so viel hätte ernten können, Baum und Strauch, die niemals etwas einbringen! Solche Vermessenheit läßt unser Herr sich nun einmal nicht gefallen. Und sie geht jetzt ganz öffentlich mit dem Teekessel hin und gießt kochendes Wasser an die verhaßten Gewächse, daß sie kränkelnd und kraftlos stehen, als trauerten sie um ihren Herrn.

Alle aber stehen vollkommen überrascht und auch verständnislos, als sie vom Kompaktbeschluß und der anständigen und großzügigen Haltung der Schiffer erfahren, die mit dem über Nacht einsetzenden besseren Wetter fast fluchtartig ausliefen. Daß diese Menschen doch immer etwas anderes haben müssen als andere Leute! Nie weiß man, wie man mit ihnen daran ist. Aber nun, es geht hier ja um ihr eigenes Geld, sie müssen selbst wissen, was sie tun.

Grootkoopmann und Heiko Janssen haben ein langes Gespräch hinter verschlossenen Türen, wobei sich ihre Gesichter nach ausgiebiger Stärkung mit französischem Cognak, der noch von der Strandung der „Susanna Marie" stammt, allmählich aufhellen. Es war ja unausbleiblich, daß P. J. P. große Verluste hatte: „Na — ik heb mien Geld kreegen!" Heiko Janssen kippt befriedigt noch ein Weinglas voll herunter: „Wenn ik dat överall so kreeg!" Das ist ein kleiner Stich für Habbo Harms und ruft ihm einigermaßen peinlich die erhaltenen großen Vorschüsse ins Gedächtnis.

Zwischen Daumen und Zeigefinger den Kneifer, der ihm fortwährend von der Nase fällt, rechnet er seinem Gast eingehend vor, daß Peters den Knacks ja nicht allein durch die nach Kriegsende stark gefallenen Getreidepreise erhielt: „Man de Damper, Heik' — de verdammte Damper!" Meine Herren — Fortschritt ist gut — durchaus! — er ist auch sehr dafür: „Wohlsein, Heik'!" aber hiermit hat P. J. P. sich böse hereingerissen! — Wie war das vorigen Sommer bei der großen Trockenheit, als der Dampfer solange nicht fahren konnte? Da mußte er seinen Vertrag mit der Post trotzdem innehalten und wochenlang täglich einen

Mann stellen, der die Postsachen zur Kreisstadt brachte. — — Und das nicht allein — der Dampfer leckt seitdem wie ein Sieb und kann wegen der fortwährenden Reparaturen nur zeitweise fahren. Alles, was er sonst verdient, kann er dabei zubuttern: meine Herren! „Dat is di'n Utfall! — — Wohlsein, Heik'!"

Tja — irgendwie sitzt wohl jeder mit daran fest. Gut, daß die Schiffer so vernünftig sind. Wenn die nun große Forderungen stellten, das wäre schlimm. Sonst — falliet ist Peters nicht, da muß man eben sehn, wie es weiter geht. P. J. P. ist sonst ein Ehrenmann — er liebkost das Wort förmlich. Und weil er es auch im Laden viel und nachdrücklich auf alle Beteiligten anwendet, macht es bald seine Runde über den Siel, auf dem die Haltung der Schiffer auf die Dauer die öffentliche Meinung stark beeinflußt.

„Ik bün bang, wenn dat man keen döörsteeken Kram is!"

Bernd Timmermann, der nicht arbeiten kann, solange der Frost noch in der Luft sitzt, und deshalb schlechter Laune ist, lehnt gelangweilt an der kahlen Weißdornhecke und sieht dem kleinen Seiler zu, der emsig hin und her trippelt.

„Döörsteeken Kram?" Der Seiler bleibt stehen, in der Hand noch das eben aus der Schürze gezupfte Werg: „Wat segst dú? — — nä du — dat sünd — sünd Ehrenmänner sünd dat!" Wie ein gereiztes Hündchen sieht der kleine Seiler den langen Kerl an: „Man, dat versteihst du nich — du — du olle Demokrat!" Er weiß zwar nicht recht, was das ist, aber Bernd hat 48 mitgemacht, er will dem langen Faulenzer, der sogar den „Dorfbarbier" liest, mal ordentlich eins auswischen.

Befriedigt und doch auch hastig — denn man kann nie wissen — trippelt er weiter und läßt den Scheltenden stehen, wobei er sich mit einem schrägen Blick über die Schulter ab und an überzeugt, ob er sich ihm auch nähert. — Sein Blick reicht gerade so weit wie das dicke Ankertau, an dem er dreht, und das endet auf der „Amor" von Hillern Hillerns, der es bestellt hat und ihm auch bar bezahlen wird. Er muß es von den Schiffern haben, und deshalb hält er es auch mit diesen — obwohl er im tiefsten Herzen keineswegs mit ihnen eins ist. Wie es angeht, daß sie nicht doch lieber versuchen, ihr teures Geld um jeden Preis wiederzukriegen, kann er mit dem besten Willen nicht verstehen. Seine Johanna würde das auf alle Fälle erbarmungslos von ihm fordern —.

Nach anfänglicher Unsicherheit finden Peters' nächste Freunde die Haltung zurück. Grootkoopmann entschließt sich sogar zu einer öffentlichen Stellungnahme: er wird am nächsten Sonntag nach der Kirche Madam Peters seine Aufwartung machen!

Betont stolz, wie ein Mann, der über Lob und Tadel seiner Mitmenschen weit erhaben ist, führt er diesen Vorsatz auch aus, obwohl Madam heftig protestiert — wie wird Brunhildes Verlobter sich dazu stellen? Er weiß, wie penibel der Provisor in allen gesellschaftlichen Fragen ist, wenn nun Mißhelligkeiten daraus entstehen. Das will er seinem Kind doch wohl nicht antun! In ihrem besten Staat hängt sie jetzt an seinem Arm, ihr ist, als liefe sie Spießruten an all den Kirchgängern vorbei, die natürlich den ganzen Nachmittag von nichts anderem sprechen werden. In nervöser Verlegenheit wagt sie kaum die Augen aufzuschlagen, und so übersieht sie Wübkmagret, die noch mit einer

Nachbarin klöhnt und auf ihren Gruß wartet. Ja, heute paßte es ihr gerade mit der Kirche, nicht wahr, man muß sich ja ab und zu sehn lassen — nun denk doch einer an! die große Madam hat für eine arme Waschfrau nicht einmal einen Gruß übrig! Aber wenn man ihnen die Schmutzarbeit machen soll, dann wissen sie einen zu finden, und wenn man sich die Knochen krummgearbeitet hat, dann bekommt man einen Tritt, und andere den Dank! — — Wo die doch wohl hinwollen?

Die blauroten Arme in die Seite gestemmt, beobachtet sie mit vorgestrecktem Kopf, wie das Paar den Weg zur Schleuse einschlägt und dann in dem nahen Petersschen Haus verschwindet: „Nu denk di doch ins an —!"

Die Frauen stecken die Köpfe zusammen, aber sie flüstern nicht etwa miteinander, sondern geben ihren Empfindungen laut und ohne ihren Stimmen Zwang anzutun Ausdruck. Da kann man wieder sehn, die großen Leute halten doch immer miteinander, ein Rabe hackt dem andern kein Auge aus. Und ein Betrüger ist nichts besser als der andere — ach du liebe Zeit, wenn man reden wollte! man sagt längst nicht alles nach, was man gewahr wird. Wie war das damals mit dem Strandungstee, wo Grootkoopmann soviel Geld für nahm — war das etwa kein Betrug? — So! — — Das hätte ein Arbeitsmann sich nur zuschulden kommen lassen sollen, steinigen würde man den! Zu solchen Leuten geht ein ehrlicher Mensch nicht wieder ins Haus — Wübkmagret will sich wohl hüten!

Nach überraschtem Zögern empfängt Madam Peters ihren Besuch, sehr blaß, aber bewundernswert beherrscht. Nein, nein, man will nicht Platz nehmen, nur im Vorbeigehn nachfragen, wie es der lieben Freundin geht. Harms schwingt mit eleganten Verbeugungen seinen Kneifer — hat Madam schon irgendwelche Nachricht bekommen? leider bringt ein solches Unglück meist viel Scherereien mit sich. Er wendet das Wort Unglück mehrfach und mit Würde an, es kennzeichnet nach seiner Meinung am besten den Fall Peters. Ein Unglück kann jeden treffen, das kann man keinem zum Vorwurf machen — wenngleich ein geriebener Geschäftsmann immer noch einen Ausweg finden sollte, um es zu vermeiden. Aber P. J. P. ist zu ehrlich, das ist sein größter Fehler. — — Wenn er Madam irgendwie behilflich sein kann —.

Die Hausfrau holt ein amtliches Schreiben, das sie gestern erhielt, sie weiß nicht recht, wie sie sich verhalten soll — sie möchte gleich morgen zur Kreisstadt, vielleicht kann sie ihren Mann sprechen. Die Stimme zittert ein wenig, aber sie hält sich tapfer. — Während Harms die Angelegenheit eingehend mit ihr erörtert, hockt seine gewichtige Gattin auf der Sofakante, als spränge sie am liebsten sofort wieder auf. Sie zupft an ihren zu engen Handschuhen und streicht gedankenlos über das warmfarbige persische Tuch, das als Decke den runden Sofatisch ziert. Die kennt sie ja noch gar nicht! wer weiß, was die gekostet hat, das wäre doch auch nicht nötig gewesen. Die Unannehmlichkeiten, die durch solch unnötige Ausgaben entstehen, fallen meist auf Unschuldige zurück — was sagt Madam, hört sie recht? „— — — das meinte die Apothekerin gestern abend auch, bei Keuchhusten hilft einzig Luftveränderung —.“ Ihre Tante will die Kinder eine Zeitlang zu sich nehmen in die Waldluft. Peterchen leidet besonders darunter. Gleichsam als Bestätigung kommt aus dem Flur ein pfeifender Ton, der von einem heulenden Würgen abgelöst wird und Madam eilig von ihren Gästen abruft.

Die nicken sich über den Tisch hin zu — sieh an, auch die Apothekerin! — — man ist also ganz auf dem rechten Weg. — Als die Hausfrau zurückkommt, findet sie das Ehepaar in ein eingehendes Gespräch über Kinderkrankheiten vertieft, Brunhilde, das arme Kind, blieb doch auch von keiner verschont, sie war immer so zart. — — Aber welch schöne Decke doch! Madam Harms ist ganz verliebt darin. „Nicht wahr? — diese alten Sachen sind fast unvergänglich. Die ist noch von meiner Großmutter!"

Ein wissendes Lächeln steht in den Augen der jungen Frau, das sich auch nicht verliert, als die Ältere sie beim Abschied in die Arme schließt und die in weicher Fülle gebettete auch noch Küsse auf beiden Backen erdulden muß: sie kann in jeder Lebenslage auf sie rechnen, sie braucht nur zu fragen! Vor Rührung über ihre eigene Güte schluchzt sie in ihr Taschentuch; Madam Peters steht tränenlos daneben und dankt mit feinem Anstand für den freundlichen Besuch.

Gelangt man so auf dem Siel zu einer gemäßigteren Auffassung, so genießen doch die Gerechten in weitem Umkreis noch lange in selbstgerechtem Behagen von dem Fall Peters, der ihnen unerschöpflichen Gesprächsstoff liefert. — So etwas kann auch nur auf dem windigen Siel passieren! das sieht den Leuten dort so recht ähnlich! Da treten alle Gott mag wissen wie großartig auf und tun, als ob es gar nicht darauf ankommt und Geld keine gute Ware ist, aber wenn man dahinter faßt, ist es lauter Wind und haben sie keinen

Pfennig in Ehren. Und dann glauben sie noch auf andere Menschen herabsehen zu können, nur weil die solide sind und ihr Geld zusammen halten! „Kiekt door keen Peerd noch Koh an!“ knurrt der alte Jabbo aus Uttum. Als er einmal Getreide zum Hafen brachte, rauschte eine Madam in Schleierhut an ihm vorbei und grüßte nicht einmal — ihn, den reichsten Mann im Dorf! Es ist buchstäblich wahr, die trug am Alltag einen Schleier, als ob es ne Stadtsmadam war, und dabei leben da doch auch bloß Leute, die arbeiten und essen und trinken müssen genau wie sie hier in Uttum. — Nein, so etwas, das ist Sodom und Gomorrha, da muß einmal ein Strafgericht kommen!

Begütigend weist der Pastor einer Nachbargemeinde einen eifernden Amtsbruder darauf hin, daß er schon in einer alten Chronik den Hinweis fand, wie die Bewohner dieser Siele infolge der Schifffahrt freier leben und mehr Gelegenheit zum Sündigen haben als ihre Nachbarn.

Der Amtsbruder schüttelt jedoch strafend den Kopf, die Bewohner des windigen Siels nutzen diese Gelegenheit über die Grenzen aus. Hat er sich nicht persönlich davon überzeugt bei einem Besuch bei Bruder Garrels, der leider auch schon vom Gift des Gewährenlassens angesteckt ist und alles gehn läßt, wie es will? — Ja, er fand ihn sogar gut Freund mit diesen ruchlosen Menschen! — Amtierte er dort, er würde dies gottlose Volk mit Skorpionen züchtigen.

„Wenn sie es sich gefallen ließen!“ denkt sein Gastgeber und lächelt bei sich still über den Eifernden, der den hiesigen lebensvollen Menschenschlag so gar nicht begreift. Dessen Bleiben würde dort wohl kaum lange sein. — Er denkt an seine eigenen

Erfahrungen auf dem Siel, wo er zuerst amtierte und auch er, wie wohl jeder, den das Leben dorthin verschlug, in den Sog der aufschäumenden Lebenswelle geriet.

Wie erwachend streicht er sich über die Augen, es ist besser, er behält seine Gedanken für sich. Seine Frau vertrug den ewigen Wind dort nicht. — Ja — — Den Wind — — — So hatte er sich um diese von allem Verkehr abgeschnittene Pfarre im Binnenland beworben. —

Überall aber zieht man besonders — und nicht zuletzt die Frauen — über Madam Peters her. Es wird nichts vergessen — weder ihr großartiger Verkehr noch der viele Aufwand, selbst der kunstvolle Eislauf wird ihr zum Vorwurf gemacht. Und dann hatte sie sogar ein Extrakleid dafür! — — Die Blumen vor den Fenstern und die neuen Gardinen, die Löckchen der Kinder, ihre weißen Kleider und Kreuzbänderschuhe, ja auch die langen Spitzenhöschen werden in den Schmutz gezogen und zur Ursache von dem Ruin des Mannes gestempelt. Wenn der eine andere Frau gehabt hätte! — — Und die Tanten ringsum im Land schütteln die bunten Steinchen solange, bis das ganze Leben und Treiben ihres Vaters wieder auf der Bildfläche erscheint, von seiner großartigen Lebensführung bis zu dem Konkurs, der mit allen Begleiterscheinungen in schönster Ausführlichkeit behandelt wird. Und alle sind sich völlig darüber einig, daß B. J. Behrends Tochter ihre Verschwendungssucht von keinem Fremden hat und es mit ihr ebenso ein schlechtes Ende nehmen wird. Nun, weit ist es ja jetzt schon nicht mehr davon. — — Wie es damit noch einmal gehn wird —?

21. Kapitel

Entwicklungen

Hätten die Tanten beim Schütteln der bunten Steinchen nicht solch eingewurzelte Vorliebe für dunkel getönte Bilder, so wäre ihnen wohl nicht entgangen, daß B. J. Behrens seiner Tochter noch anderes hinterließ als jene Eigenschaften, die nach ihrer unumstößlichen Ansicht sein und ihr Verderben waren und sind. Madam Peters' nicht eben schmeichelhaftes Porträt wäre wesentlich aufgehellt, denn ihr wertvollstes Erbteil ist ein starker, natürlicher Geschäftssinn, verbunden mit der Kunst der Anpassung.

Zwar hat P. J. Peters seiner jungen Frau stets alles ferngehalten, was irgendwie mit seinen Geschäften zusammenhing. Er, der soviel ältere, wollte sie sorglos und heiter sehen, damit sie nichts bei ihm entbehrte. — Alles lief bei ihnen glatt weiter, nie fiel ein Wort über Einschränken und Sparen. Gewiß, auf den Visiten war häufig von schlechten Zeiten und großen Verlusten die Rede. So hat sie wohl ahnen können, was ihn bedrückte. Aber gewußt hat sie es nicht. Bei ihrem letzten teuern Kleid fragte ihr Mann allerdings, ob es unbedingt nötig sei, was sie als Scherz nahm und lachend bejahte. Und nun ist es von dem Geld der Schiffer bezahlt, die ihr Leben wagten, um es zu verdienen.

Seit Röbke Heerens Besuch ist eine große Veränderung mit Madam vor sich gegangen, und sie hat ihrem Schmetterlingsdasein ein für allemal ein Ende gemacht. Jetzt, wo Not am Mann ist, zeigt sich, daß sie aus dem gleichen Holz ist wie die meisten Frauen hierzulande: stellt das Schicksal sie vor Aufgaben, und seien sie noch so schwer und ihnen völlig fremd, so greifen sie diese wie selbstverständlich an und meistern sie auch. Wohl werden sie, die nach ihrer ganzen Veranlagung mehr Kameradin als zärtliche Geliebte sind, dabei einmal schroff und schartig im Wesen. Aber wohl dem Manne, der sie im Unglück neben sich hat!

Sie hat Gebke, das Großmädchen, entlassen, und Theda, die schöne weizenblonde Theda Tjarks, die im letzten Jahr in Emden war und heimlich verlobt sein soll, wird jetzt die Kinder betreuen und den Haushalt führen, sie gehört ganz zur Familie. Wahrscheinlich hat die Queen dabei die Hand im Spiel. Jedenfalls erklärt sie nachdrücklich dies als für beide Teile am besten, und Theda könne dort noch viel lernen. Man munkelt, daß der Zukünftige im Ausland ist und sie eine sehr gute Heirat macht. Da kann man nun wieder sehn: je schlechter Stück, je größer Glück! Wie hat sie sich damals mit Gerriet aufgeführt!

Madam sitzt jetzt in dem kleinen Kontor neben der großen Kornscheune und führt die Bücher, als hätte sie nie etwas anderes getan. Sie trägt dabei ein schlichtes, dunkles Kleid, aber ihre Frisur ist stets untadelig. Ahlerich, das alte Faktotum, steht ihr treu zur Seite und kommt den ganzen Tag nicht aus dem Kopfschütteln heraus. Die Männer, mit denen sie zu tun — und das sind nicht wenige — sagen alle, sie weiß mit der Feder umzugehn wie ein Advokat. Die hat ihren Kram in Ordnung, beschummeln läßt die sich nicht!

Das ist auch nur gut, denn sie muß sich ihrer Haut wohl wehren. Da kommen Vernehmungen und Reisen zur Kreisstadt mit Besprechungen beim

Advokaten, da handelt es sich um Laden und Löschen und Lieferkontrakte mit den Bauern, da laufen noch Kompaktssachen — ach, es tritt so manches an sie heran, wovon sie bislang keine Ahnung hatte. Aber sie ist in einem Geschäftshaus groß geworden, und so sind Fachausdrücke für sie keine leeren Worte, sondern feststehende Begriffe, und es gilt nun sie gegeneinander abzuwägen, miteinander zu verbinden und danach zu handeln. Und da neben dem bitteren „muß" ein lebendiges „will" wachgeworden ist und brachliegende Kräfte sich regen, lebt sie sich nach anfänglichen Schwierigkeiten und Überwindung mancher Hemmung bald ein. Habbo Harms ist zwar, wie er schwungvoll betont, „jederzeit gern zu ihren Diensten" und wo es nicht zu umgehen ist, fragt sie ihn auch um Rat. Sonst versucht sie aber der Schwierigkeiten möglichst selbst Herr zu werden.

Es ist ein recht kaltes, regnerisches Frühjahr, alles ist weit zurück. So haben die Kinder bei dem zeitigen Pfingsten rechte Mühe, Grün und Blumen für ihre Ehrenbogen zu finden. Man kann in dieser baum- und straucharmen Gegend nun einmal nichts von Hecken und Büschen holen, und der Wald ist viele Stunden weit entfernt. So sehen die Girlanden diesmal besonders dürftig aus, und die daran baumelnden Kränze sind meist aus Marienblumen und Löwenzahn zusammen gestoppelt. Manchmal ist es auch nur ein Pfahl mit einem Kranz daran, bei dem die Kinder auf Trinkgeld warten, das jeder Passant nach altem Brauch bezahlen muß; manche Eltern rechnen ernstlich darauf.

Obwohl die Queen das weiß, ist sie auch in diesem Jahr recht ungehalten über die Bettelei, und so geht sie auf ihrem Pfingstspaziergang zu Dina, obwohl das nicht ihre Absicht war, sie soll ihr einige Groschen in Pfennige umwechseln, das wird ihr sonst ja viel zu teuer! Aber Dina hat kein Kleingeld mehr, das steckt schon alles in den Kleidertaschen der Mädchen, sie wollen doch auch etwas geben, wenn sie unter den Ehrenbogen durchgehn! Sie stehen schon fertig zum Ausgehn in ihren hellen Kleidern und warten auf klein Ulfert, dem Dina gerade einen reinen Kittel anzieht, den zweiten heute, er macht sich immer so dreckig, so ein richtiger wilder Junge. Das Wetter ist nun doch noch gut geworden, die Sonne scheint so freundlich, und deshalb will Dina mit ihrer kleinen Schar zum Hochwasser. Wenn sie ganz artig sind, wird sie mit ihnen einkehren, und dann bekommen sie auch einen Likör!

So begibt sich die Queen zu Etta, die natürlich nicht ausgegangen ist und mit dem Kind in der Wohnstube vorm Fenster sitzt. Das Kind ist unruhig und weinerlich, es will vom Schoß auf die Erde, und kaum ist es unten, so will es wieder auf den Schoß, dem Besuch wird ganz kribbelig davon. Frau Rineld sieht das Kind untersuchend an — sollte es krank sein? es ist so zart und blaß und stolpert so leicht, wenn es nur nicht Ettas Fehler geerbt hat! Sie läßt das kleine Ding wie absichtslos durchs Zimmer rennen — nein. Es ist wohl nur eine gewisse Schwäche.

Sie schiebt das Weinglas zurück und läßt die Brille auf die Nasenspitze sinken: kommt das Kind auch wohl genug an die frische Luft? und weshalb geht Etta auch nicht einmal mit klein Gedrut unter den Ehrenbogen durch wie alle Mütter das tun? Es ist zwar eine Bettelei, das hat sie immer gesagt und dabei bleibt sie auch, aber es gehört nun einmal zu Pfingsten, und so kleine Dinger haben ihren Spaß daran, den muß man ihnen gönnen. Kinder dürfen nicht immer abseits gehalten werden, die müssen mit andern Kindern spielen, sonst bekommen sie niemals Freunde, und das wirkt sich auf das ganze Leben aus. — Ja, Etta braucht gar nicht solch ablehnendes Gesicht machen, sie, die ältere darf und will ihr das einmal sagen. — — Und wenn es nun wärmer wird, soll sie mit dem Kind nur häufig zum Außendeich gehn und Seewasser holen, und die Kleine abends damit abreiben, das stärkt die Glieder! Das ist sie schon Taak schuldig, der hängt so an dem Kind, es ist wirklich rührend. Verzärteln und es immer im Haus halten ist nicht das Rechte. Wenn das Kind nun krank wird, hat es doch gar keine Widerstandskraft! — — — Und was sie noch fragen will: hat sie kürzlich Nachricht?

Die Queen lehnt sich befriedigt zurück — so! — das hat sie Etta schon lange zugedacht! Menschen wie ihr muß man mit der nackten Wahrheit kommen, vor der es kein Ausweichen gibt. Ihre Augen gehen über das ovale Tischchen zu der jungen Frau, die, das Kind auf dem Schoß, aus dem Fenster sieht, als ginge das Gesagte sie nichts an. Aber sie ist ganz blaß geworden, und die Augen stehen dunkel in dem starren Gesicht. „Of Taak körtens schreben het, meen ik!" wiederholt die Queen fordernd. „Ja — ut London!" es klingt spröde, Ettas Mund liegt auf den bräunlichen Löckchen des Kindes, das sie fest an sich preßt. — So! und hat er Fracht, und wohin? Die alte Frau läßt nicht locker, es ist ihr gutes Recht, daß sie über den Stand der Dinge Bescheid weiß. — Er wußte es noch nicht, sagt Etta, er wollte zum Mittelmeer: „Up Emtür“ setzt sie zögernd hinzu.

„Wat?!“ die Queen sitzt plötzlich kerzengrade: „Up Emtür?“ — das ist doch wohl nicht möglich! Ohne feste Fracht und auf gut Glück fährt Taak zum Mittelmeer? Was ist dem denn in die Krone gefahren? Das hat er doch weiß Gott nicht nötig, es gibt doch Frachten genug! Da wird er wohl sobald nicht wiederkommen. Hat er denn keine Adresse angegeben? Die junge Frau antwortet ihr wenig und ausweichend — was soll sie auch viel dazu sagen? Ihr Mann hat sie nicht um ihre Meinung gefragt, er muß selbst wissen, was er tut. Aber im innersten Herzen weiß sie sehr wohl: dies ist seine Antwort auf ihre Absage, mit dem Kind nach London zu kommen, worum er so sehr gebeten hatte. Hochmütig und verschlossen sieht sie aus dem Fenster, vor dem ein feiner Schleier zu sinken beginnt, unter dem die fröhlichen Sommerfarben rings um den Hafen, die farbigen Schiffe und frisch gestrichenen Häuser plötzlich verblassen und merkwürdig stumpf werden. Wie Schwaden weht es jetzt über Deich und Hafen, verschlingt die geputzten Spaziergänger und auch den großen Hund von Bäcker Willms, der soeben noch friedlich und harmlos und seiner Bedeutung für die Kinderwelt gänzlich unbewußt vor der Haustür lag.

„Seedaak!“ sagt Etta in die Ausführungen der Queen hinein, die abgelenkt jetzt gleichfalls nach draußen sieht. Wahrhaftig, Seenebel! das Wetter hält sich in diesem Jahr doch auch gar nicht. Wie werden Dina und die Kinder in ihrem dünnen Sommerzeug frieren! — Sieh mal an, da kommen die Apothekerskinder schon angerannt, und wie sehen sie aus! Sie sind blau vor Kälte in ihren weißen Fähnchen, und die Locken haben sich in der Feuchtigkeit völlig gelöst. Die Älteste ist doch auch so lang und dünn, gerade wie die Mutter; sie wird Ostern doch schon konfirmiert? Nun, die kommen jetzt auch nicht mehr so viel bei Peters. Theda sagt, Madam will das auch nicht, sie hat gar keine Zeit für Gesellschaften.

Bei kleinem wird es auch Zeit für sie, Röbke Heeren wartet gewiß schon. Eigentlich wollte sie zu Wübkmagret und den Waschtag umbestellen, es paßt diesmal nicht recht. Aber sie will es nur gewähren lassen, es wird ihr sonst zu spät. — Hat Etta auch gehört, daß Wübkmagret den langen Edo, der bei Eimo fährt, so oft bei sich haben soll? — das wäre ja unerhört. Nun, die wird sie sich das nächste Mal ordentlich vornehmen, da kann sie Gift drauf nehmen! — Ja, Tomma ist zu Becka Tjarks. Nun Theda wieder da ist — es gefällt ihr übrigens recht gut bei Madam, und der Zukünftige — Bräutigam kann man ja nicht sagen, denn verlobt sind sie noch nicht — hat kürzlich aus Batavia geschrieben, ach, es wäre ja nur gut, wenn etwas davon würde —, ja, nun ist Tomma noch versessener darauf, daß sie sonntags hingeht. Ach Gott, sie hat ja auch nichts dagegen, so nicht. Aber sie denkt oft, ob sie sich wohl etwas mit Tjark in den Kopf setzt, an Heiraten ist doch nicht zu denken. Wie wollen die denn an ein Schiff kommen? sie haben beide nichts. Da kann sie nur beizeiten Vorsorge treffen! — — „na, denn man erst Gondag!"

Damit beendet sie ihre schließlich in der Haustür gehaltene Unterredung und rauscht davon, Etta sieht ihr mit dem Kind auf dem Arm nach, bis der Nebel sie verschlungen hat. Dann geht sie mit einem unerklärlichen Nagen im Herzen in ihr stilles Haus zurück.

Sommerliche Seenebel verziehen sich bald. So scheint denn auch diesmal bald wieder die Sonne und zaubert Gras und Kräuter die Fülle hervor. Golden liegt sie auch über dem von Weißdorn umhegten Garten von Jantken Wick, die auf den letzten Äckern mit Bora jätet. Vorne beim Häuschen unter dem großen Apfelbaum sitzt der kleine Menno in der Sonne, er trägt ein aus einem roten Unterrock ungeschickt gefertigtes Kleidchen und hat ein Herz aus buntem Zucker um den Hals gebunden. Kindlich hingegeben spielt er mit Kater Tom, der immer wieder neckisch mit der Pfote nach ihm langt. Wird er dabei einmal zu derb, dann schreit Bootsmann, der im Käfig über ihnen hängt: „Menno good! — — Menno lütken Engel!“ worauf das Tier von seinem Spielgefährten läßt.

Unter der Hecke lugen einige Lausbubengesichter hervor, die Bengel tun sich an Jantkens ersten Stachelbeeren gütlich und sagen dabei dem Papagei immer wieder vor: „Simon Johanna, hast du mich lieb?“, was er ihnen bald geläufig nachplappert. — Auf dem schmalen Blumenstreifen neben dem Haus blühen süßduftender Goldlack, Primeln und tränende Herzen. Weiß segeln einzelne Wolken über den hohen, durchscheinend blauen Himmel, und vom Hafen kommen mit dem leichten Sommerwind verworrene Laute.

Der Kleine ist ermüdet eingeschlafen, zärtlich umschlungen liegt er mit Tom im hohen Gras. Bootsmann über ihnen sitzt mit erhobener Kralle und nuschelt schläfrig: „Menno! — Menno! — Lüttken Engel! — — — To, seg ins: Simon! Johanna — Simon! — — — Simon Johanna, hast du mich lieb?" Und dann fallen ihm die dünnen Lider zu und es schläft auch er.

Vom Hafen her kommt jetzt ein hagerer, rotblonder Mann, langsam, wie unlustig schlendert er die Drift am Kirchhof herunter. Hinter ihm tauchen einige Jungen auf, spottend rufen sie ihm nach: „Simon Johanna, hast du mich lieb?" und verstecken sich dann hinter den Grabsteinen. Wie im Zorn verhält der Mann seinen Schritt, sieht sich um und geht dann, als er niemand entdeckt, seinen Weg.

Der Papagei wacht vom Kreischen der Gartenpforte auf, er blinzelt ins Licht und sagt verschlafen: „Menno! —— Simon! — Simon Johanna!" Dann, hellwach: „Simon Johanna, hast du mich lieb?"

Der Mann macht eine Bewegung, als wolle er dem Tier den Hals umdrehen. Aber nun ist auch Tom wach geworden — mit einem Satz reißt er sich vom Kind los und steht mit gesträubtem Rückenhaar und erhobenem Schwanz vor Simon und knurrt ihn so unwillig an, daß der erschrokken das weinende Kind aufhebt. Das schluchzt noch einigemal, legt dann dem Mann die Ärmchen um den Hals und lächelt ihn so kindlich zutraulich an, daß ihm ganz wunderlich wird.

Er ist soeben nach glücklicher Reise früher als erwartet eingelaufen, und sein erster Weg führt zu seiner Mutter, obwohl ihn der Gedanke an die früher so hochmütige Frau, die sie jetzt im Haus hat, sehr hindert. Als sie damals in den Pütt sprang, hat er seine Mutter nochmals nachdrücklich darauf hingewiesen, welche Last sie sich mit den Fremden aufbürdete. Aber sie blieb dabei, dies sei ihr auferlegt und sie müsse es tragen.

Allerdings hielt Bora Hinrichs sich ganz zurück, wenn er Zuhause war, und ihren Wechselbalg hat er bis jetzt noch nicht recht angesehn. — Aber wie wächst das Kind hier auf, achtet denn keiner darauf? der Kater hätte es doch verletzen können — unwillkürlich drückt er das Kind an sich. Ist denn niemand hier?

„Moder!" ruft er in den Garten hinein, wo hinten an der Hecke gebückt einige Frauen arbeiten: „Moder!"

Erst als Simon, das Kind auf dem Arm, mit der freudestrahlenden Mutter im Haus verschwindet, richtet Bora sich auf und sieht mit leerem Ausdruck ins Weite.

Über dem grünen Land liegt ein dunstiger Junitag, in dem alles Ferne nahe gerückt scheint. Etta ist mit Klein Gedrut auf dem Weg zum Außendeich; doch sie wird auch heute nicht am Tief entlang gehen, sondern über den Feldweg an Heiko Janssens Plaats vorbei, obwohl das ein Umweg ist. Aber so hat die Queen wenigstens nicht die Genugtuung, ihren Rat befolgt zu sehen.

Vor Peters' Haus steht Madam an der Kaje und spricht mit dem holländischen Schiffer, der Weizen ladet. Sie blättert in Papieren und macht Anmerkungen mit dem Bleistift, der sorgfältig über die dunklen Locken geknotete Schal flattert im Sommerwind. Wie selbstverständlich sie dort steht! so, als hätte sie nie etwas anderes gemacht —.

Ein unbewußtes Neidgefühl steigt in Etta auf — das könnte sie ebenso gut, wenn sie müßte. — Und wäre nicht alles besser als dies unbefriedigte Leben?

Sie faßt die Kleine fester bei der Hand und geht langsam mit ihr weiter. An den Grabenrändern steht das von hohen, weißen Hingstweetdolden überwucherte Gras in üppiger Fülle. Das mächtige mit dem Deich laufende Plaatsgebäude liegt wie verlassen. Es ist die Zeit der Mittagsruhe, die sich keiner nehmen läßt. Aber es dauert lange, bis sie es erreichen.

Sie bleiben, wie es mit Kindern zu gehn pflegt, hin und wieder stehn und entdecken etwas Besonderes, und für Gedruts kleine Beine sind es viele Schritte. Sie sucht Blumen in ihr Eimerchen, in dem sie Seewasser mitbringen wollen, meist ist sie einige Schritte zurück. Rasch will sie jetzt ihrer Mutter nacheilen, stolpert aber in der Hast über eine Unebenheit und fällt längelang hin. Laut weinend zeigt sie Etta ihr Händchen, an dem sie sich weh getan: „Vaderke!" schluchzt sie: „Vaderke!"

Siedend heiß steigt es in Etta hoch — immer, wenn das Kind etwas hat, ruft es nach seinem Vater und nie nach ihr —. „Ah wat —" nun nur nicht gleich so weinen, es wird schon wieder besser werden! Härter, als sie will, kommt es heraus, und härter auch faßt sie die kleine Hand, das Kind schreit laut auf. — Gebrochen scheint nichts zu sein —. Aber das Kind muß rechte Schmerzen haben, die Hand beginnt auch zu schwellen — was macht sie nur?

Hinter ihr sagt eine Männerstimme: „Na — wat het de Lüttk?"

Etta hat das Kind auf den Arm genommen und die nahenden Schritte in dem weichen Gras nicht gehört. Jetzt sieht sie sich nach dem Sprecher um — es ist ein jüngerer, gutgekleideter Mann mit ruhigem, blonden Gesicht, gewiß ein Bauer, der nach seinem auf dem Heller weidenden Vieh sehn will, denn er trägt hohe Schaftstiefel. Wo hat sie das Gesicht doch gesehn? geht ihr vag durch den Sinn. Er ging hinter ihnen her, erklärt der Fremde, gewiß war die Kleine müde — ist es schlimm geworden? Etta zeigt ihm das Händchen. — Das beste ist, sie zeigt es eben der Knochenbrecherin, die muß doch hier in der Nähe wohnen? — suchend sieht er sich um. — Janna, denkt Etta — Janna! — Ja, da unten am Deich liegt ihr Häuschen, sie kommen daran vorbei. Aber zu Janna? — — Der Fremde hilft ihnen noch über das Heck und geht dann mit kurzem Gruß weiter, ohne den stattlichen Plaats mit einem Blick zu streifen, wo Groot Jan gerade gähnend in der Scheunentür auftaucht.

Etta bleibt stehen und redet dem Kind gut zu, das vor Schluchzen halb ohnmächtig ist — wie damals, als Taak es brachte, steigt es flüchtig in ihr hoch. Nein, das war einzig und allein seine Schuld! Trotzig wirft sie den Kopf in den Nacken und unterdrückt jede mahnende Regung. Es wird ihr nichts übrig bleiben, als Janna aufzusuchen, obwohl es sie rechte Überwindung kostet, die Frau hat einen zu schlechten Ruf.

Zögernd geht sie über eine sauber gehaltene Straße zu Jannas geteilter grüner Haustür, über der auf einer Borte kleine, runde Schafkäse trocknen. „Gondag!" ruft sie. Drinnen wird gesprochen. Dann kommt eilig ein großer Mann durch den rotgeschrubbten Flur und geht durch die Scheune, Etta hört seinen Schritt auf der Straße neben dem Haus. — Sie will gerade wieder fortgehn, als Janna auch schon groß und massig vor ihr steht: „Na — is der wat mit de Lüttk?" sie nimmt Klein Gedrut ohne weiteres auf den Arm. Und schon sitzt sie auf ihrem Binsenstuhl und bewegt das wehe Händchen, und ehe das Kind begreift, was ihm geschieht, stößt es einen kleinen Schrei aus. „All in't Rieg!" sagt Janna, nun tut es nicht mehr weh. Es war eine Verstauchung, erklärt sie Etta.

Dann massiert sie die Hand noch mit ihrer berühmten Salbe aus neunerlei Bestandteilen, die ihr Geheimnis sind. „To, Pussi!" sagt sie zu dem schönen weißgrauen Kater, der um die Röcke seiner Herrin streicht — will er der Kleinen helfen? Die lacht und greift nach dem schönen Tier, sie hat ihr Leid schon fast vergessen.

Etta beißt sich auf die Lippen, sie fühlt sich unglücklich und fehl am Platz. Es hindert sie auch, daß es hier keineswegs dreckig ist, sondern sauber und ordentlich mit gefegter Herdstelle, mit frischgestreutem und schön gekantetem Sand, mit blühenden Geranien und dem Spinnrad unter dem Fenster. Sie kann nicht so verachten, wie sie wohl möchte, und weiß nicht, wie sie sich verhalten soll. Zögernd will sie Janna ein Geldstück geben: „Vör dat lüttk, leew Kind will ik niks hebben!" sagt die aber kurz und streicht Gedrut übers Haar.

„Denn dank ik völmals!" Etta ringt sich das Wort schwer ab, sie steht jetzt mit der Kleinen an der Gartenpforte. Janna lehnt über die untere Tür: „Man ik wull woll hebben, dat mi verdan 'n Dagstied baden wur!" ruft sie der jungen Frau nach. Es ist ihr größter Verdruß, daß die angesehenen Frauen sie und ihren Gruß am liebsten übersehen. Und sie, die ihr Leben unbekümmert und gedankenlos lebt wie ein Tier, das seinen Trieben folgt, aber auch mit der ihr verliehenen Gabe bedenkenlos jedem hilft, der zu ihr kommt, fühlt sich in solchen Augenblicken unverdient zurückgesetzt.

Es ist dunstig und schwül. Die Inseln schwimmen mit scharfen dunklen Konturen auf dem mattglänzenden Grau der steigenden Flut, von der sich die weißen Segel eines vor der Einfahrt kreuzenden Schiffes scharf abheben, Wasservögel schreien, und von irgendwo kommt süßer Heuduft. Etta sitzt am Flügeldeich zwischen dem weidenden Vieh, das sich wenig um die Menschen kümmert. Sie hat der Kleinen, die immer wieder stolz nach ihrem Händchen sieht, das Kleidchen ausgezogen, warm umstreicht die Sommerluft den hellen, zarten Körper. Das Kind spricht ein wenig ängstlich mit dem großen Schaf, das sich ihr bedrohlich nähert — nein, es soll die schönen Blumen nicht fressen, die will Gedrut behalten! Jetzt kommt der Fremde von vorhin zurück — nun, nun, das Schaf tut dem kleinen Fräulein nichts! Ist das Händchen wieder besser? — er hat auch solch Püppchen zuhaus, aber das ist noch viel, viel kleiner! Er streicht Gedrut übers Haar und geht dann grüßend langsam, zögernd weiter. Etta sieht ihm nach — ist das nicht — doch ja, das ist doch der Verehrer von Heiko Janssens Inse, um den sie damals ins Wasser gehn wollte? — Der alte Klaas Backer taucht vor ihr auf, Inses Mann, und wie unter einem Zwang sieht sie deutlich Taak und Eimo vor sich — ja, ja, die hat wenigstens die Liebe einmal gekostet —. Peinvoll zieht sie die Augenbrauen zusammen und starrt übers Wasser, von dem heute eine geheime Erregung auszugehn scheint, die unerträglich an ihr zerrt. „Eenmal weer up See!“ entfällt es ihr. — Wie auf einem Unrecht ertappt, zieht sie hastig ihre Handarbeit hervor und häkelt, als bekäme sie dafür bezahlt.

Der Mann bleibt jetzt am Heck stehen, als überlege er, ob er den gleichen Weg oder über die Schleuse gehn soll. Wie in einem plötzlichen Entschluß wendet er sich jetzt dieser zu. Aber er hat keine Eile, sondern bleibt hier und da stehen, sieht auch lange und andächtig zu, wie ein Schiff durchgeschleust wird, und geht dann langsam die Treppe an der Brücke den Deich herunter. Dabei gehen seine Augen wie beiläufig über die hohen, vielscheibigen Fenster von dem Plaats von Klaas Backer, die seltsam trostlos unter den verschnittenen Schattenlinden liegen.

Aus dem Garten kommt eine junge Frau. An der Hand hat sie ein Kind, plump, mit stumpfem Gesicht, und ein weiteres trägt sie unter der Schürze. Aufblickend sieht sie in die Augen des Mannes, der seinen Schritt verhält — sie zuckt zusammen, macht eine kleine, rührende Gebärde. Da stolpert das Kind, es weint in sonderbaren Tönen, es klingt wie Tierlaute —. Erbarmend beugt die Mutter sich über ihr Kind und geht dann ohne sich umzusehn mit ihm ins Haus.

Der Mann an der Hecke geht mit schweren Füßen und gesenktem Kopf weiter.

Um den Giebel biegt ein älterer, schwerfälliger Mann, kommt, von beiden ungesehen, näher, bleibt dann plötzlich stehen. Mit trostlosem Gesicht und hängenden Armen starrt er dem Jüngeren nach, bis er seinen Blicken entschwindet. Dann schlurft er müde hinter Frau und Kind ins Haus.

22. Kapitel

Kreuzfahrt der Freundschaft

Oporto ist ein Hafen in Portugal, belegen an der engen Mündung des Duro. Als die friesischen Kreuzfahrer im Jahre des Heils 1269 mit fünfzig Schiffen ausliefen, gleicherweise erfüllt von der Begierde für den Herrn zu streiten wie von der nach Abenteuern, mußten sie hier, gezwungen durch widrige Winde, bängliche Stunden verleben. Zwar gelang es einigen Schiffen, den schützenden Hafen zu gewinnen. Jedoch die weitaus meisten mußten vor der Reede angesichts der drohenden Klippen ankern, die den Hafen blockieren. Und so verbrachten sie nach Aussage des zeitgenössischen Chronisten die Nacht in „Beklommenheit des Geistes". Manchem der tapferen Kreuzfahrer mag dabei klar geworden sein, daß sich ihr Unternehmen von einer Vergnügungsfahrt wesentlich unterschied und ihre Begeisterung manchen Dämpfer erfahren haben.

Auch Taak sieht sich gezwungen, nach sehr bösem Wetter in der Biskaya Oporto anzulaufen und dort auf der Reede Anker zu werfen, sehr gegen seinen Sinn, denn auf der Rückreise wird er Oporto doch anlaufen und Wein übernehmen. In Rotterdam bekam er eine Ladung wertvoller Stückgüter für mehrere Mittelmeerhäfen. Die Besatzung bekommt die ganze Nacht keine Ruhe, weil die Ladung immer wieder verstaut und festgemacht werden muß, so zerrt die „Etta", über die hohe Brecher hinweggehn, an ihren Ankerketten. Doch am andern Morgen können auch sie

— wie die Kreuzfahrer — ihre Reise bei günstigem Wind fortsetzen. Nur daß sie nicht, wie diese, Sevilla anlaufen, um den dortigen Kirchenfürsten zu besuchen, was ihnen als guten Lutheraniern so wenig in den Sinn käme wie dem Grab des Poptet ihre Ehrerbietung zu erweisen, jenes friesischen Heerführers, der im Kampf für den Glauben fiel und deshalb heilig gesprochen wurde. Mochte der Besuch seines Grabes nun den ungeduldigen Friesen, die derart von Kampfbegierde brannten, daß ihr Heerführer Graf Hendrik von Luxemburg sie vor dem Kampf um Tunis „liebkosend beschwichtigen mußte wie die Henne ihre Küken", ein Ansporn zur Nachahmung sein — ihre friedliebenden Nachfahren haben wohl andere Sorgen!

Sie alle wissen, daß sie ihr Ziel nur erreichen, wenn jeder seinen Posten mit aller Hingabe ausfüllt und sich jeden unnützen Gedanken aus dem Kopf schlägt. Die Besatzung ist Mann für Mann vom Siel und eine verschworene Gemeinschaft. Sie alle besitzen jene seit Urzeiten geübte seemännische Erfahrung, um derentwillen schon König Aelfred von England für seine gegen die Wikinger erbaute Flotte friesische Besatzung besonders bevorzugte.

Taak läßt alle Segel setzen, und erneut überkommt alle ein stolzes Hochgefühl, als das tüchtige Schiff durch die noch immer unruhige See fliegt, dem Weg der Kreuzfahrer nach, vorbei an Cadiz, das diese zu Ehren des Herrn bis auf den Grund zerstörten. Und sie verschonten dabei weder die Olivenhaine noch die Moschee, die nach ihrem eigenen Bericht mit soviel Kunst und Kosten erbaut war, daß niemand dem Berichter Glauben schenken würde.

Aber vielleicht war diese mutige Tat dem Herrn doch nicht ganz so angenehm, wie sie sich schmeichelten — jedenfalls gerieten sie bald in ein großes Unwetter, das sie mit rasenden Stürmen vier Tage lang vom Abgrund bis in den Himmel schleuderte, wodurch sie manche Sünde gebüßt haben mögen.

Doch da die Besatzung der „Etta" sich keine weiteren Sünden als die an Bord üblichen zuschulden kommen ließ, wobei die herzentlastenden Flüche nicht zählen und der bei dem Unwetter mißratene sonntägliche Sackkuchen des kleinen Kochs mit am schwersten wiegt, meint das Wetter es mit ihnen gnädiger als mit ihren frommen Vorfahren. Es bleibt leidlich, auch macht die Wärme des Südens sich bereits bemerkbar, und schon kommt der Steilfelsen von Gibraltar in Sicht.

Liessies Bruder Harm macht diese Reise als Schiffsjunge zum erstenmal und sieht leise enttäuscht, daß die Entfernung zwischen dem Felsen und dem afrikanischen Festland nicht weiter ist als daheim zwischen dem Außendeich und den Inseln. Ganz deutlich kann er drüben eine Stadt erkennen — Ceuta, hört er Hero sagen. — Fragen? — pah! da hätte er was gemacht! Wer viel fragt, kriegt viel Antwort, besonders wenn man Schiffsjunge ist, und die Hand sitzt ihnen allen verdammt locker. Sogar Hero, denkt er erbittert, obwohl der Liessie heiraten will. Aber dem geschieht ganz recht, wenn er die kriegt, der wird sich noch wundern, was das für eine Katze ist!

Unerwartet lebt der Wind auf: „So schienen wir auf Flügeln des Westwindes, der anscheinend völlig aus seinem Kerker befreit war, nicht zu segeln, sondern zu fliegen — — — so daß sie, die häufig an Bord gewesen und auf dem Wasser gearbeitet haben, uns versicherten, sie seien noch niemals durch solche erzürnten Elemente und solche entsetzlichen Orkane geschleudert."

Auch die „Etta" wird von dem aufkommenden Sturm durch die Meerenge gejagt, daß sie nicht zu segeln, sondern zu fliegen vermeinen und ihre Aufmerksamkeit keine Sekunde erlahmen darf. Doch die Vielbefahrenen werden auch mit dieser Bedrohung fertig, und das Schlimmste ist überstanden, als sie wieder die offene See erreichen. Wohl wird die „Etta" durch die gewaltige Dünung der erregten See von haushohen Wellenbergen in erschreckend tiefe Täler geschleudert. Doch der abflauende Wind hält sich westlich, und so wagt Taak, der wohl Vorsicht, aber keine Furcht kennt, das Großsegel zu setzen, und in unerhört rascher Fahrt erreichen sie ihren Bestimmungsort.

Das Glück ist recht mit ihnen. Das Wetter bleibt weiterhin günstig, es klappt überall mit dem Löschen und Einnehmen, und früher als Taak dachte steuern sie schon Jaffa an, den Hafen von Jerusalem, wo die „Etta" Apfelsinen laden soll. In dem starken Licht des Südens liegt es weithin sichtbar auf der felsigen Küste, wie unmittelbar dem Meere entstiegen. Schon erkennt man die weißen, würfelförmigen Häuser, die zahlreichen alten Klöster der Griechen, die schönen großen Orangenhaine. Näher und näher tragen die leuchtend blauen, stetigen Wellen sie heran, wie ein Bild der Verheißung liegt die in jeder Linie sichtbare Stadt immer deutlicher vor ihnen. — Es muß hier in der Nähe gewesen sein, wo der Walfisch den Propheten Jonas verschlang, der dann so qualvolle Stunden in seinem Bauch verlebte, ehe er befreit wurde, wie ihnen allen noch von der Kinderlehre her erinnerlich ist. Und stand nicht auch zu Joppe das Haus des Färbers Simon, aus dem der Apostel Paulus nach Cäsarea gerufen wurde, und erweckte er in dieser Stadt nicht die Tabäa? — Und dahinter liegt nun Jerusalem, die hochgebaute Stadt mit den Perlentoren — ehrfürchtige Schauer überrieseln die harten Männer bei diesem Gedanken.

Gleich nach dem Binnenlaufen muß Taak an Land, um die Formalitäten zu erfüllen und um die Post zu holen. Er hat Etta gebeten, ihm hierher zu schreiben, und die Zeit der Ankunft möglichst früh angegeben, so daß er auf jeden Fall Nachricht haben muß. Wie mag es seiner Kleinen nur gehn? er sorgt sich oft um das Kind und hat solche Sehnsucht, wieder einmal sein „Vaderke" zu hören. Aber Etta — er schluckt, bleibt dann im Fortgehn wie überlegend stehn — wie, wenn er auch nach Jerusalem ginge, wie Eimo im letzten Jahr? Er hatte damals so ein trockenes Ding für Dina mitgebracht, das nannte er „die Rose von Jericho", die blühte, wenn man sie in Wasser legte, Etta konnte sich gar nicht satt daran sehn —. Schon auf der Laufplanke ruft er Hero zu: „Ik mag mörgen woll erst weerkammen! — man du weetst ja Bescheed!"

„Kummt in Ördnung, Kaptein!"

Hero, der als erster Steuermann die Verantwortung für Laden und Löschen hat, sieht Taak nach, der sich mit ungewohnt raschen Schritten auf den Weg macht. — Merkwürdig, wie der Mann gealtert ist, und dabei ist er doch vom gleichen Jahrgang wie Eimo, das weiß er genau, und der ist wie ein junger Kerl. — — Er hält sich auch nicht gut und trägt die Arme so weit von sich, er sieht so nach nichts aus, obwohl er sein bestes Zeug an hat. Aber ein Seemann ist er — alle Hochachtung! der läßt nichts anbrennen! Pfeifend geht er an seine Tätigkeit zurück. Er ist breit geworden, das Gesicht hat das Jungenshafte verloren, wozu auch der Vollbart beiträgt, der hellblond und kraus das schmale Gesicht umrahmt.

Die Ladung ist jetzt an Bord. Die Matrosen machen mit viel Wasser und heftigem Schrubben rein Schiff, froh, daß „dat Schietgood" — die fremden Helfer — wieder von Bord sind. Die harte Sonne zeigt mitleidlos alle Schäden an den weißen, würfelförmigen Gebäuden, den Dreck auf dem Kai, und das ist nicht wenig und macht den vielen Unrat auf dem schmutzigen Hafenwasser noch abstoßender. Unbarmherzig deckt sie auch alle Falten und Runzeln in den gelben Gesichtern der Bettlerinnen auf, wohl Jüdinnen, denn sie sind unverschleiert, die am Hafen herumlungern — ihre Unsauberkeit und zerrissene Kleidung — „harrijarses!" Meppe Janssen spuckt verächtlich seinen Priem in den Hafen, fast hätte die dicke Ratte ihn auf den Kopf bekommen, die gerade aus einem Winkel schlüpft: „Harrijarses!" Er wirbelt den Dweil so geschickt, daß die Wassertropfen den Frauen ins Gsicht spritzen. „Nich begraben hier, du!" sagt er zu Jülf, der eine letzte Pütze Wasser übers Deck schleudert. Und dann sind sie fertig.

Sie sind durchweg verheiratete Leute, die lieber im Hafen richtig ausschlafen, als daß sie ihr sauer verdientes Geld an Land verzehren. Und hier in dieser sengenden Hitze kann sie das schon gar nicht reizen! Nur den langen Edo, Wübkmagrets

Hausfreund, hält es nicht an Bord. Er ist ein grober, gewalttätiger Kerl in den Dreißigern, mit einer riesengroßen Nase und verschwommenen, wasserblauen Augen, die aus dem Kopf hervorzuquellen scheinen. Die andern sagen, das macht der viele Schnaps, der läuft ihm aus den Augen heraus. Jetzt hat er sich landfein gemacht. Sein struppiges Haar ist mit viel Klettenwurzelöl an den Kopf geklebt, und um den Hals trägt er ein rotes Taschentuch, eine Neuerung, auf die er sichtlich stolz ist. Die Zurückbleibenden wünschen ihm lachend: „'n feine Brud!" und zeigen mit dem Daumen auf die fragwürdigen Gestalten. Edo droht mit seinen gewaltigen Fäusten zurück und läuft dann mit seinen langen Beinen so rasch durch die sengende Glut, daß sie ihn bald aus den Augen verlieren. — Gähnend gehen sie mit steifen Knieen ins Logis, und bald dröhnt das stillgewordene Schiff von gewaltigem Geschnarche.

Harm ist inzwischen mit bitterem Groll im Herzen am Abwaschen — Hero, der frecherweise von ihm verlangt, daß er ihn mit „Stürmann" anredet, hat ihn vorhin mächtig angeschnauzt, weil die Erbsensuppe angebrannt und versalzen war — Schweinefraß, hat er gesagt, und er soll sie nur allein essen — nein, das sagte er nicht, sondern etwas viel Gröberes! — Kann er was dafür, wenn das Feuer plötzlich hochkommt? — Er mag heute auch keine Erbsensuppe mit Speck, es ist hier so heiß und so trocken. Nichts möchte er als Apfelsinen, so schöne große, wie sie geladen haben. Alle haben sich welche davon in den Schatten gebracht. Aber er hat natürlich die wenigen, die dabei für ihn abfielen, längst verzehrt. — Hero hatte vorhin so wunderschöne, aber der alte Geizkragen gibt ihm doch keine, die will er gewiß Liessie mitbringen, die das gar nicht verdient. — Der Schweiß rinnt in das Abwaschwasser, alles klebt ihm an den Händen, es ist gar zu heiß und dunstig in der Kombüse, in der das Herdfeuer noch glüht.

Als er fertig ist, schleicht er sich in den Laderaum und sucht, ob dort nicht eine der süßen, goldenen Kugeln sich verirrt hat — aber nein, es ist nichts zu finden; was da war, hat natürlich sofort Liebhaber gefunden. Unglücklich hockt er sich in den Schatten der Kajütswand — ach, einmal wieder unter Jantken Wicks Stachelbeerbüschen sitzen! bei seiner Mutter wagt er das nicht. — Was Hero und Tjark sich bloß immer zu erzählen haben, denkt er im Halbschlaf — seit der hier als Zweiter fährt, hocken die beiden immer zusammen. Wenn er nur erst so weit ist, er will es ihnen schon zeigen — er schrickt zusammen, was stieß da denn eben für Kaltes gegen sein nacktes Bein? Im selben Augenblick springt er auf und rennt hinter der Apfelsine her, greift die lockende Frucht im Lauf und verschwindet damit hinter der Taurolle, wo ihn keiner sieht —.

Hero sieht verdutzt der goldenen Kugel nach, die ihm vor der Kajütentür aus der Hand glitt, wo er mit Tjark stand. Sie rollt ein Stückchen weiter, eckt irgendwo an, was ihr eine andere Richtung gibt, aber als er um die Ecke biegt und sie rasch greifen will, ist sie spurlos verschwunden. An Deck ist niemand zu sehen — vielleicht ist sie ins Wasser gerollt?

Er steht noch und sieht sich um, als sein Blick auf einen langen, zerlumpten Menschen fällt, der an der Kaje steht und ganz versunken das Schiff betrachtet. Er trägt zwar Landestracht, hat aber blondes Haar und blaue Augen — merkwürdig! der wüst aussehende Kerl kommt ihm irgendwie bekannt vor. Weshalb er nur so nach den Flaggen starrt? — da ist die Nationalitätsflagge mit dem großbritannischen und irländischen Unionskreuz und dem springenden Pferd im oberen Viertel, da ist die blaue Nummern-Flagge —. Und nun studiert er sogar den Namen — ja, kann der Kerl denn Deutsch?

Plötzlich kitzelt ihn ein richtiger Jungensübermut: „Schalem aleikum!" grüßt er: „Schalem aleikum! — — to, wat wullt du door?"

„Ik? — niks! bloß eben sehn, woor Ji heer sünd!" entfällt es dem andern, der sichtlich erschrickt. Er grüßt dann wie ein Muselmann und ist plötzlich hinter dem nächsten Schuppen verschwunden, es ist wie ein Spuk. Hero starrt ihm nach — er möchte einiges drum wetten, daß er Wübkmagrets Gerd gesehn hat! der ist auch schon in einigen anderen Mittelmeerhäfen gesichtet. Der wagt sich natürlich nicht zurück, er wird von den Behörden wegen Messerstecherei mit tödlichem Ausgang gesucht. Nun, das wird Wübkmagret auch wenig passen! Die wollte ihn doch schon für tot erklären lassen, der lange Edo soll ein gutes Auge auf sie haben. Den werden sie heute abend aber necken, dafür wird er wohl sorgen!

Eingehend bespricht er sein Erlebnis mit Tjark, der den wenig vertrauenerweckenden Patron auch gesehn hat und ihn gleichfalls für Gerd hält. Er klebt gerade einen Brief an seine Mutter zu, der auch Grüße für die kleine Tomma enthält, er wagt nicht, ihr selbst zu schreiben. Er ist ein ernster Junge, der stets für seine Angehörigen mit sorgen mußte, der kleine Laden bringt kaum das Notwendigste ein. Es gibt für ihn kein anderes Mädchen als das schüchterne Kind mit dem lieben, runden Gesicht, obwohl noch kein Wort der Liebe zwischen ihnen fiel. Es wird noch lange dauern, ehe er ihr etwas bieten kann. Aber hat nicht auch Taak es zu etwas gebracht? — Tomma wird auf ihn warten, das weiß er ohne Worte. Aber wenn die Queen ihr nun immer zusetzt, daß sie einen anderen nehmen soll, der mehr hat?

Das ist die größte Sorge des blonden Jungen mit dem lichten Kraushaar, die ihn mehr quält, als er einem Menschen sagen kann. So erstreckt sich der Machtbereich der Queen ganz bis ins Heilige Land, und die Auswirkung ihrer Regentschaft ist spürbar bis hierher. — Hero hat es viel leichter, der hat von Haus etwas Vermögen, deshalb konnte der sich auch so früh verloben. — Wie er strahlt! er liest Liessies Brief, den er im Piräus vorfand, wieder und wieder. Was so ein Mädchen auch für Gedanken hat! „— — — wenn Ihr nach Rußland kommt, dann denk man an die pelzgefütterten Stiefel, Du weißt doch noch? aber andere brauch ich nicht. Und denn wollt ich Dir man sagen, daß die Plätteisen in Reval billiger sind als in Petersburg. — Aber gib man ja nicht zuviel Geld aus!" — Die fängt gut an! „— — — Schützenfest, das war sehr schön. Bloß am zweiten Tag war schlechtes Wetter, aber das ist ja immer so; Grootkoopmann hat den ersten Schuß getan, Du kennst ihn ja, wie ruhmredig der ist, und da ging der vorbei. Das hat ihm was Geld gekostet. Und die haben gefeiert! — na, Du weißt Bescheid, die ließen sich mit Musik nach Hause bringen. — Ich hab auch mal beim Tanzen zugeguckt, und da hat Wiltert mit der Nase mich immer geholt. Er wollte sogar mein Bild haben! — — Nun mach man nicht so'n dülles Gesicht — —" das hat sie natürlich nicht getan, sie hat ihn bloß aufgezogen. „Und die Norwegenfahrer sind auf der Weser angekommen."

Ach, was ist das für eine feine Deern! — ganz wie sie leibt und lebt! — praktisch, lebenslustig und den Schelm im Nacken! Der Brief ist hier in Staub und Hitze und dem allzu grellen Himmel wie eine frische Brise — ach, hier nicht begraben sein! — So viel sie auch von der Welt sehen — ihr Herz, ihre besten Gedanken bleiben unlöslich mit der herben Heimat verknüpft, deren Zauber kein noch so lockendes Gestade schmälern kann.

Hero und Tjark sehen nach Taak aus — morgen früh geht es in See, und nun ist der Schiffer wahrhaftig nochmals an Land, um zu sehn, ob Briefe eingetroffen sind, bis jetzt war die Nachfrage immer vergebens. „De Oll is so rein mall mit sien Post!" Wie konnten die zu Hause nun auch wissen, daß sie hier soviel früher als vorgesehn einlaufen würden? Liessie hat zeitig geschrieben, das weiß Hero bestimmt. Da muß man sich eben bis Neapel gedulden!

Was Taak überhaupt in die Krone gefahren sein mag, es ist kein Haushalten mit ihm. Kurz von Worten war er ja immer. Und er hätte ihnen doch auch wohl ein bißchen mehr von Jerusalem erzählen können. Da hätte Tjark Eimo einmal hören müssen! „Ik heb mi so rein doot wunnert, dat de door hen gung!" er geht doch sonst zu Röbke Heerenohms Kummer kaum zur Kirche.

Taak hat inzwischen die Post in Empfang genommen; diesmal hat er Erfolg, er bekommt eine ganze Handvoll ausgehändigt, sein Herz geht vor Erwartung in kurzen, harten Stößen. Hero — sieh mal an, der kriegt gleich zwei, wohl von seiner Mutter und von Liessie. Tjark hat auch einen dabei, ebenso die andern, sogar der lange Edo bekommt einen bunten Geburtstagsglückwunsch von „Ungenannt". — Hat er sich versehen? — — Er läßt die Briefe von einer Hand in die andere gleiten, wendet jeden einzeln um — nein — —. Für ihn ist nichts dabei — — kein noch so armseliges Wort, kein bescheidenes Lebenszeichen — nichts. — Nichts! — Müßte Etta ihm nicht wenigstens mitteilen, wie es dem Kind geht, um das er sich so sorgt? — Ja, gut genug, um auf Ostindien zu fahren — —

Eine Bitterkeit ohnegleichen steigt in ihm hoch, das gebräunte Gesicht graublaß, sieht er sich um wie ein Irrer — da steht er nun mit seinen Taschen voll schwerverdientem Geld, mit den Geschenken, die er liebend für die Seinen kaufte — Narr, der er ist! Narr! Der armseligste Hafenbettler ist ja reicher als er! Jeder hat doch einen Menschen, der an ihn denkt —. All die sorgende Liebe in den Briefen dort greift fast körperlich nach ihm — ein würgender Brocken sitzt in seinem Hals, fast ist er dem Erbrechen nahe. In der sengenden Glut um ihn fühlt er sich von einer eisigen Woge erfaßt, der rote Unterrock seiner Mutter dreht sich im Strudel, wieder versinkt sie vor seinen Augen und mit ihr der einzige Mensch, der ihm je Liebe schenkte — Etta! — Etta! — Er erträgt dies Leben bald nicht mehr —. Wispert nicht ein feines Stimmchen: „Vaderke! — mien Vaderke!"

Mit bleiernen Füßen geht Taak durch die gnadenlose Helle und verschwindet in der nächsten Hafenschenke.

Als er endlich an Bord stolpert, gibt er Befehl zum sofortigen Auslaufen, obwohl starker Gegenwind steht. Befremdet nimmt Hero die Post in Empfang, die Taak achtlos hinwirft, sieht noch, wie dieser mit einem Fluch etwas über Bord wirft — aber nein, es bleibt im Tauwerk hängen, er will doch nachsehn, was das sein kann. Aber dann vergißt er es im Drange seiner Pflichten.

Gleich darauf stößt Jülf ein vertrocknetes Etwas mit dem Fuß über Bord — wie kommt der Unrat auf sein reines Deck? — Aber was hängt dort denn? — — nun denk bloß einer an! Das ist wahrhaftig eine hübsche Kette aus gedrehten Kügelchen mit Silbergliedern dazwischen und einem Silberkreuzchen daran — wie kann das angehn! Wo das herkommen mag? — Es scheint fast, als ob hier doch Wunder geschehen, wie es in der Bibel steht. Vorsichtig birgt er seinen kostbaren Fund weg — das ist fein für seine Fenna, die Ostern konfirmiert wird, was die wohl sagt! Und dem guten Lutheraner kommt dabei so wenig in den Sinn, das dies ein katholischer Rosenkranz ist, den er sonst kaum angefaßt hätte, wie er ahnt, daß sein Kapitän sein eigenes Kind damit hatte erfreuen wollen.

Die Rückfahrt gestaltet sich denkbar ungünstig. Es geht ihnen auch diesmal wie den Kreuzfahrern, die sich nach dem ruhmreichen Sieg bei Tunis, den sie nicht auszunutzen vermochten, zum heiligen Land aufmachten, wo sie schwere Enttäuschungen erlitten. Einzeln und in kleinen Gruppen kehrten die grausam Dezimierten schließlich auf fremden Fahrzeugen zurück, „ausgeschüttet in verschiedene europäische Häfen". Aber was die Heimat erreichte, biß sich durch, so gut wie jetzt ihre Nachfahren, die mit zusammengebissenen Zähnen gegen alle Widrigkeiten ankämpfen.

In der Nacht springt der Wind erneut um, und nun muß die „Etta" kreuzen und lavieren, daß es scheint, als käme sie überhaupt nicht vom Fleck. Schwer rollt die grobe Dünung, und Harm muß häufig Fische füttern. Das schlimmste ist noch, daß der Alte so gar nicht bei der Sache ist, man begreift es einfach nicht. Es sind harte Tage für die Besatzung, und es ist sonst üblich, daß dann der Schiffer nicht minder zupackt als seine Untergebenen. Aber er bekümmert sich um nichts und läßt alles gehn wie es will. So geschieht es, daß allerhand in die Brüche geht und auch das Großsegel schwer beschädigt wird, was sonst hätte vermieden werden können. Hero, der tut, was er kann, ärgert sich schändlich.

Unter Sizilien wird es ruhiger. Strahlend blaut in der Straße von Messina der lachende Himmel des Südens, der ihnen auch treu bleibt, bis sie den Hafen von Neapel erreichen. Der erste Blick gilt jedoch nicht dem herrlichen Panorama, sondern sucht nach Landsleuten — sieh mal an! Sie zeigen auf die Flagge mit dem springenden Pferd — — mein Gott, die „Dina"! Das ist aber ein Treffen! Die „Etta" legt sich ihr längsseit: „Gondag mitanner!" ruft man sich erfreut zu. Die Augen der andern gehen befremdet über das vertraute Schiff — sie wissen nicht, woran es liegt, aber es ist, als sei es nicht mehr das gleiche, so ungepflegt und lieblos sieht es aus. Nun, die haben auch das schwere Wetter gehabt, das kennt man, sagen sie.

Der Schiffer ist nicht da, heißt es. Er ist mit den

Papieren zur Stadt, sie sind gestern Abend eingelaufen, sagt Heiko, der die Freunde freudestrahlend begrüßt. Er mustert bald ab, erzählt er herablassend Harm, den Herbst wird er die Schule besuchen, und er demonstriert seine seemännischen Kenntnisse nachdrücklich in eingehendem Gespräch über die diversen Reisen.

Auch Taak geht sofort in die Stadt, um Verklarung abzulegen. — Eimo wird länger aufgehalten, als er dachte, es gibt allerhand unerwartete Lauferei. Dazu trifft er einen Bekannten, der ihn bei einer Tasse schwarzen Kaffee stundenlang aufhält, er kann sich von dem einflußreichen Mann nicht ohne weiteres freimachen und sitzt wie auf Kohlen. Endlich kann er fort. Es ist glühend heiß; auf den Straßen liegen lang ausgestreckt die Schläfer, ohne sich um die Vorübergehenden zu kümmern, und im Hintergrund raucht der Vesuv. — Als er seine Geschäfte erledigt hat, sucht Eimo zunächst einmal die kleine Bodega auf, in der die Landsleute wohl verkehren.

In dem dämmrigen Raum scheint sich kein Mensch zu befinden. Wohltuende Kühle umfängt ihn, und mit Behagen trinkt er den Wein, den der herbeischlurfende Wirt ihm im Steinkrug vorsetzt. — Ist er doch nicht allein? — Allmählig erkennen seine Augen einen untersetzten Mann, der Jekker steht unordentlich offen, bei einer Bewegung seines Kopfes blitzen kleine, goldene Ohrringe auf: „Taak! — — — Fründ, büst du dat? — woor kummst du her?" er glaubte, er sei in Norwegen!

Erfreut setzt Eimo sich zu ihm, erschrickt, als er in ein völlig verwüstetes Gesicht sieht — Taak, der mäßige Taak, ist so sinnlos betrunken, daß er seinen besten Freund nicht erkennt!

„Taak, to! — — nu kumm man! — — to, wi gaht glieks tosamen!“

Eimo ist völlig bestürzt, er weiß nicht, was er denken soll. Er bestellt Essen, frutti del mare, herrlich frische Fische, die vor ihren Augen in siedendem Öl gebacken werden. Taak bekommt die besten Stücke vorgelegt, und allmählich besinnt dieser sich auch, er spricht jetzt so vernünftig, als sei nichts geschehen. — Ja, er hat in dem schweren Unwetter Havarie gehabt. Nicht so schlimm, aber es muß erst behoben werden. Das hält immer tüchtig auf, und zuletzt ist es doch mehr, als man rechnete. Das Volk hier arbeitet sich auch nicht gerade tot, das hat er schon gesehn. — Es geht nun einmal nicht alles vor den Wind —. Dabei stürzt er seinen Wein herunter wie Wasser — es ist nun einmal nichts daran zu machen, man muß die Dinge nehmen, wie sie für einen bestimmt sind. Er fragt nicht, wie sonst stets zuerst, wenn sie sich irgendwo trafen, ob Eimo kürzlich auf dem Siel war und ob er gute Nachricht hat, er fragt nicht nach Weib und Kind, und der Freund wird das unklare und beklemmende Gefühl nicht los, das dies ja gar nicht Taak ist, sondern ein anderer, den er nicht kennt. — Eimo hat Mühe, ihn mit an Bord zu bekommen, wo Taak gleich in die Koje geht und sich um nichts kümmert.

An Eimo treten mancherlei Pflichten heran, die ihn ganz in Beschlag nehmen und das Erlebnis mit dem Freund verdrängen, das ihn mehr beunruhigt, als er sich eingestehn will. Wer weiß, worüber Taak sich geärgert hat, wahrscheinlich über die teure Reparatur, er ist nun einmal so genau. Immerhin, Malör kann jeder haben, und das bei einem Wetter wie neulich! — Aber im Unterbewußtsein bohrt die Frage nach dem „Warum“ weiter, und dunkel ahnt er den Kummer, dessen Fracht das Lebensschiff des Freundes bis zum Sinken belastet.

Die Tage vergehen mit Laden und Löschen. Hero hat als erster Steuermann die Verantwortung dafür und ist sehr in Anspruch genommen, er kommt kaum in die Stadt. Sie nehmen Stückgüter ein, und es heißt sich beeilen, um den günstigen Wind noch zu nützen. Am Kai lungern diese windigen Burschen mit ihren großen Hüten und langen Haaren herum, die Schnellmaler, und bieten ihre Bilder an mit dem Vesuv im Hintergrund — einmal bei Tag mit dicker Rauchsäule vor grellblauem Himmel, und einmal bei Nacht mit gelbroter Feuersäule und gleichfarbigem Lavastrom, und davor liegen unzählige Schiffe in schönen, regelmäßigen Abständen. Man kann auch noch sein eigenes Schiff dazwischen setzen lassen, richtig mit Namen und Flaggen und der ganzen Mannschaft, wie man den kritischen Beschauern mit einem unglaublichen Redeschwall und vielen unterstreichenden Handbewegungen empfiehlt.

Aber sie haben diesmal kein Glück. Hero sieht zwar recht verlangend nach den Bildern — die müßte man ja eigentlich für den eigenen Haushalt haben! Lieber wäre ihm natürlich auch, wenn das eigene Schiff darauf wäre —. Auf jeden Fall wartet man wohl besser die Hochzeitsgeschenke ab, wenn das leider auch noch wohl etwas dauern wird. — Ein Händler bietet Schmucksachen aus Lava an, er kauft ihm einige kleine Gemmen ab — für Ohrringe, bedeutet der Mann und hält sie an die Ohren, si, si, für die bella mia! Und für den Signor hat er schöne Manschettenknöpfe — er zeigt preisend muschelförmig geschnittene, für die Hero sich denn auch entschließt, die will er selbst als Andenken tragen. — Tjark handelt eine bescheidene kleine Gemme ein, er sagt nicht, wer sie haben soll. Aber er wird sie in Silber fassen lassen, das gibt dann eine hübsche Brosche für ein Weihnachtsgeschenk. — Sie haben während ihres Handels nicht darauf geachtet, daß Eimo doch Bilder kauft — ein Nacht- und ein Tagbild, gelbgrün, wie der Himmel heute ist! — Aber sein Schiff will er nicht dazwischen haben. Das soll vor dem Dogenpalast von Venedig liegen, das sie noch anlaufen werden, das hat er sich schon das letztemal vorgenommen. Da wird es sich noch stattlicher machen!

Und nun liegen die „Dina" und die „Etta" als gute alte Freundinnen wieder längsseit, und zwar auf der Reede von Livorno. Eimo hat inzwischen schon wieder eine Reise hinter sich, aber Taak ist durch die Havarie sehr aufgehalten und erst kurz vor Eimo hier eingelaufen.

Jetzt liegen die beiden Schiffe segelfertig und bereit zum Auslaufen. Sie haben Proviant übergenommen, und Hero sieht mit Erstaunen, daß auch die „Etta" frisches Fleisch und Gemüse in großen Mengen bekommt — dafür gibt Taak sonst doch kein Geld aus? Aber jede Mannschaft ist so sehr mit ihren eigenen Obliegenheiten beschäftigt, daß keiner weiter auf den andern achtet.

Schon ist der Seebrief an Bord, ohne den keine Reise angetreten werden darf. Auf der „Dina" werden soeben die Taue losgeworfen, als der Steuermann von der „Etta" mit allen Zeichen der Aufregung an Bord kommt, er springt auf die Laufplanke der „Dina", die Edo gerade mit seinen

Pranken einholen will: „Kaptein!“ keucht er: „Kaptein!“

„Stoppen! — — — wat is der los?“ Eimo fragt es unwirrsch, Hero sieht doch, daß es gehn soll! — — Sie wollen doch auch auslaufen, weshalb treffen sie denn keine Anstalten? — Er ist sichtlich ungehalten über die Störung, verdammt noch mal, was hält er ihn auf?

„De Schipper!“ würgt der Steuermann hervor: „De Schipper is der nich!“ er weiß nicht, was er anfangen soll, wo steckt der bloß? Er hat seine Gelassenheit völlig verloren, es steht zu viel auf dem Spiel. — Taak nicht da? — jetzt, wo jede Stunde wichtig ist? was mag da vorliegen? Plötzlich sieht Eimo dessen verstörtes Gesicht vor sich, damals in der Bodega in Neapel —.

In Stich lassen kann er ihn auf keinen Fall, obwohl es doppeltes Hafengeld kostet, wenn sie heute nicht auslaufen, die Frist ist verstrichen. Das ist unmöglich —. So trägt er Hero auf, an Bord der „Etta“ zu bleiben, daß er dafür verantwortlich ist, wird er wissen. Und dann gibt er schweren Herzens den Befehl, den Anker fallen zu lassen, und macht sich auf die Suche nach dem verlorenen Freund.

Auf dem Konsulat ist er nicht gesehen worden, und auch auf dem Frachtkontor weiß man nichts von ihm. Die Papiere sind längst an Bord. — Eimo geht in der glühenden Mittagshitze von einer Stelle zur andern, außer sich vor Ärger über den großen Schaden, der ihm entsteht, und in herzbeklemmender Sorge um den Freund. Alle Gaststätten sucht er auf, in denen deutsche Schiffer verkehren, überall fragt er nach dem untersetzten Mann mit den goldenen Ohrringen. Aber keiner entsinnt sich, ihn gesehen zu haben — ach, der wird schon wieder kommen, lacht man, der hat wohl ein stilles Plätzchen gefunden! — — Eimo wird übel von dem Dreck in den Straßen, durch die er kommt, die Zunge klebt ihm am Gaumen, der Schweiß rinnt ihm in Strömen übers Gesicht, es ist eine rechte Kreuzfahrt der Freundschaft.

Nur einen Augenblick ausruhen, sich besinnen, wo er noch suchen soll, er gibt bei kleinem die Hoffnung auf, Taak noch zu finden. Ah, hier ist eine kleine Bodega, obwohl unsauber wie nur möglich — aber es wird kühl darin sein — kühl!

In dem Dämmer des Raums erkennen die lichtgeblendeten Augen zunächst nichts. Eine dicke, schlampige Frau bringt den verlangten Wein, es gibt einen dumpfen Laut, als sie den Krug niedersetzt.

Bei dem Geräusch hebt ein Mann am Nebentisch den Kopf von dem Arm — er liegt halb über dem Tisch, der Weinkrug ist umgestoßen, sein Inhalt rinnt auf die schmutzigen Steine. Glanzlose Augen sehen Eimo todtraurig an, der mit einem Ruck auf den Beinen steht: „Man Taak — — Brör! — find ik di hier?? — ik heb di överall söcht!"

Er starrt dabei wie gebannt auf den Tisch, auf dem mit dem roten Wein geschrieben steht: Etta, und Etta und nochmals Etta, es sieht aus, als hätte ein Kind sein Spiel getrieben.

Und der Mann, der den Kopf wieder in seinen Arm geborgen hat, stöhnt: „Etta! — — Etta! — — good genog, um up Ostindien to fohren! — — Ik kann nich weer na Hus!"

Da nimmt in tiefem Erbarmen der Freund den Freund bei der Hand und geleitet ihn, der sich willig führen läßt, wie ein Kind zu seinem Schiff.

23. Kapitel

Entsühnte Sünder

Unbeschwert von diesen Sorgen und Nöten, die das Leben im Lauf der Jahre meist ohne sein Zutun an den Menschen heran trägt, wandern zwei junge Leute den staubigen Weg, der von der Landeshauptstadt nach dem Süden führt. Was sie drückt, sind die Stiefel an ihren des Marschierens ungewohnten Füßen, was sie beschwert, der Seesack auf ihrem Nacken. Sie haben die blauen Mützen weit in den Nacken geschoben, und über das staubige Gesicht rinnt der Schweiß. Weit greift der ebenso wichtig wie ungeschickt gehandhabte Stock aus, und das mit tiefem Ernst und großem Eifer geführte Fachgespräch versandet nach und nach gerade wie der an sich so reizvolle Weg.

Er führt durch stattliche Geestdörfer, umbuscht von sich herbstlich färbenden Bäumen, vorbei an begrünten Wällen, von denen Vogelbeeren, Hagebutten und die roten Beeren des Geißblatts mit dem lichten Gold der Birken in den klaren, sonnigblauen Herbsthimmel greifen. Auf einer Warf für sich allein ein Kirchlein, traulich umschlossen von einem Wäldchen. Zu beiden Seiten öffnen sich immer wieder von Eichen und Buchen beschattete Fahrwege; sie führen zu Dörfern, die man nur ahnen kann, weich, verschwommen verschmelzen ihre roten Dächer mit den vergilbenden Laubmassen der Holzäcker, die hier und dort aufleuchten. Eine Mühle taucht auf, verschwindet bei der nächsten Wegbiegung; am Weg ein Teich, auf dem Wasserrosen blühen, ein einsamer Pflüger, weidendes Vieh, ein einzelnes Bauernhaus, umschlossen von hoher, geschorener Buchenhecke.

„Niks as Struuk un Busch!“ sagt Galt wegwerfend. Er ist ein Kerl wie ein Baum geworden und ruft schon längst nicht mehr in der Fremde nach „Moder“, wie damals in Petersburg. Sein blauer Anzug ist bedenklich ausgewachsen, und die ausgearbeiteten Fäuste schauen verloren aus den viel zu kurzen Ärmeln des Jekkers, den seine Mutter doch den Sommer erst vorsorglich größer machen ließ. Oh nein, hat sie gejammert, das geht so nicht mehr weiter, der Junge muß einen Stein auf den Kopf bekommen!

„Gah mi bloß weg mit Perd und Koh!“ Heiko Hillerns, der zwar auch sehr in die Höhe schoß, neben dem schwerknochigen Galt aber schmal und zierlich wirkt, deutet mit verächtlicher Kopfbewegung auf die Weiden, wo aufsteigender Bodennebel die Tiere wie leichter Rauch einhüllt. Den Jungens vom schattenlosen Deich sagt diese Landschaft nichts, ihnen fehlt die weite Sicht, der Blick aufs Wasser —. „Har'n wie man 'n Pottje Beer!“ Er bleibt stehen — ist in dieser gottverlassenen Gegend denn nicht einmal ein Wirtshaus zu finden?

Drüben steht ein Bauernhaus, es sieht aus wie jedes andere. Über der Scheunentür lehnt ein Mann im blaugestreiften Buseruntje und sieht ihnen entgegen, und zwischen den vielscheibigen weißen Fenstern im Vorderhaus ist die grüne, weißumrandete Haustür. „Zur Einkehr!“ steht darüber, was sie sich nicht zweimal sagen lassen. Im dämmrigen Flur und der nebenan gelegenen Gaststube schlägt ihnen wohltuende Kühle entgegen — sie lassen sich mit einem Seufzer der Erleichterung auf die Binsenstühle fallen und strecken die Beine weit von sich. Der Seesack liegt neben ihnen und die Arme fallen ihnen schlaff herunter. „Uff!"

Dann kommt der Wirt über die Sandsteinfliesen angeschlurrt. Er ist ein hagerer Mann, der richtige Geesttyp, der schweigend das Verlangte bringt, und dann, die Hände auf den Tresen gestützt, seine Gäste eingehend mustert. An der Binnenwand ist die Herdstelle mit der prächtig schwarz geputzten Herdplatte, auf der Abrahams Opfer zu sehn ist, und der Torf liegt säuberlich zum Anmachen geschichtet. An den weißgekalkten Wänden hängen friedlich die Mitglieder des ausgestorbenen ostfriesischen Fürstenhauses, der alte Fritz und das springende Pferd, das Wahrzeichen der jetzigen Machthaber, nebeneinander. Die Fliegen summen einschläfernd, sie stoßen mit den Köpfen gegen das Glas, das die hohen Herrschaften von ihren getreuen Untertanen trennt, und dann setzt eine sich frech auf den Rand von Heikos Kroes, wobei sie mit den Vorderfüßen eifrig Toilette macht.

Heiko schrickt aus seinem Halbschlaf auf und verscheucht den ungebetenen Gast mit großer Handbewegung: „To, giff uns noch man een!"

Das kühle Weißbier erfrischt die Lebensgeister der beiden. Galt zieht bescheiden das mitgebrachte Butterbrot hervor, aber Heiko bestellt großartig etwas zu essen: „Stücker?" fragt der Wirt. Jawohl, er will Butterbrot haben — mit Schinken! ruft er ihm nach. Er hat auch Brot, aber er kann nicht anders, er muß Geld ausgeben! — In seinen Augen blitzt der Funke auf, der dem geschnittenen Jünglingskopf einen gefährlichen Reiz verleiht, und meist der Vorbote irgend einer Eulenspiegelei, die übrigens auch dem derben Galt keineswegs fremd ist. Ein kurzer Blickwechsel und sie sind sich eins, daß sie den schweigsamen Wirt aus seiner aufreizenden Ruhe bringen müssen.

Heiko wird spielend mit seinen dickbelegten Broten fertig. Dann lehnt er sich zurück, fordert nachlässig einen Schnaps und sagt so beiläufig zu Galt: „Weetst du noch, as wi door in China weren — —“ Und nun wirbelt ein Taifun nach dem andern die Wellen bergehoch, schlitzäugige und gelbhäutige Seeräuber fallen mit geschwungenen Krisen über wackere Ostfriesen her, die mit bloßer Faust die Oberhand über die tückischen Chinesen gewinnen, was im Hinblick auf Galts Verteidigungswerkzeuge nicht so unglaublich scheint. Bald hängt ein Dutzend Bezopfter in den Rahen: „Ist nich woll wohr, Galt?“ und Kampflärm schallt über das blutige Deck. „Un all dat Gold, dat wi door wunnen —“

Der Wirt verzieht keine Miene; zuweilen stemmt er seine Hände anders auf, und sein Blick, der sonst durch die Fenster nach dem späht, was sich auf der Straße ereignet, geht dann wohl von einem jungen Gesicht zum andern. Aber das ist alles. So fahren die beiden immer schwereres Geschütz auf, es kommt ihnen gar nicht mehr darauf an — gelbe, schwarze und weiße Bewohner aller Erdteile, Eisbären, Walfische und fliegende Fische bilden zusammen mit zertrümmerten Schiffen in rauhen Mengen in der nüchternen Gaststube ein solches Durcheinander, daß die Hoheiten unter Glas über solche Invasion ihres Landes befremdet die durchlauchtigsten Stirnen runzeln und das springende Pferd sich laut wiehernd aufbäumt — oder war das draußen?

Der Wirt geht merkwürdig behend über den knirschenden Streusand zum Fenster und sieht andächtig nach draußen, wo ein ländliches Gespann vorbeikutschiert, hinter dem ein Pferd angebunden ist, der Bauer grüßt mit der Peitsche. Das interessiert den Mann, der höchstens einmal zur nahen Stadt kommt, bedeutend mehr, als was „door günnert" — irgendwo in der weiten Welt — vor sich geht. Sein Haus hier, sein Land, sein Vieh — das ist seine Welt, und was er daran hat, weiß er genau. Was braucht er die Fremde?

Da fällt ein Wort, das ihm bekannt ist: Sebastopol!

Er kehrt dem Fenster den Rücken, stellt sich mit hängenden Armen zu den jungen Leuten: „Der bie west?" es geht an Heikos Adresse, der das große Wort hat.

„Un of ok!" Und nun folgt, von Galt ergänzt, eine sachgemäße Schilderung der näheren Umstände, ein Tatsachenbericht, der aber wahrheitsgemäß noch so viel Kampflärm und Pulverdampf verbreitet, daß er das hagere Gesicht, das bei den wildesten Lügen unbewegt blieb, mit einer Wolke so kränkenden Mißtrauens überschattet, daß Heiko jäh verstummt.

„Wo old?" fällt es von dem schmalen Mund in die plötzliche Stille.

Erstaunter Blickwechsel. Man nimmt einen Priem, wirft sich in den Rücken: „Fiefuntwintig!" klingt es fast gleichzeitig betont männlich, sorglos verkürzen sie ihr Leben um mehr als sechs Jahre.

„So! — — — ik doch van Hundert!" Unter den buschigen Augenbrauen gehen die Blicke vom schmalen zum derben Gesicht, scheinbar ernst abschätzend.

„Hundert?! — — woso?" Erneuter Blickwechsel — will er sie foppen?

„Ja. — — — Wiel ji all sovöl beläwt hebt."

Hat auch der Schweigsame den Schelm im Nacken? Sie prusten los, das ist ja ein Heidenspaß.

„Na Timmel?“ geht das Examen weiter.

„Wat woll anners!“ Sie sind schon wieder mitten im Dicktun, als er weiter fragt: „Worher?“

Vom Siel natürlich! tun sie groß — ach, das ist dort ein ganz anderer Betrieb als hier in dieser gottverlassenen Wallachei; wenn sie die Schule nicht besuchen müßten, keine zehn Pferde brächten sie hierher —.

„So!!! — — — doorüm!!!“ es spricht Bände. „'n windigen Hörn!“

Die beiden fühlen sich herausgefordert und springen kampfbereit auf. Aber der Wirt steht schon wieder mit harmlosem Gesicht hinter dem Tresen und zündet sich sein Döfke an. Für die Schipperei muß der Mensch wohl geboren sein, bringt er hervor, anscheinend ist ihm jetzt die Zunge gelöst. Für ihn wäre das nichts. Und was er schon immer mal fragen wollte — warum sind die Schiffer doch eigentlich immer bei Nacht unterwegs? davon hat er keinen Verstand. Weshalb schlafen die denn nicht wie andere Christenmenschen auch? das Schiff könnten sie nachts doch nur anbinden!

Das ist Wasser auf die Mühle der beiden, sie wollen sich umbringen vor Lachen: ja, wenn er auf See Pfosten einrammen will, gerne! das wäre überhaupt 'ne Sache, er soll nur bald anfangen! „De up See — —“ — — „bie fleegend Störm“ — — „mit 'n Kuffer in Hand — —“ — — „un 'n Rägenschirm“ — — „un denn keen Schipp — —“ sekundieren sie sich, es ist ein herrlicher Spaß, sie finden vor Lachen kaum aus der Tür.

Vielleicht lachen sie sich damit auch ein wenig

das sonderbare Gefühl weg, das immer wieder in ihnen aufsteigen will, wenn sie an das veränderte Leben denken, in das sie jetzt hineinmarschieren. Auf der Schulbank sitzen, sich mit schwierigen Berechnungen herumschlagen, all die übrigen Fächer —. Heiko wird spielend leicht damit fertig, das weiß Galt, und ihre praktischen Kenntnisse genügen vollauf. Aber er weiß ebenso, daß es ihm bedeutend schwerer fallen wird, und uneingestanden kämpft er mit dem Wunsch, lieber gar nicht erst anzufangen. Aber seine Anmeldung liegt vor, das Schulgeld und das für die mutmaßlich weiteren Kosten ist schon bezahlt — und er will doch auch weiter, er will kein Matrose bleiben! Bei Heiko ist das selbstverständlich, der kommt aus einer alten Schifferfamilie; aber er stammt aus kleinbäuerlichen Verhältnissen und muß vieles zulernen. Und ohne Examen ist er auf die Binnenfahrt — zwischen Eider und Maas — angewiesen und kann niemals selbständig weitere Reisen machen.

Doch während ihre Gedanken wie ihre Füße tastend vorwärts gehn, halten ihre Gespräche sich an das, was sie zurückließen — wie prächtig man das gute Herbstwetter noch ausnutzen kann, wann und wo der und der wohl eingelaufen ist, und daß sie diesmal den Herbstmarkt doch einmal tüchtig gefeiert haben, jawohl, sie waren begehrte Tänzer! Nur wenn sie von P. J. Peters sprechen, werden ihre Stimmen leiser und die jungen Gesichter sorgenvoll — Gott mag wissen, was daraus werden soll, sagen sie altklug, es ist eine Sünde und Schande, wie man mit dem Mann umgeht!

Galt habe gehört, Madam habe zuviel Geld gebraucht und sei das Unglück ihres Mannes. Da kommt er aber bei Heiko schön an — die? ha! eine solche Frau gibt es überhaupt nicht wieder! Seine ganze jugendliche Verehrung für die Angegriffene macht sich so heftig Luft, daß Galt betreten schweigt. Verschämt tasten seine Gedanken nach dem halbverblaßten Bild, das er im innersten Herzen bewahrt — eine blonde, von Blitzen umzuckte Frau, die so gut zu einem heimwehkranken Schiffsjungen war —.

Über die weiten Meeden, durch die der Weg jetzt führt, wallen schon die leichten Abendnebel, Gretas streichen flügelschlagend darüber hin, und hinter ihnen sinkt die gelbrote Sonne langsam tiefer am umdunsteten Horizont. Eine stattliche Mühle taucht auf, daneben eine Kettenbrücke, Häuser gruppieren sich herum — das Fehn! Langsam kommt vom Westen auf dem Kanal ein dunkles Segel näher, wohl ein Torfschiff, das noch zum Heimathafen will. Sie sehen zu, wie es durchgeschleust wird. Dann legen die Männer sich ins Seil und ziehen das leere Schiff durch das dunkelglänzende Wasser des Kanals, das in schwellenden Brechungen das Grün und Weiß des Schiffes, das Rot der nahen Häuser spiegelt.

Auch das Trüpplein Kinder drüben sieht sich nochmals in dem dunklen Wasserspiegel Kastanien unter dem hohen Baum suchen, der seine Zweige bis über das Ufer reckt, anfangs zwar verzerrt durch das entstandene Wellengeriesel, dann aber so klar, als wollten die da unten mit ihnen spielen. Einzelne gelbe Blätter tropfen aus der Höhe in die Flut, sie vergleiten mit dem Schiff in den zart verhüllten Widerschein des Abendrots, das sich in dem matten Glanz des Wassers verklärt erneuert. Enten lösen sich aus dem Ufergras, der

Enterich taucht mehrmals, Kopf unter Wasser, den Schwanz mit der gelockten Feder steil in die Höh. Dann steuert er, sein Gefolge hinter sich, entschlossen hinter dem Schiff her, sie wiegen sich auf dem sanften Auf und Ab wie stolze, weiße Schwäne.

Die jungen Leute schlendern dem friedvollen und sie unbewußt anrührenden Bild nach — vorbei an der Mühle, deren Flügel sich bei der Flaute nur langsam und leise knarrend drehen, an dem stattlichen Kompagniehaus, dem sie wohlwollende Blicke schenken, an breit hingelagerten Bauernhöfen. Ein Mann führt ein Pferd am Halfter, auf den nahegelegenen Weiden brüllt eine Kuh, ein derbes Mädchen nähert sich mit vollen Milcheimern am grünen Joch —.

Als das Schiff in einen nahen Seitenkanal einbiegt, folgen sie ihm und nehmen die letzte kurze Wegstrecke unter die Füße, die sie noch von ihrem „Morgen" trennt, das bereits mit der Kirche am Dorfeingang und dem stattlichen Gebäude mit den Meßinstrumenten darauf vor ihnen liegt. Wieder will ein bängliches Gefühl in ihnen aufsteigen, aber schon kommen ihnen einige junge Leute entgegen, unverkennbar Schiffer, die ihnen zurechthelfen, und bald haben sie ein gemeinsames Quartier gefunden. Die Alte, bei der sie zurechtkommen, sieht nicht so besonders proper aus. Sie nimmt den Verdienst gern mit, aber dafür gönnt sie ihren jungen Leuten auch was zu essen. Sie schneidet ihnen von dem derben Schwarzbrot daumendicke Scheiben ab, ihr Nasentropfen würzt die Schnitte. Heiko zieht ein Gesicht: „Frett man weg!" sagt Galt, an Bord sind sie ja auch nicht so empfindlich.

Daß diese Seefahrts-Schule nicht an der See, sondern mitten im Land liegt, hat seine besondere Bewandtnis. Die auf den benachbarten Fehnen zahlreich beheimateten Schiffe stellen viele Schüler, deren Zahl durch den von der hannoverschen Regierung eingeführten Schulzwang ständig wächst. Die vorhandenen Schulen in Emden und Leer reichen nicht mehr aus, und so wurde hier eine neue Schule geschaffen, zuerst für die hier ansässigen Schiffer, doch auch aus dem Norden kommen die Schüler durchweg hierher.

Schwer lastet in mancher des Schreibens ungewohnter Hand die kleine Feder, mit der es manchmal einen schwereren Kampf auszufechten gibt als mit Wind und Wellen. Doch die jungen Leute wachsen mehr und mehr in ihre Aufgabe hinein. Galt und Heiko besuchen noch die Vorschule, von deren Erfolg ihre Aufnahme in die Steuermannsklasse abhängt, für die sie noch zu jung sind, obwohl sie die erforderlichen achtundvierzig Monate schon gefahren haben. Während nun Heiko spielend begreift und ebenso spielend mit seinen Aufgaben fertig wird, wenn er mit den Kameraden tollt und sie mit Vorliebe auf dem alten Kirchhof die Vorübergehenden erschrecken, sucht Galt manche Nacht mit sauerm Fleiß die Geheimnisse der Seefahrtkunst zu ergründen. Aber was er sich erarbeitet, das sitzt, und er schneidet keineswegs am schlechtesten ab.

Trotzdem drückt ihn ein rechter Kummer: obwohl er sich nun doch abmüht, daß ihm manchmal der Appetit vergeht, ist ihm, als ob er immer dicker wird. Und daß Heiko, der sonst so überaus gern hänselt, gar nichts davon sagt, beängstigt ihn nur noch mehr. Sie haben nämlich ein Geheimnis miteinander: als sie vor einigen Jahren in Amsterdam längsseit lagen — er fuhr als Leichtmatrose bei Siebelt Siebels und Heiko bei Occo Occen — kam ein maßlos dicker Jude und brachte Fleisch. Dick war der Kerl, dick! wie ein fettes Schwein! Nun, er und Heiko haben den nicht schlecht geneckt, ach du liebe Zeit! Galt grinst in Gedanken daran über das ganze derbe Gesicht. Und der Kerl war wütend, sie haben sich fast krank gelacht. Schließlich wurde es dem Juden wohl zuviel, jedenfalls dreht er sich plötzlich zu ihm und droht ihm mit der Faust: „Hoor Jongetje —" schreit er: „Wacht maar! — — Je halfgare zult er eens even uitzien dan myn eigen!" Der dünne Heiko hatte sich hinter einer Taurolle verkrochen. Ja — und nun sitzt er damit — unbehaglich rückt der kräftige junge Mann auf seinem gefährlich krachenden Binsenstuhl und weiß sich keinen Rat.

Aber das alles ist vergessen, als sie Weihnachten stolz mit dem goldenen Band um der Mütze zurückkommen, stattliche Jungkerle, nach denen sich die Mädchen umsehn und die im Schifferklub und auf dem Siel eine rechte Rolle spielen. Natürlich gibt es auch drüben manches Getändel. Aber die frommen Fehntjer wachen mit Argusaugen darüber, daß sich nichts Ernstes zwischen ihren unschuldigen Töchtern und diesen Söhnen von Sodom und Gomorrha anspinnt. Heißt es nicht, daß man dort keine geistlichen Zusammenkünfte in den Häusern hält, wie es hier allenthalben üblich ist? Ja, nicht einmal den Toten soll die Ehre zuteil werden, daß man, wie hier, ihren vom Lehrer gedichteten Lebenslauf an ihrem Grabe singt. Sollte dieser verdammte grüne Hering — ja, der einem dauernd auf der Straße begegnet — sich noch einmal darüber lustig machen, dann kann er was erleben, so gewiß wie zwei mal zwei vier sind! Dieser verfluchte Windbeutel! Doch auch sonst ist es allgemein so: Wenn die jungen Schiffer ans Heiraten denken, holt sich fast jeder eine Frau aus dem Heimatort oder doch aus dessen nächster Umgebung. Da weiß jeder, was er hat, und das ist für einen Seemann doppelt viel wert —.

Das hat Taak zwar auch getan, aber anscheinend ist das Rezept doch nicht immer richtig. Er hat dies Jahr recht mit Verlust gefahren — verschiedentlich Havarie, ungünstige Frachten — und anstatt Rücklagen zu machen, muß er zusetzen, obwohl er noch verschiedene gefährliche Herbstreisen macht und spät in Winterquartier geht. Wäre er schon Martini zurück gewesen, wie mancher andere Vater, dann hätte er sein Kleines auch wohl bei der Hand genommen, damit sie ihre schöne Laterne den Tanten zeigen und dabei singen konnte, wie die anderen Kinder tun. Nun drückt Gedrut sehnsüchtig ihr Näschen platt und und sieht durchs Fenster, wie die bunten Lichter über den Deich und von einem Haus zum andern wandern. Wenn sich die Haustür bei Grootkoopmann öffnet, sieht man ganz in den erleuchteten Flur und hört die Kinder bis hierher singen, gewiß gibt es dort viel Hartbrot und Rosinen und Korinthen.

Gerade kommt Hanni Eimen mit ihren Geschwistern. Klein Ulfert trägt zum erstenmal selbst eine Laterne — sie meint, die sind nicht mehr gut, sagen alle Kinder, und man kriegt ganz tüchtig Leibweh danach. Sie gehen natürlich nicht hin, sondern nur zu den Tanten: „Als Martin noch ein Knabe war —" setzt sie unvermittelt ein, die Kleinen hinken etwas nach, aber als es heißt: „Das konnt ein Herz wohl rü—ühren!" sind sie alle wieder zusammen, bis auf das Brüderchen, das Klein Gedrut stolz seine Laterne zeigt und brüllt, als seine kleine Freundin die auch mal haben will.

Als die Kinder dankend mit ihren Äpfeln und Pfeffernüssen abziehn, will Gedrut durchaus mit ihnen, ihre Mutter kann sie kaum beruhigen. Noch weinend verkriecht sie sich hinter sie, als eine siebenköpfige Geschwisterschar mit Stallaterne und großem Armkorb hereinkommt. Ihr von den dumpfen Tönen des Rummelpotts begleiteter Gesang ähnelt bedenklich jenem ihrer Vorfahren — der, mehr laut als schön — der mit schönen Künsten vertrauten römischen Besatzung so auf die Nerven ging, daß sie ihn mit dem Rasseln eines Lastwagens auf einem Knüppeldamm verglichen.

Sie werden für ihre hervorragende gesangliche Leistung mit Zwiebäcken und Pfennigen belohnt und machen beim Fortgehn den beiden jüngsten Occens Platz, die gleichfalls vom Rummelpott begleitet unverweilt mit dem uralten Martinslied loslegen:

„Sankt Marten, Sankt Marten,
De Kalver sünd so darten,
De Hüteritüt, de Sammlisüt,
De Jööd, de har een Oss geslacht,
De wuur vanabend in't Solt gebracht.
De Huud weer fett un dat Fleesch weer mager,
Door weer de Jööd so trurig aöver.
He lä sien Kopp in Maria hör Schoot,
Maria har'n golden Gördel üm Siet,

Door hungen woll dusend Klocken an;
De Klocken fungen an to klingen,
Leew Engels fungen an to singen:
Gloria, Gloria, ziplizaplizoria.
Van hieren, van doren,
Baben wahnt de rieke Mann,
De uns woll wat geben kann."

Der Regen striemt, der Sturm heult, hier und da flackert ein Feuerlein auf, eine Laterne, die in Flammen aufgeht. Nur den ausgehöhlten Rüben kann der Sturm wenig anhaben, und ihre Besitzer sind denn auch am längsten unterwegs und machen die größte Beute.

Nein, davon hört und sieht Taak nichts und kann es auch seinem Liebling nicht zeigen. Als er zurück ist, muß das Schiff gleich auf den Helgen. Es ist viel daran zu tun und wird wohl ein großes Stück Geld kosten. Aber anscheinend kümmert ihn das wenig, obwohl er sonst so genau ist. Er läßt alles gehn wie es will und sieht sich auch sonst kaum nach dem Schiff um — die Segel verrotten, das Tauwerk wird brüchig. Man sollte es nicht für möglich halten, aber die „Etta" sieht richtig verkommen aus. Sonst hört man wenig von der Familie, das Ehepaar hat nicht die Gewohnheit, mit andern von seinen Angelegenheiten zu sprechen. Auch hat man sich daran gewöhnt, daß Taak viel bei Gerd Onken im „Anker" sitzt — warum auch nicht? der Mensch will einmal Ansprache haben und kann nicht immer beim Herd sitzen und Weiberschnack anhören. Fragt einer Gerd Onken, weshalb Taak dort doch immer sitzt, dann hebt er seine schläfrigen Augen und fragt zurück: „Worüm sittst du hier? — — wiel du gern een magst!"

Es ist allerdings eine Gewohnheit geworden — und darüber muß man sich richtig wundern — daß Eimo Taak jeden Sonntagvormittag, den Gott kommen läßt, zum Teetrinken abholt. — Auch Etta wundert sich insgeheim, doch läßt sie es ohne Einspruch geschehen. Für Augenblicke läßt sie dann auch wohl alle Schärfe und Bitterkeit fahren und ist in Eimos Gegenwart, die ihr immer wieder das Blut zum Herzen jagt, freundlicher zu ihrem Mann, der mit hungrigen Augen an jeder ihrer Bewegungen hängt.

Dann wagt sie auch nicht, dem Kinde das Mitgehn zu verbieten, wie sie sonst immer unter Hinweis auf dessen zarte Gesundheit tut. Sie ist eifersüchtiger auf Dina, als sie es sich eingesteht — eifersüchtig vor allem auch auf die Liebe der Kleinen zu ihrem Vaderke, dessen Abgott sie ist. Glücklich trippelt dann das kleine Ding zwischen den beiden Männern, die es an der Hand halten, und wenn es auf der Brücke so weht, nimmt Vaderke sie auf den Arm. Einmal begegnen sie dabei Siebeltohm, der mit seinen Feuerschiffen zum Wirtshaus geht. Nun soll sie auch einen Likör von ihm haben, sagt er, so ein großes Mädchen wie sie jetzt ist! Aber das war fein! Sie hat auf Vaderkes Schoß gesessen und das Glas mit dem Finger leer gestippt, und alle haben tüchtig gelacht. Ohm Eimo sagte zu Vaderke, das wollten sie Etta nur lieber nicht erzählen — Etta, das ist Moder. Aber Tante Dina haben sie das wohl erzählt — warum wohl? und die hat so gelacht!

Dort lachen sie immer alle, auch die Kinder. Bloß Ulfert, der haut manchmal. Zuweilen soll sie auch in dem großen Puppenbett sitzen — das ist ein Schiff, sagt er, und er ist Hay Bull und will sie zur Schleuse ziehn. Oh, sie ist so gern bei Ohm Eimo und Tante Dina —.

Zwischen den Freunden ist der Vorfall in Livorno mit keinem Wort wieder erwähnt worden. Taak spürt, daß Eimo ihm helfen möchte. Aber sein Elend ist zu tief. Er weiß, er ist nicht mehr er selbst, es ist, als handle ein anderer für ihn, mit dem er nichts gemein hat — der andere? — der ihm damals auf seinem nächtlichen Weg im Wasserspiegel erschien? — Ist er wieder hinter ihm her?

In innerer Bedrängnis blickt er um sich, sein Blick fällt dabei auf den Spiegel, aus dem ihm ein gealterter Mann aus unsteten, gequälten Augen hilfesuchend ansieht —. Verstört setzt er die Tasse hin, die Dina ihm soeben frisch füllte, totenblaß geworden starrt er sie so entsetzt an, daß sie angstvoll fragt: „Is der wat?"

Er schüttelt nur den Kopf und starrt geistesabwesend über das kahle Land, das wehrlos unter dem Sturm liegt. Bleigrau und diesig hängt darüber der niedrige Himmel, vor dem am Deich wuchtig und doch verschwommen das schwarzrötliche Massiv eines Bauernhauses steht. Wie von rasendem Schmerz gepeinigt schwanken die Zweige einer einsamen Wasserweide, der Wind peitscht sie hin und her — hin und her —. Nebenan lachen die spielenden Kinder, Klein Gedruts Gezwitscher hebt sich hell von den gutmütig derben Lauten des kleinen Jungen ab. Nie hat er das Kind im Elternhaus so lachen hören. Blaß und still sitzt es dort an seinem Tischchen, die Augen gehen von einem zum andern —. Wie kann das zarte Kind nun in einer Umwelt gedeihen, in der selbst er, der kräftige Mann, zugrunde geht?

Besorgt sieht Eimo das beschattete Gesicht des Freundes — gewiß ist dort etwas vorgefallen. Er tauscht einen Blick mit Dina — sie macht ein Zeichen, wie gern würde sie die beiden zum Essen behalten, die Weinsuppe reicht und der große Rinderbraten auch. Aber was wird Etta sagen? So geht er denn.

Sie blicken zusammen Taak nach, der, sein kleines Mädchen fest an sich gepreßt, gegen den stärker werdenden Sturm ankämpft, der dem Kind — sie sehen es nicht mehr — auf der Brücke das Mützchen vom Kopf entführt. Ehe Taak danach greifen kann, fliegt es in den Hafen, das dunkle, rasch strömende Wasser trägt es eilend fort —.

„Natürlich!" sagt Etta nur, aber Taak hört an ihrem Ton, daß sie ihm das Kind nicht wieder mitgeben wird. Ohne zu essen geht er in den „Goldenen Anker" und kommt nicht vor dem Morgen zurück.

Doch auch in manchem anderen Haus geschehen Dinge, die nicht jeder erfährt. Und weil das doch gegen die Ordnung ist, gibt es Leute, die unter den Fenstern hocken und alles aufriechen. Sie verraten sich allerdings zuweilen dadurch, daß sie ihren Türdrücker fallen lassen, und das kann für sie unangenehm werden. Aber im allgemeinen kommen sie doch auf ihre Kosten. Keiner weiß dann, wie diese geheimen Dinge unter die Leute gekommen sind.

Nur bei dem hochgetreppten Haus von P. J. Peters, wo es doch gewiß jetzt viel zu hören und zu sehen gibt, haben sie kein Glück, soviel Mühe sich mancher auch gibt. Wübkmagret hat da auch schon mal unterm Fenster gesessen — aber das war zu und zu hoch, sehn konnte sie nichts und hören auch nicht. Sonst wäre man kaum allgemein so überrascht gewesen, als es plötzlich heißt: Madam ist nach Hannover gereist und will dort ihres Mannes wegen vor dem König einen Kniefall machen! Sie hat es selber dem Amtsvogt erzählt, der gleichfalls morgens mit dem Dampfer fuhr, so ist kein Zweifel möglich.

Wieder werden die bunten Steinchen rastlos geschüttelt und zu zahllosen Bildern geformt, die das Leben der Familie Peters von der Urzeit bis zur Gegenwart illustrieren und auch sogar die Zukunft nicht außer acht lassen, wobei Peterchen abwechselnd als Säule des wankenden Familiengebäudes oder mit dem Bettelsack zu sehen ist. Er hat nämlich Bäcker Willms Hund sein ganzes Butterbrot gegeben — mit Wurst! hat Gretjemö gesehen, und diese Verschwendungssucht hat er von keinem Fremden.

Im allgemeinen sind die Bilder jedoch in wesentlich freundlicheren Farben gehalten. Gewiß — Madam war immer recht großartig, das ist und bleibt wahr, auch, daß sie immer ein tiefgehendes Schiff war und Peters nicht dagegen verdienen konnte.

Aber daß sie jetzt zum König fährt und sogar einen Kniefall macht — man muß bedenken, das tut man doch nicht einmal in der Kirche! — das ist wirklich allerhand. Dazu gehört Mut! — — Und Mut, den wissen sie zu schätzen. Dies macht ihr nicht jeder nach. — Und die Frauen überlegen insgeheim, ob auch sie das für ihre Männer täten, und kommen ebenso insgeheim zu dem Schluß: alles andere — aber das nicht!

Beschäftigt also die ganze Angelegenheit die Erwachsenen ungemein, so nicht weniger die Schulmädchen. Sie wollen Tini und Elise fragen, wie das wohl gemacht wird, ihre Mutter hat das doch sicher erst probiert — erst einen tiefen Knicks, wie in der Tanzstunde, und dann den Kniefall, oder umgekehrt? Oder bloß einen Kniefall? Aber die sind gar nicht da, wie es heißt, bei Verwandten auf dem Land, Madam hat sie freigefragt. So mühen sich die Mädchen denn alleine eifrig um die Technik solch höfischer Gepflogenheiten. Als die Königin von Griechenland einmal an der Schule vorbei fuhr, die in Oldenburg ihren Vater besucht hatte und nach Norderney wollte, konnten sie leider in dieser Weise wenig profitieren und nicht einmal einen Knicks machen, denn sie haben niemand mit einer Krone gesehn.

Und da das für solche Übungen unumgänglich benötigte Parkett nun einmal nicht von den rauhen Brettern einer Schulstube ersetzt werden kann, die zum Überfluß noch zahlreiche Spuren des so anhänglichen Marschbodens aufweisen, so tragen die Kleider der Mädchen zum Entsetzen ihrer Mütter bald nachhaltige Beweise ihrer Bemühungen.

Gerade macht Hanni Eimen vor dem Pult, auf dem Apothekers Laura als König Georg V. thront, einen mustergültigen Kniefall, als Lehrer Knitterschlag hereinkommt — richtig! er pfeffert gleich den Rohrstock auf die Tischplatte, wie es seine Gewohnheit ist, wenn ihn etwas ärgert: „Ruhe!" schreit das dürre Männchen: „Setzt — euch!" was schließlich mit viel unnötigem Lärm zustande kommt. Als er aber wie täglich examiniert: „In welchem Königreiche wohnen wir? — — und wie heißt unser gnädigster König?" wobei er jedes Wort lächerlich betont, bekommt er solch ungewohnt prompte Antworten, es ist aber auch solch unterdrücktes Gelächter in der Klasse, daß er nicht mehr ein noch aus weiß.

Die Queen ist recht ungehalten, als Hanni auch sie mit einem Hofknicks begrüßt; mit solchen Dummheiten muß sie ihr nicht kommen, und sie soll sich unterstehen und mache ihr noch einen Kniefall vor. Den König in Ehren, aber er ist auch nur ein Mensch. Sie hat ihn vor einigen Jahren selbst gesehn, er sah aus wie andere Leute auch, bloß daß er eine schöne Uniform anhatte. Aber keine Krone auf oder so, Gott bewahre, das braucht keiner denken. Und sie hat es überhaupt nicht auf die Hannöverschen. Als die ans Ruder kamen Anno fünfzehn, mußten die Menschen gleich doppelt soviel Steuern bezahlen als unter Preußen, ach, das weiß sie noch so genau! — — Sogar die Rückstände aus dem Krieg haben sie mit Gewalt eingezogen. Und die Leute hatten solange nichts verdient, das war ein Elend! Ihr Vater hat oft gesagt, als vorher die Holländer unter König Ludwig hier im Land waren, die hatten mehr Verstand von den hiesigen Verhältnissen als der deutsche König von Hannover. Das ist traurig genug. Und nun schreibt der hannöversche Generalkonsul in Hamburg an den König, die Ostfriesen hätten mehr Havarie als alle anderen Schiffer, und das käme davon, weil sie mit zu schwacher Besatzung führen?! Das soll er noch einmal probieren! Dafür werden sie aber alle sorgen, daß der sein Baantje verliert! — dieser Esel!

Sie nickt so heftig, daß die Mützenbänder in wilde Bewegung geraten, Dina schenkt ihr zur Beruhigung nochmals ein. Aber die Queen ist noch nicht zu Ende: nichts gegen den König. Das ist soweit ein ordentlicher Mensch und, wie man immer hört, freundlich und gemein mit jedermann. Das Unglück ist ja nur, daß der arme Mann blind ist, und nun muß er sich darauf verlassen, was andere ihm sagen. Und wie das geht, hat man nun ja wieder gesehn. Madams Kniefall kann er ja auch nicht sehn, und wenn sie ein noch so teures Kleid anhat. Aber wie sie von Theda hörte, hat sie nur das Schwarzseidene mitgenommen, das nach nichts aussieht. Na ja, sie muß es selbst wissen. Sie selbst hat nicht das geringste für diese Fisematenten übrig. Aber die Hauptsache ist ja, wenn es nur hilft, und das wollen sie denn man hoffen, so bei Wasser und Brot, das ist Peters auch nicht an der Wiege gesungen, so großartig, wie seine Eltern waren! — Wenn Madam sie vorher auch besser um Rat gefragt hätte, und dann hätte sie ihr doch auch noch 'ne Botschaft mitgeben können —. Dina wendet sich ab und unterdrückt ein heimliches Lächeln — darum!

Kurz nach Neujahr kommt die Botschaft, daß P. J. Peters durch ein gnädiges Handschreiben des Königs aus der Haft entlassen wird, weil die Schiffer sich für ihn verbürgt haben. Das löst allenthalben eine freudige Aufregung aus, denn jeder fühlt sich mitbeteiligt. Und ist es nicht ein großartiger Anlaß, wieder einmal ein Fest zu veranstalten?

Namentlich die jungen Leute entwickeln die abenteuerlichsten Pläne, einer sucht den andern zu überbieten. Bis Heiko Hillerns auf eine glänzende Idee kommt: wissen sie noch, wie man in der Nachbarstadt den beliebten Rektor empfangen hat, als der neunundvierzig aus der politischen Haft entlassen wurde? Da hat man die Stadt mit Girlanden und Fahnen geschmückt, weißgekleidete

Ehrenjungfrauen haben ihn empfangen, und abends war überall illuminiert. Na ja — Tannengrün haben sie hier nun einmal nicht, und Kohlblätter können sie doch nicht gut nehmen, was? Und daß die Deerns in weißen Kleidern aufkreuzen, das ist jetzt bei Wind und Kälte auch kein Plan, und überhaupt ist dies ja auch eine Männersache! Er sieht sich unternehmend um, und da er überall zustimmendes Kopfnicken gewahrt und sogar ein „Bravo!" laut wird, das allerdings von Galt stammt, fährt er fort: illuminieren, das ist auch nichts Rechtes, das sieht so nach Weihnachten aus. Und weshalb den andern alles nachmachen? Er schlägt etwas viel Besseres vor: einen Fackelzug!

Begeisterte Zustimmung: wahrhaftig, Heiko weiß Bescheid! — das ist mal was ganz Besonderes! Die niedrige, weißblau gekachelte Gaststube in der „Schönen Aussicht", dem Treffpunkt der jungen Schiffer, ist zum Bersten gefüllt mit Grogdunst, Tabakdampf und tobender, jugendlicher Begeisterung. So ein Muster der Menschheit, wie P. J. P. ist, den wollen sie ehren, wie es ihm zukommt! Keiner soll sie daran hindern, und wehe, wer etwas gegen ihn zu sagen wagt! — Doch sie bekommen keine Gelegenheit, für ihn zu kämpfen, keiner wagt ein böses Wort. Wübkmagret läßt zwar im Vertrauen dunkle Andeutungen fallen, daß große Leute immer einen Vorzug haben und es ungerecht in der Welt hergeht. Angesichts der allgemeinen Begeisterung hängt sie aber lieber den Mantel nach dem Wind und bekräftigt mit ihrem schmalzigsten Lächeln jedem seine eigene Meinung.

Die jungen Schiffer sind in der nächsten Zeit sehr in Anspruch genommen. Ihre Mütter beschwören sie eindringlich, doch ja ihr ältestes Zeug anzuziehn, denn alles sitzt voll Pech. Heiko ist ganz in seinem Element, er ist überall und nirgends und nimmt sich mit Begeisterung des Fackelmachens an, nachdem sein Plan auch von den älteren Schiffern als ausgezeichnet angenommen wurde. Sonst nehmen sie, wie die Jungens mit dem großen Examen, die Sache schon etwas gelassener auf. Heiko in seinem Feuereifer steckt sogar den bedächtigen Galt an und überredet ihn, noch einige Tage zu bleiben, obwohl die Schule schon begonnen hat.

Dann ist unerwartet Peters zurück. Die Kutsche hält eines Mittags vorm Haus, ohne daß einer darauf achtet. Aber Gerd Ba hat gesehn, wie er ausstieg — liebe Zeit, was ist der Mann alt geworden!

Wie ein Lauffeuer geht es über den Siel. Beim Dunkelwerden ist alles bereit — gut, daß man vorgesorgt hat! Es ist ein grauer, diesiger Tag, und es weht ein leichter Nordost, es könnte wohl noch wieder Frost geben! Die Queen segelt schon zeitig über den Siel und geht bei Eimens vor Anker. Die Teilnehmer wollen sich nämlich unter der großen Esche vor dem Haus des Amtsvogts versammeln, so kann sie hier alles aus nächster Nähe wahrnehmen. Die Schiffe haben über die Toppen geflaggt, es ist bei dem vollen Hafen selbst im Halbdunkel ein festliches Bild. Die Kinder drücken ihre Näschen an die Fenster: oh, da kommen die Onkels schon! „Ik gah denn erst!" ruft Eimo, seine Stimme klingt erregt. Er wird der Anführer sein, sie haben auch Musik bestellt. Nun werden die Fackeln angezündet, die Männer sind jetzt zu erkennen: da ist Röbke Heerenohm, rufen die Kinder, und da Taakohm, und da ist Hero, und da Heiko — und da Hillernohm — und da — ach, alle sind sie gekommen, die zum Schifferstand gehören, auch Edo mit seinen großen Fäusten, Wübkmagrets Verehrer, schließt sich hinten an, es ist ein stattlicher Zug. Es ist ihre eigene Angelegenheit, die sie mit Peters abzumachen haben, die keinen anderen angeht, es geht hier einzig und allein um ihren Kompakt.

Und so geschieht das Außergewöhnliche: die nach dem Buchstaben des Gesetzes Geschädigten bringen dem Mann, der sich nach eben diesen Buchstaben an ihren bitter sauer verdienten Einlagen vergriffen hat, eine Huldigung dar, als sei er ihr größter Wohltäter. Keine engherzigen Bedenken irgendwelcher Art treiben einen Keil in ihre klare, natürliche Rechtsauffassung — sie fühlen sich nicht geschädigt, und sie haben ihn nicht angeklagt. Aber durch das Gesetz ist ihm bitteres Unrecht geschehen, und das wollen sie ihm vergelten durch einen Beweis ungebrochenen Vertrauens.

Die Musikanten schmettern einen fröhlichen Marsch, der Zug setzt sich in Bewegung — den Deich entlang über die Brücke, dann auf der anderen Seite um den Hafen und um die Ecke von Geerken am Tief entlang bis zu Peters' Haus — alles kann die Queen von Eimens Haus auf dem Deich beobachten. Es ist jetzt ganz dunkel. Die Fackeln züngeln in dem leichten Wind, zuweilen flammt eine hoch auf. Der Schein der flackernden Lichter streift die Schiffe und läßt hier und dort eine wehende Flagge aufleuchten, er spiegelt sich in den Fenstern rundum, und die eisig blinkenden leichten Wellen im Hafen tragen ihn glitzernd weiter, es ist ein fremdartig schönes Bild. Überall stehen Menschen in den Türen, fröstelnd sehen sie dem Zug nach, der Lichtschein fällt auf manches an die Scheiben gedrückte Gesicht, und wie ein Kometenschweif folgt die übrige Jugend dem Zug. „Nu kiek doch ins, an — door sünd wahrhaftig ok Harm und Jürn!“ Die Queen ruft es ganz erbost — nun soll Dina eben sehen, die haben sich richtig angeschlossen und gehen mit in Reihe und Glied, als ob sie dazu gehören! Das ist ja unerhört! die warten doch nur darauf, ob nicht noch was für sie dabei abfällt!

Jetzt hält der Zug vor dem Petersschen Herrenhaus. Es ist niemand zu sehen, und die Fenster sind dunkel. Die Musik schweigt einen Augenblick: „Hoch Peter Peters!“ klingt eine helle Stimme auf — es ist Heiko — in die die dunkel schweren der Männer einfallen: „Hoch Peter Peters!“

Die Fenster bleiben lichtlos. Aber nun öffnet sich die Haustür einen Spaltbreit, ein Lichtstrahl fällt heraus, Kinderköpfe werden sichtbar — dann kommt langsam eine schmale Gestalt, sichtlich gealtert und ganz grau, aber der Rücken strafft sich wieder. Klein Peter drängt sich an ihn und hält seine Hand fest, Vater und Sohn stehen oben auf der Treppe im Licht der Fackeln, es ist wie ein Symbol. — Es ist ganz still geworden: „Ik dank Jo!“ sagt eine bebende Stimme.

Die Männer stehen noch einen Augenblick — schweigend, auch ihnen sitzt etwas in der Kehle. Vielleicht warten sie auch auf Madam —. Aber die sitzt allein im dunklen Blumenzimmer und weint sich allen Kummer, alle Verzweiflung und diese große Erschütterung vom Herzen.

Dann gibt Eimo der Musik ein Zeichen, und der Zug marschiert wieder zum Siel, wo sich die Teilnehmer in den Goldenen Anker und die anderen Lokale verkrümeln.

Die Sünden, die sie dort nach alter Sitte heute Abend begehen, werden ihnen nicht angerechnet, denn sie entspringen der Freude über eine gute Tat. Der Mond aber, der hinter einer dicken Wolke mit halbem Auge alles wahrnahm, sieht wieder einmal bestätigt — und wer wüßte das besser als er? — daß jedes Licht nun einmal Schatten wirft, der mit zunehmender Stärke auch schärfer wird. Und seit ewigen Zeiten weiß er auch, wieviel mehr Kraft und Stärke hinter einem lebhaften Wind steckt als in beharrender Flaute. So leuchtet er denn den entsühnten Sündern sorglich nach Haus, damit ihnen nicht Schaden noch Leid geschieht und sie ihren Fuß an keinen Stein stoßen.

Nur mit Heiko und Galt hat er viel Mühe. Erst verführt sein Licht sie dazu, anstatt über die sichere Brücke über die davor liegenden Balken zu balanzieren, und um ein Haar wären sie abgestürzt und in die wirbelnde eisige Strömung geraten, so daß er vor Schreck fast selbst hinein fällt. Aber alles geht gut, und so kommen sie, berauscht von dem großen Erleben, vielen Grogs und ihrer überschäumenden Jugend auf den Einfall, Madam ein Ständchen zu bringen.

Der Mond zieht befremdet die Augenbrauen in die Höhe, als sie zunächst das Lied von den Alpen anstimmen: „— — wenn die Blitze zucken und der Donner kracht, und der Regen der hat alles naßgemacht", wobei die Blitze von Heikos hellem Tenor sieghaft über das Donnergrollen von Galts Baß triumphieren. Madam faßt erwachend mit leiser Rührung und kleinem Schelmenlachen ihres Mannes Hand: „Die Jungens! — — das ist Heiko Hillerns!“ sagt sie; seine verschämte Jungensverehrung ist der erfahrenen Frau keineswegs entgangen.

Hand in Hand lauschen sie, wie dann die Matrosen aufgefordert werden, den Anker zu lichten, und Dank ihrer neuerworbenen nautischen Kenntnisse steuern sie, wenn auch mit verzeihlichen Abweichungen, durch sämtliche Verse bis zu einem Ziel, das sie immer vor Augen haben:

„Und seh ich die Heimat nicht wieder,
Und reißen die Fluten mich nieder
Tief in die See — Freunde, ade! — — —“

Nur „das Schifflein an der Garonne Strand“ will nicht mehr recht flott werden, die Sänger geraten trotz des reichlichen Ballasts von Gefühl immer wieder auf Untiefen und Klippen. Bei der Stelle: „— — leb wohl du Mädchen mit holdem Blick, noch schaut dein Treuer zu dir zurück —“ müssen sie es endgültig verloren geben. Deshalb „flüstern sie ein leises Ade, Ade —“, das aber noch so hörbar ist, daß die benachbarten Schläfer in den Wandbetten davon erwachen und sich mit einem Fluch auf „de düwelsche Jungens“, die wieder nicht nach Hause finden können, auf die andere Seite kehren.

Dann ist bis auf die nur dem Schlaflosen hörbaren nächtlichen Stimmen alles still. Über das weite Land spannt sich der dunkle Himmel, an dem noch der verblassende Mond und letzte flackernde Sterne stehen, als schon die Mühlenflügel im auflebenden Morgenwind knarren und verschlafen die ersten Hähne krähen, während ein neuer Tag fröstelnd dem sich lichtenden Grau im Osten entsteigt.

24. Kapitel

Lohnt es sich wirklich?

Die kleine Gedrut hat die Händchen in den Schoß gelegt und blickt verloren nach der Weißdornhecke unten an der Straße, in deren Schutz ihre Mutter ohne aufzusehn im Garten herum hantiert. Sie ist so eifrig, als müßte sie unbedingt in Kürze mit der Arbeit fertig sein, kaum, daß sie einen Blick für das Kind erübrigt.

Das sitzt nahe beim Haus auf seinem Sandhaufen in der Frühlingssonne. Die hellblauen erschrockenen Augen, das Schönste am unregelmäßigen Gesichtchen der Kleinen, sind heute noch nachdenklicher als gewöhnlich. — Wenn Onkel Eimo mit seinem Schiff ausläuft, dürfen die Kinder doch immer mit zur Schleuse fahren — oh! das ist so fein! Einmal durfte sie auch dabei sein. Da stand Tante Dina oben auf dem Deich und winkte ihnen zu: „Good Reis!" rief sie. Und die Tante von gegenüber, wo die schönen Hüte im Fenster sind, hat auch tüchtig gewinkt — mit einem weißen Taschentuch! Als sie am Goldenen Hörn vorbeifuhren, standen alle Tanten vor der Haustür und riefen: „Good Reis!" Und Rineldtant rief Onkel Eimo zu: „Kumm good weer, mien Jung!" Und die Kinder sollen auf dem Rückweg hereinkommen und Schokolade bei ihr trinken.

Vaderke hat doch zu ihr gesagt, daß sie diesmal auch zur Schleuse darf. Und nun ist er schon unterwegs und hat sie nicht mitgenommen! Der Mund verzieht sich zum Weinen, sie steckt die Hände in den feuchten Seesand, als müßte sie dort Trost suchen. Unten richtet Etta sich flüchtig auf, bückt sich aber sofort, als sie jenseits der Hecke Schritte vernimmt, das Kind sieht kurz das helle Haar aufleuchten. — Sie hat sich doch so ganz tüchtig zu der Fahrt gefreut, gestern Abend konnte sie gar nicht davor einschlafen. Aber heute Morgen haben Vaderke und Moder gar nicht miteinander gesprochen, kein einziges Wort. Und sie wartete doch so. Sie haben es ihr doch zugesagt! Fragen — nein, das darf man nicht; wenn Moder solche Augen macht, setzt man sich am besten ganz still in die Ecke.

Aber als Vaderke dann wegging, ist sie ihm in den Flur nachgelaufen. Da hat er sie auf den Arm genommen und immer wieder gesagt: „Mien Lüttk! — — mien Lüttk!“ und dabei drückte er sie fest an sich — ganz fest, sein Bart kratzte doch so! Und der eine Ohrring tat ihr auch weh. Da war auch so was Nasses auf ihrem Gesicht, sie wollte wieder vom Arm herunter. Da hat Vaderke ihr eine große Tüte voll Pfeffernüsse geschenkt — nicht die großen braunen von Bäcker Willms, nein, die kleinen weißen von Bäcker Meents, die sie so gerne mag. Aber sie darf es nicht nachsagen! Da hat sie ihn aber auch ganz, ganz lieb gehabt — so ein gutes Vaderke!

Ob die Tüte wohl noch unter dem großen braunen Schrank im Vorhaus liegt? Moder hatte dort schon gefegt, sonst hätte sie sie bestimmt gefunden, obwohl es dort so dunkel ist. Gedrut krabbelt vorsichtig hoch — nein, Moder sieht nicht her. — Dann sitzt die Kleine wieder in der Sonne und probiert die knusprigen, süßen Dinger, tief beglückt über den seltenen Reichtum, den sie ihrem Vaderke verdankt.

Heute Mittag — Moder hatte den Tisch schon gedeckt und Vaderkes Zeug auf seinem Stuhl zurecht gelegt — kam Ihno Occen, Liessies jüngster Bruder. Er brachte Bescheid, daß die „Etta" gut weg kam, sie war bei dem guten Wind schon vor der Jade — Junge, das war diesmal eine Ausreise, das hätten sie sehn müssen! Taakohm war in solcher Fahrt, daß Heiko beinah nicht mehr an Bord kam, so Hals über Kopf ging alles. Das Wasser fiel so hart weg. Sie hätten beinahe das ganze Höft mitgenommen! — Unbewußt gleitet wieder das Gesicht der Mutter durch das Erinnern des Kindes, wie sie sich jäh vom Herd zurückwandte, schneeweiß, den Mund halb geöffnet, als wollte sie etwas sagen. Und Augen machte sie! — da geht man am besten weg. Aber sie hat Ihno nicht ausgescholten. Sie sagte nur: „Dat is ja man good" und seine Mutter wartet gewiß mit dem Essen. — Weshalb nickte sie nur so tüchtig mit dem Kopf und sagte: „So! — so! — vör dat anner, door bün ik di woll good genog! — — Man dat will ik di denken!" — Erbsensuppe brauchte sie heute Mittag aber nicht zu essen, Moder hat die Teller gleich wieder abgeräumt.

Seitdem hat sie noch kein Wort wieder gesagt. Das Kind weiß eigentlich nur dies eine und fühlt sich sehr vereinsamt. Es sucht Trost bei den Pfeffernüssen und knabbert mit solcher Hingabe, daß es heftig erschrickt, als etwas Kaltes sein Ärmchen berührt. Ein schwarzer Schatten gleitet näher, bernsteingelbe Augen sehen das Kind aus schmalen Schlitzen an, ein zartes Pfötchen streckt sich ihr entgegen: „Müki!" sagt Gedrut beglückt: „Müki!"

Tjaldmaleens schwarze Katze, die Etta nicht auf der Warf duldet, hat sich wieder einmal zu dem Kind gefunden, dessen liebebedürftiges Herzchen ihr entgegenkommt. Sanft schnurrend setzt sich das Tierchen vor Gedrut hin: „Mau!" sagt es: „Mau!" das heißt: gib mir etwas ab! Das Kind hält ihm eine Pfeffernuß hin, die es genußsüchtig beschnuppert — weiße Kuchen! Doch es kann mit seinen spitzen Zähnen das lockende Kügelchen nicht recht fassen, es rollt in den Sand: „Mau!" vorwurfsvoll sieht das Tier die Kleine an. Die legt noch einige dazu: „To, mien Müki!" — die sind ja so lecker, Müki muß mal probieren. Von Bäcker Meents! — und Vaderke hat sie ihr geschenkt, wispert sie. Müki hebt jedoch das Pfötchen und wendet das zierliche Köpfchen verachtungsvoll ab — sie liebt solche Delikatessen nicht vom Sand, das weiß Gedrut doch! Die steht denn auch brav auf, sucht ein großes Bullerblatt und bietet die Leckerbissen darauf an. Dann erst beliebt das Tier sie zu sich zu nehmen.

Die kleine Spenderin aber klaubt sorgfältig jedes Bröckchen aus dem feuchten Sand und verzehrt es mit Genuß. Die Tanten sagen immer, sie soll nur nicht so albern sein, Sand scheuert den Magen. — Nun ist alles verzehrt, jetzt wollen sie auch miteinander spielen — nicht, Müki? Sie zieht das Tierchen am Schwanz und an den Ohren, es läßt sich alles gefallen und kommt schnurrend immer wieder. Einmal tut das Kind ihm aber wohl ungewollt weh — das Tier schlägt zu und ist mit einem Satz verschwunden. Über das magere Händchen läuft eine feine, rote Blutspur: „Dat will ik di denken!" ruft Gedrut ihrem Müki erschrocken nach.

Unbemerkt hat Etta sich genähert, deren zorniger Eifer die Arbeit rasch erledigte. Die Katze sieht sie nicht mehr. Aber betroffen fängt sie den Ausruf der Kleinen auf — hören Kinder so scharf? — Doch was ist eigentlich geschehen? — woher kommt das Blut? Sie bekommt nichts aus dem Kind heraus. — Nachts fiebert es stark. Es spricht von Pfeffernüssen, ruft nach Vaderke und Müki, Etta weiß sich keinen Rat. Anderntags holt sie den Arzt, der eine Magen- und Darmverstimmung feststellt. An sich nicht so schlimm, aber die Kleine ist sehr zart und Vorsicht geboten. Nachdenklich betrachtet er das Kind, liebevoll nimmt er dessen Händchen in die seinen. Er streicht ihm über die Lockenringel — wenn Klein Gedrut wieder besser ist, muß sie täglich mit der Mutter zum Außendeich gehn. Will sie ihn auch einmal besuchen? er hat einen richtigen Kanarienvogel, der wird ihr etwas vorsingen! Beglückt, zutraulich lächelt das Kind ihn an, voll Dankbarkeit für jedes gute Wort.

Draußen legt er Frau Taaks nochmals ans Herz, sehr schonend mit dem Kind umzugehn. Es ist äußerst erregbar und braucht sehr viel Sonne und Liebe. Spielt es denn nie mit anderen Kindern? es muß nicht soviel allein sein! Etta wirft den Kopf in den Nacken — den wird sie so bald nicht wieder holen. Seine guten Lehren kann er für sich behalten. Ein Rezept will sie haben; für das übrige braucht sie ihn nicht, das sind wohl ihre Sachen!

Doch die Mahnung sinkt tiefer, als sie sich eingesteht. Ihre Gedanken haben eine andere Richtung bekommen, und die Sorge um das Kind überschattet ihren Groll. Die Queen schaut herein und hat viele gute Ratschläge. Weshalb ist Etta nicht zu ihr gekommen? Haferschleim, das ist das einzig Richtige für Kinder. Wozu gleich zum Doktor laufen, das kostet nur unnütz Geld. Das gibt Etta einen heftigen Stich — was wird Taak nur zu der Ausgabe sagen! Für das Kind ist ihm allerdings nichts zuviel. Als es im Winter einen der neuen Pelzschuhe zerschnippelte, die er ihm aus Rußland mitbrachte, hat er kein böses Wort gesagt, ja, er hat sogar gelacht —.

Auch Dina und die andern Frauen kommen und fragen, wie es Gedrut geht. Ach, Kinder sind nun einmal rasch krank und rasch wieder gesund, das kennt man wohl. Aber Klein Gedrut ist nun einmal ein richtiges Heimchen, da muß man vorsichtig sein. Etta hat ja Zeit, sie soll nur viel mit ihr zum Außendeich gehn. Obwohl dieser Ratschlag Etta ärgert, weil er mit dem des Doktors übereinstimmt, nimmt sie sich doch vor, ihn zu befolgen. Schon im letzten Jahr hat das Kind sich sichtlich danach erholt. Aber im Winter büßt es dann alles wieder ein.

Sonst sind die Frauen aber alle wie sonst und machen weiter keine Bemerkungen über Taak, und daß er ohne Abschied fortging. Sollten sie es nicht wissen? Es ist doch gut, wenn man sich in der Gewalt hat und schweigen kann, denkt Etta und preßt die Lippen noch fester zusammen.

Vielleicht sind sie zu sehr abgelenkt, um viel Gedanken für die Allernächsten zu haben. Brunhilde Harms Hochzeit steht nämlich vor der Tür!

Der lichte Nachthimmel, in dem hinter der Kirche der halbe Mond über dem Deich hängt, beginnt sich zu verfärben. Unmerklich wandelt sich die grünliche Helle in weiches Grau, das im Nordosten in Blaßrosa übergeht. Zaghaft tastet der

Morgenwind um die niedrigen Dächer, die verschlafen in der Kühle stehn, fährt dann aber mit kräftigem Schwung über den Hafen, in dem sich schon Leben regt, daß die Segel der zum Auslaufen bereiten „Fortuna" sich verheißungsvoll blähen.

Wübkmagret lehnt im roten Unterrock und mit bunter Nachtmütze über die halbe Haustür und horcht verhallenden Schritten nach. Es wird hohe Zeit, Edo kann nur einen Schritt dabei tun, es muß gleich Hochwasser sein. Wenn er nicht rechtzeitig an Bord kommt, kriegt er vom Schiffer den Wind von vorne, das ist sicher.

Hör doch — ist das nicht Tjaldmaleen? — ja, wahrhaftig: „Puß! — Puß!" — — Das fehlte gerade! Edo muß an ihrem Haus vorbei, und wenn die alte Hexe ihn sieht, wird das wieder 'ne schöne Lügerei geben, die ist ihr sowieso nicht grün. Das kann ihr unter Umständen all ihre guten Häuser kosten! — Tja, solch alleinstehende Frau in den besten Jahren, die hat es nicht so leicht, das soll nur keiner glauben.

Nun, wo man so aufpassen muß, daß keiner was merkt, muß Edo natürlich schön um sie herum sein, wenn er seinen Willen haben will. Nachher, wenn es ihr gutes Recht ist, werden die Männer meist ganz anders. Das ist sie mit ihrem Gerd nicht umsonst gewahr geworden, sie schlugen sich schließlich durch Küche und Keller. Brunhilde Harms mit ihrem Pillendreher wird sich auch noch wundern!

Fröstelnd in der Morgenkühle wendet sie sich ins Haus zurück. Sie will sich nur gleich fertig machen, Madam Harms hat sie bestellt, und sie soll zeitig kommen. Genußsüchtig schmatzt sie — da wird wohl genug für sie abfallen! Der Jude hat einen Ochsen von weit über tausend Pfund geschlachtet, er lief hier nebenan in Heiko Janssens Weide. Die Hochzeit ist im Haus. Was da alles auf den Tisch kommen mag! Ganz den Gedanken an die zu erwartenden Freuden hingegeben salbt sie versehentlich ihr widerspenstiges Kraushaar zum zweitenmal. Kleine Ölperlen hängen an den Zöpfchen, die nun so brav und wohlanständig um ihre nicht eben kleinen Ohren liegen und sich hinten im Nacken zu einem Knoten vereinen. Nun das neue Blaudruckkleid mit dem gekrausten Schoß an, die Extratasche umgebunden — und nun will sie zur Feier des Tags auch ihre langen goldenen Ohrringe tragen! Wohlgefällig betrachtet sie sich in dem kleinen blinden Spiegel, sie darf sich wohl sehn lassen!

Eine weiße Schürze vorgebunden, die aufgerollte Werkschürze im Armkorb, schiebt sie zum Hochzeitshaus ab. Das dicke rote Gesicht glänzend vor Fett und Selbstzufriedenheit, steht sie dann vor der schon völlig aufgelösten Hausfrau, deren Fülle noch ungebändigt ist, ihre Hängebacken zittern vor Aufregung. Ach, wie gut, daß sie frühzeitig kommt! — Gebke! — ja, die Frau soll gleich Kaffee haben, ja, und von den gestrichenen Broten. Und dann sofort abwaschen, es steht noch soviel von gestern herum, es wurde so spät. Es ist noch so unendlich viel zu tun, man weiß nicht, wo zuerst anfangen! Wübkmagret hat den Kessel mit dem heißen Wasser schon in der Hand — och, das macht sie schon in Ordnung, nicht wohl wahr, Madam braucht sich um nichts kümmern!

Doch die hört schon nichts mehr von ihren Beteuerungen, eiligst rollt sie weiter. Harms wünschte die Feier im Haus, er sagt, das ist vornehmer — klein, aber fein! Sie haben eine Köchin genommen, und Weine hat er — Weine! direkt importiert! Er hat einen Medoc — prima, prima! Und der Burgunder — meine Herren! „'t is wat Seltens!" Von allem Probieren ist er seit Tagen schon nicht mehr ganz nüchtern, was besonders an seinem immer eiliger plätschernden Sprachwasser zu erkennen ist. Er läuft in Hemdsärmeln durchs Haus und bringt alles durcheinander. Im Stehen säbelt er von dem großen, rosigen Roastbeef dicke Scheiben ab und verzehrt sie so nebenbei — diesmal hat der Jude aber prima Fleisch geliefert, erstklassig, kann man wohl sagen, damit kann man Ehre einlegen!

Den goldenen Kneifer auf der Nasenspitze, murmelt er zwischendurch seine Tischrede, die jedesmal schwungvoller wird und beginnt: „Innigstgeliebte Tochter, einziges Pfand unserer stets glücklichen Ehe! — Teurer Schwiegersohn!" Darauf folgt dann der Satz, auf den er besonders stolz ist, von dem Rosenband der Liebe, das die Hand der Vorsehung über den Hafen leitete und um das Herz seines geliebten Kindes wand, und das kein Sturm zerreißen konnte — aber nein, das möchte man wohl auf die verunglückte Freierei mit der minderbemittelten Nebenbuhlerin beziehen. Und „Teurer Schwiegersohn" — — er bleibt mit erhobenem Kneifer nachdenklich stehen — eigentlich stimmt das nur zu genau, denn die Apotheke? Er kratzt sich am Hinterkopf, schiebt die vollen Lippen vor und nimmt einen tüchtigen Schluck starken Kaffee. Wozu schlafende Hunde aufwecken? — — dann lieber nochmals!

„Teure, heißgeliebte Tochter! Wertgeschätzter und lieber Schwiegersohn!" — Diesmal gerät er im Verlauf der Rede in Soll und Haben, Sewastopol und seine Folgen auf die Weltwirtschaft werden auch nicht vergessen, um dann mit den innigen Wünschen seines treuen Vaterherzens für eine vergnügte Ehe zu enden. — Dabei durchmißt er das Zimmer, das gleich als Garderobe dienen soll, mit ausholenden Schritten und großen Gesten, sein Bart wallt, der Kneifer fliegt ihm immer wieder von der Knollennase, und seine Frau muß dreimal rufen: „Harms! — se kamt doch all!“ ehe er an Aufhören denkt.

Das Gesicht der Hausfrau über ihrem bauschenden braunseidenen Staatskleid ist beängstigend gerötet, die handbreiten Bänder ihrer Haube fliegen, der Goldschmuck im Werte eines kleinen Vermögens bebt auf ihrem gewaltigen Busen — wo sind die Hoffmannstropfen? Diese Aufregung wird sie noch ins Grab bringen! Man denke doch: Brunhilde bekommt ihr Traukleid nicht zu! Die Schneiderin aus der Stadt hat das schwere, weiße Atlaskleid, das man unmöglich den Schwestern Janssen anvertrauen konnte, zu eng gemacht, es ist furchtbar! Es hilft nichts, mit aller Kraftanstrengung klafft immer noch eine mehrere Zentimeter breite Lücke. Was hat die Frau sich nur gedacht, das ist ja ein Kleid für eine spindeldürre Person — wie soll das nur werden! Wenn man nun Wübkmagret einmal bittet, das Korsett fester zu schnüren, schlägt die gequälte Braut schließlich vor, den Tränen nahe vor Beklemmung und Angst. — Und siehe! Die kräftigen blauen Arme meistern schließlich die quellenden Formen der stattlichen Braut, die einer Ohnmacht nahe noch mit Kranz und Schleier geschmückt werden muß, als schon die Glocke zur Kirche ruft.

Doch nicht nur im Hochzeitshaus macht sich die Aufregung breit — auch die Apothekerin kann ihre Töchter kaum in Schach halten, so erregt sind die Kinder. Sie sollen Blumen streuen, obwohl sie nach Ansicht ihrer Mutter schon reichlich groß sind, ebenso Toni und Elise Peters. Das ist das erstemal hier im Ort, und so sind die Kinder völlig durchdrungen von ihrer Wichtigkeit. Wieder liefen sie tagelang vorher mit ihren Lockenwickeln herum, von den Kameradinnen ebenso sehr beneidet wie bis zu Tränen geneckt. — Aber nun ist alles vergessen. Auf den zierlich gekrausten und frisierten Locken thronen jetzt Rosenkränzchen, und sie trippeln ungeduldig im duftigen Mullkleid auf ihren Kreuzbänderschuhen, über denen sich die Spitzenhöschen gebührend bauschen. Sie sehen sehnsüchtig nach Peters' Kindern aus: „Sie kommen!" rufen sie nun und rennen schon die Treppe herunter.

Seufzend wirft die Apothekerin rasch einen Blick über den Hafen — weiß Gott, da kommt Familie Peters schon an, sie kann sich nur beeilen. Immer ist sie als Letzte fertig — aber der große Haushalt, die heranwachsenden Kinder, das Geschäft — ja, und nun kam gestern noch der Nachfolger von Herrn Bastian, der eine Apotheke im Oldenburgischen übernimmt. Das alles bringt soviel Unruhe, und ihr Mann ist immer so aufgeregt. Sein neues Mittel gegen das Wechselfieber bringt auch viel Arbeit mit sich, Gottseidank auch Geld, die Leute kommen von weit und breit. — Und nun hat er noch einen neuen Likör erfunden, den er Poggenlurch nennt —.

Sie wirft einen Spitzenschal über das streng gescheitelte Haar und streift die Filethandschuh über — mein Gott, was macht das grüne Kleid sie blaß! Und ihr Mann sitzt noch immer am Klavier und übt das Lied, das er gleich bei der Trauung singen will —.

Etta sitzt mit Gedrut vor dem Wohnzimmerfenster und sieht den Hochzeitsgästen nach. Schade, daß es nun doch unfreundliches Wetter ist! Der harte Nord fegt über den Hafen, daß die festlich gehißten Schiffsflaggen wild aufflattern und die Reifröcke der beiden Damen sich so beängstigend bauschen, als wollten sie gleich mit ihnen davon fliegen. — Nun gehen sie bei Harms herein — die Haustür ist sogar bekränzt! Und das um eine Hochzeit. Wie kann man nur ein solches Fest davon machen? Wenn manche Braut wüßte, was ihr bevorsteht, ginge sie wohl lieber ins Wasser. Auf Lebenszeit gefangen sein, man muß selbst erleben, was das heißt — das blasse Gesicht tief verschattet, starrt sie mit harten Augen nach draußen, bis das Gezwitscher des Kindes sie aus ihrem Brüten reißt.

Gestern Abend, als gepoltert wurde, haben sie hier auch gesessen, die Kleine hat soviel Spaß an dem bunten Treiben. Es ging auch recht hoch her, die haben dort fast die Nacht hindurch zu tun gehabt, daß sie die Scherben wegräumten. Das „Buddel mal her!" schallte über den ganzen Hafen, aber Grootkoopmann hat sich auch nicht lumpen lassen, wie es heißt. Die Trauung ist in der Kirche, sie können hier alles schön sehn, wenn gleich der Hochzeitszug kommt.

Das findet auch die Queen, die im letzten Augenblick angerauscht kommt und vor dem andern Fenster Platz nimmt. Nein, sie geht darum doch nicht zur Kirche, was Etta wohl denkt! sie kam hier doch nur vorbei. Tomma ist natürlich hin, die kann ihr alles genau erzählen. — Auch sonst sitzen vor jedem Fenster um den Hafen Neugierige und warten auf das festliche Ereignis. Aber nun kommt eine große Überraschung: eine Kutsche fährt vor, ein richtiger Landauer mit zwei dicken Pferden bespannt und mit Grün und Blumen geschmückt! Jetzt steigt ein Teil der Hochzeitsgäste ein — zu schade, daß man sie nun nicht recht sehn kann!

Die Pferde ziehen an, und der Wagen rollt über die Brücke, vorbei am „Goldenen Anker", an der Apotheke und an Ettas Fenster, wo man ihm gespannt entgegensieht. Doch der Höhepunkt des Tages entgeht den Zuschauern hinter den Fenstern: von dort, wo der Wagen an der Ecke hält, bis ganz vor die Kirchentür wird ein breiter roter Läufer gerollt, den Zuschauern stockt fast der Atem! Er läuft durch den Weg zwischen den Eckhäusern über die schmutzige Straße, vorbei an den Gräbern mit den gelben Rosen und altrosa Nelken und den Steinen mit den segelnden Schiffen, an der schmucklosen Kirche entlang bis zu dem freistehenden Glockenturm — nein, das ist ja Sünde! Man würde es nicht glauben, sähe man es nicht mit eigenen Augen!

Vier-, fünfmal fährt der Wagen. Zuletzt kommt das Brautpaar mit den blumenstreuenden Kindern. Ernst und ein wenig befangen unter den vielen beobachtenden Augen greifen die Mädchen in die zierlichen Weidenkörbchen. Der scharfe Wind wirbelt die Moosrosen und Stiefmütterchen, die Primeln und tränenden Herzen erbarmungslos über die Gräber und läßt sie selbst in ihren dünnen Kleidern bis ins Mark erschauern. Der pompösen Braut jedoch kann er anscheinend nichts anhaben. Fast beängstigend glühen ihre stets frischen Farben aus dem vielen Weiß von Kleid und Schleier, während sie würdevoll in der gewaltigen Krinoline neben ihrem Erwählten geht, den niemand beachtet. Der Wind reißt an dem Brautschleier, der plötzlich hochweht und sich an den rauhen Steinen des Glockenturms verfängt.

Dann wird die Kirchentür geschlossen. Die blühende Braut gewahrt nichts von den Andächtigen, die sich ihr zu Ehren einfanden und wozu sie sich schon lange freute. Alles verschwimmt ihr vor den Augen, ihr Herz pocht so laut, daß sie glaubt, selbst Mester Behrens oben an der Orgel müsse es hören, und das nicht etwa vor bräutlichem Glück — ach! Sie fühlt etwas Furchtbares herannahen und möchte am liebsten in die Erde versinken — als sie vorhin über die Kirchenschwelle trat, krachte ihr Kleid vernehmlich! Ganz deutlich fühlt sie, wie sich in der Seitennaht Stich um Stich löst — oh, wie mag es ihr nur ergehen, wenn sie gleich niederknien muß? — Sie hört kein Wort von der langen Traurede, kaum wagt sie zu atmen — oh Gott! — jetzt ist der unselige Augenblick da!

Befremdet sehen die Hochzeitsgäste, wie merkwürdig schwerfällig die Braut sich niederläßt, unter gesenkten Lidern tauschen die Damen heimliche Blicke — sie wird doch nicht?! — mein Gott, wer hätte das von ihr gedacht! — und dann noch groß in Kranz und Schleier und solches Fest!

Die Unselige ahnt nichts von diesem schnöden Verdacht — ihr ist schon elend genug, denn sie spürt, wie sich der Riß mehr und mehr erweitert — jetzt!! — — nun ist das Unheil geschehen! großer Gott im Himmel, was soll werden! Krampfhaft preßt sie den Arm gegen die Unglücksstelle, zitternd und doch mit einem Gefühl der Erleichterung holt sie Atem. Dabei verpaßt sie ihr „Ja“ und muß nochmals gefragt werden, es ist eine so entsetzliche Blamage, daß sie laut aufschluchzt, wobei die Nase mitweint, hilflos sucht sie nach dem Taschentuch.

Geistesgegenwärtig springt Madam Peters ein. Dabei entdeckt sie das Unheil, das sie gewandt und unauffällig mit den Schleierfalten verhüllt. Der junge Ehemann sieht indigniert mit hochgezogenen Brauen und in den Kragen gepreßtem Kinn auf die kleine Szene und nimmt sich vor, seine junge Frau zunächst einmal zu damenhafter Selbstbeherrschung zu erziehn.

Die Lungerer hören noch die Orgel rauschen, dann spricht der Pastor, und darauf singt eine Männerstimme: „Wo du hingehst, da will auch ich hingehen —“. Das muß wohl der Apotheker sein, der ist ja immer etwas verrückt. So weit ist das doch nicht, wo Brunhilde hinkommt, daß er noch extra drum singen muß! — Sonst — feierlich ist so was ja. — Das gibts doch auch bloß hier auf dem Siel!

Hiemkmö, die schon einen weiten Weg durch den tiefen Klei gemacht hat, trifft es wirklich, daß sie so was Besonderes miterleben kann! Sie kommt mit ihren Waren in der Schürze auf den Kirchendeich und legt das Ohr an die Mauer — nun denk doch einer an! Was die hier auf dem Siel auch immer haben, es ist nicht zu glauben! Sie schüttelt verwundert das runde, glatte Gesicht unter dem Grauhaar — wie kann der Mensch nun wohl soviel Umstände um'ne Hochzeit machen! das ist ja beinahe Gott versuchen. Opa sagt auch immer, die Leute hier haben nichts als Windigkeiten im Kopf, das ist wie in Sodom und Gomorrha. Und so bringt sie mit ihren Waren ausgiebigen Gesprächsstoff mit nach Haus, der an manchem langen dunkeln Winterabend nach allen Richtungen beleuchtet wird. Nur, daß im Licht des Kienspans manches Bild verzerrt erscheint!

Nun hat die Kutsche die Hochzeitsgäste von der Kirche zurückgebracht, und es gibt nichts mehr zu sehen. Die Queen steckt den Löffel in die Tasse und erhebt sich schwerfällig — nun ist's ja wohl vorbei, sie wollen Brunhilde denn nur alles Gute wünschen, obwohl sie das anspruchsvolle Ding nicht gerne leiden mag. — Dabei fällt ihr ein — hat Etta auch davon gehört, daß Simon Johanna sich soviel aus dem kleinen Menno macht? es heißt ja, daß er nach Bora freit. Aber das glaubt sie nicht, obwohl es gut für sie alle wäre. — — Und hat sie kürzlich Nachricht von Taak? sie hat so lange nichts Näheres gehört! Sie tut dabei ganz harmlos und spielt mit Gedrut — ja, sie muß bald wieder zu Rineldtant kommen und Schokolade trinken, davon werden die Kinder stark!

Etta fühlt ihre Knie zittern — da ist die gefürchtete Frage also! Aber sie war darauf vorbereitet: „Sovöl ik weet, geiht hüm dat good!" — ja, und wenn das Wetter besser ist, werden sie und Rineld täglich ausgehn, dann kommen sie einmal herein —. Und dies mit Bora ist ihr ganz neu, aber es mag ja wohl sein — sie spricht hastig von allem möglichen, um weiteren Fragen vorzubeugen.

Die Queen wirft ihr einen Blick über die Brille zu und zieht die Augenbrauen hoch — denkt Etta, sie weiß es nicht besser? Heiko fährt jetzt doch bei

Taak als zweiter Steuermann, da hat sie von Antje schon genug erfahren!

Etta sieht ihr herzklopfend nach, wie sie über den Siel segelt, sie wird ja wohl zu Dina gehn. Was sollte sie sonst sagen? Taak hat bis jetzt kein Lebenszeichen von sich gegeben. Erführe sie nicht so ganz beiläufig einiges durch Antje Hillerns, sie müßte glauben, das Schiff sei verunglückt. Wen soll sie fragen? — — und daß dann der ganze Siel erfährt, wie es mit ihnen bestellt ist? Sie krampft die Hände zusammen: nie! Ihr Stolz leidet unter dem Schweigen von Taak mehr, als sie es sich eingestehen will. Sie fühlt sich tief gedemütigt und kann sich nicht überwinden, ihm ein gutes Wort zu geben — sie ihm? sie denkt nicht daran! — Er, und nur er ist der Schuldige!

Immer tiefer redet sie sich in ihren Groll hinein. Stets von neuem wirft sie all seine Fehler und Versäumnisse in die eine, ihre Pflichterfüllung, ihre Anspruchslosigkeit in die andere Schale, und diese sinkt so tief, daß kein Ausgleich möglich ist. Mit Gewalt verschließt sie ihr Herz vor der nagenden und bohrenden Stimme, die mahnt: ein wenig Selbstgerechtigkeit von deiner, ein wenig Güte auf seine Schale — um des Kindes willen!

Durch Antje Hillerns erfährt sie auch zufällig, daß die „Etta" diesen Sommer schlechte Reisen und auch Havarie hat, wobei diese lieber nicht erwähnt, daß Taak längst nicht mehr so auf dem Posten ist wie früher. In Livorno, wo sie auf der Reede ankerten, hat er sich mit dem Boot an Land setzen lassen und ist erst am vierten Tag wiedergekommen. Da war die Freizeit natürlich abgelaufen, und er konnte zu den Spesen für den Sanitätsdienst auch noch das Ankergeld bezahlen, obwohl sie nur Proviant übernehmen und Post abholen wollten. Lieber Gott, das kommt sonst auch wohl vor, besonders wenn das Schiff durch Unwetter aufgehalten wird. Aber bei günstigem Wind? — und Taak, der sonst so genau ist, achtet nicht auf die Zeit? Da weiß man wirklich nicht, was man davon sagen soll. — Wenn man ihr das nun von Hillern erzählte, das wäre was anderes. Aber der mag sein wie er will, in diesen Dingen paßt er gut auf!

25. Kapitel

Etta! – Etta!

Wer gezwungen ist, dem Tag das Notwendigste abzujagen, dem segelt das Schiff der Zeit meist mit beängstigender Hast durch die Stunden, und dabei überfällt ihn wohl unvermittelt die Angst, es möchte in seinem rastlosen Dahineilen an dem ersehnten Ziel vorbeitreiben. Dem Wartenden jedoch will es scheinen, als verharre es unverrückbar an gleicher Stelle, gehalten vom Anker unausweichlichen Unglücks, verhüllt von den Nebelschleiern der Ungewißheit.

Klagend, heulend peitscht der Herbststurm das kahle Land zwischen den Deichen. Bei den Plaatsen drückt er die breiten Arme der Eschen tief in die dunklen Graften und schüttelt die schwanken Zweige der vereinzelt im Land stehenden Wasserweiden, daß sie zucken wie ein wundes Herz.

Hinter dem Deich grollt erregend die Brandung — bewahre der Herr die Schiffer auf hoher See!

Todestraurig klingt das wilde Sturmlied, das manchem den Schlaf raubt. Auch die blonde junge Frau horcht danach, deren Kindchen so schmerzlich nach seinem Vaderke ruft —.

Sie richtet sich hastig auf — rief dort nicht jemand nach ihr? — Aber nein, wer könnte das auch sein? Es war wohl der Sturm, der jetzt von neuem auflebt. Was man sich nicht einbildet, wenn man so liegt —.

Mit weitoffenen Augen starrt sie in die Dunkelheit und kann nicht hindern, daß ihre Gedanken erneut in den Spuren des tausendfach begangenen Weges stecken bleiben, der sie anstatt zur ersehnten Klarheit immer weiter in die Irre führt.

Die früh einsetzenden und zeitweise sich zum Orkan steigernden Herbststürme legen die Schifffahrt an der ganzen Nordseeküste tagelang fast lahm. Auch der Hamburger Hafen liegt voll binnen geflüchteter Schiffe, die ungeduldig darauf warten, wieder auslaufen zu können, ist es doch im Handumdrehen Winter.

Immer noch jagen Wolkenfetzen über den Mond, bei dessen Aufkommen der starke Nordwest sich zusehends beruhigte; sie fliegen in wilder Hast über den sehr dunklen Himmel, an dem jetzt hier und da ein Stern aufleuchtet. Es scheint wohl, als ob der Wind nach Süden ausschießt, dann kann es die Nacht gehn. Der Seebrief wurde vorhin gebracht, so brauchen sie darauf zum Glück nicht warten. — Der Wind könnte nicht besser sein — das wird diesmal eine Rekordfahrt nach Stavanger! Und dann gehts nach Haus — fein! Befriedigt stellt der junge Steuermann das fest und beeilt sich dann, der Nacht noch einige Stunden Schlaf abzugewinnen.

Eine dicke Wolkenbank hat sich vor den Mond geschoben und alle Helligkeit ausgelöscht. In der Kajüte des stattlichen Zweimasters brennt noch Licht. Der Kapitän hat die Schiffspapiere vor sich liegen und sieht sie gewissenhaft durch — die Musterrolle mit den Namen der Mannschaft, die er sorgfältig auf ihre Richtigkeit prüft, den Seepaß, ausgestellt vom Magistrat der Stadt Hamburg: „bezeugt hierdurch nach dem demselben vorgelegten Dokumenten und unter Ausschluß des erloschenen Seepasses" — murmelnd liest er „— — alleiniges Eigentum des Königlich-Hannoverschen Einwohners und Schiffers — — —" abwesend murmelt er den Namen, erschrickt bei dessen Klang —. Mit entsetzter Gebärde läßt er das Schriftstück sinken und starrt dann wie irr ins Leere — wer, wer ist der Mann, dessen Namen er eben las?

Scheu blickt er über die Schulter, als stände jemand hinter ihm — ja, er hat einmal einen gekannt, der so hieß. Wirr sieht er um sich — ja, das war ein ganzer Kerl. Der hatte so richtig Grund unter den Füßen. Der hatte auch ein schönes neues Schiff — ein Schiff! das segelte alle andern in Grund und Boden. Und eine Frau hatte der — oh! so fein! und so stolz — — er sackt ganz zusammen und schüttelt hilflos den Kopf — ja, und ein liebes kleines Kind, so lieb war das, und so anhänglich — —.

Er steht jetzt mit vorgeneigten Schultern und hängenden Armen, ein trockenes Schluchzen schüttelt seinen ganzen Körper. Wieder dies hilflose Kopfschütteln — nein, er selbst ist es nicht, das muß ein anderer sein. Der hier steht, ist ein Namenloser, der nichts mehr besitzt, dem alles unter den Füßen wankt — —. Vorbei der Stolz auf seine Arbeit, gewesen die Freude an dem selbst errungenen, geliebten Schiff, das ihm nicht mehr zu Willen sein will — wie sie, deren Ebenbild es ist —. — — Etta! — — Etta! — — er wirft sich über den Tisch, geschüttelt von qualvollem Stöhnen. — — Oh, er weiß, wann sein Unglück begann, das der Pastor in Gottes Namen einsegnete. — In Gottes Namen! — — Er soll dein Herr sein! — — Mit bitterem Lachen hebt er den Kopf — ja, gut genug, um auf Ostindien zu fahren! — — Etta! — — Etta! — — er schreit es hinaus, wie in Verzweiflung wirft er die Arme über den Kopf — —.

Nie — niemals wieder. — — Dieser hier, von dem er nicht recht weiß, wer er ist, erträgt die Qual nicht nochmals. Der geht jetzt fort und kommt nicht wieder. Er sieht sein vergangenes Leben ganz deutlich vor sich, jede Einzelheit, aber so, als ginge es ihn nichts mehr an. Er will nicht mehr denken, und er kann auch nicht denken, er weiß nur: er muß fort. Einer ist wie mit der Peitsche hinter ihm her und läßt ihm keine Ruhe, jetzt hilft kein Sträuben mehr. Ruft nicht irgendwo ein Kind Vaderke? — — Wie aus ganz weiter Ferne streift der Ruf sein Ohr und ist, ehe er in die Tiefe dringen kann, verweht.

Wie unter einem Zwang packt er mit mechanischen Bewegungen das Notwendigste zusammen, mit Bewegungen, als hätte er all dies tausendfach geübt. Gewissenhaft zählt er seine Barschaft und steckt, nachdem er sich von dem Vorhandensein seines Kapitänspatents überzeugte, die Brieftasche sorgfältig fort. Dann faltet er die Schiffspapiere säuberlich zusammen, streicht eine umgeknickte Ecke zurecht und trägt in das noch offen liegende Schiffsjournal ein: Wind West, süddrehend. Als er gewohnheitsmäßig seinen Namen setzt, schrickt er wie erwachend auf, wirft hastig das Buch zu und birgt dann alle Papiere ordnungsgemäß an den gewohnten Platz. Er streift dabei die gleichfalls dort verwahrte Bibel, verständnislos hält er sie kurz in der Hand — wie war das noch? — — das Buch kennt er doch! — Er hat wohl einmal darin gelesen, ja. — Aber was jetzt über ihn gekommen ist, davon steht kein Wort darin. Aus dieser Not kann ihm kein Gott helfen —.

Er steht noch eben mit leeren Augen und sieht sich wie befremdet in dem vertrauten Raum um. Tief senkt sich der ergrauende Kopf auf die Brust, schwer atmend blickt er dann scheu wie erschreckt hinter sich. Dann löscht er mit peinlicher Sorgfalt das Licht und geht langsam, mit schweren Füßen hinaus.

Im Einschlafen ist es dem jungen Steuermann, als höre er Schritte auf der Laufplanke — wer kann das nur sein, geht es vag durch sein Unterbewußtsein. Die Schritte wandern durch seine Träume — eine Frau in grünem, pelzbesetztem Kleid geht über leise knirschenden Schnee zum Tief, dessen Eis schon ganz brüchig ist, alles ist zu Eier geworden — es bewegt sich auf und ab, auf und ab, nur die Mitte hält noch stand. Er muß ihr nach, sie retten! Aber er kann nicht fort, er hat sich in einer Trosse verwickelt — doch das sind ja Harm und Jürn, die an Deck poltern, und surrt dort nicht der Kornweher? Und da klatschen auch die schweren Holschenstiefel der Schauerleute.

Schwerfällig tappen inzwischen die Schritte in der Dunkelheit weiter, wie von einem unsichtbaren Band gezogen folgen sie dem Kai. Erst, als der Mond erneut durchbricht und das Gewirr der Schiffe erhellt, halten sie an. Der Helm eines Polizisten taucht auf, interessiert nähert sich sein Besitzer. Was will der untersetzte Mann mit der Mütze im Nacken dort nur? er beobachtet ihn schon eine geraume Weile. Unentwegt blickt er nach den Schiffen, als hätte er eins im Auge — hat er die Hände nicht geballt? vielleicht sinnt er auf einen Racheakt. — Wie ein Verbrecher sieht er sonst nicht aus, stellt er im langsamen Vorübergehn fest. Wahrscheinlich ist er über sein Maß gegangen. Hör — spricht er nicht auch mit sich selbst? — oder sollte dort noch einer sein?

Er ist noch nicht weit, als er erschrocken herumfährt — schrie dort nicht jemand wie in Todesnot? – Das war doch ein Frauenname! — Merkwürdig, dabei ist nirgends eine Frau zu sehen. — Horch! — da ist es nochmals, nun ganz deutlich: „Etta! — — Etta!“

Der Mann ist jetzt auch verschwunden. Ins Wasser kann er nicht gesprungen sein, das hätte er hören müssen. — Wenn das nur keine Scherereien gibt! — Er blickt noch scharf über das kabblige Wasser und geht, als er nichts Besonderes entdeckt, beruhigt weiter. — Wahrscheinlich ein Liebespaar, das eine Auseinandersetzung hatte, der Mann wird irgendwo im Schatten untergetaucht sein.

Wenige Tage später steigt Dina Eimen mit dem kleinen Ulfert an der letzten Halte vor der Heimat aus der von Bremen kommenden Postkutsche. Sie war mit dem Kleinen längere Wochen an Bord und ist nun recht froh, wieder nach Hause zu kommen. Nein, diesmal war es wirklich keine Vergnügungsreise! Das Wetter wollte gar nicht dienen, sie traf es ausgesprochen schlecht. Besonders auf der weit draußen liegenden Reede von Dünkirchen war der Teufel los. Sie hat schon manch böse Fahrt erlebt, aber wie die „Dina" dort in der Brandung zukehr ging, vergißt sie so bald nicht wieder. Und dann noch die Angst um Eimo, der tollkühn die Insassen eines in Not geratenen Bootes rettete und selbst in größte Lebensgefahr geriet! Dabei waren sie vorher im Hafen als Deutsche recht unfreundlich behandelt worden. Aber danach fragt Eimo nicht. Es war ihm eine selbstverständliche Pflicht, für die er weder Lohn noch Anerkennung erwartete. — Was wohl ihre kleinen Mädchen machen? Theda Tjarks hat sie solange betreut, so konnte sie beruhigt fortgehn. — Eimo hatte sie so sehr um ihr Kommen gebeten.

Wir kalt es hier doch ist! Der Wind stößt von der Jade kommend über den Deich, fröstelnd zieht sie den Schal enger um die Schultern und eilt zum Wagen, der sie nach Hause bringen wird. Eben werden die Pferde gewechselt, die Reisenden kommen ihr schon entgegen.

Plötzlich setzt ihr Herz aus, sie bleibt wie angewurzelt stehen: Röbke Heerenohm hier? Der Wind zaust an seinem weißen Haar, er geht gebeugt, und sein gutes Gesicht ist so bekümmert, daß sie weiß: es ist etwas geschehen. — Aber was? Ihr erster Gedanke ist Eimo — aber nein, der ist ja noch im Hafen! — — Die Kinder? — oh, sie ahnt Furchtbares! — Sie faßt ihn am Ärmel: „Du hier? — — wat is der?"

„Mien Kind — —" er schluckt: „Dat wi uns so weersehn moot!"

Dina sieht ihm entsetzt ins Gesicht — ja, es ist etwas geschehen, etwas ganz Furchtbares. — Er kann nicht davon sprechen. — — Nein, nein, es ist nichts mit den Kindern —.

Er holt zitternd Atem — aber Taak ist spurlos verschwunden! — — — Sie muß sich einmal vorstellen, was das heißt — alle Papiere waren schon an Bord, da läßt er das Schiff mit der Ladung auf dem Strom liegen. Ja, man soll es nicht für möglich halten, aber es ist so, man faßt es einfach nicht. — — Beim Anbordgehen ertrunken? — — Nein, nein, das ist nicht wahrscheinlich, er hat seine Papiere mitgenommen. — Gott mag wissen, was da vorliegt. — Gestern kam Eilbotschaft an ihn, von Heiko, was werden soll. Der ist noch so jung, und der erste Steuermann ist nicht viel. — Nun kann er als Alter nochmals zur See gehn, es ist jetzt sonst ja keiner zur Hand. — Nun, denn man erst alles Gute, es wird Zeit —.

Der Postillion bläst schon zur Abfahrt. Dina sieht, wie der Alte einsteigt, er scheint um Jahre gealtert, sie winkt ihm unter Tränen nach. Dann setzt auch ihre Postkutsche sich in Bewegung. Sie ist sehr voll, es wird viel und laut gesprochen, doch kein Wort dringt zu ihrem beschwerten Herzen durch — Taak verschwunden! Großer Gott, was muß nun werden? — Röbke Heeren hat Etta mit keinem Wort erwähnt — wie mag sie es nur tragen? — Was Eimo nur sagen wird! — Nein, sie kann es einfach nicht fassen — Taak, der so Gewissenhafte, geht davon und läßt alles im Stich — sein neues Schiff, sein Heim, Frau und Kind — es ist nicht auszudenken, wenn ihr das von Eimo geschehen wäre! — Ach, sie will gleich zu Etta, sie trösten, beraten —.

Sie bettet das schlafende und durch einen Stoß aufgewachte Kind anders — wird Etta aber darauf eingehn? sie ist so verschlossen, man blickt nicht leicht in sie hinein —. All ihre Gedanken kreisen um das rätselhafte Geschehen, für das sie keine Erklärung findet. Sie hat schon manche Reise mitgemacht und weiß, wie schwer die näheren Umstände rechtlich wiegen. Da ist die wertvolle Ladung, für die der Schiffseigentümer durch Unterzeichnung des Konnossements verantwortlich ist, die Musterrolle, von deren Richtigkeit die Ausstellung des Seepasses abhängt, der erst das Recht zum Auslaufen verleiht und zugleich dem Schiffer die Verpflichtung auferlegt, das Schiff vorher nicht mehr zu verlassen — nein, man faßt einfach nicht, wie es möglich ist. — Wie überlegt von Heiko, daß er gleich Röbke Heerenohm rief, ehe Unheil entstand! es steckt in dem wilden Jungen doch ein guter Kern.

Mit leerem Kopf und pochendem Herzen starrt sie in die herbstliche Landschaft, über die schwere Regenschauer streichen. Frierend steht das Vieh auf den nassen Weiden, handfeste Mägde gehen, den Kleidrock über den Kopf gezogen, im roten Unterrock zum Melken, klägliches, dumpfes Brüllen klingt auf —. Wie früh der Herbst in diesem Jahr einsetzt!

Andeutungen Eimos fallen ihr ein, er sprach sich nie recht aus. Und weshalb beschäftigte er sich so viel mit dem sichtlich veränderten Taak? — — Er muß mehr gewußt haben, als er sagte. — Sie entsinnt sich, daß ihr manchmal durch den Sinn fuhr: die beiden haben ein Geheimnis miteinander. — — Sollte doch etwas zwischen den Eheleuten sein? Eimo war oft recht ungehalten darüber, daß Etta so gar nicht verstand, es Taak zu Haus gemütlich zu machen und fand recht harte Worte für sie. Und wie gern scherzte er früher mit seiner schönen Kusine, so daß sie mitunter eifersüchtig wurde. — Aber wenn es auch kein besonders gutes Verhältnis zwischen den beiden war, deshalb läßt man doch sein Schiff nicht im Stich? — — nein, nein, da muß etwas anderes vorliegen!

Das Gerücht von Taaks Verschwinden läuft wie eine alles verschlingende Flutwelle über den Siel — in jedem Haus, jedem Laden, jedem Wirtshaus beherrscht es jedes Gespräch. Die letzten Jahre haben zwar manches aufregende Ereignis gebracht, aber ein solcher Fall ist noch nicht vorgekommen, solange der Siel steht.

Etta wird teils bemitleidet, teils gönnt man ihr die Demütigung. Das gilt besonders von den Frauen, die ihr die fast unheimliche Gelassenheit nicht verzeihen können, die sie zur Schau trägt. Die junge Frau weiß sich so zu beherrschen, daß niemand ahnt, welche Marter dieser Sommer für sie war. Schon längst wich sie Gerd Ba aus, der sie immer so mitleidig ansah — oh, er soll nicht denken, daß sie wartet! — Nein — sie will nicht warten! — Und doch sind ihre Nerven wie zu fest gespannte Drähte, deren Schwingungen sie kaum noch erträgt. Tausend Vermutungen drängen sich ihr auf, sie erwägt unzählige Möglichkeiten. — Oh, er wird schon wiederkommen! ein bitteres Lächeln schließt ihren Mund noch fester. Aber so geht es nicht weiter, dann muß sich das Weitere finden. Und wenn sie an der Waschbalge stehn soll!

Und nun kommt er nicht wieder, ist fort ohne ein Wort, unter Umständen, für die es weder eine Erklärung noch eine Entschuldigung gibt. — Alles hat sie erwartet, aber dies nicht. — — Nein, dies nicht! — Daß er nicht reuig zu ihr zurückkehrte, sondern ihr handelnd zuvor kam, gibt ihr einen Stoß, der sie völlig aus dem Gleichgewicht bringt. Immer hat sie innerlich darauf gepocht, allein sie wäre die Gebende, die Gewährende, und verlangte dafür seine Dankbarkeit als ihr gutes Recht. Hatte sie sich nicht zu ihm herabgelassen? Und nun sieht plötzlich alles so anders aus, daß sie sich nicht mehr zurechtfindet —.

An einen Unglücksfall hat sie keinen Augenblick geglaubt. — Als Röbke Heeren damals mit der Hiobsbotschaft zu ihr kam, durchfuhr sie jäh die Gewißheit: er will nicht wiederkommen. — Er hat dich für immer verlassen —. Im ersten Augenblick empfand sie solche Befreiung, daß das Blut ihr zu Kopf stieg. Sie trat schweratmend zurück und lehnte sich gegen die Buddelei, deren Beschlag sie eben geputzt hatte, die Knie zitterten ihr. Der gute alte Mann hielt ihr Schweigen wohl für Schreck und Trauer, er strich ihr ums Gesicht: „Holl man goden Mood, mien Kind!“ sagte er tröstend. Aber sie spürte wohl, daß er selbst nicht daran glaubte. — Die Queen allerdings, die natürlich gleich kam, musterte sie über die Brille hin so scharf, als wollte sie ihr ins Herz sehn. Aber so leicht geht das nicht bei ihr, und über Dinge, die sie allein angehn, spricht sie mit keinem Dritten.

Doch dies geht sie keineswegs alleine an. Da ist Röbke Heeren, der die „Etta“ bei sehr schwerem Wetter hier in den Hafen brachte, wobei sie erneut Beschädigungen erlitt, da ist die Mannschaft, die entlöhnt werden muß. Es kommen auch noch Rechnungen von auswärts über Proviant und Tauwerk, eine Werft meldet sich mit Forderungen für eine Reparatur. Auch von den hiesigen Geschäftsleuten kommen verschiedene Mahnungen, um Beträge, die sonst um Neujahr beglichen werden, keiner will sein Geld verlieren. Taak hat das sonst immer selbst geordnet, Etta hatte kaum Bargeld in den Händen. So weiß sie gar nicht in seinen Geldverhältnissen Bescheid, die anscheinend nicht so glänzend sind, wie sie und alle glaubten. Sie wird Eimo bitten müssen, daß er ihr hilft, vielleicht sieht er klarer. Das Gefühl der Befreiung geht bald in dem innerer Hilflosigkeit unter, das sich noch verstärkt, als Wübkmagret ihr auf der Straße nachruft: „Hochmut kommt vor dem Fall!“

Die heimkehrenden Schiffer, von denen mancher bereits unterwegs von dem aufsehenerregenden Ereignis erfuhr, sind tief erschüttert. Immer wieder nehmen sie den befremdlichen Fall von allen Seiten unter die Lupe, und die Mutmaßungen über die Gründe gehen weit auseinander. Alle sind sich jedoch darüber einig, daß sein Tun unverantwortlich ist. Nach Einnahme der Ladung und Empfang der Schiffspapiere muß der Kapitän an Bord bleiben, das ist nicht mehr als seine verdammte Pflicht und Schuldigkeit. Andernfalls kann er gerichtlich belangt werden, das wußte er doch weiß Gott gut genug! Was er mit seinem eigenen Schiff macht, muß er selbst wissen. Aber die Ladung? -- Es ist wirklich kaum zu glauben! „De is't seker in't Kopp slahn!“ fuchtelt Siebelt aufgeregt herum.

„Dat weet'k nich!“ meint Heiko Janssen — da sind sie nun so entrüstet über Taak Taaks, der doch schließlich mit seinem Eigentum machen kann, was er will, und P. J. Peters — na, er will weiter nichts sagen — aber den haben sie immer in Schutz genommen und ihn geehrt, als ob er der König selbst wäre? „Door moot ik mi doch so rein doot över wunnern!"

„Dat versteihst du nich!"

Mit ablehnender Miene spricht man von etwas anderem. Wie soll man einem Bauern nun klarmachen, daß es sich bei Peters um eine reine Geschäftsangelegenheit handelte, die sie weiter nicht berührt. Aber Taaks unbegreifliches Verhalten hat den ganzen einheimischen Schifferstand in Mißkredit gebracht, das ist ein himmelweiter Unterschied!

Den eigentlichen Grund errät keiner. Er liegt ihnen allen wohl auch zu fern, und Eimo, der ihnen Auskunft geben könnte, schweigt — schweigt selbst gegenüber Dina, obwohl es ihm bei ihren suchenden Fragen hart ankommt. Aber den Freund verraten und sein großes Elend nackt und bloß vor aller Augen legen?

Alle sind bei diesen Auseinandersetzungen so mit sich und der Angelegenheit beschäftigt, daß seine Wortkargheit weiter nicht auffällt. Grootkoopmann verliert seinen Kneifer so oft wie noch nie, er spricht mit großen Gesten, wobei er seine Kehle mit zahlreichen guten Grogs ölt, von zeitweiliger Geistesstörung: „Meine Herren! wie könnte ein Mensch wohl bei vollem Verstand seine schöne junge Frau und ein hoffnungsvolles Töchterchen im Elend zurücklassen? — Nur ein fühlloser Rohling, meine Herren — und wer wagt es, den wakkern Kapitän Taaks so zu nennen? — — Nein, meine Herren, er war ein Muster der Menschheit!" — Er beweist das mit manchem Beispiel.

Gerd Onken, unter dessen Dach Taak so manche Nacht verbrachte, steht in wissendem Schweigen hinter der Theke und weiß sich mit einem ständigen: „Dat seg doch man!“ allen Fragen zu entziehen.

„Grootkoopmann het sien Geld wiß all kreegen!“ sagt der Plünnenrieter nach sehr später Heimkehr zu seiner Margareta, die ihn zu seinem Mißvergnügen stopfend erwartet. Nun, bis auf einen kleinen Restposten ist auch er zu seinem Geld gekommen. Aber man weiß nicht, wie die Sache sich weiter auswirken wird: „'t is wat Seltens!“ beschließt er seine Ausführungen, und es ist nicht recht klar, gilt sein Leibspruch diesem oder dem frischen Leberwurstbrot, von dem er den letzten Happen verzehrt.

Seine Frau, die hingebungsvoll fadenscheinige Kissenbezüge stopft, hat anscheinend nicht recht hingehört. Sie spricht mit Tränen in den schläfrigen Augen ganz unvermittelt von dem kleinen Mädchen, das immer nach seinem Vater ruft. Oh, er ist mit dieser Frau gestraft, die keinen Funken Geschäftsinteresse hat! — Man sollte wirklich auch aus allem herauslaufen, ebenso wie Taak Taaks, und er ahnt nicht, wie nahe er der Lösung des Rätsels kam.

Eimo wehrt ab, als Etta Tee machen will — nein, danke, er will dies hier nur kurz mit ihr besprechen. Wie sie weiß, hat Bernd Eilers fünf Zweiunddreißigstel in der „Etta“. Wie Taak einmal sagte, wollte er ihn verschiedentlich auszahlen, aber damals wollte er sein Geld ja lieber arbeiten lassen. Nun will er es zurückhaben, er läßt ihm keine Ruhe. Harmina steckt wohl dahinter, deren Geiz kennt man. Röbke Heeren, der auch vier solcher Anteile besitzt, macht natürlich keine Schwierigkeiten. Solange alles ungeklärt ist, kann ja auch nichts unternommen werden. Wie sie schon besprachen, ist es am besten, wenn Hero das Schiff vorläufig führt. Sollte es einmal zu einem Verkauf kommen, dann hat er natürlich Vorkaufsrecht, sie wissen es dann in guten Händen. Er spricht an Etta vorbei, und sie sieht ihn auch nicht an. Beide wissen, was das bedeutet —.

Der Winter verstrich, doch von Taak kam kein Lebenszeichen. Auch alle Nachforschungen blieben vergeblich. Sollte er doch verunglückt sein? — Die Zeit drängt, es müssen Entschlüsse gefaßt werden, und so ist es unausbleiblich, daß Eimo häufiger zu Etta kommt. Er ist dann nicht unfreundlich, aber so kühl und sachlich, daß es ihr weh tut. Hat er für sie denn nicht ein gutes Wort in ihrer bösen Lage?

Von Taak spricht er nicht anders als von einem Unglücklichen, und ist bemüht, ganz in seinem Sinn und so zu handeln, als könnte er täglich wieder auftauchen. Unvermutet streift die junge Frau aber wohl solch wissender Blick, daß ihr ist, als stände sie entblößt vor ihm. Seine Gegenwart beginnt sie zu peinigen, und hat sie sich früher schmerzlich danach gesehnt, so spürt sie zu ihrem Befremden mehr und mehr, wie er ihr heute nicht mehr ist als ein Verwandter, dessen geschäftliche Unterstützung sie leider nötig hat. So ahnt sie nicht, daß Hieliet eine böse Klatscherei über den Siel bringt, die ihr wohl die letzte Sicherheit genommen hätte.

Sie beginnt seine Besuche zu fürchten und atmet auf, als er wieder in See geht. Ihr Herz ist müde geworden, die alte Flamme ist erloschen und brennt nicht mehr. Nur nichts denken, nichts fühlen! — — nur von einer Stunde zur andern gehn —. Die Unsicherheit ihrer ganzen Lage, die völlige Ungewißheit über Taak bedrückt sie immer stärker. Eine Art seelische Lähmung macht sie schließlich fast unempfindlich gegen alles Ungemach — es ist nun einmal nichts daran zu ändern, man muß es hinnehmen wie es kommt. Sie versieht ihr kleines Hauswesen mit peinlicher Ordnung, sie sorgt für das Kind, dessen zarte Gesundheit viel Pflege erfordert, sie schränkt ihre Ausgaben auf das Äußerste ein. Ungern nur geht sie heraus, und meist muß Klein Gedrut die bescheidenen Besorgungen machen. Am liebsten geht sie zu dem kleinen Laden von Bekka Tjarks, die immer so lieb zu ihr ist. Die andern wollen immer wissen, ob Vaderke schon geschrieben hat, der noch immer nicht da ist. Und die „Etta" liegt schon im Hafen?

Stolz zieht sie los, in Plüschmantel und Kapuze, sorglich umgeht sie alle Pfützen. Meist bleibt sie bei Tjaldmaleens efeuumsponnenem Häuschen stehen und ruft: „Müki! — — Müki!" Dann kommt die Schwarze angehuscht und umstreicht ihre Beine, und die Alte steckt ihre spitze Nase aus der Tür und holt Gedrut herein. Oh, wie wunderlich ist dort alles! Da kommen Katzen aus den Alkoven geschlüpft, andere sitzen beim Feuer, und sogar auf dem Tisch und fressen dort aus kleinen Schüsselchen! Und alle haben so schöne Namen! Nur den Kuchen, den die Alte ihr schenkt, mag die Kleine nicht, und sie hat es auch nicht gern, wenn die Alte sie streichelt und sie „mien Engel" nennt. Sie hat auch solch liebes kleines Mädchen gehabt, sagt sie, das ist nun auf dem Kirchhof und spielt mit den lieben Englein.

Bekka Tjarks und die schöne Theda, die schon ganz von ihrer baldigen Abreise nach Indien erfüllt ist, sehen dem kleinen Ding nach, bis es bei der Pastorei ist, es trippelt so zierlich durch den leisen Nebel in die fallende Dämmerung hinein. Es wird nötig Zeit, daß das Kind nach Haus geht, es konnte sich gar nicht von dem Papagei trennen, den Tjark mitbrachte. Es leidet natürlich unter der trüben Stimmung, Etta müßte sie auch mehr mit andern Kindern spielen lassen.

Ob die lieben Englein jetzt wohl auf dem Kirchhof sind, mit denen Tjaldmaleens kleines Mädchen spielt? Ach, das möchte sie auch wohl — überlegend bleibt Gedrut an der Kirchhoftreppe stehen. Dann hebt sie das eine Beinchen und zieht das andere nach, vorsichtig, Stufe für Stufe, bis sie oben ist. Suchend sieht sie sich um — hier sind aber keine. Sie hat ein Bild, da ist ein Engel darauf, der hat ein langes weißes Kleid an und schöne weiße Flügel. Suchend geht sie zwischen den Gräbern weiter, erschauernd in dem kalten Wind. Auf der Weide hinter dem Kirchendeich hockt ein Mövenschwarm, er steckt die Köpfe in den Wind. Moder geht immer hinter den Glockenturm, da harkt sie ein Grab und bringt Blumen hin. Da liegt Gedruts Oma, sagt sie, und die heißt so wie sie. — Das Kind hockt auf dem flachen Grabstein und zupft Unkraut aus, wie sie es von den Großen gesehn hat. Die kommen sonnabends und machen es hier schön, und dann sagen sie wohl: kiek, door wahnt de un de. Aber sie hat noch niemand gesehn. Und wo die Englein doch wohl sind? sie will ein bißchen warten, vielleicht kommen sie gleich.

Sie hat ihr Körbchen neben sich gestellt und

blickt träumerisch in den verhangenen, grauen Himmel. Sie ist hier ganz allein, und alles ist so still —. Schlummert sie ein? Sie schrickt auf — etwas Weißes flattert rauschend über sie hin, setzt sich aufs Kirchendach, auf den Glockenturm, schwingt sich dann unversehens in die diesige Luft und ist verschwunden — — die Englein! „Hier" — ruft sie: „hier sün ik!" sie steht mit erhobenen Armen und sieht enttäuscht den letzten weißen Schwingen der Möven nach.

Aus dem Glockenturm schiebt sich das überraschte Gesicht des alten Kuhlengräbers, der eben zum Abendläuten angeschurrt kam, er hat den Glockenstrang schon in der Hand: „Door büst du!" Jajaja, was macht das Püppi hier denn? Der ganze Siel ist schon in Aufruhr, ihre Mutter denkt, sie ist ins Wasser gefallen. Er nimmt Gedrut auf den Arm und bringt sie nach Haus, wo sie sich hastig von ihm losmacht, seine Jacke riecht so sonderbar. Etta ist totenblaß, sie kann dem Mann kaum danken, der ein Trinkgeld ablehnt: das war doch nur Christenpflicht! Aber was das Kind auf dem Kirchhof wollte, ist ihm ein Rätsel.

Auch Etta kann es sich nicht erklären. In ihrer Aufregung fährt sie das Kind erst heftig an: wie kann sie wohl so unartig sein und ihre Mutter so ängstigen! Gedrut verzieht das Gesicht zum weinen: und sie wollte doch nur die Englein sehn! Doch dann verklärt es sich — sie sind auch gekommen! Aber dann flogen sie alle wieder weg. Kann sie nicht auch einmal ein bißchen tot sein? dann bleiben sie sicher bei ihr, und hat sie auch jemand, der mit ihr spielt!

Ein wahres Entsetzen greift Etta ans Herz — phantasiert das Kind? Sie hat es auf den

Schoß genommen und drückt es an sich: „Kind! — — Kind!" Wenn sie es verlieren müßte — nein, so kann der Herr sie nicht strafen! — — Strafen? — — — strafen — —. Und dann Taak, dem sie es nicht gönnte?

Die Angst schnürt ihr die Kehle zu, sie sitzt wie gelähmt und hört das Herz in den Ohren pochen. Wie kalt das Kind ist! — Nun muß es schön ins warme Bett, der Bakerkorb ist schon drin. Und dann gibt es auch schönen, süßen Kamillentee — „Ganz sööt?" Willig läßt das Kind sich hinlegen und schläft bald ein.

Etta bekommt die ganze Nacht kein Auge zu. Das Kind schläft sehr unruhig, es ruft nach den Engeln und nach seinem Vaderke, die Mutter trifft das wie Geißelhiebe. In der Morgenzeit wird es ruhiger und wacht erst gegen Mittag auf, stark erkältet, aber nicht krank. Die Tanten kommen sie besuchen, alle bringen ihr Schönes mit, und sind sehr lieb zu ihr. Hanni Eimen sitzt mit ihren Schwestern am Bett und schneidet Puppen aus buntem Glanzpapier aus, auch richtige Engel, Gedrut ist restlos glücklich. Und sie werden sie fortan oft zum Spielen holen. — Beim Fortgehn wiegen die Tanten aber bedenklich die Köpfe und sind sich einig darüber, daß das Kind wohl nicht alt wird.

Etta wagt das Kind nicht mehr alleine fortzuschicken. Geschieht es doch einmal, dann bringt Theda Tjarks sie nach Haus. Sie liefert die Kleine bei der Haustür ab — nein, es zieht sie nicht zu Etta, die ist zu abweisend. Auch sind ihre Gedanken so stark mit der bevorstehenden Änderung ihres Lebens beschäftigt, daß sie den Siel längst hinter sich ließen. So völlig lebt sie schon in der lockenden Ferne, daß nicht einmal die Nachricht von dem Hinscheiden ihrer dort lebenden Kusinen, die einer Tropenkrankheit zum Opfer fielen, deren Glanz zu trüben vermag.

Etta sieht dem schlanken jungen Mädchen nach, wie es mit seiner gewandten jungen Kraft gegen den Sturm ankämpft. Die hat es gut —. Oh, könnte auch sie sich ein neues Leben aufbauen! Ein Neidgefühl kriecht in ihr hoch, jäh empfindet sie ihre Verlassenheit. — Nun das Kind wieder besser ist, kommt kein Mensch mehr zu ihr, sogar Dina läßt sich nur noch selten sehn. Dann müssen sie eben fortbleiben, denkt sie trotzig. Sie wird auch ohne sie fertig. Daß sie die Wohlmeinenden durch ihre abweisende Kälte verscheucht, macht sie sich nicht klar. Sie ist mit Gott und der Welt zerfallen und das schwache Fünkchen der Selbsterkenntnis längst erloschen.

26. Kapitel

Ik will de Breef sehn!

Als der große Schellfisch im Morgengrauen ins Netz geriet, ahnte er nicht, daß er das kühle, erfrischende Wellenbad so bald mit dem glühend wallenden im eisernen Kochtopf vertauschen und schon um Mittag den Tisch der Queen zieren würde.

Nun steht nur noch sein bleiches Knochengerüst darauf. Die frische Leber hat der Hausherr als besondere Delikatesse verspeist, während die Hausfrau das Gehirn und die Augen für sich beanspruchte, die jetzt als weiße Knicker auf ihrem

Teller liegen. Befriedigt lehnt sie sich zurück: „Dat weer lecker!" Aber nun möchte sie wohl noch eine knusprig gebratene Ente!

„Man Moder! — du versündigst di ja!" Hat sie denn nicht gut — ja, sehr gut gegessen, blutfrischen Schellfisch, blättrig und zart, und Butter dazu soviel sie mag?

„Gewiß!" sie sieht ihren Alten unternehmend an. Aber wenn jährlich zweieinhalb Millionen Pfund Butter ausgeführt werden können, wie sie im Amtsblatt las, wovon allein nach England drei Fünftel gehn, wird doch hoffentlich auch noch etwas für sie übrig geblieben sein. Müssen denn die Fremden alles allein aufessen? Oppositionslustig nimmt sie noch einen großen Löffel der sanftgebräunten und lieblich duftenden Fettigkeit über einige Kartoffelkrumen, die sie mit Behagen als Nachtisch verspeist.

Röbke Heeren schüttelt den Kopf: „Moder, Moder!" sie muß doch auch an die andern denken, die es nicht so gut haben: „Denk ins an Etta!"

„Etta!" sie macht eine wegwerfende Handbewegung: „De wull ja nich anners" — — Und deshalb möchte sie doch eine gebratene Ente!

Sie wirft den Kopf zurück und lehnt ihn an den grämlichen Kreuzstichhund, als Zeichen, daß sie jetzt ihr Mittagsschläfchen halten will. Behutsam räumt Tomma ab und bringt die Feuerstelle in Ordnung. Aber ihre Gedanken sind nicht dabei, mit verträumten Augen verrichtet sie ihre Obliegenheiten: Tjark hat ihr geschrieben, zum erstenmal!

Auch Röbke Heeren hat sich in seinen Lehnstuhl zurückgelehnt. Er schnarcht mit halboffenem Mund, seine rosigen Züge atmen selbst im Schlaf Wohlwollen und Menschenliebe.

Die Queen hat die fleischigen Hände auf die Armlehnen gelegt und wirft aus halbgeschlossenen Augen einen Blick auf ihren Mann — sieht er nicht aus wie ein unschuldiges Kind? Der Mann ist ja viel zu gut für diese Welt, der ahnt nicht einmal, wie schlecht die Menschen sind. Immer muß er alle in Schutz nehmen, das ärgert sie richtig! Man muß die Dinge einmal beim rechten Namen nennen, wo bliebe man sonst wohl! — — — Und überhaupt Etta — sie nickt heftig — damit muß er ihr nun gerade kommen! Nichts als Undank erntet er da. — — — Als Taak damals ausriß — jawohl, das hat er getan, sie will es nur sagen, wie es ist — ja, aufgeopfert hat er sich damals für sie! Holt das Schiff bei dem Unwetter. — wer hätte das sonst wohl für sie getan? — Und nun? — — — sie kommt nicht einmal und sagt, daß Taak endlich geschrieben hat! Sie denkt wohl, andere Leute wissen das nicht, weil Gerd Ba den Brief unter die Tür schob. Er mochte ihr ihn ja nicht selber geben, sagte er. Das ist natürlich schon über den ganzen Siel, was denkt sie sich denn?

Sie richtet sich so jäh auf, daß der kreuzgestickte Hund bis ins Mark erschrickt. Nun fängt es wieder an mit dem Hin und Herrücken und den Kopf gegen ihn werfen. Er kennt das, wenn sie so unruhig ist, sein Leib ist schon ganz zerfleischt von ihren Haarnadeln. — —

Gehört es sich nicht, daß Etta kommt und ihnen erzählt, so und so hat Taak geschrieben, und was meint ihr dazu? Aber nein, das hat die Madam ja nicht nötig, die weiß ja am besten alles allein. Man kriegt kein Wort aus ihr heraus — schütteln möchte sie das verstockte Menschenkind manchmal. — Wenn sie sich wenigstens einmal über Taak beklagt hätte! — Fragt man sie danach — und das ist doch weiß Gott ihr gutes Recht! — sieht sie aus dem Fenster und fragt bloß, ob sie noch einmal einschenken soll. Ja, das muß sie sich als ältere Frau von dem jungen Ding gefallen lassen! es ist wirklich empörend.

Was denkt sie sich denn, wie das weiter gehn soll? Das Leben kostet täglich Geld; der Mensch ist nun einmal hohl und muß essen. Müßte sie ihnen den Brief von Taak nicht zeigen, damit man weiß, was drin steht und wie alles werden soll? Das ist nicht mehr als Ettas Pflicht und Schuldigkeit, sie haben soviel für sie getan! — — Und sie wird sehn, daß das bald in Ordnung kommt!

Mit diesem Entschluß kommt etwas Ruhe über sie. Prustende Laute verraten, daß der Schlummer nach alter Gewohnheit doch zu ihr fand. Der gestickte Hund atmet auf, und das segelnde Schiff auf der Uhr wiegt sich auf der ewigen Dünung der verrinnenden Zeit.

Doch kaum steht der Tee auf dem Tisch, als die Queen sich aufrichtet, den falschen Scheitel grade rückt und herausfordernd sagt: „Door gah ik glieks achterto!"

Noch halb schlafbefangen, sieht Röbke Heeren sie über die Brillengläser an: „Woor wullt du achterto?"

„Na Etta!" es klingt kampfbereit: „Ik will de Breef sehn!"

„Dat deihst du nich, Rineld!" hellwach und sehr bestimmt kommt die Antwort. Befremdet blickt Tomma von ihrer kunstvollen weißen Strickerei auf, eine Masche entgleitet ihr dabei — oh! nun muß sie ganz zurückstecken! — „Rineld" sagt Röbke Heerenohm? — — und so ernst? Sie wirft einen verstohlenen Blick auf die gefürchtete Tante, der das Blut in die Stirn steigt, die starke Frau sieht beängstigend aus.

„Un dat do ik doch! — wel wull mi dat woll inhiberen?!"

„Ik, Rineld!"

Die Blicke kreuzen sich. Die sonst so gütigen hellblauen Augen des alten Mannes sind so unnachgiebig, daß die selbstherrliche Frau keinen Widerspruch wagt, sie weiß, in solchen Fällen ist nicht mit ihm zu spaßen.

Schweigend trinkt sie ihren Tee, greift dann nach der Staatshaube und Strickkorb und geht fort, die breiten Haubenbänder stehen auf Sturm. Wie ein Orlogschiff im Angriff, denkt ihr Mann, der ihr lächelnd nachsieht, aber er zweifelt nicht daran, daß sie sich trotzdem seinem Willen fügen wird.

Antje Hillerns zieht die Kinder vom Fenster — kommt, kommt! — Oh Gott, was mag Schwester Rineld doch wohl für Salziges gegessen haben?! wenn sie bloß nicht herein kommt, sie sieht ja aus, als ob sie einen verzehrt hat, und der andere gleich an die Reihe kommt. Rasch räumt sie auf, ach du liebe Zeit, Rineld weiß gar nicht mehr, was Kinder sind — — aber nein, sie segelt weiter, der Kelch geht diesmal an ihr vorüber!

Dafür bleibt sie drüben bei Madam Peters stehn. Was sie von der wohl will, ihr kann sie doch nicht gut Vorhaltungen machen! Antje wüßte es zu gerne. Aber sie wäre doch wohl überrascht, wenn sie Zeuge wäre, wie ihre Schwester Madam in strengem Ton empfiehlt, sich wärmer zu kleiden. Das geht so nicht weiter. Immer, wenn sie Madam sieht, hustet sie, dagegen muß sie unbedingt etwas tun! Es ist hier nun einmal so kalt, und der Oktoberwind geht einem ja so richtig durch heute. Da genügen die dünnen Fähnchen nicht, die sie immer an Madam sieht. Sie muß wollene Unterjacken tragen, am besten recht aus Schafwolle und auf der Haut, und dann das ganze Jahr.

Verdutzt sieht Madam der majestätisch Dahinsegelnden nach — wie kommt Frau Röben nur dazu?

Die ist inzwischen beim Plünnenrieter eingelaufen, der zu seiner Bestürzung bittere Vorwürfe über den zuletzt gelieferten Chaconnet zu hören bekommt. Der stammt doch bestimmt von einer Strandungsauktion! damit muß er ihr nicht kommen, sie verlangt gute Ware für ihr gutes Geld! Und wenn er sich das nicht klar macht, dann weiß sie wohl soviel, daß sie in Zukunft in dem neuen Geschäft neben der Kirche kauft! Mit diesem Trumpf rauscht sie aus dem Laden, vorbei an Frau Margareta, die ihr zu Ehren mit Tee angeschleppt kommt und nun vor Schrecken fast die Tassen fallen läßt. Auch der Buchbinder bekommt böse Worte zu hören, weil er das Buch vom Goldland Kalifornien ausliegen hat. Damit macht er die Menschen nur unzufrieden. — Der Mann dienert — jajaja, man muß den Leuten doch etwas bieten und mit der Zeit gehn, heute sind in jedem Dorf Leute, die ans Auswandern denken, er wird häufig danach gefragt. — Aber hier ist das nicht nötig, bestimmt die Queen, hier hat jeder sein Brot. Und Kaufmann Harms, der die Auswanderer-Agentur hat, verdient nur unnötig Geld damit. — — Aber was hat er da denn für ein Buch: „Der Selbst—arzt—" buchstabiert sie. — Jaja, erklärt der aus der Fremde stammende Mann, daraus kann man selbst 220 Krankheiten kurieren, ohne Arzt! — — Frau Röben denke, welche Ersparnis!

Die Queen kann nicht länger widerstehen. Sie schiebt noch kurz an den Ringen ihrer grünseidenen Geldbörse und legt dann schweren Herzens den Betrag auf den Tisch. Wenn das hilft, ist das bestimmt nicht zu teuer! — — Das Buch kommt unten in den Strickkorb, eigentlich schämt sie sich recht über ihre Verschwendung.

Aber besänftigt ist sie noch lange nicht. Nein, sie geht nicht an Ettas Haus vorbei, sie denkt gar nicht dran! Die könnte sich wohl einbilden, sie liefe ihr nach! Lieber sieht sie einmal auf dem Kirchhof nach dem Rechten. Es verlangt sie auch danach, mit denen da unten Zwiesprache zu halten. Die sind wohl daran und haben keinen Kummer mehr.

Etta atmet auf, als sie die gefürchtete Herrscherin des Siels abdrehen sieht. Sie zittert vor ihrem Besuch und ist jedesmal erleichtert, wenn sie vorbei geht. Meist liegt sie die ganzen Nachmittage auf der Lauer und späht nach dem silbergrauen Kleid. Sieht sie es irgendwo auftauchen, dann verschließt sie die Tür und zieht sich hinten ins Haus zurück, damit sie nicht gesehen wird. Erst muß sie mit sich ins Reine kommen, ehe sie mit einem Menschen von dem reden kann, was sie aus qualvoller Ungewißheit in neue Kämpfe riß, die doch gebieterisch einen Entschluß fordern.

Immer wieder durchlebt sie das Geschehen: vernehmlich hallen die Schritte von Gerd Ba auf den Sandsteinplatten des Flurs, machen zögernd vor der Küchentür halt. Gerade will sie öffnen, als vorsichtig ein weißer Umschlag über die Schwelle geschoben wird, worauf die Schritte sich eilig entfernen.

Ehe sie recht begreift, ist Gedrut schon von ihrer Feuerkieke aufgestanden und holt den Brief: „Vaderke!" sagt sie strahlend: „Van Vaderke!"

„Och du!" Etta wirft einen Blick auf den Umschlag — sie muß sich setzen, so tief erschrickt sie. Es i s t ein Brief von Taak! — — Sie vergißt ganz, auf den Poststempel zu sehen — — — ein Brief von Taak — — —.

Sie ist wie gelähmt und kann sich nicht entschließen, das Schreiben zu öffnen, das wohl die Entscheidung über ihr Schicksal enthält. Wie bei einem Sterbenden zieht alles Gewesene sekundenschnell an ihr vorüber —. In tiefer Müdigkeit bleibt sie sitzen und starrt nach der Herdstelle, die sie eben säubern wollte — sie muß doch die Herdplatte putzen und den Kupferkessel scheuern, auch ein reines Schornsteinkleid aufhängen — ja, es ist doch Sonnabend —. Ein verlorener Sonnenstrahl fällt in den Raum, und läßt unzählige Staubteilchen bunt aufschillern, kalt reißt der Wind an den Fenstern — es wird Herbst!

Und da liegt nun dieser Brief und blickt sie an, mahnend, fordernd, voller Anklage und Zorn. Es ist, als ob er zusehends größer und gewichtiger wird, sie zittert vor dem, was er ihr bringen mag.

„Vaderke?" Gedrut leht sich an ihre Knie und stemmt die Ärmchen in ihren Schoß: „Moder — van Vaderke?!"

Etta kann nicht antworten, das Herz schlägt ihr bis in den Hals hinein, um dann plötzlich auszusetzen. Sie atmet tief auf, streicht dem Kind dann über das Ringelhaar — ist sie so feige? Schließlich ist doch alles besser als diese Ungewißheit, und man kennt besser durchs Feuer zu rennen als hindurchkriechen, wie die Queen gern sagt.

In plötzlichem Entschluß zieht sie eine Haarnadel aus den Flechten und öffnet den Brief — langsam, vorsichtig, ihr Gesicht ist steinern. — Ein Briefblatt fällt ihr entgegen, aus dem ein Papierstück gleitet, Gedrut hebt es auf und will mit dem schönen Bildchen spielen. Etta kann es ihr noch eben abnehmen, ehe sie es zerreißt — es ist ein Geldschein, sie legt ihn neben sich auf den Tisch.

Die Buchstaben tanzen ihr vor den Augen, ehe sie sich zu Worten formen: „Liebe Etta —" nicht wie sonst: „Liebe Frau —" — „Dir zur Nachricht, daß ich lebe. Ich konnte es nicht mehr aushalten — — —" sie sinkt in sich zusammen, als träfe sie ein längst erwarteter Schlag, die Schultern zukken, es ist nur ein Augenblick. Suchend laufen die vor verhaltener Erregung dunklen Grauaugen über die Krakelfüße, die hart und sicher wie von einem festen Willen auf das Papier gesetzt scheinen — wie hat sich damals nur alles abgespielt, wo war er inzwischen?

Oh, so: er hat erst auf einem Dampfer angeheuert, als Matrose — entsetzt fährt sie zurück: als Dampfermatrose, oh, wie ist es nur möglich! — In Amsterdam hat er dann eine gute Schanz (Chance, seem. Posten) gekriegt, auf einem Ostindienfahrer. „Ich wollte soweit weg als möglich." — Nach sehr schwerer Reise ist die „Verwachting" nun vor einigen Tagen wieder in Amsterdam binnen gelaufen.

Er hat sich unterwegs nun alles bedacht. Wenn sie will, kann sie Scheidung beantragen. Wegen böswilligen Verlassens. Er wird ihr nichts in den

Weg legen und ist bereit, für sie und das Kind zu sorgen. Wie geht es Klein Gedrut? er hofft, daß sie wohlauf ist. Ein Jahr ist lang. Die beiden Kusinen in Batavia waren gerade am Nervenfieber gestorben. Man kann da viel Geld verdienen, aber für Frauen und Kinder ist es da nichts —.

Etta blickt wirr um sich — wovon spricht Taak? — von Scheidung? — — Scheidung! daran hat sie noch mit keinem Gedanken gedacht. Eine Ehe gilt doch fürs ganze Leben, und nur der Tod, der den Schiffern immer im Genick sitzt, pflegt sie bei diesen zu trennen. — Scheidung! — Wirr jagen ihre Gedanken — wie war es doch, raunte ihre Mutter nicht einmal und es war, als handle es sich um eine unauslöschliche Schande, von einer geschiedenen Verwandten? Aber wenn sie sich dessen recht erinnert, lag dort doch eine unheilbare Geisteskrankheit zugrunde — — sie zittert so, daß sie erst nach geraumer Zeit weiter lesen kann.

„Du mußt nun selber wissen, was Du machst — —". Er bleibt noch einige Wochen in Amsterdam. Es ist ihm Verschiedenes angeboten. Gute Seeleute sind sehr gesucht. — Wenn sie mit dem Kind kommen will, Geld für die Reise legt er bei. — Nach dem Siel kommt er nicht mehr zurück, das begreift sie wohl. Es wäre ihm lieb, wenn Hero die „Etta" kriegte, sie soll das mit Röbke Heeren besprechen. — — Alles Gute. — — Taak J. Taaks.

Es ist kein formvollendeter Brief, und Taaks Worte sind so wenig schön wie seine Krakelfüße. Aber aus den kurzen, knappen Sätzen spricht ein ganzer Mann, der weiß, was er will, und dessen Tüchtigkeit überall geschätzt wird. Er bittet und bettelt nicht: komm zu mir! sondern sagt nur kühl: Du mußt es selber wissen. Er entschuldigt weder sein Tun, noch macht er ihr Vorwürfe. Es ist nun einmal geschehen, nun ist es jetzt an ihr, einen neuen Anfang zu machen. Will sie, dann ist es gut. Will sie aber ihre Freiheit, so soll es ihm recht sein.

Jedoch das beigefügte Reisegeld ist so hoch, daß es eindringlicher spricht als jedes noch so schöne Wort. Es ist der stumme Ruf: komm! Auch ich bin nicht der geblieben, der ich war. Doch ich sehne mich unverändert nach Dir, obwohl ich Ozeane zwischen uns legte und die Bürde freiwilliger Knechtschaft auf mich nahm, um zu vergessen —.

Aber die Ohren der jungen Frau sind gehalten und taub gegenüber solchem Ruf. In ihnen gellt nur das Wort „Scheidung", das sich in ihrem Innern festhakt wie ein Stachel, den sie unablässig spürt. Sprach das der demütige Mann, der sich von ihr behandeln ließ wie ein Hund, der nach jeder Züchtigung zurückkommt und seiner Herrin noch dafür die Hand leckt? Oh, wie sie ihn deshalb verachtete! — Der Mann, der diesen Brief schrieb, ist ein Taak, den sie nicht kennt, und der ihr uneingestanden Achtung abnötigt. All ihre festgefügten Begriffe von Recht und Unrecht geraten ins Wanken, alles scheint von seinem Platz gerückt und in einem fremden Licht zu stehn —.

Sie steht schwerfällig auf und gibt dem Kind, dessen Fragen sie fast nicht mehr erträgt, einen Zwieback, damit es zu tun hat. Dann arbeitet sie wie besessen herum, ohne eigentliche Gedanken, wobei ihr aber doch zum Bewußtsein kommt, daß

Taak ja lebt und sie nicht seinen Tod auf dem Gewissen hat, wie sie manchmal in bösen Stunden befürchtete.

Oh, diese Tage und Nächte! Oft ist sie fest zur Scheidung entschlossen, die ihr Befreiung von aller Last und Unruhe bringen wird. Sie wird dann ein sorgenloses und gutes Leben haben und braucht keinem Menschen nach den Augen zu sehn. Weshalb sollte sie es nicht tun? er rät ihr ja selbst dazu, danach muß ihm nicht viel an dem weiteren Zusammenleben liegen. Es ist tatsächlich der einzige Ausweg und für alle Teile am besten. Sie werden es gut haben, sie und das Kind, vielleicht zieht sie mit ihm zur Stadt. Kinder vergessen ja so leicht. Gedrut wird ihren Vater kaum noch vermissen, besonders, wenn sie in eine andere Umgebung kommt.

Tief innen aber nagt und bohrt es und läßt das ganze Fundament dieser Zukunft dann plötzlich zusammenstürzen. — Wie? — sie soll sich von Taak durch die Zeit füttern lassen, und er für die in sauren gefahrvollen Reisen verdienten Mittel selbst kein Dach über dem Kopf haben? Das duldet ihr Stolz nicht. Sie wäre ja nichts besser als eine Hure, die sich bezahlen läßt — nein, die wäre besser als sie! — Sie schämt sich, oh, sie schämt sich so sehr, daß sie so etwas nur hat denken können. Ist er wirklich der Alleinschuldige? — muß er die ganze Last tragen?

Sie wird durch alle Höllen geschleudert, matt und mit gehetztem Ausdruck schleicht sie durchs Haus und findet keinen Ausweg. Das Kind spielt zufrieden in der Herbstsonne. Es hat ein Blatt Papier gefunden und bekritzelt es eifrig: „Vör Vaderke!" sagt es ernsthaft auf Ettas Frage.

Das Kind — ja, das Kind — darf sie es ihm vorenthalten?

Die Queen setzt inzwischen ihren Inspektionsgang fort. Sie öffnet gerade die Kirchhofstür, als sie Wübkmagret die Drift heraufschaukeln sieht — so! die kommt ihr gerade recht! — „Dag, Fro Röben!" grüßt sie schmalzig: „Wat doch ok vör'n kollen Wind!"

Die Herrscherin des Siels wendet sich — den Türgriff in der Hand — majestätisch nach ihr, mustert sie dann über die Brille von Kopf zu Fuß: „So, du büst dat!" es klingt sehr kühl.

Der robusten Frau wird unter diesem Blick doch recht unbehaglich zumut — liebe Zeit, was hat die Gefürchtete nur? Jeder kann sich doch mal versehn, nicht wohl wahr? Worauf die es jetzt gemünzt hat, weiß sie nicht, bei wem sind nun auch wohl alle Dinge in Ordnung! Sie setzt auf alle Fälle ihr harmlosestes Gesicht auf — nein, wie sie sich freut, Frau Röben zu begegnen! sie wollte gerade nachfragen, ob es ihr anstatt Dienstag am Donnerstag paßt, Madam Harms schickte, Gebke ist krank —

„Du brukst mientwegen överhoopt nich weerkamen!"

„— — fää — — llig — —?!" Wübkmagret ist so verdutzt, daß ihr all ihre glatten Redensarten entfallen und sie nichts findet als diese ihre Höflichkeitsphrase.

„Dat meen ik so!" — Und nun bekommt sie den Wind von vorn — hört sie noch einmal, daß sie sich mit dem langen Edo abgibt, dann kommt sie ihr nicht wieder ins Haus! — — solchen Schmutz duldet sie ein für allemal nicht. Und sie wird dafür sorgen, daß sie auch ihre anderen Häuser los wird. Dann kann sie ja nur ganz zu Madam Harms gehn, um die sie andere Leute jetzt einfach in Stich lassen will — den Hieb soll sie noch extra haben!

Wübkmagret hat die Schürze vor die Augen geführt und schluchzt herzbrechend: wie kann Frau Röben nur so etwas von ihr denken! Edo hat ihr wohl einmal Botschaft von ihrem Bruder gebracht, den er unterwegs getroffen hatte, das ist alles. — Hat sie das nun verdient, das ihr so was auf offener Straße ins Gesicht gesagt wird? — immer ist sie ehrlich und rechtschaffen gewesen! — — — Aber 'ne Witwe hat nun einmal 'ne lange Schleppe, da tritt jeder drauf, — das kennt man wohl — —

„Man du büst nun eenmal keen Wedfro! — denk derüm!" schneidet die Queen, halb besänftigt, ihren Redefluß ab. Nun ja, ihre kräftigen Arme würde sie doch wohl recht missen, und vielleicht ist es wirklich nur üble Nachrede. Dann soll sie den Leuten aber auch keinen Anlaß dazu geben: „Na, denn man erst Gondag!"

Erleichtert sieht die Gemaßregelte ihr nach — nun müssen sie fortan noch vorsichtiger sein! — Da sieht man doch wieder, der Verräter schläft nicht!

Frau Rineld zupft einige Grashalme aus dem Grab von Gedrut Hinrichs. Etta hält das Grab gut rein, das muß man sagen: aber Gedrut weiß am besten, was das sonst für ein Steifkopf ist. Was sie damit erlebt, das ist zu schlimm. Gedrut muß doch auch sagen, daß es nicht mehr als in der Ordnung wäre, wenn sie ihnen den Brief zeigte. Ja, sie ist viel zu früh aus der Zeit gegangen, sonst sähe es bei ihr im Haus auch wohl anders aus.

Sie will sie gewiß nicht beunruhigen, aber das muß sie ihr sagen: sie glaubt auf keinen Fall, daß zwischen den Eheleuten alles stimmt.

So nicht, in jeder Ehe kommt mal etwas vor. Das weiß sie so gut wie eine — du liebe Zeit! Aber deshalb läßt ein Mann sein Schiff doch nicht im Stich! — das wäre ja noch schöner! Dann lägen wohl die meisten Schiffe vor Anker und die Männer trieben sich Gott weiß wo herum. — Das müssen die beiden miteinander ausmachen, das ist nicht ihre Sache. — Aber was mit dem Schiff wird, das geht sie wohl an, sie haben doch auch Anteile darin. — — Daß Taak sich auch so was in den Kopf holen konnte! — — er war doch immer ein solcher ordentlicher Mensch.

Seufzend richtet sie sich auf: sie würde das Grab ja gern harken, es liegen welke Blätter darauf. Aber das ist nun einmal eine Beleidigung für die nächsten Angehörigen, deren letzte Liebespflicht die Betreuung des Grabes ist. — Sie wendet sich zum Gehen — ja, sobald sie Näheres erfährt, wird sie es ihr erzählen. Und was sie noch sagen wollte: der Pastor hat kürzlich Simon Johanna und Bora zusammengegeben, es ist gut, daß die Schande aus der Welt ist. Er hat ja einen Narren an dem Kleinen gefressen, sie sind beide mit an Bord. Gebe Gott, daß sie gut wiederkommen! — — Wenn es auch besser gewesen wäre, Simon hätte sie erst um Rat gefragt. Aber die jungen Leute wollen heute nun einmal alles besser wissen —.

Im Vorbeigehn wirft sie einen ungehaltenen Blick nach Ettas Fenstern, hinter denen sich nichts regt. Erneut verstimmt, schmettert sie nun auch Grootkoopmann noch allerhand Liebenswürdigkeiten an den Kopf: Die beschädigten Schiffszwieback dort — sie weiß doch, die stammen noch von der Strandung der „Aurora“ — die will er doch wohl nicht aus dem Laden verkaufen? Die taugen ja kaum noch als Schweinefutter, das will sie ihm wohl schriftlich geben! Und damit rauscht sie aus dem Laden, ohne etwas gekauft zu haben; die zahlreichen Käufer stoßen sich kichernd an, Harms sendet ihr wenig freundliche Blicke nach.

Nein, Dina kann nun einmal keinen Tee machen, sie hat ihr das schon so oft gesagt! sie weiß einfach nicht, worauf es ankommt!

Die Queen steckt den Teelöffel in die Tasse — danke, sie verzichtet. Sie muß auch gleich nach Haus. — — Ach was, nun soll Dina die Kinder doch gewähren lassen! Wenn Kinder nicht spielen, sind sie krank. Was schadet es nun wohl, wenn sie sich einmal schmutzig machen! dagegen ist Wasser das beste Mittel. — Dina muß die Kinder nicht so verzärteln. Aus denen wird nie etwas werden, sie soll noch an ihre Worte zurückdenken.

Die Kinder, die eben mit dem Brüderchen von dem unergründlichen Fahrweg am Hafen zurückkommen, halten erstaunt mit Weinen inne — sonst müssen sie bei Rindeldtant doch immer so artig sein!?

Die steht schwerfällig auf, macht einige Schritte zur Tür, wendet sich dann jäh Dina zu: „Wat schrieft Taak nu denn eegentlich?“ überfällt sie die junge Frau.

„Door mußt du mi nich üm fragen!“ Dina richtet sich hoch auf und sieht der Gestrengen furchtlos in die Augen: „Ik heb Etta noch nich sehn!“ — — Deshalb! sie konnte sich gar nicht erklären, weshalb Rineldtant so gereizt ist. — Laut sagt sie, daß dies ja auch eine Sache zwischen Mann und Frau ist, die sie selber miteinander ausmachen müssen. Daß Taak sich wieder hören ließ, ist an sich doch ein gutes Zeichen, sie hofft sehr, daß alles wieder gut wird. „Nä — door frag ik hör doch nich üm!“

„Nich?! — — un Ji willt Fründinnen wesen? — door moot ik mi doch so rein doot över wunnern!“

Mit diesem Trumpf segelt sie zur Tür, im Hochgefühl, allen Leuten die Wahrheit gesagt und ihnen auf den rechten Weg geholfen zu haben, worüber diese meist wesentlich anderer Ansicht sind. Mit jedem Schritt, der sie ihrem eigenen Heim näherbringt, festigt sich ihr Selbstgefühl. Nur Ettas Fenster streift sie mit bitterbösem Seitenblick — die kann lange warten, bis sie sich einmal nach ihr umsieht!

Daheim trifft sie Pastor Garrels an, der mit seinem alten Freund eine besinnliche Stunde verlebte, in der sein unter den Mühen seines Amtes und seines persönlichen Lebens wohl einmal wankend werdender Glaube sich an dessen inniger Gläubigkeit aufrichtete. Das ist wirklich ein Mann ohne Falsch und in jeder Handlung für treu erfunden! — — Doch jetzt muß er gehen, seine Frau wartet — aber nun will er doch gleich einmal Frau Röben fragen, wie es bei ihrer Nichte, der jungen Frau Taaks, steht? ein schweres Schicksal, fürwahr! Er hätte sie längst gerne aufgesucht, aber — eine hilflose Handbewegung, die von bösen Erfahrungen auf dem Gebiet zeugt.

Herr Pastor hat wohl noch Zeit! — — Aber was Etta Taaks angeht — sie wirft die Mützenbänder kriegerisch zurück und setzt die Brille fester — da kann sie ihm leider keine Auskunft geben. Sie hat sie lange nicht gesehn. — Und ihre Nichte —

nein, da irrt er sich. Sie sind gar nicht miteinander verwandt. Das kommt von der Seite ihres Mannes! — So! nun hat auch der seinen Hieb, sie wirft ihm einen triumphierenden Blick zu.

Ihr so schmählich als Verwandter verleugneter Ehemann sieht seine streitbare Hälfte über die Brille hin listig an: guck mal an! Wenn sie sogar die sonst so hochgehaltene Verwandtschaft abstreitet, muß ihr Groll noch nicht besänftigt sein. Aber bei Etta war sie also nicht! — — Sie wird schon wieder gut werden!

Und so sagt er begütigend: Frau Hinrichs und er waren Geschwisterkinder, ja, das stimmt. Es geht dem Menschen im Unglück wohl wie dem kranken Tier, es verkriecht sich auch vor spähenden Augen. Der Herr mag ihr Kraft verleihen und ihr helfen, das Rechte zu tun!

Die Zeit drängt. Alles Zaudern hilft nichts, Etta muß sich entscheiden, es bleibt ihr nicht erspart. Klar und kalt scheint der Mond in ihr Wandbett. Der ewige Wind ruht. Die Schritte auf dem Deich, das Tuten des Nachtwächters sind verstummt, er hat wohl irgendwie Unterschlupf gefunden. Und der Mann, der für sie auf dem Wasser schwalkt, hat nichts mehr — er hat weder Haus noch Heim noch die Zuflucht eines eigenen Schiffes —.

Die Nacht schweigt. Und doch ist sie erfüllt von tausend dröhnenden, fordernden Stimmen, die den ruhelos Wartenden zwingen, den Dingen ins Auge zu sehn, die unerbittliche Fragen stellen und sich nicht mit Ausflüchten zufrieden geben.

Immer mehr schrumpft dabei die Selbstgerechtigkeit zusammen, die frierend auf ihrer Bettdecke hockt. — So, so, sagen die Stimmen — du hast immer deine Pflicht getan? Ja, Etta — deine

Pflicht! Aber mehr auch nicht. Ein wenig Güte, Etta, und alles wäre anders gekommen. Er ist doch nicht schlecht, Etta, das weißt du ganz genau. — Und geizig? — komm! Mit ein bißchen Klugheit hättest du ihn leiten können, das hast du doch bei deiner Mutter gesehn. — Aber du wolltest nur nicht, er sollte die Schuld haben. — Und das Kind, Etta, an dem er so hängt — weshalb hast du es ihm doch nicht gegönnt? ist es nicht auch sein Kind? Konntet ihr nicht beide eure Freude daran haben? — Er ist schuld an dem Tod deiner Mutter, sagst du? — das hast du dir eingeredet, weil dir das so paßte, Dina hat dir doch den wahren Sachverhalt erzählt. Aber wider besseres Wissen hast du daran festgehalten. — Aber das kam, weil du immer Eimo im Sinn hattest — Eimo, der mit keinem Gedanken an dich dachte! — Jawohl, Etta, das ist so! — Und du wußtest das! — Und doch hast du mit ihm die Ehe gebrochen in deinem Herzen — weiß du das auch, Etta?

Es dröhnt wie die Posaunen des jüngsten Gerichts, zitternd sitzt Etta aufrecht im Bett. Die Selbstgerechtigkeit ist nur noch wie der feine Schatten des Mondes auf der Bettdecke — gesteh es nur, Etta — er war dir gerade gut genug, um auf Ostindien zu fahren, jawohl, um nichts unterscheidest du dich von der rohen Frau damals im Hafen von Amsterdam —. — Deine Schuld ist es, Etta, daß dein Mann sein gutes Schiff verließ, das doch ein Stück von ihm selbst war, deine Schuld allein! Hörst du das, Etta? — das kannst du niemals wieder gut machen —.

Sie fällt kraftlos zurück — ja, das ist so. Sie hat es sich nur nicht eingestehen wollen. Es wäre ein Betrug sondergleichen, wenn er für den schuldigen Teil erklärt würde. — Aber sie kann so nicht zurück, sie kann sich nicht so demütigen — trocken schluchzt sie auf. Es ist mir gleich — ich will arbeiten für mich und mein Kind, und wenn ich an der Waschbalge stehn soll.

Ach Etta, raunen die Stimmen sanfter — das ist so leicht gesagt und so schwer getan. Möchtest du an Wübkmagrets Stelle sein? das würdest du schon rein körperlich nicht aushalten, jeden Tag die schwerste Arbeit.

Dein Lebensschiff hat Havarie gelitten, mein Kind. — Wenn du es noch in den Hafen bringen willst, dann darfst du alles, was dich daran hindert, über Bord werfen; das ist erlaubter Seewurf, das weißt du doch. — Fort darum mit dem falschen Stolz und dem törichten Hochmut, durch den du dich immer besser dünkst als Taak — fort auch mit der unfruchtbaren Liebe zu Eimo, die dich daran hindert, deinen Mann zu sehen, wie er wirklich ist, Etta. — Sieh zu, daß du auf der Weiterreise ein wenig Gutsein mit an Bord nimmst, ein wenig Verständnis für seine Art — sieh das Leben an, wie es wirklich ist, und träume nicht von dem, wie es sein könnte. — — Oder ist er dir so widerlich, daß du nicht mit ihm leben kannst? — — Dann durftest du auch sein Geld nicht nehmen — — Hure! — — Hure, die du warst!

Sie schlägt die Hände vors Gesicht, sie bebt am ganzen Körper, nein, nein, nicht so hart! — — nicht so hart! — — Ihre erste Reise nach Rußland steht wieder vor ihr auf, die guten Tage in der Ostsee, ehe sie die Trauernachricht erhielt —. Sie selbst hat sich in ungerechtem Trotz darum gebracht, sie weiß es wohl, oh, sie weiß es wohl —.

Klein Gedrut regt sich im Traum: „Vaderke!" murmelt sie: „Mien Vaderke!" es klingt so sehnsüchtig, daß es der Mutter einen Stoß gibt. Hat das Kind wirklich solches Heimweh nach dem Vater? — — es ist doch noch so jung. — Darf sie es ihm vorenthalten?

Sie legt das Kind zurecht, das die Augen aufschlägt und sie groß anblickt: „Leew Engels?" fragt es — wo sind sie? sie flogen hier doch herum, sie will mit ihnen spielen! Mit wehem Herzen sucht Etta das Kind zu beruhigen, was ihr nur mühsam gelingt.

So geht es nicht weiter, das Kind geht dabei zugrunde. — Scheidung, und sie dann mit dem Kind allein — er will es ja, er will es ja, martert eine Stimme, er schlägt es dir ja selbst vor! Er will euch los sein und als freier Mann leben, das ist es! — Sei still, du lügst, das ist nicht wahr — weißt du nicht mehr, wie triumphierend er dir den zerschnippelten Kinderschuh zeigte? er, der Sparsame, fand nicht ein vorwurfsvolles Wort! Das ist ihr damals gar nicht so zum Bewußtsein gekommen, sie ärgerte sich nur, daß er den Vorfall so leicht nahm. So mancher kleine Zug fällt ihr ein — ja, er muß unsagbar an dem Kind hängen —.

Der Mondschein ist erloschen, tiefe Dunkelheit füllt die Kammer, wie sie dem anbrechenden Morgen vorausgeht. In ihrem Schutz ringt sich ein Entschluß ans Licht — noch ist er schwach und unsicher wie der Schein einer neu entzündeten Kerze, die doch, sorglich gehütet, erloschenes Herdfeuer wieder zum Glühen bringen kann. Wohl mag es nicht lodern in übermächtiger Flamme, aber es wird Unrecht verzehren und Licht und Wärme spenden.

Nun werden auch die fordernden Stimmen stiller. Es ist, als klängen sie aus in dem süßen, klagenden Ton des Nachtvogels unter dem Fenster, geweckt von dem ersten Morgenrot.

27. Kapitel

Zu neuen Ufern

Tiefer sinkt die frühe Dämmerung des herbstlichen Tages, kaum daß sein Licht noch zum Lesen reicht. Schon sind draußen alle Konturen verwischt, aber man kann noch leidlich erkennen, was jenseits des Tiefs vorgeht.

Gelangweilt blickt die Queen über die Geranien hinweg nach der Equipage, die sich drüben mühsam durch den von tagelangem Regen aufgeweichten Fahrweg quält. Gewiß ein eigenes Gespann, das die letzten Badegäste vom Fährschiff holte, es konnte des schlechten Wetters wegen tagelang nicht fahren. Ja, die Insulaner haben durch die vielen Fremden jetzt gute Einnahmen, das ist gar nicht verkehrt. Jeder muß sehn, daß er mit Anstand durch die Zeit kommt, und sonst gibt es dort ja auch keinen Verdienst.

Furchtsam starrt der Kreuzstichhund auf ihren massiven Rücken: sie sitzt wieder so aufrecht und umfaßt die Armlehnen — sie wird doch nicht? — Aber nein, sie greift in den Strickbeutel und holt ein Buch hervor, in dem sie raschelnd blättert. Hat ihr Alter den Abendsegen noch nicht aus? sie wirft einen ungeduldigen Blick auf diesen, der laut in der Postille liest. Ob unserm Herrn damit nun so gedient ist, weiß sie noch lange nicht, denkt sie ketzerisch. Aber ihretwegen, wenn es ihm Vergnügen macht!

Gleichgültig sieht sie in das Gesundheitsbuch, für das sie so viel Geld ausgab, liest hier und da einen Absatz. Schade, daß man nicht mehr viel sehn kann. Aber — die Brille sinkt auf die Nasenspitze — soviel weiß sie schon jetzt: wenn sie lange darin liest, hat sie keins ihrer Übel kuriert, sondern sämtliche zweihundertzwanzig Krankheiten, von denen dort die Rede ist! — Das ist Betrug, und morgen geht sie zum Buchbinder, daß er ihr das Geld wiedergibt! Dann noch lieber zum Doktor, der doch auch dafür gelernt hat und ebensogut essen muß wie andere Menschen. Wenn er bloß keine Gedichte machen wollte, das ist vom Übel, dann kann er seine Gedanken nicht bei der Sache haben. Und bei seiner Frau ist schon wieder was unterwegs, sie will ihr nur eine Flasche von dem guten Rotwein schicken. Das junge Menschenkind sieht doch so elend aus!

Röbke Heeren hat längst das ihm so teure Buch zugeklappt und sorgsam zur Seite gelegt. Er stopft seine Pfeife und hört lächelnd seiner temperamentvollen Ehehälfte zu.

„Door kummt well!" sagt Tomma, die strickend bei ihnen sitzt, ja, sie hörte die Gartenpforte.

„Gonabend mitnanner!" — — Etta?! — — nein, im Augenblick hat keiner sie erwartet.

„Gah sitten!", die Queen deutet auf einen Stuhl. Und Tomma kann wohl eben zu Dina Eimen gehn, sie hat dort ihre Riechdose vergessen.

Dann lehnt sie sich erneut zurück und überläßt es ihrem Mann, ein Gespräch mit Etta in Gang zu bringen. Die soll auch merken, daß sie ihr böse ist! was bildet die sich denn ein! — — Nun muß das hohe Wort heraus, das bleibt ihr nun einmal nicht erspart. Das schadet ihr gar nicht, wenn es ihr schwer wird, sie erleichtert es ihr bestimmt nicht. Sie blickt aus dem Fenster, als ginge das Ganze sie nicht das geringste an. In dem vom schwach glühenden Herdfeuer angenehm erwärmten Raum macht sich eine eisige Abwehr breit, und zwischen dem lauten Ticken der Uhr scheint das rastlos segelnde Schiff unermeßliche Räume zu befahren, so endlos dehnen sich die Minuten.

Schließlich fragt der Alte, wie es Klein Gedrut geht? er hat das liebe Ding solange nicht gesehen. Seine Stimme klingt beruhigend, dankbar sieht Etta ihn an, er nickt ihr unmerklich zu. — Wie schmal sie geworden ist, denkt er — aber ihre Augen blicken klar, als hätte sie einen Entschluß gefaßt.

Ja, sagt Etta — eigentlich krank ist Gedrut nicht, aber so zart, dies rauhe Wetter macht ihr wieder zu schaffen. Das Kind müßte Luftveränderung haben — viel Sonne, das hat der Arzt ihr auch schon gesagt.

Frau Rineld fährt herum, als wollte sie ein gewichtiges Wort zu diesem Thema sagen. Aber dann besinnt sie sich, preßt die Lippen zusammen und starrt erneut aus dem Fenster, obwohl die Dunkelheit immer tiefer sinkt und draußen nichts mehr zu erkennen ist.

Ja, ja, das ist wohl so, aber ein Doktor kann gut reden, meint Röbke Heeren. So was ist leichter gesagt als getan. Er hat unterwegs oft mehr Sonne gehabt, als ihm lieb war. Aber daß sie ihm besonders gut getan hat, kann er nicht sagen. Er hält mehr von der frischen Luft hier, für ihn gibt es nichts Gesunderes. Aber Menschennaturen sind ja verschieden — er stochert in seiner Pfeife, die auszugehen droht, heute abend will sie auch gar nicht, was damit ist, weiß er nicht.

Da hat er recht — Etta knotet an den Fransen ihres großen Schals — das ist so. — — Ja. — — Sie fände es darum besser, wenn das Kind in andere Luft kommt, überhaupt in eine ganz andere Umgebung. — — — Taak meint das auch. — — — Er hat ihr aus Amsterdam geschrieben — — —

„Ut Amsterdam?" Die Queen ist plötzlich ganz dabei. „Woor is de Breef?" sie kann nicht mehr an sich halten. Es ist noch soviel Helligkeit im Raum, daß die Gesichter eben zu erkennen sind, sie fühlt ihres Mannes Blicke auf sich ruhn. Obwohl ein heftiger Zorn in ihr hochsteigt, wagt sie doch nicht, weiter zu fragen —

„De heb ik nich bie mi —" — — Ettas Stimme festigt sich mehr und mehr. Ihre Hände, woran der Ehering matt aufglänzt, liegen jetzt gefaltet im Schoß: Taak hat, wie er schreibt, recht gute Aussichten. Es gibt noch so viel zu überlegen, ehe sie ganz fortziehn. Er möchte deshalb, daß sie und das Kind ihn besuchen. — — Seinen Vorschlag zur Scheidung erwähnt sie nicht, und auch nicht den Grund seiner Flucht. — Taak meint auch, und sie soll mit Röbke Heerenohm darüber sprechen, es wird am besten sein, wenn Hero die „Etta" übernimmt. Das findet sie auch, dann können er und Liessie ja heiraten. Sie hat auch schon gedacht, daß sie dann gut in ihr Haus ziehen können. Sie würde ihnen gern ihre besten Möbel überlassen, wenn sie das wollen. Sie wird doch nur wenig von ihren Sachen mitnehmen können.

Alles, was sie sagt, ist so klar und überlegt, daß Röbke Heeren immer wieder beifällig nickt, und selbst die Queen ihren Groll vergißt. Das ist Geist von ihrem Geist, stellt sie befriedigt fest, obwohl sie nicht miteinander verwandt sind. Etta läßt sich auch nicht unterkriegen. So muß es auch sein. Jeder kann einmal Unglück haben, dagegen ist keiner gefeit. Aber das darf man nicht hinnehmen, als könnte das nicht anders sein! Man muß sich dagegen wehren und versuchen, das Beste daraus zu machen!

Das ist nicht verkehrt, sagt sie laut. Sie will das wohl in die Hand nehmen, Etta soll ruhig reisen. Sie wird hier inzwischen alles vorbereiten. Die „Etta" ist doch noch unterwegs, man muß erst ihre Rückreise abwarten. Das beste ist, Eimo bekommt Vollmacht, sie kann das nur gleich mit Taak besprechen, dem ist das bestimmt recht. Sie waren doch immer so dicke Freunde. — — Sie hat doch alles beim rechten Ende, schmunzelt ihr Alter für sich, eine ganz großartige Frau ist das. — Nur manchmal etwas zu regierig!

Natürlich muß Etta später Auktion halten, bestimmt sie gerade. Das wäre ja sonst noch schöner! Gerade aus dem alten Gerümpel — sie weiß doch, da ist noch alles mögliche bei ihnen auf dem Boden, ihr Großvater war bekannt dafür, daß er auf jeder Auktion kaufte, besonders Strandungssachen — ja, aus diesen Sachen kann man viel herausschlagen. Sie strahlt schon in Vorfreude: das wird noch was! Auf dieser Auktion wird sie die Hauptperson sein, das ist sicher!

In freudiger Erregung zündet sie die Öllampe an — ja, was sagt Etta dazu? sie haben sich auch solch neumodisches Licht angeschafft, man muß eben mit der Zeit gehn! Und sie hat noch einen Rest von dem guten Portwein stehn, den Eimo ihr mitbrachte. Er wird ihnen an diesem kühlen Abend guttun! — Der ölige purpurne Trank glänzt sanft im Lichtschein: „Zum Wohle!“ Röbke Heeren nickt Etta mit gutem Lächeln zu, ehe sie die gute Gabe mit Kennermiene trinken.

Ettas Züge haben sich entspannt. Das schmale, herbe Gesicht scheint weicher, nun der schwere Wein es mit leiser Röte überhaucht. Nach den zermürbenden Zweifeln wurde ihr die Klarheit eines erlösenden Entschlusses, der ein Zurück ausschließt und keine Halbheiten duldet. Nun sie sich dazu durchgerungen hat, setzt sie sich jetzt auch restlos für die Umgestaltung ihres Lebens ein. Nichts Gewesenes darf sie belasten, mit unbeschwertem Herzen muß sie ganz neu beginnen —.

Es ist ihr eine Wohltat, daß die Alten keine weiteren Fragen stellen. Die Queen lebt schon ganz in Zukunftsplänen. Sie sind beide Tatsachenmenschen, und für sie sind deshalb nicht die Beweggründe ausschlaggebend, sondern das Ergebnis. Auch ist die Ferne ihnen kein vages Traumgebilde, sondern ein durchaus konkreter Begriff. So haben sie durch eigene Erfahrung und manchen Augenzeugenbericht klare Vorstellungen von dem, was Etta in der Fremde erwartet, die auch in ihr keine märchenhaften Vorstellungen auslöst. Sie weiß von manchem Hafen, daß — wohin sie auch verschlagen wird — dort alles anders sein wird als in der Heimat, ob besser, muß sich zeigen. Sachlich bewegt das Gespräch sich um diese mit der großen Veränderung ihres Lebens verknüpften Dinge, und ihre innere Spannung ebbt darin ab. Sie ist hellwach und doch von einer weichen, beglückenden Müdigkeit umfangen, in der alle Lasten an Gewicht und alle Schwierigkeiten an Schärfe verlieren.

Das beste wird sein, meint Röbke Heeren, daß sie — außer mit Dina — nicht darüber sprechen, bis alles geregelt ist, was auch die Ansicht der Frauen ist. Etta atmet auf, sie fürchtete, die Queen würde gleich im Triumph damit über den Siel gehn. Aber die ist jetzt stolz darauf, mehr zu wissen als die andern. Und außerdem geht das ja auch nur den Schifferstand an!

So kommt es, daß Etta ihre schicksalhafte Reise antreten kann, ohne Aufsehen zu erregen. Das Dampferchen ist nur schwach besetzt, die Menschen sind um diese Zeit noch zu viel von den Herbstarbeiten in Anspruch genommen. Nur die Butter- und Eierhändler fehlen auch heute nicht, schaukelnd kommen sie mit ihren weißen Körben am Joch als Letzte an Bord. Grootkoopmann und Heiko Janssen sitzen mit Schiffer Jan Bonker zusammen, der zwischen zwei Reisen zum Amtsgericht muß. Seine Frau hat ihm keine Ruhe gelassen, erzählt er, sie will endlich reine Papiere vom Haus. Schietkram! nun kann er einen ganzen Tag versäumen, und das bei dem guten Wind. Er wollte vorm Winter noch gern eine Reise herausholen. Aber die Frauensleute sind so rein unklug, wenn sie ihren Willen haben wollen. — Er nickt Etta zu: na, auch unterwegs? Die andern grüßen gleichfalls herüber, viel zu beschäftigt mit ihren eigenen Angelegenheiten, um weiter auf sie zu achten.

Besonders Grootkoopmann führt das große Wort: eigentlich konnte er gar nicht fort, der Experte von Lloyds hat sich angesagt, wegen der letzten Strandungssache — tja — das ist noch immer nicht auseinander. Aber der gute Mann muß dann nur warten, es geht nicht anders, er muß noch unbedingt heute mit dem Auktionator sprechen. Sie wissen doch, morgen ist die große Holzauktion bei der Sägemühle. Die letzte Ladung von Hillern, sie haben es doch im Amtsblatt gelesen! „Meine Herren!" 24000 Fuß greinene Dielen $1^1/_2$zöllig, 6000 Fuß $1-^1/_2$zöllig. Er sagt nur: prima! — Das wäre gerade das Richtige für Heiko Janssens neue Beischeune; wie gesagt wird, will er zimmern?

Aber der knurrt nur und will nichts vom Bauen wissen. Geld ist augenblicklich teure Ware. Die Zeiten haben wir gehabt, wo man so leicht solche Dinge unternahm. Und das wird noch viel, viel schlechter werden, das sollen sie nicht umsonst gewahr werden! — „Lisabeth!" sie soll ihnen noch einmal einschenken! Dafür sind auch seine Nachbarn, und auch die Aufkäufer nehmen die gute Gelegenheit nur zu gern wahr.

Etta atmet befreit auf, als die ältliche Rheinländerin sie verläßt. Durch ihre in London gemachte Bekanntschaft mit ihrem jetzigen Mann, der hier an Bord den Dampfkessel bedient, ist sie nach dem Siel verschlagen, sie betreut jetzt die Passagiere. Ihr drolliger, unablässig strömender Redeschwall, der sich meist mit dem Kind beschäftigte, lenkte sie zwar von den auf sie einstürmenden Gedanken ab, aber sie wurde dabei die Furcht vor neugierigen Fragen nicht los. Nun sitzt nur noch eine dicke Frau neben ihr, die von vielen Schachteln umgeben von einem Besuch auf dem Lande zurückkommt. Sie schilt Stein und Bein auf diese öde Gegend, Lisabeth steht ihr zungenfertig Rede und Antwort.

Das Kind auf dem Schoß, sieht Etta nach draußen, wo der Herbsttag grau und trostlos in dicken Nebelschwaden über das kahle Land kriecht. Nach den anhaltenden Regenfällen ist das Tief jetzt voll Wasser, man hat so weite Sicht. Heute stoßen die Schaufeln nirgends auf Widerstand, sie tauchen regelmäßig und leise klatschend in die dunkle Flut und wirbeln dabei ein wenig Schaum auf, der dem Schiff wie ein weißer Spitzensaum folgt, das Kind hat seine helle Freude daran. Jetzt beginnt der Himmel sich zu lichten. Die durchsichtiger werdenden Schwaden liegen wie Wattebäusche auf den abgeernteten Feldern, vag taucht ein Bauernhaus auf, die silbrigen Flügel einer Mühle. Oh, und jetzt kommt sogar die liebe Sonne! Erfreut klatscht Gedrut in die Hände und zeigt auf das blasse Licht, das in tausendfachen Brechungen durch die geballten Schleier fällt.

Eben biegt der Dampfer um eine der starken Krümmungen und gibt den Blick auf den Siel frei, der wie hingetuscht aus dem wolkigen Dunst auftaucht — schwerelos, freischwebend, flankiert von den sich drehenden Mühlen, gekrönt von der in den Wolken verschwimmenden Kirche auf dem Deich, es ist ein seltsam eindringliches Bild. — So — so wird sie ihn im Gedächtnis behalten, durchfährt es Etta — so deutlich, und doch all seine Ecken und Kanten sanft verhüllt. Ihr wird erst jetzt bewußt, wie fest sie in dieser schweren Erde wurzelt. Doch noch überschattet der Gedanke an das entscheidende Wiedersehn mit ihrem Mann all ihr Denken, obwohl sie sich zur Ruhe zwingt. Denn steht auch ihr Entschluß unwiderruflich fest, so ist das Wasser zwischen ihnen zu tief, als daß es sich ohne weiteres überbrücken ließe.

Nach stetem Wechsel zwischen Schiff und Postkutsche steigt sie endlich in Amsterdam bei der Muiderpoort aus dem Wagen. Sie fühlt sich zerschlagen an allen Gliedern, es war nicht so einfach mit dem unruhigen Kind, das fortwährend nach seinem Vaderke fragte. Sie will ruhig sein — oh, sie ist auch ruhig, gewiß, warum sollte sie nicht? — Wo ist ihr Gepäck? — — und Gedrut muß schön still sein, gleich werden sie zu Oom und Tante zum Schreyerstoren gehn, die sind soo lieb — oh, nur Zeit gewinnen! — Sie hat die genaue Ankunftszeit nicht angeben können, aber sie kennt den Weg ja —.

Aus den Wartenden löst sich ein untersetzter Mann. Mit schweren Füßen nähert er sich der jungen Frau, die sich mit dem Kind an der Hand zum Gehen wendet: „Taak!" stößt sie hervor — das ist Taak, dieser grauhaarige Mann? — — Doch aus seinen Mienen ist der gehetzte, demütige Ausdruck verschwunden. Auf den tiefgebräunten Zügen liegt heute ein ruhiges Selbstbewußtsein, eine sichere Überlegenheit, die ihn jünger erscheinen läßt und die ihr völlig fremd an ihm ist.

Sie bringt vor Verwirrung kein Wort heraus. „Door sünd Ji ja!" sagt er nur und gibt ihr flüchtig die Hand, er verrät nicht, wie oft er hier in diesen Tagen wartend stand. Er neigt sich zu Gedrut: „Mien Lüttk!"

Das Kind weicht erst scheu zurück. Dieser fremde Mann mit dem grauen Bart ist doch nicht ihr Vaderke? — ihr Blick fällt auf die Ohrringe — oder doch? — Sie wehrt ihm nicht, als er sie auf den Arm nimmt: „Mien Lüttk! — mien Lüttk!"

er hat Tränen in den Augen. „Vaderke!" Gedrut schlingt die Ärmchen um seinen Hals und drückt das Gesicht in seinen Bart, obwohl er so kratzt: „Mien Vaderke!"

Etta fühlt sich angesichts dieser Wiedersehnsfreude wie ausgestoßen und büßt bitter für manche Unterlassungssünde.

Taak trägt sein müdes Kind durch den dicken Nebel, der lastend in den engen Straßen der Altstadt hängt. Er zieht sogar ein Stück Schokolade aus der Tasche für die beglückte Kleine. — Nein, die Sachen nicht zum Schreyerstoren, weist er den Dienstmann an. Er hat nicht weit von hier ein gutes, sauberes Quartier gefunden, erklärt er Etta. Dort können sie während ihres Aufenthaltes wohnen. Die Frau sorgt sehr nett, sie will auch wohl für sie kochen, das ist doch gemütlicher als im Wirtshaus.

Etta pflichtet ihm befreiten Herzens bei, der Gedanke an Oom und Tantes teilnehmende Fragen hat sie sehr gequält. Was zwischen ihnen liegt, müssen sie ohne Zeugen ins reine bringen. Aber daß Taak das ebenso fühlt, daß er es sich sogar Geld kosten läßt —.

Und wie immer, wenn Wesentliches nach Klärung verlangt, flüchten auch sie in Unwesentliches. Sie sprechen über die Reise, und Gedrut muß sofort ins Bett, das Kind ist todmüde. Es war ja auch eine Strapaze für sie. Die Reise war sonst gut. — Jawohl, sie haben in Emden bei Hyma übernachtet, die erwartet ihren Mann. Und Rineldtant und Röbke Heerenohm lassen grüßen, ja, die sind unverändert, es geht ihnen soweit gut. Ja, auch Dina und den Kindern, und Eimo ist noch nicht zurück.

Und dann sind sie angelangt. Sie klettern eine schmale Hühnerstiege herauf, es riecht bis dorthin nach frischer Seifenlauge und Bohnerwachs. Der Raum ist schmal und so niedrig, daß man die Decke mit der Hand berühren kann, aber es blitzt und blinkt alles darin. An den kleinen Fenstern und um den Kaminsims, unter dem ein blankgeputzter Aschbehälter blinkt, prangen rosagemusterte Krausen, auch vor dem Alkoven mit dem peinlich sauberen Bett. — Nein, erklärt die Hausfrau, die in frischgestärkter Haube und raschelnder weißer Schürze Tee und einen Imbiß bringt — und Etta sich lobend über die wohnliche Unterkunft ausspricht — nein, sie ist ja auch keine gewoone Verhuurjuffrouw — gommesneen, das hat sie nicht nötig! Das tut sie alleen voor de Aardigheid. Seit ihr Mann geblieben ist, hat sie für niemand zu sorgen, und dann ist es wohl gezellig, wenn sie mal jemand bei sich hat. Sie nimmt gern einmal einen seiner Kollegen oder dessen Familie auf, he? Einer sagt es dem andern. Lieve Hemel, sie weiß am besten, wie es einem zumut ist, wenn man sich so selten sieht. Oh, wat voor een Saligheid, wenn man dann endlich einmal beieinander ist, he? — Und dann noch zoo een Schat van een Kind — — sie kann gar kein Ende finden, und es ist nicht so einfach, so freundlich und eingehend zu antworten, wie sie es erwartet.

Jetzt liegt Gedrut unter der Wolldecke, aber sie denkt noch nicht an Schlafen. Aufgeregt fährt sie immer wieder hoch — dann will sie trinken, dann muß das Kissen anders liegen, es ist so hart! sie hält sie beide in Atem. Kaum sitzen sie, als sie ruft; sie hat ja noch gar nicht gebetet! Schon springen sie wieder auf — nein, heute soll Vaderke mit ihr beten! aber Moder soll auch dableiben! klingt es weinerlich. Ihre Händchen verschwinden in Taaks kräftigen Fäusten — nein, sie müssen beide mitbeten! Aber doch nicht: Ich bin klein — sie ist nun doch groß? Das andere will sie: mit leew Engels!

„Breit aus die Flügel beide,
Oh Jesu, meine Freude,
Und nimm dein Küchlein ein.
Will Satan mich verschlingen,
So laß die Englein singen:
Dies Kind soll unverletzet sein!"

Befangen und doch innig holpern die drei das Kindergebet: „Leew Engels!" strahlt Gedrut die Mutter an und faßt ihre Hand, hält aber mit der andern die des Vaters fest. Ihre Blicke entweichen sich, als sie so verbunden das Kind nacheinander zur Nacht küssen.

Nun schläft es. Die Juffrouw hat das Geschirr abgeräumt und sich wortreich darüber gewundert, daß het Vrouwtje nach der langen Reise nicht hungriger war. Sie steht noch eine Weile und kommt dabei vom Hundertsten ins Tausendste. Sie erfahren, daß der Alkoven wöchentlich frisch geweißt wird und ihr Poesje sich een Pootje gebrochen hat, sie war damit zum Veearts — he? Zoo een Schat van een Diertje! das kann ja nichts sagen, wenn ihm etwas fehlt!

Nun klingt das Glockenspiel des nahen Münntorens durch den dunklen Herbstabend. Einzelne Windstöße reißen an den niedrigen Fenstern und bringen die verworrenen Geräusche der Stadt in den Raum, in dem das Licht entzündet ist und das Herdfeuer freundlich wärmend Häuslichkeit vortäuscht. Das Unwesentliche hat sich endlich erschöpft. Sie haben auch von Taaks Reise nach Indien gesprochen, wo er auch bei dem reichen Verwandten war. Das war an sich keineswegs seine Absicht. Aber gerade vor der Ausreise lief er noch Oom Piet gegen den Leib, der ihm eine dringende Botschaft mitgab, das mußte er natürlich ausrichten. Der Grootmynheer war recht freundlich zu ihm, das kann er nicht anders sagen. Wenn er will, kann er dort sofort anfangen, wie er sagt, sucht er einen betraubaren Menschen, am liebsten aus der Verwandtschaft. Aber das Klima da in der Gegend ist nichts für Frauen und Kinder, das hat er wohl gesehn. Das muß man sich wohl überlegen. Etta meint auch, das will wohl bedacht sein. Und dann ist es wieder still.

Riesengroß wächst das Wesentliche und füllt den ganzen Raum, aus dessen sauberen Ecken ein Schweigen kriecht und alles, was sie sagen möchten und müßten, erwürgt. Taak sitzt vor dem Herdfeuer und wagt nicht sich umzusehn —. Im Spiegel über dem Kaminsims sieht er Etta mit ihrem wiegenden Gang durch das Zimmer gehn, sie wirtschaftet herum und tut sehr wichtig mit Auspacken und Einräumen.

Er sieht auch sich selbst darin — ruhig, gelassen hängt sein Blick in dem des grauhaarigen Mannes vor ihm, der er selbst ist — er, Taak Janssen Taaks, dessen Umsicht die „Verwachting" während der schweren Erkrankung des Kapitäns vor dem sicheren Untergang bewahrte. In dem fast übermenschlichen Ringen jener Sturmnacht ging dabei der andere für gut über Bord und fand er sich selbst wieder. Damals schwor er sich: kommst du mit dem Leben davon, dann willst du ganz von neuem beginnen —.

Aber das ist nicht so leicht. — Er kann nicht wieder bitten und betteln, um aufs neue zurückgewiesen zu werden. — Dann wird eben in Zukunft nur noch das Kind für ihn da sein — — Etta! — — Etta!

Ab und zu räuspert er sich, nimmt wohl einen neuen Priem, aber er sagt nichts. Es ist kein Geräusch im Zimmer als das leise Knirschen des Streusands unter den Füßen der jungen Frau und das hörbare Atmen der beiden Menschen.

„Ik will denn man erst gahn!" sagt Taak schließlich gepreßt. Er steht auf — ja, er hat sein altes Quartier behalten, hier ganz in der Nähe.

„Bliffst du denn nich hier?!" Wider ihren Willen entfährt es Etta angstvoll. Das Ungesagte preßt ihr das Herz so zusammen, daß sie darüber ihren Stolz vergißt.

„Meenst du dat so?"

Er kommt näher, aber er rührt sie nicht an. Etta kann nur stumm nicken, ihre Schultern beben.

„Etta!"

Ein solches Leuchten geht über sein Gesicht, daß sein Abglanz das ihre erhellt, und alles Wesentliche darin wie in reiner Flamme aufgeht. Alles Trennende versinkt in den dunklen Fluten des Lebensstroms, der vom Unendlichen kommt und zum Unendlichen geht.

Was bleibt, ist das „wir", die Gnade schenkender Liebe, die zaghaft in dem mädchenhaften Weib erblüht — der goldene Reif der Gemeinsamkeit, befreit von allen Schlacken und festgeschmiedet im Feuer der Schmerzen.

28. Kapitel

Good Reis' mien Kind!

Die Hammerschläge des Auktionators schallen durch die hochgeschobenen Fenster über den ganzen Siel. Selbst jenseits des Hafens hört man das: „Well bütt der wat vör?"

Der Apotheker kommt heraus und sieht sich den Betrieb von der hohen Treppe aus an, während seine Frau aus dem Fenster der Vorderstube zusieht und die Kinder sich unter die Käufer mischen. Grootkoopmann, der von seinem Geschäft zum Hafen will, bleibt auf dem Deich beim Amtsvogt stehen. Auch sie blicken herüber, Harms zeigt mit großen Armbewegungen nach dem Verkauf. „Meine Herren —" wer hätte das gedacht, soviel Käufer! Dabei waren die Moventien im Amtsblatt nicht einmal spezifiziert aufgeführt. Aber wenn dabei steht: und was noch mehr vorkommen wird! — ja, ja, das lockt! darin sitzen dann die Überraschungen. Wieviel Leute vom Lande da sind! Der Laden wird heute nicht leer!

Deshalb kommt auch Stutenliebet mit ihren weißen Körben voll Brötchen und Pfeffernüssen angeschaukelt, die Landleute sind immer für Neuigkeiten jeder Art zu haben. Und ihre Ware *ist* etwas Neues für sie, die sonst die ganze Woche nur Schwarzbrot zu sehen bekommen. Und die verzehrt man bei solch festlichen Anlässen nicht nur an Ort und Stelle, sondern man nimmt davon auch den Seinen mit!

Der Hund von Bäcker Willms kann seine ländliche Abkunft nicht verleugnen. Er nähert sich jetzt mit dem forschen Gang der Leute, welche die weiten Wege von den Deichen und aus den Groden unter die Füße nehmen müssen, wenn sie etwas erleben wollen. Neugierig wie sie blickt er in Liebets Körbe, die eben mit einem kleinen Maß weiße Pfeffernüsse ausmißt, zieht sich dann aber naserümpfend zurück — ach, die sind ja nicht von seinem Herrn! nein, dafür dankt er bestens! Und wenn die Kinder ihn auch noch so freundlich locken, und ihm laut und deutlich die verfängliche Frage stellen, worin das ominöse Wort vorkommt, das man zu Haus um keinen Preis sagen darf — er hebt nur in stolzer Verachtung das Bein und trollt sich wieder auf seinen Platz vor dem Haus seines Herrn, wovon aus er, die Nase auf den Pfoten, blinzelnd alles beobachtet.

Dinas Kinder stehen mit Klein Gedrut an der Hand und hören zu, wie die großen Jungens den Hund necken. So ungezogen wie die wieder sind, sagt Hanni altklug. Sie wird es Ihnos Mutter sagen, und dann kriegt er tüchtig Haue von Tante Katharina, das weiß sie bestimmt. Aber trotzdem kann sie sich gar nicht trennen, insgeheim möchte auch sie das Wort zu gern einmal sagen. Es ist überhaupt so fein hier. Am liebsten gingen sie gar nicht fort, so viel ist zu sehen. Aber Rineldtant macht ihnen hinter dem Fenster eine Faust und zeigt über den Hafen, wo ihre Mutter schon vor der Haustür steht und auf sie wartet.

Zögernd machen sie sich auf den Weg. Auf der Brücke, über die ungehindert der herbe Frühlingswind streicht, gibt es noch einen kleinen Aufenthalt — Hanni muß nämlich Madam Peters nachsehen, die von Harms kommt und nun an der Auktion und dem Menschenhaufen vorbeigeht.

Nun, Kinder, da seid ihr? hat sie gesagt, und Klein Gedrut will jetzt so weit fortgehn? und dabei hat sie ihr ums Gesicht gestrichen. Wie fein sie duftete! Sie hatte aber nur ein dunkles Kleid an und schwarze Handschuh, mit Rot besetzt — solche möchte sie auch einmal haben, träumt Hanni gedankenverloren. Was Madam wohl für ein Kleid anhatte, als sie den Kniefall vor dem König machte? Gewiß ein rotsamtnes mit ganz, ganz langer Schleppe — aber da ziehen die Geschwister sie kräftig am Arm, sie wollen weitergehn, und so kehrt sie recht unsanft in die wenig königliche Gegenwart zurück.

Mit freundlichem Gruß, den jeder auf sich beziehen kann, geht inzwischen Madam an der Menge vorbei. Sie weiß, daß man hinter ihr raunen und zischeln wird, obwohl ihr Mann doch glänzend gerechtfertigt ist. Wie, wenn es anders gekommen wäre? Sie senkt den Kopf tiefer. Dann wäre ihres Bleibens nicht gewesen, und auch sie hätte sich — wie jetzt Frau Taaks — von allem trennen müssen, was ihres Lebens Inhalt war. Verlassen das Haus, den Garten —. Muß sie nicht alles Verbliebene doppelt lieb und wert halten, obwohl ihrem Leben heute manches fehlt, was es früher verschönte?

Der Plünnenrieter dienert tief, als sie vorbeigeht: „'t is wat Seltens!“ er zeigt nach der Auktion, hält aber dabei mit der anderen Hand seine Perücke fest, die der Märzwind ihm zu entreißen droht. Da scheppert die Ladentür: „Geerken!“ ruft Frau Margaretas schläfrige Stimme — ja, wo bleibt er doch? Der Laden steht voll! heute ist doch keine Zeit, um auf dem Deich zu stehn! Überall haben sich dort kleine Menschengruppen zusammengefunden. Daß doch soviel Liebhaber da sind! Nun ja, die Menschen haben jetzt noch Zeit, das Land ist noch so naß, man kann nicht fertig werden. Und in solch altem Haushalt findet sich natürlich noch von allem. Der alte Tjark Hinrichs kaufte ja, was er nur irgend kriegen konnte. Was da wohl auf dem Boden sitzt! — ja, nun geht es schon durch die Luke, das nimmt ja gar kein Ende! — Sieh, ist da nicht auch Liessie Occen? oder jetzt heißt sie ja Frau Heeren, die ist nun auch glücklich unter der Haube. Wie es heißt, geht sie erst auf der nächsten Reise mit, Hero ist nach Norwegen ausgelaufen. Nun, die soll ihren Hausstand wohl erst einrichten wollen, was soll man davon sagen. Wie gesagt wird, übernehmen die jungen Leute mit Ettas Wohnung auch ihre besten Möbel? Da muß man sich wirklich wundern, daß die keinen ganz neuen Haushalt anfangen. Occo verdient doch sonst weiß Gott Geld genug, und Katharina tut sich sonst so dick. Merkwürdig ist das, da mag nun einer sagen was er will.

Unter der vorgehaltenen Hand spähen sie herüber — natürlich, daß Röbke Heerens Rineld doch nicht fehlt! Die regiert da ja mächtig herum, was da nur los ist! — So ganz beiläufig schiebt sich das eine und andere Trüpplein über die Brücke. Man braucht ja nicht zu kaufen, nicht wahr — deshalb geht man ja auch nicht hin. Aber auf solcher Auktion gibt es immer was zu sehn und zu hören, man trifft auch Bekannte, ja, es ist manchmal, als ob man in der Komödie wäre.

Damit haben sie diesmal allerdings kein Glück. Die Queen hat zwar ihren großen Tag, und der Auktionator brauchte vor dem Beginn nicht wie sonst zu fragen: „Is Fro Röben der all?“ Aber sonst geht alles seinen gewohnten Gang, und es ergeben sich weiter keine Höhepunkte, als daß man sich gegenseitig aufbietet. Antje Hillerns hat gerade mehrere Bände „Pfennigmagazin“ erstanden. Diese dicken Bücher sind gut für Hillern, das kürzt die langen Reisen, und er liest zu Haus ja auch gern, oft wird es ihr richtig zuviel, wenn er dann kein Wort spricht.

Katharina schleppt sich für den gleichen Zweck mit einem Arm voll „Dorfbarbier“ — was da noch an Büchern auf dem Boden saß, man glaubt es nicht! Hinrich, Ettas Vater, gab unvernünftig viel Geld dafür aus, der verlas seinen Verstand fast! Aber nun, Männer müssen was zu tun haben. Dina muß das nicht gewußt haben, die hätte ja bestimmt welche für Eimo gekauft, der sitzt ja auch immer mit der Nase in den Büchern. Aber hier scheinen ganz nette Bilder drin zu sein, die will sie sich auch mal ansehn. Sie nickt der Queen zu, die, das dicke „Missionsbuch“ unter dem Arm, eben dem Auktionator Tee bringt, sie unterhalten sich wie alte Bekannte, die sie auch im Lauf der Zeit auf mancher Auktion geworden sind. — Doch, die alten Sachen haben gute Preise gebracht, aber sie sagte es schon — das kennt sie nur zu gut! — Es ist nur gut, daß die Auktion so früh angesetzt war. Ihre Nichte — Etta ist jetzt wieder gnädig in die Familie aufgenommen — muß einige Tage früher als vorgesehn reisen, zuletzt kommt noch immer soviel Unvorhergesehenes dazwischen.

Schon rauscht sie wieder fort — sieh, Wübkmagret auch hier? Sie nickt ihr huldvoll zu und ist schon wieder verschwunden, man hört ihre befehlende Stimme bis hierher.

Wübkmagret hat einen Bakerkorb erstanden.

Sieh mal einer an, will sie noch was Kleines haben? Derbe Scherze fliegen hin und her, sie bleibt die Antwort nicht schuldig, und es gibt ein großes Gelächter. — Die Frauen stecken die Köpfe zusammen: hat sie hier nicht früher geholfen? — sie muß doch eigentlich wissen, was hier vorgefallen ist. „Weetst du dat nich?" Es ist doch auch merkwürdig, daß Frau Röben hier herumregiert und man die junge Frau gar nicht zu sehn bekommt. — Ach Gott — es ist ja auch nicht so einfach, so aus allem fortzumüssen. Dem Mann, der das verschuldet hat, kann es doch eigentlich nirgends gut gehn. — Aber was der Mann will, muß die Frau tun, sagt Hilke Janssen gefühlvoll, deren Bernd sich nicht mucksen darf. Und das Kind soll die Auszehrung haben. Das wird unterwegs wohl eingehn — dann hat er das auch noch auf dem Gewissen, so ein herzloser Patron —.

Sie unterhalten sich ganz ungeniert, in dem Stimmgewirr achtet niemand groß auf die klatschenden Frauen. Ja, sagt Wübkmagret und stemmt die Arme in die Seiten: mit Taak Taaks ist ja nichts los, der alte Geizkragen! so ein richtiger Pint! Da sollen sie Wübkmagret nur fragen, die kann ihnen genug erzählen. Seine Schwiegermutter hat er auch ins Grab gebracht, das hat sie mit eigenen Ohren gehört, wie die den Doktor nicht holen durfte. Sonst lebte die heute noch. — Aber das Weib ist ja noch viel schlimmer, oh Gott, wenn sie alles erzählen wollte! da ist das ja nur von gekommen! — Ja, aber die Leute, die sich immer so heilig tun und immer über andere herziehn, die haben selbst meist keine Ehre zu sprechen. Na, sie will weiter nichts sagen, aber was Hieliet ihr da von Etta Taaks erzählt hat — die Tür hinter den Frauen öffnet sich, und die Besprochene geht mit kurzem Kopfnicken an ihnen vorbei. Sie ist blaß und schmal, sieht aber hochmütiger aus als je, finden die Frauen. Einbildung ist wirklich noch schlimmer als das Wechselfieber, zischt Wübkmagret gehässig.

Es ist ihnen aber doch nicht recht geheuer — wenn sie doch etwas gehört hat? Wie unabsichtlich gehen sie auseinander und besehen die zum Verkauf stehenden Möbel. Eben wird ein Lehnstuhl ausgeboten: „Glück dermit!" sagt der Ausrufer zu Janna, die ihn zu den bereits erstandenen Sachen stellt.

Etta, die nach der Queen suchte und jetzt mit ihr ins Haus geht, zuckt unwillkürlich zusammen: Janna mit ihrer Mutter Stuhl! Dann rafft sie sich auf — sie darf nicht weich werden und zurücksehn. Der Panzer der Unempfindlichkeit, den sie über ihr Fühlen legte, darf an keiner Stelle beschädigt werden, sonst kommt sie nicht mit ihrer Aufgabe zurecht. Und die heißt: sich lösen von allem, woran ihr Herz hing, und dies Herz mit allen Fasern aus dem heimischen Boden reißen. Und das wird ihr schwerer, als sie vorausgesehen hat. Aber es geht nicht anders, hier ist ihres Bleibens nicht mehr.

Das hat ihr das Gespräch der Frauen gezeigt, von dem sie ungewollt Zeuge wurde. Sie kennt die Verhältnisse zu genau, das ist nicht belangloses Geschwätz einiger Klatschweiber, das ist die einhellige öffentliche Meinung. Und noch ihren Enkelkindern wird als Makel anhängen, was doch im Grunde das persönliche Erleben von ihr und Taak ist.

Denn kein Mensch steht so allein, daß sein Handeln nicht ungewollt weite Kreise zöge. Irgendwie ist jeder auf den andern angewiesen und auf Gedeih und Verderb mit ihm verbunden. Und in einer so festgefügten Gemeinschaft wie die der Schiffer hier reißt jede gewaltsame Veränderung Lücken, die lange spürbar bleiben. Dies Bewußtsein nimmt das Handeln des einzelnen in Zucht, denn er ist nicht ein namenloses Glied einer namenlosen Menge, sondern eine Persönlichkeit, die nicht nur in der Heimat bekannt ist, sondern von der man in manchem fremden Hafen spricht.

Taak hat nichts Böses getan — nein, er hat keinem Außenstehenden Schaden zugefügt. Und doch kann er niemals wieder in die Heimat zurück, denn als Schiffer hat er seinen guten Namen verloren.

Schuldlos schuldig geworden, müssen sie jetzt gemeinsam die Folgen tragen — Etta richtet sich von der Schiffskiste auf, über die sie sich beugte, und streicht einige Löckchen aus der Stirn — nein, w o l l e n sie sie tragen. Man darf nicht auf das Gewesene zurückblicken, man muß ganz von neuem beginnen. Und zerreißt beim Verpflanzen auch schmerzhaft manche Faser: bleibt nur die Herzwurzel unverletzt, dann wird sie auch in einem andern Erdreich gedeihen. Und die Bröckchen Heimaterde, die daran haften blieben, werden dem Lebensbaum Kraft und Fruchtbarkeit verleihen.

Ihre Blicke gehen über das vertraute Bild des Hafens, über den sich die ersten leichten Schatten des Vorfrühlingstages senken. Unwirklich leuchtend stehen alle Farben in der weichen Helle — das Rot der Dächer, das starke Weiß und Grün an Häusern und Schiffen, verschmelzend mit den violetten Schatten. Niemals wird sie es wiedersehn —.

Ihr Schicksal hat eine Wendung genommen, die keiner vorausgesehn hat. Der Aufenthalt in Amsterdam zog sich länger hin, als sie beabsichtigte, denn die Entscheidung über ihr zukünftiges Geschick zögerte sich hinaus. Gerade in den Tagen kam eine dringliche Botschaft von dem indischen Verwandten, Neef Taak solle unverzüglich kommen. Auf der Insel Madoera ist ein ausgezeichneter Posten freigeworden, gerade das Richtige für ihn, er braucht dort einen zuverlässigen Menschen. Oom Piet und Tante Saartje redeten sehr zu — zoo een schitterende Positie, he? wäre ja unverantwortlich, die von der Hand zu weisen. So hatten sie sich auch dazu entschlossen. Die ärztliche Untersuchung ergab jedoch, daß Gedrut nicht tropenfähig war. Daran war dann alles gescheitert. Wohl hatte Taak gemeint, dann müsse er alleine gehn, sie könne hier mit dem Kind in einer gesunden Gegend Wohnung nehmen —. Alle sieben Jahr bekäme er ja auch ein halbes Jahr Urlaub — aber dabei drückte er Gedrut an sich, das sie sein Gesicht nicht erkennen konnte. „Wi blieft tosamen!" hatte sie entschieden, und damit war die Angelegenheit abgetan.

Das Angebot einer großen Schiffahrtsgesellschaft, einen ihrer neuerbauten Rheindampfer zu übernehmen, wurde von Taak nur flüchtig erwogen. Ein Dampfer? nein! So wie die Verhältnisse lagen, war es auch besser, alle Brücken hinter sich abzubrechen und völlig losgelöst von der Vergangenheit ein neues Leben zu beginnen. Die schwere Ostindienfahrt wollte er nicht gerne wieder auf sich nehmen, obwohl sich ihm gerade dort die besten Aussichten boten. Aber die Reisen waren zu lang und er nicht mehr der Jüngste.

In jenen Tagen gewann der Vorschlag eines alten Bekannten, zu ihm an den La Plata zu kommen, feste Gestalt. Die Lebensumstände waren günstig, das Klima gesund, die Aussichten in dem zukunftsreichen Land die besten. Jan Govers, der vor längeren Jahren nach dort verschlagen und gut vorwärts gekommen war, litt an Heimweh und sehnte sich deshalb nach Landsleuten. Er hatte über Oom Piet nochmals Botschaft geschickt, und seine Vorschläge hatten so sehr Hand und Fuß, daß Taak bereits während Ettas Besuch mit günstiger Gelegenheit dorthin absegelte. Er hatte dort alles nach Wunsch angetroffen und erwartete sie jetzt.

Nun hat sie wohl alles gepackt — Etta schließt den Deckel. Nebenan wirtschaftet Liessie, sie entfernt die Spuren der Auktion. Zuweilen singt sie mit ihrer ein wenig schrillen Stimme, bricht dann aber gleich wieder ab, als verübe sie eine Ungehörigkeit. Sie soll ruhig singen, denkt Etta, sie ist natürlich erfüllt von der Seligkeit ihrer so jungen Ehe, der gleich der Abschied folgte. Aber nicht deshalb hält sie inne, nein, sondern meinetwegen, weil sie mich nicht verletzen will. Aber es tut nicht mehr weh — nein, es tut nicht mehr weh —. Morgen wird Eimo sie nach Bremerhaven zum Schiff bringen, er ist zwischen zwei Reisen hier und muß nach Hamburg zurück. Sie bleibt die Nacht bei ihnen im Haus, das ist am einfachsten.

Noch einmal geht sie durchs Haus und nimmt Abschied von ihm, in dem sie bis auf kurze Unterbrechungen ihr ganzes Leben verbrachte. Gewesen. Vorbei. —.Ein Lebensabschnitt, der hinter ihr liegt.

— Schon haften die Gedanken nicht mehr ganz in diesen Räumen. Der Schmerz des Abschieds wird wohltuend gemildert durch die Beschäftigung mit dem Kommenden, mit der gefahrvollen Reise, die vor ihr liegt, und über die sie keine Illusionen hat.

Dann harkt sie zum letztenmal das Grab ihrer Mutter. Sie weiß, auch das wird sie nie wiedersehn. Sie weiß aber auch, daß die geliebten Toten uns nirgends näher sind als in unserm Herzen. Wo ruhen Vater und Bruder? wo so mancher liebe Freund und Verwandte? Keiner weiß es. — Und doch ist ihr Andenken unvergessen und ihr Name im letzten Seufzer der Abscheidenden:

„Gotts Segen över di, mien Kind!"

Röbke Heeren küßt sie herzlich, als sie sich am Abend verabschiedet. Er hat Tränen in den Augen, und auch Etta fühlt die ihren feucht werden. Die Queen sagt scheinbar ungerührt, das ist nun einmal so im Leben. Der eine kommt und der andere geht. Die Hauptsache ist, daß sie dort ihr gutes Brot haben und gesund bleiben, und das wünscht sie ihr und dem Kind. Es ist auch nur gut, daß dort Winter ist — oder doch so was Ähnliches — wenn sie ankommen, dann gewöhnen sie sich auch eher ein. Deshalb hat Taak wohl solche Eile. Es ist ja auch nichts, ein Mann so allein in der Fremde, wenn er da auch wohl bei den Bekannten sein kann. Aber es geht nun einmal nichts über die eigene Familie —. Und sie sollen mal von sich hören lassen, und hier ist eine Flasche Rotwein. Das ist gut für unterwegs, man bekommt auf der langen Reise so leicht Magenbeschwerden. So weit, das wäre nun ja auch nicht gerade nötig gewesen. — Sie sagt, und dabei bleibt sie auch: bleibe im

Lande und nähre dich redlich. Das hat sie auch dem Buchbinder gesagt. — Aber es freut sie doch, daß es wenigstens nicht Kalifornien ist und Grootkoopmann keine Provision daran verdient. Das hätte ihm so passen können!

Mit solchen Reden begleitet sie Etta bis zur Pforte. Sie und ihr Alter sehen ihr nach, wie sie mit ihrem wiegenden Gang langsam durch den grellen Mondschein an der kahlen Weißdornhecke entlang geht, ohne sich umzusehn. Das braune Wasser gluckst im Tief, jenseits gehen zwei lautsprechende Männer: „Siebelt und Jan Behrens!" sagt die Queen. „Man ganz na Bunesseirras!" hört man Siebelt laut: „De Taak schull sien Nöös hier hollen hebben!" Was macht der auch solch dummen Streich?

Hat sie es nicht gedacht? — da kommt doch wahrhaftig Schwester Antje noch nach draußen und macht Etta das Herz schwer, und sie hat ihr noch so auf die Seele gebunden, daß sie das auf keinen Fall tut! Die hat keinen Verstand und kriegt keinen Verstand!

„Denn man good Reis, mien Kind!" hören sie Antje laut schluchzend sagen. Natürlich, nun zieht Etta auch das Taschentuch — und hat sich sonst so gut gehalten!

„De Antje wurdt doch ok nich anners!" sagt die Queen beim Hineingehn ärgerlich. Auch sie hat einen Brocken in der Kehle und ist froh, Ablenkung zu haben, das Thema Antje ist unerschöpflich.

Langsam geht Etta weiter. Die Tränen laufen ihr übers Gesicht — der Panzer hat unerwartet einen Riß bekommen, aus dem jetzt alle Qual, alle Drangsal der vergangenen Jahre ungestüm hervorquillt. Es ist nur gut, daß kaum ein Mensch unterwegs ist, denkt sie, leise vor sich hinschluchzend. Das Peterssche Haus liegt dunkel und still. Hier lehnt sie den Kopf gegen die Mauer und weint sich in heißen Tränen alles vom Herzen, auch die Erschütterung des Wiedersehens mit Taak, das ihren Stolz brach.

Sie achtet nicht darauf, daß Schritte ums Haus gehn und sich jetzt von der Scheune her nähern: „Fro Taaks?" klingt es überrascht — Peter Peters! Etta schluchzt noch einmal auf und fährt verwirrt mit dem Taschentuch über die Augen — was mag er nur von ihr denken?

Er streicht ihr zart über den Ärmel: „Ja, ja!" sagt er: „Dat is denn nich so licht!" Und beiden kommt die Erinnerung an den Abend, an dem sie ihr schweres Herz in den Nebel trugen. „Good Reis!"

Etta geht weiter, befreit und erleichterten Herzens. Man darf keine Reste in ein neues Leben hinübernehmen, es ist gut, daß die Last von ihr genommen ist.

Dina und Eimo sind aufs neue überrascht, wie ruhig sie ist, wie selbstverständlich und überlegt ihre Reisevorbereitungen. Obwohl man noch ein Glas Wein zusammen trinkt, will kein rechtes Gespräch aufkommen, und so geht man zeitig schlafen. Morgen in aller Frühe werden sie reisen. Eimo darf sich keine Stunde unterwegs versäumen; daß er Etta hinbringt, ist ein letzter Liebesdienst, den er Taak erweist. Der Kapitän der „Maria" ist ein Landsmann, er wird ihm Etta noch besonders ans Herz legen.

An diesem Abend nimmt er seine Dina doppelt herzlich in den Arm: wie gut, daß sie kein solcher

Eisklumpen ist wie Etta. Gott gebe, daß sie Taak jetzt glücklicher macht!

Onkel Eimo geht, auf dem Arm Klein Gedrut, die doch noch so müde ist, voraus zum Postwagen. Dina umarmt die Freundin liebevoll: „Laat di dat good gahn!“ und Etta erwidert ihren Kuß mit Herzlichkeit. Aber sie halten sich tapfer und vergießen keine Träne.

Im Hafen ist schon Leben. Auf dem einen und anderen Schiff ist ein Mann mit verwirrten Haaren auf dem Deck zu sehen, der Wasser aufschlägt, und aus den Kombüsen steigt blauer Torfrauch.

Dina blickt Etta nach, sie will ihr noch einmal zuwinken. Aber die sieht sich nicht um, stetig geht sie an den Häusern entlang zur Brücke, wo die Post wartet. Dann ziehen die Pferde an, die Männer auf den Schiffen sehen interessiert herüber. Auch Wübkmagret, die zur Arbeit will, blickt dem Wagen mit aufgestemmten Armen nach: nun denk doch einer an! Eimo Eimen geht mit Etta Taaks auf Reisen — wenn da nichts hinter steckt! Hieliet wird wohl recht haben! — Das muß sie gleich auf ihrer Waschstelle erzählen! Katharina Occen und Liessie, die Etta nochmals die Hand reichen und ihr sagen, daß ihr Elternhaus ihr immer offen steht, winken dem Wagen nach. Ihno läuft noch ein Stückchen mit und ruft laut: „Tant Etta, mußt mi ok 'n Peso schicken!“

Dann kehrt jeder zu seiner Tätigkeit zurück, und alles ist wie zuvor.

Ein Schicksal hat hier seinen Abschluß gefunden. das im täglichen Leben keine Spur hinterläßt, das aber doch im Gedächtnis der Freunde für immer haften bleibt.

Wenige Tage später stehen die Altschiffer auf der Schleuse beieinander und beobachten wie immer den Schiffsverkehr, ihre Lieblingsbeschäftigung im Ruhestand. Das Wetter wird sich nicht halten, sagen sie. Es ist heute so überaus sichtig, das bedeutet meist Regen. Gelbgrün und so nahe, daß man jedes Haus zu erkennen glaubt, heben sich die Inseln aus dem blauen Wasser, im Seegatt gleißt die weiße Brandung.

Ein großer Segler taucht auf, ein Dreimaster. Das könnte wohl die „Maria" sein, mit der Etta Taaks fährt, meint Röbke Heeren. Der Hafenmeister stimmt ihm zu, und alle schrauben jetzt eifrig an ihren Fernrohren. Sachkundig beobachten sie die Manöver des stolzen Schiffes, das schwer mit dem stärker werdenden Gegenwind zu kämpfen hat. — Ja, das ist sie, stellen sie fest, man erkennt die „Maria" deutlich an der Takelung. Das großartige Bild versetzt sie in solche Erregung, daß sie sich nicht eher davon trennen, bis einsetzender Sprühregen sie unter Dach treibt. — Ja, ja, Etta wird gleich gut getauft. Aber schließlich ist sie ja nicht zum erstenmal an Bord und das Schiff ist gut eingerichtet. — Aber wer hätte Taak doch jemals solchen Streich zugetraut — — sie schrauben ihre Fernrohre wieder ineinander und gehen in die „Blühende Schiffahrt", wo sie den unglaublichen Fall wieder einmal eingehend erörtern.

Röbke Heeren steht noch lange: „Good Reis, mien Kind!" sagt er leise. Von der Weser her kommt ein Dampfer, langsam, aber unaufhaltsam verfolgt er seinen Kurs trotz des Gegenwinds. Er überholt dabei die „Maria", einen der besten Segler. „De maakt uns noch all doot!" sagt der Hafenmeister, der sich wieder zu ihm gesellt. Schweigend stehen sie noch eine Weile, bis der stärker auflebende Wind sie zur Heimkehr mahnt.

Der Himmel hat sich bezogen. Leise beginnt es zu regnen, und der Wind springt nach Süden um. Die „Maria“ hat jetzt alle Segel gesetzt. In einem schrägen Lichtstrahl noch einmal deutlich sichtbar, entschwindet sie dann gleich einer fliehenden Wolke, deren schimmernder Glanz unvergeßlich bleibt.

Geschlechter kommen und gehen, Verhältnisse wandeln sich, und jede Zeit hat ihr eigenes Gesicht.

Ewig sich gleich bleibt allein das täglich wechselnde Gesicht der See, der Wind, der über sie dahin fährt und ihre Kräfte entfesselt — unveränderlich und doch ewig neu wie das Herz des Menschen!

Ende.

Nachwort

Marie Ulfers (1888-1960) war seit ihrem späten künstlerischen Durchbruch zu Anfang der dreißiger Jahre eine der führenden Heimatschriftstellerinnen in Ostfriesland. Als sechstes Kind des Segelschiffkapitäns Ulrich Hanschen Ulfers wurde sie in Carolinensiel, einem der kleinen Hafenorte an der ostfriesischen Küste, geboren. Heute mit Harlesiel als Station zu den Inseln Wangerooge und Spiekeroog bekannt, war Carolinensiel im vorigen Jahrhundert einer der Hauptorte der ostfriesischen Segelschiffahrt mit weltweiten Verbindungen. Den Carolinensieler Schiffern waren die skandinavischen Häfen ebenso vertraut wie das Mittelmeer mit Venedig und Jerusalem, und sogar Südamerika wurde mit kleineren Frachtseglern angesteuert. Ihrem Heimatort hat Marie Ulfers mit dem Roman „Windiger Siel", erschienen 1949, ein einzigartiges Denkmal gesetzt. Sie schildert das Leben der Seefahrer und ihr Zuhause, wobei sie an Erzählungen ihres Vaters anknüpfen konnte, die sie mit Geschehnissen in ihrer Familie und bei den Nachbarn romanhaft verwoben hat.

Aus dem Nachlaß der 1960 in Aurich verstorbenen Schriftstellerin sind u. a. ein Aquarell des väterlichen Segelschiffes, der 1870 erbauten Galiot „Anna von Carolinensiel" von einem venezianischen Volksmaler, und ein vom Vater gebautes Modell desselben Schiffes im Deutschen Schiffahrtsmuseum, Bremerhaven, ausgestellt.

Ersten Erfolg als Schriftstellerin hatte Marie Ulfers mit dem 1941 erschienenen, autobiographischen Roman „Ein Mädchen vom Deich", der gleichfalls in der engeren heimatlichen Umgebung spielt.

Marie Ulfers lebte zunächst lange Jahre in Carolinensiel bei ihren Eltern. Nach dem Ersten Weltkrieg verbrachte sie mehrere Jahre in Amsterdam und anschließend in Worpswede, wo sie auch mit der Kunsthalle Vogeler in Verbindung stand. Seit 1939 wohnte sie in Aurich und während der Kriegsjahre verwaltete sie die Bücherei der Bezirksregierung. Dabei dürfte sie auch Gelegenheit gefunden haben, Einblick in eine der wertvollsten Bibliotheken Nordwestdeutschlands aus dem 18. Jahrhundert zu nehmen, die Christoph Friedrich von Derschau, der erste Präsident der preußischen Provinz Ostfriesland, der Regierung hinterlassen hat. Denn Marie Ulfers besaß ein ungewöhnlich großes historisches Interesse und erarbeitete sich viele Kenntnisse speziell der friesischen Geschichte.

Besonders fesselte sie das Schicksal großer Frauengestalten aus der Zeit der ostfriesischen Häuptlinge. Dabei brachten ihr vor allem zwei plattdeutsche Historienstücke großen Erfolg: Zum 400jährigen Jubiläum der Stadt Jever 1936 „Maria von Jever", ein Spiel um die letzte Regentin des Jeverlandes, und 1949 zum 40jährigen Bestehen des Heimatvereins Leer „Fro Foelke". Die Titelfigur, die legendäre „Quade Foelke", Witwe des Landeshäuptlings Ocko tom Broek (um 1390), war als besonders hart und grausam bekannt. Sie schreckte nicht davor zurück, ihren Schwiegersohn und dessen Vater hinzurichten.

Ein drittes großes Historienspiel „Fokko Ukena" behandelt das Schicksal des Leeraner Häuptlings, der um 1430 die Landesherrschaft errang, aber bald darauf einem Freiheitsbund der übrigen Häuptlinge weichen mußte. Aus Anlaß der traditionellen Gallimärkte in Leer wurden die letzten beiden Stücke von der niederdeutschen Laienbühne des Heimatvereins mit großem Publikumserfolg aufgeführt.

Eine ganz andere Seite des Bühnenschaffens der ostfriesischen Autorin zeigten ihre niederdeutschen Komödien, mit denen sie im Gegensatz zu den historischen Stücken auch außerhalb Ostfrieslands bekannt wurde. Den ersten größeren Erfolg brachte „Kramvisite", ein vergnügliches Stück aus Ostfriesland, das der Reichssender Hamburg 1935 als Hörspiel sendete. Weitere Komödientitel sind „Glück dermit", „Dat willt wi woll kriegen", „Dat wille Bloot", „Mannslüd sünd Pack" (ursprünglich „Mannslü sünd en mall Got"), „De König von Hannover" und „Theda spöölt Börgmester". Zudem schrieb sie eine größere Zahl historischer Skizzen und Aufsätze, die in der Zeitschrift „Ostfriesland", im „Ostfreesland-Kalender" und in ostfriesischen und jeverschen Tageszeitungen abgedruckt wurden. Hier finden sich eine Fülle von kleineren Erzählungen zur Landes- und Volkskunde, besinnliche Reiseerlebnisse und einige wenige Gedichte. Übersetzungen aus dem Niederländischen, u. a. von Anne de Vries, runden das Schaffen von Marie Ulfers ab.

Gert Schlechtriem